KB264816

朝鮮朝 漢文學의 照明

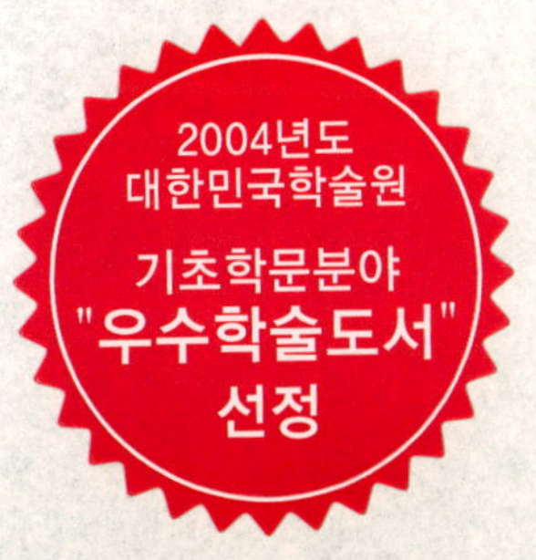

金相洪

朝鮮朝 漢文學의 照明

이회

“이 연구(저술)는 2003학년도 단국대학교 대학연구비 지원으로 이루어졌음”

■ 중쇄를 내며

내가 학문의 길에 들어 선 이후 茶山 문학연구에 집중하면서 틈틈이 한시의 이론 및 조선조 한문학을 공부하면서 몇 권의 책을 간행하였다. 그러나 이거다 하고 자신 있게 내놓을 만한 것이 없어 아쉽다.

우리 祖先들이 남긴 한문학에 내재된 세계를 이해하는 일은 일조일석에 이루어지는 것이 아니다. 오랜 시간 연찬을 하여야만 겨우 얻을 수 있는 것이다. 나는 학문에 대한 열정과 욕심은 많은 데도, 핑계에 지나지 않지만 그동안 시간이 무거워져 가면서 책상에 앉아 있는 시간을 본의 아니게 빼앗기게 되다 보니 아쉬움만 더해 갈 뿐이다.

지금 나무들은 봄에 입었던 그 찬란하고 아름다웠던 의상을 하나 둘 살포시 벗어 놓으면서 벌거숭이가 되어 가고 있지만 그 속내는 내년 봄을 준비하고 있는 것이다. 나도 이 가을에 지난 날의 느슨함을 옥죄고 지금부터 제2의 『조선조 한문학의 조명』을 준비하려고 한다.

이 책은 부족한 점이 많음에도 불구하고 대한민국 학술원의 2004 기초학문분야 "우수학술도서"로 선정되었다. 이는 학문에 더욱 정진하라는 채찍으로 생각한다. 1년여 만에 다시 내게 되어 한편으로는 기쁘지만 거듭 두려울 뿐이라서 강호제현의 질정을 겸허히 기다린다.

2004년 10월 27일 일석기념관 802 연구실에서

金 相 洪

■ 책머리에

내가 중학교를 졸업한 후 愚齋 柳寅澤 선생님 문하에서 한학을 공부할 때의 일이다. 우리 學童들이 공부하다 졸음이 와서 고개를 꾸벅거리면, 선생님은 항상 현하지변으로 治亂興亡의 역사와 교훈적인 고사 등을 쉽고 재미있게 들려주었다. 마치 물이 종이에 스미듯이 자연스럽게 우리들의 교양과 지식의 폭을 넓혀 준 것이다. 선생님의 이야기가 시작되면 우리들은 언제 졸았느냐는 듯이 초롱초롱한 눈으로 숨을 죽인 채 흥미진진한 이야기 속으로 빠져들곤 하였다. 계속해서 다른 이야기를 해주시길 바랬지만 선생님은 언제나 "이제 잠을 깼으면 책을 읽어라" 하시고는 천천히 장죽에 불을 붙이셨다. 그 말 한마디에 우리 학동들은 마치 여름철 비온 후에 논에서 개구리가 노래하듯이 희미한 호롱불 앞에서 각자 그날 배운 내용을 즐겁게 소리내어 읽기 시작하였다. 그렇게 하이얀 눈이 소록소록 쌓이는 산골 마을 書堂의 겨울밤이 깊어간 것이 4년이었다.

그 당시 선생님이 재미있는 이야기로 우리들의 졸음을 깨운 후 공부를 시킨 것은, 바로 요즈음에 말하는 교수방법의 하나였다는 것과, 들려주신 그 많은 이야기들 중에는 연암의 「許生傳」과 「虎叱」도 있었다는 것을 깨달은 것은 세월이 한참 흐르고 난 후였다.

그때의 학동이었던 나는 시간이 무거워져 가는 사이에 軌道易轍하여 결국 우리 나라 한문학을 연구하게 되었고 교수가 되었다. 그러나 학생들을 가르치며 민족의 유산인 祖先들의 漢籍을 연구를 하다보니 그 시절에 열심히 공부하지 않은 것을 후회한 것이 한 두 번이 아니었다. 세월은 무심한 강물처럼 흘러 가버려 다시 돌이킬 수 없었기에, 나의 행보는 비록 牛步지만 杯中物을 마시는 날을 제외하고는 나름대로 심혈을 기울여 漢籍을 펼쳐 놓고 좌고우검하여 왔다.

나는 그 동안 다산 정약용 문학을 집중적으로 연구하면서, 틈나는 대로 한시의 이론과, 조선조의 한문학을 공부해 왔다. 다산 문학과, 한시의 이론과, 한시의 해설에 관한 책들은 이미 간행을 하였다. 그러나 조선조 한문학에 관한 논고들이 여기저기의 논문집에 산재되어 있어, 이를 한 곳에 모아 책으로 내는 것도 의의가 있을 것이라고 생각하였다. 그래서 미흡한 점이 있음에도 불구하고 정리 보완하여 上梓하게 되었다.

이 『조선조 한문학의 조명』은 5부로 구성되어 있다. 제1부에서는 四書三經이나, 여러 사람의 詩, 또는 한 시인의 시에서 1句씩 뽑아 한 편의 시로 새롭게 재창조하는 독특한 시인 集句詩의 모든 것을 조명하였다. 즉 집구시의 연원과 장르, 그리고 중국·고려·조선의 역대 집구시를 체계적으로 분석·정리하였기에 集句詩의 小史라고 하여도 크게 어긋나지 않을 것이다.

제2부는 조선초기 시인으로 30세에 주옥같은 시문을 남기고 세상을 뜬 成侃의 시세계를 다각적으로 조명한 논문과, 광해군 조정의 "시대의 양심"으로 直節淸名을 남긴 任叔英의 문학 세계를 밝힌 논고를 수록하였다. 특히 임숙영은 시인들이 漢字로 시를 쓴 유사이래 공전절후의 최장편 한시인 오언배율 「述懷」를 남겼는데, 716운에 1,432구 7,160자이다. 이 시는 당시에 이미 "천년걸작"이라는 평을 받았다. 이를 분석하여 조선왕조 한문학의 우수성을 입증하였다.

제3부는 進士 朴南壽의 哀祭文의 세계를 밝힌 2편을 수록하였다. 박남수는 연암 박지원의 『열하일기』가 패관기서를 좋아한 것이라서 古文復興에 방해가 된다고 하여, 연암이 읽고 있던 『열하일기』를 촛불로 태우려고 했던 인물이다. 유복자로 태어난 그는 할아버지와 아버지, 그리고 열 아홉의 나이로 한 점의 혈육도 남기지 못하고 운명한 아내의 산소에 가서 告한 한문 「墓文」 등에 내재된 비애의 세계를 밝혔다. 또한 그가 18세(1775, 영조 51) 때에 쓴 한글 제문 「을미구월졔문」과 「을미ᄉ월지동포쳔장ᄉ졔문」을 발굴하여 그 시리고 아린 세계를 조명하였다. 아내를 저승으로 보낸 18세 홀아비의 슬픔과 情恨, 그리고 외할머니에 대한 지극한 효성이 오롯이 형상화되어 있는 이 두 편의 제문은, 18세기 한글 제문의 백미이자, 조선왕조 한글 문학의 수준을 한 차원 격상킨 명문임을 규명하였다.

제4부에서는 조선후기 문학론을 밝힌 3편과 기타 1편으로 구성되어 있다. 즉 正祖의 문체순정 정책의 원인과 영향 및 결과와, 李瀷·丁若鏞·朴趾源·朴齊家를 중심으로 조선후기 실학파 문학사상의 특성과, 朴珪壽·金允植·崔益鉉·李建昌을 중심으로 근대전환기의 사대부들의 문학론을 다각적으로 조명하였다. 이어서 문학론은 아니나, 성호 이익이 조선의 언어 문화의 소중함을 인식하고 우리 나라 속담 389首를 수집하여 『시경』처럼 4언 2구로 漢譯한 「百諺解」를 분석한 논문을 수록하였다.

제5부에서는 우리 祖先들의 고유한 문학이론을 조명하고 선조들이 입론한 문학이론의 계승과 현대화의 과제를 논하고, 우리 나라 한문학 연구의 방향과 과제를 나름대로 제시하였다.

이 책은 여러 면에서 미흡한 점이 많다. 그러나 이로 인하여 조선조 한문학을 이해하는 데 작은 도움이라도 된다면 다행으로 생각한다.

어려운 여건 속에서도 한국학 진흥을 위하여 이 책을 흔쾌히 출판해

준 以會文化社 사장님께 사의를 표한다. 이 『조선조 한문학의 조명』은 2003학년도 단국대학교 대학연구비의 지원으로 간행되었다. 부족한 나를 학문의 길로 인도하여 오늘이 있게 해주신 張忠植 총장님(현 理事長)의 은혜에 깊은 감사를 드린다.

2003년 4월 일

雪村書齋에서

金 相 洪

목 차

朝鮮朝 漢文學의 照明

제1부 朝鮮朝 集句詩의 理解

제2부 成俔과 任叔英의 文學世界

제3부 朴南壽의 哀祭文學 世界

제4부 朝鮮後期 文學論의 理解

제5부 古典文學理論의 繼承과 課題

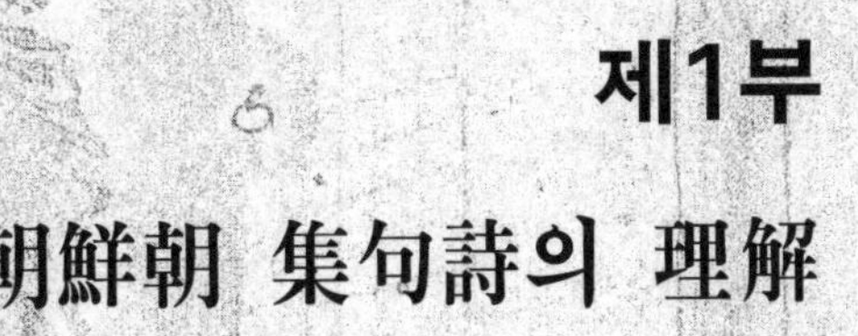

제1부

朝鮮朝 集句詩의 理解

朝鮮의 集句詩 研究

朝鮮의 集句詩 硏究

1. 序 論

한국 한문학은 中國의 글자로 표기된 것이나, 중국문학의 아류가 아닌 독립된 우리 문학이다. 燕岩 朴趾源(1737~1805)이 말한 "맹자가 말하기를 姓은 같아도 이름은 독자적인 것과 같이 글자는 같아도 글은 독자적인 것이다"[1]라는 명쾌한 논리를 빌리지 않더라도, 우리 한문학은 중국의 장르와 글자를 차용하였으되 내용은 우리의 것을 담았기 때문에 독자적인 문학이다.

集句詩는 前人의 시에서 한 句씩 모아 한 편의 시를 완성한 것이다. 비록 중국 시인들의 시에서 집구한 것이라 할지라도 우리 나라 시인들의 사상과 정서가 오롯이 내재되어 있기에 우리 문학인 것이다.

집구시는 문예의 발전과 함께 시인들의 개성 있는 표현욕구의 산물이다. 집구시는 轆轤詩와는 그 성격이 다르다. 근체시의 일종인 녹로시는 전인의 시에서 1句만을 취하여 자신의 시에 넣고 나머지 구는 시인이 짓는 시체이다. 즉 녹로시는 절구에서 타인의 시구를 ① 起句, ② 承句,

---

1) 『燕岩集』(景仁文化社 影印, 1974), 卷5, 「答蒼厓」, p.93. "孟子曰, 姓所同也, 名所獨也. 亦唯曰, 字所同而文所獨也."

③ 結句 중에서 한 곳에만 넣고, 율시의 경우에는 ① 제1구, ② 제2구, ③ 제4구, ④ 제6구, ⑤ 제8구 중에서 어느 한 구에 전인의 시 1구를 넣고 나머지 구는 자신이 짓는 것이다.[2)]

집구시는 晋나라 傅咸(부함)이 經典에서 1구씩 모아 시를 지은 集經詩가 효시이다. 宋나라에 이르러 石延年(994~1041)의 집구시와, 王安石(1021~1086)의 집구시, 그리고 文山 文天祥(1236~1282)이 杜甫(712~770)의 시에 집구한 集杜詩가 있고, 明나라 王石과 李楨과 童虢의 집구시 등이 있다.

우리 나라 집구시는 필자가 조사한 바에 의하면 고려의 康日用·林惟正·崔集均의 집구시가 있다. 그러나 강일용의 집구시는 전하지 않고 있다. 조선조에는 梅月堂 金時習(1435~1493)의 집구시, 潛谷 金堉(1580~1658)이 杜甫의 시에서 집구한 集杜詩, 그리고 蚪川 全克恒(1591~1636)의 집구시와 耕巖 文聲駿(1858~1930)의 집구시가 있다. 우리 나라 집구시에 관한 논고는 南潤秀의 「潛谷 金堉의 集杜詩 攷」[3)]가 있다.

이 논문은 필자의 「漢詩의 詩體論 序說」[4)]의 연속작업으로서, 우리 나라 집구시에 주안하여 고찰하고자 한다. 먼저 집구시에 대하여 그 一斑을 살펴보고, 중국의 부함·석연년·왕안석·문천상의 집구시 세계를 일별한다. 이어서 고려의 임유정·최집균의 집구시 세계와, 조선의 김시습·김육·전극항·문성준의 집구시 세계를 고찰한다.

이와 같은 작업은 집구시에 대한 이해는 물론 한시의 시체론 및 우리 나라 한문학의 한 부분을 이해하는데 작은 기여가 있을 것이다.

---

2) 金相洪, 「漢詩의 詩體論 序說」, 『漢文學論集』 제4집, 1986, p.19.
3) 南潤秀, 「潛谷 金堉의 集杜詩 攷」, 『中語中文學』 제4집, 1982.
4) 金相洪, 앞의 논문.

2. 集句詩의 類例

明나라 徐師曾은『文體明辯』에서 시문체를 101類로 분류하였다. 그는 시체를 분류하면서 집구시를 독립 장르로 설정하고 다음과 같이 논하였다.

집구시는 옛 구를 섞어 모아 시를 이룬 것이다. 晋나라 이래로 있었는데 宋에 이르러 왕안석이 집구시를 잘하였다. 대개 반드시 박학강식하고 융회관통하여 한 솜씨에서 나온 것과 같이된 연후에야 잘된 것이니 억지로 끌어다 붙이면 뜻이 서로 관통하지 않아 집구시라고 말할 수 없다.5)

집구시는 古句를 한 구씩 모아 한 수를 완성하여 한 사람이 지은 것과 같이 뜻이 관통된 시라고 하였다. 그리고 晋나라 때 집구시가 시작되었는데 왕안석이 이를 잘하였다고 하였다. 서사증은 집구시체를 다음과 같이 4종으로 나누고 시를 선하였다.

① 四言古詩
勸勵 : 晋, 傅咸의「孝經詩二首」外
懷思 : 宋, 王安石의「示道光及安大師」
② 樂府
述懷 : 宋, 王安石의「胡笳十八拍」
③ 近體歌行
送別 : 宋, 王安石의「送吳顯道南歸」
④ 七言絶句
懷古 : 宋, 王安石의「江口」
投贈 : 宋, 王安石의「戱贈湛源」

5) 徐師曾,『文體明辯』二(旿晟社影印, 1984), 卷16,「集句詩條」. "集句詩者, 雜集古句, 以成詩也. 自晋以來有之, 至宋王安石尤長於此. 蓋必博學强識融會貫通, 如出一手, 然後爲工, 若牽合傅會, 意不相貫, 則不足以語此矣."

서사증은 집구시를 四言古詩·樂府近體歌行·七言絶句로 四分하고 있다. 특히 晋나라의 傅玄의 아들인 傅咸이 경전에서 한 구씩 모아 집구한 集經詩를 집구시의 효시로 보았다. 그러나 송나라 沈括은 『夢溪筆談』에서 집구시는 왕안석이 창시한 것이라고 하였다.[6] 심괄의 이러한 견해에 대하여 淸나라 趙翼은, 집구시의 시원을 부함의 집경시로 보았다.

> 夢溪筆談에 이르기를 집구시는 왕안석으로 시작되었다. "바람은 멈췄으나 꽃은 오히려 떨어지고 / 새가 우니 산은 더욱 그윽하여라"와 같은 類이다. 많은 것은 百韻에 이르는 것도 있다. 後山詩話(宋, 陳師道 1053~1102)에도 역시 왕안석이 말년에 즐겨 집구시를 지었는데 黃庭堅은 "정작 한 번 웃어버릴 거리"일 뿐이라고 생각하였다. 그러나 이 체는 왕안석에서 비롯된 것은 아니다. 金玉詩話와 蓼花洲閒錄에 이르기를 송나라 초에 이미 집구시가 있었는데 石延年에 이르러 드디어 크게 나타났다. …… 진실로 왕안석에서 비롯된 것이 아니다. 살펴보건대 晋나라의 傅咸이 이미 集經詩가 있으니 毛詩 一篇에 "항상 덕을 키워 나가면 / 처음도 좋고 끝도 좋으리"라고 하였으니 이것이 집구시의 權輿가 되는 것이다. 거듭 말하거니와 宋初에 시작된 것은 아니다.[7]

이와 같이 집구시의 창시자를 晉의 부함으로 보고 있어 서사증의 견해와 일치한다. 집구시를 百家衣體라고도 하는데 山谷 黃庭堅이 명명한 것이다. 송나라 釋 惠洪은 집구시에 대하여 다음과 같이 논하였다.

---

6) 沈括, 『夢溪筆談』, 藝文一(文淵閣 四庫全書 862, 子部 168, 雜家類), 卷14, pp.791~862. "荊工始爲集句詩, 多者至百韻. 皆集合前人之句, 語意對偶往往親切, 過于本詩後人稍稍有傚而爲之者."

7) 趙翼, 『陔餘叢考』, 集句條. "夢溪筆談, 謂集句, 自王荊公始. 如風定花猶落, 鳥鳴山更幽之類. 有多至百韻. 後山詩話亦謂, 荊公暮年集句, 黃山谷以爲正堪一笑耳. 然此體不自荊公始也. 金玉詩話及蓼花洲閒錄, 宋初已有集句, 至石曼卿遂大著. …… 則固不始於荊公矣. 按晋時傅咸, 已有集經詩, 其毛詩一篇云, 聿修厥德, 令終有俶. …… 此則實爲集句之權輿. 又不自宋初始矣."

> 집구시를 황산곡이 백가의체라 하였는데 백가의는 어린아이의 수놓은 저고리이다. 육유의 시에 "문장에서 가장 꺼리는 것은 백가의이다"가 있다.[8]

집구시를 百家衣라고 하는 것은 여러 집에서 헝겁 조각을 얻어 옷을 지어서 어린아이에게 입히면 장수한다는 옛 풍습에서 유래한 것이다. 혜홍은 陸游가 "문장에서 가장 꺼리는 것은 백가의"라고 한 말을 인용하여 집구시에 대한 부정적인 견해를 밝혔다.

우리 나라에서도 집구시를 황정견이 말한 바와 같이 百家衣라고 하였다. 『동문선』 권84에 고려 林惟正의 집구시집 서문인 趙文拔(?~1227)의 「백가의시서」와 『동문선』 권103에 역시 임유정의 집구시집 발문인 南秀文(1408~1443)의 「백가의발」을 보면 알 수 있다.

집구시의 시체를 서사증은 ① 四言古詩, ② 樂府, ③ 近體歌行, ④ 七言絶句로 四體가 있다고 하였다. 그러나 王安石의 집구시를 보면 古律詩가 있고 文天祥의 集杜詩 2백수는 모두 5언절구이다. 임유정의 집구시에는 七言排律이 있고 金堉의 집구시 중에는 5언고시와 5언율시가 있다. 全克恒의 집구시는 모두 7언율시이고 文聲駿의 집구시 중에는 5언율시도 있다. 이와 같이 집구시도 여러 체가 있음을 알 수 있다.

이를 정리하면 ① 四言古詩, ② 樂府詩, ③ 五言古詩, ④ 七言古詩, ⑤ 近體歌行, ⑥ 五言律詩, ⑦ 七言律詩, ⑧ 七言排律, ⑨ 五言絶句, ⑩ 七言絶句로 집구체는 모두 10類이다. 서사증이 집구시체를 4류로 분류한 것은 오류이다. 이제 집구시체 10類를 차례로 살펴보기로 한다.

---

8) 釋惠洪, 『冷齋夜話』. "集句詩, 山谷謂之, 百家衣體. 百家衣, 小兒文褓也. 陸游詩, 文章最忌百家衣."

1) 四言古詩

晋나라 부함이 지은 集經詩는 경전에서 집구한 것으로 모두 4언고시이다. 이를 보기로 한다.

몸을 세워 도를 행함은
어버이를 섬기는 데에서 시작되누나

위아래가 원망함이 없으면
감히 남을 원망하지 아니하네

효란 끝과 시작이 없어
그 몸에서 떠나지 않는다네

세 가지를 갖추어야만
그 백성에 임할 수 있네

立身行道　　始於事親
上下無怨　　不敢惡人
孝無始終　　不離其身
三者備矣　　以臨其民

효로써 임금을 섬기면
아름다운 이름이 떠나지 않네

조정에 나가서는 충성을 다할 것을 생각하고
불의한 것은 다투어야 하네

임금의 악을 바로 잡아주고 구하면
재해가 생기지 않네

효도와 우애가 지극하면
신명에게 통하는 것을

以孝事君　　不離令名
進思盡忠　　不義則爭
匡救其惡　　災害不生
孝悌之至　　通於神明[9]

위의 「孝經詩」 2수는 『효경』의 구절을 모아서 지은 집경시이다. 앞의 1수는 經一章의 구절을 모아지은 것이다. 다음은 王安石의 「示道光及安大師」시를 보자.

봄날이 따뜻하여
저 높은 언덕을 오르도다

즐거울사 저기 저 동산
굽이굽이 하늘에 닿은 은물결

갓 돋은 죽순에 부들의 식사
인제 겨우 살림이 넉넉하누나

훨훨 큰 새가 날아
저기 저쪽 숲에 앉아

구슬을 쪼개는 듯 한 낮을 우니
내 마음 물결처럼 어지럽도다

9) 徐師曾, 『文體明辯』 二, 「孝經詩」 二首, p.54.

두 분이 그리워 잠 못 이루고
깊은 골짜기에 가고 말았네

활개 짓 하면서 오가는 모양
홀로 잠들고 깨어선 자고

터를 보려 봉우리에 올랐다가
한패는 언덕을 내려오고

뒷모습 안보여
애태운들 어찌하리

春日載陽　　陟彼高岡
樂彼之園　　維水泱泱
維筍及蒲　　旣生旣育
拚飛維鳥　　集于灌木
嚶其鳴矣　　亂我心曲
有懷二人　　在彼空谷
旣往旣來　　獨寐寤宿
陟則在巘　　或降于阿
瞻望弗及　　傷如之何[10)]

위의 시는 『시경』에서 집구한 집경시로 4언고시이다. 집구의 4언고시는 경전에서 집구를 하였으되 한 책에서 구를 모은 것이 특색이라 하겠다.

10) 『王安石全集』(下), 河洛圖書出版社, 中華民國 63, p.243.

2) 樂府詩

서사증은 집구 악부시를 왕안석의 「胡笳十八拍」(18수)을 예로 들었는데, 其五를 보기로 하자.

한나라 공주 화친키 위해 시집가니
대궐 주방에서 줄지어 팔진미를 보내누나

명비가 처음 오랑캐에 시집갈 때
일생 단벌 옷만 입고 몸만 따라가니

눈은 땅을 보고가나 마음이 편안치 못하니
다같이 하늘 가 불행한 사람들

이제 나는 한번 식사를 날을 합쳐하고
짧은 옷 거듭 잡아 당겨도 무릎을 가릴 수 없네

가난하고 천한 이들 이별이 더욱 서러운 것을 알지만
어찌하면 평안하게 천성을 보전할고

漢家公主出和親　　御廚絡繹送八珍
明妃初嫁與胡時　　一生衣服盡隨身
眼長看地不稱意　　同是天涯淪落人
今我一食日還併　　短衣數挽不掩脛
乃知貧賤別更苦　　安得康强保天性[11)]

위의 시는 두보의 「麗人行」(御廚絡繹送八珍)과 白居易(771~840)의 「琵琶行」(同是天涯淪落人) 등 전인의 시에서 집구한 악부시이다.

---

11) 같은 책, p.244.

3) 五言古詩

집구 5언고시는 왕안석의 「化城閣」 등이 있다. 우리 나라의 집구 5언고시는 金堉이 두보의 시를 집구한 40운 80구의 「北征詩呈石室金尙書」가 있는데, 石室山人이라 불리던 淸陰 金尙憲(1570~1652)에게 드린 시이다. 병자호란(1636)때 판서와 비변사당상을 역임한 斥和論者인 김상헌이 1640년 12월 瀋陽(奉天)으로 끌려갈 때 김육이 집구한 시이다.

세모에 머나먼 곳 객이 되니
나의 가는 곳은 마침내 어느 방향이런가

하직인사 올리고 대궐을 물러나오니
눈물 콧물 어지러이 턱을 타고 흘러라

(한양)성을 벗어나 북쪽 들녘을 바라보니
험난함은 바야흐로 이제부터로구나

휘익휘익 부는 삭풍은 매섭게 몰아치니
센머리 이 몸이 처량하여라

(임진강) 물은 차고 긴 얼음은 가로 누었으니
수행하는 종들도 참담하여 기꺼워하지 않노라

느릿느릿 논밭 길을 걸어 넘자니
얼음 얼어 벼랑과 골짜기가 미끄럽구나

웅장한 도읍(개성)은 워낙 장려하고
깎아지른 듯한 華山(松岳山)은 석양이어라

북녘으로 오름에 아직 連山窮谷이니
어느 곳에서 평활한 냇물을 만날 것인가
(어느 때 나 황해도 평산에 닿을 것인가)

역말은 언제나 이 같으나
용천검 찾아낼 좋은 방법이 없어라

(봉산) 관리에게 물으니
(봉산)의 성은 쇠처럼 견고하다고

판축 하느라고 사람의 공력을 수고로이 하였네
(정방산성)은 천지의 한 구허이나

서경(평양)은 안온한가
높직한 건물이 사방 길에 그림자 지고

슬프다 너희는 태평시대의 사람이거니
주객이 만나 크게 기꺼워하노라

아득한 전쟁통에
도시는 노래 소리 들리지 않고

해는 떠올라 푸른 강물이 바라보이네
늙은 몸이 (安州까지) 멀리도 왔구나

아깝다 이 좋은 명승지는
인간 세상에 진실로 드문 곳인데

(정주)로 가는 길에 오르니
큰 눈이 한밤중에 어지럽게 내리네

고각 소리는 변방 지역에 구슬퍼
어찌 여기저기 들려옴을 견디겠는가

긴 숲이 바람에 쓸려 기울어져 있고
현의 성곽은 아련한 연기 속 끝이어라

우뚝우뚝한 산세 사람을 따라 오는 듯
지나온 곳마다 차탄성이 있노라

(용골) 산성은 겨우 백 층이지만
돌뿌리 한결같이 북쪽을 향했어라

鄭과 李는 시론이 빛나시고
지모는 깊은 생각을 드리웠어라

삼천현(의주)엔 도달하기 어려울 듯
산협 가득히 중첩된 강물

화이산은 계속 이어져
멀고도 먼 만여 리 길

머나먼 길 가자니 맥이 풀리누나
이 짧은 겨울날 급박한 하루

추운 날씨에 황야 밖에서
나인은 붉은 소매 자락 가리우고 우네

가는 샘물 薄氷을 겸하였고
바람 세차 손발이 시려오네

북쪽으로 가자니 눈비는 오는데
내 실로 의상은 홑옷이로다

우뚝한 봉황성에
(소현)세자 일행의 기치는 누런 깃발

이때 눈물 흘리며 삼가 인대하시며
往事를 회고하시며 눈물이 펑펑

(연산관)의 연이은 산 저무는 낙조
눈 덮인 (고령)의 세계 하늘까지 하얗고

하늘과 물이 서로 더불어 영원할 듯
고향 생각에 (요동)의 학을 부러워하며

서로 바라봄에 동지사 일행이 많기도 하여
넘어감이 아득하여 붙잡기 어렵도다

나의 걸음 어이하여 예까지 이르렀노
사람 만나기가 크게 부끄러워라

(김)상서께서는 삼태를 천력하사
고매한 의리 높은 구름에 닿았네

노안으로 먼 고장에서 만나니
거듭 더불어 세세히 글을 논하리로다

삽상한 기운은 가을 하늘처럼 드넓고
길게 읊으니 세상에 드문 현자로다

衣冠차리고 (청)나라에 가는 것 혼미한데
백발을 결국은 누가 있어 어여삐 여기리

한평생 패기 넘치는 거센 속셈이
이 시편을 짓는 마음 기꺼운 것은 아니로되

내 가슴속을 거의 가히 부치고자 하노니
뭇 사람으로 하여금 전하게 하지 마십시오

歲暮遠爲客(歲暮)
拜辭詣闕下(北征)
出郭眺西郊(喜晴)
蕭蕭北風勁(羌村)
水寒長冰橫(鐵堂)
靡靡踰阡陌(北征)
雄都元壯麗(江陵望幸)
北上惟土山(三川觀漲)
置驛常如此(寄鄭監審)
借問潼關吏(潼關吏)
板築努人功(泥功山)
西京安穩未(早花)
嗟爾太平人(中夜)
悠悠兵馬間(秦州雜詩)
日出淸江望(曉望鹽山)
借哉形勝地(懷錦水居)
客行新安道(新安吏)
鼓角緣邊郡(秦州雜詩)
長林偃風色(自閬赴蜀)
突兀猶趁人(靑陽峽)
山城僅百層(登白帝城)
吾道竟何之(秦州雜詩)
涕泗亂交頤(夔府書懷・辭朝)
險艱方自玆(赤谷)
白首颯凄其(夔府書懷)
徒旅慘不悅(上同・臨津)
蹴踏崖谷滑(奉先詠懷)
巉絶華岳赤(崔少府・松都)
何處覓平川(秩日詠懷・平山)
無計斸龍泉(所思・瑞興)
大城鐵不如(上同・鳳山)
天地一丘墟(薛明府・正方山城)
高棟照通衢(遣懷・平壤)
主客多歡娛(遣懷)
城市不聞歌(征夫)
衰白遠來過(湖上亭・安州)
人間誠未多(梔子)
大雪夜紛紛(舟中雪夜・定州)
那堪處處聞(留別賈嚴)
縣郭經烟畔(通泉・林畔)
所歷有嗟歎(通泉)
石角皆北向(劍門・龍骨山城)

鄭李光時論(秋日・鄭鳳壽李希建) 智謀垂睿想(哥舒翰)
三川不可到(晩行口號) 滿峽重江水(舍弟歸・義州)
華夷山不斷(賦蜀道圖) 迢迢萬餘里(前出塞)
行邁日悄悄(寒峽) 迫此短景急(龍門・一日到鳳城)
天塞荒野外(白沙渡) 內人紅袖泣(郭中丞・內人露宿)
細泉兼輕冰(龍門鎭) 風急手足寒(水會渡・細浦)
北歸衝雨雪(暮秋歸秦) 我實衣裳單(寒峽)
亭亭鳳凰臺(鳳凰臺) 少海旌旗黃(壯游・世子住嘉鳳城)
此時霑奉引(寄賈司馬) 撫事淚浪浪(壯游・引對)
連山晩照紅(秋夜・連山館) 雪嶺界天白(錦水居・高嶺)
天水相與永(渼陂・甛水站) 歸羨遼東鶴(卜居・遼東)
相看多使者(入宅) 過去杳難攀(銅官渚・逢冬至使)
我行何到此(水宿遣興) 逢人多厚顔(彭衙行・入瀋陽)
尙書踐台斗(送王評事) 高義薄層雲(彭衙行)
衰顔會遠方(寄陳中丞) 重與細論文(懷李白)
爽氣金天豁(贈虞十五) 長吟不世賢(寄鄭監)
衣冠迷適越(夔府書懷) 白髮竟誰憐(寄賈嚴)
平生飛動意(贈高式顔) 情在强詩篇(哭常大夫)
襟懷庶可憑(寄劉使君) 莫使衆人傳(寄賈司馬)[12]

위의 시는 두보의「北征」시에서 모티브를 얻어 김육이 김상헌의 입장이 되어서 임금에게 하직인사를 올리는 과정부터 심양으로 끌려가며 지나는 곳의 정경과 동지사를 만나고 심양으로 들어가는 과정을 묘사하였다. 비록 두보의 시에서 집구하였으나 완전히 재창조하여 새로운 시로 변모된 5언고시이다.

---

12) 金堉,「北征詩呈石室金尙書」,『潛谷全集』(成均館大 大東文化硏究院影印, 1975), pp.36~37.

4) 七言古詩

蘅塘退士의 『唐詩三百首』를 보면 7언고시의 부분에 雜言도 포함시켰다. 陳子昂의 「登幽州臺歌」와 李頎의 「古意」를 7언고시로 분류하였는데 5언·6언·7언이 섞여 있다. 형당퇴사의 분류에 따라 5·7언이 혼효된 雜言詩를 7언고시로 분류한다. 집구 7언고시는 王安石의 시에서 찾을 수 있다. 왕안석의 「明妃曲」을 보기로 한다.

나는 본래 한나라의 여자로
일찍이 깊은 궁궐로 들어갔네

멀리 선우국으로 출가하여
야위어도 다시 몸을 가꾸지 않았네

궁려는 집이 되고 깃발은 담장이 되었으니
오랑캐 티끌 하늘에 어둑하고 길은 멀다네

가버린 이나 산 사람이나 피차에 소식이 없음을
밝고 밝은 한나라 달은 하늘에서 알고 있네

생과 사에 어려움이 있어 문득 몸을 돌아보나
차마 옛 모습을 볼 수 없네

옥 같은 얼굴이나 황금(뇌물)이 적었고
즐겨 물감을 잡으니 화가인줄 착각했네

아침에 한궁의 비가 되었으나
저녁에 오랑캐의 첩이 되었네

푸른 무덤 홀로 남아 황혼을 향하고 있으니
얼굴빛은 꽃과 같으나 목숨은 낙엽같네

我本漢家子　　　早入深宮裏
遠嫁單于國　　　憔悴無復理
穹廬爲室旃爲牆　　　胡塵暗天道路長
去住彼此無消息　　　明明漢月空相識
死生難有却回身　　　不忍回看舊寫眞
玉顔不是黃金少　　　愛把丹青錯畵人
朝爲漢宮妃　　　暮作胡地妾
獨留青塚向黃昏　　　顔色如花命如葉[13)]

漢나라 元帝 때의 불행했던 여인 王昭君의 생애를 두보의「哀江頭」(去住彼此無消息)와 歐陽修(1007~1072)의「明妃曲」(遠嫁單于國) 등 前人의 시에서 집구한 7언고시이다.

5) 近體歌行

서사증은 집구 근체가행을 왕안석의「送吳顯道南歸」를 예시하였는데 이를 보기로 한다.

그댄 蔡澤이 벼슬 피해 숨은 일 세상이 추하게 본 것을 보지 못했나
호기와 영걸스런 풍채가 또한 어찌 있으리

갑자기 변하여 높이 오르니
훌륭한 일 전해져 썩지 않네

13)『王安石全集』下,「明妃曲」, pp.238~239.

그대는 이제 다행히 노인이 아니라서
가슴속에 28세의 꿈을 펼치게나

어찌 上書하여 自薦하지 않는가
하루만에 侯로 봉해질텐데

가을 달 봄바람을 등한히 보내면서
산속 옛집에 사람이 살지 않는 곳이 있으련가

집속에 푸른 뽕나무 잎은 굽혔다 폈다하고
산골 물 전답의 길로 흘러가니

멀리 버드나무 있는 곳이 사립문임을 알겠고
만리가 푸르고 연기와 물 있는 곳 저물어가네

내가 먼길을 꺼리지 않고 찾아가려니
그대 또한 잠시 왔다가 돌아가게나

역로 변에 요정은 성가에 즐비한데
다만 그대 생각 생사를 몰라 괴로워하네

하늘 끝 휘장 치고 술자리를 마련해서
그대 노래 소리 아프고 말 또한 괴로우나

인생살이 초췌하고 사는 이치 어렵지만
사람들이 이를 듣는다면 취한 얼굴 깨리다

그대에게 다시 한 잔술을 권하지만
내일 갈 길 멀어 산 넘어 산이로세

君不見蔡澤栖遲看醜　豪氣英風亦何有
忽然變軒昂　盛事傳不朽
君今幸未成老翁　二十八宿羅心胸
何不上書自薦達　封侯起第一日中
秋月春風等閑度　山中舊宅無人住
宅中靑桑葉宛宛　澗水流過田中路
遙知楊柳是門處　萬里蒼蒼煙水暮
我欲尋之不憚遠　君又暫來還徑去
紅亭驛路掛城頭　憶君秖欲苦死留
天際張帷列罇俎　君歌聲酸辭且苦
人生憔悴生理難　使人聽此凋朱顔
勸君更盡一杯酒　明日路長山復山[14]

위의 근체가행은 백거이의 「琵琶行」(秋月春風等閑度)과 王維(701~781)의 「送元二使安西」(勸君更盡一杯酒) 등 전인의 시를 집구하여 吳顯道가 남으로 가는 것을 전송한 것이다.

6) 五言律詩

서사증의 『문체명변』에는 집구 5언율시는 없다. 그러나 김육의 集杜詩에는 5언율시 3수가 있는데 「送兪子修出宰江陵」을 보기로 한다.

듣자니 강릉이란 고을은
사는 사람이 만가나 된다 하고

푸른 소나무는 겨울에도 그대로요
유심한 나무는 석양녘에 꽃 천지라고

14) 같은 책, p.237.

바다에는 고래 같은 파도 일렁이고
산이 저무니 변방의 해는 기우는구나

삼신산에 만약 갈 수 있다면
곧바로 신선의 뗏목을 띄우리로다

聞道江陵府(峽隘)	居人有萬家(秦州雜詩)
青松寒不落(寄劉峽州)	幽樹晩多花(水檻遣興)
溟漲鯨波動(鄭少尹)	山昏塞日斜(遣懷)
蓬萊如可到(遊子)	直欲泛仙槎(過洞庭)[15]

위의 집구 5언율시는 愚谷 兪省曾(자 子修, 1576~1649)이 강원도 강릉으로 出宰함을 전송하며 두보의 시를 집구하여 5언율시로 지은 것이다.

7) 七言律詩

서사증의 『문체명변』에는 집구 7언율시가 없다. 그러나 『동문선』 권13에 보면 고려 林惟正의 집구 7언율시 26수가 있다. 그 중에서 「竹亭與友人飮」을 보기로 한다.

뉘심은 성긴 대가 벌써 숲을 이루었는고
사면의 서늘한 바람 난간으로 불어드네

달은 녹음을 보내어 섬돌로 비껴 올라오고
바위에 펼친 단풍 가을을 곱게 단장했네

---

15) 『潛谷全集』, p.37.

그대에게 한잔 술 더 권하노니
그대와 함께 만고의 시름을 녹이리라

취하여 백운에 누워 한가로이 꿈꾸니
외로운 꿈속 베개에 나비가 유유히 나네

誰栽疎竹已成林(李邦直)　四面凉風曲檻頭(蔡持正)
月送綠陰斜上砌(方于)　巖排紅樹巧粧秋(舜欽)
勸君更進一杯酒(王維)　與爾同消萬古愁(李白)
醉臥白雲閑入夢(蘇廣文)　夢飛孤枕蝶悠悠(宋白)[16]

前人의 시구를 추출하여 한 편의 시를 이루었으나 한 사람이 지은 것처럼 자연스럽다.

우리 나라 집구 칠언율시는 임유정 이외에도 蚓川 全克恒과 耕巖 文聲駿의 집구시에도 있다.

8) 七言排律

7언배율체는 『문체명변』에는 없다. 고려의 임유정은 칠언배율을 집구하였다. 『동문선』 권18에 수록된 임유정의 집구 「城樓感興」을 보기로 하자.

변성의 성 위 다락에 올라서
저녁놀 성긴 비에 시름을 못 가누네

청산이 나와 함께 늘 짝이 되어주고
백발은 무정하여 벌써 머리에 가득하다

---

16) 『東文選』 一(太學社 影印, 1975) 卷13, 「竹亭與友人飮」, p.272.

비파와 술잔으로 담소를 도우노니
수레와 말을 잠깐 멈추어 주오

누대 그림자 中流에 달빛에 흔들리는데
한밤 가을 소리는 귀뚜라미 울음일세

술을 사니 도연명 혼자 취하고
시를 쓰니 사혜련의 놀이를 허락하겠지

한가히 시냇돌에 새겨 바둑판 만들고
웃으며 꽃가지를 꺾어 술잔의 算을 놓네

만사가 천명인줄 일찍 알았거니
구태여 인간 만사를 꾀 내어 무엇하리

獨上邊城城上樓(魏野)　　晩煙疎雨不勝愁(李成秀)
青山與我長爲伴(鄭校)　　白髮無情已滿頭(羅鄴)
便取瑟觴供笑語(葉不器)　　莫辭車馬暫遲留(楊蟠)
樓臺影動中流月(李櫟)　　蟠蟀聲生半野秋(羅隱)
沽酒獨教陶令醉(子瞻)　　題詩應許惠連遊(楊蟠)
閑鐫溪石爲棊局(子西)　　咲折花枝作酒籌(樂天)
萬事早知皆有命(公濟)　　人生萬事不須謀(荊公)[17]

星湖 李瀷(1681~1763)은 임유정의 집구시의 훌륭함을 논하고 이어서 위의 7언배율은 고금에 없는 것을 우리 나라 사람이 처음으로 창안한 것이라고 높이 평가하였다.[18]

17) 『東文選』 卷18, 林惟正의 「城樓感興」.
18) 『星湖全集』(六)(驪江出版社影印, 1984), 「僿說」, p.1065. "至高麗林惟正. …… 又有七言七韻排律, 此古今所無者, 我東人發之也."

임유정의 7언배율의 문학성을 논하기에 앞서 최초로 창안했다는 점만으로도 그 가치와 한시사에서의 위치를 알 수 있다.

9) 五言絶句

서사증의 『문체명변』에 집구시 분류에는 5언절구가 없다. 文山 文天祥의 集杜詩 2백수는 모두 5언절구이다. 문천상의 「誤國權臣」을 보자.

백성들은 대신들을 의지하는데
북풍(전쟁)은 남극을 깨뜨리네

변경을 개척함이 한결같이 어찌 많은고
죽음에 이르러도 책임완수하기 어려워라

蒼生倚大臣(送韋中承)　　北風破南極(北風)
開邊一何多(前出塞)　　至死難塞責(吳侍御江)[19]

김육이 두보의 시로 집구한 집두시에는 5언절구가 2백수가 있다. 김육이 57세(1636)에 冬至聖節千秋進賀使(동지사)로 갔을 때 집구한 「丙子朝天錄」 47수 중 「不寐」 1수를 보기로 한다.

절역에서 오직 높이 베개하고 누워
시를 읊으며 탄식과 슬픔을 해소하누나

전쟁을 걱정하여 잠 못이루고
거듭 밤이 어느 만큼 되었는가 자주 묻노라

19) 文天祥, 『文文山全集』, 河洛圖書出版社, 中華民國 64, p.398.

絶域惟高枕(舍弟赴濟州)　　吟詩解歎嗟(遠遊)
不眠憂戰伐(宿江邊閣)　　數問夜如何(春宿左省)[20]

잠곡은 두보 시구를 절묘하게 집구하여 잠을 이루지 못하는 세계를 5언절구로 재창조하였다.

10) 七言絶句

서사증은 『문체명변』의 집구조에는 7언절구 집구시의 예문을 왕안석의 「江口」와 「戱贈湛源」으로 들었다. 梅月堂 金時習의 「山居集句」 100수는 모두 7언절구이다. 그 중 其一를 보기로 한다.

문안은 고요하여 이끼만 푸르른데
좋은 산과 좋은 대에 사람조차 적게 오네

한 손으로 턱을 괴고 누웠으니
다리 가의 도미꽃은 난만케 피었네

門巷寂寥空綠苔(皮日休)　　好山好竹少人來(戴石屛)
獨拳一手支頤臥(葛敏修)　　橋畔荼蘼爛熳開(陳月觀)[21]

이어서 김육의 集杜詩 7언절구 중 「老人宴」(其二)를 보기로 하자.

두어줄기 센 머리털을 어찌 버리겠는가
회포를 어느 때 좋게 열려는가

---

20) 『潛谷全集』, p.38.
21) 『梅月堂全集』(成均館大 大東文化硏究院影印), p.148.

명년 이 모임에 뉘라서 건재할 건가
자주자주 술잔 권함을 괴이 여기지 마오

數莖白髮那抛得(樂遊園歌)　　懷抱何時得好開(秋盡)
明年此會知誰健(九日崔氏)　　莫怪頻頻權杯酒(送王判官)[22]

집구시의 시체를 위와 같이 유형별로 예증하여 서사증의 잘못된 분류를 바로 잡았다. 이상에서 집구시의 一斑을 고찰하였는데 이를 요약하면 다음과 같다.

첫째, 집구시의 효시는 晋나라 傅咸이다. 그는 경전의 구를 모아 4언으로 시를 지어 집구시의 장르를 개척하였다. 둘째, 본격적인 집구시는 宋初에 이르러 비롯되었다. 石延年·王安石이 특히 이에 능하였다. 셋째, 집구시는 한 경전에서 구를 모아 한 편의 시를 짓는 방법과, 前人들의 시구를 모아 짓는 경우와 한 시인의 시에서만 시구를 모아 짓는 방법이 있다. 넷째, 집구시를 일명 百家衣體라고 하는데 이는 黃庭堅이 명명한 것이다. 다섯째, 明의 서사증은 집구시를 ① 四言古詩, ② 樂府, ③ 近體歌行, ④ 七言絶句로 분류하였다. 그러나 필자가 韓·中의 집구시를 분석한 결과 모두 10체임을 밝혀냈다. 즉 ① 四言古詩, ② 樂府詩, ③ 五言古詩, ④ 七言古詩, ⑤ 近體歌行, ⑥ 五言律詩, ⑦ 七言律詩, ⑧ 七言排律, ⑨ 五言絶句, ⑩ 七言絶句이다. 여섯째, 집구 7언배율체는 고려의 林惟正이 한시사상 최초로 창안한 시체이다. 일곱째, 집구시는 전인들의 시구를 모아서 한편의 시를 짓되 한 사람이 지은 것과 같이 뜻이 융회관통한 시이다.

---

22) 『潛谷全集』, p.53.

3. 中國의 集句詩

1) 傅咸의 集經詩

부함은 晋나라 惠帝(재위 290~306)때 사람으로 자는 長虞이며 謚號는 貞으로 글에 능하였다. 庾純이 부함의 글은 시인이 지은 것에 가깝다고 평하였다. 그는 御史中丞·議郎長兼司隷檢尉를 지냈다. 그의 집경시는 집구시의 효시가 된다.

서사증의 『문체명변』.집구조에 보면, 부함이 경서의 구를 모은 집경시가 있는데 모두 4언으로, 『효경시』 2首, 『논어시』 2首, 『毛詩詩』 2首, 『주역시』 1首, 『周官詩』 2首, 『춘추좌씨전시』 1수가 수록되어 있다. 먼저 『논어』의 구를 모아 집구한 『논어시』를 보자.

죽기를 한하고 도를 선하게 하여
연마하면 얇지 않네

정직하도다 史魚여
대신이라 할 만하네

위태로움을 보면 생명을 주어야
능히 그 몸을 이룰 수 있네

守死善道　　磨而不磷
直哉史魚　　可謂大臣
見危授命　　能致其身

사욕을 이기고 예를 회복하여
학문이 넉넉하면 벼슬하네

부귀는 하늘에 있는 것이라서
인을 하는 것 자기로부터 말미암네

도로써 임금 섬기기를
죽은 뒤에야 그칠 것이네

克己復禮　　學優則仕
富貴在天　　爲仁由己
以道事君　　死而後已[23)]

『논어』의 구를 모아 시를 지은 勸勵詩이다. 一首의 韻은 磷·臣·身이고, 二首의 운은 仕·己·已이다. "爲仁由己"가 『문체명변』에서는 "爲人由己"로 잘못되었다. 다음은 『시경』의 구를 모은 「毛詩詩 二首」를 보자.

수레 몰고 가지 마라
먼지에 눈 어두우리

위엄도 늠름한 인걸로 하여
문왕의 혼령도 마음놓으시리

밝고도 신실한 군자여
先王의 大道가 법이로다

無將大車　　惟塵冥冥
濟濟多士　　文王以寧
顯允君子　　大猷是經

23)『文體明辯』二, p.54.

항상 덕을 닦아 키워나가면
처음 좋고 끝도 좋으리

세상을 벗어날 생각하나
내 말이 정녕 중한 것을

소인들 말 달콤하니
무엇이 착하단 말인가

참언이 망극한데
넌 뻔히 얼굴을 드네

聿修厥德　　令終有俶
勉爾遯思　　我言惟服
盜言孔甘　　其何能淑
讒言罔極　　有靦面目[24)]

위는 『시경』의 구를 모아 4언고시를 지은 勸勵詩이다. 다음은 「春秋左氏傳詩」를 보자.

임금을 섬기는 예의는
감히 나의 진정을 다하지 않을소냐

공경하게 덕과 의를 받들어서
백성들에게 風教를 세웠네

덕을 밝혀 잘못됨을 막으니
그 이름 죽지 않았네

---

24) 같은 책, 같은 곳.

죽어서 나라에 이롭다면
자신에게 영광이 되네

이 마음 기쁘지 않으리
충성스럽고 능력이 있네

私利에 빠지지 않고
고인 남긴 자취 따라 곧게 살리

위엄으로 단정치 못한 것 축출하여
능히 번식치 못하게 하리라

事君之禮	敢不盡情
敬奉德義	樹之風聲
昭德塞違	不隕其名
死而利國	以爲己榮
玆心不爽	忠而能力
不爲利諂	古之遺直
威黜不端	勿使能植[25]

『춘추좌씨전』의 구를 모아 시를 만든 것으로 역시 勸勵詩이다. 韻은 情·聲·名·榮과 力·直·殖이다. 부함의 집경시는 한 경전에서 구를 취하여 시를 완성한 것으로 형식은 4언고시이고, 주제는 모두 권려이다. 그의 집경시는 집구시의 효시가 된다. 송대 이후 중국은 물론 고려·조선에까지 그 영향을 끼쳤다.

25) 같은 책, p.55.

2) 石延年의 集句詩

宋나라 석연년(994~1041)의 자는 曼卿이다. 그는 소시부터 詩酒豪放을 자득하였고, 시풍이 勁健하였다. 蘇舜欽(1008~1048)과 歐陽修(1007~1072)의 평을 보면 그는 韓愈의 노선을 추종했다는 것을 알 수 있으나 애석하게도 그의 작품은 散佚되어 보기가 드물다.[26] 그는 여러 번 진사시험에 응시하였으나 낙방하였다. 眞宗 때에 大理寺丞을 역임하고 후에 太子中允이 되었다.

淸나라 趙翼의 『陔餘叢考』를 보면 집구시는 왕안석이 창시한 것이 아니라 宋初에 이미 집구가 있었다고 밝히고 석연년에 이르러 크게 나타났다고 하였다. 석연년이 과거에 낙방하고 나서 집구한 「下第」를 보자.

일생에 문장의 힘을 얻지 못하여
관직에 오르려해도 아직 인연이 없구나

임금이 천리에 있는 나를 부르는 수고 아니해도 되나니
항아는 어찌하여 梅花를 애석히 여기느뇨

봉황도 조서를 내려야 명에 젖을 수 있고
승냥이와 호랑이도 무리 중에서야 입신할 수 있네

울어 피눈물 흘려도 쓸 곳 없어
붉은 옷 입고 말 타고 가는 이 어떤 사람이뇨

一生不得文章力　　欲上青雲未有因
聖主不勞千里召　　姮娥何借一枝春

26) 車相轅, 『中國文學史』(下), 文理社, 1974, p.569.

鳳凰詔不雖沾命　　　豺虎叢中也立身
啼得血流無用處　　　著朱騎馬定何人[27)]

前人의 시구를 모아 낙방한 자신의 불우한 신세를 집구로 절묘하게 형상화하였다.

달이 만약 한이 없으면 달은 항상 둥글 것이고
하늘이 만약 정이 있다면 하늘도 또한 늙으리

月如無恨月常圓　　　天若有情天亦老[28)]

이는 집구한 흔적이 없이 대우가 기묘하게 이루어진 절창이다. 석연년은 부함의 집경시를 발전시켜 전인의 시구를 모아 한 편의 시를 이룬 자로 집구시의 새로운 장을 열었다는 점에서 큰 의의가 있다.

3) 王安石의 集句詩

당송팔대가의 한사람인 왕안석(1021~1086)은 집구시를 크게 발전시킨 사람이다. 『왕안석전집』(下) 권36은 모두 집구시이고 권37에도 집구시가 있다. 그의 집구시는 34題 66首 566句이다.

送吳顯道五首, 送吳顯道南歸, 送劉貢甫謫官衡陽, 贈寶覺, 金山寺, 化城閣, 明妃曲, 懷元度四首, 招元度, 示黃吉甫, 送張明甫, 贈張軒民贊善, 望之將行, 招葉致遠, 獨行, 江口, 戲贈湛源, 與北山道人, 梅花, 卽事五首, 春風, 春雪, 花下, 春山, 金陵懷古, 沈坦之將歸溧陽値雨留吾廬久之三首, 시채天啓三首, 烝然

27) 趙翼, 『陔餘叢考』, 集句條.
28) 같은 책, 같은 곳.

來思, 示楊德逢, 示道光及安大師, 老人行, 離昇州作, 倉頡(이상 권36), 胡笳十八拍十八首(권37)

왕안석의 집구시는 집구한 시인의 이름과 시제를 밝히지 않았다. 그의 집구「送吳顯道五首」중 其二를 보자.

높은 등왕각 강가에 있는데
동쪽에 해뜨고 서쪽엔 비오누나

15년 전에도 이 같은 모임 있었는데
하늘 끝에 휘장 치고 연회를 베풀었네

공이 지금 가면 어느 때 돌아오련가
내 이제 술잔을 멈추고 한번 묻노라

봄바람 양 언덕 사이 물과 버들에 부니
옛적에 푸르렀는데 지금은 그렇지 않네

우연히 동호로 향하다가 다시 동으로 가니
살구꽃 두 그루 희고 붉게 피었네

불우하니 옛 놀던 일 응당 기억하기 마련인데
꽃을 꽂고 밝은 달밤에 말 타고 달렸던 일을

세월이 흘러가니 서해를 바라보나
명년에 꽃이 피어도 뉘 다시 있으리오

살구꽃 버들은 해마다 아름다우나
남북으로 오가는 사람을 저절로 늙누나

젊은 시절이 언제였느뇨 늙음을 어찌하리
그대와 젓가락으로 소반에 장단 맞추며 노래하노라

노래가 끝나자 하늘 우러러 탄식하나
六龍이 갑자기 발을 헛디디어 넘어졌네

눈 속에 분명하게 고국이 보이건만
돌아가지 못하다가 돌아갈 기회 얻었네

성의 남쪽으로 갈까 북쪽으로 갈까 망설이니
이 마음 불안한 모습 그대 응당 알리라

滕王高閣臨江渚　　東邊日出西邊雨
十五年前此會同　　天際張帷列樽俎
公今此去何時歸　　我今停杯一問之
春風兩岸水楊柳　　昔日靑靑今在否
偶向東湖更向東　　杏花兩株能白紅
落拓舊遊應記得　　揷花走馬月明中
荏苒荏苒瞻西海　　明年花開復誰在
杏花楊柳年年好　　南去北來人自老
少壯幾時奈老何　　與君把箸擊盤歌
歌罷仰天歎　　六龍忽蹉跎
眼中了了見鄕國　　自是不歸歸便得
欲往城南望城北　　此心炯炯君應識[29)]

위의 7언고시는 두보의 「羌村三首」(歌罷仰天嘆)와 「哀江頭」(欲往城南望城北) 그리고 宋之問(656~712)의 「有所思」(明年花開復誰在) 등 전인의 시에서 집구한 것이다. 왕안석이 吳顯道를 전송한 시로 전편이 자연스

29) 『王安石全集』(下), pp.236~237.

러워 집구한 흔적을 찾을 수 없다. 이어서 葉致遠을 초대하고 지은 집구시를 보자.

산복숭아 들살구나무 두 세 그루 심었더니
샛노란 잎은 스스로 알아서 자잘하게 꽃피었네

일년 중 봄이 가장 좋은 시절이니
내일 아침 술 생각이 나면 거문고 안고 오게나

山桃野杏兩三栽　　嫩葉商量細細開
最是一年春好處　　明朝有意抱琴來[30)]

7언절구로 이백(701～761)의 「山中對酌」(明朝有意抱琴來) 등에서 집구하였다. 시가 전원적이고 낭만적이다. 다음은 「送吳顯道五首」 중 其四를 보자.

문득 고향을 생각하니 머리는 이미 세었고
치아가 빠지려하니 참으로 애석하누나

강가에서 이별하니 다시 만나기 어려워라
강물과 강가의 꽃이 어찌 다함이 있으리

忽憶舊鄕頭已白　　牙齒欲落眞可惜
臨江把臂難再得　　江水江花豈終極[31)]

吳顯道를 전송하면서 집구한 7언절구로 이별의 아픔을 형상화하였다.

30) 같은 책, p.240.
31) 같은 책, p.237.

無情之物인 江水와 江花는 무한한 사물이다. 인간사에서의 別離苦를 집구로 묘사하였다. 두보의 「哀江頭」(江水江花豈終極) 등 옛사람의 시를 집구하였으되 그 흔적이 보이지 않는다. 다음은 「胡笳十八拍」의 其16을 보자.

이 몸은 술자리 끝나면 돌아갈 곳 없어
마음엔 백가지 근심 다시 천 번을 생각하나

천지가 개벽해도 뉘라서 알리오
위공이 눈물 흘렸으리라 文姬가 시집가는 것을

하늘가 야윈 몸
목숨이 새사람에게 맡겨졌네

내가 낳은 자식을 생각하니
나로 하여금 한탄하고 정신을 괴롭히네

새사람 새사람이여 내 말을 들어보소
내 생각은 어디에 있는고

어미와 자식이 이별하니 견디기 어려워라
생사를 서로 모르니 어느 곳에 가서 찾을고

此身飮罷無歸處　　心懷百憂復千慮
天飜地覆誰得知　　魏公垂淚嫁文姬
天涯憔悴身　　託命於新人
念我出腹子　　使我歎恨勞精神
新人新人聽我語　　我所思兮在何所
母子分離兮意難任　　死生不相知兮何處尋[32)]

위의 시는 악부이다. 漢나라 蔡邕의 딸인 蔡琰(자, 文姬)의 불행했던 일생을 노래한 것이다. 文姬는 박학하고 才辯이 있던 여자로 衛仲道에게 출가했으나 남편마저 죽고 자식도 없었다. 興平(漢, 獻帝, 194년)중에 난리를 만나니 문희는 오랑캐에게 사로잡혀 南匈奴左賢王에게 가게 되었다. 그곳에서 12년 동안 있었는데 아들 둘을 낳았다. 曹操는 본래 문희의 아버지 채옹과 친하였다. 이를 알고 사자를 보내어 金璧을 주어 풀려나게 한 후 董祀에게 문희를 시집보냈다.[33]

이와 같은 불우한 삶을 살다간 문희의 비극을, 문희가 지은 二章의 시 其一(念我出腹子와 託命於新人)과, 두보의 「樂遊園歌」(此身飮罷無歸處) 등에서 집구하였다.

왕안석의 집구시는 34제 66수 566구이다. 그는 부함의 집경시를 발전시켜 집구시의 새로운 길을 개척하였다. 왕안석은 四言古詩(毛詩)·樂府(胡笳十八拍)·七言古詩·近體歌行·五言絶句·七言絶句 등 시체별로 집구하여 집구시체의 정립과 발전에 기여하였다. 특히 그의 악부는 옛적의 일들을 절묘하게 집구하였다. 집구시는 부함에 의하여 맹아되었고 왕안석에 의하여 개화되었다고 할 수 있다.

4) 文天祥의 集杜詩

南宋의 충신이자 시인인 문천상(1236~1282)의 자는 宋瑞 또는 履善이고 호는 文山이다. 江西 吉水人으로 寶祐 4년(1254)에 진사가 되었다. 그는 元(몽고)이 침범하자 擧兵하였고 후에 우승상이 되었었다. 원나라에 사신으로 갔다가 구속되었고, 다음에 福州에 遁歸하여 益王登祚를 받들고 좌승상이 되었다. 후에 元兵에 패하여 循州로 가서 衛王을 옹립

---

32) 같은 책, p.246.
33) 『後漢書』(景仁文化社影印, 1975) 卷84, 列女傳 74, 「董祀妻」, pp.2800~2803.

하고 信國公이 되었다. 후에 원나라 장군 張弘範에게 패하여 燕京의 감옥으로 끌려갔으나, 3년 동안 굴하지 않았다가 47세로 형을 받고 장렬한 최후를 마치었다. 형을 받기 전에 지은 유명한 「正氣歌」 하나만을 보더라도 그의 忠義節烈을 알 수 있다. 시풍은 遺民詩의 전범으로 침울하고 비장한 것이 특색이다. 연경의 감옥 안에서 그는 두보의 시를 집구하여 5언절구 집두시 2백수를 지었다.

먼저 문천상의 集杜詩 自序를 보자.

> 내가 연경의 감옥 속에 앉아 할 일이 없어 두보의 시를 외웠다. 점점 감흥이 거듭되어 두보의 5언을 모아 절구로 만들었다. 오래되니 2백수를 얻었다. 무릇 내 뜻을 말하고자 할 바를 子美가 먼저 대신하여 말하였다. 날마다 완상하여 버리지 않았더니 다만 내가 지은 시로 생각하고 그것이 자미의 시로 한 것을 잊어버렸음을 깨달았다. 자미가 아니면 스스로 시를 할 수 없었음을 이에 알았다. 시구는 사람의 情性속의 말임을 스스로 알았는데, 번거롭게 자미가 말했을 뿐이다. 나는 자미보다 수 백년 후의 사람이나 그의 언어는 나를 위해 쓴 것이니 情性이 같은 것이 아닌가? 옛 사람이 두시를 평하여 詩史라고 하였는데 대개 詠歌의 辭로써 사실을 기재한 것이고 억양 표폄의 뜻이 그 속에 찬연하다. 비록 그의 시를 역사라 해도 옳으니 내가 두보의 시를 모은 바이다. 내가 곤궁해진 이래로 세상이 변했으니 사람의 일도 이에서 볼 수 있다. 시를 하는 자가 뜻이 있으면 이를 시비할 것이다. 후세의 훌륭한 역사가들이 여기에서 상고함이 있을 것이다. 上章執徐(경진 1280, 元世祖 17) 祝犂單閼(己卯月(2월)) 上章協洽日에 문천상 履善이 쓰다.
>
> 이 편은 전년에 지은 것으로 뜻하지 않게 流落하여 남은 목숨이 지금 죽지 못하니 斯文이 진실로 있다면 하늘이 장차 누구에게 맡길 것인가? 오호라! 천년이 지나도 마음은 이 말로써 부족하지 않겠는가. 임오(1282, 元世祖 20) 정월 초하루 날에 문천상이 쓰다.[34)]

34) 『文文山全集』 卷16, 「集杜詩」 自序, 河洛圖書出版社, 中華民國 六十四年, p.397. "余坐幽燕獄中無所爲, 誦杜詩. 稍習諸所感興, 因其五言, 集爲絶句. 久之, 得二百首. 凡吾

적국의 감옥(燕京)에서 집두시를 쓰게 된 경위를 자세히 밝히고 있다. 그의 집두시는 피살되기 2년전에 쓴 것이다. 인간의 情性은 같은 것인데 다만 두보가 먼저 말한 것으로 조국과 자신의 처지를 집구한 것이나, 후세 사가들이 상고할 바가 있을 것이라고 하였다.

문천상의 집두시 2백수는 1수부터 2백수까지 시제 밑에 일련번호를 붙였다. 그 중 「徐榛」 제134수는 시제만 있고 시가 없다. 그의 집두시는 5언절구 116제 2백수 800구이다. 그 수록 내용을 요약하면 다음과 같다.

① 「社稷」 제1부터 「入獄」 제104까지는 南宋이 망한 원인과 그 후 擧兵活動·탈출 등으로부터 元軍의 포로가 되어 연경의 감옥에 갇히기까지의 내용이다. ② 「懷舊」 제105부터 「懷舊」 제109까지는 故人들이 국가를 위하여 싸우다 죽은 것을 그리워하고 생각한 시들이다. ③ 「金應」 제110부터 「陳督幹」 제125까지는 金應의 활동 등을 형상화하였다. ④ 「陳小卿」 제126부터 「家樞密鉉翁」 제138까지는 師友와의 교제, 同列과의 정을 집구하였다. ⑤ 「墳墓」 제139부터 「次妹」 제155까지는 墳墓·宗族·母·舅·妻·二女·次子·妻子·長妹·長子·弟·次妹를 그리워한 집구시이다. ⑥ 「思故鄉」 제156부터 「思故鄉」 제162까지는 고향산천을 감옥에서 그리며 괴로워한 내용의 시이다. ⑦ 제163부터 제191까지는 시제는 없으나 적국의 감옥에서 착잡한 자신의 마음을 집구로 형상화한 것이다. ⑧ 「歎世道」 제192부터 「歎世道」 제200까지는 世道를 탄식하며 집구한 것이다. 이제 문천상의 집구시를 몇 수 살펴보기로 하자.

意所欲言者, 子美先爲代言之. 日玩之不置, 但覺爲吾詩, 忘其爲子美詩也. 乃知子美非能自爲詩. 詩句自是人情性中語, 煩子美道耳. 子美於吾隔數百年, 而其語爲吾用, 非情性同哉. 昔人評杜詩爲詩史, 蓋其以詠歌之辭, 寓紀載之實, 而抑揚褒貶之意, 燦然於其中, 雖謂之史可也, 予所集杜詩. 自余顚沛以來, 世變人事, 概見於此矣. 是非有意於爲詩者也. 後之良史, 尙庶幾有攷焉. 歲上章執徐, 月祝犁單閼, 日上章協洽, 文天祥履善甫叙. 是編作於前年, 不自意流落餘生, 至今不得死也, 斯文固存, 天將誰屬. 嗚呼. 非千載心不足以語此. 壬午正月, 元日. 文天祥書."

슬프게도 고향을 떠나니
나의 삶이 불행한 것 괴로워하네

몸을 돌려 푸른 들을 바라보니
다만 서쪽 영마루가 푸른 것만 보이네

戚戚去故里(前山塞)　　　我生苦飄零(通天驛)
回身視綠野(送李校書)　　但見西嶺靑(揚旗)[35]

元軍에게 끌려가는 자신의 비참한 모습을 두시로 집구하여 형상화하였다. 문천상은 元 世祖 15년(1278) 11월에 사로잡혔을 때, 즉시 腦子(독약)를 약 2兩이나 먹었으나 혼미한 상태가 오래갈 뿐 죽지 못했고, 8일간 단식하였으나 역시 죽지 못한 채 張弘範에게 끌려갔다. 원군이 위협하며 꿇어앉게 하고 절을 강요하였으나 죽음을 맹세하고 굴하지 않으니 장홍범은 客의 禮로 대한 후 海船 속에 감금하였다. 그 이듬해 張世傑이 厓山에서 궤멸되자 조국 남송이 멸망한 것을 목격하였다. 모진 형벌을 견딜 수 없어 탈출을 기도하였으나 경비가 삼엄하여 실패하였다. 그는 이 때에 죽지 못한 것을 천추의 한으로 여겼다.[36]

위의 시는 연경으로 끌려가며 吉州를 지나던 당시를 회상하고 감옥에서 집구하였는 바 침울하고 비장하다.

강물은 동쪽으로 흘러가고
뜬구름은 하루 종일 떠도누나

---

35) 『文文山全集』 卷16, 「吉州」 第82, p.417.
36) 같은 책, p.415. "余被執後, 腦子約二兩, 昏眩久之, 竟不能死. 及至張元帥所, 衆脅之跪拜, 誓死不屈, 張遂以客禮見, 尋置海船中. …… 厓山之敗, 親所目擊, 痛苦酷罰, 無以勝堪, 時日夕謀蹈海. 而防閑不可出矣. 失此一死, 困苦至於今日, 可勝恨哉."

이별하고 죽음의 땅을 지나니
남은 목숨 마시고 먹음을 부끄러워하네

江水東流去(陪王侍御宴)　　浮雲終日行(夢李白)
別離經死地(鄭附馬池)　　飮啄愧殘生(草堂)[37)]

자신의 처지를 강물과 뜬구름에 비유한 것이다. 역시 연경으로 끌려가는 모습을 두보의 시로 집구하여 형상화하였다. 문천상은 1279년 10월 1일에 연경에 도착하였다. 11월 1일에 元 世祖 앞에 끌려갔는데 무릎을 꿇지 않고 항거하며 굴하지 않았다. 다시 入獄되어 죽음을 기다리며 좁은 감옥에서 두보의 시를 집구하여 자신의 모습을 다음과 같이 형상화하였다.

음산한 감방에 귀신불이 푸르고
한 낮인데도 또한 쓸쓸하구나

스스로 광달한 선비의 회포가 아니니
사는 사람 고생이 많기만 하누나

陰房鬼火靑(玉華宮)　　白日亦寂寞(昔遊)
自非曠士懷(登慈恩塔)　　居人莽牢落(送樊侍御)[38)]

문천상은 「正氣歌幷序」에서, 당시 土室(감옥)의 넓이가 8尺이고, 깊이가 四尋이며, 문은 하나로 열기가 가득했고, 비가 오면 물이 고였으며, 시체와 썩은 쥐들과 더러운 냄새가 가득했다고 감방의 모습을 밝혔다.

---

37) 같은 책, 「江行」 第86, p.418.
38) 같은 책, 「入獄」 第99, p.420.

토굴의 작은 감방에서 죽음을 기다리며 사는 망국의 포로로서의 비극적 삶을 두보의 시구를 빌어 표현한 비장한 시이다.

날씨는 춥고 어두운데 해마저 없으니
고향 생각 절로 나네

옛 친구들 찾아가도 반은 귀신이 되었으리니
처절하여 가슴속에 슬픔만 있네

天寒昏無日(石龕)　　故鄕不可思(赤思)
訪舊半爲鬼(贈衛處士)　　慘慘中腸悲(送方書記)[39]

고향 동산 꽃은 스스로 피겠지만
다시는 찾아오는 친구들 없겠지

난리에 친구들 다 죽었는데
幽深한 패옥 소리 눌 위하여 슬퍼하나

故園花自發(憶弟)　　無復故人來(昔遊)
亂離朋友盡(遣懷)　　幽珮爲誰哀(雨)[40]

친구가 내 꿈속에 나타나니
서로 보고 눈물만 줄줄 흘리었네

사해가 한결같이 도탄에 빠졌으니
내 한 몸 완전한들 어디다 쓰리

39) 같은 책,「懷舊」第106, p.421.
40) 같은 책,「懷舊」第107, p.421.

故人入我夢(夢李白)　　相視涕闌干(彭衙行)
四海一塗炭(逃難)　　焉用身獨完(垂老別)[41]

위는 「懷舊」시 중에서 3수를 옮긴 것이다. 감옥에서 조국 남송을 위해 싸우다 죽은 故人들을 그리워하면서 추모의 정을 집구한 시로 침울하고 비장하다. 다음은 문천상이 처자와 동생을 그리며 집구한 시를 보자.

머리 얹고 아내가 되었으나
허둥지둥 난리를 피했네

살아서 이별이나 죽어서 이별이나
머리 돌리고 눈물 줄줄 흘리네

結髮爲妻子(新婚別)　　蒼惶避亂兵(破船)
生離與死別(別賀蘭銛)　　回首淚縱橫(示宗文宗武)[42]

처자의 소식이 끊어진지 오래되니
바람에 나부끼는 티끌 먼지와 같누나

막막한 세상사 암울하기만 한데
내 목숨은 남에게 매여있네

妻子隔絶久(述懷)　　飄飄若埃塵(寄薛郎中)
漠漠世間黑(贈蜀僧)　　性命由他人(懷鄭司戶)[43]

---

41) 같은 책, 「懷舊」 第108, pp.421～422.
42) 같은 책, 「妻」 第143, p.431.
43) 같은 책, 「妻子」 第146, p.432.

세상이 난리를 만나 표탕하니
날리는 콩잎과 함께 배회하누나

열 식구 바람과 눈에 격해 있으니
도리어 소식 오는 것이 두렵구나

世亂遭飄蕩(羌村)　　　　飛藿共徊徘(昔遊)
十口隔風雪(赴奉先縣)　　反畏消息來(述懷)[44]

형제가 헤어진 이별의 고통
처량하네 지난날 생각하니

어찌하면 날개가 있어
날아가 너의 앞에 나타날 수 있으리오

兄弟分離苦(送弟頻)　　　凄凉憶去年(倚杖)
何以有羽翼(夢李白)　　　飛去墮爾前(彭衙行)[45]

아내와 자식, 그리고 동생을 그리는 정을 두보의 시를 절묘하게 집구하여 자신의 시로 재창조하였다. 문천상이 집두시 自序에서, 자신이 하고자 했던 말을 두보가 먼저 대신하여 말했다고 하였듯이, 자신의 처지와 비애, 그리움을 물 흐르듯 자연스럽게 집구하였다. 이러한 시에서 문천상의 독특한 문학세계를 규지할 수 있다. 비장과 침울의 세계는 그의 처지가 망국의 포로로 獄中이라는 특수한 상황에 기인된다 할지라도, 두보의 생애가 불우했던 만큼 비장과 애상의 세계는 일치될 수밖에 없다. 다음은 고향을 그린 시들을 보자.

44) 같은 책, 「妻子」 第147, p.432.
45) 같은 책, 「弟」 第151, p.433.

사람으로 태어나 이별할 가족이 없으니
친구들이 늙고 추함을 슬퍼하노라

종이를 잘라 나의 혼을 불러
어느 때에나 한 동이 술 나눌 수 있을고

人生無家別(無家別)　　親故傷老醜(述懷)
剪紙招我魂(彭衙行)　　何時一樽酒(憶李白)[46]

멀고 먼 만여 리에
절역에 있는 내 마음을 뉘라서 위로하리

나의 남새밭 나날이 푸를 것인데
머리 돌려 두 곳을 바라보노라

迢迢萬里餘(前出塞)　　絶域誰慰懷(贈李五大)
我圃日蒼翠(雨)　　回首望兩厓(柴門)[47]

벼슬이 높다고 어찌 족히 논할 수 있으리
적막한 몸 후의 일이로다

사물의 이치는 본래 그러하나니
원컨대 제일로 義를 듣고자 하노라

高官何足論(佳人)　　寂寞身後事(夢李白)
物理固自然(鹽井)　　願聞第一義(謁文公上房)[48]

46) 같은 책, 「思故鄕」 第159, p.435.
47) 같은 책, 「思故鄕」 第161, p.435.
48) 같은 책, 「思故鄕」 第191, p.440.

고향산천을 그리는 자아의 내면세계를 집구로 형상화하였다. 비록 두보의 시구로 집구하였으나 문천상의 肉化된 내밀한 언어로 재창조하여 완벽한 절구를 이루었다. 문천상이 自序에서 두보의 시로 집구한 시임을 잊어버렸다는 것을 뒤늦게 알았다고 한 것을 인정할 만하다. 문천상의 집두시는 옥중에서 무료함을 달래기 위하여 지은 것이다. 그러나 시의 자연스러움과 悲壯과 침울한 세계는 자신의 시풍을 그대로 반영한 것이다. 망국의 한을 안고 적국의 감옥에서 두보의 시로만 5언절구로 2백수를 집구한 문천상의 천부적인 문학성과 재능이 아우러져 새로운 시로 창조한 것이다. 그의 집두시는 조선의 金堉에게 지대한 영향을 끼쳤다.

다음은 安石의 집구시를 보자. 明의 楊愼(1488~1559)은『升菴詩話』에서 자신의 친구 安石의 집구를 소개하였다.

亡友 安石은 嘉州人으로 집구를 묘하게 하였다.

농어가 정말 맛 좋으니 돌아가지 못하고
여윈 말 홀로우니 참으로 슬프구나

鱸魚正美不歸去　　瘦馬獨吟眞可哀

또
그대에게 청하노니 나에게 한말 술을 부어다오
너와 함께 만고의 근심을 녹이리라

請君酌我一斗酒　　與爾共消萬古愁

또
들보 사이 제비들의 장탄식을 듣고
다락 위 꽃가지는 홀로 웃으며 졸고 있네

호수는 연꽃의 마을이요
구름 장막은 단풍나무의 숲이로다

梁間燕子聞長歎(李義山) 樓上花枝笑獨眼(劉長卿)
水國蓮花府(韓翃) 雲帆楓樹林(杜工部)[49]

『승암시화』는 이어서 安石이 두보시로 집구한 「弔葉叔晦詩」를 소개하고 독자로 하여금 눈물을 짓게 한다고 하였다.

강에 이르러 이별하니 다시 만나기 어렵고
문득 선생과 이별하게 되었구나

문장은 조식과 같아 파도처럼 활달하니
죽어서 별이 되어 멸하지 않으리

늙어 가는데 새로 지은 시 뉘에게 전할고
남아의 성명은 몹시 가련하누나

문 밖에 나가 돌아보아도 이미 옛 자취일 뿐
처자들 산 속에서 하늘 향해 통곡하누나

밤중에 일어나 앉으니 만감이 교차하여
인생은 정이 있어 눈물이 가슴을 적시네

봉황과 기린은 어디에 있는고
돌 밭 초가집은 푸른 이끼가 거칠어졌누나

49) 楊愼, 『升菴詩話』 卷10, 集句(『中國詩話選』 續歷代詩話 下), 藝文印書館, 中華民國 72, p.995.

그대 쓸쓸한 담장에 햇빛 저무는 것 보지 못했는가
가을 바람 나를 위해 하늘로부터 온 것을

臨江把臂難再得　　便與先生成永訣
文章曹植波浪闊　　死爲星辰亦不滅
老去新詩誰與傳　　男兒性命絶可憐
出門轉眄已陳跡　　妻子山中哭向天
中夜起坐萬感集　　人生有情淚沾臆
鳳凰麒麟安在哉　　石田茅屋荒蒼苔
君不見空墻日色晩　　悲風爲我從天來[50)]

두보의 시로 집구하여 葉叔晦를 조상한 弔詩이다. 安石의 生平과 문집을 찾을 수 없어 상고할 수 없으나, 집구에 능했던 사람임을 알 수 있다. 이 외에도 明의 시인으로 집구에 능했던 이로 李楨과 童虩를 들 수 있다.

이상에서 중국의 집구시에 대하여 살펴보았는데 이를 요약하기로 한다. 첫째, 晋의 傅咸이 經典의 구를 4언고시로 집구한 것이 효시이다. 그의 집경시 소재는 『효경』·『논어』·『毛詩』·『주역』·『周官』·『춘추좌씨전』으로 6제 10수가 『문체명변』에 전하는데 내용은 勸勵이다. 둘째, 宋 石延年의 집구시는 淸의 趙翼이 撰한 『陔餘叢考』 집구조에 보이는데, 古人의 시구를 절묘하게 집구하여 집구시의 진전을 가져왔다. 셋째, 왕안석의 집구시는 34제 66수 566구가 있다. 그는 집구시의 시체를 개척하였고, 흔적 없이 집구하여 집구시의 새로운 영역을 확대하였다. 넷째, 남송의 文天祥은 元의 포로가 되어 燕京의 감옥에서 두보의 시로만 최초로 5언절구 2백수 800구를 집구하였다. 그의 집두시는 遺民詩의 일종이나 침울하고 비장한 세계가 특징이다. 또한 두보의 시로 집구한 흔

50) 같은 책, 같은 곳.

적을 찾을 수 없을 정도로 완벽하게 집구하여 자신의 시로 재창조하였다. 문천상의 집두시는 조선조 金堉의 집두시에 큰 영향을 끼쳤다.

4. 高麗朝의 集句詩

1) 林惟正의 集句詩

임유정은 본관이 襄陽으로 문과에 급제하여 明宗(재위, 1170~1197) 때에 國子祭酒에 올랐는데 그의 生平에 관하여서는 상고할 수 없다. 임유정의 집구시집 『百家衣詩集』은 모두 3권으로 280여 수가 있었고, 慶州에서 이를 刊布한 바가 있다. 이어 崔瑀(?~1249)에 의하여 이를 다시 수집하였고, 다시 安東大都護府에서 간행된 사실을 南秀文(1408~1443)이 쓴 임유정의 집구시집 「百家衣跋」을 보면 알 수 있다.

옛날에 왕형공(왕안석)이 동파의 (집을) 지나다가 책상에 옛 벼루가 있는 것을 보고 몹시 사랑스러워하며 말하기를 "마땅히 집구해서 지으리라"하고 즉시 부르기를 "교묘한 匠人이 산의 뼈를 깍아"하고는 깊이 생각에 잠긴 채 얼른 결단을 내리지 못하다가 필경 뒤를 잇지 못하였다는 것이다. 대저 형공과 같이 탁월한 재주와 학문의 贍富로서 집구를 창안하였는데 오히려 그 어려워함이 이와 같았으니 하물며 그만 못한 사람이랴!

고려 좨주 임선생의 백가의집 3권은 5언과 7언을 다하여 모두 280여 수이나, 모은 바는 그 숫자를 헤아릴 수 없다. 百家의 시구를 모으되 좌우로 깊이 통달하여 어떤 사물만 만나면 지었으니 對偶의 정밀함이 천연으로 이루어져서 마치 월나라의 깁(羅)과 蜀땅의 비단을 가지고 교묘하게 바느질한 것 같아서 다섯 가지의 채색이 조화를 이루어 마음과 눈이 현란하도록 빛난다. 그 풍부한 기억력과 연결해 모으는 재능은 형공으로 하여금 보게 한다 하더라도 어찌 많이 양보하지 않겠는가. 이 편집을 일찍이 경주에서 간포한 바가 있었으나 해가 오래되고 판이 손결되어 사람들이 흔히 등사하여 보더니, 正統 기미년(1439) 가을에 都觀察使 개성 李相國 宣이 사람의 손을 빌려 경연에 소장한 인쇄본을 등사하게 되어 다시 안동대도호부에서 판에 새겨 그 傳布를 널리 하게 되니 어찌 다만 선생의 이름만이 이에 힘입어 썩지 않으리요! 공이 옛 것을 좋아하고 선을 현양하는 거룩한 마음이 후세에 명백히 드러나게 될 것이다.[51)]

趙文拔(?~1227)은 「백가의시서」에서 임유정의 집구시에 대하여 문학적 재능과 시세계와 간행관계를 다음과 같이 기술하였다.

襄陽 임유정선생은 천성이 총민하여 무릇 어떤 문장이건 한번 耳目을 거친 것은 문득 외워 한 토막말도 마음에 잊어버리는 일이 없었다. 이로써 記識을 자부하여 평생의 저술이 王氏의 체를 많이 본떴다. 바야흐로 종이에 붓대를 놀릴 적에는 沈約·宋之問·張說·蘇頲·韓愈·張籍·劉禹錫·白居易 같은 이가 가슴속에 숨어 있어 마음대로 글귀를 뱉아 내서 복잡한 굳은 陣을 깨뜨리고 아로새기는 魁帥를 사로잡았으므로 모두 깃대와 호각이 부러진 채 무너져 도망가고 만다. …… 애석하게도 하늘이 그 年壽를 부여하지 아니하여 일찍 세상을 떠나게 되니 그 시도 8~9는 유실되었다. 그래서 논자들이 마음에 만족하지 않았다. 때마침 相國 清河 崔瑀공은 착한 일을 좋아하는 군자로서 분산되다 남은 遺編을 얻은 것이 무릇 몇 편인데, 읊조리기를 마치 단술을 맛보고 자주 부어 마시는 것 같이 하며 正音을 듣다가 곡조를 마치

51) 『東文選』(四) 卷103, 「百家衣跋」(大學社影印, 1975), p.76. "昔王荊公過東坡, 見案上古硏甚愛 因曰, 當集句賦之, 卽唱云, 巧匠斲山骨, 沈吟久之, 竟不能續. 夫以荊公才學之贍, 創爲集句, 而猶有難之者如此, 況其下者乎. 高麗祭酒林先生, 百家衣集三卷, 五七言總二百八十餘首, 所集無慮數. 集百家詩句, 左右逢源 遇物則賦, 對偶之精, 渾然天成, 如取越羅蜀錦, 而巧如針線, 五彩相宣, 眩耀心目. 其記識之當, 綴集之能, 使荊公見之, 寧不爲之多讓也耶. 是編嘗刊于慶州, 歲久板缺, 人多傳寫以觀, 正統己未秋, 都觀察使開城李相國宣, 倩人抄得經筵所藏印本 復鋟梓于安東大都護府, 以廣其傳, 豈惟先生之名, 賴以不朽. 公之所以好古揚善之盛心, 爲益白於後世矣."

지 못해서 마음이 섭섭하였던 모양이라 일찍이 나를 불러서 말하기를 "이 글월은 금옥과 같으니 반드시 간직했다가 후세에 보배되게 할 자가 있을 것이니, 마땅히 서술하여 그 精華로 하여금 흙 속에 묻히지 말게 하라"하며 그 부탁이 매우 간곡하였다. …… 이에 아울러 수록하여 3권으로 만들었다. 그리고 黃山谷의 말을 인용하여 제목을 백가의집이라 하여 오래 전하도록 하였다.[52)]

위에서 인용한 「백가의발」과 「백가의시서」에 나타난 바와 같이 임유정은 집구에 능하였다. 유실되었으나 시가 280여 수가 되며 『백가의집』(3권)이 두차례에 걸쳐 간행되었음을 알 수 있다. 그러나 현전하는 그의 집구시는 『동문선』에 다음과 같이 35제 45수가 전할뿐이다.

五言排律(권9) : 「宮中四景集句」 등 7제 11수
七言排律(권13) : 「題皆骨山長淵寺」 등 19제 26수
七言排律(권18) : 「城樓感興」 1題 1首
七言絶句(권20) : 「詠龜山寺冬日四季花」 등 8제 8수

위의 시들의 집구 내역을 보면 백거이 시가 27구, 구양수의 시가 21구, 소식의 시가 13구, 두보·孫何의 시가 각 10구, 왕안석·齊己의 시가 각 8구, 杜牧의 시가 7구, 이백·蘇舜欽·錢起의 시가 각 6구, 韓愈·羅隱의 시가 각 5구, 魏野·方干·智圓의 시가 각 4구, 王維·黃庭堅·

52) 『東文選』(三) 권84, 「百家衣詩序」, p.302. "襄陽林先生惟正, 性聰敏, 凡文章, 一經於耳目, 輒誦之, 無一語忘于心. 斯所以負記識, 平生綴述, 効王體多矣. 方其弄牋毫, 如沈宋許燕韓張劉白, 藏在胸臆間, 隨意吐句, 破瑣屑之堅陣, 擒雕鑿之酋帥, 皆摧幢折角, 崩潰而散. …… 惜其天不與年, 冥於長往, 其詩亦從以十失八九. 論者不盈志, 時相國淸河崔瑀, 好善君子也, 搜得遺篇於散逸之餘, 凡若干首, 諷詠之若嚌醴亟醽, 聞雅音不竟曲, 其慊於心矣. 嘗召而告之曰, 斯文金玉也, 必有收而寶于後世者, 宜叙之, 無使精英淪於土, 其囑之甚勤. …… 於是幷錄之, 離爲三卷. 旣而用山谷語, 目曰百家衣集, 以壽其傳."

賈島·杜荀鶴·郭震의 시가 각 3구이며, 이외에 1구~2구의 시를 인용한 有·無名의 시인들을 합쳐 백여 명에 이른다.[53] 눈(雪)을 노래한 임유정의 집구 5언율시를 보기로 하자.

듣기도 어여쁘다 밤새도록 내리는 소리
얇다란 조각이 바람에 쫓겨 하늘하늘

그윽한 골짝에선 솔 소리와 섞갈리고
빈 뜰에서는 달빛과 혼동되네

담을 둘러 전부 粉을 칠했고
나무에 붙으면 모두 꽃이 되는구나

시인에게 말씀 좀 전해주게
앞마을에 가 술 먹을 만 하다고

聽憐終夜落(齊己)　　片薄逐風斜(辛寅遜)
幽澗迷松響(盧肇)　　虛庭混月華(僧止勤)
繞墻全剝粉(李商隱)　着樹摠成花(趙滕)
爲報詩人道(錢起)　　前村酒可賖(和放)[54]

눈(雪)을 노래한 시로 집구한 흔적을 찾을 수 없이 절묘하게 형상화하였다. 다음은 對偶의 예를 보자.

안개와 연기 속의 궁벽한 고을
사면은 모두 첩첩 봉우리

53) 南潤秀, 앞의 논문, p.9.
54) 『東文選』(一) 권9, 林惟正의 「詠雪」, p.222.

숲 속의 꾀꼬리는 낯선 손이 온다 울고
담의 제비는 가지 말라 지저귀네

지는 해는 불타는 불보다 더 붉고
나는 꽃잎 희기가 은과 비슷하네

시원한 바람 부는 북창 아래서
술 한잔 기울이면서 가는 봄을 보네

縣僻煙霞裏(孫何)　　亂山爲四鄰(楊蟠)
林鶯鳴訝客(韓愈)　　墻燕語留人(杜甫)
落照紅於燒(白樂天)　　飛花白似銀(楊蟠)
淸風北窓下(李白)　　一酌送殘春(億之)[55)]

때는 가을 오랜 비도 갰는데
구름이 걷히니 푸른 하늘이 드높구나

우수수 바람은 뜰에서 일어나고
비스듬히 기우는 달은 행랑을 도네

쇠잔한 등불에 어둑한 무리 생기고
늙은 나무는 새 서리를 맞는구나

폐를 앓아 술을 못 마시니
酒攡를 부릴 수도 없어라

時秋積雨霽(韓公)　　雲捲碧天長(子西)
淅淅風生砌(杜甫)　　斜斜月轉廊(元寵)

55) 『東文選』(一) 권9, 林惟正의 「和狼川縣客舍留題」, p.222.

殘燈生暗暈(荊公)　　老木犯新霜(呂本中)
病肺不飮酒(呂溫)　　無因作醉犧(齊己)[56]

위의 二首는 대우가 잘 이루어져 있다. 前者의 시에서 함련 "林鶯鳴訝客, 墻燕語留人"과 경련의 "落照紅於燒 飛花白似銀"과, 후자의 함련 "淅淅風生砌 斜斜月轉廊"과 경련 "殘燈生暗暈 老木犯新霜"의 대우는 집구하였으되 한사람의 작품처럼 이루어져 있다. 다음은 7언절구를 보자.

한 동이 술 다하고 청산은 저물었는데
취해 돌다락에 누우니 床에 가득한 구름

한밤중에 늙은 중이 손을 불러 깨우니
달 밝은 절에는 계수꽃이 향기롭네

一尊酒盡靑山暮(方干)　　醉臥石樓雲滿床(杜牧)
半夜老僧呼客起(子瞻)　　月明金地桂花香(樂天)[57]

삼월이라 바로 그믐날인데
사창에 꿈이 깨자 꾀꼬리 소리 듣나니

새벽에 가지 위에서 지저귀는 그 온갖 말
흡사 동풍 향해 옛정을 얘기하는 것 같네

三月更當三十日(賈島)　　綠窓殘夢早聞鶯(貫休)
曉來枝上千般語(齊己)　　似向東風話舊情(李高夫)[58]

56) 『東文選』(一) 권9, 林惟正의 「秋夜入直都省偶題壁上」, p.222.
57) 『東文選』(一) 권20, 林惟正의 「東林寺上房醉後戱題」, p.348.
58) 『東文選』(一) 권20, 林惟正의 「三月日聞鶯有感」, p.348.

앞의 시는 東林寺에서 술이 취한 후 집구한 것이다. 후자의 시는 삼월 그믐날 꾀꼬리 소리를 듣고 느낌이 있어 집구하였다. 흡사 그림을 연상케 하는 시들이다. "詩中有畵"라는 말에 조금도 손색이 없을 만큼 情과 景의 형상화가 훌륭한 시들이다.

나는 본래 옥황상제의 향안 앞 사자였나니
이년간 곤룡포의 빛남을 못보았네

산호 베개 위에 흐르는 눈물
천 줄기 닦고 나면 다시 만 줄기 흐르네

我是玉皇香按吏(元微之)　　二年不見赭袍光(禹偁)
珊瑚枕上汪汪淚(葛次中)　　拭却千行更萬行(潘閬)[59]

위의 시는 景靈殿에서 興威衛로 전보된 후 밤에 숙직하며 집구한 시다. 충후한 신하의 충정이 오롯이 형상화되어 있다. 다음은 7언율시를 보기로 한다.

도가 외로우니 세상 물정 생소하고
곧은 낚시로 연못가니 고기 늘 잃었네

빈 뜰에 달 비치누나 사람 떠나간 뒤
외로운 베개에 술 깨니 기러기 온 처음일세

봄 기울어 무성한 잎에 꽃가지 조그맣고
후원 깊숙한 발 앞엔 낮 경치 고요하네

---

59) 『東文選』(一) 권20, 林惟正의 「自景靈殿出補興威夜直有感」, p.348.

나의 생애 알릴 양이면 응당 웃을라
집은 다만 사벽 본시 남은 것 없어라

道孤還與物情踈(孫何)　　釣直臨淵屢失魚(韓駒)
月照離庭人去後(韓宗)　　酒醒孤枕雁來初(杜牧)
春殘葉密花枝小(荊公)　　院僻簾深晝景虛(蘇舜欽)
若報生涯應笑殺(樂天)　　家徒四壁本無餘(張攄)[60]

위의 「赴任耀德次觸事有感」은 「竹亭與友人飮」과 함께 星湖 李瀷이 아름다운 시라고 높이 평한 시이다. 이익은 임유정의 작품이 모두 이런 유라서 다 기록할 수 없다고 하였다.[61] 위의 시는 자신의 청빈한 삶을 형상화한 것으로 무욕의 청징한 세계가 담겨져 있다.

해가 지나도록 멀리 놀아 어버일 여의였는데
하물며 이 성가에 즐거운 일 드물어라

솔 길이 거칠어 푸른 풀과 합해졌고
고향 생각 흰 구름과 짝을 지어 날아가네

푸른 이끼 군데군데 인적이 끊겼고
피눈물이 아롱아롱 나그네 옷에 가득

만리 밖에 집 있어도 돌아갈 길 막혔으니
모름지기 임기 만료되어 돌아갈 수 있으리

60) 『東文選』(一) 권13, 林惟正의 「赴任耀德次觸事有感八首」 其2, p.272.
61) 『星湖全書』(六), 「僿說」 詩文門, 「回文集句」, p.1065. "林詩之佳者, 略莱錄焉. 竹亭詩曰, 誰栽踈竹已成幽(李邦直) …… 夢飛孤枕蝶悠悠(宋白). 其有感詩曰, 道孤還與物情踈(孫何), …… 家徒四壁本無餘(張攄) 它作皆此類, 不可盡錄."

遠遊經歲去親闈(陳瞻)　　況復城邊樂事稀(張祐)
松逕自荒青草合(石延年)　　鄉心且伴白雲飛(陳瞻)
蒼苔點點無人跡(永叔)　　血淚斑斑滿客衣(李若水)
萬里有家歸尚隔(鄭介叔)　　可能須待政成歸(羅隱)[62]

연못 남북에 자리처럼 깔린 풀
살랑살랑 맑은 물결에 뛰노는 고기들

밝은 달은 기약 있어 어스름께 돋아오고
지는 꽃 눈물과 함께 가는 봄을 전송하네

춥지도 덥지도 않은 좋은 시절에
반쯤 거나한 반쯤 깬 일 없는 사람

남쪽 이웃에 숨어서 사는 선비 있어
이따금 마주 대하여 친한 벗도 되누나

池南池北草如茵(陳純益)　　瑟瑟清波見戲鱗(舜欽)
明月有期生薄暮(無)　　落花和淚送殘春(陳純益)
不寒不熱好時節(樂天)　　半醉半醒無事人(簡夫)
幸有南隣隱君子(永叔)　　因時數面亦成親(楊時可)[63]

앞의 시는 耀德에 부임하여 고향을 그리워하는 정을 집구로 형상화한 것이며 후자는 늦봄에 유유자적한 시인의 생활을 집구로 그린 것이다. 위의 시에 나타난 함련과 경련의 대우는 一人의 作과 같아서 집구한 흔적을 찾을 수 없을 만큼 자연스럽다.

---

62) 『東文選』(一) 권13, 林惟正의 「赴任耀德次觸事有感八道」 其5, p.272.
63) 『東文選』(一) 권13, 林惟正의 「暮春書事示李注薄」, p.271.

이익이 높이 평가한 바와 같이 임유정은 집구 7언배율을 창시한 사람이다. 앞의 집구시의 유례에서 살펴본 임유정의 「城樓感興」을 비롯한 집구시는 趙文拔의 「백가의시서」와 南秀文의 「百家衣跋」과, 조선초 시학을 대성시킨 泰齋 柳方善(1388~1443)과 이익 등에 의하여 문학적 가치를 높이 평가받았다. 유방선은 집구시는 어렵고도 쉽고 쉬우면서도 어렵다고 四佳 徐居正(1420~1488)의 물음에 답하면서, 林惟正과 崔集均이 집구에 능하였음을 인정하였다. 그러나 어찌하여 자작의 시가 한편도 유전되고 회자된 것이 없는가를 의심하였다.[64)]

이익은 임유정의 집구시에 대하여, 경지에 부딪치면 붓을 잡고 입에서 나오는 대로 문장을 이루어 對偶도 정교하며, 의사를 발표함도 천연스러워 전혀 깎고 다듬은 흔적이 없다 하고, 유방선이 의심한 이유는 근거가 있을 법하다면서 집구이거나 아니거나 이미 아름다운 시임에는 틀림없다고 하였다.[65)]

임유정의 집구시집 『백가의시집』은 현전 하지 않으나 3권으로 280여 수가 수록되었음을 알 수 있다. 『동문선』에 수록된 35제 45수만 전할뿐이다. 그는 七言排律을 창안하였으니 한시사에 그 업적은 크지 않을 수 없다.

---

64) 徐居正, 『東人詩話』 下, p.39. “予嘗問泰齋先生集句難易, 先生曰, 難而易, 易而難. 曰何謂也. 曰集句荊公所難. 近世林祭酒惟正, 崔先生執鈞皆能之. 觀其所集, 似是平日依韻摭詩, 諸子百家靡不蒐獵, 區分類別, 以待其用耳. 我國家文籍鮮少, 百家諸子之行有數, 而林崔所集, 多有不見, 不聞之人, 此甚可疑. 且林崔旣能集句, 何無自作一篇流傳於世, 膾炙人口乎. 是又可疑. 此不亦難而易, 易而難乎. 予頃見崔先生所著古律數十篇, 無一句可得於後. 所謂見面不如聞聲者也.”

65) 『星湖全書』(六), 僿說, 詩文門, 「回文集句」, p.1065. “集句律詩, …… 至高麗林惟正, 觸境操筆信口成章, 屬對精巧, 用意宛轉頓, 無斧鑿痕. …… 泰齋云, 彼旣能集句, 何無自作一篇, 流傳膾炙, 其所以疑之. 適所以證, 成無論集與不集, 此已佳詩.”

2) 崔集均의 集句詩

최집균이 집구에 능하였음을 밝혀주는 자료는 우선 益齋 李齊賢(1287~1367)의 『櫟翁稗說』과 서거정의 『동인시화』에 간략히 언급되어 있을 뿐 생애를 알 수 없다. 이제현은 『역옹패설』 後集에서 "세속에 말하기를 康日用선생과 임유정 祭酒는 함께 백가의체에 능하다고 한다. 그러나 강선생의 시는 보이지 않고 林祭酒는 시집이 간행되었다. 따라서 鴻鵠과 家鷄를 비교하는 꼴의 조롱을 면할 수 없는 바가 있다고 하겠다"[66] 라고 하였다. 이로 보아 강일용도 집구시에 능하였으나 이제현 당시에 이미 전하지 않아 그 내용을 알 수 없다. 이제현은 이어서 근세에 최집균이 집구에 능하였는데 비록 장편이나 險韻일지라도 走筆로 곧 바로 시를 완성하여 보는 사람들이 절도할 지경이었다고 하면서 다음 4聯을 예로 들었다.

흰 철쭉이 붉은 철쭉과 섞여 있고
노란 장미와 붉은 장미가 마주 서 있네

투계장 안에서 닭싸움 구경하고
귀안정 앞에서 기러기 돌아감을 전송하네

물빛 푸르고 붉으니 무지개 끊어지지 않았고
구름 빛 검고 희니 비가 겨우 그쳤구나

약포에 달팽이 침이 잎에 흘러 축축하고
밤나무 숲에 매미 허물 가지를 싸고 말라 있네

---

66) 李齊賢, 『櫟翁稗說』 後編. "世言, 康先生日用, 林祭酒惟正, 俱工百家衣體詩. 康詩未之見也. 林則有集刊行, 鴻鵠家鷄之譏, 有所不能免焉."

白躑躅交紅躑躅　　黄薔薇對紫薔薇
鬪鷄場裏看鷄鬪　　歸雁亭前送雁歸
水色青紅虹未斷　　雲容黑白雨初收
藥圃蝸涎拖葉濕　　栗林蟬蛻抱枝乾

이제현은 위와 같은 시구들은 對偶가 친절하여 가사 스스로 지었다고 하더라도 이보다 잘 짓지는 못할 것이라고 하였다.[67] 서거정은 『동인시화』에서 최집균이 지은 고율시 수십 편을 보았지만 한 구도 후세에 전할 만한 것이 없다하고 이른바 얼굴을 보고 나면 명성을 들은 때보다는 못하다고 하였다.[68] 최집균의 집구시는 이제현의 기록에서 겨우 4연만 언급되어 있어 전모를 알 수 없다. 또한 이제현과 서거정의 평가가 서로 상반된다. 그러나 앞에서 살펴본 4연에서 대우를 절묘하게 집구한 것을 보더라도 집구시에 능하였음을 알 수 있다.

이상에서 고려조의 임유정과 최집균의 집구시를 일별하였는데 이를 정리하면 다음과 같다. 첫째, 강일용·임유정과 최집균은 집구시에 모두 능하였다. 그러나 강일용의 집구시는 생시에 이미 전해지지 않고 있어 그 내용과 시세계를 알 수 없다. 임유정과 최집균은 우리 나라 한문학사상 집구시의 새로운 장을 열었다. 둘째, 임유정의 『백가의시집』 3권은 현전하지 않으나 280여 수의 시가 수록되었고 고려조에 경주와 안동에서 2차에 걸쳐 간행되었고 또한 당시에 이미 문학적 우수성과 가치를

---

67) 李齊賢, 『櫟翁稗說』(『高麗名賢集』 2, 成大大東文化硏究院 影印, 1973) 後二, p.370. "近世崔集均之工於集句, 雖長篇險韻, 走筆成立, 觀者絶倒. 如白躑躅交紅躑躅, …… 栗林蟬蛻抱枝乾, 對偶親切, 假使自爲未必過之." 崔集均의 이름은 『東人詩話』와 金堉의 『筆譚』에는 崔執均으로 나온다. 가장 오래된 기록인 李齊賢의 『櫟翁稗說』의 기록되로 崔執均으로 표기하였다.

68) 徐居正, 『東人詩話』 下, 37. "近世林祭酒惟正崔先生執鈞, 皆能之. ……予頃見崔先生所著, 古律數十篇, 無一句可傳於後, 所謂見面不如聞聲者也."

높이 인정받았다. 셋째, 임유정의 집구시가 『동문선』에 35제 45수가 수록되어 있고, 최집균의 집구시 4연이 이제현의 『역옹패설』에 수록되어 있어 전모는 아니라도 일부나마 이해할 수 있다. 넷째, 임유정이 한시사상 최초로 집구 칠언배율을 창안하였으니, 한국한문학의 우수성을 알 수 있다. 다섯째, 임유정과 최집균의 집구시 세계는 전인의 시를 모아 자신의 정감을 오롯하게 형상화하여 그 문학성이 높이 평가된다. 여섯째, 임유정과 최집균의 집구시는 조선조의 金時習의 집구시와 金堉의 集杜詩, 全克恒, 文聲駿의 집구시에 영향을 끼쳤다.

5. 朝鮮朝의 集句詩

1) 金時習의「山居集句」

梅月堂 金時習(1435~1493)의 집구시는「山中集句」라는 題下에 其一로 시작하여 其一百까지 연작으로 된 7언 절구 집구시이다. 金堉이 자신의「集杜詩」後序에 김시습의 집구시는 奇節하다고 평한 바가 있다.

> 成化 무자년(세조 13, 1468) 겨울에 금오산에 있을 때의 눈오는 밤에 화로를 안고 있으니, 고요하여 사람의 발소리는 없지만 바람과 대나무가 우수수 소리내어 나의 흥취를 일으키기 좋았다. 때문에 山童과 같이 재를 헤쳐가며 글자를 써 고인의 글귀를 모았다. 산에 사는 취미에 적당함이 있는 것을 시를 이루니 이에 백수가 되었으니 호사자와 함께 하고자 한다. 병신년(成宗 7, 1476) 여름에 碧山淸隱은 쓰다.[69]

69)『梅月堂全集』(成均館大 大東文化硏究所影印, 1973) 卷7,「山中集句」後敍, p.155. "「成化戊子 冬, 居金鰲山, 雪夜擁爐, 寂無跫音, 風竹蕭騷, 有起予之趣. 因與山童, 撥灰書

위의 기록을 보면 「산거집구」 100수[70]는 그가 금오산에 은거할 때인 34세(1468)에 지은 것이다. 위의 後叙는 집구한 지 8년 후에 기록한 것이다. 「산거집구」 7언절구 100수는 구수로는 400구이다. 집구한 시인은 放翁 陸游(1125~1210)의 시가 33구이며, 秋崖 시가 16구, 蒙齋 시가 13구, 王安石과 李涉의 시가 각 8구, 秋江과 千巖의 시가 각 7구, 許渾과 南峯이 각 6구, 蘇軾·杜牧之·李郢·魯望·後村·戴石屛의 시가 각 5구, 白居易·皮日休·趙彦篋의 시가 각 4구, 柳柳州·南明泉·雪堂·一齋·盧綸·方干·琪和尙·韓偓·林龍門·簡齋·羅豫章·吳菊潭·張載 등의 시가 3구, 그리고 국내외 유무명 시인들의 시를 집구하였다.[71] 陸游의 시를 33회나 집구한 것을 보면 그는 육유 시에 심취하였던 것 같다.

「산중집구」 7언절구 100수의 주제를 분류하면 閑居之樂·風致之樂·讀書之樂·脫俗之樂 등으로 분류할 수 있다.

(1) 閑居之樂

김시습은 수양대군(세조)의 왕위 찬탈 행위를 용납할 수 없었기에 금오산에 숨어살며 절의를 지켰다. 불사이군의 충절을 고수한 그는 당시 사회와 타협할 수 없었던 것이다. 은거의 삶 속에서 자아와 대상이 만났을 때 이를 집구한 것이다.

바람은 처마 끝의 방울 울려 두 세 소리
고요하여 말없는데 종이 창이 환하누나

字, 集古人句, 有當於山居之味. 摘成一律, 仍集百咏, 與好事者共之. 丙申夏, 碧山淸隱志."

70) 『梅月堂全集』 卷7, 「山居集句」, pp.148~155. 이하 인용하는 「山居集句」의 출전 표시는 생략함.

71) 南潤秀, 앞의 논문, p.14.

한밤중 산 속에서 잠잔 기억 못하겠는데
다만 봄바람이 부르길래 깨어났네

風擺簷鈴三兩聲(張志文)　寂無人語紙窓明(劉改之)
半宵不記山中睡(鮑鼇川)　只有春風喚得醒(吳菊潭)

한 물건 그것이 와 내 몸에 있으니
부질없이 맑은 세상 한가한 사람됐네

한 소리 우는 새가 그윽한 꿈 깨워주니
봄이 나를 저버렸나 내가 봄을 저버렸지

一物其來有一身(邵子)　慢然淸世一閑人(橫渠)
一聲啼鳥破幽夢(趙彦篦)　春負余耶余負春(秋崖)

방안이 고요하매 일마다 그윽한데
작은 난간 바람 이슬 발에 가을이 왔네

난간에 선 채로 석양 질 때 이르르니
하늘 위 은빛 달이 갈고리인 양 휘어있네

一室無喧事事幽(龔美)　小軒風露一簾秋(放翁)
闌干立到斜陽盡(竹溪)　天上銀蟾曲似鈎(石屛)

산 나막신 신고 가니 길에 가득한 자국
머리 저어 돌아가자 또 바람 타고 가네

흰 구름 그야말로 구속 없는지라
한 조각은 서쪽에 날고 한 조각은 동쪽에 있네

山屐經過滿逕蹤(薛能)　　掉頭歸去又乘風(韓翃)
白雲可是無拘束(林龍門)　　一片西飛一片東(王建)

천산과 만산을 모조리 밟고 나서
골짝 문을 굳게 닫고 백운으로 잠갔네

萬松 고개 위에 한 칸 집 지으니
중과 흰 구름 서로 대해 언제나 한가하네

踏破千山與萬山(蒙齋)　　洞門牢瑣白雲關(王秋江)
萬松嶺上一間屋(僧頭萬)　　僧與白雲相對閑(石屛)

閑居의 즐거움을 집구한 11・17・40・63・91수를 순서대로 옮긴 것이다. 세상사와 절연하고 산에 은거한 삶의 정취를 고인의 시구를 모아 오롯하게 형상화하였다. 구속 없는 공간에서 자유인의 삶이 묘사되어 있다. 무욕의 淸澄함과 不羈의 幽閑을 노래한 집구시에서 閑居의 즐거움을 찾을 수 있다.

(2) 風致之樂

자연의 아름다움을 발견하고 이를 문자로 형상화하는 작업은 시인이라고 모두 가능한 것은 아니다. 어떠한 사상과 자아가 만났을 때 내면에서 강렬한 표현 욕구가 있기 마련이다. 이럴 때 자아의 언어로 이를 형상화하기는 시인이라면 누구나 가능하다. 그러나 자신의 언어가 아닌 전인의 시구에서 한 구 한 구씩 모아 자신의 감정과 정서가 일치되게 표현하는 것은 결코 쉬운 일이 아니다. 자연 풍광의 아름다움과 그 변화를 집구로 표현한 김시습의 시를 보자.

작고 작은 띠 지붕에 낮고 낮은 울타리
거친 계단만이 댓가지와 짝하였네

맑은 바람 밝은 달을 관리할 이 없으매
반쯤은 대밭에 들고 반쯤은 못에 있네

小小茅籬短短籬(蒙齋)　　荒階相伴只笻枝(簡齋)
清風明月無人管(山谷)　　半入踈篁半入池(李三溪)

밤이 얼마 되었는고 아직 깊지 않았는데
이십오현 타는 소리 가을 점점 길어지누나

가장 좋은 건 반창 열고 첫잠을 붙임인데
작은 누각 고요하니 달이 침상을 침입하네

夜如何其夜未央(詩)　　二十五聲秋點長(李郢)
最是半牕初睡著(朱淑眞)　　小樓人靜月侵床(元遺山)

산 살구와 냇가 복숭아 속속 피었는데
뜰에 가득한 새들 자국에 푸른 이끼 印쳐놨네

봄이 오니 무엇으로 긴 날 보낼 방법 없어
꽃과 나무 길 되게 내 손으로 심었노라

山杏溪桃續續開(放翁)　　滿庭鳥迹印蒼苔(涑求)
春來無以消長日(同人)　　花木成蹊手自栽(荊公)

가지 위에 두견새 울고 달은 삼경인데
졸음오자 동창 가 자리에 가로 누었네

자려해도 잠 못이뤄 도로 앉았더니
매화 핀 고개 위에 자고새만 울어대네

子規枝上月三更(崔塗)　　睡起東窓一榻橫(放翁)
欲睡不成還獨坐(同人)　　新梅嶺上鷓鴣聲(李郢)

半窓의 그림 매화와 달
매화 아니 지고 달도 아니 이즈러지네

꽃과 달이 무정함은 분명 알건마는
무슨 심정 있기에 객은 누구냐고 묻는거요

半窓圖畵梅花月(陳成之)　　梅不飄零月不虧(許文子)
明知花月無情物(蔡君謨)　　那有心情問客誰(秋江)

위는 「산중집구」의 7 · 26 · 35 · 42 · 48수를 순서대로 옮긴 것이다. 어느 것 하나 절묘하지 않은 것이 없지마는 위의 시에서 48수가 더욱 빼어나다. 무정한 사물인 달과 꽃, 그것도 실체가 아닌 그림을 보고 "꽃과 달이 무정함은 분명 알건마는 / 무슨 심정이 있기에 객은 누구냐고 묻는거요"라는 전결구는 명구가 아닐 수 없다. 산에 사는 시인의 무욕의 세계가 우회적으로 표현되었다. 무정한 사물을 유정한 사물로 보는 시각에서, 자연과의 교감을 찾을 수 있다.

자연을 사랑한다는 것은 마음의 화평이 없이는 불가능하다. 세조가 단종을 축출하고 왕위에 올랐다는 소식을 듣고 문을 닫고 3일이나 통곡한 후 책을 불사르고 중이 되었던 節義之士 김시습에게는 세조가 죽은 해(1468. 6) 겨울 밤 금오산에서 화로를 끼고 집구하면서 인생의 무상과 함께 권력에 대한 환멸을 느낀 것은 당연하다. 인생사에 미움의 대상(세조)이 저 세상으로 가버린 후 마음의 화평을 얻었을 것이다. 자연의 사상이 모두가 아름답게 느껴졌기에 그는 風致之樂을 집구로 형상화하면서 자아의 언어로 재창조하였다.

(3) 讀書之樂

자연과 벗하면서 독서의 즐거움을 만끽했던 자유인 김시습은 어느 것 하나 시의 제재가 되지 않은 것이 없었다. 바람과 구름과 산과 물 꽃과 나무 등을 짝하면서 금오산에 살던 김시습은 독서의 즐거움을 집구시로 노래하였다. 不羈의 공간에서 游泳하던 그의 성정은 필연적으로 책이 가장 좋은 벗이 될 수밖에 없었을 것이다. 촌각을 다투는 급한 일이 없는 山人의 삶이었기에 독서 그 자체를 즐길 뿐 조급하지 않았다.

우뚝한 산 요요하고 물은 굽이쳐 흐르는데
누워서 솔 대하니 내가 심은 나무일세

내 십년을 더 늙어도 욕심 없이 지내니
좋은 이와 손잡고 퇴고나 하리라

亂山擾擾水洄洄(凍月觀)　　臥對寒松手自栽(皇甫冉)
老我十年枯淡過(氷崖)　　可人携手話敲推(正齋)

굽은 책상에 향 피고 돌 병풍 대하니
여전히 밝은 달은 산머리로 떠오르는구나

그대는 백발로 글 읽는 이 보았는가
스스로 天龍이 있어 귀 기울여 들으리라

曲几焚香對石屛(儲嗣宗)　　依前明月嶺頭生(琪和尙)
君看白首誦經者(盧尙書)　　自有天龍側耳聽(龍門)

맑은 그늘 음산하게 뜰 안에 퍼졌는데
푸른 나무엔 사람 없이 낮 꿈이 넉넉하다

골짝 속의 봄바람도 서로 아는 듯하여
상에 와서 읽다 남은 책을 불어 떨어뜨리네

清陰冪冪布庭除(西山)　　綠樹無人晝夢餘(劉貢父)
洞裏春風似相識(陳石窓)　就床吹落讀殘書(盧徐)

푸른 절벽 한 겹 구름도 한 겹이라
때론 가고 때론 그쳐 스스로 조용하네

맨 머리에 발뻗고 장송 밑에 앉았으나
한 권 책 황정견을 다 읽지 못하여라

翠壁一重雲一重(秋崖)　　時行時止自從容(進齋)
科頭箕踞長松下(王維)　　一卷黃庭讀未終(蒙齋)

「산중집구」의 6·54·73·84수를 차례로 옮긴 것이다. 집구시가 성공하기 위해서는 한 사람이 지은 것과 같이 뜻이 융회관통하여야 한다. 아울러 비록 고인의 시구를 모아서 시를 이루었으되 자신의 내면세계가 그대로 형상화되어야만 한다. 山사람 김시습에게는 자연과의 교감을 통한 閑居만이 전부가 된 것은 아니었음이 위의 시에 나타나있다. 훌륭한 집구시는 단순한 고인의 구를 모은 것이 아니다. 시인의 정서적 세계와 일치된 구를 모아 자아의 언어로 재창조한 것이기에 한시체의 독립된 장르가 된 것이다.

독서의 즐거움을 자유자재로 집구하여 형상화한 시에서 방외인의 삶의 한 단면을 찾을 수 있다. 조급하지 않은 幽閑的 삶이라 독서를 마음이 내키는 대로하면서 그 속에서 즐거움을 찾았다. "골짝 속의 봄바람도 서로 아는 듯하여 / 상에 와서 읽다 남은 책을 불어 떨어뜨리네"라고 한 위의 73수와 "맨 머리 발뻗고 장송 밑에 앉았으나 / 한 권 책 황정견을 다 읽지 못하여라"의 84수는 不覊의 공간에서 유유자적하며 독서하는 모습이 한 폭의 그림처럼 형상화되었다.

(4) 脫俗之樂

인간의 세상사를 초월하여 은거한 김시습의 삶은 무욕의 세계에서 인생사를 관조하였다. 부귀공명을 멀리한 채 흰 구름과 벗을 하며 세상사를 절연하고 은거한 그의 삶에서 인간사의 모든 일은 부질없는 일이었고 허망한 것임을 체득하고 이를 초월하여 자유의 공간에서 마음의 화평을 얻고자 하였다. 인간사를 집착하지 않았던 초월의 즐거움은 어떠한 것인가를 보자.

몸 붙이기 편안한 곳 그대 알고 있느뇨
만학천봉 깊은 속에 홀로 문을 닫고 있네

문밖에서 두견새 울고 하늘은 적적한데
인간 세상 몇 번이나 황혼인지 모르겠네

著身穩處君知否(放翁)　　萬壑千峰獨閉門(劉長卿)
門外鵑啼天寂寂(栢巖)　　不知人世幾黃昏(無名氏)

귀 씻고 인간사를 듣지 않으며
산림에서 늙어가니 게으름도 분분하다

백두로 公侯의 일 논하지 않고
깊은 계곡에서 흰 구름 베고 있음 사랑하오

洗耳人間事不聞(一齋)　　山林投老倦紛紛(荊公)
白頭不議公侯事(琴屋)　　最愛深溪枕白雲(魯望)

종래부터 이 신세 크게 하염없이
희롱 삼아 건곤을 손바닥에 놓고 보네

閑步하니 도리어 幻海의 놀음이라
종당은 생사가 관계없음을 알겠도다

從來身世大無端(眞覺)　　戱把乾坤掌上看(南堂)
閑步却來游幻海(自得)　　了知生死不相干(玄覺)

봄 가고 봄이 옴을 도무지 알 수 없지만
고금의 인생사가 꽃가지와 같구나

세간의 육십갑자 잠깐 동안의 일
산 노인이 바둑 한번 두는 것과 같네

春去春來摠不知(蔡伯弼)　　古今人事若花枝(陶弼)
世間甲子須臾事(許渾)　　恰似山翁一局棋(錢叔度)

흰 구름 그림자 속 껄껄대며 웃는 뜻은
모든 부처와 중생이 눈 속의 꽃이로다

다시 채찍질로 구속함이 없으리니
좋은 아들 손자 있어 지켜감을 얻겠느냐

白雲影裏笑呵呵(雪竇)　　諸佛衆生眼裏花(千巖)
更無鞭策來拘束(石門)　　有好兒孫守得麽

「산중집구」의 22·29·47·88·99수를 차례대로 인용하였다. 모두가 脫俗의 즐거움을 노래한 시이다. 22수의 "인간 세상 몇 번이나 황혼인지 모르겠네"와 29수의 白頭로서 公侯의 일을 不論하고 흰 구름을 베고 누었다는 세계는 탈속의 경지이다. 또한 세상의 육십갑자가 수유 같아 산 노인 바둑 한판 두는 것처럼 시간과 공간을 초월한 47수와 88수는 무욕의 淸澄함이요 달관의 세계이다. 부처와 중생이 모두 눈 속의 꽃이라는 99수의 세계는 達道의 경지이다.

김시습의 정신세계와 일치된 탈속의 경지를 오묘하게 交織하여 무욕의 세계, 청징한 세계, 達觀·達道의 세계를 절묘하게 형상화하였다.

이상에서 김시습의 「산중집구」를 개괄적으로 고찰하였는데 이를 요약한다. 첫째, 「산중집구」는 금오산에 은거할 때인 34세(1468) 겨울에 지은 것으로 7언절구 100수 400구이다. 둘째, 陸游을 비롯한 국내외 유무명 시인들의 시에서 집구하여 자아의 언어로 肉化하여 조선조의 집구시의 새로운 장을 열었다. 셋째, 「산중집구」의 시세계는 閑居之樂·風致之樂·讀書之樂·脫俗之樂으로 나눌 수 있다. 閑居之樂의 세계는 무욕의 淸澄함과 不羈의 幽閑을 노래한 것이며, 風致之樂의 세계는 자연과 교감을 통한 자연풍광의 아름다움과 내면세계의 화평을 형상화한 것이다. 讀書의 즐거움은 불기의 공간에서 유유자적하며 독서하는 자아의 생활을 진솔하게 표현한 것이다. 脫俗之樂은 인간 세상사를 초월한 달관의 세계와 達道의 세계를 吟詠하였다.

김시습의 「산중집구」는 고인의 시구로 교직한 것이나 肉化된 자아의 언어로 아름답게 재창조된 시이다.

2) 金堉의 集杜詩

潛谷 金堉(1580~1658)은 己卯八賢의 한 사람인 金湜(1482~1520)의

고손자이다. 그는 부친 金興宇(1564~1594)를 15세에 잃고 모친 趙夫人(趙光祖의 증손녀)을 21세에 잃었다. 25세에야 겨우 成家한 역경의 연속이었다. 26세에 司馬會試에 入格한 후, 32세에 太學의 齋任으로 있을 때, 鄭仁弘(1535~1623)이 李彦迪과 李滉을 비난하는 사단이 벌어졌다. 이때 김육은 정인홍의 儒籍(靑衿錄)을 墨削한 사건으로 광해군의 노여움을 사 겨우 곤경을 면하고 加平의 潛谷으로 칩거하였다. 인조반정(1623)이 일어난 후 그는 의금부도사로, 李适의 난 때 陰城縣監으로 부임했다가 뜻을 세우고 會試·殿試에서 장원급제하였다. 그후 충청감사·도승지·이조참판·형조판서를 역임하고 아울러 도합 4차의 중국 使行을 다녀왔다. 인조 16년(1638) 9월에 大同法 실시를 건의하였고, 인조 22년(1644)에는 用車·用錢을 건의하였다. 孝宗 4년(1653)에 新曆法의 실시는 그의 주장에 의해서였다. 효종조에 이르러 三公의 자리에 오르고 충청도의 대동법 실시(1652)·西路·京中의 화폐유통(1652)·水車製造(1650)는 모두 그의 업적이다.

김육은 두보의 시를 집구한 集杜詩 216수를 남겼다.『潛谷先生遺稿』권2에 집두시[72]가 있다.

集杜五言古詩 :「北征詩呈石室金尙書」1首 80句
集杜五言律詩 :「送兪子修出宰江陵」등 3題 3수 24구
集杜五言絶句 :「玉河旅懷二首」등 102제 200수 800구
① 丙子朝天錄(1636~7) :「玉河旅懷二首」등 34제 47수 188구
② 巡湖錄(1638) :「連山」등 15제 15수 60구
③ 行矣堂錄(1644) :「感遇八首」등 1제 8수 32구
④ 感慨錄(1646) :「葱秀山」등 17제 23수 92구

72)『潛谷全書』(成均館大 大東文化硏究院影印, 1975), pp.36~53. 이하 인용하는「集杜詩」의 출전표시는 생략함.

⑤ 居留錄(1647~8) : 「拜開城留守」 등 24제 49수 196구
⑥ 歸田錄(1649頃) : 「歸田」 1제 38수 152구
⑦ 三塗錄(1650) : 「贈豊潤王秀才怡」 등 10제 20수 80구
集杜七言絶句 : 「邀客看花」 등 7題 12首 48句

위에서 본 바와 같이 두보의 시를 집구한 「집두시」가 113제 216수가 되며 구수로는 972구가 된다. 216수중에서 5언시가 106제 204수로 모두 924구이다. 이것은 두보의 시가 7언시(28%)보다 5언시(72%)를 더[73] 많이 써 "縮約의 名手"로 알려진 때문일 것이다.[74] 김육의 집두시를 짓게 된 동기를 「集杜詩後叙」에 자세히 밝혔다.[75]

> 집구시체는 宋初에 시작되어 王安石·石延年 등에 이르러 성해졌다. 우리나라 梅月堂의 집구가 역시 奇絶하다.[76]

이렇게 쓴 다음 徐居正(1420~1488)의 『동인시화』 하권의 글을 그대로 인용하였다.

> 서거정이 일찍이 泰齋 柳方善에게 묻기를 "집구란 어렵습니까? 쉽습니까?" 태재가 말하기를 "어렵고도 쉽고, 쉽고도 어렵다"하기에 "무슨 말씀이십니까?"하니, "집구는 왕안석도 어려워하던 바인데 근세에 祭酒 임유정 선생과 최집균 선생은 여기에 능하였다. 그 집구를 보면 평일에 운에 의거하여 시를 주어 모은 것과 같다. 제자백가도 다 수집하고 유별로 구분하여 그 쓰임을 기다렸다. 우리나라는 문적이 드물고 제자백가의 행한 것이 수가 있으나 林·崔가 모은 것은 보지도 듣지도 못한 사람이 많이 있었다. 이것은 심

73) 李丙疇, 『詩聖杜甫』, 文賢閣, 1982, p.281.
74) 南潤秀, 앞의 논문, p.18. 잠곡의 集杜詩 부분은 南潤秀의 논문에 힘입은 바가 크다.
75) 『潛谷全書』, p.54. 『潛谷先生筆譚』, p.407에 같은 글이 수록되어 있다.
76) 같은 곳.

히 의심스러운 일이다. 또 임·최가 집구에 능했다면 어찌 자신들이 지은 시가 한편이나마 세상에 유전되어 인구에 회자된 것이 없단 말인가? 이것 또한 의심스러운 일이다. 이 또한 어렵고도 쉬우면서 쉽고도 어려운 것이 아닌가?"[77]

『동인시화』를 인용하고 이어서 다음과 같이 기술하였다.

근자에 영남사람 全克恒은 집구에 능하나 대부분이 보도 듣지도 못한 사람의 (시가) 많았다. 이 또한 임유정·최집균의 무리이다. 병자년(1636, 인조 14)에 내가 북경에 갔을 때 병으로 누워 겨울을 보낼 적에 文山(문천상)이 두보의 시를 집구한 2백수를 보니 모두 뛰어나고 빼어났다. 끼워 넣어 지은 것이 子美가 문산을 위하여 지은 것 같다. 내가 또한 시험삼아 집구하니 타인의 시는 섞지 않고 오로지 두보 시로 집구하였으니 문산체라 이른다. 전후 200여수를 장단편 율시로 집구하였으니 비록 끼워 넣어 지은 여부를 알 수 없으나 임유정·최집균 전극항과 같다는 혐의는 면할 수 있을지 모르겠다.[78]

위의 기록에서 본 바와 같이 김육은 57세 때인 병자년(1636, 인조 14) 冬至聖節千秋進賀使로 북경에 가서, 겨울에 문천상의 집두시 200수를 보고 느낀 바가 있어 집구하였고, 이를 文山體라고 하였다.

김육의 집두시 216수 중 5언절구가 200수에 이른다. 이는 문천상의 집두시의 詩數와 같다. 이를 중심으로 시세계를 조명하고자 한다. 그의 5언고시·5언율시·7언절구는 앞의 '2. 集句詩의 類例'에서 인용한 바 있어 논하지 않는다.

---

77) 같은 곳.

78) 같은 곳. "頃者有文士全克恒, 嶺南人也, 亦能集句, 而多不見不聞人之人. 此亦林崔之類也. 丙子歲, 余奉使北京, 臥病經冬, 見文山集杜二百首, 皆奇絶. 襯著若子美, 爲文山而作也. 余亦試爲之, 不雜他詩, 專集杜爲絶句, 謂之文山體. 前後幷二百餘首, 長篇短律間或爲之, 雖未知襯著與否, 而可免人之致疑, 如林崔全也."

(1) 憂國의 詩心

김육의 연보에 의하면, 그는 明에 한번, 清의 奉天에 한번, 북경에 2번 도합 네 차례나 使行을 다녀왔다. 그때마다 두보의 시로 집구하여 小詩集을 남겼다. 먼저 57세(1636년, 병자) 3월에 동지성절천추진하사로 차출되어 6월에 明으로 출발, 다음해 6월에 복명할 때까지 쓴 「丙子朝天錄」 47수 중 몇 수를 보자.

절역에 오직 높은 베개 베고 누워
시를 읊으면서 탄식과 슬픔을 해소하누나

전쟁을 걱정하다 보니 잠 못 이루고
거듭 밤이 어느 만큼 되었나 자주 묻노라

絶域惟高枕(舍弟赴濟州)　　吟詩解嗟歎(遠遊)
不眠憂戰伐(宿江邊閣)　　數問夜如何(春宿左省)

사신으로 明에 가서 잠을 이루지 못하고 집구한 「不寐」이다. 비록 사신의 신분이나 明이 쇠퇴의 길을 걷고 後金(清)이 중원에 강성한 힘을 뻗치자 조국의 앞날을 걱정하면 만감이 교차하여 잠 못 이루는 심회를 형상화하였다.

다음은 김육이 북경에서 병자호란(1636. 12, 인조 14)이 일어났다는 놀라운 소식을 듣고 집구한 「東報」 3수 중에서 1수를 보자.

도적(清 나라)이 또 奔突하였나
이 소식 정말인지 알기가 어려워라

화친책은 헤아림이 소졸함을 알고 있나니
오열을 금치 못해 눈물이 수건을 적시노라

盜賊還奔突(巴山)　　難知消息眞(傷春)
和親知計拙(驚急)　　嗚咽淚沾巾(喜達行在)

타국에서 오랑캐의 말굽아래 조국이 짓밟혔다는 경천동지의 소식을 접하고 그는 뜨거운 눈물을 흘리며 집구한 것이다. 그는 1637년 4월에 비보를 듣고서 위의 시를 집구하였다. 서둘러 귀국 길에 오른 그는 도처에 지나는 곳마다 자신의 성정과 정경을 노래하였다.

한 밤중에 수레를 몰고 가니
이튿날 황혼녘에 하양교에 당도했네

마을을 돌아보며 근심하나니
나그네는 적막함을 한스러워 하노라

中宵驅車去(發秦州)　　暮上河陽橋(後出塞)
悄然村墟迥(赤谷)　　遊子恨寂寥(桔栢渡)

위는 「三河」이다. 조국의 안위를 염려하여 귀국 길을 재촉하는 김육의 모습이 담겨져 있다. 백이숙제의 사당을 지나며 집구한 「夷齊廟」를 보자.

수양산 고사리 캐먹다가 굶어죽은 이를
후일의 나그네가 두 분을 그리워하네

남아 있는 단청은 퇴색했는데
맑은 바람 좌우를 맴도네

薇蕨餓首陽(早發)　　異時懷二子(春日江村)
遺廟丹青落(武侯廟)　　淸風左右至(李公見訪)

천추대절을 남긴 백이숙제의 高節을 흠모하는 그의 내면세계가 우회적으로 나타나 있다. 김육은 두 번째 중국을 다녀오게 된다. 이번에는 명나라가 아닌 청나라에 갔는데, 이때가 인조 22년(1644)으로 그의 나이 65세였다. 즉 도승지 겸 元孫輔養官으로 1643년 12월 청이 昭顯世子를 귀국시키는 조건으로 元孫을 볼모로 할 것을 요구하자 원손을 모시고 奉天行을 한 것이다. 이때 그가 쓴 「感遇八首」를 「行矣堂錄」이라 題하였다. 이 중에서 2수와 6수를 보자.

유주와 연주를 일망하니 未收復인데
누가 황옥존(왕실)을 부지할 것인가

종묘사직은 못내 눈물 바다니
슬픈 기운이 임금 계신 문으로 밀려드노라

一望幽燕隔(秦州雜詩)　　誰扶黃屋尊(建都)
社稷堪流涕(西閣口號)　　悲氣排帝閽(貽柳少府)

호성은 일개 요성
용마가 천하를 암울하게 만드네

어떻게 하면 염파 같은 장군을 얻어
지휘하여 솔토지빈을 평안케 하리오

胡星一彗孛(寄鄭監審)　　戎馬暗天宇(送魏佑)
安得廉頗將(遣興)　　指揮安率土(行次昭陵)

老臣下의 우국충정이 나타나 있다. 청의 물리적인 힘을 감당할 수 없는 조국의 현실, 淸 太宗에게 항복한 三田渡의 치욕(1637. 1. 30), 昭顯世子와 鳳林大君의 인질교환을 위해 元孫을 모시고 청에 갈 수밖에 없는 나라의 수치와 비극과 무력함에 피눈물을 뿌린 것이다. 집구하였으나 두보의 언어가 아니라 김육의 언어이다.

3차 使行은 1646년으로 4월에 북경에 도착하였다. 上使인 白軒 李景奭(1591~1671)과 함께 북경에 갔다가 6월에 복명하니 김육의 나이 67세 때 일이다. 당시 연도에서 보고들은 것을 집구한 「感慨錄」 23수가 있다. 연보에는 「燕行感慨錄」으로 되어 있다.

길 가기 어려움 이와 같으니
서행하며 스스로 즐거움을 얻노라

사람도 말도 함께 피로 하니
꼭 긴 행보 취할 것 없어라

行路難如此(春日登樓)　　徐行得自娛(陪李金吾飮)
人馬同疲勞(飛仙閣)　　不必取長途(江漢)

성곽엔 서글픈 胡笳聲 들려오는 저녁
말은 우짖고 바람은 쓸쓸하게 부네

갈 길은 머나먼데 어느 향방으로 가야하나
天涯地角 정녕 적막하여라

城郭悲笳暮(夜)　　馬鳴風蕭蕭(後出塞)
道遠欲何向(贈鮮于京兆)　　天涯正寂寥(收京)

노경의 나이에 이 몸을 强作하여
변변찮은 벼슬로 풍진 속을 뛰어다니네

나라는 못내 눈물 속 황망 중
억조창생은 老大臣을 의지하나니

衰年强此身(復至東屯)　　薄宦走風塵(贈別何邕)
社稷愧流涕(西閣口號)　　蒼生倚大臣(送韋中丞)

위의 시는 「감개록」의 「早歎」 3수이다. 67세의 노인으로 使行하는 자아의 모습이 담겨져 있으면서도 우국충정이 내재되어 있다.

큰 가뭄 들어 산악이 타고
월굴이 불타듯 하네

농사지은 것으로 구할 수 없으니
백성들의 삶은 처량하네

大旱山岳焦(雷)　　月窟可焚燒(寄董卿)
稼穡不可救(寄岑參)　　蒼生轉寂寥(贈盧五丈)

김육의 눈앞에는 조국의 현실과 민초들의 비참한 정경뿐이었다. 백성을 위하여 大同法을 실시했던 그의 업적을 보더라도 우국애민의 정을 알 수 있다. 위의 시도 「감개록」의 「旱」이다. 그의 시에 등장하는 우국과 애민의 정은 비장하다.

4차 使行은 그의 나이 71세 때였다. 孝宗 원년(1650) 5월 7일에 進香使로 연경에 도착, 6월에 복명하였다. 이 사행에 그가 병마에 시달렸음을 알 수 있다. 이때에 집구한 시가 「三塗錄」이다. 三塗는 청에 세 번째

사행했다는 의미로, 연보에는 「三塗厄錄」으로 되어 있다.

고국은 시름 눈 밖이로소니
나그네 행장 홀로 다락을 의지하네

이번 가면 어느 날에 도착할고
눈 곁에 양주가 보이누나

故國愁眉外(雨晴)　　行裝獨倚樓(江上)
此行何日到(送舍弟)　　傍眼見楊州(巴西驛亭)

「삼도록」의 「館中登樓」 3수 중 1수이다. 71세의 노인으로서 使行이 무리였으나 국가를 위한 충정이 있었기에 가능했다. 承句의 "裝"이 두보 시에서는 "藏"으로 되어 있다.

찌는 듯한 한 여름 더위에 병에 걸렸는데
긴 여름 저물 줄을 모르네

漢水 위의 淸遊를 생각하노니
십 리나 뻗은 江樹가 물에 잠겼어라

朱夏熱所嬰(上後園)　　永日不可暮(夏夜歎)
淸思漢水上(回棹)　　十里浸江樹(詠懷)

70 노인이 음력 오뉴월의 날씨로 고열에 시달리는 모습이다. 爲國爲民의 마음이 없었던들 그는 노구를 이끌고 먼 燕行을 사양했을 것이다. 그의 충정이 내재된 집구시이다.

國危를 안정시킬 대신 있나니
넉넉히 風塵을 깨끗이 하리라

하루 온종일 근심으로 奔走多事하나니
머리 숙여 野人을 부끄러워하노라

定危大臣在(去蜀)　　足以靜風塵(觀安西兵)
終日憂奔走(愁坐)　　低頭愧野人(獨酌成詩)

고국에 돌아올 적에 지은「東還」이다. 사행의 임무를 마치고 조국에 돌아오면서 나라의 위태로움을 안정시킬 대신들이 있다고 자위하는 자신의 우국충정을 형상화하였다.

이상에서 明에 1회 淸에 3회 使行시에 집구한「丙子朝天錄」·「行矣堂錄」·「感慨錄」·「三塗錄」을 일별하였다. 一飯에도 不忘君하던 두보의 시로 집구한 사행시에는 우국의 정조가 기조를 이루고 있다.

(2) 巡行의 敍情

김육은 59세(1638년 6월)에 충청도관찰사를 제수 받았다. 그는 충청도 連山·懷德·林川·泰安·黃澗·鴻山·忠州·靑山·報恩·水營·石城·藍浦·淸風·陰城·文義 지방을 돌면서 두보시로 旅情을 집구하였다. 이를「巡湖錄」이라 하였는데 모두 15수이다. 충주 탄금대에서 집구한「忠州彈琴臺」를 보자.

충주는 삼협의 안이요
큰 강(달래강) 물이 급히 흐름을 굽어보네

전쟁에 새로 죽은 귀신이 통곡소리 많아라
탄금대에 저무는 구름 흘러가네

忠州三峽內(龍興寺)　　俛視大江奔(貽柳少府)
戰哭多新鬼(對雪)　　琴臺日暮雲(琴臺)

김육의 나이 13세 때에 임진왜란이 일어났다. 그는 난을 피해 關西·江東·安岳·松禾·海州·石潭 등으로 전전하였다. 어린 시절 왜의 침략을 받고 난을 피해 전전했던 그가 충주 탄금대에 대한 감회는 남달랐다. 申砬(1546~1592) 장군이 탄금대에서 배수진의 진을 치고 왜장 小西行長을 맞아 싸우다가 중과부적으로 달래강(達川)에 몸을 던진 일을 회상하였다. 전사한 장병들의 원혼은 아직도 울고 있고 무심한 저녁구름은 그날을 아는지 모르는지 탄금대 위를 흘러가는 정경 앞에서 애상에 젖은 것이다.

순박한 풍속을 보니 기쁘도다
청산은 저절로 한 내를 이루었네

더욱 탄식하네 이내 몸 못났음을
밑을 내려다보니 맥풀려 멍해지누나

喜見淳朴谷(五盤)　　青山自一川(鄭典設歸)
益歎身世拙(北征)　　登臨意惘然(登惠義寺)

위의 시는 「青山」이다. 목민관으로서의 김육의 모습이다. 순박한 풍속을 보고 자신을 채찍질하고 있다.

목민관으로서 여러 고을을 돌며 집구한 「순호록」은 지방의 역사적 사실과 풍속을 물이 흐르듯 자연스럽게 집구하여 巡行의 서정을 진솔하게 형상화하였다.

(3) 牧者의 愛民之情

김육은 68세 4월(1647)에 開城府留守로 부임하였다. 연보를 보면 그는 부임한 후 成均兩廡를 개축하고 齋舍를 수리하여 유생들로 하여금 輪日居業하게 하는 등 興學에 전력하였다. 개성에는 元朝에 아이들이 연 3일 石戰을 벌려 사상자를 돌보지 않는다는 풍속이 있음을 듣고 이를 금하게 하였다. 『孝忠全經』·『魯論正文』·『童蒙先習』·『史略』 등을 간행하여 학업을 권장하였다. 다음 해(1648) 10월에 養老宴을 베풀고 이어 『松都志』를 撰하였다. 70세가 된 1649년 3월에 圃隱 鄭夢周(1337~1392)의 순절을 기린 成仁碑를 세웠다. 김육은 임기가 만료되어 3월에 상경하였다. 그는 3년 재임기간 興學에 주력하고 풍속을 바로 잡은 훌륭한 목민관이었다. 이 때의 집두시가 바로 「居留錄」으로 모두 49수이다. 개성유수 재직시에 양로연을 베풀고 집구한 시를 보자.

모든 머리칼이 눈처럼 희었는데
뉘라서 술 취한 후 노래를 불쌍히 여기리

아이를 의지하고 지팡이 집으나
근력은 정해졌는데 어찌하리

白髮千莖雪(喜遇鄭廣文)　　誰憐醉後歌(陪鄭廣文遊)
兒扶仍杖策(別常徵君)　　筋力定如何(將曉)

만사에 이미 흰머리 되었는데
나그네 귀밑머리 세는 것 뉘 근심하리

이 때에 함께 취하여
지팡이에 기대어 다시 배회하누나

萬事已黃髮(去蜀)　　　誰憂客鬢催(早花)
此時同一醉(舍弟歸藍田)　　　倚仗更徘徊(斫果林)

「養老宴」 6수 중 2수와 5수이다. 자신도 69세의 노인으로 경로사상을 실천하였다. 노인들의 정경을 집구로 오롯이 묘사하였다. 문천상이 자신이 말하고자 했던 바를 두보가 먼저 말했다는 것처럼, 두보의 5언으로 交織한 김육의 시는 절묘하다.

다음은 「거류록」의 시는 아니나 양노연을 베풀었을 때 지은 것으로 보이는 7언절구 「老人宴」 5수 중 1수를 보자.

대숲 속의 임시 주방에서 옥쟁반 씻으니
홍이나 오늘 그대들과 즐거움을 다하리라

이 몸은 술자리 끝나면 갈 곳이 없으니
노쇠한 얼굴이라 자금단을 부탁하노라

竹裏行廚洗玉盤(嚴公枉駕草堂)　　　興來今日盡君歡(九日崔氏莊)
此身飮罷無歸處(樂遊園歌)　　　衰顔欲付紫金丹(寄嚴鄭公)

초대된 노인들의 심정이나 그의 심경은 다 같았기에 위와 같이 집구하였다. 이 몸은 술자리 끝나면 갈곳이 없지만(此身飮罷無歸處) 그래도 자금단을 부탁하는 인간의 욕망을 절묘하게 형상화하였다.

두어 줄기 센 머리털을 어찌 버리겠느뇨
회포를 어느 때 좋게 열을 수 있으리

명년 이 모임에 뉘라서 건재할 건가
자주자주 술잔 권함을 괴이 여기지 마오

數莖白髮那抛得(樂遊園歌)　　懷抱何時得好開(秋盡)
明年此會知誰健(九日崔氏莊)　莫怪頻頻勸杯酒(送王判官)

「양로연」 2수이다. 목민관으로서 노인들을 위한 잔치를 열고 술을 권하는 그의 愛民之情·경로사상은 아름답다. 노인들에게 "명년 이 모임에 뉘라서 건재할 건가 / 자주자주 술잔 권함을 괴이 여기지 마오"는 문천상의 표현대로 김육을 위해 두보가 먼저 토로한 것이라고 할 수 있다. 양노연 그 자체가 애민에서 바탕을 두고 풍속을 교화하여 경노효친을 구현하고자 한 것이다. 이렇게 백성을 사랑하고 선정을 펼쳤던 그가 3년 임기를 마치고 송도를 떠나게 되자 백성들은 송별연을 베풀고 고마움의 정을 표했다.

마을사람 나의 출발을 전송하는데
갈림길에 임하여 마음이 자못 끊어지는 듯

대문을 나섰다가 또다시 들어가 보고
떠들썩한 소리를 달갑게 받자한다

閭里送我行(後出塞)　　臨岐意頗切(送李校書)
出文復入門(寄岑參)　　甘受雜亂聒(北征)

平沙에 수많은 遮日이 둘러쳐 있고
帳下엔 賓友들이 모여 있어라

취기는 도도하고 여러 음식이 나오고
마을마다 절로 꽃과 버들 천지로구나

平沙列萬幕(前出塞)　　帳下羅賓友(別章留後)
酒酣進庶羞(後出塞)　　村村自花柳(遭田夫飮)

송별연을 베풀어 준 백성들의 고운 정을 집구한「發松都」7수 중 1수와 5수이다. 牧者가 그 도리와 책무를 다하여 진심으로 백성을 돌보았을 때 위와 같은 아름다운 정경이 있을 수 있다.「居留錄」의 세계는 목민관으로서의 애민의 정이 그 기저가 된 것으로 선정의 아름다운 세계가 있다.

(4) 歸田의 삶과 追悔

김육은 개성유수의 임기를 마치고 1649년 3월에 상경하여 藥峯에 寓居하였다. 그는 선영인 平丘에 가서 省掃하고 檜巖의 姑母의 묘에 가서 省掃하였다. 이해 8월에 대사헌이 되고 9월에 우의정이 되었다.

「歸田錄」38수는 집구한 연도가 불명하다. 그러나 개성유수 임기를 마치고 8월에 대사헌이 되기까지 약 5개월 사이에 지은 것으로 볼 수 있는 것은 집두시 5언절구가 지은 연대순으로 수록되어 있기 때문이다.「歸田」의 4・5・19수를 보자.

정치의 교화가 平水와 같고
억조창생은 老大臣을 의지하는 것

濟世之策을 개진하려 하면서
감히 박학비재를 펴볼까 覬望하였네

政化平如水(能畫)　　蒼生倚大臣(送韋中丞)
欲陳濟世策(題草堂)　　方覬薄才伸(贈鮮于京兆)

바로 잡아 회복시킬 자질 없음을 한탄하고
터럭만큼이나 국가에 裨益하였는지

표연히 한양성을 떠나
교외로 나서니 이미 눈이 맑네

恨無匡復資(送擧侍郎)　　毫髮裨社稷(客堂)
飄然去此都(寄鄭少尹)　　出郊已淸目(赤谷)

고요한 곳에 卜居를 기약하노니
고위관직이 어찌 이 몸일까 보냐

경세제민의 長策 없었음을 부끄러워하며
늙어 감에 애오라지 눈물 세월이로다

卜居期靜處(送舍弟)　　拖玉豈吾身(湖上亭)
經濟慙長策(偶題)　　老去一霑巾(江月)

위에 시에서 오랜 벼슬살이에서 벗어나 전원에서 자유로운 삶을 누리는 김육의 모습을 찾을 수 있다. 그간의 관직생활 중 국가에 얼마만큼 기여했는지 반성하고(5수) 경세제민의 長策이 없었음을 부끄러워하였다.(19수) 그의 집구 귀전시는 不羈의 공간인 전원에서 지난날을 겸허하게 반성한 것이다.

이상에서 김육의 집두시 5언절구 2백수를 중심으로 그 세계를 조명하였다.『잠곡전집』을 보면 시가 그리 많은 편은 아니다. 권1부터 2권까지가 시집으로 5언고시가 29수, 7언고시가 5수, 5언율시가 60수, 5언배율이 7수, 7언율시가 32수, 5언절구가 30수, 6언절구가 2수, 7언절구가 111수, 그리고 집두시가 216수로 모두 482수이다. 482수 중 거의 반에 이르는 집두시 216수는 그의 문학에 중요한 위치를 차지한다. 이는 그가 집두시에 얼마나 심혈을 기울였는가를 알 수 있다.

김육의 집두시 5언절구를 중심으로 살펴보았는데 이를 요약하기로 한다. 첫째, 김육은 57세(1636)때 동지사로 明에 가서 文天祥의 集杜詩를 보고 느낀바가 있어 두보의 시로 집구하였다. 그는 우리 나라에서 두보 시로만 집구한 유일무이한 시인이다. 둘째, 明과 淸에 使行을 네 번이나 다녀왔던 그의 집두시 「丙子朝天錄」·「行矣堂錄」·「感慨錄」·「三塗錄」은 一飯에도 不忘君하던 두보의 정신을 계승한 것으로서 우국의 정조가 주조를 이루고 있다. 셋째, 충청도관찰사 재직시에 집구한 「巡湖錄」의 세계는 각 지방의 역사적 사실을 회고하고 民風을 묘사하였다. 넷째, 개성유수 재직시 집구한 「居留錄」은 목자의 애민의 정이 기저가 되며 선정을 한 아름다운 세계가 있다. 다섯째, 전원에 돌아와 쓴 「歸田錄」은 관직생활에 대한 겸허한 반성의 세계가 내재되었다.

3) 全克恒의 集句詩

전극항(1591～1636)의 生平에 대하여는 자세히 알 수 없다. 全克恬(1597～1660)의 『滄州先生文集』에 「蚪川散人遺事」가 있어 대략 가늠할 수 있다. 그는 蒼石 李埈(1560～1635)과 愚伏 鄭經世(1563～1633)을 從遊하였다. 전극항은 영남인으로 호는 蚪川이다. 『蚪川先生文集』(木活字) 3권 1책이 현전하고 있다. 그러나 문집에는 시문만 있을 뿐 그의 生平을 알 수 있는 기록은 없다. 권1에는 전극항이 19세(1609)시에 정경세가 明으로 사신으로 갈 때 송별한 시를 비롯한 67수, 권2에는 湖幕에 있을 적에 지은 시 84수와 상량문이 있다. 권3에는 집구시 27제 50수 390구가 있는데 다음과 같다.

七言排律 :「江都述懷十首」등 25제 48수 366구
五言律詩 :「峭壁鳴鳩」1제 1수 8구
七言排律 :「奉謝玄洲使君惠紙」1제 1수 16구

전극항은 두보 시에서 41회, 無名氏의 시에서 20회, 蘇軾의 시에서 16회, 白居易와 許渾의 시에서 각 15회, 李白과 夢陽의 시에서 11회, 後山 陳師道의 시에서 8회, 韓愈·王維·放翁 陸游·簡齋 陳與義의 시에서 각 7회, 義山 李商隱의 시에서 6회, 杜牧之·柳宗元·張籍·王安石·羅隱의 시에서 5회, 詩學에서 4회를 집구하였다. 그리고 王建(768~830?)과 李山甫·方干·張宛丘·岑參·歐陽修의 시에서 각 3회, 高適·王半山·胡宿·李嘉祐 등 16명의 시에서 2회, 崔孤雲·吉雅謨丁·王如玉·丁謂 등 130여인의 시에서 각 1구씩 집구하였다.

그의 집구시는 有無名의 국내외 170여 시인의 시에서 집구하였다. 특히 두보 시를 390구중 41회나 집구한 것을 보면 두보의 시를 전범으로 삼은 右杜論者임을 알 수 있다.

전극항의 집구시에 대하여 김육은 "근자에 영남사람 전극항은 집구에 능하나 대부분이 보도 듣지 못한 사람의 (시가) 많았다. 이 또한 임유정·최집균의 무리이다"79)라고 평하였다.

(1) 旅愁와 懷古의 情

전극항의 문집은 序跋·연보가 없고 시문의 지은 연도 표시 등이 없다. 그가 강화도에서 집구한 「江都述懷十首」는 어느 때에 집구한 것인지는 알 수 없다. 영남사람으로 강화에 간 것은 여행인 것으로 볼 수 있다. 밤중에 낯선 섬에 도착하여 시름에 젖어 잠 못 이루는 나그네의 형

79)『潛谷全集』,「集杜詩後叙」, p.54.

색과 내면세계의 허무와 무상을 집구시로 형상화하였다.

하늘 끝 떠돌이 신세 정이 어떠하냐면
동서남북 길 묻는 것 마저 싫네

먼 포구 먼 봉우리 모두 참담하고
작은 배 짧은 노 비스듬히 버려두었네

조수 드니 바다에 갈대의 소리
들이 어두우니 인가에 등불이 밝네

밤에 역에 이르러 시름에 잠 못 이루는데
먼 숲에서 들려오는 쓸쓸한 피리소리

天涯漂泊若爲情(朱槔)　　南北東西厭問程(陳允)
遠浦遙峯俱慘澹(邢敦夫)　　輕舟短棹任斜橫(子瞻)
潮生水國蒹葭響(許渾)　　野暗人家燈火明(張宛邱)
夜到驛程愁不寐(退之)　　隔林寒笛兩三聲(歐陽修)80)

강산을 대하고 앉으니 예나 지금이나 슬퍼
부질없이 시 지어 洛生詠을 읊조리네

곤붕은 마침내 구름을 업신여길 뜻이 있고
해바라기 오랫동안 태양을 향해 기우는 마음

가랑비 부슬부슬 연기는 아득한데
석양에 아른아른 나무는 어둑하네

80) 全克恒, 『蚪川先生文集』(高麗大所藏 D1 A2188) 卷3, 張2. 「江都述懷十首」 其6.

이때에 사람에게 西로간 나그네를 물었으나
몸과 그림자 없고 소식마저 끊어졌네

坐對江山慨古今(吉雅謨丁)　　得詩空作洛生吟(無名氏)
鵾鵬終有凌雲志(戴叔倫)　　葵藿長傾向日心(范石淹)
細雨濛濛烟漠漠(胡眞僧)　　斜陽淡淡樹陰陰(羅隱)
此時人問西遊客(許渾)　　形影無群消息沈(同人)[81]

「강도술회」 중에서 6·9수를 옮겼다. 역사의 섬 강화도에 온 전극항은 감회가 깊었음을 알 수 있다. 여로에 반겨줄 사람 하나 없는 낯선 섬에서 시름에 겨워 잠 못 이루는 자아의 모습을 형상화하였다. 그리고 임금에 대한 충성은 해바라기와 같이 변함이 없건만 떠돌이 신세인 초라한 자아의 모습에 괴로워한 세계를 노래하였다. 아는 이의 행방을 물었으나 形影을 찾을 수 없는 현실에서 고독과 비애를 느꼈다. 다음은 고도 평양에 가서 집구한 「箕城懷古」이다.

바위언덕 옛 비석에 푸른 이끼 끼고
침원에 주인 없고 들해당화만 피었네

閣의 天帝는 지금 어디에 있느뇨
강 위에 신선 노인 가고 돌아오지 않았네

만리에서 온 나그네 도리어 먼 곳을 바라보며
인생 백년 병이 많은데 홀로 대에 올랐네

뉘라서 이 길이 슬픔을 견디는 것임을 알리
은은히 청산에 어둔 빛이 재촉하네

---

81) 같은 곳, 其9.

巖畔古碑空綠笞(許渾)　　寢園無主野裳開(同人)
閣中帝子今安在(子安)　　江上仙翁去不廻(崔署)
萬里來遊還望遠(簡齋)　　百年多病獨登臺(子美)
誰知此路堪惆悵(許渾)　　隱隱靑山暝色催(張起嵒)[82]

인생의 무상과 허무를 집구로 노래하였다. 혁혁한 공훈이 기록된 古碑에 이끼가 파랗고, 寢園의 주인은 간 곳 없고 들해당화만 피어있는 정경에서 비애와 무상을 느낀 것이다. 天帝나 仙翁이 노닐던 공간은 지금 그대로 인데 이들이 보이지 않는 것은 어째서일까? 홀로 臺에 오르며 슬픔에 젖고 있는데 해가 져서 어두워지니 나그네는 더욱 애상에 잠기는 자아의 모습을 집구로 묘사하였다. 강화와 평양을 유람하며 집구한 전극항의 시는 旅愁와 회고의 정을 집구하여 오롯이 그려냈다.

(2) 安貧樂道

전원을 사랑하는 시인들은 거의가 안빈낙도를 노래한다. 그러나 시와 삶의 세계가 일치하였느냐는 것은 깊은 고찰이 필요하다. 전극항의 생애를 상고할 수 없으나 남아 있는 시문을 통하여 볼 때 그의 삶은 결코 행복했던 것 같지는 않다.

비로소 지상의 신선임을 알았나니
초가집을 물가 대밭에 지었네

강산을 빌어 함께 담소하고
공명과 명예 피하고 책 속에 묻혀있네

82) 같은 책, 卷3, 張10, 「箕城懷古二首」 其一.

依依히 永巷歌 부는 촌 피리 소리 들리는데
희미한 높은 다리가 안개에 막혔네

만사에 따뜻하고 배부른 것 외에 구하지 않고
탁주와 거친 밥으로 내 삶을 맡기노라

始知地上有神仙(樂天)　　結箇茅廬水竹邊(練高)
聊借江山供笑話(唐咨)　　稍回功譽入章篇(后山)
依依永巷聞邨篴(魏野)　　隱隱飛橋隔野烟(無名氏)
萬事不求溫飽外(康節)　　濁醪粗飯任吾年(子美)[83]

위의 시는 외숙을 방문하고 지은 것이다. 외숙의 초라한 삶이나 전극항의 삶은 안빈낙도를 추구한 것으로 보인다. 흔히 고인들의 시에서 飛翔을 꿈꾸면서도 가난한 삶을 自怡하는 경우를 찾을 수 있다. 시에 내재된 세계로 볼 때 자신의 불우함을 한탄하거나 원망하지 않고 이를 수용하여 화락을 찾은 것 같다. 다음의 「題水石亭」은 이러한 세계가 분명하게 나타나 있다.

사면이 높고 낮아 다 산이 보이고
살만한 곳 그윽한 경치라서 속세는 멀구나

맑은 마음 시 짓고 노는 일 외엔 나가지 않고
흥을 보내기 수석정 사이에 많이 하네

버릇없이 신선과 함께 웃으며 담소하고
높은 지위 버리고 편안하고 한가함 취했네

83) 같은 책, 권3, 張5, 「舅氏雙溪別業二首」, 其1.

달 밝아 꽃을 보고 술 마시고자 하나
어느 곳에서 저는 나귀를 타고 취해 돌아올고

四面高低盡見山(張祜)　　卜居幽勝遠盡寶(張賁)
澄心不出風騷外(方干)　　遣興多應水石間(張籍)
慣狎神仙同笑語(顯中)　　脫遺軒冕就安閒(永叔)
月明更欲看花飮(錢起)　　何處騫驢馱醉還(無名氏)[84]

水石亭의 경치를 읊으면서 자신이 추구한 세계를 시에 이입시켰다. 속세와 절연하고 무욕의 맑은 마음으로 산수를 벗하며 살고자 했던 전극항의 모습이다.

안빈낙도의 세계는 無慾과 澄心이 없이는 불가능하다. 위의 2수에 내재된 세계는 바로 안빈낙도이다. 집구시가 단순한 시구를 모으는 문자유희가 아닌 만큼 자아의 정서와 일치된 古句를 모아 새로운 시를 창조하는 것이므로 그의 삶으로 이해할 수 있을 것이다.

전극항의 집구시를 다음과 같이 정리할 수 있다. 첫째, 그의 집구시는 27제 50수 390구가 있다. 둘째, 右杜論者로서 두보의 시에서 가장 많이 집구하였다. 390구를 유무명시인 170여인의 시에서 집구하였다. 셋째, 김육에게 집구시에 능하였다는 평을 받았다. 넷째, 「江都懷古」와 「箕城懷古」의 시는 旅愁와 회고의 정을 훌륭하게 묘사하였다. 다섯째, 「舅氏雙溪別業」과 「題水石亭」시는 자연과 벗하며 안빈낙도를 지향한 세계를 찾을 수 있다.

4) 文聲駿의 集句詩

耕巖 문성준(1858~1930)은 집구시를 지은 시인 중 가장 후대의 시인

84) 같은 책, 卷3, 張9, 「題水石亭」.

이다. 그는 성균관 박사시험에 합격하고 향리에 돌아와 수재들을 교육하였는데 문생이 백여 인이었다고 崔愿은 「耕巖私稿序」에서 밝혔다.[85] 『耕巖私稿』는 전 5권 2책으로 그의 사후 8년 된 해인 1937년에 鉛印으로 문도들에 의해서 간행되었다. 그의 문집 권1에 집구시가 17제 30수 248구가 있는데 다음과 같다.

七言律詩 : 「山居漫興」 등 13제 25수 200구
五言律詩 : 「春山杜宇」등 3제 4수 32구
五言古詩 : 「春雪」 1제 1수 16구

문성준은 100여인의 시구를 모아 집구하였다. 가장 많이 집구한 시인은 朱熹(1130~1200)이다. 朱子의 시를 26회 집구하였다. 이를 보면 그는 주자주의적 삶으로 살다간 유학자였음을 미루어 알 수 있다. 다음으로 집구한 시인은 陸游가 17, 杜甫가 13, 王維가 11, 李白이 7, 白居易가 6, 邵雍·蘇軾이 각 5, 朱瀾이 4, 溫庭筠·張籍·韋應物·王安石·黃庭堅·盧允言·戴叔倫·葉采·劉長卿이 3회, 駱賓王·沈佺期·王建·程子 등 22명의 시가 2회, 高駢·歐陽修 등 75인의 시가 각 1회 씩 집구하였다.

문성준은 자신이 집구한 집구시를 지은 동기를 다음과 같이 밝혔다.

> 집구시는 옛적에는 있지 않았으나 宋나라에 이르러 비로소 성행하였는데 왕왕 對偶가 친절하였다. 왕안석·孔毅父·석만경이 우수하였는데 동파는 이를 기롱하였다. 그러나 나는 시에 일찍이 고인의 맑은 아취를 사모하였다. 우연히 집구를 하였는데 어찌 지금 세상에도 동파처럼 기롱하는 자가 있지 않음을 알 수 있겠는가?[86]

---

85) 文聲駿, 『耕巖私稿』(高麗大所藏, D1 A2347), 「耕岩私稿序」, "公種學積文, 爲鄕巨擘射策泮館而中博士試, 及歸而授鄕秀才, 學徒弟至百許人."

86) 文聲駿, 『耕巖私稿』 卷1, 張30. "集句詩, 古未有至宋始盛行, 往往對偶親切. 王荊公孔

문성준은 왕안석·石延年·孔毅父 등의 집구시를 높이 평가하고 그 雅趣를 사모하였다. 동파가 집구시를 못마땅하게 여기고 기롱하였는데 지금 세상에 동파와 같은 이가 있을지 모르겠다고 하면서, 蘇軾의 집구시에 대한 부정적 시각을 비판하였다.

(1) 田園의 情趣

전원에 살면서 그 정취를 집구한 문성준의 집구시는 정경의 묘사가 아름답다. 「山居漫興」을 보자.

꽂 찾아 버들 따라 앞내를 지나니
희미한 높은 다리가 들 안개로 막혔네

가까운 곳에 꾀꼬리는 나무에서 다투는데
백로는 한번 가서 푸른 하늘로 오르네

삶을 꾀하여 옛적 구름 밭 서너 이랑 샀고
이치를 익히고자 주역 한 책을 의지했네

노년에 마음 한가하여 일이 없으니
이 속에 그윽이 숨어산 지 몇 해나 지났나

訪花隨柳過前川(程子)　　隱隱飛橋隔野烟(張旭)
幾處早鶯爭煖樹(白樂天)　　一行白鷺上靑天(杜甫)
謀生舊買雲三頃(陸放翁)　　玩理惟憑易一編(朱子)
年老心閒無相事(僧靈澈)　　此中幽隱幾經年(李咸用)[87)]

毅父石曼卿爲尤, 東坡嘗微譏之. 然余於詩嘗竊慕古人者雅矣. 乃偶集之, 安知今世不有東坡之譏者歟."

87) 文聲駿, 『耕巖私稿』, 「山居漫興」, 其4. 앞으로 인용하는 文聲駿의 집구시는 卷1, 張

산수에 은거하여 사는 전원의 정취를 집구하였다. 達人의 삶과 같이 자신의 幽閑한 생활을 집구로 묘사하였다. 꾀꼬리의 다툼과 백로의 비상을 대비하여 진정한 삶의 의미를 제시하였고, 無慾의 세계를 구름 밭 서너 이랑을 산 것으로 표현하였다.

다음의 「次石菴元韻」은 자연의 아름다운 정경을 보다 직접적으로 표현한 것이다.

이 속에 그윽이 숨어산 지 몇 해나 지났나
높은 선비 사는 林園은 별천지일세

울던 새 남은 아지랑이 밖으로 날아가고
좋은 산봉우리 무수히 창 앞에 늘어섰네

거문고 타며 달을 맞이하니 꽃길로 오고
주장자는 구름을 뚫고 멀리엔 저녁 연기 오르네

만 권 시서는 참으로 좋은 삶의 계책인데
빈 뜰에 사람은 조용하고 녹음만 무성하누나

此中幽隱幾經年(李咸用)　　高士園林別有天(湯擴祖)
啼鳥孤飛殘靄外(陸放翁)　　好峯無數列窓前(朱夫子)
彈琴邀月來花逕(未詳)　　拄杖穿雲窅夕煙(蘇東坡)
萬卷詩書盡活計(葉平岩)　　空庭人靜綠陰圓(党懷英)

문성준이 朱子의 시에서 제일 많이 집구한 것은, 주자학적 삶을 영위하고자 했던 내면세계의 한 국면이다. 자신의 전원생활의 정경을 주자

31~張35에 있으므로 收載面 표시는 省略함.

의 시각과 일치시키고자 하여 "好峯無數列窓前"구를 취하였다. 그리고 만 권의 시서가 참으로 삶의 계책이라고 하여 학문적 삶을 지향한 것으로 보인다. 다음은 「金陵仙巖作」을 살펴본다.

금릉 자제들을 전송할 제
푸른 물 맑은 못에 먼 하늘 비쳐있네

양쪽 언덕 갈대는 가을빛이 들었고
닭 개 울음소리 산의 정상까지 미치네

좌중에 주량은 사람마다 다르고
안개 물가 구름사이 배 곳곳으로 통하네

고깃배 희롱하는 것 보노라니 해는 가고
이 마음 故人과 같기를 기약하네

金陵子弟來相送(李白)　碧水澄潭映遠空(沈佺期)
兩岸蒹葭秋色裏(朱子)　數聲鷄犬翠微中(劉威)
座中酒量人人別(陸放翁)　烟渚雲帳處處通(白樂天)
看弄漁舟移白日(杜甫)　此心期與故人同(郎士元)

景의 묘사를 집구로 절묘하게 하였다. 다만 시인의 감정 이입은 미련의 "이 마음 고인과 같기를 기약하네"뿐이다. 문성준의 집구시 중 전원의 정취를 노래한 세계는 주자학적 삶을 지향한 것과 景의 묘사가 빼어난 것이 특색이다.

(2) 人生事의 哀歡

인간의 삶 자체가 榮枯盛衰가 있기 마련이며 明暗歡慽이 항상 따르기 마련이다. 세월의 흐름을 거역할 수 없는 유한한 인생사를 집구로 묘사하였다. 「春郊晩行」의 세계를 보자.

흐르는 물 따라 거닐며 맑은 물 완상하는데
버드나무에 바람이 와 얼굴 위로 부누나

앉아서 꽃이 지는 것을 보고 길게 탄식하다
천천히 방초를 찾아가니 돌아감이 더디누나

즐비하게 시 짓고 술 마시며 허송함이 없으니
번화함을 주관함이 다시 몇 때련가

슬프다 한해의 이봄 또 가니
白頭로 읊조리며 바라보니 괴로워 나직이 드리우네

步隨流水玩淸漪(朱子)　　楊柳風來面上吹(邵子)
坐見落花長嘆息(宋之問)　　緩尋芳草得歸遲(王介甫)
淋漓詩酒無虛日(陸放翁)　　主管繁華得幾時(晏淑原)
惆悵一年春又去(韋莊)　　白頭吟望苦低垂(杜甫)

봄 날에 들을 천천히 거닐며 가는 봄을 애상히 여기고 무정한 세월과 인생의 무상을 집구로 형상화한 것이다. 두견새 소리를 듣고 남다른 감회가 있어 다음과 같이 집구하였다. 그 자신도 일제의 침략으로 망국의 한을 가슴에 품고 있었기에 두견의 울음소리에 더욱 비애를 느낄 수 있었을 것이다.

너는 어느 산의 새이기에
새벽이 되었는데도 홀로 우느뇨

달이 밝고 삼협은 새벽이니
꽃이 져도 옛 성은 봄이로구나

바람이 찬 데도 피울음 토하니
가지 높아 새롭게 들리누나

亡國의 한이 많기도 하여
해를 향해 목터져라 통곡하누나

爾是何山鳥(元稹)　　孤鳴旣及晨(韓昌黎)
月明三峽曉(沈佺期)　　花落故城春(張羽)
風冷聲偏苦(顧偉)　　枝高聽轉新(杜甫)
爲多亡國恨(吳融)　　向日弄吭頻(錢可復)

위의 시는 「春山杜宇」이다. 두견새의 피울음소리 들으면서 망국의 한과 비애를 집구로 형상화하였다. 인간사에 슬픔만이 있는 것이 아니다. 즐거움을 집구한 「龜浦舟中」을 보자.

동남으로 산이 뚫려 큰 시냇물 흐르니
우연히 동호로 향하다가 다시 동쪽으로 가네

연꽃 봉우리 처음으로 비 온 후 향기롭고
파란 유리 같은 물 바람 없으니 깨끗하네

높은 나무 매미소리 마을에서 들려오고
한 내 연기 물결 석양 속에 흐르네

작은 배 언덕에 매놓고 느릅나무에 기대어
술잔 잡고 기쁜 만남을 함께 웃노라

東南山豁大河通(韋應物)　偶向東湖更向東(劉威)
白菡萏香初過雨(陸放翁)　碧琉璃水淨無風(白樂天)
高樹蟬聲秋巷裏(王建)　一川烟浪夕陽中(朱子)
扁舟繫岸依林樾(蘇養直)　把酒欣逢一笑同(吳中復)

자연풍광의 아름다움을 회화적으로 표현하고 좋은 벗을 만나 기쁨을 만끽하는 즐거움을 노래한 시다. 환희의 순간을 위해 먼길을 배를 타고 가는 것은 인간사의 한 단면이나 그 속에 삶의 진리가 깃들어 있다.

문성준의 집구시에 나타난 인생사의 애환의 세계는 평범한 인간에게 누구나 소유하고 있는 정감을 오롯이 형상화한 점이라고 할 수 있다. 그는 韓末에 태어나 망국의 한을 안고 살아간 유자이다. 그의 집구시 세계를 요약하면 다음과 같다. 첫째, 문성준의 집구시는 모두 17제 30수 248구이다. 그는 한국한문학사상 최후의 집구시인으로 생각된다. 둘째, 東坡가 집구시를 비방한 것을 비판하였는데 이는 그의 문학비평 의식의 일단이다. 셋째, 그의 집구시는 주자의 시를 제일 많이 취하였는데 이는 주자학적 삶을 지향한 것으로 이해된다. 넷째, 전원의 정취와 인간사의 애환을 노래한 집구시는 景의 묘사에 뛰어나고 인간의 보편적인 정감을 밀도 있게 형상화하였다.

이상에서 고찰한 바와 같이 집구시는 晋의 傅咸이 경전의 구를 모은 集經詩가 權輿가 된다. 宋의 石延年 · 王安石 · 文天祥에 이르러 본격적인 집구시의 발전을 가져왔다. 고려의 康日用 · 林惟正 · 崔集均에 의하여 이를 수용 발전시켜 우리 시문학사에 새로운 장을 열었다. 조선조에 이르러 金時習 · 金堉 · 全克恒 · 文聲駿은 이를 계승 확충시켜 독특한 시세계를 구축하여 중국의 집구시 못지 않은 높은 경지에 이르렀다.

김시습의 「山中集句」 7언절구 100수는 前人의 시구를 交織한 것이나 肉化된 자아의 언어로 아름답게 재창조한 시이다. 김육의 集杜詩 113제

216수 972구는 憂國의 情操와 巡行의 敍情, 그리고 愛民之情과 歸田의 삶과 追悔를 오롯이 형상화한 세계는 文天祥의 집두시와 비견할 만하여 한시사상 그 위상은 매우 높다. 전극항의 집구시 27제 50수 390구의 세계는 旅愁와 회고의 정과 안빈낙도를 추구한 것으로 자아의 내밀한 정서를 형상화였다. 문성준은 한국한시사상 최후의 집구시인으로 생각된다. 그의 집구시 17제 30수 248구의 세계는 전원의 정취와 인생사의 애환을 묘사한 것으로 景의 묘사와 인간의 보편적인 정감을 자연스럽게 표출한 것이다.

조선조의 집구시는 중국의 시체를 빌어 前人의 시구로 교직한 시이나, 조선인의 정서와 사상을 노래한 것으로 한국한시사상 한 위치를 차지한다.

6. 結 論

漢詩體의 하나인 集句詩는 前人의 시구를 취하여 한 편의 시로 재창조된 새로운 시이다. 그러나 단순히 전인들의 시구만을 交織한 문자유희가 아닌 독립된 시체로 한시사론에서 한 위치를 차지한다.

이제까지 우리 나라의 집구시를 이해하기 위하여 집구시의 유례와 중국의 집구시와 고려·조선조의 집구시를 고찰하였다. 이를 요약하여 결론으로 삼는다.

집구시의 효시는 晋나라 傅咸이다. 그는 經典의 구를 모아 4언으로 集經詩를 창안하여 한시사에 새로운 시체를 개척하였다. 본격적인 집구시는 宋初에 이르러 비롯되었다. 송의 石延年·王安石이 부함의 집경시를 확충 발전시켜 집구시를 체계화하였다.

집구시는 한 경전의 구를 취하여 한편의 시를 짓는 방법과, 前人들의 시구를 혼합하여 짓는 방법과, 특정시인의 시에서만 구를 모아 짓는 세 가지 방법이 있다. 집구시를 일명 百家衣體라고 하는데 이는 山谷 黃庭堅이 명명한 것이다.

집구시체를 明의 徐師曾은 四言古詩·樂府·近體歌行·七言絶句로 4分하였다. 그러나 필자가 韓·中의 집구시를 분석한 결과 ① 四言古詩, ② 樂府詩, ③ 五言古詩, ④ 七言古詩, ⑤ 近體歌行, ⑥ 五言律詩, ⑦ 七言律詩, ⑧ 七言排律, ⑨ 五言絶句, ⑩ 七言絶句로 모두 10체가 있음을 규명하였다. 특히 집구 七言排律은 고려의 林惟正이 한시사상 최초로 창안한 시체이다. 집구시는 前人들의 시구를 모아 한편의 시를 짓되 한 사람이 지은 것과 같이 뜻이 융회관통하는 시이다.

중국의 집구시인은 晋의 傅咸과 宋의 石延年·王安石·南宋의 文天祥과 明의 安石·李楨·童虩 등이 있다. 부함은 경전의 구를 모아 4언으로 「효경시」·「논어시」·「毛詩詩」·「주역시」·「周官詩」·「춘추좌씨전시」를 지었는데 주제는 모두 勸勵이다. 부함의 집경시는 집구시의 효시로 중국은 물론 고려·조선까지 그 영향을 끼쳤다. 석연년은 부함의 집경시를 발전시켜 前人들의 시구를 모아 한편의 시를 이룬 시인으로 집구시의 새로운 장을 열었다.

왕안석의 집구시는 34제 66수 566구이다. 그의 집구시는 4언고시·악부·칠언고시·근체가행·5언절구·칠언절구 등을 시체별로 집구하여 집구시체의 확대와 발전에 기여하였다. 특히 그의 「胡笳十八拍」은 악부의 대표적인 집구시이다.

문천상은 최초로 한 시인의 시에서만 시를 집구한 시인이다. 그는 5언절구 116題 200수 800구를 모두 두보의 시로만 집구하여 집구시의 새로운 장을 개척하였다. 그는 燕京의 감옥에서 망국의 한을 안고 장렬하게 천추대절을 남기고 순국한 시인이다. 그의 집구시는 遺民詩로 沈鬱

과 비장한 세계가 특징이다. 그는 자신의 擧兵活動과 탈출, 故人과 師友同列들을 그리워하고 가족과 고향을 그리는 원초적 성정과 옥중생활의 괴로움과 世道를 탄식하는 내용을 두보의 시로만 5언절구 200수를 집구하였다. 그의 集杜詩는 조선의 金堉의 집두시에 지대한 영향을 끼쳤다.

한국의 집구시를 지은 시인은 고려의 康日用·林惟正·崔集均과 조선의 金時習·金堉·全克恒·文聲駿 등이다. 그러나 강일용의 집구시는 전하지 않아 그 세계를 알 수 없다.

林惟正은 현전하는 작품으로 보면 우리 나라 최초의 집구시인이다. 그의 집구시집『百家衣集』3권은 현재 전해지지 않고 있으나,『동문선』에 수록된 趙文拔의「백가의시서」와 南秀文의「백가의발」을 보면 280여수가 있었음을 알 수 있고, 또한 고려 때 慶州와 安東大都護府에서 각각 간행되었고 당시 널리 그 우수성을 높이 인정받았다. 임유정의 집구시가『동문선』에 35제 45수에 수록되어 있어 그 일모를 파악할 수 있다. 그는 한시사상 최초로 집구 칠언배율을 창시하였다. 임유정의 집구시에 대한 평가는 趙文拔·南秀文·崔瑀·柳方善·徐居正·李瀷 등이 그 우수성을 인정하였다. 그의 집구시는 對偶의 절묘함과 집구한 흔적을 찾을 수 없을 만큼 아름다운 시이다.

崔集均의 집구시는 현전하는 작품이 극히 적어 전모를 알 수 없다. 이제현의『역옹패설』에 4聯만이 소개되어 있다. 柳方善·徐居正·金堉은 그가 집구시에 능하였다고 하였다.

고려의 임유정 최집균의 집구시는 조선조의 김시습·김육·全克恒·文聲駿의 집구시에 큰 영향을 끼쳤다. 김시습의「山中集句」는 7언절구 100수로 400구이다. 그가 金鰲山에 은거할 때인 34세(1468) 겨울에 집구하였다. 그는 陸游의 시에 심취하여 가장 많이 집구하였다. 육유를 비롯하여 국내외 유무명의 시인들의 시구를 취하였다.「산중집구」의 주제는 閑居之樂·風致之樂·讀書之樂·脫俗之樂으로 나눌 수 있다. 시세계는 무욕의 清澄함과 不羈의 幽閑과, 자연과의 교감과, 내면세계의 화평과, 유유자적하며 독서하는 즐거움과 인생사를 초월한 달관·達道이다.

김육의 集杜詩는 문천상의 집두시에 크게 영향을 받았다. 두보의 시로만 집구한 유일무이한 우리 나라 집구시인이다. 김육은 57세(1636)에 동지사로 明에 가서 문천상의 집두시를 보고 크게 느낀 바가 있어 두보의 시로 집구하게 되었다. 그는 113제 216수 972구 중, 5언절구가 문천상의 집구시 首와 같이 2백수이다. 5언절구는 小詩集別로 이루어져 있다. 집구시의 주제는 憂國·巡行·愛民·追悔 등으로 나눌 수 있다. 우국의 情操, 역사의 회고와 民風의 묘사, 牧者의 愛民之情, 전원에 돌아와 관직생활시를 반성한 追悔의 세계가 내재되어 있다.

전극항의 집구시는 27제 50수 390구가 있다. 그는 두보를 가장 많이 집구하였고 그외 유무명 시인 170여인의 시를 취하였다. 그의 집구시는 金堉으로부터 능하다는 평을 받았다. 집구시의 주제는 旅愁와 회고의 정과 안빈낙도가 주류를 이루고 있다.

문성준의 집구시는 17제 30수 248구가 있다. 그는 한국한문학사상 최후의 집구를 한 시인이다. 그는 248구를 100여명의 시를 취하여 집구하였는데, 그중 朱熹의 시를 제일 많이 취하였다. 그의 집구시 주제는 전원과 인생사의 애환으로, 景의 묘사에 뛰어나고 인간의 보편적인 정감을 밀도 있게 집구하였다. 그는 東坡가 집구시를 기롱한 것을 비판하여 집구시의 독자성을 인정하였다.

우리 나라 집구시는 중국의 시체를 빌어 주로 중국 시인들의 句를 모아 交織한 시이다. 그러나 한국인의 정서와 사상이 古人들의 시구에서 합일된 구만을 취하여 재창조된 시인만큼 우리의 문학이다. 한국의 집구시는 그릇(集句詩體)을 빌리고 내용물(中國人들의 詩句)을 빌려서 담았으되, 그릇은 같으나 내용물을 재창조하여 담았기 때문에 우리의 것이다. 특히 고려의 林惟正은 집구 七言排律體를 한시사상 최초로 창안하였으며, 조선의 김육은 두보 시로만 5언절구 200수를 집구하여 문천상의 集杜詩 200首와 어깨를 나란히 하고 있다. 詩數만이 아니라 문학성도 매우 뛰어나다. 이러한 점에서 우리 한국한문학의 우수성을 찾을 수 있다.

본 논문의 소득은 다음과 같은 5개항이라고 생각한다. ① 明의 徐師曾이 집구시체를 4체로 분류한 오류를 바로 잡아, 집구시체가 10체가 있음을 밝힌 점이다. ② 집구 7언 배율체를 고려의 林惟正이 한시사상 최초로 창안하였음을 규명한 점이다. ③ 집구시의 시원과 중국의 집구시를 일별하여 그 세계를 이해할 수 있게 한 점이다. ④ 우리 나라 역대 집구시를 나름대로 체계적으로 고찰하여 그 세계를 정리하였다는 점이다. ⑤ 이제까지 학계에 보고되지 않은 조선의 全克恒·文聲駿의 집구시 세계를 최초로 정리하였다는 점이다.

이 논문으로 인하여 집구시의 一斑과 집구시체와 중국·한국의 집구시의 전모를 세계를 이해할 수 있음은 물론 漢詩의 詩體論 및 한국한시사의 한 부분을 이해하는데 도움이 있을 것으로 생각한다.

(原題, 「韓國의 集句詩 研究」,
『漢文學論集』 第5輯, 槿域漢文學會, 1987. 11)

제2부

成侃과 任叔英의 文學世界

成侃 詩의 哀恨과 達觀의 世界

任叔英의 文學論과 詩世界

世界 最長 漢詩 任叔英의「述懷」研究

成侃 詩의 哀恨과 達觀의 世界

1. 序　論

조선왕조의 한문학은 鄭道傳(?~1398)·權近(1352~1409)·卞季良(1369~1430) 등이 鼻祖가 된다. 이들은 麗末鮮初의 과도기적 인물들로서 조선왕조 초기 문단의 중추적 역할을 하였다.

이들 이후 집현전 출신의 鄭麟趾(1396~1478)·申叔舟(1417~1475)·崔恒(1409~1474)·徐居正(1420~1488)이 文柄을 잡았고, 이들과 함께 成三問(1418~1456)·朴彭年(1417~1456)·柳誠源(?~1456)·李塏(1417~1456)·河緯地(1387~1456)·李石亨(1415~1477)·金守溫(1409~1481)·姜希孟(1424~1483)·李承召(1422~1484)·金宗直(1431~1492)·金時習(1435~1493)·金壽寧(1437~1473)과 成侃(1427~1456)·成俔(1439~1504) 등이 조선전기 한문학의 새로운 章을 열었다.

眞逸齋 成侃(자 和仲)은 30세로 요절하였으나, 그의 시는 조선전기 한문학사에서 한 위치를 차지한다. 성간은 1427년(세종 9년, 정미)에 태어나 15세에 진사가 되었고, 27세(단종 1년)에 문과 제3위로 급제하여 집현전박사로 文名을 날렸다. 28세에 修撰이 되고, 30세(1456년 세조, 2년 병자)에 사간원의 左正言이 되었으나 취임하지 못하고 7월에 병으로 짧

은 생애를 마쳤다. 그의 生平에 관한 기록은 아우 成俔의「眞逸遺稿序」[1]와「眞逸先生傳」[2]에 상세히 나타나 있다.

성간의 유고인『진일유고』에는 시가 107편에 241수가 있고,「新雪賦」·「悶雨賦」, 序가 4편, 記가 3편, 說이 1편, 徐居正 詩藁의 跋文인「書剛中詩藁後」, 그리고「慵夫傳」이 수록되어 있다.

『동문선』에는「新雪賦」와 5언고시인「怨詩」, 칠언고시인「寄姜景愚」·「麻浦夜雨歎」·「淸江曲」, 5율인「除夜」, 7절인「宮詞」·「偶書」, 그리고「成均館記」·「遊冠岳寺北岩記」·「訓諫院射廳記」와 「용부전」이 收載되어 성간의 문학적 聲名을 일차적으로 알 수 있다.

서거정은「진일유고서」에서 성간의 문학세계를 다음과 같이 논하였다.

> 和仲의 문장은 기른 바가 이미 깊고 본 바가 또한 높았다. 마음에 근본을 두었기에 辭가 發하니 高古沖澹하고 溫厚雅瞻하여 蔚然히 일가를 이루어 옛적 作者의 風이 있었다.[3]

高古沖澹하고 溫厚雅瞻하여 옛 시인의 風이 있었다는 서거정의 詩品評語에서 성간의 문학세계가 어떠하였는가를 알 수 있다.

李承召는 문장이 당대에 뛰어난 사람이었으나 서거정에 가리워진 것이 애석하다는 평을 듣는데, 그는 성간의 시세계를 이렇게 기술하였다.

> 舜의 음악 韶처럼 고르고 玉소리여서 봉황이 의장을 하고 짐승이 춤을 추며, 푸른 바다처럼 넓고 아득하여 龍이 읊조리고 자라가 부르짖는 것 같으니 和仲의 시는 기이하도다.[4]

---

1)『眞逸遺稿』(李朝名賢集 2), 成均館大 大東文化硏究院 影印, 1977, p.715.
2)『虛白堂集』(李朝名賢集 2) 卷13, 40b～43a, pp.968～970.
3)『眞逸遺稿』,「眞逸遺稿序」, p.716. "和仲之於文章, 所養旣深, 所見亦卓. 根於心, 發於辭者, 高古沖澹, 溫厚雅瞻, 蔚然成一家, 有古作者之風."

"若韶鈞鏘鳴 而鳳儀獸舞하고 滄溟浩渺 而龍吟鼉吼하다"는 이승소의 시평은 그의 문학적 위상을 분명하게 설명하고 있다.

許筠(1569~1618)은『惺叟詩話』에서 성간의 시세계를 다음과 같이 평하였다.

> 우리나라 시는 古詩를 본받은 자가 없었다. 成和仲이 顔延之・도연명・鮑照 3家의 시법을 深得하였다. 小絶句는 唐의 악부체를 체득하였기 때문에 寂寥함을 면케 되었다.[5]

성간의 시가 顔延之・도연명・鮑照 3家의 시법을 터득하고 唐代의 古風을 익혔다고 높이 평하였다. 任璟(?)은 金錫胄(1634~1684)가 말한 역대 제가의 시평을 인용하여 다음과 같이『玄湖瑣談』에서 평하였다.

> 진일재 성간의 시는 鶴이 靑田을 날고 봉황이 丹穴에 깃든 것과 같다.[6]

성간의 시가 안연지・도연명・포조의 시법을 深得하였고, 詩格은 "高古沖澹 溫厚雅贍"하고 "鶴飛靑田 鳳巢丹穴" 등 제가의 평어에서 보듯이 그의 시는 조선전기 詩史에서 한 위치를 점하고 있다.

본고에서는 성간의 시에서 애한과 달관의 세계를 고찰하고자 한다. 이러한 작업은 그의 문학 이해에만 국한되는 것이 아니라 조선전기 한문학의 이해에 작은 기여가 있을 것이라고 생각한다.

---

4) 같은 책,「眞逸遺稿跋」, p.749, "若韶鈞鏘鳴, 而鳳儀獸舞, 滄溟浩渺, 而龍吟鼉吼, 信和仲之於詩奇矣."

5)『詩話叢林』(亞細亞文化社 影印, 1973),『惺叟詩話』p.314. "東詩無效古者. 獨成和仲, 擬顔陶鮑三詩, 深得其法. 諸小絶句, 得唐樂府體, 賴得此君, 殊免寂寥."

6)『詩話叢林』,『玄湖瑣談』, p.467. "又曰…… 眞逸齋成侃, 鶴飛靑田, 鳳巢丹穴."

2. 社會詩의 世界

1) 貧者의 哀憐과 恨

성간이 백성들의 삶과 自我의 삶을 동일시하고 이를 以詩哀之한 사회시에서 현실인식과 시정신은 물론 조선초기의 사회상이 투영되어 있다. 그는 태평성대로 알려진 세종·文宗朝와, 首陽大君이 端宗을 축출하고 왕위에 오른 정변과, 성삼문 등 사육신이 단종 복위를 도모하다 千秋大節을 남긴 격변기를 살다간 시인이다. 비록 사육신과 같이 殺身成仁의 길을 가지는 않았으나 民草들의 궁핍한 삶과 비애를 시로 형상화하면서 새로운 세계를 지향하였다.

성간은 명문거족의 후예로서 비록 병약하였으나 飢寒과 고생을 모르고 생을 마쳤다. 그러나 자신과 같은 시대를 살던 민생들이 기한으로 인간다운 삶을 살아갈 수 없었던 아픔과 고뇌를 자아의 아픔과 고뇌로 置換하였다.

「餓婦行」은 젖먹이 두 어린아이를 데리고 유리걸식하는 아낙네의 처절한 아픔을 형상화하고, 賑恤制度가 시행되지 않은 당시 사회를 비판한 것이다.

산문에 해가 지려는데
북풍이 높은 벼랑 찢어질 듯 부는구나

사람들은 추위를 막으려
빗장 닫고 자라처럼 웅크리네

조금 후 문을 두드리는 소리 있어
나가 보니 굶주린 아낙의 시커먼 얼굴

젖먹이 두 아이를 껴안고
세모에 葛布 옷을 입었네

수중에 가진 것 없이
밥을 먹지 못한 지 이미 사흘이라네

山門日欲暮　　北風高崖裂
居人憚涸寒　　閉關縮如鱉
俄有扣門聲　　餓婦面深黑
乳下挾兩兒　　歲暮蒙絺綌
手中無所携　　不食已三日[7)]

이는 「아부행」의 序端이다. 북풍 한설이 매섭게 휘몰아치는 세모에 사흘이나 굶은 아낙이 葛布 옷을 입은 채 젖먹이 두 아이를 안고 문전 걸식하는 정경을 실사한 것은 그녀에 대한 애련이다.

어린아이 문밖에 서 있는데
시든 부추와 알밤의 형상

굶주린 아이를 양손에 끼고 있어
어미는 밥을 얻을 수 없는지라

아이를 길가에 앉혀놓고
구걸하러 동냥자루를 내미네

길가에 버려진 두 아이
엄마와 헤어짐을 달게 여기네

---

7) 『眞逸遺稿』, 「餓婦行」 권2, 9ab, p.729.

두 아인 울면서 길을 헤매는데
울음소리 흐느끼는 소리 들리누나

小僮出門邊　　黃薤和脫栗
兒飢兩手持　　母餐不可得
推兒置坐傍　　取食納諸橐
路邊棄兩兒　　甘心與永訣
兩兒巡路啼　　啼聲聽幽咽[8]

제2단이다. 아낙이 젖먹이 두 아이를 품에 안고 있기 때문에, 동냥자루를 내밀 수 없어 길바닥에 앉혀놓고 밥을 구걸하는 目不忍見의 비극적 현실을 그렸다. 또한 어린 자식들이 어머니와의 헤어짐은, 곧 밥을 먹을 수 있다는 희망으로 이별을 달게 여겼고, 어머니가 오지 않자 길을 헤매며 울다가 지쳐 흐느끼는 정경을 핍진하게 묘사하였다. 제3단에서 이들 모자간의 비극은 확대된다.

노려보는 북산의 호랑이
번개 불 같은 두 눈

털을 곤두세우고 산을 내려와
방자하게 아침식사로 씹어 삼키네

사람들이 그것을 보고서
탄식하고 서러워도 어찌 미칠 수 있으리

아아 모자간이여
참으로 性情이 심히 절박하도다

8) 같은 곳.

어찌 굶주림과 추위의 끝을 말하겠는가
사람으로 하여금 天理를 滅하는데 이르게 하다니

耽耽北山虎　　電光挾兩目
堅毛下山來　　呑噬恣朝食
居人望見之　　難惋亦何及
嗟呼母子間　　眞性爲甚切
云何飢寒餘　　至使人理滅[9]

두 아이가 밥을 얻으러 간 어머니를 찾아서 길을 헤매다가 호랑이에게 잡혀먹는 비극적 현장, —가난이라는 죄, 가진 것 없다는 단 하나의 이유로 말미암아 두 아이가 虎食을 당하여야 하는가에 대한 哀恨을 형상화하였다. 굶주린 아낙에 대한 비애의 세계를 성간 自我의 세계로 수용하여 다음과 같이 절규하였다.

先王이 어진 정사를 베푼 것은
창고에 곡식을 저장했기 때문이었네

가혹한 정치는 호랑이보다 사납다는 것
이 가르침은 천고에 게시되었노라

지금의 조정은 태평성세라지만
진실로 부지런히 다스림을 구하노라

내 아부행을 지어
조정에 붙이노라

---

9) 같은 곳.

所以先王仁　　倉廩須使實
苛政猛於虎　　此訓千古揭
當今朝廷熙　　求理固密勿
聊陳餓婦行　　寄與廟堂說[10]

善政과 仁政의 근원은 賑恤에 있다는 것이다. "苛政猛於虎"라는 만고의 진리를 공자가 이미 갈파했으나 가혹한 정치로 인한 백성들의 질곡과 같은 삶을 사는 데 대한 비탄이다.

태평성대라고 만인이 입을 모아 합창하던 당시에 이러한 슬픈 삶을 살아가는 백성이 있음은 아이러니라는 성간의 현실인식과, 治者에 대한 비판의식은 그의 시세계의 한 특성이다. 「아부행」을 지어 조정에 보낸다는 結詞에서 시를 사회비판적 언어와 사회개혁의 工具로 인식한 문학관이 내재되어 있다. 그의 民生에 대한 憐民의 情과 애한은 다음의 「擬古四首」(4)에서도 나타나 있다.

쓸쓸한 마을에 사월이 되니
사람이 와서 문을 두드리네

더덕더덕 기운 누더기마저 해지고
젊은 얼굴이 처량한 원숭이 같구나

스스로 말하기를 "굶주리고 곤궁해서
골육마저 서로 살필 수 없었다오

세상의 인정이 어찌 이리 야박한지
밥 한 그릇 은혜도 구하기 어렵다오"

---

10) 같은 곳.

荒村建巳月　　有人來扣門
懸鶉衣百結　　壯顔類哀猿
自言飢困餘　　骨肉不相存
世情何太薄　　難求一飯恩[11)]

위는 前段이다. 이른바 보릿고개인 4월에 부모형제마저 서로 돌볼 수 없는 절박한 삶을 영위해야 하는 貧者들을 예리하게 관찰하고 이를 형상화하였다. 世情의 야박한 인심은 굶주린 사람들이 밥 한 그릇 구할 수 없는 데까지 이르는 세태를 걸인의 말을 빌어 비판한 것이다.

내 듣고 간과 폐가 후끈거려
소매로 눈물을 닦으며

무릎 꿇고 하늘에 물었지만
하늘은 말이 없네

我聞肝肺熱　　掩袂拭淚痕
長跪問蒼天　　蒼天嘿無言[12)]

위의 後段에서 백성들의 艱苦의 삶을 자아의 슬픔으로 승화하여 눈물 짓고 있다. 그는 憐民의 정에서 무릎 꿇고 하늘에 하소연하였다. 묵묵부답 말이 없는 하늘을 원망함은 세상의 각박한 인심과 治者의 보살핌이 없는 不仁의 정치에 더 이상 기대할 수 없는 애한이다. 이 애한은 인간성회복과 선정을 기원하면서 새로운 질서와 새로운 사회에 대한 기구이다. 다음은 「惡風行」을 살펴보자.

---

11) 같은 책, 「擬古四首」(4) 卷3, 2a, p.733.
12) 같은 곳.

모진 바람 서쪽에서 땅을 걷을 듯 불고
눈송이 크고 커서 자리와 같네

처음에 성글게 버들 꽃처럼 흩날리더니
조금 지나 한 자나 쌓였누나

전옹은 아침 일찍 일어나 기뻐하면 말하길
"내년에 풍년들 조짐임을 알겠노라

벼를 수레에 싣는 것 때가 있나니
창고가 비어 티끌이 쌓이는 것 근심치 말라"

짧은 옷 잡아당겨도 정강이를 가리지 못한데도
젊은 아들 나무해와 내방에 불을 때네

惡風西來捲地吹　　雪花茫茫大如席
疎疎初作柳絮飛　　俄頃庭除深一尺
田翁早起喜相語　　來成豊兆占可識
稻車穩載庶有時　　不憂空廩塵自積
短衣掩脛不須挽　　健兒負薪燒我突[13)]

이 시는 성간이 과거에 합격(27세)하기 이전에 松都를 유람할 때 지은 것으로 보인다. 가난한 田翁의 미래지향적 삶과 나그네에 대한 따뜻한 인정을 형상화한 것이다. 「擬古四首」의 (4)가 世情의 야박함을 묘사한 반면 이 「악풍행」은 훈훈한 인정을 그린 것이다. 쌀독이 비어 티끌이 쌓여도 근심 걱정하지 않으면서, 大雪은 명년에 풍년이 들 조짐이라는 전옹과, 입은 옷이 정강이를 가리지 못한 젊은 아들은 모진 눈보라를

13) 같은 책, 「惡風行」 卷2, 8b~9a, pp.728~729.

헤치고 나무를 해와 시인의 방에 불을 때주는 아름다운 인정에 탄복하고 다음과 같이 노래하였다.

내 이말 듣고 기뻐서 넘어져
하늘 향해 웃으며 손으로 박수를 치며

만약 만 백성 굶주림과 추위를 면할 수 있다면
내가 굶주림과 추위로 죽어도 만족하리라

아아 내가 굶주림과 추위로 죽어도 만족하리라

我聞此語喜欲顚　　笑向天工手長拍
若使萬姓免飢寒　　吾受飢寒死亦足
嗚呼吾受飢寒死亦足[14)]

순박한 田翁 父子의 가난한 삶 속에서도 인정이 메마르지 않은 아름다운 삶을 목격하고 성간은 만약 만백성 굶주림과 추위를 면할 수 있다면 자신은 飢寒으로 죽어도 만족할 것이라고 노래했다. 여기에서 憐民의 뜨거운 정이 내재되어 있다. 만 백성의 기한을 구제할 수 있기를 염원한 시 정신은 사회시인으로서 성간의 위치가 확연히 부각된다. 이러한 憐民과 애한의 시세계는 궁극적으로 백성들의 인간다운 삶을 누릴 수 있는 바람직한 사회를 희원한 것이다.

위의 「아부행」, 「의고사수」(4), 「악풍행」에서 나타난 성간의 시 정신은 貧者의 애한과 고뇌를 자아의 것으로 수용하면서 이들의 애한과 고뇌가 극복되어 새로운 삶을 살아갈 수 있는 사회, 치자들의 선정을 갈구한 것이다. 즉 "인간성의 회복과 선정의 회귀"를 추구한 세계가 있다.

---

14) 같은 곳.

2) 賤者의 哀憐과 恨

성간의 시에서 가장 널리 알려진 시가 「二怨詩」의 (1)이다. 이 시는 『동문선』을 비롯한 여러 책에 시제가 「怨詩」로 기록되어 있다. 탐관오리들의 수탈과 착취로 인하여 고통을 당하는 백성의 삶을 묘사한 것이다. 3단으로 구성되어 있다.

새벽 밥 먹고 동쪽 언덕에 갔다가
해 저문 후 쓸쓸한 마을에 돌아와 통곡하네

옷은 찢어져 두 팔뚝이 드러났고
항아리는 비어 쌓인 곡식이 없네

어린 자식 옷을 끌어당기며 우는데도
어찌하면 밥과 죽을 얻을까

蓐食向東阡　　暮返荒村哭
衣裂露兩肘　　缾空無儲粟
稚子牽衣啼　　安得饘與粥15)

가난하기 그지없는 농부의 삶이다. 항아리의 곡식은 한 톨도 없는데 어린 자식들은 부모의 옷을 끌어당기며 밥을 달라고 보채는데도 어찌할 수 없는 정경을 실사하였다. 2단에서는 그 원인이 탐관오리들의 가렴주구에 있었음을 밝혔다.

아전들이 와서 돈을 토색하여
늙은 아내가 묶임을 당하네

---

15) 같은 책, 「二怨詩」(1) 卷2, 9b~10a, p.729.

담을 넘어 산 높은데 올라가
열흘 동안 가시밭 속에 숨었었네

몸을 숨겨 풀 속으로 다니니
해는 지고 산골짜기 컴컴하네

도깨비는 언덕에서 휘파람 불고
처량한 바람은 숲 사이에서 부네

벌벌 떨리고 혼백이 흩어지니
한 걸음에 세 번 네 번 숨을 쉬누나

里胥來索錢　　老妻遭束縛
踰墻陟崢嶸　　十日竄荊棘
潛身草間行　　日落山谷黑
魑魅憑岸嘯　　凄風振林木
凜然魂魄褫　　一步三四息[16]

죄 없는 늙은 아내가 묶임을 당하는 절박한 상황과 남편은 산 속으로 도망하여 숨어살아야 하는 비극적 삶을 통해서 백성들의 고혈을 쥐어짜는 탐관오리들의 만행이 선명하게 그려져 있다.

治者는 백성의 부모가 되어야 함에도 불구하고 백성의 원수가 된 조선전기 사회의 한 단면이 그대로 나타나 있다. 백성을 보호하고 扶養하는 牧者로서의 존재가 아니라 수탈과 착취만을 일삼는 治者들은 백성의 원수임을 극명하게 밝힌 것이다. 처자식과 함께 행복하게 살아야 할 남편들이 가시덤불 속에 숨어 지내야하는 비리의 사회에 대한 고발이다. "一步三四息"의 가빠진 숨은 비록 남편만의 아픔과 애한이 아니고

16) 같은 곳.

그의 가족은 물론 토색질을 당한 조선전기의 백성들의 애한이다. 성간은 이들의 원망과 애한을 도외시하지 않고 자아의 비애로 승화하여 차탄하였다.

아아 간악한 아전들
가렴주구가 어찌 그리 빠른고

관청은 어질지 않은 것 아니지만
너희들 마음은 심히 혹독하구나

嗟嗟黠吏徒　　誅求一何速
公門非不仁　　汝輩心甚毒[17)]

성간은 관청은 어질지 않은 것이 아니라고(公門非不仁) 우회하여 표현하였지만 결국 虐政에 대한 고발과 비판의 세계를 선명하게 형상화하였다. 간악한 아전들의 토색질은 원천적으로 부패한 정치사회였기에 있을 수 있는 것이다. 낡은 사회를 거부하고 仁政이 베풀어지는 새로운 사회를 추구하고 있다. 이러한 소망은 백성들의 소망이자 시인의 소망으로 천대와 속박, 그리고 착취하는 추악한 지배층에 대한 준엄한 질책이다. 시가 단순히 심성수양의 범주에 안주하지 않고 현실의 문제를 수용하며 그 문제들에 대한 극복의 방향을 제시하고 있다. 仁政과 善政으로의 회귀는 치자의 결단과 위민정신의 실현에 있음을 以詩論時한 것이다.

다음은 병졸들의 처연한 삶과 애한의 세계를 그린 시편들을 살펴본다.

---

17) 같은 곳.

높고 높은 철령의 북쪽
산봉우리와 숲이 칼과 창 같네

수심에 잠긴 구름 북방에 연했고
북방의 눈은 크기가 자리만 하네

창을 짊어진 자 뉘 집 자식인지
가려해도 거듭 발을 저네

終年토록 변방의 수자리를 지키니
형색은 고목나무와 같네

부모님 고향에 계시지만
돌아가시어 개울가 골짜기에 버려진 것을 어이 알리

인생이 다만 이와 같다면
말하고자 하나 마음이 슬프기만 하구나

峨峨鐵嶺北　　峰巒森劒戟
愁雲連北方　　朔雪大如席
負戈者誰子　　欲行屢側足
終年守邊庭　　形骸劇枯木
父母在故里　　安知爲溝壑
人生只如此　　欲言心惻惻[18)]

위의 「雜詩」의 前段이다. 마치 고목나무와 같이 피골이 상접한 병정이 終年토록 변방의 수자리를 지키고 있는데 대한 애련이다. 고향의 부

18) 같은 책, 「雜詩」 卷3, 1a, p.733.

모님은 돌아가시어 개울가 골짜기에 가매장된 줄도 모르고 있다는 것이다. 시인은 병정들의 인생살이가 너무나도 비극적인 데 대하여 애련의 눈물을 지으며 차마 말못하고 슬퍼하고 있다.

높은 분 가죽옷 입고서
명령을 집행함이 어찌 이리 급한고

불러모아 행렬을.정비하니
해는 저문 데 소리를 삼키며 흐느끼네

분함과 원망이 많아도 삼가지 않으면
분함과 원망으로 죽어 뼈를 볼 것이네

하늘이 어찌 어질지 아니하리오
피차에 이치는 하나인 것을

長者擁猊裘　　令行何太急
招呼備行列　　日暮呑聲泣
愼勿憤怨多　　憤怨見死骨
蒼天寧匪仁　　彼此理則一[19)]

위의 後段은 다음에서 보는 바와 같이 杜甫(712~770)의 「新安吏」의 意境과 비슷하다.

白水가 황혼에 동쪽으로 흐르니
푸른 산은 마치 통곡하고 있는 듯

---

19) 같은 곳.

스스로 울어 눈물 말리지 마오
마구 쏟아지는 눈물을 거두시오

눈물 다 마르고 뼈가 나온다 한들
천지(임금)는 종내 무정할 것이요

白水暮東流　　青山猶哭聲
莫自使眼枯　　收汝淚縱橫
眼枯卽見骨　　天地終無情[20]

성간의 시는 鐵嶺에서 수자리 사는 병졸들의 삶을 형상화한 것이다. 두보의 시는 安祿山의 亂으로 中男(18세~22세)이 군대에 끌려가는 정경을 묘사한 것이다. 前者의 "愼勿憤怨多 憤怨見死骨"은 후자의 "莫自使眼枯 收汝淚縱橫 眼枯卽見骨"의 依樣이며 "蒼天寧匪仁 彼此理則一"은 "天地終無情"의 意像과 같다. 병졸에 대한 연민의 정을 형상화한 것은 인간애의 발현이다. 인간으로서 존엄한 인권이 무시된 채 終歲토록 철령에서 수자리를 살아야하는 버림받은 삶이 구제되기를 염원한 애민정신을 以詩露情하였다.

다음의 「老人行」은 병졸로 평생을 살다가 고향에 돌아와 황폐한 전답을 일구며 탄식하는 70노인의 애한을 묘사하였다.

밭 두렁 풀은 무성하고 꿩은 짝지어 나는데
밭 두렁 가에 노인이 길게 탄식하누나

스스로 말하기를 나이가 일흔 살이라는데
손과 다리 동상 걸렸고 얼굴마저 시커먼 하네

---

20) 仇兆鰲注, 『杜詩詳註』 上, 「新安吏」, 文史哲出版部, p.369.

男婚女嫁를 어느 때나 알겠는가
짧은 저고리 남루한데 겨우 무릎을 가리었네

隴草萋萋雉雙飛　　隴邊老人長嘆息
自道余生年七十　　手脚凍皴面深黑
男婚女嫁知幾時　　短衣襤幓纔過膝[21)]

제1연에서, 잡초가 무성한 밭 언덕에 꿩들이 짝지어 나는데 노인이 길게 탄식한다는 것은 明暗이 다른 事象을 통하여 이 시가 悲鬱임을 암시하고 있다. 병들어 검은 얼굴에 의복이 남루한 노인의 자탄은 "男婚女嫁知幾時"에서 극대화되었다. 징병되어 한 평생을 병졸로 보낸 노인의 한, 결혼마저 해보지 못한 비극적 삶에 대한 애련을 자아의 슬픔으로 동일시한 것이다.

지난해에 징병되어 黃沙를 지나간 후
만 번 죽음 면하고 돌아오니 귀밑머리 눈같이 희네

금년에 호미로 풀을 뽑으며 농사짓는데
돌 밭 메마른 땅이라 소 발굽이 빠졌네

소도 발굽이 빠진 줄 아는데 어찌하리
망연히 홀로 앉아 마음이 찢어질 듯

前年召募度黃沙　　萬死歸來鬢如雪
今年把鋤事耕耨　　石田磽确牛蹄脫
牛蹄脫知奈何　　獨坐茫然心斷絶[22)]

---

21) 眞逸遺稿 卷2, 8a, p.728.
22) 같은 곳.

노인의 슬픈 인생역정과 자탄과 애한을 자아의 것으로 승화하였다. 「노인행」은 그래도 만 번 죽을 고비를 넘기고 향리로 돌아온 노인의 삶을 그린 것이지만, 다음의 「戰場行」은 전쟁터에서 죽은 병졸들의 원혼을 그리고 있어 더욱 애잔하다.

시커먼 구름비를 몰아 검기가 쇠와 같은데
황혼의 귀신들 사람 곁에 서 있네

가슴에 맺힌 한 호소하려하나 어찌 할 수 있으리
천추의 원통한 피 응당 푸르게 되었으리

요즈음이었는가 秦漢 시대였나
생각이 당시에 미치니 눈물이 가슴을 적시네

하늘은 老眼이 없음을 알았나니
점점 침침하여 다시는 흑백 구분 못함을

오랜 세월 허리에 활과 화살을 차고
거친 연기 드리우니 귀신이 통곡하네

새 귀신 옛 귀신 모두 원한이 맺혀
밤 되니 흐느끼는 소리 들리듯 하누나

陰雪作雨黑如鐵　　黃昏鬼物傍人立
欲訴胸臆那可得　　千載怨血應化碧
將近代歟是秦漢　　思及當時淚沾臆
乃知蒼天無老眼　　消沈無復辨黑白
悠悠或作帶弓箭　　黃烟垂垂鬼長哭
新鬼舊鬼共煩寃　　入夜如聞淚幽烟[23)]

옛 싸움터를 지나며 감회를 절묘하게 형상화하면서 원혼들에 대한 애한을 以詩哀之하였다. 結聯에서 "새 귀신 옛 귀신 모두 원한이 맺혀 / 밤 되니 눈물 지며 흐느끼는 소리 들릴 듯 하다"는 것은 孤魂에 대한 애련이다. 이는 두보의 「兵車行」의 세계(君不見靑海頭, 古來白骨無人收. 新鬼煩怨舊鬼哭, 天陰雨濕聲啾啾)와 情景이 일치한다.

성간의 賤者에 대한 이러한 시각과 인식은 애민의 정에서 나온 것으로, 이들의 한이 해소되어야 한다는 준엄한 비판이자 새로운 세계를 지향한 것이다.

이상과 같이 자신의 살던 시대의 모순과 비리를 사실적으로 형상화하였다. 貧者와 賤者의 애한을 자아의 애한으로 동일시하였고 연민의 정을 형상화한 것은 사회비판적 언어로서 시적 실천이기도 하다. 이러한 사회문학의 의의는 다만 예술의 성취에만 있는 것이 아니고 가장 중요한 것은 사회적이고 실용적인 功用에 도달하는데 있는 것처럼[24] 성간의 사회시에 내재된 애한의 세계는 곧 낡고 병든 사회의 모순을 극복하고 인간으로서의 존엄한 삶을 영위할 수 있는 새로운 사회를 염원한 것이다.

3. 閨情의 哀恨

예로부터 閨情을 시인들이 즐겨 노래하였다. 閨房의 일을 시화한 것은 여인들의 삶에 대한 긍정으로서 인간애의 발현인 것이다. 성간은 규방의 애한을 핍진하게 노래하였다. 여인의 심리를 절묘하게 묘사한 시편들을 통하여 그의 세계관과 시의 우수성을 알 수 있다. 다음의 「二怨

---

23) 같은 책, 「戰場行」 卷2, 8ab, p.728.
24) 金相洪, 『茶山 丁若鏞 文學研究』, 檀大出版部, 1985, p.83.

詩」(2)에는 버림받은 여인의 애한이 그려져 있다.

많은 고라니와 사슴이 떼지어 가고
쌍쌍이 짐승과 새들은 나네

돌아가는 길 동서를 잃어
사방을 돌아봐도 어찌 그리 망망한가

총각의 아내가 되어
堂에 올라 시부모님께 절을 올리네

마음엔 그 약속을 굳게 믿고
백년이 가도 잊지 않으리

어찌 알았으리 恩義가 박정함을
도리어 경황이 없는 사이 버림을 받았네

아래 언덕에 바람 불어 해도 슬퍼하고
수심에 겨워 창자가 후끈후끈

이 한을 낙엽에 붙여
바람결에 님 계신 자리에 보내리

甡甡麇鹿隊　　雙雙禽鳥行
歸路忘東西　　四顧何茫茫
總角爲君婦　　升堂拜姑嫜
心存抱柱信　　百歲庶不忘
那知恩義薄　　棄絶反蒼黃
下坂風日悲　　愁思熱中腸
將恨寄落葉　　隨風到君床[25)]

1~8구가 전단이고 9~14구가 후단이다. 전단의 짐승과 새들이 쌍을 지어 다니며 날으는 눈 앞의 일을 서사함은 先言他物로서 버림받은 여인의 애한을 가중시키게 하는 대상이다. 사방을 둘러보아도 아득하기만 한 신세를 탄식하며 지난날 백년가약을 맺을 때 님과의 맹서가 허사가 된 현실을 괴로워함이다. 비록 버림을 받았다 하더라도 님에 대한 원망을 하지 않고 애한을 낙엽에 붙여 님이 계신 곳으로 보냈다는 규방의 한을 성공적으로 형상화하였다.

이와 같은 閨情을 성간은 악부체인 「羅嗔十二首」의 (4)·(5)首에서도 곡진하게 묘사했다.

님은 수레바퀴와 같고
소첩은 길 가운데 티끌과 같네

가까우나 이에 서로 멀어져
보고 보아도 가까이 할 수 없누나

郎如車下轂　　妾似路中塵
相近仍相遠　　看看不得親

제 마음은 대나무와 같은데
님의 마음은 둥근 달과 같군요

둥근 달은 기울고 차지만
대나무 뿌리 천만번 맺혀 있어요

妾心如班竹　　郎心如團月
團月有虧盈　　竹根千萬結[26]

25) 眞逸遺稿, 「二怨詩」(2) 卷2, 10a, p.729.

님을 수레의 바퀴로, 여인을 길 가운데 티끌로 비유한 수사는 절묘하다. 굴러서 자꾸만 멀어져 가는 수레바퀴를 쳐다보는 여인의 애절한 심사를 형상화하였다. 차고 기우는 달을 무정한 님으로 置換한 것과 대나무 뿌리의 마디마디에 여인의 애한이 응고되었다는 情操는 비장하다. 여인의 심사를 마치 그림 그리듯 표현한 데에서 시의 우수성을 찾을 수 있다.

후원에 까마귀 까악까악 울으니
미인은 새벽에 일어나 아미를 찡그리네

새로 배운 노래를 비파로 연주하니
백저가 한 곡이었네

정을 품은 채 홀로 창가에 기대어
붉은 입술 깨물며 수심에 잠기네

앉아 은항을 대하니 눈물이 시냇물처럼 흐르는데
운명은 겨울 낙엽이나 얼굴은 꽃과 같네

황혼녘에 소년의 집을 바라보고자 하나
어찌하리 이 몸은 새장 속의 앵무새인 것을

後園烏啼聲啞啞　　美人曉起嚬雙蛾
學得新聲入琵琶　　琵琶一曲白苧歌
含情獨倚翠窓紗　　朱脣掩抑愁思多
坐對銀缸淚如河　　命如冬葉顔如花
黃昏欲望年少家　　奈此籠中鸚鵡何[27)]

---

26) 같은 책, 「羅嗔十二首」(4)(5) 卷2, 6b, p.727.

위의 시는 「美人行」이다. 규방 속의 여심을 그림처럼 묘사했다. 여인의 애한을 위와 같이 형상화하기란 용이하지 않다. 운명은 가을 낙엽이나 얼굴은 꽃과 같다는 것과 황혼녘에 소년의 집을 바라보고자 하나 어이하리 이 몸은 새장 속의 앵무새인 것과 같다고 하여 규방의 애한을 절묘하게 노래하였다.

남국에 아름다운 여인이 있는데
피부가 천하에 가장 희도다

비단 저고리에 황혼 빛이 비치고
구슬이 이마를 반쯤 가렸네

연꽃을 따고 따다가
석양녘에 대나무에 기대누나

스스로 말하길 세상의 정은 야박한데
만사는 촛불이 바람에 옮아가듯 하네

하늘의 뜻은 진실로 헤아리기 어려워
원앙이 어찌 홀로 자겠는가

南國有佳人　　肌膚天下白
羅衣照暮春　　珠花遮半額
採採摘蓮花　　黃昏倚修竹
自言世情衰　　萬事如轉燭
天意信難量　　鴛鴦豈獨宿[28)]

---

27) 같은 책, 「美人行」 卷2, 6a, p.727.
28) 같은 책, 「擬古四首」 其3, 卷3, 1b, p.733.

위의 시는 두보의 「佳人」을 의고한 것이다. 의고한 시이라서 신선감은 없으나 규정의 애한을 精緻하게 그렸다

이상에서 살펴본 바와 같이 규방의 애한을 체험하지 못한 시인이 그 세계를 곡진하게 그렸다는 것은 성간 시의 우수성과 함께 未先驗의 세계를 자득한 초월성을 엿볼 수 있다. 이 嚮人之愛는 궁극적으로 인간사에 대한 따뜻한 시각이다.

4. 達觀의 世界

자신의 운명을 예언했듯 성간은 스스로 30세를 살면 족하다고 하여[29] 삶에 대하여 연연하지 않았다. 공명에 대한 사모와 窮達도 모두 천명으로 인식하고 세상사에 집착하지 않았음을 다음의 「寄徐剛中二首」(2)에서 나타나 있다.

일찍이 궁달이 다 천명임을 알았던들
옛 글은 천 번이나 읽었을 것을

만고를 깊이 찾아 태고를 엿보니
深淺이 다를망정 다 즐길 만 하구나

내 옛 田庄은 서산 기슭에 있고
집엔 李泌처럼 3만 축의 책이 있도다

29) 같은 책, 「眞逸遺稿篇序」, p.715. "又嘗自卜其命日, 余年三十足矣. 至是果合其數, 人皆服其有先知也."

인간 세월 두 탄환이 뛰어 구르듯
어찌 구구하게 벼슬을 사모하리

고향엔 지금도 山鶴이 밤늦도록 울고
흰 구름 뜻이 있어 옛 골짜기 지키고 있네

그대와 함께 그리로 돌아가서
십 년 동안 다시 문턱을 안 나서려네

策勳 그 일만은 때가 있으리니
어젯밤 수레바퀴가 네모 난 것 꿈꿨네

早知窮達皆有命　　舊書自可千回讀
冥搜萬古窺鴻濛　　深淺不同俱可樂
我有舊業西山隅　　家有鄴侯三萬軸
人間歲月雙跳丸　　胡乃區區慕人爵
至今山鶴鳴夜闌　　白雲有意遮舊壑
行當與子歸去來　　十年不復窺門閾
策勳玆事知有期　　夜夢車輪生四角[30)]

서거정에게 보낸 시로서 성간의 초월의 세계가 나타나 있다. 인간사와 세월은 두 개의 탄환이 뛰어 구르듯 하는 것이기에 어찌 구구히 벼슬을 사모하겠느냐(人間歲月雙跳丸 胡乃區區慕人爵)에는 초월의 의지가 내재되어 있다. 이러한 성간의 세계는 20세(1446)에 지은 「丙寅九月九日登高十首」(4)(5)에 그려져 있다.

인생살이 백년을 채우지 못하는데
만사가 마음속에 교차하네

---

30) 같은 책, 「寄徐剛中二首」(2) 卷3, 3b～4a, p.734.

마침내 구속됨을 사양하노니
山林은 비웃지 말라

人生不盈百　　萬事心中交
終須謝拘束　　莫使山林嘲

그대는 市中의 사람들이
재주로 인하여 화를 자초함을 보았는가

사람의 명을 어찌 알리
일일이 푸른 하늘에 달려있음을

君看市中人　　膏火日相煎
那知有命在　　一一懸蒼天[31)]

앞의 시에서 不羈의 공간에 유영하는 초월의 의지가 있고, 후자의 시에서는 인간 만사의 일이 모두 천명에 의한 것임을 자각한 세계다. 年壽와 부귀에 급급하거나 연연하지 않고 초연한 자유인의 삶을 영위하고자 하였다. 성간 시의 달관의 세계는 생에 대한 여유에서 기인하였다.

술이 다하여 병에 술이 없으나
시장이 멀어 마실 수 없네

앉아서 술이 다한 여흥을 기뻐하리니
돌아가길 서두르지 말게나

酒盡壺欲乾　　市遠不可續
堅坐罄餘歡　　歸去莫太速

---

31) 같은 책, 「丙寅九月九日登高十首」 卷2, p.730.

돌아와 문을 닫고 누워서
코 골며 자니 우레 소리 같네

하늘은 저물어 황혼인데
선계에 노니는 것 같구나

歸來閉關臥　　鼻息鳴如雷
頹然天已暮　　況若遊瑤臺[32)]

앞의 시는 여유의 공간이다. 술이 다하여 없지만 술이 없는 대로 여흥을 기뻐할 수 있는 여유의 세계, 그것은 유무를 구별하지 않는 초월의 경지이다. 후자의 시는 구애받지 않은 자유인의 세계로서 不羈의 공간에서 노니는 무심의 경지이다.

인생사가 뜻과 같이 이루어지지 않고 험난함을 인지하고 노래한 「麻浦夜雨歎」이 있다. 이 시에서 인간사는 明暗歡戚과 榮枯盛衰가 교차하는 것임을 형상화하였다.

검은 구름 한 조각 하늘 나직이 떠 있는데
때로 들리는 먼 물가의 외로운 학 울음소리

밤 되어 나루터에 남풍이 휘몰아치더니
서강 물은 솟구쳐 비를 만들었네

고기들 떴다 잠겼다 다투어 입을 벌름거리고
水神은 물결치고 신령들 춤을 추네

32) 같은 곳, 같은 시 (8)(9)首.

섬들은 휩싸여 홍몽으로 돌아가고
누각에 선들바람 더위를 거두었네

강 기러기 어지러이 날며 끼럭끼럭 우는 소리
연 잎이 이리저리 물결 따라 둥둥

어옹은 닻줄 잃고 강에서 소리치니
큰 배는 기울어지고 작은 배는 날아가네

인생의 어느 곳이 위험치 않으리오
별안간에 생애가 不測을 당하는 것을

낭간군자가 한바탕 웃고 나서
밤중에 잠 못이뤄 머리가 학처럼 갸우뚱

黑雲一片低青天　　時聞獨鶴鳴遠渚
夜來渡口南風顚　　倒捲西江作飛雨
魚兒出沒爭噞喁　　馮夷鼓浪神靈舞
勢包島嶼歸洪濛　　凉生軒戶收餘暑
江鷗搖蕩聲嗷嘈　　菱荷歷亂隨風濤
漁翁失纜叫江湖　　大船傾欹小船飄
人間何處非至險　　俄頃生涯臨不測
琅玕君子笑一場　　半夜不眠頭鶴側[33)]

성간은 인생의 어느 곳이 위험하지 않겠느냐면서 별안간 예측하지 못한 일을 당하는 것이라고 하였다. 이러한 자각은 희비를 구애하지 않고 살아가려는 시인의 세계다. 그러나 한바탕 웃고나서 잠 못 이루며 고뇌한다. 그 고뇌는 달관의 경지로 가는 필연적 道程이다. 이러한 도정을

33) 같은 책, 「麻浦夜雨歎」 卷2, 4a, p.726.

겪고 나서 성간은 세상사에 구속받거나 연연하지 않고 달관을 求得한 것이다. 生의 여유를 가지고서 초연하려했던 그의 시세계는 병약했던[34] 신체적 울결의 승화일지도 모른다. 宿病에 대한 해탈을 기원한 것이라 할지라도 生에 대한 끈끈한 집착은 나타나 있지 않고 자유로운 공간을 유영하고자 한 虛心과 호방한 세계가 있다.

성간의 이러한 달관의 지향은 병약함과 수양대군의 쿠테타와 사육신의 단종복위 사건 등 정치현실에 대한 비극에서 도피하고자 한 소승적 자기구제의 장을 지향한데서 오지 않았나 생각된다.

5. 結　論

이상에서 조선전기 시인 성간 시의 애한과 달관의 세계를 살펴보았다. 병약했던 그는 30세로 요절했으나 107편에 241수의 시와 文을 남겼다. 비록 양적으로는 많지 않으나 그의 시세계에서 사회시인의 면모를 찾을 수 있다. 버림받고 천대받던 가난한 민생들의 삶을 외면하지 않고 그들의 삶을 자아의 삶으로 置換하면서, 민생들의 애한이 극복되기를 염원한 인간애가 노정되어 있다. 그리고 규정의 세계를 先驗한 이상으로 형상화하였다. 女心의 애한을 밀도 있게 묘사한 그의 시는 곧 인간애에서 발현된 것이다.

達觀의 세계를 추구한 시들은 인생사에 대한 집착에서 벗어난 虛心의 경지가 있다. 이 경지는 자신의 병약함과 당시 정치적 비극을 망각하고

---

34) 『虛白堂文集』, 「眞逸先生傳」 卷13, 42a, p.969. "生平做業大勤, 不少解弛. 故氣弱身羸, 清癯瘦骨, 未免爲山澤之容." 『眞逸遺稿』, 「眞逸遺稿編序」, 1a, p.715. "庚午夏, 遇先考喪. 哀毁得疾, 終歲彌留未克, 居于廬側."

자 한 자기구제의 장을 지향한 것으로 이해된다. 그러나 達觀의 세계를 지향한 시편에서 精緻함과 호방함은 그의 시세계의 특징이 된다.

인간성 회복과 선정으로의 회귀를 기원하면서 민초들의 애한을 형상화하였으며 새로운 세계를 지향하였고, 閨情의 세계를 밀도 있게 묘사한 시편에는 인간에 대한 긍정이 내재되어 있다. 인간사의 부귀공명에 집착하지 않고 초연한 허심의 경지가 성간의 시세계의 한 국면이다.

성간 시의 哀恨과 達觀은 시세계의 一斑에 지나지 않는다. 앞으로 고구되어야 할 것은 그의 詩畵一致論과 시적 실천, 사실성 등이 남아 있다.

> 시란 소리가 있는 그림이요
> 그림은 소리 없는 시
>
> 예로부터 시와 그림은 일치하거니
> 경중을 호리로도 나누지 못하리
>
> 詩爲有聲畵　　　畵乃無聲詩
> 古來詩畵爲一致　　　輕重未可分毫釐[35)]

姜希顔에게 보낸 「寄姜景愚」의 앞부분이다. 여기에서 성간의 詩畵一致論을 찾을 수 있다. 이러한 시론과 시적 실천, 그리고 사실성 등의 연구는 후일로 미룬다. 성간의 시에서 哀恨과 達觀의 세계를 통하여, 사회시인으로서의 위상과, 시의 특성이 一斑이나마 본고를 통하여 밝혀졌다.

(『漢文學論集』 제3집, 槿域漢文學會, 1985. 11)

---

35) 『眞逸遺稿』, 「寄姜景愚」 卷3, 2a, p.733.

疎菴 任叔英의 文學觀과 詩世界

1. 序 論

한시의 장르가 생긴 이후 중국의 시에도 없는 최장편 한시인 천년걸작의 五言排律 「述懷寄呈江華李東岳安訥使君七百十六韻」[1]과 七言排律 100韻의 「觀漲」을 창작한 천재시인 疎菴 任叔英(자 茂叔, 1576~1623)의 문학은 불우했던 삶과 밀접한 관련이 있다.

한시의 종주국인 중국의 역대 최장편시는 작자미상의 「孔雀東南飛」로 357구 1,785자에 불과하다. 그러나 소암의 오언배율 「述懷」는 716운에 1,432句, 7,160자의 雄篇鉅作으로 「공작동남비」보다 무려 4배나 긴 장편시이다. 「술회」는 이미 역대 비평가들로부터 "大手筆", "千年傑作"이라는 평을 받은 데서 알 수 있듯이, 인간이 한자로 시를 쓴 유사이래 전무후무한 작품으로 한시사에 금자탑을 세웠다.

直節淸名과 대수필의 문학을 남긴 임숙영은 48세의 비교적 짧은 삶을 살았다. 그는 광해군(재위 1608~1623)의 폭정에 맞서 남들은 권력이 두려워 정론을 펴지 못할 때 죽음을 두려워하지 않고 讜論을 전개하여 한

1) 金相洪, 「世界最長 漢詩 朝鮮朝 任叔英의 〈述懷〉 硏究」, 『東洋學』 제18집, 檀國大東洋學硏究所, 1988. 이하부터 「述懷寄呈江華李東岳安訥使君七百十六韻」를 「述懷」로 略稱함.

나라 汲黯의 直論으로 비유되고 있으며 그의 청빈한 삶은 노나라 原憲으로 병칭되고 있다.[1)]

임숙영은 1611년(광해군 3) 科擧의 「策問」에 대책한 「辛亥殿試對策」[2)]에서, 광해군의 四大弊政인 ① 宮闈의 不嚴, ② 言路의 不開, ③ 公道의 不行, ④ 國勢의 不振을 당당하게 劇論하고 그 개혁책을 제시하였다. 이를 본 광해군은 진노하여 소암을 과거 급제자 명단에서 삭제할 것을 명하여 이른바 삭과파동을 일으켰다.

임숙영의 讜論으로 인한 삭과파동은 한 시인을 죽음으로 몰아넣었다. 즉 石洲 權韠(1569~1612)은, 임숙영이 과거에 급제하고도 취소 당한 것과 외척의 발호를 신랄하게 풍자한 「宮柳詩」(原題, 「聞任茂叔削科」)를 썼다. 이로 인하여 결국 권필은 광해군에게 죽음을 당하였다.

궁궐의 버들 푸르르니 꽃들이 어지러이 날리고
성안 가득 冠 쓴 자들 봄빛에 알랑거리네

조정에선 태평성세라고 모두 하례 하는데
뉘라서 布衣처럼 危言을 보낼 건가

宮柳青青花亂飛　　滿城冠蓋媚春輝
朝家共賀昇平樂　　誰遣危言出布衣[3)]

위의 시에서 "궁궐 안의 버들이 푸르다"(宮柳青青)는 광해군의 외척인 柳希奮(1564~1623, 光海君妃의 弟) 등의 驕横을 뜻하고, "꽃들이 어지러이 난다"(花亂飛)는 외척에게 아첨하는 소인배를 뜻한다. "성안 가득 冠

1) 『疎菴集』 坤(石板本, 任善宰가 南山印刷所 1966년 간행) 6권, 26a.
2) 같은 책 乾, 「辛亥殿試對策」 권3, 1a~9b.
3) 『朝鮮王朝實錄』 33, 『광해군일기』, 4년 4월 丙寅, pp.41~42.

쓴 자들"(滿城冠蓋)은 관직에 나가 벼슬하는 자들이고, "봄빛에 알랑거리다"(媚春輝)는 외척에게 아첨·아부하는 것을 뜻한다. 그리고 "布衣"는 임숙영을 지칭한 것이고, 危言은 임숙영이 直論으로 광해군의 4대폐정을 劇論한 「신해전시대책」을 의미한다.

권필이 위의 시로 인하여 詩禍로 죽음을 당하자, 임숙영은 권필을 애도한 글에서 "壯士(석주)는 돌아올 수 없는데 찬바람(광해군)이 성냄을 그치지 않았고, 왕손(권필)은 돌아올 수 없는데도 봄 풀은 어찌 극성스럽게 돋아났는가"[4]고 애도하였다.

삭과파동이 수습된 후 임숙영은 승문원 正字가 되었다. 그 후 1613년(38세)에 이른바 癸丑禍獄이 일어나 宣祖의 嫡統인 永昌大君을 誣告, 庶人으로 폐하여 강화도로 위리안치 시킬 때 그는 칭병하고 조정에 나가지 않아 해직 당하였다. 2년 후 승문원 박사가 되었으나 다음해(1616년, 41세) 2월 李爾瞻 등의 무고로 삭탈관직 당하고 경기도 廣州 奉安 龍津으로 門外黜送 되었다. 1622(47세)에 광해군은 재정이 궁핍하자 계축화옥에 연루되었던 죄인들에게 贖錢을 내면 죄를 사면한다는 명을 내렸다. 친구인 閔參奉 등이 속전을 모을 뜻을 묻는 편지를 임숙영에게 보냈는데 그는 다음과 같이 답하였다.

> 아! 천하만고에 어찌 속전을 내고 사면 받을 임숙영이겠느뇨![5]

임숙영은 이와 같이 속전을 내는 것을 거부하고 지조와 절의를 지켰다. 방축된 지 7년 후인 1623년(48세) 3월 인조반정으로 광해군은 축출

---

4) 『소암집』 坤, 「悼權石洲序」 권4, 22b. "壯士莫返, 寒風怒而不休, 王孫未歸, 春草生兮何極."

5) 『소암집』 坤, 「答閔參奉書」 권4, 31a. "嗚呼. 天下萬古, 豈有納銀自贖之任叔英乎." 『조선왕조실록』 33, 『인조실록』, 元年 閏 10월 己丑條, p.556. "時以營建再匱, 大開贖放之科. 人皆應命, 親友欲爲叔英, 鳩財以贖, 叔英不許, 移書切責."

되었다. 인조는 直節淸名으로 명성이 자자하던 그를 즉시 등용하여 持平으로 승진시켰다.[6] 그러나 자신은 공이 없는데 승진될 수 없다고 상소하였다.[7] 반정 후 과거를 시행하였는데 엄정하지 못하였고, 빈번하게 시행되는 폐단을 광정하고자 자신의 문도인 趙壽恒·李行進이 급제하였는데도 수 차례 직간하여 무효화, 즉 罷榜시킨 강직함을 보였다. 이해(1623, 인조 원년) 10월 28일 임숙영은 李敏求(1589~1670)·李明漢(1595~1645)·張維(1587~1638)·李植(1584~1647)·鄭弘溟(1592~1650) 등과 함께 湖堂에 뽑혀 賜假讀書 하였다.[8]

그러나 며칠 후인 윤 10월 3일 寒疾로 인하여 향년 48세로 서울 蓮房寓舍에서 直節淸名과 천년걸작의 시문학을 남기고 운명하였다. 그가 寒疾에 걸려 고생하자 친구 權徹이 큰 이불을 빌려주었다. 병이 조금 차도가 있자 빌린 이불을 묶어 선반에 올려놓고 다 떨어진 작은 이불을 덮은 채 자다가 운명하였다. 그의 시신을 덮은 떨어진 이불이 너무 작아 두 다리가 훤하게 나왔었으니 그의 청빈함을 알 수 있다.[9] 그의 청빈은 노나라 原憲의 가난과 같은 것이었다고 당시 사람들은 기록하였다. 인조는 임숙영의 운명 소식을 듣고 다음과 같이 명하였다.

> 청고하고 성품이 우직했는데 무슨 병으로 죽음에 이르렀는가? 애석한 일이로다. 해당 관서는 棺槨을 하사하라.[10]

이와 같이 위로는 인조는 물론 공경들로부터 아래로는 布衣胥徒에 이르기까지 애통하며 弔賻하여 장례를 마쳤다.[11]

---

6) 『조선왕조실록』 33, 『인조실록』, 元年 윤 10월 己丑條, p.556.
7) 『소암집』 坤, 「癸亥辭陞職疏」 권3, 13a ~ 14a.
8) 『조선왕조실록』 33, 『인조실록』, 원년 10월 己酉條, p.556.
9) 『소암집』 坤, 李植 撰, 「疎菴先生言行錄」, 16a, 20則.
10) 『조선왕조실록』 33, 『인조실록』, 원년 윤 10월 庚寅條, p.557.

임숙영은 전무후무한 최장한시를 창작하여 한시사에 큰 족적을 남겼다. 그의 문집 『소암집』에는 101題 118首의 시와 중국학사들이 천년절조라고 극찬한 「統軍亭序」 등 많은 文이 있다. 본고는 임숙영 문학 연구의 연속 작업으로서, 먼저 물의 미학으로 전개한 문학론의 내용을 고찰하고 이어 시세계의 특징을 究明한다.

2. 물의 美學과 文學論

임숙영은 당시 문단의 "後五子"로 불리던 시인이다. 許筠(1569～1618)은 자신과 같은 시대를 살던 시인으로 聲名이 있는 權韠·李安訥·趙緯韓·許穡·李再榮을 "前五子"라 하였고,[12] 鄭應運·趙纘韓·奇允獻·任叔英 등을 "後五子"라고 하면서[13] 각기 이들의 문학세계를 기리는 시를 썼다. 권필은 "후오자"의 시는 "전오자"의 시에 비하여 어느 것이 낫다고 할 수 없다 하여 전후오자의 시를 동일선상에 놓았다.[14] 허균이 "후오자시"에서 임숙영의 시세계를 다음과 같이 평하였다.

> 서하(임숙영)의 민첩은 무리를 뛰어나
> 만권 서적 모두 입으로 외운다네

11) 소암의 생애에 대해서는 筆者의 「世界最長 漢詩 朝鮮朝 任叔英의 「述懷」研究」(『東洋學』 제18집, 檀國大 東洋學研究所, 1988)에서 상론하였다.

12) 許筠, 『惺所覆瓿藁』 권2, 詩部 2, 「前五子詩」.

13) 같은 책, 詩部 2, 「後五子詩」.

14) 같은 곳, 「後五子詩」. "石洲云, 比諸前五子詩, 亦無軒輕. 一篇失於兵火, 一人未知爲誰."(권필은 後五子 중 兵火에 잃어버려서 한 삶은 누구인 지 알 수 없다고 하였다.)

九丘 八索 고문을 통달하고
굴원 송옥의 이소를 계승했네

더욱이 사륙문에 능하니
서릉과 유신의 종자가 따로 있으랴

사마상여의 상림부는 공연한 과장뿐이요
양웅의 감천부는 쳐줄 것도 별로 못되지

중원의 숨은 譜를 분석해내고
백왕이 이은 統緖 열어 보였네

뚫어지게 알아 극히 넓고 깊으니
掌故는 장차 크게 수용될 걸세

격렬한 직론은 분방해라 꿰뚫은 박식
명확한 고증은 내 응당 두려워

사귄 정 푸른 솔을 가리키면서
눈서리에 함께 나길 기약하네

西河敏絶倫　　萬卷悉口誦
古文洞丘索　　離騷踵屈宋
尤工駢儷辭　　徐庾寧有種
徒誇上林賦　　未第甘泉頌
中原析藏譜　　百王剖紹統
洞曉極廣深　　掌故行需用
劇論恣貫穿　　明核吾當恐
交情指青松　　霜雪期相共[15)]

임숙영의 문학은 굴원과 송옥의 문학을 계승하였고 徐陵과 庾信의 문학을 능가하였으며, 사마상여와 揚雄의 문학보다 앞선다고 허균은 높이 평가하였다. "격렬한 직론은 분방해라 꿰뚫은 박식"(劇論恣貫穿)은 「신해전시대책」에서 광해군의 4대 폐정인 宮闈의 不嚴, 言路의 不開, 公道의 不行, 國勢의 不振을 당당하게 劇論하고 그 개혁책을 제시한 것을 뜻한다. 허균의 이와 같은 논평이 가식이 아님을 우리는 천년걸작으로 평가받은 바 있는 空前絶後의 역대 최장편의 한시인 오언배율 716운 7,160자의 「술회」 한 편만을 읽어도 이를 알 수 있다.[16)]

허균에 의하여 "후오자"로 일컬어진 그가 어떠한 문학관을 가지고 있었으며 그가 지향한 문학은 어떠한 것이었는가를 살펴보자. 임숙영은 「贈李生」 시에서 다음과 같이 노래하였다.

> 시문을 짓는 일 배울 것이 못되나니
> 자질구레하여 정신을 허비케 한다네
>
> 彫蟲不足學　　　瑣瑣費精神[17)]

임숙영은 일단 시문이란 배울 것이 못된다고 부정하였다. 그러나 여러 편의 글에서 자신의 문학론을 피력하였다. 그의 문집에 산문 중 작품수가 가장 많은 것이 사륙문으로 모두 39편이 있다. 그는 시 못지 않게 사륙문의 대가였다. 유명한 「統軍亭序」는 명문으로 인구에 회자되었다. 『인조실록』에는 임숙영의 문학세계에 대하여 다음과 같이 기술하였다.

---

15) 같은 곳, 「後五子詩」의 「任叔英」.
16) 임숙영의 「述懷」에 대한 문학사적 위치에 대하여 「世界最長 漢詩 朝鮮朝 任叔英의 〈述懷〉 연구」(『東洋學』 제18집, 檀國大 東洋學硏究所, 1988.)에서 詳論하였다.
17) 『소암집』 乾, 권2, 1a.

지평 임숙영이 졸하다.……문장을 지음에 붓을 잡자마자 즉시 완성하였다. 더욱 사륙문에 가장 뛰어났으니 그가 지은 「통군정서」는 중국 학사들에게 "천년절조가 다시 해외에서 나왔다"는 칭찬을 받았다. 일찍이 이규보의 3백운 시를 흠모하여 6백운의 배율을 지었는데 사람들이 그 大手에 탄복하였다.[18)]

平北 義州 압록강변에 있는 통군정에 걸려 있는 四六文인 「통군정서」[19)]는 중국의 학사들로부터 천년절조가 다시 조선에서 나왔다는 칭찬을 받은 천하의 명문이다. 그러나 정작 임숙영은 사륙문에 대하여 비판적이다.

옛적에 일찍이 徐陵과 庾信의 사륙문을 읽고 그 문장의 아름다움을 사랑하여 자못 모방한 적이 있었다. 당시에는 스스로 사륙문의 그름(非)을 알지 못했다. 지금 사륙문을 보니 그 글은 浮艶하여 부실하니 문자 중에 허물이 되어 배울 것이 못된다. 아! 내 어찌 이를 취하여 좋아하리오. 비록 후회하나 미칠 수가 없다. 이제 그대는 사륙문의 해로움을 알지 못하니 만약 그 해를 알면 반드시 후회할 것이다. 왜냐하면 사람 마음은 한가지이니 내가 후회한 것을 어찌 그대가 후회하지 않음이 있겠는가?[20)]

위는 사륙문을 배우고자 하는 朴瑞卿에게 경계의 글로 준 贈序이다.

---

18) 『朝鮮王朝實錄』 33, 仁祖實錄, 元年 윤 10월 己丑條, p.556. "持平任叔英卒.……爲文章, 操筆立成. 尤長於四六, 所作統軍亭序, 見稱於中朝學士, 以爲千年絶調, 復出海外. 嘗慕李奎報三百韻, 作律六百韻, 人服其大手." (여기에서 이규보의 3백운시는 「次韻吳東閣世文 呈誥院諸學士三百韻」이며, 임숙영이 6백운은 716운인 「述懷寄呈江華李東岳安訥使君 七百十六韻」이다. 임숙영은 처음 이 시를 6백운으로 썼으나 그후 716운으로 개작하였다.)
19) 『소암집』 坤, 「統軍亭序」 권5, 12a~14a.
20) 같은 책 坤, 「贈朴瑞卿序」 권4, 21a~22b. "昔者嘗讀徐庾之文, 愛其彫琢之工, 頗有所摹倣. 當時不自知其非矣. 及今視之, 其文浮艶不實, 盖文字之中, 尤爲不足學也. 嗚呼. 吾何取於斯而好之. 雖悔不可及也. 今君亦未知四六之害也, 若知之, 其悔之也必矣. 何者, 人心一也, 悔於我者, 豈有不悔於君者乎."

그가 사륙문의 대가로 이미 정평이 나 있었지만 후회한다는 것은 그것이 浮艶할 뿐만 아니라 不實하기 때문이다. 여기에서 우리는 사륙문만 아니라 문학은 浮艶不實해서는 안 된다는 문학론의 편린을 찾을 수 있다. 부염부실의 문학을 거부했던 그는 "시란 마음에서 나오는 것"[21]이라 하였으며, 시가 고상하지 않으면 시라고 말할 수 없다고 하였다.[22]

소암은 물(水)의 미학을 인용하여 독특한 문학론을 전개하였다. 바로 根源論·用水論·得水論으로, 주목할만한 문학론이다.

첫 번째로 물의 근원론은 문학의 기초론이다. 「送金君萬重序」에서 물의 연원론을 구체적으로 논하였다.

> 그대(김만중)가 강호에 사니 저 물의 장엄함을 아는가? 호호양양하여 만물을 함육하니 장마져도 불어나지 않고 가물어도 줄어들지 않는다. 그 깊이를 알려고 천장의 실을 넣어도 측량할 수 없다. 바람 따라 변화하여 動과 靜이 무상하여 왕성하게 한번 솟구치면 성난 파도가 산처럼 솟아나 위로는 암곡의 높이까지 치솟고 아래로는 崖岸의 막힌 곳을 찢어 놓는다.…… 이는 그대가 조석으로 보는 바이니 이를 보고 깜짝 놀라 두려워하고 물가에 가서 당황하여 두려워한다. 위대하도다. 大川의 흘러감이여! 땅이 험하고 평탄한 곳을 번갈아 나와 흘러가서 더욱 끝이 없으니, 이와 같은 것은 무엇 때문인가? 그 근원이 있기 때문이다.[23]

물의 본체, 즉 不增不減과 위용을 말하고 무서운 힘이 있음을 부연하였다. 이것은 물의 근원이 깊기 때문이라 하여, 문학을 하려면 먼저 학

---

21) 같은 책 坤, 「沈安世詩序」 권4, 17b. "詩者, 出乎心者也."
22) 같은 곳. "詩而不高, 詩哉詩哉."
23) 같은 책 坤, 「送金君萬重序」 권4, 19ab. "君居江湖間, 亦知夫水之壯者乎. 浩浩洋洋, 涵育萬族, 潦不能益, 旱不能損. 卽之而探其深者, 沉千丈之繩而莫之測也. 隨風變化, 動靜無常, 蓬蓬一擊, 則怒濤山立, 上衝巖谷之高, 下裂崖岸之阻……此固君朝夕所見者, 望之愕然以駭, 臨之惶然以懼. 偉哉. 大川之委也, 險夷迭出, 愈往而愈無窮, 若是者何也. 以有其源也."

문을 하여 학문이 장강의 물처럼 깊어야함을 말하고자 한 것이다. 즉 문학에도 근원이 있어야 함을 비유한 것이다. 이어서 근원을 다음과 같이 제시하였다.

> 무릇 文도 어찌 물과 다르리오. 고로 그 근원이 있으면 氣가 성하고 辭가 贍富하며, 근원이 없으면 기가 촉급하고 사가 군색하다. 근원은 무엇을 말하는가? 반드시 六經의 문으로 근본을 삼고 성현의 가르침이 근원이 되는 만큼 仁義의 뜻을 발휘하고 도덕의 빛을 개척한 후에 역사서의 골수를 참고하고 諸子의 꽃다움을 가까이 하고 천고의 著作을 궁구하고 百家의 장점을 모으는 것이니 문이란 이와 같은 것이다. 그러면 수사를 하고자 하지 않아도 이미 수사한 것과 같으니 어찌 근원에 힘쓰지 않을 것인가?[24)]

이는 문학도 물의 근원과 다르지 않다고 본 것이다. 文에 근원이 있을 때에 氣와 辭가 성하고 贍富하며, 반면에 근원이 없는 문은 氣와 辭가 촉급하고 군색하다고 하였다.

임숙영은 문학의 근원을 ① 六經의 文과, ② 聖賢之訓으로 보았다. ①과 ②에 내재된 인의의 뜻과 도덕의 빛을 발휘하고 개척한 후에 ③ 史書의 骨髓와, ④ 諸子의 英華와, ⑤ 천고의 著作과, ⑥ 百家의 장점을 취하는 것이 곧 문학의 근원이라 하였다.

이와 같은 文의 근원, 즉 기초가 구비되면 수사를 하지 않으려 해도 자연적으로 이루어지기 때문에, 문학을 하려는 자는 먼저 유교 경전을 충실히 탐구하고 경전의 뜻을 발현하고 개척하여 실행할 것을 요구하였다. 이는 전통적인 유교적 문학론이다.

---

24) 같은 곳. "夫文亦何異於此. 故有其源, 則氣盛而辭富, 無其源, 則氣促而辭窘. 源者何謂也. 必本乎六經之文, 原乎聖賢之訓, 故發揮仁義之旨, 開拓道德之光, 然後參之以史氏之骨髓. 夾之以諸子之英華, 窮千古之所作, 集百家之所長, 斯如而已矣. 故不欲修辭則已, 如欲修辭, 盍用力於源也."

두 번째로 물의 미학인 用水論은 방법론인데 「曹子實文秀詩序」에서 다음과 같이 논하였다.

> 강물은 오대산 모든 산에서 흘러나와 합류하여 점점 불어나 천리를 빨리 달려 서해로 들어가니 夾岸의 위아래에서 사는 이들은 서로 바라보고 물을 이용하여 스스로 이익을 삼지 않음이 없다. 호사자는 물을 끌어들이고 농부는 물을 전답에 대고 장사꾼은 물에 배(舟)를 운행하여 貨財를 유통하니 대개 이와 같은 것에 지나지 않을 뿐이다. 내가 일찍이 물의 쓰임은 이 세 가지에 그치지 않는다고 말하였으니 사대부는 그 땅에서 살면서 셋 중에서 하나 둘도 못하는 것은 어째서인가? 한 사람도 이 물을 거울삼아 그 문장을 닦음이 없다. 이 물을 거울삼아 그 문장을 닦지 못하니 하물며 물을 거울삼아 그 성정을 發할 것인가? 조자실의 시를 읽은 연후에 물을 거울삼아 그 문장을 닦은 자임을 알 것이니 그는 부족함이 없다.[25)]

이 용수론은 문학의 방법론이다. 金萬重에게는 물의 연원론을 제시했던 임숙영이 曹文秀(자 子實, 1590~1647)에게는 용수론을 전개하였다. ① 호사자는 물을 집으로 끌어들여 연못 등을 만들어 운치 있는 삶을 살고, ② 농부는 물을 끌어들여 농사를 짓고, ③ 장사꾼은 선박을 이용하여 재화를 유통시킨다고 하여 물의 쓰임을 잘 활용하는 지혜를 논한 것이다. 문학도 六經과 聖賢之訓을 끌어들이는 것과 같다는 논지이다. 사대부들은 호사자나 농부나 장사꾼과 같이 같은 땅에서 살면서도 用水의 지혜가 없음을 비판하였다. 이는 문학의 방법은 호사자·농부·장사꾼이 물을 이용하듯이, 문학을 하는 자들은 육경과 성현의 교훈을 활용할 것을 밝힌 것이다.

세 번째로 得水論을 다음과 같이 전개하였다.

---

25) 같은 책 坤, 「曹子實文秀詩序」 권4, 19b~20a.

무릇 자실은 강호에 살아 조석으로 보고 주야로 들은 것이 물이 아님이 없다. 고로 그의 시는 물에서 얻지 않은 것이 없으니 풍부하여 마르지 않는 것은 물의 본체를 얻은 것이며, 盈虛하나 하나도 변하지 않는 것은 물의 쓰임을 얻은 것이요, 깨끗하고 맑으나 찌꺼기가 없는 것은 물의 본성을 얻은 것이다.26)

위의 得水論은 물의 미학을 비유하여 문학론을 전개한 결론이다. 조문수의 시가 ① 풍부하여 마르지 않았으며, ② 盈虛하나 그 실체는 변하지 않았고, ③ 깨끗하고 맑아 찌꺼기가 없다는 것이다. 다시 말하자면 물의 미학을 체득한 시라야만 성공할 수 있다고 보았다.

임숙영의 문학론은 ① 근원론, ② 용수론, ③ 득수론으로 구성되었다. 첫째, 물의 根源論은 문학의 기초론이다. 물이 호호양양하고 만물을 함육하며 不增不減하여 그 깊이를 알 수 없어 아름다움이 그지없는 것은 연원이 깊기 때문이듯이, 문학의 기초는 육경과 성현의 가르침에 있는 만큼 그 인의의 뜻과 도덕의 빛을 발휘하고 개척한 후에 史·子·集·百家의 장점을 취하는데 있다.

둘째, 用水論은 문학의 방법론이다. 호사자는 물을 자기 집으로 끌어들여 연못을 만들고 농부는 이를 농사에 이용하고 장사꾼은 이를 이용하여 배로 재화를 유통하듯이, 문학의 방법은 근원인 육경과 聖賢之訓을 끌어들여 이를 실천하는 의지를 미적으로 형상화하는 것이다.

셋째, 得水論은 문학론의 결론이자 결과론이다. 물의 본체와 쓰임과 본성을 체득한 문학, 즉 육경과 성현지훈을 체득하고 이를 문학에 접목하면 결과적으로 풍부하여 마르지 않고 盈虛하나 그 본체는 불변하며 깨끗하고 맑아 찌꺼기가 없는 文이 된다.

---

26) 같은 글. "夫子實, 居江湖上, 朝夕之所目, 晝夜之所耳, 無非水也. 故其爲詩, 亦無非得於水者也, 豊而不竭, 得其體也, 盈虛而不一變, 得其用也, 潔淸而不滓, 得其性也."

임숙영은 浮艶不實의 문학을 비판하고 인의의 뜻과 도덕의 빛을 발휘하고 빛나게 할 수 있는 것이 문학의 사명이라고 하였다. 결국 물의 美學을 빌어 문학론을 전개한 것이나 전통적 유교주의적 載道論을 계승하였다.

3. 詩世界의 特性

1) 淸苦와 超越

⑴ 淸 苦

“詩窮而後工”이란 말이 있듯이 임숙영의 시가 淸苦한 것은 그의 청빈한 삶의 소산으로 볼 수 있다. 그는 不治産業하여 청빈한 삶 속에서도 털끝만큼도 불의한 재물을 취하지 않았다. 조석으로 죽마저 제대로 먹지 못하면서도 안빈낙도하였다. 2명의 누이를 출가시킬 때 남에게 寸尺도 의지하지 않았다.[27] 그는 너무나 가난하였다. 驪興李氏(승지 李弘尙의 女)를 사별하고, 후일 坡平尹氏(尹挺의 女)를 續絃하였다. 그러나 가난하여 결혼 3일 후에 아내를 집으로 맞이할 수 없어 처가인 沔川에 살게 하였는데 그 해가 지나 임숙영은 운명하였다.[28]

임숙영은 36세(1611) 때 과거에서 직론으로 광해군의 진노를 사 삭과파동을 겪은 후 벼슬길에 나갔으나 41세(1616)에 李爾瞻 등의 무고로 승

27) 『소암집』 坤, 李植撰, 「疎菴先生言行錄」 6권, 13b, 18則. “嫁遣二妹, 粟粒不資於人, 有若干市廛奴僕, 並除其役, 使專供祭物, 奴等亦爲之盡力.”

28) 李植, 『澤堂集』(권3, 3b), 「亂後自京向砥平過任茂叔故宅二首」의 註에 “茂叔娶再室三日後, 還舊 居, 貧不能迎來, 經年卒.”, 『소암집』 坤, 李植 撰, 「疎菴先生言行錄」6권, 16a, 20則. “公之還朝, 祿薄不自資, 假貸繼乏. 新聚尹氏在沔川, 亦不能迎致.”

문원박사 奉常寺直長 직을 삭탈 당하고 경기도 광주 奉安으로 문외출송 되었으니 벼슬한 기간은 겨우 5년에 지나지 않는다. 7년 후 인조반정으로 벼슬길에 다시 나갔으나 그해 윤 10월 3일에 운명하였으니 벼슬한 기간은 모두 합해도 6년이 못된다.

그가 봉안으로 방축되었을 때의 청빈한 생활이 어떠했는지를 澤堂 李植의 기록에서 찾을 수 있다.

> 봉안에 살 때 묽은 죽으로 겨우 끼니를 이었다. 어떤 이가 이를 희롱하여 말하기를 "그대가 진짜 신선인 것은 먹지도 않는데 죽지 않기 때문이다. 배고프지 않은가"하고, 어떤 이는 "금년에는 그대는 반드시 죽을 것이다. 어찌 근심하지 않는가" 하였다. 공이 웃으며 말하기를 "나는 이미 죽을 것을 안다. 죽으면 반드시 餓鬼가 될 것인데, 만약 다시 근심한다면 愁鬼가 될 것이다. 한 귀신으로 餓鬼와 愁鬼의 일을 감당할 수 없는 까닭에 근심하지 않는다"고 하였다. 내가 소암에게 준 시에서 "비록 죽더라도 愁鬼가 안될 것이니 / 이는 금생에 謫仙이기 때문이로세"라고 하였다.[29)]

그의 청빈한 삶과 해학은 가히 압권이 아닐 수 없다. 이러한 삶이 그의 시에 어떻게 투영되었는가 살펴보자.

> 베 잠방이 오래 전에 떨어졌으나 견딜 만하고
> 미투리는 새로 구멍이 나려고 하네
>
> 남들이 재상의 은혜 입었다고 의심하나
> 나의 가난 광문관 박사 정건과 같네

---

29) 『소암집』 坤, 「소암선생언행록」, 15a, 19則. "居奉安, 饘粥僅繼. 或戱曰, 君眞仙人, 能不食不死, 已未之饑. 或曰, 今年君必殆矣. 何以不憂色. 公笑曰, 我已知當死, 死必爲餓鬼, 若復憂愁, 當復爲愁鬼, 一鬼不容兩役, 故不憂也. 余贈詩云, 縱死非愁鬼, 今生是謫仙."

가볍고 따뜻한 옷 원하는 바 아니니
벗들은 불쌍히 여기지 말게나

오직 나는 도덕을 본받는 것 생각하니
도덕의 옷은 떨어지지 않는다네

短褐舊堪弊　　麻鞋新欲穿
人疑承相被　　我苦廣文氈
輕煖終非願　　親朋且莫憐
惟思體道德　　此服壞無年[30)]

이 시는 광해군 때 승문원 박사 벼슬할 적에 지은 것으로 보인다. 떨어진 베옷을 걸치고 구멍난 미투리를 신고 사는 자신을 세상에서는 재상의 은혜를 입어 벼슬하고 있다고 생각하지만, 가난은 唐나라 광문관 박사 鄭虔과 같은 생활이라고 하였다. 여기서 재상은 삭과파동 당시 임숙영의 「대책」은 만고의 讜論으로 삭과 시키는 것은 부당하다고 광해군에게 간절하게 주청하여 수습했던 영의정 李德馨(1561~1613)과 좌의정 李恒福(1556~1618)이다.[31)] 자신은 가볍고 따뜻한 좋은 옷을 원하는 자가 아닌 만큼 친구들이 자신을 가련하게 여기지 말라고 하였다. 그가 추구한 것은 도덕을 본받는 것인 만큼 도덕의 옷은 세월이 흘러도 낡을 수 없다고 하여, 궁핍한 삶을 승화하고 물의 미학론을 시에 구현하였다.

그가 지향한 것은 형이하학적인 현실의 물질적 富가 아니라 형이상학적인 도덕의 富였다. 시에 내재된 세계와 그의 삶이 일치한 것을 우리는 과거의 「대책」에서 광해군의 4대폐정을 劇論하고, 속전을 내고 사면

30) 『소암집』 乾, 「戱成」 권2, 1a.
31) 『조선왕조실록』 31, 『광해군일기』, 3년 7월, p.640 참조.

받기를 거부한 것과, 잘못된 과거라 하여 자신의 문도를 罷榜시킨데서 분명하게 찾을 수 있다.

안빈낙도의 삶을 살았던 임숙영은 초야에 묻혀 있으면서도 道를 온전하게 지키며 자족하였음을 李植의 시에 차운한 「次汝固韻」에서도 찾을 수 있다.

어디서나 나의 도는 완전하기에
산에 살아도 필부의 마음 흡족하네

많은 사람들 속세를 떠나려 하나
뜻한 바 도를 거두어들이네

학이 홀로 서있는 것 어찌 싫어하며
기러기는 날 때에 외로움을 싫어하지 않네

오직 모름지기 밭고랑에서 일하며
힘써 잡초를 뽑아내네

何處全吾道　　山居愜匹夫
多君欲遁世　　決意輟論道
鶴立寧嫌獨　　鴻飛不厭孤
惟須服田畝　　努力斲荒蕪[32)]

초야에 묻힌 필부지만 어느 곳이던지 도를 고수하고 있어 마음이 흡족하다고 하였다. 자신의 고달프고 외로운 삶을 경련에서 鶴의 고독과 기러기의 외로움으로 置換하였다. 학이 홀로 서 있는 것과 기러기가 외롭게 창공을 나는 것을 싫어하지 않듯이 자신의 도를 외로이 고수하고 있음을

32) 『소암집』 乾, 「次汝固韻」 권2, 1b.

형상화하였다. 미련에서 밭고랑의 잡초를 제거한다는 의미는 단순히 잡초를 뽑는 것이 아니라 도를 키우는 마음속의 농사임을 은유한다.

그의 친구들이 자신의 방면을 위해 속전을 모은다는 소식을 듣고 "아! 천하만고에 어찌 속전을 내고 사면 받을 임숙영이겠느냐"라고 하여 거부하고 지조와 절의를 지켰다. 이 소식을 듣고 택당 이식이 이를 치하하는 시를 보내오자, 심경을 다음과 같이 토로하였다.

이미 끝났네 소암 늙은이는
지음이 점점 드문 것을 깨달았네

나의 도가 옳다고 기대할 수 없지만
감히 사람들의 잘못을 말하노라

갑자기 바람불어 귀밑머리 흩날려도
한가롭게 노닐며 사는 한 사람의 포의로다

그대의 즐거운 위문을 받고
말이 오묘하여 배고픔을 잊었노라

已矣疎菴老　　知音覺漸稀
不期吾道是　　敢謂衆人非
颯颯雙蓬鬢　　閑閑一布衣
蒙君肯相問　　語妙欲忘饑[33)]

그는 절의를 지키려는 자신의 뜻을 아는 知音이 적은 현실을 괴로워하였다. 함련에서 자신이 지키는 도가 옳다고 기대할 수는 없으나 속전

33) 같은 책, 「次汝固寄韻」 권2, 2b, 註. "辛酉春, 贖放罪人. 公在應贖中, 親舊門人, 欲爲代納. 公終不許, 植寄詩致慰, 故有此答."

을 내고 사면되는 그 자체를 불의로 인식하였다. 경련은 모진 세파로 인하여 귀밑머리 흩날리지만 즐겁게 사는 布衣로 자족한 세계이다. 미련에서 지음의 위로하는 시를 받고 그 시가 오묘하여 배고픔을 잊었다는 것은, 사면을 받지 않은 채 청빈 속에서도 현실의 가난을 잊을 수 있음을 의미한다. 그러나 인간인지라 그에게도 고뇌가 있어 술을 마시지 않으면 안 되는 아픔이 있었다.

늙은 몸 몹시 취하는 것이 생활이거니
술 끊는 것 陸羽의 毁茶論과 무엇이 다르리

가령 술동이 비우고 깨뜨린다면
점점 머리가 백발로 변할 것을 볼 것이네

서울 살이 오래 전에 그만두고 떠나와
한가로이 물가에 와 모래톱을 차지했네

당의 장지화처럼 煙波釣徒를 배우나니
배 안에서 사는 일 뉘라서 막을 건가

老夫沈醉是生涯　　止酒何殊陸毁茶
可使樽中空白墮　　漸看頭上變蒼華
九街久已辭香土　　一水閑來占淺沙
欲學回軒巷裡客　　浮家泛宅有誰遮[34)]

임숙영도 자아의 고뇌를 술로 달래고자 하였다. 고뇌에 찬 모습이 함련에 형상화되어 있다. 만일 방축된 삶에서 술이 없다면 고뇌를 잊을 수가 없어 머리가 백발로 변할 것이라는 진솔한 토로는 비애의 극치이

34) 같은 책 乾, 「江行次玄谷韻」 권2, 7b.

다. 그러나 唐의 張志和처럼 煙波釣徒로 강호에서 자유로운 삶을 누리는 것을 누구도 막을 수 없다는 尾聯은 고뇌를 극복한 경지이다. 이와 같은 抑揚頓挫의 세계가 그의 시세계의 특징이다.

原憲의 가난으로 비유되는 그의 청빈을 다음의 「哭內」에서도 찾을 수 있다.

무릇 부인들의 성품은
가난하면 슬퍼하고 마음 아파하네

아아 나의 아내는
곤궁해도 항상 얼굴빛이 즐거웠네

대개 부인들의 성격은
오직 부귀영화를 사모하는데

아아 나의 아내는
높은 벼슬 부러워하지 않았네

내가 세속에 어울리지 못하는 것 알고
벼슬에 물러나 숨어살기를 권하였네

이 말씀이 아직도 귓가에 쟁쟁한데
비록 운명했어도 잊을 수 없노라

슬픈지고 현명한 충고를 생각하니
강개하여 스스로 지키고자 했네

저승은 아득해 말할 수 없으나
나를 보는 것이 분명하네

大抵婦人性　貧居易悲傷
嗟嗟我內子　在困恒色康
大抵婦人性　所慕惟榮光
嗟嗟我內子　不羨官位昌
知我不諧俗　勸我長退藏
斯言猶在耳　雖死不能忘
惻惻念炯戒　慊慨庶自將
莫言隔冥漠　視我甚昭彰[35)]

이는 첫 부인 여흥 이씨의 운명을 號哭한 悼亡詩이다. 임숙영은 여흥 이씨 사이에 1남 1녀를 낳았으나 모두 요절하여 조카를 양자로 들였다. 벼슬 복도, 아내 복도, 자식 복도 없었던 그에게 있는 것이라고는 오직 가난뿐이었다. 자신의 지음이자 아내였던 부인이 운명하자 호곡하며 뜨거운 夫情으로 以詩哀之하였다. 가난으로 고생의 연속이었으나 항상 즐거워했던 아내, 남편이 높은 벼슬하기를 원하지 않았던 부인이었기에 비애는 더욱 고조되었다. 세속과 어울릴 수 없는 강직한 남편의 성품을 알고 벼슬에서 물러나 숨어살기를 원했던 內子의 마음과 현숙함을 형상화하면서 熱腸의 비애를 토로한 夫情이다.

도연명이 비록 가난했으나 호기 있게 팽택현령의 인수를 내던지고 「귀거래혜」를 읊으며 고향으로 돌아올 수 있었던 것은 현숙한 부인 翟氏가 있었기 때문이었다. 이와 같이 임숙영이 淸名直節과 大手筆의 문학을 이 땅에 남길 수 있었던 것은 지음이자 부인이었던 여흥 이씨가 있어 가능하였다.

이상에서 살펴본 임숙영의 시는 한마디로 淸苦하다. "詩窮而後工"이란 말과 같이 가난한 삶 속에서도 안빈낙도하며 自足하였고, 물질의 富

---

35) 같은 책 乾, 「哭內」 권2, 15b.

보다는 道德의 富를 중시하고 실천한 淸苦의 세계가 그의 시의 한 특성이다.

(2) 超越

현실의 가난을 아랑곳하지 않고 도의 구현으로 일관하며 안빈낙도한 임숙영의 시풍은 청고하면서도 이를 초월한 호방성을 찾을 수 있다. 그의 초월적 호방성은 남들은 말하지 못할 때 말하였고 남들이 행동하지 못할 때 행동한 데에서 극명하게 나타나 있다. 이는 조선왕조의 선비다운 선비였던 그의 성품에서 연유된 것이다.

울타리 가 봄나물 더부룩하게 돋아나고
사립문밖엔 샘물이 흘러 넘치네

굶주림과 목마름을 해결 할 수 있어
모름지기 은거하여 자연을 감상하네

籬邊簇簇生春菜　　門外溶溶走石泉
但使充飢兼解渴　　直須高臥賞風烟[36)]

울밑에 무성하게 자라는 봄나물이 있고 사립문 밖에 샘물이 있어 굶주림을 면하고 목마름을 풀 수 있다고 자아의 가난한 삶을 자위하면서 자연풍광을 감상한 세계는 속세를 초월한 호방함이다. 이러한 초월의 경지는 안빈낙도에서 이루어진 것이다. 이 초월의 내면세계는 眞樂을 추구하였기에 가능하였음이 다음의 시에 나타나 있다.

---

36) 같은 책 乾, 「寄柳季華袗」 권2, 10b.

본래 한적한데 또 무엇을 구하리
베개 높이 베고 전원에서 모든 근심하지 않네

매번 곁에 있는 이가 내 樂이 무엇이냐 묻지만
모름지기 낙 없는 것이 낙보다 좋은 것을 아는가

本來閑適又何求　　高枕田園百不憂
每被傍人問吾樂　　須知無樂樂之尤[37)]

위의 시는 욕심 없는 한적한 삶이라서 즐거움이 없는 것이 즐거움이 있는 것보다 더 좋다는 초월의 경지를 형상화한 것이다. 다음의 시도 초월적 호방성이 있다.

금강산 정사에서 온 세계를 바라보니
대천세계 아득히 풍진을 멀리했네

동해의 물 길러다가 청명주를 담아
천하의 억만 사람 모두 취하게 하고 싶네

皆骨山頭望八垠　　大天迢遞隔風塵
欲傾東海添春酒　　醉盡寰中億萬人[38)]

동해의 맑은 물을 길러다가 淸明酒를 담아서 억만 속세의 사람들을 취하게 하고자 했던 호방함은 자질구레한 인간사에 구속되지 않은 초월의 세계이다. 그는 어찌하여 천하 사람들을 취하게 하려는 것인가? 그것은 아마도 풍진 속의 인간들이 단세포적인 부귀공명에 집착하여 아수라

37) 같은 책 乾,「偶成」 권2, 13a.
38) 같은 책 乾,「登毘盧峯」 권2, 3a.

와 같은 이전투구가 있기 때문에 이들을 몽롱하게 하고자 한 것인지도 모른다. 이와 같은 호방한 시풍을 다음에서도 찾을 수 있다.

매서운 추위 물리친 것은 술의 공이니
높은 곳에 올라 홀로 서니 흥취 무궁하네

처음엔 바다 건너 선약을 구하려 했고
다시 하늘에 사다리 놓고 달을 방문하려했네

가난하고 천하다고 다 용렬한 것 아니며
공경대부가 어찌 반드시 다 영웅이겠는가

가련하다 천고의 인간사는
모두가 미치광이의 一笑 속에 들어갈 뿐이로다

破却嚴寒酒有功　　登高獨立興無窮
初思渡海求仙藥　　更欲梯天訪月宮
貧賤未應皆闒茸　　公卿豈必盡英雄
可憐千古人間事　　都入狂生一笑中[39)]

위의 함련에서, 임숙영은 처음에는 신선이 되고자 선약을 구하려 했고 다음에는 飛翔하여 月宮을 찾으려 하였다. 그러나 실현할 수 없음을 인지하고 이내 풍진 속으로 돌아와 자아의 현실을 돌아보고 그 속에서 초월을 찾았다. 경련에서 "가난하고 천하다고 다 용렬한 것이 아니며 / 공경대부가 어찌 반드시 다 영웅이겠는가"는 삶의 이치를 통달한 초월적 호방이다. 尾聯에서 천고의 인간사는 모두가 다 미치광이의 한바탕

39) 같은 책 乾, 「醉興」 권2, 3a.

웃음 속에 포용된다는 것은 빈천한 자신의 삶이나 공경대부의 삶이 다른 것이 아니라 삶 자체의 본질에 있는 것으로 보았다. 빈천과 부귀의 삶을 동일시한 초월의 경지다.

이러한 초월의 세계는 다음의 「登高」에서도 나타나 있다.

가을이 가려는데 높은 누대에 오르니
해 저물어 날씨 추운데 기러기 슬피 우네

산의 뭇 봉우리 열 지어 북쪽에서 일어섰고
강은 두 갈래로 나뉘어져 동으로부터 흘러오네

건곤은 영웅이 늙는 것 애석히 여기지 않고
초목은 세월이 재촉하니 부질없이 슬퍼하네

철 따라 나오는 산나물 안주로 정말 취했으니
옆 사람은 흐트러진 내 모습을 웃지 말게나

清秋欲盡上高臺　　日暮天寒鴻雁哀
岳列千峯從北起　　江分二派自東來
乾坤不惜英雄老　　草木空悲歲月催
節物正堪供一醉　　傍人莫笑玉山頹[40)]

깊어 가는 가을, 산에 올라 회포를 형상화한 시이다. 경련에서 "건곤은 영웅이 늙는 것 애석히 여기지 않고 / 초목은 세월이 재촉하니 부질없이 슬퍼하네"는 인간사를 달관한 초월의 경지이다. 세월의 흐름을 누구도 막을 수 없는 이치 앞에 속절없이 늙어 가는 영웅을 하늘과 땅은

40) 같은 책 乾, 「登高」 권2, 4a.

슬피 여기지 않는데, 역설적으로 초목이 계절의 변화를 슬퍼한다는 시각은 신선하다. 자연의 섭리를 담담하게 형상화한 것이다. 산나물 안주로 술에 취해 흐트러진 자신의 모습을 사람들은 웃지 말라고 하여 세속적 禮敎를 잠시나마 벗어나고자 하였다. 이러한 달관과 초월은 술에 의한 것이 아니고 일상의 생활에서도 나타나 있음을 아래의「溪南」시에서 볼 수 있다.

시내 남쪽 가장 아름다운 곳에 사니
늙은 몸 세속의 일 잊을 만 하네

산이 가까우니 스님을 자주 만나고
심심산골이라 아전들 보기가 드물구나

국화가 오솔길 주위에 피었고
고목이 사립문을 지키고 있네

어릴 적부터 구속받지 않은 자유로운 삶이기에
숨어사는 것 원컨대 어기지 않겠노라

溪南最佳處　　老子可忘機
山近逢僧數　　深村見吏稀
寒花圍草徑　　古木擁柴扉
五歲寬閑野　　幽居願不違[41)]

위의 시는 放逐 후의 삶이다. 사는 곳이 시냇가 남쪽 아름다운 곳이기에 세속의 일을 잊을 만한 것이 아니다. 자연 풍광의 아름다움의 여

41) 같은 책 乾,「溪南」권2, 1b~2a.

부를 떠나 자신이 사는 곳을 아름답게 본 것이다. 풍진의 일을 멀리하니 모든 것이 아름다운 것으로 승화된 것이다. 산 속이라서 스님을 자주 만나고 아전들이 보이지 않아서 만은 아니다. 천성이 閒雲野鶴의 초월적 자유인이라 幽居의 삶을 결코 버리지 않겠다는 것이다. 세속에 대한 초월적 세계로의 飛翔은 쉬운 일이 아님에도 불구하고 그는 이를 추구하였다.

세속의 일에 초월적 자세를 취했던 그는 꿈에서도 같은 삶이었음을 다음의 「夢作」에서 찾을 수 있다.

달 그림자 삼경이 되어가는데
雲光이 만리를 열었누나

푸른 하늘에 한 마리 황학이
나를 맞이하여 요대에 이르렀네

月影三更轉　　雲光萬里開
靑天一黃鶴　　迎我至瑤臺[42]

비록 꿈속에서 비상이지만 黃鶴을 타고 선계로 들어갔다. 완전한 초월의 세계이다. 당시 사람들은 모두가 임숙영을 하늘나라에서 잠시 속세로 귀양온 謫仙이라 하였듯이 그가 찾고자했던 궁극적 세계는 본래 자아의 모습으로 돌아가야 할 곳인 천상의 세계였는지도 모른다. 이 시는 아마도 그가 운명하기 얼마 전에 지은 것으로 유추된다.

象村 申欽은 임숙영이 운명하자 輓詩에서 깨끗한 삶을 애도하였다.

---

42) 같은 책 乾, 「夢作」 권2, 1b~2a.

속세에 잠시 귀양왔다가
학을 타고 해상의 선계로 빨리 돌아갔네

塵埃暫寄謫來踵　　鶴馭催還海上峰[43)]

그의 초월은 풍진을 멀리하고 선계로의 비상이었다. 그가 그토록 돌아가고자 했던 세계를 꿈속에서 찾아갔었다. 결국 마흔 여덟이 되던 해에 두 다리가 훤하게 나오는 다 떨어진 이불을 덮은 채 운명하여 육신만 이 땅에 남기고, 혼은 황학을 타고 선계로 비상하였다.

이상에서 살펴본 임숙영 시의 초월적 세계는 청빈한 삶과 자신의 讜論이 수용될 수 없는 현실에 대한 고뇌의 소산이다. 때로는 현실 속에서 초월적 삶을 살면서도 선계를 동경하였다. 결국 속세에서도 閒雲野鶴의 자유인으로서 초월적 삶을 추구한 고결한 세계가 임숙영 시의 한 특성이다.

2) 觀照와 交遊

(1) 觀 照

시인들은 인간사의 애증을 소재로 하여 노래하기 마련이다. 속세에 살면서 풍진 속의 일은 떠날 수 없는 일이기에 작게는 자아의 일상부터 크게는 국가사회의 문제를 운위하기 마련이다.

시란 자아의 내면세계와 어떤 사물, 또는 보이지 않는 그 무엇과 부딪쳤을 때 자연이 시가 이루어진다. 그의 불우했던 삶 자체가 어느 것 하나라도 詩料가 되지 않은 것이 없다. 어떠한 사물 또는 그 무엇과 만났을 때 임숙영은 이를 어떻게 관조하였는가를 살펴보기로 한다.

---

43) 같은 책 坤, 「疎菴先生挽詩」 권6, 26a.

나그네가 길을 가는데
일찍부터 서북풍이 부네

달이 지자 학이 울고
새벽 추위 속에 습기가 스미네

외로운 주막엔 다듬이 소리 나고
쓸쓸한 숲엔 온갖 벌레들 우네

스스로 가련해 하네 천리 밖에서
언제나 날리는 마른 쑥과 같은 신세를

客子就行路　　早乘西北風
鶴聲月落後　　水氣曉寒中
孤店鳴雙杵　　空林語百蟲
自憐千里外　　長作一飛蓬[44]

이 시에서 나그네는 임숙영 자신일 수도 있다. 나그네란 고향을 멀리 두고 온 외로운 떠돌이기에 언제나 천리 밖에서 바람에 날리는 마른 쑥 같은 가련한 존재로 은유하였다. 이러한 고답적 관조의 세계가 그의 시의 한 특성이다. 다음은 산촌에서 落花를 보고 쓴 시이다.

시골 주막 산을 기대고 있는데 인적은 드물고
수양버들 땅에 가득 늘어져 사립문 가렸네

저녁나절 시내 위에 봄바람 지나가니
무수히 꽃잎들이 서로 좇아가며 흩날리네

---

44) 같은 책 乾,「早行」권2, 1a.

村店依山人跡稀　　垂楊滿地護柴扉
晩來溪上好風過　　無數落花相逐飛[45]

위의 시는 詩中有畵이다. 담담하게 감정의 이입 없이 한 폭의 동양화를 그리듯 늦은 봄의 저녁풍경을 절묘하게 형상화하였다. 찾는 이가 드문 한적한 산 마을의 시냇물 위로 저녁바람이 지나가니 "무수히 꽃잎들이 서로 쫓아가며 흩날리네"는 고답적 관조이다. 바람에 꽃잎이 서로 쫓아가며 흩날린다는 심미안은 관조의 세계가 비범하기에 가능하다. 그리고 깊숙한 산 마을이라 인적이 드물지만 자연의 변화는 어김없이 찾아든다는 言外之意가 있다.

다음은 歐陽修의 「秋聲賦」를 연상케 하는 「宿表訓寺」를 보자.

찬비가 쓸쓸히 내리는데 古寺는 텅 비었고
부서진 창문으로 밤새도록 가을바람 스며드네

새벽에 노스님 樓에 급히 올라가더니
바위의 단풍이 반쯤 물들었다 알려주네

寒雨蕭蕭古寺空　　破窓終夜受秋風
平明老釋登樓急　　報道岩楓一半紅[46]

비 내리는 가을밤 표훈사에서 유숙하는 쓸쓸한 정경이 묘사되었다. 부서진 창문으로 밤이 새도록 부는 가을 바람에 잠을 못 이루고 있는데, 새벽이 되자 노스님이 절 앞의 다락에 급히 올라갔다 오더니 밤사이에 바위 주변에 반쯤 단풍이 물들었다고 시인에게 말한 것이다. 「추성부」

45) 같은 책 乾, 「山村」 권2, 11a.
46) 같은 책 乾, 「宿表訓寺」 권2, 8a.

의 童子가 이 시에서는 老僧으로 바뀌었을 뿐 意像은 일치한다. 가을을 재촉하는 비는 곧 凋落을 예고하는 것이다. 하룻밤 사이 단풍이 반쯤 물들었다는 것은 인생과 계절의 무상한 변화를 관조한 세계이다.

임숙영은 排佛論者이다. 「送敏上人序」에서 그는 불교의 大覺을 비판하였다.

> …… 비록 그러나 佛로 나가면 인륜이 망하고 禪으로 나가면 의리가 망한다…… 저들이 소위 大覺이라는 것은 즉 우리의 大惑을 말하는 것이다. 어찌 大惑을 사모하여 반드시 일국을 주유하며 소위 대각을 구하고자 하는가? 大覺하는 날에는 인륜과 의리가 전부 망한다. 어찌 인륜과 의리가 모두 망했는데 대각이라 할 수 있겠는가?[47]

불교의 大覺은 곧 인륜과 의리가 망했음을 의미한다고 비판하였다. 임숙영은 「遊水鍾寺記」에서 고려 태조가 開國之君으로 제일 먼저 한 일이 수종사를 창건하여 5백년간 불교를 성하게 하였느냐고 비판하였다.[48]

> 이들(僧)은 어찌하여 석가를 버리고 다시 사람으로 돌아와 부자·군신·부부의 도를 회복하지 않는가? 부자·군신·부부의 도를 버리고 깊은 산림에 들어가 그것으로 마치니, 여기에 이르게될 뿐이라면 사람으로 돌아오는 것이 옳다. 그들은 허명을 옹호하고 스스로 이단에 빠졌으니 돌아와 다시 사람이 되어 부자·군신·부부의 도리를 완전히 회복하는 것만 못하다.[49]

---

47) 같은 책 坤, 「送敏上人序」 권4, 12b~13a. "……雖然, 佛出而人倫亡, 禪出而義理亡.……故彼之所謂大覺者, 卽吾之所謂大惑爾. 奚慕乎大惑, 必欲周遊一國, 以求其所謂大覺者. 大覺之日, 卽人倫義理全亡矣. 豈有人倫義理全亡, 而可以爲大覺者乎."

48) 같은 책 坤, 「遊水鍾寺記」 권4, 2b~3a. "開國之君, 首事於空門如此. 彼五百年佛敎之張皇, 有所受之也."

49) 같은 책 坤, 「遊水鍾寺記」 권4, 2a. "此輩何不去釋而復歸于人, 卽父子君臣夫婦之道可復矣. 夫捨父子君臣夫婦之道, 深入山林, 其終也止於斯焉, 則歸斯可矣. 與其擁虛名而自陷於異端, 不若歸而復爲人, 以全父子君臣夫婦之道也."

불교를 버리고 인륜의 도를 회복하라고 비판하였다. 배불론을 전개했던 그는 한 스님이 고향의 老母가 보고싶어 북풍천리 길을 달려가는 것을 목격하고 이를 아름답게 여겼다.

석가는 한번 산으로 들어간 후
아버지 정반왕을 다시는 찾지 않았네

오직 이 스님 노모가 그리워서
북풍천리 길을 달려 고향 향해 가네

釋迦一入深山去　　竟不還尋淨飯王
惟有此僧思老母　　北風千里向家鄕[50)]

이 스님이 누구인지 알 수 없으나, 석가도 출가한 이후 다시는 아버지를 찾지 않았는데 스님은 늙은 어머니가 사무치게 그리워 북풍천리 길을 달려 고향으로 돌아가는 정경을 보고 임숙영은 감명을 받은 것이다. 임숙영이 물의 미학을 예로 들어 문학이란 인의와 도덕을 발현하고 개척하는 것이라고 하였듯이 자신의 이론을 시로 구현하면서 잠시나마 인륜의 도를 회복하려는 스님의 행위를 가상히 여긴 것이다.

그는 排佛論者이나 여러 스님과 교유가 있었다. 德浩 스님에게 준 시를 보자.

유학은 실리를 말하고 불교는 空을 말했으니
얼음과 재는 한 그릇에 담기 어렵네

오직 가을 산 담쟁이덩굴 사이로 달님 있어
스님의 맑은 흥취 나와 같누나

---

50) 같은 책 乾,「送僧歸覲」권2, 12a.

儒言實理釋言空　　　氷炭難盛一器中
惟有秋山綠蘿月　　　上人淸興與吾同[51)]

儒佛은 氷炭不相容이나, 오직 가을 산에 담쟁이덩굴 사이로 달을 감상하는 맑은 흥취는 儒者인 자신과 佛者인 스님이 같다고 하였다. 이는 자연에 대한 관조는 종교를 초월하여 동일함을 뜻한다. 다음은 스님의 삶을 묘사한 시를 보자.

산 속에 맛있는 채소가 가득하고
숲 아래 친할만한 새들이 많다네

불자의 생애가 이와 같으면 족한데
외진 곳에 산다고 어느 곳이 속세가 아니리

山中美味嘉蔬滿　　　林下親朋好鳥多
釋子生涯如此足　　　幽棲何處不婆娑[52)]

스님의 한적한 삶과 청정한 삶을 형상화하였다. 그러나 외진 곳에서 산다고 하지만 어디인들 사바세계가 아니겠느냐고 반문하였다. 임숙영의 관조의 경지가 심오함을 알 수 있는 시이다. 스님의 삶이 속세의 인연을 끊고 산다지만 외진 산 속도 역시 속세의 일부라는 관조의 세계는 놀라운 시각이다.

이상에서 본 임숙영의 시에 내재된 관조의 세계는 유학적 사물인식이다. 하나의 대상(사물)과 만났을 때 정제된 유교적 세계관의 자(尺)로 관조한 것이 특징이라 할 수 있다.

---

51) 같은 책 乾,「贈德浩上人」권2, 9b.
52) 같은 책 乾,「贈僧」권2, 12b.

(2) 交遊

임숙영의 생애는 불우하였으나 교유의 폭은 넓었다. 그의 인품이 고결하였기에 당대의 濟濟名士들이 그와 교유하며 돈독한 우정을 나누었다. 그가 동양 문단사상 전무후무한 5언배율 716운의 7,160자인 최장편인 천년걸작 「述懷」를 창작한 것도 교유의 산물이다. 이 「술회」는 돈독한 우정을 나누었던 東岳 李安訥(1571~1636)에게 준 시이다. 이안눌은 임숙영 보다 5세 연하이나 이들은 忘年友를 맺은 것이다.[53] 동악은 "東岳詩壇"을 이끌었던 시인으로 "前五子"로 불리던 시단의 高手이다. 이들의 돈독한 우정으로 인하여 임숙영은 한시사상 최장편의 시를 남겨 우리 문학사를 빛내게 된 것이다.

임숙영이 운명하자 영의정 李元翼으로부터 申欽·柳根·韓浚謙·李廷龜·金瑬·吳允謙·李睟光·鄭經世·李弘胄·李安訥·洪瑞鳳·張維·鄭百昌·李植·李景義·鄭弘溟 등이 애도의 輓詩를 썼다.[54] 이들은 당대 조정을 이끌던 막강한 인물이다. 우리는 이들이 쓴 만시를 통하여 임숙영의 삶과 교유의 폭을 충분히 유추할 수 있다.

후일 영의정을 지냈던 李弘胄(1562~1638)가 箕城에 재직중일 때 임숙영은 다음 시를 보냈다.

그대 있는 기성은 서쪽 하늘 끝
벼슬에 인연 없는데 다시 만날 수 있을까

천리 길 갔다오려면 꿈길뿐인데
이쪽 그쪽 소식은 다만 시에 의지할 뿐

53) 소암과 東岳의 교우관계는 「世界最長 漢詩 朝鮮朝 任叔英의 「述懷」 硏究」에서 상론하였으므로 생략한다.(註1 참조)

54) 『소암집』 坤, 「소암선생만시」 권6 참조.

그대 그릴수록 수심과 한만 더하니
이별 후 해가 바뀔 때마다 자주 놀라네

선달이라 매화가 곱게 피었기에
서너 가지 바람 편에 보내네

箕城西望在天涯　　公館無緣得在窺
千里往還惟假夢　　兩鄉消息只憑詩
相思倍覺添愁恨　　一別頻驚變歲時
臘月梅花今正好　　臨風欲寄二三枝[55)]

변방인 기성에서 원님으로 있는 이홍주를 그리워한 우정을 형상화하였다. 천리 길 먼 곳에 있는 그리운 벗을 만날 길은 오직 꿈속에서 찾아가는 것과, 서로의 소식을 시로 주고받는데 의지할 수밖에 없다는 思友의 아름다운 정이 내재되어 있다. 그리워할 수록 수심과 한이 倍加될 뿐 상봉할 길은 없었기에 섣달이라 곱게 핀 매화 두 세 가지를 바람 편에 보내는 우정과 시세계는 아름답다.

도승지·공조참판을 역임했던 鄭岦(1574~1629)에게 보낸 다음 시에서도 우정의 세계가 그려져 있다.

듣건대 한강 물가에 한가로이 살면서
영락한 채 스스로 풍진을 멀리했네

세상사는 古今이 무궁하나
오직 청산은 사람을 버리지 않네

---

55) 같은 책 乾, 「寄箕城李使君弘胄」 권2, 3ab.

聞道閑居漢水濱　　沈淪自此遠風塵
世間今古無窮事　　惟有青山不負人[56)]

속세의 인간사는 예나 지금이나 무궁하지만 오직 청산은 사람을 버리지 않는다고 하였다. 사람은 청산을 버리나 청산은 결코 사람을 버리지 않는 것처럼 청산의 의연함과 같이 서로의 우정을 돈독하게 가꾸자고 하였다.

광해군의 폭정에 염증을 느껴 벼슬을 버리고 향리에서 운둔하며 학문에 전념했던 權應生(1571～1647)과의 교유의 세계를 보자.

찾아오기로 일찍이 약속 했는데
봄이 깊었는데 아직 오질 않네

산 꽃이 아직 피지 않은 것은
그대 오길 기다려 피려는가 보다

早結尋眞約　　春深尙未來
山花未肯吐　　似欲待君開[57)]

꽃이 피면 찾아오겠다고 약속했던 권응생이 봄이 깊어가도 찾아오지 않자 원망하였다. '산 속이라 아직 피지 않은 꽃이 있는 것은 친구가 오면 피려는가'라고 하여 권응생을 기다리는 思友의 정을 절묘하게 형상화하였다. 다음은 洪勉叔이 거제도로 유배를 떠날 때 쓴 시를 보자.

남쪽 강 밝은 달이 그대 마음 비추리니
그때는 가을바람에 물이 차리라

56) 같은 책 乾,「寄鄭汝秀岦」권2, 13a.
57) 같은 책 乾,「贈權察訪應生」권2, 15a.

내 들으니 그곳 바다엔 높은 산이 없다는데
쫓겨난 신하 어느 곳에서 서울을 바라보리

蠻江明月照心肝　　正是秋風水氣寒
聞道海中無絶嶺　　逐臣何處望長安[58)]

가을에 남녘 땅 거제도로 귀양길 떠나는 홍면숙을 송별하며 그의 처지를 哀傷한 시이다. 유배지 거제도에는 높은 산이 없다고 들었다는 것은, 어찌 그곳에 산이 없겠는가마는 逐臣의 비애를 은유한 것이다. 그렇다면 그대는 어떻게 산에 올라가 서울을 바라볼 수 있겠느냐는 결구에서 소암의 至美한 우정이 형상화되었다. 逐臣의 삶을 오롯하게 형상화한 이면에는 홍숙면에 대한 위로가 담겨져 있다.

임숙영이 「신해전시대책」으로 삭과파동을 겪자, 석주 권필이 「宮柳詩」로 이를 풍자하였는데 결국 詩禍로 광해군에 의해 죽음을 당하였다. 권필을 애도한 시를 보자.

저승 어느 곳에서 詩魂은 울고 있는가
자당께선 아침마다 문에 기대 그댈 기다리네

강 위에 초가집 옛 모습 그대로 있건만
이웃에서 부는 피리소리가 황혼을 지나가네

九原何處哭詩魂　　慈母朝朝尙倚門
江上草堂如宿昔　　一聲隣笛度黃昏[59)]

58) 같은 책 乾, 「別洪勉叔謫巨濟」 권2, 14b.
59) 같은 책 乾, 「悼友爲權汝章作」 권2, 9b.

친구의 죽을 애도한 이 시는 글자마다 血漏斑點이 어려있다. 자신의 「신해전시대책」이 결국 친구 석주를 죽음에 이르게 한데 대하여 회한이 있었을 것이다. 기구는 황천 어느 곳에서 친구의 詩魂은 통곡하고 있느냐고 하여 다시는 돌아올 수 없는 벗의 원통한 죽음을 호곡하는 처절한 절규이다. 승구에서 권필의 모친은 아들의 죽음을 믿지 않고 마침마다 倚閭之望하며 황천에서 돌아오길 기다린다고 하여 哀喪을 고조시켰다. 자식을 억울하게 잃은 어머니의 慘慽을 구천의 孤魂은 어찌 모르고 있느냐는 血漏斑點의 斷腸이 서려 있다. 전구에서는 석주가 살던 草堂은 옛 모습 그대로 이건만 어찌하여 그대 다시 돌아올 줄 모르느냐는 원망이 내재되었다. 결구의 "이웃에서 부는 피리소리가 황혼을 지나가네"에서 피리소리는 친구를 위한 진혼곡이다. 자신으로 인하여 억울한 죽음을 당하게 된데 대한 자책감과 고인을 위해 아무 것도 해줄 수 없는 무력함을 괴로워하며 슬퍼하였다. 임숙영은 권필의 억울한 죽음을 애도한 「悼權石洲序」[60]를 지어 원혼을 위로하였다.

인간사에서 사회적 만남 관계에서 가장 아름답게 승화 될 수 있는 것이 붕우 사이일 것이다. 진정한 우정은 名利를 초월한다. 문학론에 밝힌 것처럼 榮枯盛衰, 즉 盈虛는 있으나 그 본체는 불변하는 것과 같이 交談如水를 실천한 그의 교유시는 우정의 아름다운 세계가 내재되어 있다.

3) 警世와 悲慨

(1) 警 世

도덕적 완전주의자였던 임숙영은 광해조의 난세를 살면서 인생사를 체득한 시를 많이 남겼다. 그의 강직한 성품, 즉 淸名直節의 대쪽같은

60) 같은 책 坤, 「悼權石洲序」 권4, 22b.

도덕관의 일화 하나를 澤堂 李植이 쓴 「소암선생언행록」에서 보자.

간신이었던 李爾瞻이 서울 북쪽 曺溪洞에다, 南冥 曺植(1501~1572)의 사당을 세우려고 하였다. 이이첨이 사당을 건립하려는 이유는 단순히 조계동의 "曺"자와 조식의 "曺"자가 같기 때문에 아무 연고도 없는 곳에 조식의 사당을 세우려고 하였다. 임숙영은 이를 듣고 조계동에다 조식의 사당을 짓는다면, 孔德里에는 孔子의 사당을 지어야 하느냐고 비웃었다. 이를 듣고 이이첨은 임숙영을 비방하였고[61] 끝내 삭탈관직하여 門外黜送하는데 결정적인 역할을 하였다.

이처럼 강직했던 그는 인간사에서 邪道가 正道를 제압하려는 것을 몸으로 막았고 문학으로도 이를 실천하였다. 아울러 일상의 인간사에 일어나는 일들을 사물에 가탁하여 以詩警世하였다.

화분 속의 매화 짧고 긴 가지에
엄동설한 눈 내릴 때 꽃이 피었네

무릇 사물이 早成하면 멀리 도달하기 어렵나니
老夫가 매화의 슬픔 될까봐 거듭 탄식하네

盆中梅樹短長枝　　開趁嚴冬落雪時
凡物早成難遠到　　老夫三歎爲花悲[62]

시인들은 梅花를 보고 그 高節을 노래하는 것이 일반적인데 위의 시는 그렇지 않다. 엄동설한에 핀 매화를 보고 세상사는 早成하면 먼 곳

61) 같은 책, 「소암선생언행록」 권6, 16則. "京城北, 有曺溪洞. 李爾瞻以曺是南冥姓字, 欲立廟祀南冥, 闢書院, 聚其徒, 爲已鷹犬. 公聞而笑之曰, 曺溪祀南冥, 孔德里合祀先聖耶.(孔德里, 在京城南) 爾瞻指此爲謗訕云"

62) 같은 책 乾, 「早梅」 권2, 10a.

까지 도달할 수 없다고 以詩警世하였다. 봄이 오기 전 성급하게 핀 매화는 일찍 핀만큼 일찍 시든다는 자연의 섭리를 제시하여 우리의 삶에서 早成은 早老를 낳는다고 경계하였다. 다음 「公議」를 통하여 警世의 세계를 보자.

> 公議를 어찌 백년을 기다리리오
> 是非는 이미 문자 창제 이전에 정해졌는데
>
> 그 뒤 어리석은 자 내 말을 의심하는고
> 저 허공에 올라가 하늘에게 물어보아라
>
> 公議何曾待百年　　是非已定結繩前
> 誰其昧者疑吾語　　可上虛空問彼天[63]

公議, 즉 公論을 어찌 백년 후까지 기다려야 하느냐고 반문하였다. 是와 非, 正과 邪, 公과 私는 이미 蒼頡이 문자를 창제하기 이전부터 정해진 불변의 진리라는 것이다. 是非善惡은 端初부터 이미 시비선악이 확연히 판별되는 만큼 이에 대한 평가를 백년 후까지 기다릴 필요가 없다는 것이다. 이 말을 믿지 못하거든 하늘에게 물어보라고 한 것은 警句가 아닐 수 없다.

다음 시는 인간의 평가 기준을 어디에다 두어야 할 것인가에 대한 해답이다.

> 내 옷이 남들 옷과 같지 않다고 사람들이 비웃으나
> 옷의 輕重대로 누구나 인품이 같을까

---

63) 같은 책 乾, 「公議」 권2, 9a.

그대에게 청하나니 일신을 점검해 보아라
모든 더러움이 옷 위에 쌓인 것을 두려워하라

衣不若人人必笑　　衣之輕重孰如身
請君點檢一身上　　滓穢恐多衣上塵[64]

위의 시는 입은 옷을 보고 그 사람을 평가하는 단세포적 사고를 경계하였다. 사람의 인품은 입은 옷과 무관하다는 것을 말한 것이다. 화려한 의복을 입었다고 하여 그 사람의 인품과 도덕이 갖추어졌다는 것이 아니다. 비단옷이던 허름한 베옷이던 의복의 輕重과 인품과는 무관함을 뜻한다. 비단옷을 입었더라도 추악한 짓을 하면 더러운 때가 끼기 마련이다. 仁義의 도와 성현의 교훈을 실천하는 도덕적 옷이 중요함을 일깨운 것이다.

임숙영의 警世的 교훈시는 사물에 가탁하여 진리를 형상화하였다. 早成하면 早老하기 마련이며, 시비선악의 행위는 그 시작 자체로 이미 邪와 正이 판별되기 때문에 백년 후의 公論을 기다릴 필요가 없으며, 비단옷이 중요한 것이 아니라 도덕의 옷을 입는 것이 인간의 도리임을 以詩警世하였다. 문학의 사명은 인의와 도덕을 구현하는데 있다는 자신의 문학론을 경세시에 그대로 형상화하였다.

(2) 悲 慨

임숙영의 憂國悲慨의 정신이 극명하게 내재된 것은 광해군의 진노를 샀던 유명한 讜論인 「신해전시대책」이다. 여기에 내재된 세계가 그의 시에 그대로 반영되어 있다. 광해군의 遷都論에 적극 반대하여 좌절시킨 崔晛(자 季昇, 1563～1640) 에게 보낸 시를 보자.

---

64) 같은 책 乾, 「戱答人嘲」 권2, 9b.

그대 은거하여 한가한 곳에 살고
내 또한 깊은 곳 오두막에 숨었지만

우국의 일편단심에 둘 다 잠 못이루고
시국을 아파하여 두 곳에서 눈물 흘리네

비록 자취를 의심받아도 분주히 어기어
어찌 몸을 아끼어 험난을 피하리오

자고로 仁을 이루는 것 원근이 없나니
세상에 어느 땅이 서산(수양산)이 아니리오

君方高臥屛寬閑　　我亦深居伏草管
憂國一心俱耿耿　　感時雙淚共潸潸
縱嫌蹤跡違奔走　　寧惜形軀避險艱
自古成仁無遠近　　世間何地不西山[65]

임숙영과 최현은 초야에 묻힌 몸이지만 우국의 일념으로 잠을 이루지 못하고 눈물짓는 逐臣의 충정이 형상화되었다. 조정에서 쫓겨난 몸이라서 항상 감시를 받는 처지이나, 몸을 아끼기 위하여 험난함을 피하지 않겠다는 결연한 의지가 있다. 仁을 이루는 것, 成仁을 하는 것은 중국 땅이나 가까운 조선 땅이나 구별이 없다고 하였다. 特立獨行하여 仁을 이룩한다면 이 세상 어느 땅인들 백이 숙제의 수양산(西山)이 아니겠느냐고 하여 仁義의 실천 의지를 밝혔다.

임숙영의 이러한 인의의 구현을 만고의 直論인 「신해전시대책」과, 광해군에게 贖錢을 내고 사면 받기를 거부한 節義와, 인조반정 후 실시한

65) 같은 책 乾, 「寄崔季昇」 권2, 5b.

과거가 잘못된 점이 있다하여 급제한 자신의 문도를 罷榜시킨데서 찾을 수 있다.

인조반정 후에 지은 다음 시에서도 우국의 悲慨가 내재되었다.

흉악한 무리 죽이고 大倫을 바로 했으니
주나라 오래되었으나 유신을 했네

천년만에 다시 황하가 맑아짐을 보았고
四七시대 白水眞人을 만났도다

가의는 부름을 받아 밤에 入朝하였고
소무는 무제의 능을 배알했도다

재방에서 홀연히 꿈을 깨고
두견새 울음소리에 늙은 신하 눈물짓누나

戮盡群凶正大倫　　周邦雖舊命維新
一千更覩黃河澈　　四七重逢白水眞
價傅召還宣室夜　　蘇卿歸謁武陵春
齋房忽罷依俙夢　　蜀魂聲中泣老臣[66]

임숙영은 인조반정을 흉악한 무리를 일소하고 大倫을 바로잡은 것으로, 즉 周雖舊邦이나 其命維新한 것과 같이 평가하였다. 그리고 광해군의 폭정을 종식시킨 인조의 등극을 천년만에 黃河의 물이 맑아진 것과 같은 쾌거로 인식하였다. 賈誼와 蘇武의 경우를 회상하고 눈물을 흘린 것은 인조반정에 대한 감격이다.

66) 같은 책 乾,「反正後齋宿有感」권2, 8a.

다음은 임숙영이 㺚川의 戰場을 지나면서 원혼들의 참상을 묘사한 시이다.

전쟁
에 패했던 그해 수 만 명이 죽었는데
지금 마른 뼈가 잡초 무성한 들판에 가득

두 무덤으로 나누어졌는데 누가 주인인고
공범들 三刑을 당할텐데 속이지 말라

찬 달이 강에 비치니 원통한 귀신들 흐느끼고
가을 바람 땅을 쓸고 가니 자는 새들 우네

삼성은 지려하고 나그네는 길 떠나는데
파란 도깨비불 허공에 나타났다 사라지곤 하는구나

戰敗當年沒萬夫　　至今枯骨滿平蕪
分成二塚終誰主　　共犯三刑或不誣
寒月照江寃鬼泣　　悲風拂地宿禽呼
參星欲落行人去　　碧燐憑許乍有無[67]

임진왜란 때의 전지인 달천을 지나다 지은 위의 시는 두보의 「兵車行」을 연상케 한다. 전쟁후의 처참한 잔해, 즉 이름 모를 병사들의 뼈가 잡초 무성한 들판에 널려 있고, 砲痕으로 갈라진 무덤과, 寒月이 강에 뜨자 寃鬼들의 울부짖는 소리와, 파란 도깨비불의 홀현홀몰하는 정경에 비탄에 젖었다. 이 시는 전쟁의 참화를 고발한 悲慨가 내재되어 있다.

---

67) 같은 책 乾, 「過㺚川戰場」 권2, 4a.

다음은 뜨거운 태양아래 농사짓는 농부들의 정경을 보고 憫農의 정을 형상화한 시이다.

삼복 더위 견디기 어려워라
태양은 중천에 떠있네

시원한 곳 찾아 누각에 올라
오래 앉아 있으니 미풍이 부는구나

뜰의 나무들 저절로 사각거리니
시원한 바람소리 허공 중에 나누나

빨리 상쾌한 기운이 올라와서
뜨거운 열이 있는 몸을 씻어주네

이때에 호미 메고 밭으로 가는
아 괴로운 저 늙은 농부여

어찌하면 하늘에 구름 끼게 하여
두루 들판을 그늘지게 할거나

三伏可不度　　太陽況欲中
追涼上快閣　　坐久生微風
庭樹自相籟　　冷然響虛空
駸駸騰爽氣　　洗濯執熱躬
此時忍荷鋤　　苦哉彼田翁
安得垂天雲　　遍覆野西東[68]

68) 같은 책 乾, 「用王維納凉韻」 권2, 16b.

더위를 피하러 그는 누각에 올랐으나, 호미를 메고 밭으로 일하러 가는 늙은 농부의 모습을 보고 지은 시다. "어찌하면 하늘에 구름 끼게 하여 / 두루 들판을 그늘지게 할거나"는 농부에 대한 憐憫이다. 폭양 아래 일하는 농부들을 위해서 아무 것도 해줄 수 없는 시인의 무력한 현실을 슬퍼하였다. 차선으로 그는 하늘에 구름 끼게 하여 일하는 농부들을 시원하게 할 수 있기를 기도하였다. 현실적으로 방축된 신세라서 이 길밖에 다른 묘수가 없음을 괴로워한 연민이다.

이상에서 悲慨의 세계를 살펴보았다. 이는 우국과 연민의 소산이다. 광해군의 난정으로 잠 못이루고 우국의 눈물을 짓는 逐臣의 모습, 인조반정을 大倫을 바로잡은 維新의 환희와 눈물, 달천 격전지의 비극적인 形骸를 보고 비탄하고, 삼복에 땀흘리며 농사짓는 농부들에게 아무 것도 해줄 수 없는 연민의 정 등이 오롯이 형상화되어 있다. 이와 같은 시세계는 인의와 도덕을 발현하고 개척하는 것이 문학이라는 자신의 문학론을 시로 실천한 것이다.

4. 結　論

광해군의 폭정에 대하여 죽음을 무릅쓰고 신랄하게 비판하여 만고의 讜論을 남겼고 천년걸작의 최장편인 한시 「술회」를 남겨 우리 문학사를 빛냈던 소암 임숙영의 문학론과 시세계를 앞에서 조명하였다. 이를 요약하여 결론으로 삼는다.

첫째, 물의 美學을 예로 들어 독특한 문학론을 전개하였다. ① 根源論, ② 用水論, ③ 得水論으로 구성된 문학론은 전통적 유교주의적 문학론이다.

물의 근원론은 문학의 기초론이다. 문학의 근원은 六經과 聖賢之訓이다. 여기에 내재된 인의의 뜻과 도덕의 빛을 발휘하고 개척한 후에 史·子·集·百家의 장점을 체득하여야 한다. 문학을 하기 이전에 유학의 학문에 깊은 공부와 연구가 선행되어야 한다.

용수론은 문학의 방법론이다. 사람들이 물을 슬기롭게 이용하듯이 문학은 육경과 성현지훈을 끌어들여 이를 실천하려는 의지를 문학에 美的으로 交織하는 것이다.

득수론은 문학의 결론이자 결과론이다. 물의 본체와 쓰임과 본성을 체득한 문학, 즉 육경과 성현지훈에 내재된 인의와 도덕을 문학에 접목하면 풍부하여 마르지 않고 盈虛하나 그 본체는 불변하며 깨끗하고 맑아 찌꺼기가 없는 淸澄한 문학이 된다.

임숙영은 浮艶不實의 문학을 비판하고 인의의 뜻과 도덕의 빛을 발휘하고 빛나게 할 수 있는 것이 문학의 사명으로 인식하였다. 결국 물의 美學을 빌어 문학론을 전개하였지만 결국 전통적 유교주의적 載道論을 계승하였다.

둘째, 임숙영 시의 특성은 물의 미학을 들어 전개한 문학론을 그대로 적용시킨 점이다. 淸苦한 시세계에는 청빈한 삶을 살며 안빈낙도하는 삶이 형상화되어 있고, 초월의 세계에는 原憲의 가난으로 비유되는 청빈한 삶과 자신의 이상을 펼칠 수 없었던 시대적 아픔에 대한 초극의 願念이 그려져 있다.

관조의 시세계는 유교적 사물인식이 기저가 되는데 유교적 자(尺)로 사물과 대상을 관조하여 인의와 도덕적 세계를 以詩貫之하였고, 交遊詩에는 시속에 拘泥되지 않고 交淡如水의 지미지선한 우정이 형상화되어 있다.

警世의 시세계에는 사물에 가탁하여 진리의 세계를 以詩警世 하였다. 早成은 早老를 낳고, 시비선악의 행위는 그 端初부터 이미 邪와 正이

판별되기 때문에 백년 후의 公論을 기다릴 필요가 없으며, 비단옷이 중요한 것이 아니라 도덕의 옷을 입는 것이 인간의 도리임을 以詩警世하였다. 悲慨의 시세계는 우국과 연민의 소산이다. 逐臣의 몸이었으나 우국의 일념으로 불면의 밤을 지속하면서 悲慨에 젖으면서 우국연민을 내재시켰다.

어두운 시대, 광해군의 폭정이 난무하던 시대에 촛불과 같이 자신의 몸을 사르고 어둠을 밝힌 소암 임숙영은 清名直節과 천년걸작의 시문학을 남겨 조선왕조의 정신사와 문학사에 새로운 地平을 열었다. 그는 독특한 물의 미학을 들어 문학론을 전개하였고 이를 자신의 시에 구현하였다. 소암은 "詩窮而後工論"을 입증한 시인이자 조선왕조 유교문학의 우등생이다.

(原題,「疎菴 任叔英의 시세계」,
『漢文學論集』 제9집, 槿域漢文學會, 1991. 11)

世界 最長 漢詩 任叔英의 「述懷」 硏究

1. 序 論

선비의 길을 올곧게 걸어간 사람들은, 사회정의가 무너지고 시대정신이 짓밟히는 낡고 부패한 사회에서 자신에게 가해지는 고난과 박해를 두려워하지 않았다. 청빈한 삶속에서 社會惡과 時代惡에 맞서 싸우면서도 지조를 잃지 않은 이들은 시공을 초월하여 시대와 사회의 양심이자 民草들의 빛이었다.

疎菴 任叔英(1576~1623)은 光海君(재위 1609~1623)의 亂政에 맞서 남들은 권력이 두려워서 아무도 바른말을 하지 못할 때 바른말을 하였고 남들이 행동하지 못하는 것을 행동으로 실천하였다. 소암의 당론과 절의의 直節淸名은 이미 생시에 聲振一世하였다. 그의 讜論과 直節은 漢 文帝 때 賈誼(B.C. 201~168)의 「治安策」과 武帝 시 汲黯의 直諫과, 唐 文宗 때 劉蕡의 「對策」으로, 청빈한 생활은 原憲으로 비유된다. 그의 사륙문은 남북조시대의 徐陵과 庾信, 初唐四傑인 王勃과 駱賓王의 문풍과 같다는 평가를 받고 있다.

사회악과 시대악에 맞서 讜論과 절의와 청빈으로 선비의 전범이었던 임숙영의 문학은 우리 나라는 물론 중국에까지 聲振一世하였다.[1] 특히

「述懷」(原題는 「述懷寄呈江華李東岳安訥使君七百十六韻)는 한자 문화권에서 최대의 雄篇鉅作으로 한시사상 중요한 위치를 차지하고 있다. 그 논거는 「술회」에 대하여, "大手筆"[2], "천년걸작"[3]이라는 논평에서 찾을 수 있다. 한시가 창시된 이후 「술회」시와 같은 장편을 쓴 사람은 임숙영 이전이나 이후에도 없다.

漢字의 종주국인 중국의 최장편시는 작자미상의 「孔雀東南飛」로 1,785자에 지나지 않은데, 五言排律인 716운의 「술회」는 1,432句에 7,160자이다. 중국 역대 최장편시보다 무려 「술회」가 4배나 긴 웅편거작이다.

그럼에도 불구하고 임숙영의 시문학은 물론 세계 최장 한시인 「술회」에 대한 연구보고가 學界에 아직까지 전무하다. 이 논문은 최장 한시 「술회」를 이해하기 위하여 먼저 그의 直節淸名의 생애와 『소암집』의 내용을 고찰한다. 이어서 「술회」시의 배경·韻의 분석·구성과 내용을 검토하고, 대서사시 「술회」에 내재된 역사인식과 비판정신·東岳 李安訥頌·膠漆契의 우정·임숙영의 인생관을 고찰한다. 끝으로 천년걸작 「술회」시의 문학사적 위치를 究明하기로 한다. 이러한 작업은 그의 문학과 한국 한문학의 한 국면을 이해하는데 그치는 것이 아니라 東洋 漢詩史의 一斑을 이해하는데 기여가 있을 것이다.

---

1) 『朝鮮王朝實錄』 33, 『仁祖實錄』, 元年 閏10月 己丑, p.556. "持平任叔英卒. …… 爲文章, 操筆立成, 尤長於四六. 所作統軍亭序, 見稱於中朝學士, 以爲千年絶調, 復出海外."

2) 같은 책, 33, 『仁祖實錄』, 元年 閏10月 庚寅, p.557. "知事李廷龜副提學鄭經世曰, 持平任叔英, 不意暴逝. …… 其文詞亦是大手筆, 眞華國才也. 其死可惜, 似當有恤典."

3) 金得臣, 『終南叢志』(『暘葩談苑』, 亞細亞文化社 影印, 1981), p.531. "至我朝, 疎菴任叔英, 爲七百韻, 寄東岳李安訥, 其詩廣博奇僻, 眞千載傑作也."

2. 直節淸名의 生涯와『疎菴集』

1) 生涯

임숙영의 자는 叔英이고 호는 疎菴, 또는 東海散人이며 본관은 豊川 任氏이다. 고조부는 참봉 任明弼이며, 증조부는 任說(1510~1591)로 자가 君遇이고 호는 竹崖이며 시호는 文靖으로, 漢城府判尹·知中樞府事를 지냈는데 문학으로 聲名이 있었다. 조부 任崇老는 昌樂察訪이었다. 임숙영은 부친 繕工監役 任奇와 東萊鄭氏(吏判 鄭維一의 女) 사이에 1576년(선조 9) 9월 3일 출생하였다.

그는 천성이 꾸밈이 없고 정직하였으며 지조가 굳고 깨끗하였다. 총명함이 뛰어나 10세에 시를 지어 사람들을 경탄케 하였다. 15세에 임진왜란을 만나 부모를 여의고 동서로 떠돌면서도 학문을 게을리 하지 않았다. 기억력이 뛰어나 經史子集·잡서·소설·인명 등을 한 번 본 것은 평생토록 잊지 않았다. 남북조시대의 徐陵과 庾信, 初唐四傑인 王勃·楊炯·盧照鄰·駱賓王의 四六集을 대여섯 번 읽고 종신토록 외웠는데 이를 제자들에게 불러주고 옮겨 쓰게 하였는바 한 글자의 착오가 없었다.[4] 그는 國朝典故와 씨족의 연원, 국내외의 산천의 형세와 州縣道里의 원근과 風謠와 財賦에 대하여 널리 알았고, 천하의 지도에 이르러서는 친히 그곳을 다녀온 것처럼 정확하게 알았다.

그는 1601년(26세, 선조 34)에 진사시에서 高等으로 합격하여 성균관에 들어가 10년간 공부하였다. 성균관에서 古文詞에 전력하였을 뿐 科文에 치중하지 않았다. 악을 미워하고 선을 밝히는 談論이 風發하니 유

---

4)『疎菴集』坤(石板本, 任善宰가 南山印刷所 1966년 간행),「疎菴言行錄」6권, 18a. 앞으로 소암 생애에 관한 기록의 註는 명시하지 않는다. 李植이 지은「소암언행록」·「司憲府持平疎菴任君墓誌銘」의 기록을 참조.

생들이 그를 경외하였다. 당시 유생들의 전후 疏章이 그의 손에서 많이 작성되었다. 1608년(선조 41)에 金宏弼(1454~1504)·鄭汝昌(1450~1504)·趙光祖(1482~1519)·李彦迪(1491~1553)·李滉(1501~1570)을 배향토록 상소한 「館學儒生請從祀疏」[5]를 보면 그의 유학사상이 내재되어 있다. 1610년(35세, 광해군 2) 봄에 李廷龜(1564~1635)가 그의 貧約함을 보고 童蒙教官으로 천거하였으나 사양하고 나가지 않았다. 1611년(36세, 광해군 3) 3월 17일에 임숙영은 科擧[6]의 「殿試對策」[7]에서 3,883자의 장문으로, 妃嬪들이 정사에 간여하고 외척 柳希奮(1564~1623, 광해군 妃의 弟) 등이 驕橫하는 광해군의 폐정을 극론하였다. 그는 「策問」에 간단히 「對策」하고, 宮闈의 不嚴과, 言路의 不開, 公道의 不行과, 國勢의 不振 등 당시 4대 폐정을 지적하고 그 개혁책을 제시하였다. 그가 劇論으로 「對策」한 4대 폐정 중에서 公道가 행해지지 않는 실상을 지적한 일부분만 살펴보자.

> …… 巧言令色者가 벼슬에 등용되었으며, 비굴한 자가 벼슬의 반열에 올랐고, 하물며 后妃의 친척과 嬪妾의 종족들이 은택을 바래서 녹봉과 私利를 구하고, 밖으로는 외척의 이름을 빙자하여 그 위엄을 펼치고 안으로는 妃嬪의 세력을 끼고 그들이 하고자 하는 바를 이루고 있습니다. 관리 임용시에 족벌을 도모하고 벼슬을 줄 때에 욕심으로 하니 일세의 사람들이 벼슬하는 구실로 삼는 데 이르렀습니다. 벼슬을 제수하는 詔書가 내리지 않았는데도 사람을 골라 그들의 뜻을 헤아려 某는 중전의 친척이요 모는 후궁의 일족이

---

5) 같은 책, 乾, 3권, 9b~13a.

6) 이때의 과거는 世子冊封을 경축하는 別試였다. 『國朝榜目』 1(太學社 影印, 1984), pp.636~637.

7) 『소암집』 乾, 3권, 1a~9a에 全文이 수록되어 있다. 『조서왕조실록』 31, 『光海君日記』, 3年 辛亥 丁巳條(pp.608~609)에 임숙영의 對策 중 핵심부분이 실려있다. "臣謹按春秋書, 世室屋壞者, 譏其不修, 祖宗之廟也. …… 世道之所降, 百弊之所起, 諸惡之所生, 本由於此. 故臣謂殿下之所急者, 莫先乎此也."

라, 某官이 결원 되면 반드시 그들이 벼슬하고, 某邑의 원님이 결원 되면 반드시 그들로 할 것이다 하는데, 벼슬이 제수 되고 나면 그들의 말이 부합되지 않은 적이 적습니다. 그러나 銓曹에서는 이를 제재하지 못하고 대간들이 논하지 못하니 이것이 公道가 행해지지 않는 까닭입니다.[8)]

이와 같이 죽음을 두려워하지 않고 4대 폐정의 원인과 폐해를 낱낱이 직론하고 그 개혁안을 차례로 제시하였다. 또한 광해군에게 자만을 버리고 덕을 쌓기를 劇論하였다.

…… 전하께서 더욱 경계할 바는 덕을 쌓는데 있으니 비록 朝臣들이 "전하의 덕이 이미 이르렀다"고 말하더라도 전하는 믿지 마시고, "전하의 공이 이미 지극하다"고 말하더라도 전하는 현혹되지 마시옵소서.[9)]

임숙영은 李爾瞻(1560~1623) 등이 임금에게 아첨하고자 광해군의 생모인 恭嬪 金氏[10)]에게 王后의 尊號를 올리려는 논의를 사악한 의론이라고 매도하였다.[11)] 이 「對策」은 광해군조의 시대정신으로서 백성의 뜻을 대변한 것이다. 試官인 우의정 沈喜壽(1548~1622)가 그를 壯元으로 급

---

8) 『소암집』 乾, 「辛亥殿試對策」 권3, 5b~6a. "故巧言令色者, 亦登乎位, 奴顔婢膝者, 得列於官, 况后妃之親戚, 嬪御之宗族, 希望恩澤, 干求祿利, 外憑戚里之名, 以張其威, 內挾掖庭之勢, 以濟其欲. 圖義於注擬之間, 僥倖於授任際, 至使一世之人, 執以爲口實. 當除目未下之時, 必物色而數之曰, 某也中殿之親也, 某也後宮之族也, 今某官闕員, 某必爲之, 某邑闕倅, 某必得之, 乃除目旣下, 則鮮不符於其言. 然而銓曹不得裁抑, 臺諫不得論列, 此公道所以不行也."

9) 같은 책, 같은 글, 9ab. "故殿下之所戒者, 尤在於此, 雖朝臣之進說, 謂殿下德已至矣, 殿下勿信也, 爲殿下功已極矣, 殿下勿惑也."

10) 恭嬪 金氏는 金希哲의 딸로서 宣祖의 嬪妾이 되어 臨海君과 광해군을 낳았다. 광해군은 생모인 공빈 김씨를 恭聖王后로 추존하고 陵을 成陵이라 하였으며 1615년 8월에 宗廟에 祔하고 "隆奉顯保懋定重熙"라는 존호를 올렸다. 인조반정 후 존호와 陵號를 취소하고 恭嬪金氏로 환원하였다.

11) 『소암집』 乾, 「辛亥殿試對策」 3권, 9B. "屛逢迎之曲行, 黜尊號之邪議."

제시키려 하였으나, 다른 시관들의 반대로 丙科의 끝에 급제케 되었다.[12] 광해군은 임숙영의 「대책」을 읽고 자신을 극렬하게 비판한데 진노하여 그의 이름을 삭제할 것을 명하여 이른바 削科波動이 일어났다.[13] 삭과의 명이 있자 三司를 비롯한 조야에서는 그의 讜論을 지지하며 삭과의 부당을 지적한 論啓가 무려 4개월 동안 계속되었다.[14] 그러나 광해군은 뜻을 굽히지 않았다. 영의정 李德馨(1561~1613)과 좌의정 李恒福(1556~1618) 등이 임숙영의 「대책」은 만고의 讜論으로 삭과는 부당하다고 간절히 주청하자, 광해군은 마지못하여 만 4개월 후인 7월 18일에야 이를 받아들이고, 차후로는 임숙영과 같이 「策文」 이외의 「대책」은 과거에서 선발하지 말라고 엄명하였다.[15] 試官인 우의정 심희수는 결국 벼슬을 내놓았고, 이듬해 4월 權韠(1569~1612)은 임숙영의 삭과파동과 외척의 발호를 풍자한 「宮柳詩」로 인하여 죽음을 당하였다.[16]

그는 삭과파동이 매듭지어진 후 承政院正字가 되었다. 1612년 鳳山誣獄이 일어나자 鞫廳假注書에 천거되었으나 칭병하고 나가지 않았다. 1613년(38세, 광해군 5)에 이른바 癸丑禍獄이 일어나 宣祖의 嫡統인 永

---

12) 『조선왕조실록』 33, 『仁祖實錄』, 元年 閏10月 己丑, p.556. "…… 辛亥對策數千言, 極言時事, 考官沈喜壽, 欲擢第一, 爲同列所沮, 遂置丙科." 「소암언행록」·「묘지명」 참조.

13) 『조선왕조실록』 31, 『光海君日記』, 3년 辛亥 三月 丁巳, p.608. "文科殿試, 取鄭文翼等十三人. 傳曰, 策士應製之文, 自有程式, 古人雖或有危言讜論, 皆就所問中題目, 仍爲理欲公私之辨而已. 近來人心極惡, 惟以詬辱君上爲能事, 無理甚矣. 予見擧人任叔英之文. 其所對, 非所問, 而別爲題外悖惡之語, 肆然無已, 試官又從而取之, 爲叔英之君者, 不亦病乎. 渠若有所懷, 或上章極言則可矣. 乃於場屋, 敢做題外之文, 醜詆無所不至, 若取此文, 則末世浮薄之徒, 必競宿搆辱君父之文, 以眩惑試官之目, 而仍爲決科之地矣, 弊將難救, 任叔英, 可削科."

14) 같은 책, 31, 『광해군일기』, 3년 7월 乙卯, 「乙卯 放文科榜」, p.640. 과거를 3월 17일에 실시하였는데, 만 4개월이 지난 7월 18일에 합격자를 발표하였다.

15) 『조서왕조실록』 31, 『光海君日記』, 3년 3월 丁巳, p.608.

16) 같은 책, 32, 光海君 4년 4월 丙寅, p.41. 「宮柳詩」의 原題는 「聞任茂叔削科」이다. 詩는 7絶로 "宮柳靑靑花亂飛, 滿城冠盖媚春輝. 朝家共賀昇平樂, 誰遣危言出布衣."

昌大君(1606~1614)을 誣告하고 庶人으로 폐하여 강화도로 위리안치 시킬 때 그는 칭병하고 조정에 나가지 않아 해직되었다.[17)]

1615년(40세) 10월에 承文院博士가 되었고 11월에 奉常寺直長이 되었다. 광해군의 난정이 계속되자 통탄해마지 않으면서 거리낌없이 이를 비판하였다. 1616년 2월 李爾瞻 등의 무고로 삭탈관직 당하고 경기도 廣州 奉安 龍津으로 門外黜送되었다.[18)]

방축된 지 3년 후인 1619년(44세) 가을에 그는 漢詩史上 불후의 작품인 「述懷」를 지었다. 이 시는 친구인 江華府使 李安訥(1571~1636)에게 보낸 것이다. 이 시는 五言排律 716韻에 1,432句로 총 7,610자의 雄篇鉅作으로서 천년걸작이라는 평을 받고 있는 세계 최장의 한시이다.

1622년(47세, 광해군 14)에 광해군은 재정이 궁핍하자 癸丑禍獄 시의 죄인들에게 贖錢을 내는 자에 한하여 사면한다는 명을 내렸다. 친구인 閔參奉이 속전을 모으며 뜻을 묻는 편지를 보내자, "아! 천하만고에 어찌 속전을 내고 사면 받을 임숙영이겠느뇨"[19)]하고 이를 거부하고 지조와 절의를 지켰다. 澤堂 李植(1584~1647)이 속전내기를 거부하고 절의를 지킨 그의 소식을 듣고 이를 치하하는 시를 보내자, 자신의 심경을 다음과 같이 토로하였다.

이미 끝났네 소암 늙은이는
知音이 점점 적어 감을 깨달았네

---

17) 『소암집』 坤, 「司憲府持平疎菴任君墓誌銘」 6권, 9a. "明年誣獄繼起, 大臣方率百官, 請處置永昌大君. 君卽稱脚痛, 終不庭參, 仍解職."

18) 『조선왕조실록』 32, 『光海君日記』, 光海君 8년 2월 庚午, p.460. 「소암언행록」에는 乙卯(1615)년 冬에 방축되었다고 기록됨. 소암의 생애 부분에서 年代관계 사항은 모두 『조선왕조실록』을 따른다.

19) 『소암집』 坤, 「答閔參奉書」, 4권, 31a. "嗚呼, 天下萬古, 豈有納銀自贖之任叔英乎." 『조선왕조실록』 33, 『仁祖實錄』 元年 閏10月 己丑, p.556. "時以營建財匱, 大開贖放之科, 人皆應名. 親友欲爲叔英鳩財以贖, 叔英不許, 移書切責."

니의 道가 옳다고 기대할 수 없지만
감히 여러 사람들의 잘못을 말하노라

갑자기 바람불어 귀밑머리 흩날려도
즐겁게 노닐며 사는 한 사람의 布衣로다

그대의 즐거운 위문을 받고
말이 오묘하여 배고픔을 잊었노라

已矣踈菴老　知音覺漸稀
不期吾道是　敢謂衆人非
颯颯雙蓬鬢　閑閑一布衣
蒙君肯相問　語妙欲忘饑[20)]

그는 절의를 지키려는 자신의 뜻을 아는 知音이 적은 현실에 괴로워하였다. 자신의 道가 바르다고 평을 받는 것을 기대하지 않지만, 많은 이들이 속전을 거부하는 것이 그르다고 말하는 현실을 개탄하면서 지조를 지켰다. 그가 방축된 지 7년 후인 1623년(48세) 3월에 仁祖反正으로 광해군은 폐위되었다. 인조는 直節淸名으로 명성이 일세에 자자했던 그를 즉시 復官시켰다.[21)] 그는 인조반정 후에 다음과 같이 감회를 노래하였다.

흉악한 무리 죽이고 大倫을 바로 했으니
주나라 오래되었으나 유신을 했네

20) 같은 책 乾, 「次汝固寄韻」 2권, 2ab.
21) 『조선왕조실록』 33, 『仁祖實錄』, 元年 閏10月 己丑, p.556. "反正初, 首入翰苑, 轉玉堂陞拜持平."

천년만에 다시 황하가 맑아짐을 보았고
四七시대 白水眞人을 만났도다

가의는 부름을 받아 밤에 入朝하였고
소무는 무제의 능을 배알했도다

재방에서 홀연히 꿈을 깨고
두견새 울음소리에 늙은 신하 눈물짓누나

戮盡群凶正大倫　　周邦雖舊命維新
一千更覩黃河澈　　四七重逢白水眞
價傳召還宣室夜　　蘇卿歸謁武陵春
齋房忽罷依俙夢　　蜀魂聲中泣老臣[22]

임숙영은 인조반정을 흉악한 무리를 일소하고 大倫을 바르게 한 유신으로 평가하였다. 賈誼와 蘇武의 경우를 회상하면서 두견의 울음소리에 눈물지었다.

그는 반정초에 자신을 6품직으로 승진시키자 공이 없는데 승직될 수 없다고 상소하여 받지 않았다.[23] 藝文館檢閱兼春秋館記事館·弘文館正字·著作博士·修撰·知製敎를 역임하고 사헌부 持平이 되었다. 인조반정 후 大科를 시행하였는데 광해군 시대의 과거 문란이 그대로 답습되었다. 그는 과거가 엄정하지 못하고 또한 조석으로 빈번히 실시되는 폐단을 바로 잡고자 자신의 門徒인 趙壽恒·李行進이 급제하였는데도 수십 차례 직간하여 이를 무효화, 즉 罷榜시킨 강직함을 보였다. 이후로 과거가 엄정하게 되었는데 다 그의 공이었다.[24]

---

22)『소암집』乾,「反正後齋宿有感」2권, 8a.
23) 같은 책 坤,「癸亥辭陞職疏」3권, 13a~14a.
24) 같은 책 坤,「소암언행록」6권, 14則, 14ab.

이해(1623, 인조 元年) 10월 28일에 그는 李敏求(1589~1670)·趙翼(1579~1655)·吳䎘(1592~1634)·李明漢(1595~1645)·鄭百昌(1588~1635)·金世濂(1593~1646)·李植·鄭弘溟(1592~1650)과 함께 湖堂에 뽑혀 賜假讀書하였다.[25] 며칠 후 임숙영은 윤 10월 3일 寒疾로 인하여 향년 48세로 서울 蓮房 寓舍에서 直節淸名과 천년걸작의 시문학을 남기고 운명하였다.[26]

그는 만년에 宋學연구에 몰두하여 자득하였다. 陽明學의 語脈이 破綻된 곳이 있음을 알고 論著로 밝히려 하였으나 뜻을 이루지 못하고 운명하였다.[27] 그는 不治産業하여 청빈한 삶 속에서도 털끝만큼도 불의한 재물을 취하지 않았다. 조석으로 죽마저 제대로 먹지 못하면서도 안빈낙도하였다. 두 명의 누이를 출가시킬 때 남에게 尺寸도 의지하지 않았고,[28] 後娶를 얻었으나 가난하여 3일만에 처가인 沔川에 둔 채 홀로 살다가 세상을 떴다.[29] 그가 寒疾에 걸려 고생하자 친구 權儆이 큰 이불을 빌려주었다. 병이 조금 차도가 있자 빌린 이불을 묶어 선반에 올려놓고 다 떨어진 작은 이불을 덮은 채 자다가 이날 밤 운명하였다. 그의 시신을 덮은 다 떨어진 이불이 너무 작아 두 다리가 훤하게 나왔었으니[30] 그의 청빈함은 原憲과도 같았다고 당시 사람들은 증언하였다.[31]

---

25) 『조선왕조실록』 33, 『仁祖實錄』, 元年 10月 乙酉, p.556.
26) 같은 책, 『仁祖實錄』, 元年 閏10月 己丑(3일), p.556, "持平任叔英卒." 「소암언행록에는 운명일은 10월 2일로 기록되어 있다.
27) 『소암집』 坤, 「소암언행록」 6권, 18b~19a, 32則.
28) 같은 책, 坤, 「소암언행록」 6권, 13b, 18則.
29) 같은 책 坤, 「소암언행록」 6권, 16a, 20則. "公之還朝, 祿薄不自資, 假貸繼乏, 新聚尹氏在沔川, 亦不能迎致." 李植, 『澤堂集』(景文社 影印, 1982), 「亂後自京向砥平過任茂叔故宅二首」, p.39. 註에 "茂叔聚再室三日後, 還舊居, 貧不能迎來, 經年卒."
30) 『소암집』 坤, 「소암언행록」 6권, 16a, 20則. "短衾破席, 獨寢空宇, 仍感寒疾. 友人權儆已, 借以長衾, 得少汗解, 便束其衾置架上, 是夜卒. 親友就視, 短衾覆體, 兩足俱露."
31) 같은 책 坤, 「疎菴挽詩」 6권, 29a. 李安訥의 挽詩(其四)에 "漢廷內史汲黯直, 魯國諸生原憲貧."

그가 운명하자 제일 먼저 영의정 李元翼(1547~1634)이 조문하였다. 조정의 공경들과 아래로는 布衣 胥徒까지 죽음을 애통해하고 弔賻하였다.[32] 인조는 그의 죽음을 듣고는, 淸苦하고 戇直한 사람이었다고 평하면서 애석히 여기고 棺槨등을 하사하였다.[33] 영의정 이원익을 비롯한 公卿 등이 挽詩를 지어 그의 直節淸名과 大手筆의 문학을 기렸다.[34]

산하의 뛰어난 인물 五星의 정기를 모았으니
삼대의 유풍이 일대에 꽃다웠노라

지조와 讜論은 금세의 푯대였고
文詞 詩律은 옛 것을 공부했네

몸은 영락하여 가난하게 살아도 태연했고
家道가 고단하고 처지가 곤궁해도 형통했네

운명이 궁색하고 벼슬이 현달치 못했다고 한하지 말라
그대의 이 같은 명성 三公과 바꾸지 않으리

山河間氣五星精　　三代遺風一代英
志操讜論今表準　　文詞詩律古工程
身貧冷落居貧泰　　家道零丁處困亨
休恨命窮官未達　　三公不換此聲名[35]

32) 같은 책 坤,「司憲府持平疎菴任君墓誌銘」6권, 8a. "於是朝之賢公卿, 下至衣布胥徒, 咸來吊賻. 自襲訖葬儀."「소암언행록」34則. "公之卒也, 首台完平公(李元翼), 先臨哭吊."
33)『조선왕조실록』33,『仁祖實錄』, 元年 閏10月 庚寅, p.557. "上曰, 非但淸高苦, 性甚戇眞矣. 以何病而遽至於斯耶. 可惜也已, 宜令該司, 備給棺槨."
34)『소암집』坤,「疎菴先生 挽詩」6권에 영의정 李元翼, 申欽 등 19명이 지은 挽詞가 있다.
35) 같은 책 坤, 6권, 26a.

위의 挽詩는 당시 영의정 이원익이 지은 것이다. 임숙영을 五星의 정기를 모아놓은 뛰어난 인물로서 三代의 유풍이 있다고 평하였다. 그의 지조와 讜論은 당시의 羿대였고, 시문학은 옛 것을 공부하였으며 또한 가난 속에서도 안빈낙도했던 청고한 삶을 기렸다. 그가 48세로 운명하였고 벼슬이 현달하지 못하였으나 直節淸名과 문학의 명성은 결코 三公과도 바꿀 수 없다 하여 삶과 문학을 높이 기렸다. 다음은 東岳 李安訥이 읊은 挽詩를 보자.

방축되어 야윈 사람 새로 발탁했네
天心은 어찌 차마 이 사람을 요절케 했는가

한나라 右內史 급암의 직간과 같았고
노나라 유생 원헌의 가난이었네

뼈는 황천의 쇠와 돌이 될 것이고
혼은 하늘에 가서 별이 되었네

훌륭한 명성 오래도록 雄詞와 함께 하리니
꿈속에서라도 환신하여 허무하다고 하지 말라

憔悴江潭拔擢新　　天心何忍夭斯人
漢庭內史汲黯直　　魯國諸生原憲貧
骨化黃壚成鐵石　　魂歸碧落作星辰
盛名長與雄詞在　　莫比尋常夢幻身[36)]

이안눌은 광해군에 의해 방축된 임숙영을 인조가 등용하였는데 하늘

---

36) 같은 책 坤, 6권, 29a. 『東岳集』(23권, 拾遺錄下 52a)에는 제1구의 1·2자가 枯槁로 되어 있다.

이 어찌하여 그를 요절케 하였느냐고 호곡하였다. 그의 직간은 漢의 汲黯으로, 가난은 魯의 原憲과 같았다는 것이다. 임숙영의 정신과 사상은 강직하였기에 뼈는 황천의 쇠와 돌이 될 것이고 혼은 하늘의 별이 될 것이라 하여 청명직절을 기렸다. 盛名과 훌륭한 문학은 불후할 것이니 행여나 꿈속에서라도 환신하여 공허하다고 하지 말라고 하여 그의 삶과 문학을 높이 기렸다.

상자에 쓸쓸히 남아 있는 7백운의 「술회」를
한 번 읽고 한번 옷깃을 적시누나

篋笥空留七百韻　　　一回披讀一沾衣[37)]

이안눌은 또 자신을 찬미한 세계 최장편의 시를 써준 것을 잊지 못하며 눈물지었다. 당시 우의정 申欽(1566~1628) 등은, 임숙영은 원래 하늘에서 귀양 온 謫仙으로서 잠시 인간 세상에 머물다 학을 타고 신선의 나라로 갔다고, 깨끗한 일생을 추모하였다.[38)]

임숙영은 驪興李氏(승지 李弘尙의 女)와 결혼하여 1남 1녀를 두었으나 모두 요절하였고, 이씨마저 세상을 떠났다. 그는 부인을 여읜 슬픔을 이렇게 형상화하였다.

무릇 부인들의 성품은
가난하면 슬퍼하고 마음 아파하네

아아 나의 아내는
곤궁해도 항상 얼굴빛이 즐거웠네

---

37) 같은 책 坤, 같은 곳.
38) 같은 책 坤, 挽詩, 申欽은 "塵埃暫寄謫來蹤, 鶴馭催還海上峯. 藝苑異時人物論, 未應摽擧遜元龍."이라고 애도하였다.

대개 부인들의 성격은
오직 부귀영화를 사모하는데

아아 나의 아내는
높은 벼슬 부러워하지 않았네

내가 세속에 어울리지 못하는 것 알고
벼슬에 물러나 숨어살기를 권하였네

이 말씀이 아직도 귓가에 쟁쟁한데
비록 운명했어도 잊을 수 없노라

슬픈지고 현명한 충고를 생각하니
강개하여 스스로 지키고자 했네

저승은 아득해 말할 수 없으나
나를 보는 것이 분명하네

大抵婦人性　　貧居易悲傷
嗟嗟我內子　　在困恒色康
大抵婦人性　　所慕惟榮光
嗟嗟我內子　　不羨官位昌
知我不諧俗　　勸我長退藏
斯言猶在耳　　雖死不能忘
惻惻念炯戒　　慷慨庶自將
莫言隔冥漠　　視我甚昭彰[39)]

위의 시를 보면 夫情과, 가난과 고생을 함께 하며 달게 여겼던 부인

39) 같은 책 乾, 「哭內」 2권, 15a.

이씨의 婦德과 내조와 현숙함을 알 수 있다. 남편이 세속과 어울릴 수 없는 강직한 성격임을 알고 벼슬에서 물러나 숨어살기를 권했던 현숙한 부인을 그리는 애틋한 夫情의 세계가 오롯이 형상화되었다.

임숙영은 부인 이씨를 여의고 坡平尹氏(尹挺의 女)[40]를 續絃하였으나 결혼 3일 후 너무 가난하여 처가인 沔川에 둔 채 함께 살지 못하고 홀로 살다가 운명하였다. 그는 자식이 없어 조카(從子)를 양자 하였다.

임숙영은 1732년(영조 8) 3월에 홍문관 副提學으로 追贈되었다.[41] 1696년(숙종 22) 1월에 숙종이 그의 淸操節行을 기려 賜諡를 명하였으나 南九萬(1629~1711)이 시호의 법은 정이품 이상 實職者에게 내리는 것이라고 반대하였고[42] 1732년(영조 8) 3월에 다시 賜諡의 논의가 있었으나 시행되지 못하였다.[43] 그는 경기도 광주 龜岩書院에 배향되어 청고한 삶과 직절청명을 기리고 있다.

2)『疎菴集』

『소암집』은 임숙영 사후 12년인 1635년(인조 13, 을해)에 간행되었다. 그의 문인인 權慄이 유고를 수집하였고 澤堂 李植이 이를 編定하였다. 忠原縣監 李培元(1573~1653)이 간행을 주재하였고, 문인 連原察訪 姜興載가 실무를 담당하여 본집 5권, 부록 1권을 乾坤 2책으로 간행하였다.[44]

---

40) 李植,『澤堂集』(권3, 3b),「亂後自京向砥平過任茂叔故宅二首」의 註. "茂叔娶再室三日後, 還舊居, 貧不能迎來, 經年卒.",『소암집』坤, 李植 撰,「疎菴先生言行錄」6권, 16a, 20則. "公之還朝, 祿薄不自資, 假貸繼乏. 新聚尹氏在沔川, 亦不能迎致."

41)『조선왕조실록』42,『英祖實錄』8년 3월 癸未, p.300.

42) 같은 책 39,『肅宗實錄』, 22년 正月 庚申條, p.411.

43) 같은 책 42,『英祖實錄』, 英祖 3月 癸未條, pp.300~301.

44)『소암집』張維의「疎菴集序」와 李敏求의「疎菴集跋」참조.

1966년 7월에 任善宰가 南山印刷所에서 石板本으로 중간하였다. 중간본은 초간본이 오래되어서인지 「踈菴先生言行錄」·「踈菴先生挽詩」에 수 십자가 缺字된 채 공란으로 되어 있다.

그는 많은 시문을 남겼으나 거의 散逸되고[45] 현재 전하는 것은 『소암집』에 수록된 것뿐이다. 권1부터 권3까지 가 乾이고 권4부터 권6까지가 坤으로 綴해져 있다. 임숙영과 함께 같은 날 湖堂에 選하였던 張維가 서문을, 李敏求가 발문을 썼다. 본고의 Text인 중간본의 서문에는 "崇禎丁亥仲春德水張維序"라고 되어 있다. 崇禎 丁亥는 1647년으로 張維(1587~1638)가 운명한지 9년이 되는 해이다. 이는 1966년 任善宰가 중간할 시 초간본이 낡아 乙亥(1635)의 "乙"자가 잘 보이지 않아 丁亥로 쓴 것이다. 발문의 "崇禎乙亥季春 東洲山人 李敏求叙"를 보면 분명 乙亥인 바, 서문의 丁亥는 乙亥의 오기이다.

또한 중간본은 毛筆로 정서하여 石板으로 인쇄한 관계로, 정서 당시 잘못하여 誤字가 많다. 일례로 「上西坰柳相公根謝詩啓」를 보자.

> "伏承閣下相公, 覽鄙製七百韻, 至賜詩稱贊者, 昔左思之賦, 蒙杜武之褒, 劉勰之書, 被體文之賞.[46]

위의 "體文"은 "休文"의 오자이다. 休文은 梁나라 沈約(441~513)의 자이다. 劉勰의 『文心雕龍』은 沈約의 칭찬을 받아 유명해졌다. 『소암집』의 수록 내용은 아래의 表와 같다.

---

45) 같은 책 坤, 跋文, "茂叔所爲詩, 散佚殆盡."
46) 같은 책 坤, 「上西坰柳相公根謝賜詩啓」, 5권, 3a.

區分	詩文體	詩文題目	篇首
序	序文	踈菴集序(張維)	1
卷一	五言排律	述懷寄呈江華李東岳安訥使君七百十六韻	1
	七言排律	觀漲一百韻 등	3
卷二	五言律詩	早行 등 11題	12
	七言律詩	龍頭亭 등 30題	30
	七言絶句	松都懷古 등 49題	49
	五言絶句	夢作 등 4題	5
	五言古詩	哭內 등 6題	6
	七言古詩	朝天歌送使臣月沙李公 등 9題	10
卷三	策	辛亥殿試對策	1
	疏	館學儒生請從祀疏 등	2
	雜著	書儒釋質疑論後 등	3
卷四	記	遊水鍾寺記 등	6
	序	送敏上人序 등	12
	書	與錦山君誠胤書 등	6
	碑誌	故掌隷院判決事洪公墓碑 등	3
	祭文	祭月沙尹相公根壽文 등	2
卷五	儷文	泮試擬唐裴度謝封晋國表 등	39
卷六 (附錄)	拾遺: 記,序	山水圖記 등	3
	碣, 啓	義禁府都事李公墓碣銘 등	2
	墓誌銘	司憲府 持平 踈菴任君墓誌銘(李植 撰)	1
	七言絶句	次李子方見寄韻 등	2
	言行錄	(李植 撰)	35
	拾遺: 序, 啓,疏,制,記	感舊詩序	9
	挽詩	李元翼 등 19題	26
	跋文	(李敏求 撰)	1

임숙영은 세계 최장편 한시인「술회」이외에도, 한시사상 최초로 7언 배율 1백운「觀漲」을 3수나 지은 것을 보면 長詩에 능한 大手筆이다. 시가 101제 118수인데, 7언절구가 49수로 많다. 그는 四六文에 능하였는

데 「統軍亭序」는 중국의 학사들이 천년절조라고 칭찬을 아끼지 않을 만큼 유명하다. 산문에서는 사륙문이 39편으로 많다. 「遊水鍾寺記」와 「送敏上人序」는 排佛論으로 불교관이, 「館學儒生請從祀疏」 등에는 유교관이 내재되어 있다. 「沈安世詩序」·「送金君萬重序」·「曹子實文秀詩序」·「贈朴瑞卿序」 등에서 그의 문학론을 찾을 수 있다.

임숙영의 청고한 삶과 『소암집』의 내용을 요약한다. 그는 48세로 일생을 마쳤으나 한결같이 사회악과 시대악에 맞서 사회정의와 시대정신의 구현에 일생을 바쳤다. 原憲으로 비유될 만큼 청빈함 속에서도 대쪽같은 선비정신으로 일관한 삶과, 우국충정에서 발현된 讜論 등 淸操節行은 광해군시대의 양심이었다.

『소암집』은 그의 사후 12년인 1635년 문인들에 의하여 간행되었고, 重刊은 1966년 石板으로 본집 5권과 부록 1권으로 乾坤 2책이다. 716운의 「술회」를 비롯한 1백운의 「觀漲」 3수 등 101제 118수의 시가 있고 文에서는 四六文이 39수로 많다.

첫째, 임숙영은 賈誼·汲黯·劉蕡으로 비유될 만큼 권력을 두려워하지 않고 讜論으로, 사회악과 시대악의 匡正을 위해서 一以貫之하였다. 둘째, 그의 청빈한 일생은 原憲으로 비유되리만큼 곤고 했어도 절의를 굳게 지켜 선비의 전범을 보였다. 셋째, 세계 최장편의 한시인 「술회」를 비롯한 그의 문학은 "千年絶調", "千載傑作"의 평을 받았다. 넷째, 『소암집』에 수록된 시문에서 문학론·시문학·四六文 등은 우리 한문학사에 중요한 위치를 차지한다.

3. 最長 漢詩「述懷」의 背景과 體裁

1) 背景

讜論과 節義로 일세에 淸名을 남겼던 임숙영은 한시의 장르가 탄생된 유사이래 세계 최장편인 雄篇鉅作「술회」[47]를 써서 漢詩史上 불후의 업적을 남겼다. 최장 한시가 한자의 종주국인 중국에서 쓰여진 것이 아니라 우리 나라 시인에 의하여 쓰여졌다는 사실은, 그 시의 문학적 가치를 논하기 앞서 우리 한문학의 우수성과 우리 민족의 문학적 우수성을 말해주는 것이다.

詩聖 杜甫의 최장시는 5언배율「秋日夔府詠懷」로 1백운의 1,000자이다. 중국 역사상 최장시는 5언고시로 작자미상의「孔雀東南飛」인데 375句에 1,785자에 불과하다. 일찍이 고려 明宗때 吳世文(吳世才의 兄)은 고금의 시집에 3백운의 시가 없음을 알고 5언으로 302운에 604구 3,020자의「呈誥院諸學士三百韻」을 지은 바가 있다. 그러나 이 시는 전해지지 않는다. 李奎報(1168~1241)는 오세문의 302운에 차운하여「次韻吳東閣世文 呈誥院諸學士三百韻」[48]을 지었다. 鉅作의 한시는 중국보다 우리 나라 시인들에 의하여 창작되었다.

「술회」시는 5언배율로 716운에 1,432구로 총 7,160자에 이르는 鉅作이다. 이 시는 두보의 장시인「秋日夔府詠懷」의 7배이고 중국의 최장시인「孔雀東南飛」의 4배가 넘는다. 이 시의 원제는「述懷寄呈江華李東岳安訥使君七百十六韻」이다. 이 시는 임숙영이 李爾瞻의 무고로 삭탈관직당하고 廣州 奉安驛 龍津으로 방축(1616, 광해군 8)된지 3년 후인 1619년

---

47)「述懷」시는『소암집』乾, 제1권 卷首에 수록되어 있다(3a~17b).

48)『東國李相國集』(成均館大 大東文化硏究院 影印, 1973), pp.56~61.

(광해군 11, 기미) 가을에 지은 것으로, 그의 나이 44세 때였다. 그와 膠漆契의 우정을 맺고 있던 東岳 李安訥을 題材로하여 鉅篇을 써서 그에게 보낸 것이다. 이 시는 처음에는 6백운 이었으나 후에 716운으로 개작한 것이다.[49] 『소암집』에는 「술회」의 詩作 동기를 밝힌 기록은 없다. 다만 『인조실록』에 다음과 같은 기록이 있다.

> 지평 임숙영이 졸하다. …… 문장을 지음에 붓을 잡자마자 즉시 완성하였다. 더욱 四六文에 가장 뛰어났으니 그가 지은 統軍亭序는 중국의 학사들로부터 "千年絶調가 다시 海外에서 나왔다"는 칭찬을 받았다. 일찍이 이규보의 3백운 시를 흠모하여 6백운의 배율을 지었는데 사람들이 그 大手에 탄복하였다.[50]

여기에서 「술회」를 짓게 된 동기가 분명하게 나타나 있다. 고려 이규보가 오세문의 302운을 차운한 시를 보고 이를 흠모한 나머지 지은 것이다. 임숙영은 이규보가 중국 시에도 없는 302운의 대작을 쓴데 대하여 민족적 긍지를 느끼고 그의 문학을 흠모한 것이다. 고려조의 문학을 대표한다해도 과언이 아닌 이규보의 문학을 흠모했던 그는 은연중 이를 능가하는 장편을 일찍부터 쓰고 싶었던 것이다. 그러던 중 방축되어 한가롭게 되자 평소의 뜻을 실천하여 처음에는 6백운으로 지었다가 716운으로 개작하였다. 당시에 시로 명성이 자자한 친구 이안눌의 삶과 문학과 치적 등을 제재로 하여 시를 지어 강화부사인 그에게 보낸 것이다.

---

49) 『東岳集』(驪江出版社 影印, 1984) 권12, 56a. 「任博士茂叔, 以五言排律六百韻, 述懷見寄, 戲書以謝」(其後, 茂叔演爲七百韻, 叙先生行迹甚詳, 見元集.)

50) 『조선왕조실록』 33, 『仁祖實錄』, 元年 閏10月 己丑條, p.556. "持平任叔英卒. …… 爲文章, 操筆立成. 尤長於四六, 所作統軍亭序, 見稱於中朝學士, 以爲千年絶調, 復出海外. 嘗慕李奎報三百韻, 作律六百韻, 人服其大手."

다음은 임숙영과 이안눌의 교유관계를 살펴보자. 임숙영은 당시 "後五子"로, 이안눌은 "前五子"로 불릴만큼 이들은 문학으로 齊名하였다. 같은 시대의 인물인 許筠(1569~1618)은 동시대의 시인으로 聲名이 있는 권필 · 이안눌 · 趙緯韓(?~1649) · 許禘(1563~?) · 李再榮(?)을 "전오자"[51]로, 임숙영 · 鄭應運(?) · 趙纘韓(1572~1631) · 奇允獻 등을 "후오자"[52]로 평하였다. 권필은 "후오자"의 시는 "전오자"의 시에 비하여 어느 것이 낫다고 할 수 없다[53]하여 이들의 시를 동일선상에 놓았다.

임숙영은 이안눌보다 5세 연하이나 이들은 膠漆契로서 우정을 돈독히 하였다. 임숙영이 방축되어 청빈한 삶을 살고 있을 때 이안눌은 강화부사로 재직중이었다. 이안눌은 친구인 임숙영에게 시를 자주 보냈다.

승문원의 훌륭한 박사가
방축되어 산골에 숨어사네

악을 미워함이 청빈해도 굳세나니
안빈낙도 맑은 지조와 청렴이여

어찌하여 밭이랑에서 농사를 짓고
또 생선과 소금을 팔아야 하나

평생토록 맺은 돈독한 우정인데
차고 더운 것이 다르다 말하지 마오

51)『惺所覆瓿藁』권2, 詩部 2,「前五子詩」.

52) 같은 책, 권2, 詩部 2,「後五子詩」.

53) 같은 책,「後五子詩」. "石洲云, 比諸前五子詩, 亦無軒輊. 一篇失於兵火, 一人未知爲誰."(또한 권필은 後五子 중에서, 兵火에 잃어버려서 한 사람은 누구인지 알 수 없다고 하였다.)

承文老博士　　放逐寄山潛
姪惡剛腸苦　　安貧雅節廉
何須事隴畝　　且可販魚鹽
膠漆平生契　　休言異冷炎54)

이는 임숙영이 「술회」를 짓기 일년 전에 쓴 이안눌의 시이다. 임숙영의 直節淸名과 청빈한 삶을 오롯하게 형상화하면서 우정을 노래하였다. 평생토록 맺은 돈독한 우정이란 표현에서 두 사람의 膠漆契를 알 수 있다. 이안눌은 오늘은 형을 생각하며 눈물짓는다(今日懷兄淚)고 하면서 다음과 같이 노래하였다.

소식이 두절되었다고 괴이 여기지 마오
구름 낀 높은 산과 바다가 가로막았기 때문

莫怪音書節　　雲山隔海潯55)

임숙영을 그리는 우정의 세계를 동악은 以詩露情하였다. 이안눌의 『東岳集』에는 임숙영을 소재로 한 시는 「寄簡任博士茂叔鄭翰林德餘」, 「寄東任博士茂叔」, 「用前歲見寄之復東任茂叔」(2수), 「戲簡任茂叔」, 「寄任茂叔博士」(2수), 「任博士茂叔以五言排律六百韻述懷見寄戲書以謝」와 「任持平叔英茂叔挽詞」(4수) 등이 있다. 그러나 『소암집』에는 이안눌을 소재로 한 시는 「술회」 1편뿐이다.

고려의 오세문은 302운의 장편을 써서 이규보에게 보이자, 이규보는 그날 밤 이를 차운하였다. 그러나 임숙영이 이안눌에게 716운의 「술회」

54) 『東岳集』, 「寄任茂叔博士」 권12, 28b, p.212.
55) 같은 책, 「寄踈菴任博士茂叔」 12권, 20b, p.208.

를 보냈으나, 4,379수의 시를 남긴[56]『동악집』에는 이 시에 대한 和韻詩는 물론 화운하였다는 기록이 없다. 다만「술회」를 읽고 감탄해마지 않은 7언율시「任博士茂叔以五言排律六百韻述懷見寄戲書以謝」가 있을 뿐이다. 아마도 임숙영은 당대의 시인으로 聲名이 자자한 이안눌이 자신의 716운에 화운해 주기를 기대하였을 것이다.

2) 韻의 分析

이규보의 鉅篇 302운「次韻吳東閣世文 呈誥院諸學士」를 보면, 매구마다 거의 註가 있다. 이는 이규보가 독자의 편익을 위하여 强韻을 단 구절에 대하여 근거를 제시하고 주석한 것이다.[57] 그러나「술회」는 주가 전혀 없다. 이안눌이 이 시를 읽고 심오한 이치는 庖犧의 八卦 밖에까지 파헤쳤고, 秘書를 蒼頡이 글자를 만들기 이전까지 수색하여 지었다는 논평을[58] 보더라도 이 시에 담긴 典故와 用事와 强韻 등을 알 수 있다. 이 시는 주가 없어 難解하기 그지 없다. 이는 오늘날의 문제만이 아니고 임숙영 당시에도 이미 그 난해성이 지적되었다. 당시 대제학을 역임했던 柳根(1549~1627)은「술회」를 읽고 임숙영에게 주를 붙일 것을 권하였다. 그는 유근의 권유를 받아들여 自註하려고 하였으나 마치지 못하고 운명하였다.[59]

「술회」의 난해성은 이미 임숙영 생시에도 지적된 바와 같이 시어의 출처는 물론 字義와 六書와 韻이『中文大辭典』에도 未詳이라고 되어 있

---

56) 李丙疇,「景仁 東岳集 解題」,『東岳集』, p.4. 참조.

57)『東國李相國集』,「次韻吳東閣世文 呈誥院諸學士三百韻」의 附記, 권5, 15b, p.61.

58)『東岳集』권12, 56a.「任博士茂叔以五言排律六百韻述懷見寄戲書以謝」. "奧理庖犧卦外刮, 秘書倉頡字前搜."

59)『疎菴集』坤,「소암언행록」, 29則. "…… 西坰柳相公以詩跋之, 勸其自箋解. 公嘗自註未終而卒."

는 글자도 있다. 예를 들면 다음과 같다.

原來踈隽䢸(751句)
三看入地遷(1,358句)

『중문대사전』을 보면 '䢸'의 경우 '辵部'에 "音, 挈, 「川篇」 䢸, 多節目也"라고 하였을 뿐 육서와 운의 표시가 없다. 遷자는 "義未詳. 「五音篇海」 音, 遲"라고 하여 글자의 뜻과 육서와 운을 알 수 없다. 이처럼 「술회」에 自註가 없어 이해에 어려움을 주는 곳이 있음은 아쉬운 일이 아닐 수 없다.

다음은 716운에 대하여 알아보자. 星湖 李瀷(1681~1763)은 「술회」의 운에 대하여 다음과 같이 말하였다.

> 고려의 李相國 奎報에게 와서 드디어 3백 운의 시가 있어 모두 支자의 운을 달았다. 7언에는 역시 1백운에 이른 것이 있지 않다. 소암 임숙영에 이르러 觀漲이 7언 1백운이 있고 다시 차운한 것이 서너 편이 있다. 5언배율 7백운이 있는데 支·微·齊·佳 등의 운으로 압운 합성한 것인데, 語意의 佳와 否를 논할 것 없이 이는 傑然한 大手筆이다.[60]

이익은 「술회」가 支·微·齊·佳 등의 운으로 이루어졌다고 하였다. 임숙영은 이규보의 3백운을 흠모한 나머지, 이규보와 같이 支자의 운을 중심으로 「술회」를 지은 것이다.

南龍翼(1628~1692)은 『壺谷詩話』에서 「술회」의 운에 대하여 다음과

60) 『星湖全書』(六), 『僿說』(驪江出版社 影印), pp.1064~1065. "至高麗李相國奎報, 遂有三百韻律, 盡押支韻也. 七言則亦未有至於百韻者, 至任踈菴叔英有觀漲七言百韻. 旋復更次至三四篇. 五言律則, 有七百韻, 乃盡押支微齊佳等韻, 而合成之, 卽無論語意之佳否已, 是傑然大手筆矣."

같이 말하였다.

> 고려의 이규보는 바다 같은 넓은 대가로서도 역시 삼백운에 불과했었다. 그런데 임소암의 716운이 있는데 이는 고금에 없는 바이고, 운자는 韻書에도 없는 글자가 많이 있다. 그리하여 소암은 일찍이 스스로 그 운자가 나온 것을 주해하려다가 결과를 맺지 못하고 말았으니 기이하다면 기이하다고 할 수 있으나 그러나 반드시 기이한 것은 아니다.[61]

남용익은「술회」시는 고금에도 없는 鉅篇이라고 평하고, 716운 중에는 韻書에도 나오지 않는 운이 많이 있다고 하였다. 이 시가 기이하지만 반드시 기이하다고 할 수 없다고 하였다.

임숙영 사후 173년이 지난 1796년(정조 20, 병진)에 整理字로 간행한『御定 奎章全韻』을 보면, 운이 총 13,345자이다. 원래 운이 10,964자이고, 增韻이 2,102자, 叶韻이 279자로 모두 13,345자이다. 이익이「술회」의 운이 平聲운인 支·微·齊·佳 등으로 압운하였다고 하였는데 이 4운은 灰운과 함께 通韻이 된다.『어정 규장전운』에서 支운과 통운이 되는 운자 수를 보자.

◎ 支韻(平聲 第4) : 총 395字. 通韻은 微·齊·佳·灰
◎ 微韻(平聲 第5) : 총 63字. 通韻은 支·齊·佳·灰
◎ 齊韻(平聲 第8) : 총 162字. 通韻은 支·微·佳·灰
◎ 佳韻(平聲 第9) : 총 68字. 通韻은 支·微·齊·灰
◎ 灰韻(平聲 第10) : 총 135字. 通韻은 支·微·齊·佳

---

61) 南龍翼,『壺谷詩話』(『洪萬宗全集』下, 太學社 影印 1980, p.735) "麗朝李文順, 巨筆滔滔, 而亦不過三百韻. 任踈菴, 乃有七百十六韻, 此古今所無, 而韻字, 多有韻書所無者. 嘗欲自註其出處, 而未果云, 奇則奇矣, 然亦未必奇也."

통운이 되는 5운의 총 자수는 823이다. 「술회」의 716운은 숫자상으로는 거의 이 5운을 다 사용한 셈이 된다. 그러나 「술회」는 支운인 玆를 4회, 釐·靡를 3회, 疑·治·洏·檏·棋·樆·榹·桵·猗·狋·披·持·戲·疵·惟·熙·碕·馗·辭·箕·篩·祗·褫·衰·被·夷·玭·卑·奞·其·鮞·遲·欹 등 33자를 각 2회 압운하였다. 즉 716운 중 같은 자로 압운한 43회의 수를 제외하면 673운이 된다. 즉 673운은 1회만 압운한 자로서 이를 『중문대사전』의 운과 대조한 결과 어느 운에 속하는지 알 수 없는 邌를 포함하여 支운이 아닌 것은 25자에 지나지 않는다. 平聲인 微운의 祈, 齊운인 鷉·蘂, 灰운인 胚·倈·攂·桅, 魚운인 抾, 虞운인 徒·蛛, 尤운인 �, 先운인 鑴이가 있다. 그리고 上聲인 紙운의 睹·撎, 蟹운인 灑, 銑운인 輾과, 去聲의 寘운인 駟·胝·譼·媢, 御운인 著, 諫운인 宦, 豔운인 欠과, 入聲의 屋운인 肅이다.

716운에서 같은 자로 43회 압운한 운을 제외한 673운자에서 支운이 아닌 24자와 邌를 제외하면 支운은 648자가 된다. 그러나 支·微·齊·佳·灰운은 통운이 되므로 실질상 716운 중 17자만 통운이 안 되는 운자로 압운한 것이다. 남용익이 「술회」의 운에서 운서에도 없는 운을 달았다는 것은 틀린 말이 아니다. 왜냐하면 임숙영 사후 173년이며 남용익의 사후 104년에 간행된 『어정 규장전운』의 支운은 총 395자이다. 그는 『어정 규장전운』에도 없는 支운을 찾아내어 압운하였기 때문이다. 그는 남용익이 보지 못한 각종의 운서를 섭렵한 것이다. 임숙영은 이안눌의 표현대로 秘書를 보아 운에 통달하였다.

「술회」의 716운만을 볼 때, 强韻 즉 僻韻과 險韻으로 압운한 곳이 많은데, 이는 독자에서 부담을 준다. 그렇기 때문에 당시 柳根이 임숙영에게 自註할 것을 권유했던 것이다. 그러나 「술회」의 716운은 거의 支운만으로 압운한 사실은 역시 大手筆임을 입증하는 것이다.

3) 構成과 內容

716운의 5언배율 「술회」시는 1,432句에 7,160자의 대작이다. 그 속에 무엇이 담겨져 있고 지향한 세계가 어떠한 것인지 살펴보기로 하자. 이 시는 크게 기승전결의 4단으로 구성되어 있다.

起(제1단) : 우리 나라 역사 회고와 비판, 단군조선 개국부터 삼국·고려·조선의 건국과 鮮初의 융성을 노래하였다. 이는 이안눌을 기리기 위한 전제로 史的 조명인 序詞이다.

承(제2단) : 이안눌의 생애와 문학, 그의 가문과 문학, 官歷과 치적과 덕행을 찬미한 本詞이다.

轉(제3단) : 이안눌의 인품과 학문, 그리고 임숙영 자신과의 교유의 세계를 형상화한 本詞이다.

結(제4단) : 임숙영 자신의 인생관과 이안눌에 대한 그리움, 인생의 무상과 방축되어 전원생활하는 自我의 인생관을 형상화한 結詞이다. 이를 단락별로 세분하여 구성과 내용을 정리한다.

◎ 起(제1단) : 제1구~제274구. 負海彌東土~承家偏受祺.

① 제1구~제10구 : 負海彌東土~垂謨刻鼎彝. 단군의 개국부터 기자조선까지 회고.

② 제11구~제40구 : 千年逮大漢~曆數屬高麗. 漢四郡과 삼국의 분열, 三統과 고려의 건국까지 회고.

③ 제41구~제56구 : 地拓三百里~國俗非不盛. 고려의 華制尊崇과 초기의 융성을 회고.

④ 제57구~제74구 : 尊尙偏歸佛~紛然後世嗤. 고려의 崇佛과 그 폐해를 비판.

⑤ 제75구~제128구 : 邦基旣久遠~武略定坤維. 고려 국운의 쇠약과 외척·환관의 발호, 혼란한 고려말기의 사회를 비판.

⑥ 제129구~제156구 : 計越南逾鑒~大造帝王基. 李成桂의 활동과 조선건국과정을 예찬.

⑦ 제157구~제274구 : 法自三綱篤~承家偏受祺. 조선초의 정치와 형벌 정비 및 賢者 등용을 찬미.

◎ 承(제2단) : 제275~제980구. 東漸攀盛化~紫闥遠文槐

① 제275구~제320구 : 東漸攀盛化~餘澤久難痿. 이안눌의 증조부인 容齋 李荇의 시문학과 행적을 찬미.

② 제321구~제362구 : 東岳光前起~堂中任攝齊. 이안눌의 시문학과 그 명성, 出仕 이전까지를 노래.

③ 제363구~제548구 : 一行隨辟召~肯斷兩三髭. 이안눌이 1601년 3월에, 進賀使 書狀官으로 入明, 고구려, 삼국회고, 明의 文物, 이안눌의 활동을 찬미.

④ 제549구~제564구 : 授館纔體駕~傳寫服靑禧. 이안눌이 1601년 11월에 遠接使隨行과 그 활동을 찬미.

⑤ 제565구~제752구 : 久擬登三閣~幾處靖慽悕. 이안눌이 1601에 禮曹正郎, 함경도 端川郡守, 1607년에 禮曹正郎, 충청도 洪州牧使, 東萊府使, 1610년에 전라도 潭陽府使, 1611년에 錦山郡守 재직시까지 선정과 치적을 찬미.

⑥ 제753구~제856구 : 忽佩東京印~永欲臥茅茨. 이안눌이 1613년에 慶州府尹 부임과 그 치적과 신라회고, 광해군의 난정비판과 1614년 10월 이안눌의 파직후의 생활.

⑦ 제857구~제878구 : 禁署還通籍~平均不減鳲. 이안눌이 1615년 吏曹參議兼承文院副提調, 承文院同副承旨, 右副承旨시 공무수행의 엄정과 치적을 찬미.

⑧ 제879구~제980구 : 承流尋出守~紫闥遠文槐. 이안눌이 1617년 江華府使 부임후 선정과 치적, 江華遷都와 崔氏 무신정권을 회고.

◎ 轉(제3단) : 제981구~제1146구. 前席如回賈~孫庭共病梨.

① 제981구~제1042구. 前席如回賈~逢年穠秬秠. 임숙영 자신의 방축된

삶의 모습을 형상화.

② 제1043구~1076구. 羽儀非鸑鷟~誰作受針磁. 이안눌의 인품과 학문과 지조를 기림.

③ 제1077~제1146구. 公獨勤交際~孫庭共病梨. 이안눌과의 교유 회고. 이안눌과 자신이 아들이 없는 운명을 차탄. 이안눌의 分財와 노비를 贖良한 덕행과 호방함을 찬미.

◎ 結(제4단) : 제1147구~제1432구. 此歡今索寞~搔首對屠颸.

① 제1147구~제1320구. 此歡今索寞~幾日可奔魑. 인생무상과 임숙영 자신이 전원에서의 노동하는 삶과 인생관 서술.

② 제1321구~제1372구. 㹶猲堪皆爨~甘苦不同箎. 역사회고와 사필귀정의 天理, 이안눌에 대한 그리움과 인생사를 형상화.

③ 제1373구~제1432구. 影滯潛幽谷~搔首對屠颸. 임숙영 자신의 가난한 삶과 인생관, 초월의 세계와 자연 귀의세계 서술.

「술회」는 위의 구성과 내용에서 나타난 바와 같이 이안눌을 찬미한 대서사시이다. 아울러 우리 역사의 治亂興亡을 예리하게 비판하였고 이안눌의 학문과 치적을 기렸다. 그리고 친구를 그리워하는 아름다운 우정의 세계와 방축된 자아의 삶과 인생관을 형상화하였다. 「술회」는 서사를 위주로 하였으되, 서정을 무리 없이 交織한 雄篇 대서사시이다.

이상에서 고찰한 「술회」의 배경과 체재를 요약한다. 이 시는 임숙영이 방축된 지 3년 후인 1619년 가을에 경기도 廣州 奉安驛 熊津에서 쓴 것이다. 처음은 6백운이었으나 716운으로 개작한 오언배율로 716운에 1,432구 7,160자의 대서사시인 세계 최장편의 한시이다.

임숙영은 일찍이 이규보의 302운을 흠모한 나머지 膠漆契의 돈독한 친구인 이안눌을 소재로 하여 그를 찬미하였다. 이 시는 註가 없어 임숙영의 생시에 이미 난해성이 지적되었다. 그가 自註를 하려고 하였으나 마치지 못하고 운명하였다. 716운 중 거의 支운으로 압운하였다. 支

운에 속한 648자를 압운하였고 같은 支운을 2회 이상 압운한 회수가 43회이며 通韻되는 운이 7자, 통운 안되는 운이 17자이고 운을 알 수 없는 運가 있다. 이 시의 구성은 기승전결 4단으로 되어 있다. 제1단은 이안눌을 기리기 위한 전제로 우리 역사를 단군 개국부터 조선초기까지 노래한 序詞이다. 제2단은 이안눌의 삶과 치적과 덕행을 찬미한 本詞이며, 제3단은 임숙영과 이안눌의 아름다운 교유세계를 그린 本詞이고, 제4단은 임숙영 자신의 인생관과 이안눌에 대한 그리움을 형상화한 結詞이다.

임숙영과 이안눌의 膠漆契의 우정이 한시 사상 세계 최대의 장시인 雄篇 대서사시를 탄생시켰으니 아름다운 일이 아닐 수 없다.

4. 雄篇 大敍事詩「述懷」의 世界

1) 歷史認識과 批判精神

任叔英의「술회」[62]는 웅편 대서사시이다. 소암의 친구인 李安訥의 문학과 치적과 덕행 등을 소재로 한 것이다. 이 시는 인간사회에서 아름다운 교유관계가 어떠한 것인가를 보여주기도 한다. 그러나 716운에 1,432구로 7,160자인「술회」전편이 이안눌 만을 노래한 것은 아니다.

앞에서「술회」의 구성과 내용에서 살펴본 바와 같이 우리 나라 역사의 회고와 비판·이안눌의 삶과 치적·膠漆契의 우정, 그리고 임숙영의 인생관과 이안눌에 대한 그리움 등이 절묘하게 交織되어 있다. 여기에서는「술회」에 내재된 세계를 이해하기 위하여 단락에 구애받지 않고,

62) 이 章에서 논의되는「술회」시의 出處 표시는 하지 않는다.(「술회」는『소암집』乾, 1권, 3a~17a에 수록되어 있다)

역사의 인식과 비판·이안눌 頌·이안눌의 인생관에 주안하여 그 세계를 조명하기로 한다.

(1) 檀君開國~新羅

임숙영은 단군의 개국을 神話나 說話가 아닌 역사의 史實로 인식하고 다음과 같이 노래하였다.

바다를 등진 오래된 우리 나라는
개국을 먼 옛날에 했노라

단군과 요임금은 竝立하였고
箕子와 武王은 처음 자문했노라

덕을 숭상하여 侯服으로 응했고
변방이 열리니 父師로 封했네

일찍이 三德을 베풀어 대했고
마침내 팔조금법을 써서 다스렸네

풍속이 교화되어 유순하고 삼갔고
모범되는 교훈이 鼎·彛에 새겨졌노라

負海彌東土　　開邦邃古時
檀君堯竝立　　箕子武初諮
尙德酬侯服　　疏疆錫父師
曾陳三德對　　竟用八條治
化俗成柔謹　　垂謨刻鼎彛

단군조선과 기자조선을 신화가 아닌 역사의 史實로 인정하였다. 단군의 개국은 신화와 설화가 아니며 우리 國祖의 역사임을 노래한 것이다. 단군과 堯는 동시대에 竝立한 국왕으로 인식한 것은 우리 나라 역사의 유구함을 말한 것이다. 三德을 베풀어 백성을 교화하고 8조금법으로 나라를 다스린 고조선의 정치와 문화를 찬양한 것은, 우리가 문화 민족이었음을 자랑으로 여긴 것이다. 그의 역사인식은 주체적 민족사관으로 이를 「술회」에 형상화하였다.

다음은 漢四郡과 삼국의 鼎立에 대한 시각이다.

천년 후 한 무제에 이르러
크게 위태해져 四郡이 세워졌네

얼마가지 않아 삼국이 성립되어
서로 바라보며 한 끝에서 대치했네

千年逮大漢　　四郡表荒陲
未幾成三國　　相望峙一涯

漢 武帝 元封 3년(B.C. 108)에 樂浪·臨屯·玄菟·眞番의 4郡 설치와, 그 후 고구려·백제·신라 삼국이 성립되어 자웅을 겨루었던 사실을 회고하였다. 그는 朱蒙의 고구려 건국을 神異가 아닌 역사의 실체로 인식하고 다음과 같이 노래하였다.

주몽의 사적을 의심하여
역사에 거듭 잘못되었음이 두렵노라

나라를 세워 왕검성에서 도읍하였고
신령함이 掩滯水에 떨쳤도다

朱蒙迹可怪　　　青史恐重誕
立國都王儉　　　揚靈自掩淲

고구려를 건국(B.C. 37)한 朱蒙의 사적을 의심하여, 역사서에서 神異로 기록되었음을 비판하였다. 임숙영은 이규보의「東明王篇」을 읽고 그의 시에 감명을 받은 것으로 보인다. 주몽이 賢友인 烏伊·馬離·陜父와 함께 남으로 나라를 세우고자 扶餘國을 탈출하여 掩滯水에 이르렀다. 건너갈 배가 없어 하늘을 우러러 탄식하고 활로 강물을 치니 자라들이 머리를 들어 다리를 놓아주어 무사히 渡江하였다. 추격하는 병사들은 이내 물에 빠져 죽었다.[63] 이러한 神靈함을 들어 주몽의 고구려 건국을 史實의 역사로 높이 찬양하였다.

신라의 건국과 융성, 천년의 문화를 다음과 같이 형상화하였다.

신라가 융성했음을 회상하노라니
옛 풍속이 무너진 것 아프기만 하누나

당시에 朴·昔·金 세 성이 왕위를 계승했고
풍속이 교화되어 나라가 밝았도다

성곽 멀리까지 담이 둘러 있고
바둑의 형세 뒤는 산 모양 같았네

회동이 빈번하니 수레가 이어졌고
아름다움을 숭상하니 樓閣이 연하여 장엄했네

---

63)『東國李相國集』,「東明王篇」권3, 6ab, p.35. “暗結三賢友, 其人共多智. 南行至淹滯, 欲渡無舟艤. 秉策指彼蒼, 慨然發長喟. 天孫河伯甥, 避難至於此. 哀哀孤子心, 天地其忍棄. 操弓打河水, 魚鼈騈首尾. 屹然成橋梯, 始乃得渡矣. 俄爾追兵至, 上橋橋旋圮..”

협도에 駿馬가 뛰어 놀고
허리에 찬 요귀를 쫓는 射魃가 빛났네

천한 이들도 다 쌀밥을 먹으니
한 섬 한 말의 보리 따윈 논하지 않았네

동쪽엔 비단이 상자에 가득
남쪽엔 금이 저울추에 넘쳤네

緬憶新羅盛　　堪傷舊俗嬚
當時三姓繼　　美化一邦腼
城郭遙圍雉　　棋局後若佳
會同繁接軫　　崇麗壯連簃
夾道躍飛兎　　垂腰輝射魃
輿臺皆食稻　　石斗不論秫
東絹充闤闠　　南金溢稱錘

신라 천년의 역사를 회고하였다. 찬란했던 문화를 회상하며 당시의 풍속이 무너진 것을 상심하였다. 朴·昔·金 三姓이 민주적 절차에 의하여 왕위를 계승했던 당시 신라의 정치제도와 풍속이 교화되어 나라가 태평하였음을 노래하였다. 천한 이들까지 쌀밥을 배불리 먹었던 신라의 풍요와 문화가 찬란했음을 찬미한 것은 이와 같은 시대가 다시 도래하기를 기원한 것이기도 하다.

임숙영은 삼국의 치열한 전쟁과 신라의 멸망을 역사의 당위로 보았다. 이러한 역사 인식이 다음에서 나타나 있다.

교린할 줄 뉘라서 알겠는가
전쟁을 좋아하여 서로 치니

항상 피가 흘러 땅이 붉고
길과 언덕에 시체가 덮혔네

세력을 믿고 업신여겨 다 살육하고
냅다 후려치니 두루 상처가 났도다

후전의 공은 적을 밀어내고
선구의 용맹은 창 아래 복종케 했네

覇者의 계책은 원대하길 기약했고
뛰어난 계략은 사유를 극진히 했네

운이 가니 유약한 왕은 엎어지고
때가 오니 훌륭한 왕이 다스리게 되어

산하는 통합되는 데로 돌아가
천운이 고려에 속했네

交隣誰復識　　好戰但相掺
赤地恒流血　　塗原幾伏屍
憑陵窮殺戮　　搏擊遍瘡痍
後殿功推反　　前驅勇服殺
覇圖期遠大　　雄略極思惟
運去孱王覆　　時來哲辟釐
山河歸統合　　曆數屬高麗

삼국이 鼎立하여 서로 교린을 멀다하고 전쟁을 일삼아 백성들의 유혈이 땅을 붉게 하였고 시체가 언덕에 즐비했던 전쟁의 참화를 상기하였다. 삼국 통일 후 신라 말에 왕권이 쇠약하고 왕의 교체가 빈번하여 나라가 혼란하니 天運이 고려에 이르게 되었다는 것이다. 이러한 그의 天運論은 신라의 멸망과 고려의 건국을 역사의 당위로 인식한 것이다.

(2) 高麗朝

고려조 5백년 역사의 중요한 사건을 비교적 소상하게 「술회」에서 조명하였다. 1107년 尹瓘(?~1111)의 女眞征伐에 의한 국경확장, 정치제도의 완비, 인재등용으로 인한 국운의 상승을 다음과 같이 회고하였다.

땅이 삼백 리가 개척되고
고려는 오백 년을 드리웠네

초기에 은택이 많았기에
그후에 누대로 화락했노라

예를 좋아하여 중국의 제도를 따랐고
선비를 높이고 성인의 법도를 받들었네

효렴으로 种暠같은 이가 등용되고
文雅로는 員半千 같은 이가 진출했도다

훌륭하고 어진 선비가 많았고
준수하고 쾌활한 건아들이 넉넉했네

함께 날아 將相에 거했고
높이 쌓여 부자라고 할 수 있네

조석으로 근면함은 한의 장안세요
아 영화가 당의 곽자의로다

인재가 성하지 않은 것은 잘못된 일
나라의 풍속을 어찌 고치기 어려우리

地拓三百里　　年垂五百朞
當初稠惠澤　　厥後累雍熙
好禮遵華制　　崇儒奉聖規
孝廉登景伯　　文雅進榮期
濟濟多良士　　軒軒饒健兒
聯翩居將相　　磊落富云爲
夙夜張安世　　哀榮郭子儀
人才非不盛　　國俗奈難醫

고려가 처음에는 禮를 숭상하고 중국의 제도를 따랐으며 선비를 높이고 성현의 법도를 받들자 훌륭한 인재들이 조정에 등용되었다고 찬미하였다. 朝臣들은 後漢의 种暠(字 景伯)같은 孝廉한 자와 唐의 員半千(字 榮期)같은 文雅한 자가 등용되어 근면으로 국정에 이바지하니 漢의 張安世와 당의 郭子儀와 같았다고 찬양하였다.

그러나 고려는 崇佛政策과 타락으로 그 폐해가 막심함은 물론 나라의 기강이 문란하게 되었음을 신랄하게 비판하였다.

부처를 높이고 숭상하는 데로 치우쳐서
분주하게 함께 복을 비누나

선조의 제사에 소찬을 진설하고
선비가 혹은 중이 되었네

중의 옷에 당의 裵休는 미혹됐고
상복에 宋의 李之才는 빠졌도다

당의 요숭이 폐해를 논했으나 구하지 못했고
양의 범진이 헐뜯었어도 어찌 도움이 되었으리

어찌 두루 높은 견식이 아니리오만
어찌 도를 배반하고 달리는 것 막으리오

산마다 큰 사찰을 지으니
집집마다 남은 재물 드물도다

섬서성 남전의 옥과 구슬이 다하고
합포의 구슬들이 절로 옮겨졌네

벼슬을 주면서 중을 총애하고
전기를 지으며 중을 포상했네

더럽도다 당시의 일들
어지러웠던 일은 후세에 비웃음 받았네

尊尙偏歸佛　　趍奔共祝禧
祭先惟設素　　爲士或披緇
毳衲迷公美　　繚麻溺挺之
姚崇論莫救　　范縝毁何裨
豈不徧高識　　焉能止舛馳
遍山營巨刹　　比屋鮮遺貲
玉璧藍田罄　　珠璣合浦移
贈官嘗寵釋　　作傳亦褒尼
陋矣當時事　　紛然後世嗤

고려의 숭불정책은 결국 祈福信仰으로 흘러버린 것과, 선비가 중이 되는 결과를 낳게 되었음을 비판하였다. 일찍이 당의 姚崇과 梁의 范縝

이 불교의 폐해를 논박했어도, 이를 깨닫지 못하고 답습했던 당시 고려 사회를 차탄하였다. 산마다 사찰을 짓느라고 백성들의 재물이 남은 것이 없었으며, 금은보화가 사원에 쌓이는 것을 묘사하여 부패한 불교를 매도하였다. 국왕은 중에게 벼슬을 주고 王師를 삼아 총애하였고, 그들의 전기를 지으며 포상하였던 당시 사회를 비판하였다.

고려의 숭불정책은 많은 폐해를 남겨 후세의 비웃음을 받았던 것을 당연하게 여겼다. 임숙영은「遊水鍾寺記」에서 불교의 폐해와 그 황당함을 낱낱이 지적하고 開國之君인 太祖 王建이 水鍾寺를 창건하고 崇佛한 결과 5백년간 불교가 성하게 되었음을 비판하면서 排佛論을 전개하였다.[64]「술회」에서도 배불론의 일단을 위와 같이 형상화하였다.

이어서 고려왕조의 사치와 부패상을 예리하게 비판하였다.

> 나라를 세운지 이미 오래되어
> 국운이 점차 쇠약해졌네
>
> 인의를 뉘라서 좋아하리
> 음탕하여 단지 자기만 아는구나
>
> 묘한 음악으로 色鄕에서 즐기고
> 요염한 낯으로 서시 같은 미인을 유혹하네
>
> 권력은 許伯과 史高처럼 외척에게 편중되고
> 富는 金日磾·張安世처럼 權門이 독점했네
>
> 상자에 가득하게 옥을 쌓아놓고
> 상자에 가득하게 은을 비축했네

---

64)『소암집』坤,「遊水鍾寺記」권4, 1a~3a.

분수에 넘친 사치 게으르고 낭비하며
교만하고 뽐내어 董卓의 郿塢처럼 성을 쌓았네

시내는 모두 비단으로 수를 놓은 듯
땅 또한 백성의 고혈로 덮혔네

잠간 노해도 눈과 서리가 내리고
잠시 기뻐해도 구름과 안개가 흩어지누나

邦基旣久遠　　國步漸陵夷
仁義誰能好　　荒淫只自知
妙音耽北里　　妖色惑西施
許史權偏重　　金張富獨滋
盈箱儲赤野　　滿篋築朱堤
僭越肯隳費　　驕矜還築郿
川皆成錦繡　　地亦被膏脂
暫怒雪霜降　　纔忻雲霧披

고려조는 崇佛이 만연하자 그 폐해가 극심하여 國基가 흔들려 마침내 국운이 쇠약해진 것으로 비판하였다. 仁義와 도덕을 외면하고 음탕을 일삼으며 자신만의 쾌락을 즐기는 퇴폐했던 당시 사회를 불의한 사회라고 비판하였다. 외척의 발호로 인하여 정의가 무너져 이들이 권력을 전횡하고 權門이 富를 독점했던 당시는, 마치 漢 宣帝의 장인이었던 許伯과 외척인 史高가 권력을 잡았던 것과 같았고, 또한 宣帝시 權門인 金日磾·張安世가 富를 독점했던 당시와 다름이 없었다고 비판하였다.

이어서 구체적으로 고려조의 亂政과 부패상을 매도하였다.

그 뉘라서 사슴과 말을 구분하리
점차 여우와 살쾡이가 섞였도다

다만 두려운 생각을 펼침이 있을 뿐
마침내 무릅쓰고 허물을 막지 못했네

남자는 응당 蔡人의 妻와 같은 이와 결혼해야 하고
여자는 반드시 깨끗한 몸으로 시집가야 하네

전횡하여 三公의 자리가 비었고
마음대로 조종하여 일세가 흐리었네

간악한 자들 연이어 면류관 앞에서 힘쓰고
환관들이 王씨와 丌씨에게 결탁했도다

당의 韓泰의 꾀에 모두 참여했고
한의 甄豊의 계략에 모두 함께 했네

周公과 伊尹같은 충신이 王莽에게 비유되니
管仲과 제갈량이 감히 경륜을 펼칠 수 있으리

…… <중 략> ……

기뻐하며 빛나는 의복을 헤치고
웃으며 겹 쌓인 인끈을 차는데

뉘라서 감히 간악한 梁冀같은 자를 꾸짖으리요
다만 한의 승상 魏其侯같은 충신을 모함하네

其誰分鹿馬　　漸已混狐狸
但有陳懷懼　　終無杜抵陒

男婚應娶蔡　　女嫁必歸玭
專輙三公曠　　牢籠一世玆
讒夫連紞勗　　宦堅結王丌
韓泰謀皆預　　甄豊計必詗
宰衡猶擬莽　　管葛敢施伾
...... <중 략> ......
喜披衣粲粲　　笑佩綬纍纍
孰敢叱梁冀　　徒能誣魏其

말과 사슴을 구분 못하는 임금이 있었고 忠諫하는 신하가 없었던 말기적 현상을 비판하였다. 사회적으로 남녀의 성도덕이 문란하였음을 지적하였다. 간신과 환관이 발호하여 周公과 伊尹같은 충신이 王莽에게 비유되자 管仲과 諸葛亮같은 신하가 경륜을 펼 수 없었던 당시 사회를 질타하였다. 이러한 낡은 고려를 匡正하려는 충신과 志士는 없었고 漢高祖를 도와 공훈을 세운 魏其侯 竇嬰과 같은 충신을 모함했던 고려사회를 신랄하게 비판하였다.

고려조의 말기적 병폐와 구조적 모순에 대한 비판은 계속된다.

간악한 무리들이 등용되어 기뻐하고
충직한 신하가 내쫓겨 슬퍼하누나

임금은 三懼를 버리니
산림에서 문득 五噫歌가 들려오네

화산과 곽산에서의 제사를 듣지 못했는데
葭治에서 기도만 힘을 쓰누나

온 나라가 바르지 못한 데로 달리는 데도
조정에는 밝게 살핌이 없도다

임금의 어리석음은 진나라 혜제보다 더하고
세상의 혼란은 당나라 희종 때보다 심하였네

착취하느라 몽둥이로 골수를 번번이 때리니
아 가련토다 백성 보살핌을 소홀히 했네

백성들 궁핍하여 하늘에 통곡하니
원통함이 天神과 地神에게 통했네

登庸奸黨喜　　斥逐直臣悲
殿陛遺三懼　　山林忽五噫
未聞祠華霍　　惟務禱葭治
擧國趍謏髁　　當朝莫眂眂
主昏逾晋惠　　世亂甚唐僖
掊克繁推髓　　哀憐曠察眉
民窮號碧落　　怨極徹皇祇

고려조정은 간악한 무리들이 등용되어 이들은 기뻐하고, 충신은 방축되어 비통해 하는 망국의 길로 접어들어 섰다는 것이다. 훌륭한 임금은 孔子가 말한 三懼, 즉 자신의 허물을 듣지 못하는 것을 두려워하고 뜻을 얻고도 교만할까 두려워하고 천하의 지극한 도를 행하지 못할까 두려워하였는데 고려말의 임금은 이를 외면하니 山林에서 충신들이 後漢의 梁鴻처럼 「五噫歌」를 불렀다고 비판하였다. 晋의 惠帝보다 더 어리석은 임금이 있었고 나라의 혼란은 唐 僖宗 때보다도 더 하였다는 것이다. 가혹한 세금의 징수는 계속되어 백성들은 도탄에 빠지게 되었다. 그 원통함을 하늘에 통곡하니 원한이 천신과 지신에게까지 통하였음을 노래하였다. 고려조의 몰락과정을 다음과 같이 형상화하였다.

王氏가 도중에 쇠하게 되니
권세 있는 간신들이 임금자리 엿보았네

늘어선 병사들 임금 수레에 둘러있고
해로운 물건 메를 휘두르네

이미 참칭하고 鍾과 簴를 벌려 놓고
자랑하느라 북두성 모양의 장식물을 세웠네

모든 손님 요사하기 귀신같고
서로 기맥이 통하여 북 치는 것 같이 요동하네

임금이 약하니 齊나라가 거만한 것과 같고
신하가 강하니 魯나라 임금처럼 왜소하누나

…… <중 략> ……

공경과 선비가 武臣을 달갑게 길에서 맞이하고
내전에서 불러도 무신은 칭병하고 나가지 않네

강화도로 천도하기를 협박하고
강화에 들어가 방자하게 머뭇거리네

王氏中衰日　　權奸大位闚
陳兵環輦轂　　害物奮柊楑
已僭陳鍾簴　　將誇立斗獻
衆賓妖若鬼　　相應動如擂
主弱同齊驁　　臣强自魯倭
…… <중 략> ……

卿士甘迎路　　宮闈託負玆
遷都由迫脅　　入海恣蹁跹

왕권의 쇠약과 武臣의 발호를 비판한 것이다. 崔忠獻(1149～1219)·崔瑀(?～1249)·崔沆(?～1257)으로 이어진 최씨무신정권의 횡포와 방자함을 비판하였다. 몽고침입(1232. 6) 소식을 듣고 崔瑀는 재산을 강화도로 먼저 옮겨놓은 다음 高宗에게 江華遷都를 협박했던 사실을 비판하였다.

天理를 외면하고 민초들의 염원을 배반한 고려조의 멸망을 역사의 當爲로 인식하였다.

참된 사람이 일어남이 없으면
뉘라서 백성의 위태로움을 편안케 하리

천신은 聖祖에게 명하사
武略으로 땅의 四角을 평정케 했노라

不有眞人起　　誰安赤子危
皇天命聖祖　　武略定坤維

임숙영은 李成桂(1335～1408)를 고려 백성들을 구제할 眞人으로 평가하였다. 天神은 眞人인 이성계에게 大命을 내려 고려의 백성을 구제케 하였다는 것이다.

한때 行宮址(1232～1260)였던 江華를 다음과 같이 노래하며 역사의 무상을 형상화하였다.

일대의 도읍지였건만
천추에 피만 눈에 가득 들어오네

물은 깊어 빠르게 흐르고
산은 멀리 높고 낮게 서 있네

行宮의 터를 구분할 수 없고
쓸쓸히 늙은 농부가 밭가는 것만 보이누나

一代論都地　　千秋滿目秠
水流深瀄汨　　山立迴嵲嵥
莫辨行宮址　　空看野老耝

28년간 고려의 행궁지였던 강화에는 역사의 흔적을 찾을 길 없고 피만 가득할 뿐이었으며 당시의 행궁 터는 보이지 않고 늙은 농부가 밭가는 모습만 보일 뿐이라고 하여 治亂興亡의 무상을 형상화하였다.

(3) 朝鮮朝

임숙영은 이성계가 조선을 건국하기 전의 활동을 서술하고 창업의 공을 다음과 같이 찬미하였다.

사방이 덕이 있는 데로 돌아가고
만 백성 无私로 돌이켰네

다시 푸른 하늘이 크게 열리고
거듭 태양이 빛났도다

神功이 우주에 더하여
사랑이 곤충에 까지 이르렀네

도적의 마음들이 다 혁파되었고
오랑캐의 재앙은 부서졌도다

백성을 구원하여 고해에서 벗어나게 하고
세상을 바로 잡아 험한데서 나오게 했네

위대한 공업은 三傑로 추대되고
재능 있는 이 四賢臣으로 천거되었네

널리 영민하고 준수한 무리들을 모아
제왕의 기틀을 조성했노라

四方歸有德　　萬姓本旡私
再造靑天廓　　重開白日曬
神功彌宇宙　　汎愛及昆蚑
盜賊心皆革　　蠻夷禍卽剺
拯民超苦海　　扶世出巑崎
勳業推三傑　　才能擧四夔
博延英俊輩　　大造帝王基

이성계의 조선건국의 공을 神功으로 비유하였다. 이성계의 창업은 부패한 고려를 멸망시키고 도탄에 빠져 신음하던 백성들을 고해에서 구출하고 혼란한 세상을 바로잡은 拯民扶世로 찬미하였다. 그의 창업을 신공으로 높이 평가하면서 제왕의 자질을 구비하였다고 하였다. 다음은 조선건국 이후 鮮初에 대한 시각이다.

三綱을 돈독히 하여 법삼았고
六德을 미루어 법으로 했네

舜·禹시대의 어진 풍속을 따르고
陳·隋와 같은 어지러운 정치를 혁파했네

하소연할 데 없는 백성 불쌍히 여기며
관리에게 성실토록 권면하였네

가난을 구휼키 위해 먼저 곡식을 풀었고
풍속을 묻기 위해 수레의 휘장을 걷었도다

농사는 진실로 근본이 되나니
금은으로는 굶주림을 구하지 못하는 것

…… <중 략> ……

旱災엔 재계하고 祈雨한 탕왕을 스승하고
홍수에는 썰매 타고 治水한 우왕을 본받았네

불쌍한 백성 어루만져 더욱 잘 살펴주고
백성들 소생시켜 병들지 않게 했네

…… <중 략> ……

서울과 시골에는 오래된 썩은 쌀이 쌓여 있고
마을마다 그릇과 비단 옷이 쌓여 있었네

이미 백성들이 富하고 많게 되었나니
오히려 편안하고 즐기는 것 경계했네

法自三綱篤　　謨因六德推
仁風追舜禹　　亂政革陳隋

惻惻哀無告　　　諄諄勸有司
賑貧先發粟　　　問俗卽褰帷
稼穡誠爲本　　　金銀不救飢
…… <중 략> ……
旱災師斷瓜　　　水患法乘欙
撫恤彌迴眷　　　昭蘇絶不痺
…… <중 략> ……
都鄙堆紅腐　　　閭閻積鈲摫
旣能臻富庶　　　猶且戒恬嬉

조선의 억불숭유정책으로 三綱과 六德이 펼쳐져서 仁風으로 회귀하여 舜·禹시대와 같았고 陳·隋와 같은 난정이 혁파되었음을 찬미하였다. 군왕은 湯王·禹王을 스승으로 삼아 선정을 베풀었고 중농정책을 실시하여 나라와 백성을 부유케 하였노라고 높이 평가한 것이다.

이어서 鮮初의 융성을 노래하였다. 조정에는 충신이 가득하였고 여성들은 婦道를 실천하였다고 노래하였다. 형벌의 관대, 예의 염치의 회복, 악의 징계, 음악의 정비, 종묘와 사당에 지극한 제사 등을 기렸다. 연산군(재위 1494~1506)이 폐위되고 中宗(재위 1506~1544)이 등극하여 前朝의 폐단을 개혁하여 새로운 시대가 열렸던 당시를 이렇게 노래하였다.

훌륭한 관리인 한의 黃霸같은 이를 가상히 여기고
통달한 선비 東漢의 賈逵같은 이를 중용했네

어진 이를 보면 지체 낮아도 등용하고
선함을 들으면 적은 것이라도 기록했누나

임금은 정무에 부지런하여 편치 않을 것을 생각하니
근심하고 힘써서 공경하지 않음이 없었네

祖宗의 근면함이 저와 같고
밝게 나타남이 이와 같았노라

덕을 펴니 前王(연산군)이 부끄럽게 여기고
공을 베풂이 역대와 다르도다

…… <중 략> ……

조종의 법도는 어그러짐이 없으니
은총의 보답에 이그러짐이 없었네

열을 지어 나라의 복을 입었고
세습하여 두루 상서로움을 받았네

循吏嘉黃覇　　通儒重賈逵
見賢登側陋　　聞善錄毫釐
宵旰思無逸　　憂勞罔不祗
祖宗勤若彼　　光顯故如斯
敍德前王愧　　陳功歷代羞
…… <중 략> ……
朝宗儀不忒　　報答寵無虧
列國首蒙福　　承家徧受祺

중종이 연산군의 폐정을 바로 잡아 인재를 등용하고 기강을 확립하여 바른 정치를 구현했음을 밝혔다. 중종의 근면과 치적은 前王 연산군이 부끄럽게 여겼고 공덕을 편 것은 역대와는 달랐다는 것이다. 조정의 법도는 바르게 되었고, 신하들은 은총에 보답하여 잘못이 없었다고 기렸다. 이로 인하여 국가에 충절을 바친 가문은 모두 상서롭게 되었다고 노래하였다. 위의 "세습하여 두루 상서로움을 받았네"는 이안눌의 고조부인 蓮軒 李宜茂(1449~1507)가 연산군시에 洪州牧使 재임시(1502) 탁월한 치적을 남겨 충청도 관찰사 孫澍(?~1539)의 상주로 중종이 表裏一襲을 하사하여(중종 2년, 1507) 포상한 일을 뜻한다.[65)]

이안눌이 동래부사 재직시의 치적을 기리고, 임진왜란시 동래성의 참화를 회상하며 다음과 같이 노래하였다.

이 땅(동래)에 일찍이 재앙을 입어
사는 백성 반이나 죽음을 당했네

몇 해 동안 전쟁으로 막막했었는데
오늘은 기장이 고개를 숙였누나

此地曾罹害　　居民半彼殉
幾年塵漠漠　　今日黍穡穡

임진왜란 당시 동래성의 처절한 전투와 참혹한 비극은 우리 역사에서 통한의 치욕과 비극이었음을 상기하였다. 이안눌의 「四月十五日」[66)]시에도 그 참화가 형상화되어 있듯이 임숙영도 「술회」에서 임란의 비극을 회상하며 눈물지었다.

자신이 살던 당시, 즉 광해군 시대의 亂政을 「殿試對策」 못지 않게 비판하였다.

---

65) 李宜茂, 『蓮軒集』(亞細亞文化社 影印, 1976), 「行狀」 권3, 3b, p.230. "上卽位之明年丁卯, 命問諸道牧民卓異者以聞. 忠淸道觀察使孫公澍, 以狀白曰, 洪州牧使李宜茂, 廉平寬簡, 彫瘵之餘, 民賴蘇息. 上嘉之, 下書褒美. 賜表裏一襲以寵異之. 時先君已病, 扶出拜命, 執書泣曰, 此生餘年, 無由上答."

66) 『東岳集』, 「萊山錄」, 「四月十五日」 권8, p.101.

안으로 총애하는 여인에게 미혹되고
밖으로 간교한 신하들의 아첨을 좋아하네

吳가 망하게 된 것은 嚭가 太宰가 되었기 때문이었고
晋의 獻公이 화를 입은 것은 孋姬로 연유되었네

사냥을 일삼아 싫증 내지 않고
궁궐 담 치장함을 그치지 않았네

백성들 불안에 얽혀 있고
세상살이 살찐 살쾡이의 표독함과 같누나

다시는 홀아비와 과부를 보호하지 않고
근면해도 일마다 몽둥이로 치누나

…… <중 략> ……

거듭 巫風·淫風·亂風이 번성하고
마침내 온갖 법이 바르지 못하누나

저 어리석은 자들 자못 태연자약하고
호화로운 잔치로 다만 즐겼다네

하늘이 노해도 뉘라서 백성들 돌볼 것이며
사람의 궁색함을 들어주지 않네

재앙의 별 혜성만이 날리는 게 아니고
비오면 반드시 오래도록 장마지누나

재난은 부질없이 일어남이 없는 것이니
기울고 무너짐을 볼 수 있누나

산이 무너지니 越巂땅이 들썩이고
돌이 떨어지니 肥累縣이 심하누나

괴상한 기운이 까치에게 아울러 나타나고
비방하는 말이 다시 夷狄에게 전파되었네

기미를 보고 대부분 피해
자취를 버리고 언덕에 숨었네

女寵中迷惑　　奸臣外嫵媚
亡吳誠自嚭　　禍晋亦由孋
畋獵從无倦　　宮墻餙不翅
民生嬰䑰𦨴　　世路獨狉獝
无復存鰥寡　　徒勤事拍攂
…… <중 략> ……
荐致三風熾　　終教百度攰
彼婚殊自若　　高宴但能誒
天怒誰看衆　　人窮莫聽譆
星非揚彗孛　　雨心肆涔澬
灾眚无虛作　　傾頹斷可昏
山崩浮越巂　　石隕甚肥累
怪氣兼呈鵲　　訛言更播狭
見幾多引避　　投迹伏垠崖

임숙영의 예리한 비판정신이 나타나 있다. 광해군은 안으로 妃嬪들에게 미혹되었고 밖으로는 李爾瞻·鄭仁弘 등 간신들의 아첨에 놀아나고 있다고 현실을 직시하고 비판하였다. 吳나라가 망하게 된 이유는 嚭가 太宰가 되었기 때문이며, 晋의 獻公이 화를 당한 것은 孋姬를 총애하였기 때문이라는 것이다. 女寵과 간신을 물리치지 못하는 광해군을 비판하였다. 백성들은 불안에 떨고 세상사는 삵괭이처럼 표독하여, 어려운 처지의 鰥寡孤獨을 보살피지 않아 살길을 잃었고 백성들이 가렴주구로 시달리고 있음을 실사하였다. 또한 세상에 巫風·淫風·亂風이 번성하고 국법이 문란한데도 군왕과 공경들은 태연자약하여 잔치를 즐기고 있다고 부패한 광해군을 비판하였다. 하늘이 이를 보다 못해 노해도 살펴 듣지 못하며, 백성들의 고통을 외면하고 있다는 것이다. 재난을 가져오는 혜성만이 나타난 것이 아니라 모든 별들이 불길함을 예고하고, 또한 비가 왔다하면 장마가 지는 것도 앞으로 재난을 예고하는 것으로 인식하였다.

재앙은 원래 까닭없이 일어나는 것이 아니라 반드시 원인이 있기 때문에 발생한다는 것이다. 임숙영은 광해군의 몰락이 눈앞에 다가오고 있음을 예견하였다. 산사태가 나고 돌이 굴러 떨어지니 재난의 기미를 까치까지도 알았고, 亂政을 비난하는 소리가 외국까지 전해졌다고 비판하였다. 뜻 있는 선비들은 대부분 물러나 자취를 감추고 산림에서 은둔한 현실을 예리하게 비판하였다.

임숙영은 자신이 살던 시대의 아픔과 고뇌를 형상화하면서 신랄하게 광해군의 난정과 간신들의 횡포를 비판하였다. 광해군의 몰락을 예견한 것이 그대로 적중하였다. 「술회」가 쓰여진 4년 후에 인조반정으로 광해군은 폐위되었다.

임숙영은 민족사관의 기저 위에 치란흥망의 원인을 崇儒와 仁義의 정치, 崇佛과 權奸의 정치에 서 찾았다. 전자의 시대는 예찬하였고, 후자의 시대는 날카롭게 비판하였다.

2) 李安訥 頌

膠漆契의 돈독한 우정을 맺었던 임숙영은 「술회」의 제2단에서 3,530

자로 그의 삶과 문학과 치적과 덕행을 기렸다.

앞에서 본 바와 같이 이안눌의 고조부 李宜茂가 中宗으로부터 포상을 받은 것을 찬예한 것은, 이안눌이 그 후손임을 밝히기 위한 것이다. 또 제2단에서 제일 먼저 그의 증조부 容齋 李荇(1478~1534)을 기린 것도 같은 맥락이다. 이행의 삶과 문학, 관력과 치적, 덕행을 노래하였다.

공을 세움이 용재가 우뚝하니
이름이 널리 온 나라에 퍼졌네

문장은 당시의 영수였나니
鮑照와 謝靈運이 편달하러 들어왔네

천지사방을 기롱하여 그렸고
左思의 三都賦는 도리어 우습게 생각되네

詩壇은 더욱 빛나고
한림원의 일은 盛함이 넘쳤도다

樹立容齋最　　聲名一國彌
文章居領袖　　鮑謝入鞭笞
六合應譏畵　　三都却哂思
騷壇增炳煥　　詞掖溢葳蕤

연산군조와 중종조에 활동했던 이행은 공적이 뛰어나 聲名이 자자했음을 노래하였다. 文衡을 잡았던 당대의 영수였기에 南宋의 시인 鮑照(421?~465)와 謝靈運(384~433)이 만일 살았다면 그에게 시를 배우러 왔을 것이라고 극찬하였다. 그림에도 뛰어났음과 左思의 『三都賦』를 능가하는 賦, 시단을 빛낸 문학을 높이 찬미하였다.

이행은 18세에 병과에 급제하였다. 甲子士禍(1504)시 홍문관응교로 재직중 연산군이 母妃 尹氏를 追崇하려 하자 불가를 주장하다가 겨우 죽음을 면하고 忠州로 유배되었다. 그 후 다른 사건에 연루되어 咸安·巨濟 등지로 유배되었다. 중종이 즉위하자 소환되어 승진을 거듭하여 사헌부 대사헌, 홍문관 예문관 대제학, 吏判, 좌찬성, 우의정, 좌의정을 역임하였다. 金安老(1481~1537)의 사악함을 논하다 오히려 그 일당의 탄핵을 받아 1533년 咸從으로 유배되어 이듬해 謫地에서 병으로 운명하였다.[67] 이러한 이행의 일생을 노래한 후 다음과 같이 추모하였다.

경대부의 묘지가 이제 있으니
조상이 남긴 은택 오래도록 시들기 어렵도다

九原今可作　　　餘澤久難矮

이행은 비록 구천에 있으나 그 은택은 시간이 흘러도 시들지 않아 증손 이안눌에 이르게 되었다는 것이다. 다음은 이안눌의 삶과 문학에 대한 임숙영의 시각을 살펴보자.

동악은 앞에 일어나 빛나고
훌륭한 풍채는 옛 것에 깊이 돈독했네

곧은 지표 불의를 물리쳤고
굳센 지조 곧은 소나무였네

보검은 칼집을 뚫고 빛나고
큰 종의 소리 풀잎에 까지 가득하네

---

67) 『容齋集』, 周世鵬撰, 「行狀」(亞細亞文化社 影印, 1976), pp.3~28 참조.

책을 읽어 깊이가 죽림칠현 向秀에 버금가고
부지런히 학문하니 堯시의 倕와 같누나

공부하느라고 보리가 떠내려 간 줄 몰랐고
탁마하니 저절로 뿔 송곳을 찾다네

귀신처럼 절묘한 시를 짓고
비바람처럼 雄詞를 달리네

북해의 칼을 뉘 대적하며
동방의 비단을 빼앗을 수 있으리

千言의 시편 두보를 끼었고
단번에 급제하여 元結을 만났구나

東岳光前起　　英風篤古采
貞標排蘖苦　　勁操邁松栴
寶劒光穿匣　　洪鍾響滿蘢
閱書深類向　　勤學實同倕
講誦堪流麥　　磨礱自佩觿
鬼神輸妙句　　風雨赴雄詞
北海鋒誰敵　　東方錦可褫
千言子美挾　　一第次山罹

이안눌의 인품과 학문의 세계와 깊이, 시문학의 세계를 기리고 죽림칠현의 向秀와 堯시대의 倕와 같은 인물로 높이 평가하였다. 학문태도는 마당의 보리가 비가 와서 다 떠내려간 줄도 모르고 독서했던 後漢의 高鳳과 학문탁마에 전력했던 枚乘으로 비교하였다. 妙句와 雄詞로 시를 지으니 詩風이 杜甫와 元結같다고 하였다. 이는 이안눌을 기린 序詞 부분이다.

이안눌은 16세에 騷賦로 泮試에서 여러 차례 1등을 하였다. 당시 宣祖는 大司成 金應南(1546~1598)에게 성균관 유생중에 후일 文柄을 잡을 자가 누구냐고 묻자 이안눌이라고 대답하였다. 선조는 이안눌의 家世와 나이를 묻고 기특하게 여겼다. 이로써 그의 이름이 널리 알려졌다. 18세에 進士試 1등, 이어 初試에서 연속으로 수석하자 聲名이 크게 떨쳤다. 이를 시기하고 모함하는 자가 있어 그에게 결국 停學의 명이 내렸다.[68] 그는 停學된 후 세상의 어려움을 알고 과거에 뜻을 두지 않고 古文詞에 치중하였다. 이와 같은 그의 행적을 임숙영은 간명하게 노래하였다.

명군이 기뻐하셨음은 가히 알만하니
일찍이 걸작을 잡은 것 보았네

御苑에서 칭송된 지 오래되었고
모두 상대하여 이겨냄을 어찌 부족하리오

세 개의 촛불이 갑자기 떨어졌다고
어찌 칠척의 젓대무를 기약하리오

문을 닫고 있으니 벼슬할 것 잊었고
붓을 잡고 그윽이 시를 쓰누나

可識明君喜　　曾看傑作㚃
上林稱已久　　師錫捷何久
欻謝三條燭　　爭期七尺著
閉門忘進取　　操筆事幽攡

---

68)『東岳集』,「行狀」, p.553.

이안눌의 聲名 과정과 모함으로 정거된 과정, 그 이후의 담백한 생활을 형상화한 것이다. 이안눌은 정거 후 학문에 힘쓰면서 석주 권필, 古玉 鄭碏(1533~1603)과 함께 산수를 소요하며 飮觴賦試하였고, 月汀 尹根壽(1537~1616), 五峯 李好閔(1553~1634)과 망년지교를 맺었다. 그러나 老親이 계시어 29세에 과거에 나가 1599년(선조 32) 庭試에서 2등으로 급제한 후 승문원 正字가 되었다. 이와 같은 행적을 임숙영은 다음과 같이 기렸다.

푸른 天球의 옥은 원래 다듬지 않고
상서로운 澤馬는 본래 구속하기 어렵네

빼어난 기상은 구름과 노을처럼 무성하고
맑은 풍채는 해와 달처럼 빛났네

才名이 마침내 홍성하였으며
明達은 또한 높이 받들어졌네

깃의 무리 중에는 봉황이 가장 높고 아름답고
털의 무리 중에는 기린이 美壯하네

시속을 따르더라도 주춤하여 자신을 지키고
세속과 섞여 있어도 아름답고 추함이 분명하였네

청아한 명망은 학같이 높았어도
낮은 벼슬 廩犧職을 관장하였네

天球元不琢　　澤馬本難羈
秀氣雲霞蔚　　淸光日月熹

才名終許勃　　明達又推咨
羽族高雄鳳　　毛群美壯騏
隨時占蹢躅　　混俗付妍媸
雅望歸看鶴　　微官屈廩犧

이안눌의 기상과 才名이 뛰어났음을, 봉황과 기린으로 은유하였다. 비록 정거되어 세속에 묻혔어도 鶴과 같이 명망이 높았다고 기리면서 과거 후에 말직인 승문원 正字가 되었음을 노래하였다. 이안눌은 이어서 함경도 北評事, 刑戶禮 三曹의 좌랑과 예조정랑을 거쳐 1601년 進賀使書狀官으로 入明하였다.

사신으로 갈 관리를 고를 적에
그대가 아니면 뉘를 천거하리

조정에서 선택을 받으니
온 나라에 비방이 끊어졌누나

逝職方掄使　　非君更擧誰
在廷膺選擇　　通國絶譏訾

임숙영은 이안눌의 인품과 학문으로 서장관이 되는 것은 당연한 것으로 인식하였다. 이안눌은 명에서 귀국한 후 遠接使 月沙 李廷龜를 수행하였고, 후에 이조정랑, 忠淸道試官, 平安道按覈御使, 함경도 端川郡守가 되었다.

오랫동안 三閣에 오를 것으로 예상했는데
도리어 깃발을 잡고 원님이 된 것을 보누나

높은 재주를 오히려 펼 수 있으니
繁忙한 군수라고 뉘라서 낮다하리

조정엔 마땅히 표범 같은 이가 등용되고
변성엔 도리어 거북이 같은 이가 쓰였네

久擬登三閣　　還看把一麾
高才猶可展　　劇郡孰云庳
省閣宜登豹　　邊城反用龜

이안눌이 단천군수가 된 것은 그의 재능을 펼 수 있다고 하면서도 조정엔 표범 같은 이가 등용되고 邊城에는 도리어 거북이 같은 인재가 쓰였다고 당시 인사정책의 잘못을 비판하였다. 이안눌은 단천군수에 이어 1607년에 충청도 洪州牧使, 경상도 동래부사, 1610년(광해 2)에 전라도 潭陽府使, 1611년에 전라도 錦山郡守, 1613년에 경상도 경주부윤, 1617년에 강화부사가 되었다. 물론 그가 외직에만 근무하였던 것은 아니다. 1615년(광해군 7)에 戶曹參議兼承文院副提調, 동부승지, 우부승지를 역임하였다. 그의 관력은 내직보다 외직에 많이 근무하여 지방관으로서 훌륭한 치적을 남겼다. 이를 다음과 같이 찬미하였다.

손님을 접대코자 잔치를 열었으나
백성을 근심하여 술 마시지 않았네

맛있는 음식 입에 넣기 어려워하고
숟가락 들었으나 눈물이 나네

희고 흰 구슬은 흠이 없고
윤택한 옥은 티가 없누나

탐욕의 샘물을 어찌 시험 삼아서라도 마시리
청렴의 샘물을 끌어당기지 않아도 되네

지조를 지키고 더욱 청렴결백하니
명성이 전하는 것이 더욱 더 하네

부림을 받아 분주히 돌아다님은 楊震같고
선정하고 간악함을 적발함은 賈敦頤를 압도하네

賢材가 지방 고을에 머물러 있으니
공경대부는 부끄러워해야 합당하누나

對客雖開宴　　憂民略擧巵
難甘食入口　　殆欲涕垂匙
皎皎珠无纇　　溫溫玉不玭
貪泉何必試　　讓水不須掎
厲操彌淸白　　流聲故倍蓰
駈馳楊伯起　　壓倒賈敦頤
州縣猶淹滯　　公卿合忸怩

이안눌의 애민정신을 먼저 기렸다. 손님을 위해 잔치를 열었으나 술 마시는 것을 삼갔고, 맛있는 음식 입에 넣기를 꺼려하였으며, 수저를 들었으나 민초들의 어려운 생활을 근심하면서 눈물지었다. 이러한 그의 애민정신과 청렴과 善治는 동래부사·담양부사·금산군수 재직시 선정하여 포상을 받았고, 특히 강화와 단천군에는 송덕비가 세워졌다. 또한 그는 孝行으로 旌門이 내려진 사실과 임숙영 사후인 1636년(인조 14) 여름에 청백리로 선발되었다. 이를 최대의 찬사로 기린 것이 과장이 아님을 알 수 있다. 이안눌에게는 탐욕의 샘인 貪泉을 시험삼아서도 마시게 할 필요가 없다는 것이다. 청렴의 샘인 讓水를 마시게 할 필요성이 없을 만큼 청렴결백한 목민관이라고 예찬하였다. 그가 여러 고을의 수령으로 外補된 것은 東漢의 循吏인 楊震과 같았고, 선정을 하고 간악함을 적발하여 사람들이 속일 수 없었던 점은 廉潔한 唐의 賈敦頤를 압도한다고 예찬하였다. 이러한 현재가 조정에 있지 못하고 지방관으로 전전한 것은 공경대부들이 마땅히 부끄러워해야 한다고 인사정책의 잘못을 비판하였다.

이안눌이 경주부윤시 初試의 試官이었는데 유생들의 作亂으로 문제가 발생하자 다른 시관들과 함께 1614년 8월에 파직되었다. 그 이후 생활을 다음과 같이 기렸다.

벼슬을 쉬었으나 더욱 곧은 말을 하고
무리들과 있으나 홀로 날카로웠네

마음을 맑게 갖고 방에만 있으니
한가함이 많아 문의 빗장을 닫아 놓았네

멀리 泉石에 놀고자 생각했고
오래도록 초가집에 누워있고자 했네

休官彌謇謇　　在衆獨䂄䂄
習靜隨闔闠　　多閑杜扊扅
遙思遊水石　　永欲臥茅茨

파직 후의 삶을 그린 것이다. 이안눌은 일찍이 "장부가 뜻을 얻으려면 일세를 경영하며 구제하고 뜻을 잃으면 골짜기에서 낚시대나 드리우는 것"[69]이라고 한 바와 같이 石泉에 묻혀 있기를 원하였다. 그러나 파

---

69) 『東岳集』, 「行狀」(李植撰), 續集附錄, 11b, p.558. "嘗曰, 丈夫得志則經濟一世, 失志則漁釣一壑, 豈希世沽榮, 徒爾乾沒終身哉." p.558.

직된 다음해 호조참의 겸 승문원부제조, 동부승지, 우부승지가 되었다. 당시 權倖들이 국사를 전횡하니 조정에서는 선비가 적었다. 이안눌은 許筠과 자리를 함께 하기를 부끄럽게 여기고 칭병하고 나가지 않았다.[70] 당시의 이안눌을 다음과 같이 묘사하였다.

조정에선 도리어 벼슬을 내려
궁궐의 문으로 들어갔네

文石의 섬돌에 오르니
명마인 望雲騅를 가까이 했네

번거로이 행렬을 따라가나
엄하게 아침배를 끊었네

공무를 봉행함에 결백한 지조로 힘쓰고
일을 맡음에 현묘한 계책을 진언했네

뜻이 어찌 그리 도도하며
마음은 진실로 전일하고 아름다운가

장하게 일어서서 고상하니
고립되어 혼자이었네

옥의 견고함은 모래와 조약돌을 뛰어넘고
난새가 어찌 부엉이와 갈가마귀와 섞이리오

70) 같은 책, 같은 글, "是時, 權倖擅國, 士類在朝者絶少, 許筠又同席, 公恥之. 數引疾不出." p.555.

시절을 느끼어 강개함이 많고
괴로워 생각하니 아파오누나

어찌 다만 淸河의 물처럼 흐느낄 것인가
도리어 女媧氏처럼 뚫린 하늘 오색 돌로 기웠네

임금의 은혜 보답함에 머리가 부서져도 달게 여기고
나라를 근심하는 마음 어깨뼈가 녹아나네

성실하고 삼가함이 어찌 비둘기에 부끄러우며
평등함이 뻐꾸기에 덜하지 않네

禁署還通籍　　宮門卽入謻
一登文石陛　　便近望雲騅
僕僕趍行列　　稜稜絶附麗
奉公敦素節　　隨事進玄諆
志豈滔滔者　　心誠斷斷猗
雄飛孤躅獨　　孤立一身騎
玉固超沙礫　　鸞何混鵋鶀
感時多慷慨　　懷痛若痠痕
豈但淸河泣　　還將鍊石絧
報君甘碎首　　憂國欲鎖胰
慤謹何慙鳺　　平等不減鳲

이안눌의 인품과 지조를 찬미한 것이다. 오래도록 초가에 묻혀 살고자 원했지만 다시 등용되어 조정에 나갔으나 간신의 무리들을 멀리하였으며 專一하고 고상하여 고립되었다. 옥과 같이 견고한 지조는 모래와 조약돌 같은 간신배들을 뛰어넘었고 난새 같아 부엉이와 갈가마귀 같은 무리들과 섞일 수 없다고 예찬하였다. 비록 妃嬪과 간신들이 국사를 좌우하는 낡고 썩은 조정이었으나, 이를 바로 잡으려는 그의 우국충정을 찬미하였다.

이안눌은 1617년 예조참의가 되었고, 이어 승지가 되었으나 外補를 자청하여 6월에 강화부사로 부임하여, 1619년 12월 30개월의 임기를 마치고 사직하였다. 그 치적을 다음과 같이 노래하였다.

고을이 본래 물 가 섬에 의지했기에
백성들은 오로지 조개만 캐누나

…… <중 략> ……

백성들 부역이 관대하니
밭고랑에서 김을 매누나

반드시 농사는 支流를 의지토록 하고
곡식 재배 淇水와 같게 가르쳤네

재물이 풍성하여 모두 풍후하고
양식이 풍족하니 함께 자득한 모습일세

백성들 안락하여 편안히 잠자고
딸의 결혼에 어머니가 婦道를 가르치네

새벽에 일어나 힘써 일하고
밤에는 떠들며 즐겁게 쉬네

종들의 반찬과 밥이 넉넉하고
부모님은 인절미를 배부르게 먹누나

…… <중 략> ……

벌이 적어 형벌이 드물었고
한해가 다하도록 맞아서 멍든 이가 없누나

邑本依州島　　民專採蛤蜊
…… <중 략> ……
九夫寬賦役　　三甽服耘耔
必使農依氾　　從敎穀若淇
財豐俱嗤嗤　　食足共詑詑
安樂甘高枕　　婚姻遂結縭
晨興營搰搰　　夜息語娭娭
僮僕餘餐飯　　孃嬬飫粉餈
…… <중 략> ……
薄罰踈鞭扑　　終年絶痏疻

이안눌이 강화부사로 부임할 시 정부로부터 강화는 行都의 중요한 요새지라서 營建을 명하고 이를 위임하였다. 그는 영건의 부역을 시켰으나 치세가 簡淨하여 백성들이 고생스럽게 여기지 않았다.[71] 이와 같은 사실을 상기하고, 부역이 관대하여 백성들이 전답에서 김을 매는 평화로운 정경을 그려 찬미하였다. 善治를 하니 백성들은 재물과 양식이 풍부하여 편안케 되었고, 종들도 식량이 넉넉함은 물론 강화의 부모들은 인절미를 배부르게 먹고 있다고 치적을 기렸다. 형벌이 적어 한해가 지나도록 맞아서 멍든 이가 없다고 하여 훌륭한 목민관으로서 치적을 찬미하였다. 강화 백성들이 동악의 선정을 기려 송덕비를 세운 것을 보면[72] 임숙영의 東岳頌이 허언이 아님을 알 수 있다.

71) 같은 책, 같은 글, 6b, p.555. "又以江華爲保障重地, 陞拜府尹, 委以營建行都. 於是工役並興, 公治務簡靜, 民不知勞."
72) 같은 책, 같은 글. 13b, p.559. "去而吏民思之, 頌德刻石, 江都端郡尤盛."

다음은 이안눌의 德行을 살펴보기로 한다. 그는 부친 李泂과 모친 慶州李氏(大護軍 李暘의 女) 사이에 태어나 12세에 再從父인 李泌(李荇의 長兄)에게 양자갔다. 이는 고조부 蓮軒 李宜茂를 奉祀하기 위해서였다. 이안눌은 伯兄 李馣이 졸하니 어린 조카딸 둘을 보육하여 출가시켰고 仲兄 李芑의 집이 가난하자 종신토록 돌보아 주었다. 伯兄이 임진왜란을 겪고 난 후 집이 없자 집을 지어 주었다.[73] 또한 養母 綾成具氏(연산군 外孫)의 상을 당한 후 노비 10여 가족에게 재물을 주고 良民이 되게 하였다. 在外의 노비들의 임란 후 남의 노비가 되자 속이고 도망친 것을 묻지 않았다.[74] 이와 같은 덕행을 다음과 같이 찬미하였다.

> 옛일에 느낌 있어 집을 나누어주고
> 종들에게 재물을 나눠주고 양민이 되게 했네
>
> 참된 마음 어찌 그리 알뜰히 돌보며
> 뛰어난 덕행은 저절로 결실이 많았네
>
> 感舊思分宅　　捐財過贖綵
> 素誠何眷眷　　高義自甡甡

이안눌의 덕행이 뛰어났다는 讚譽는 결코 지나침이 없다. 그의 덕행은 李植이 지은 「行狀」과 金尙憲(1570~1652)이 지은 「神道碑銘」과 李景奭(1595~1671)이 지은 「諡狀」에 기록되어 있다. 그러나 친구인 임숙

73) 같은 책, 같은 글, 12a, p.558. "伯兄某先卒, 有二孤女, 公保育嫁遣, 經紀家事, 不啻如己出. 仲兄某 家累甚衆, 而資奉終身如一家, 遇有婚姻, 細大儀物, 必躬莅供給. 伯兄經亂無屋室, 爲構第而與之."

74) 같은 책, 같은 글, p.558. "具夫人之喪, 許贖豪奴十餘口, 厚奉其終, 庄宅之在外者, 未嘗强理, 兵亂之後, 反爲他有, 奴婢聽其自貢, 不問欺逋, 或取爲妾御, 卽以畀之, 不許價贖."

영이 제일 먼저 이를 시로 예찬한 것은 의의 있는 일로 더욱 빛나게 되었다.

「술회」의 東岳頌은 그가 여러 고을의 수령으로 선정을 한 것과 덕행을 기린 것이 주제가 된다. 이는 이안눌과 같이 선정을 할 수 있고 덕행이 있는 사람이 목민관이 되어 바른 정치가 이루어지기를 염원한 것이기도 하다.

3) 膠漆契의 友情

임숙영과 이안눌의 돈독한 우정의 세계를「술회」시를 통하여 알아보자. 이들의 우정은 이안눌이 임숙영에게 "평생토록 맺은 돈독한 우정"(膠漆平生契)이라 한[75] 표현에서 알 수 있듯이 膠漆契의 평생 친구였다.

교제의 정이 자못 두터웠고
시간이 가도 뜻이 더욱 공경하였네

어떤 사람이 뜻을 같이 한 친구를 버려두리
이러한 태도는 가면을 쓴 것처럼 보이리

다만 성실한 마음을 보전하여
함께 백발로 돌아갈 뿐

죽림칠현 혜강은 죽었어도 아들이 있었지만
唐의 李賀는 27세로 죽으니 딸도 없었네

接物情殊厚　　彌時意益惜
何人遺執友　　此態視蒙魌

75) 같은 책,「寄任茂叔博士」12권, 28b, p.212.

直保丹心合　　同歸白髮饕
嵇康亡有子　　李賀死無嬰

이들의 우정은 돈독하였고 서로 공경하였다. 뜻을 함께 하는 친구를 버려 둘 수 없다는 것이다. 둘이서 성실한 마음을 합하여 백발로 돌아갈 뿐이라고 노래하였다. 위에서 嵇康과 李賀의 자녀 이야기는 임숙영과 이안눌이 아들이 없음을 우회적으로 형상화한 것이다. 임숙영은 조카를 양자로 하였고, 이안눌은 부인 礪山宋氏(宋承禧의 女)와 사이에 아들이 없어 宗姪 李栴을 양자 하였다. 아들이 없었던 두 사람의 공통된 운명의 끈이 우정을 더욱 깊게 한 것인지도 모른다. 함께 飮觴賦詩하던 지난날을 회상하며 다음과 같이 노래하였다.

그 환희 이젠 삭막하고
옛 자취되니 더욱 서글퍼라

흘러나오는 눈물
아롱아롱 떨어져 옷깃을 적시누나

좋은 친구와 있었던 것이 얼마였더뇨
태반이 죽어 상여를 타고 갔네

옛집엔 아직도 화초가 있고
새 무덤엔 저절로 떡갈나무가 자라누나

점점 외로워 터벅터벅 홀로 걷고
뉘와 함께 볼 것인가

이 세상 행로를 어찌 나갈고
제군들 번번이 곁눈질로 보누나

此歡今索寞　　陳迹倍悽恼
泫泫頻含淚　　斑斑每濕袻
幾何存勝侶　　太半逐靈輀
故宅猶花草　　新墳自柞桵
漸教孤踽踽　　誰與共眠眠
此世行何詣　　諸君見輒瞚

임숙영은 이안눌과의 즐거웠던 추억은 이제 아스라이 흘러가 옛 자취가 되고 보니 눈물지었다. 지난 세월에서 좋은 친구와 함께 있었던 시간이 얼마 되지 않았음을 아쉬워하며 친구가 그리운 내면세계를 형상화하였다. 임숙영은 친구들이 하나 둘 세상을 뜨자 인생무상과 비애의 정이 깊어만 간 것이다. 방축된 자신의 처지로 친구가 그리운 내면세계를 다음과 같이 토로하지 않을 수 없었다.

그대는 더욱 구휼할 줄 알았으니
천지신명은 반드시 복을 줄 것이네

수명은 당연히 百壽를 얻을 것이니
오복이 있으니 먼저 늙지 마시게

황학이 멀리서 기다리고
靑牛는 탈만하리라

바야흐로 수령의 임기가 만료되었고
하물며 곡식이 모두 익기 시작하네

다만 허물없이 수확할 뿐
어찌 근심하리 헐뜯지 않을 것인데

당기면 응할 뿐 번거로이 공경하고 삼갈 것인가
갈 길이 막혔으니 수염을 쓰다듬을 뿐

한번 떨어져 天水에 붙고
세 번 돌아보아 地暹에 들어갔네

북에서 오는 흰기러기는 드물고
서쪽으로 가는 서신은 드물구나

夫子尤知恤　　神明必賜禔
百年當得壽　　五福莫先耆
黃鶴遙相待　　青牛卽可騎
方當期已滿　　况値穀俱秖
但使穫無咎　　何憂罹不訾
挽應煩嫗媽　　遮各奮髽鬆
一隔黏天水　　三看入地暹
北來踈白雁　　西去鮮青鴿

주위에서 하나 둘 친구들이 세상을 떠나가자 德이 있는 이안눌을 보고 싶어했다. 천지신명은 복을 주어 백수를 누릴 것이니 먼저 늙지 말라고 하였다. 신선이 타는 황학이 멀리 서 기다리고 또한 신선이 타는 青牛를 탈 수 있다고 하여 덕행을 기리며 그리워하였다. 강화부사로 부임한지 30朔이 되어 국법의 수령 임기를 채웠으니 돌아오라는 것이다. 해가 세 번 바뀌었어도 서로가 소식이 드문 것을 아쉬워하며 그리움을 곡진하게 以詩露情하였다.

소식을 듣기가 서로 어려우니
슬픈지 기쁜지 혹은 울고 있는지

기대가 높아도 부응할 수 없고
꿈을 펼치니 말이 많누나

그리워 보고 싶어도 땅이 막혔고
몇 번이나 가고자 했으나 산이 가로막혔네

강화도는 멀기가 백석산과 같아
문득 黃縣과 腄縣을 바라보누나

아름답다 저 계수나무는 더욱 꽃답고
부끄럽도다 모시풀은 심히 누추하누나

길고 짧음을 자와 같이 나란히 하기 어렵고
즐거움과 괴로움을 솥과 같이 함께 할 수 없네

消息難相聞　　悲歎倘可謕
卓期雖莫副　　張夢敢辭緐
地絶空相憶　　山重幾自奞
邈如從白石　　便自望黃腄
美彼芳逾桂　　慚玆陋甚萑
短長難並尺　　甘苦不同鬴

임숙영 자신은 방축되어 廣州 奉安에, 이안눌은 강화에 있어 피차 멀리 떨어져 있어 소식을 자주 들을 수 없기에 그리운 정을 형상화하였다. 이안눌이 자신에게 기대하는 바가 높아도 이에 부응할 수 없는 현실이라서 꿈속에서 만나니 서로 할 말이 많았다고 우정의 세계를 우회하여 표현하였다. 꿈이 아닌 현실에서 그를 만나고 싶어 새가 되어 날아가고자 하나, 먼 곳의 강화는 땅이 막혀 갈 수 없다고 한 애틋함과 그리움의 세계에서 膠漆契의 우정이 형상화되어 있다. 그러나 친구 이안눌은 계수나무처럼 아름답고 자신은 모시풀처럼 누추한 현실임을 토로하였다. 아무리 절친한 친구라도 인생사의 長短과 甘苦를 함께 할 수 없는 현실을 깨닫고 탄식하였다. 그를 만날 수 없는 현실의 벽에 대한 한과 그리움을 다음과 같이 형상화하였다.

그대 생각하니 海神을 벗했고
나는 기꺼이 곤륜산신 堪坏와 짝하였네

마음대로 외로운 구름을 만나고
한가로이 뭇 새들의 나는 것을 보누나

九皐에 가서 가까이 하고
瑞草인 三脊茅를 앉아서 항상 잡누나

옛적에 그대가 보낸 시 아직도 있어
길게 읊조리니 머리털이 일어서누나

그대 생각이 게으르지 아니하여
마차를 준비시켰으나 느리기만 하네

오래 하지 못한 三遊를 즐기며
한 번 크게 웃고자 하나 함께 하기 어렵구나

念君朋海若　欣我伴堪坯
任與孤雲會　閑看百鳥隨
九皐行可狎　三脊坐常扶
昔寄詩猶在　長吟髮欲秏
馳魂殊不倦　命駕若爲趑
久闕三遊樂　難同一笑齃

이안눌이 강화섬에 있기에 海神인 海若을, 임숙영 자신은 廣州에 있기에 곤륜산 山神인 堪坯를 벗하였다하고, 神들의 힘을 빌려 만나려 가고자 한 우정의 세계이다. 구름과 새는 자유로이 날지만 방축된 자신은 강화에 갈 수 없기에 구름과 새를 부러워하였다. 임숙영은 다만 자신에게 보내온 우정이 담긴 시편들을 읊다보니 머리칼이 곤두선다고 하여 그리는 정을 토로하였다. 벗을 그리는 마음은 게으르지 아니하여 마차를 준비시켰으나, 더디기만 하다는 것은 강화에 갈 수 없는 현실을 은유한 것이다. 마음 같아서는 우정을 오랫동안 나누지 못한 친구에게 어서 가서 시를 읊고 거문고 타며 술을 마시는 三遊를 즐기며 크게 한번 웃고자 하였으나 그럴 수 없는 현실의 벽을 괴로워하며 以詩露情하였다.

이들 두 사람의 膠漆契의 돈독한 우정이 한시사상 최장편의「술회」를 낳게 하였으니 우정의 세계가 얼마나 아름다운 결실을 맺게 하는 지 우리에게 제시하고 있다.

4) 任叔英의 人生觀

임숙영은 1616년 2월 이이첨의 무고로 삭탈관직 당하고 방축되어 廣州 奉安의 龍津에서 청빈하게 살았다. 直節淸名으로 聲名이 일세에 자자했던 그가 방축된 후 3년에 쓴 이「술회」에 내재된 그의 인생관을 조명한다.

처음 마음대로 기꺼이 나가고
오랜 계획 맹세코 옮김이 없네

원래 집은 초가집이라
버드나무 밭에서 콩깍지를 줍도다

즐거이 귀뚜라미 노래에 응답하고
숨어서 거미처럼 먹이를 기다리지 않노라

初心欣始就　　宿計誓無逡
原室隨蓬戶　　楊田拾豆箕
樂應追蟋蟀　　隱不待蜘蛛

임숙영은 자신의 初志를 결코 바꾸지 않고 일관하는 자임을 밝혔다. 비록 초가삼간에 콩깍지를 줍는 가난한 삶일지라도 즐거이 귀뚜라미 노래에 응답하는 전원인이었다. 거미처럼 숨어서 먹이를 기다리지 않는 속임 없는 정직한 삶이 그의 인생관이었다. 전원에서 勞農하는 자신의 모습을 다음과 같이 노래하였다.

언덕에 의지한 초라한 집이라서
흙을 나르느라 삼태기는 낡았네

서적을 푸른 합사 비단으로 싸고
호미와 고무래 자루는 하얀 나무로 했네

蔣詡가 전원에 돌아간 것은 옳았고
謝安은 나왔으나 어디에 살았던가

거친 땅 다스려 잡초를 제거하고
황무지 개간하여 고목나무 제거 했누나

憑崖蹠棟宇　　輦土敝虆梩
書籍靑縑袟　　鋤櫌白木柌
元卿歸可矣　　安石出何居
理穢夷榛莽　　開荒去翳椔

언덕에 의지한 낡은 집이라서 보수하느라 삼태기는 낡았다는 것은 勞農하는 자신을 뜻한다. 그러한 삶 속에서도 서적을 합사 비단으로 싸놓았다는 것은 학문에 대한 열정은 변함이 없었음을, 호미와 고무래는 勞農을 의미한다. 漢의 隱士 蔣詡가 초야로 돌아온 것은 옳았다고 하였고, 晋의 謝安이 出仕하였으나 어떻게 살았는가를 반문하였다. 거친 땅의 잡초를 뽑고 황무지를 개간하여 고목나무를 제거한 것은 생계를 위한 것이다. 잡초와 고목나무는 조정의 權奸들로 이를 제거하려는 意在言外인 것이다.

이러한 생활 속에서 여유를 갖고 질경이를 가상히 여겨 贊을 짓고 새삼 풀이 아름다워 시를 쓰면서(作贊嘉芣苢 題詩美菟絲) 문학을 멀리하지 않았다. 그러나 세상사를 잊고자 노력하였다. 그것은 현실에 대한 체념에서 온 것이 아니라 세상사를 생각할수록 괴로움이 가중되어 이를 초극하고자 한 것이다.

아름다운 경치는 원래 값이 없고
헛된 이름 저울 눈금만도 안되네

연꽃으로 지은 옷 맵시 있게 입고
신선의 옷깃이 늘어진 것 잡았네

美景元無價　　虛名不直錙
荷衣披綽約　　羽服擁襂纚

아름다운 경치는 값이 없는 것이며 헛된 이름은 저울눈만큼도 되지 않는다는 것은 임숙영의 정신세계가 虛名을 좇지 않았음을 뜻한다. 비록 초라한 의복을 입고 살지만 이를 신선의 옷으로 여긴 초월의 경지이다. 그는 현실적 가난을 정신적으로 극복하고 학문에 전념하는 자신을 이렇게 노래하였다.

병든 몸 부들부들 떨리고
쇠한 얼굴 점점 검어져 가누나

얕은 재능이라 견디려니 부끄럽고
전에 쌓은 공 누추하니 失笑하노라

오직 증자를 사모하고
공자의 말씀을 듣고자 하였네

성인의 가르침에 젖으려니
좋은 벗은 누구나 권면하네

홀연히 傷往賦에 놀라고
새로이 悼亡詩를 이었네

病身猶嬰鑠　　衰面漸黴黧
薄技卑堪愧　　前功陋可咦
惟思曾子唯　　欲聽仲尼譆
聖訓將濡染　　良朋孰切偲
忽驚傷往賦　　新續悼亡詩

비록 병들어 쇠약한 몸이 되었고, 재능이 없어서 전에 공을 이룬 것이 없기에 스스로 실소하지만 孔子와 曾子의 가르침에 충실하고자 하였다. 부인을 여의고 슬픔에 잠겨 悼亡詩 「哭內」[76]를 짓고 괴로워한 세계이다.

76) 『소암집』 乾, 「哭內」 2권, 15b.

벼슬길 막혀 깊은 골짜기에 숨으니
몸이 한가하여 큰 언덕에 기대누나

…… <중 략> ……

금년이 또 저물어가니
만물이 다 시들어 가누나

影滯潛幽谷　　身閑傍大阺
…… <중 략> ……
今年又晩暮　　百物盡萎移

임숙영은 비록 방축되어 벼슬길이 막혔으나 심신은 한가로워 전원에서 평온한 삶을 자족한 세계이다. 계절이 변하여 가을이 되자 만물이 시드는 자연의 섭리 앞에서 자신의 운명 또한 시들고 있음을 회상하였다. 그는 광해군의 亂政이 계속되는 현실을 괴로워하며 종말을 예고하였다. 자신은 草間에서 김을 매는 전원인으로 살고자 하였다.

괴롭게 생각하니 정신이 허비되고
정좌하고 앉으니 무릎에 병이 났네

옛 군자들을 본받아 힘써 향해 나가나
모두가 말세를 알지 못하네

본래의 성정을 따라 뉘우침이 없으니
지난 자취 달래며 탄식을 끊도다

매번 향기를 찾는 나비를 보았고
거미는 거미줄을 많이 얽어 놓았네

여하히 세상을 살아갈 것인가
풀 무성한 들판에서 김을 매는 것이 옳으이

苦思神欲耗　　危坐膝將瀛
務向前修倣　　都將末世諫
率情無悔懊　　撫迹絶嗟嗞
每見尋香蝶　　多嬰結網蛸
如何世上走　　止可草間耔

세상사를 초월하고자 하였으나 다시 현실문제로 이내 회귀하고 말았다. 정좌하고 국가의 앞날을 걱정하다 보니 무릎에 병이 났다. 옛날 군자들을 본받아 이를 향해 나가지만, 모두가 말세를 알지 못하는 현실 앞에 고뇌하였다. 본래 간악한 자들은 본성이 그러하여 뉘우침이 없는지라 지난 날의 그들 행적을 생각하며 개전의 정이 보이지 않기에 탄식마저 이제는 하지 않는다고 하였다. 나비는 자신의 사욕을 충족하기 위하여 꿀을 빨 듯 나라의 운명이 어찌되건 자신의 영달만을 쫓는 權奸들과, 연약한 벌레들을 속임수로 잡아먹는 거미와 같이 백성의 고혈을 착취하는 악인이 많은 당대 현실을 괴로워한 우국충정이 내재되어 있다. 그는 결국 말세에 전원에서 노동하는 길 이외에는 없음을 거듭 확인하였다.

누추한 집이지만 쉴 수 없고
변변치 않은 음식이나 먹을 만 하네

얻는 바는 옛 어진 이와 다르나
벼슬을 버리고 칩거하노라

술은 소홀히 하나 두었고
붓은 싫어도 도리어 잡누나

손님을 거절하고 오래도록 시골에 사니
사람들과 사이에 울타리가 쳐졌네

이 마음 붙일 곳 없으나
外物이 날 유인할 수 없네

柴荊猶可息　　藜藿又能歃
所得差賢古　　深居肯捨宦
麴生踈或値　　毛穎厭還揷
謝客長臨巷　　同人間取攤
此心無所著　　外物不能誀

임숙영은 비록 말세라도 초라한 집과 좋지 않은 음식이 있어서 편안히 쉬고 먹을 수 있는데 대하여 자족한 세계를 형상화하였다. 비록 얻는 바가 옛 어진 이와는 다를지라도 방축되어 전원에 칩거하는 자신의 삶에 대한 긍정적인 인식이 내재되었다. 술은 멀리하나 그래도 준비해 두었고 붓을 잡는 일이 싫지만 붓을 잡을 수밖에 없는 현실에 고뇌한 것이다. 찾아오는 이를 거절하니 자연적으로 세상과 울타리를 쌓게 되었음을 노래한 것은 허물 수 없는 현실의 벽이 자아와 세상과는 높게 놓였음을 의미한다. 그는 말세에 마음을 붙일 곳이 아무 것도 없기에 外物이 자신을 결코 유인할 수 없다고 단언하고선 초야에 묻힐 것을 거듭 다짐하였다. 다시는 광해군 조정에 벼슬하지 않을 것임을 밝힌 것이다.

임숙영은 716운의 雄篇 대서사시 「술회」의 대미를 다음과 같이 노래하며 자신의 인생관을 내재시켰다.

보금자리로 들려고 새는 나무로 돌아오고
추우니 닭은 홰에 오르는구나

회포를 읊은 拙句를 쓰고
머리 긁으며 거듭 가을 바람을 대하노라

宿鳥初歸樹　　寒鷄欲上塒
詠懷書拙句　　搔首對曾飂

날이 어두우면 날던 새도 제집으로 돌아오듯이 세상이 혼탁하니 숨어 사는 것이 옳다는 것이다. 날씨 춥고 어두워지자 닭은 홰에 오르는 것과 같이, 仁義의 따뜻한 정치가 아니고 어둡고 추운 질곡의 亂政에서는 명철보신하는 것이 옳음을 형상화한 것이다. 716운의 「술회」에 자아의 내면세계를 토로하고 나서 머리를 긁으며 서늘한 秋風을 대한 것은, 단지 계절의 현상만이 아니라, 세상의 온갖 추악함을 추풍이 어서 시들게 하기를 기원한 그의 내면 세계인 것이다. 이상에서 논의한 대서사시 「술회」의 세계를 요약한다.

첫째, 임숙영은 주체적 민족사관으로 우리 역사를 인식하고 조명하였다. 檀君과 東明王의 건국과 사적을 신화나 설화가 아닌 史實의 역사로 인식하였다. 역대왕조의 교체를 天命에 의한 필연으로 보았다. 治亂興亡의 원인을 崇儒와 仁義, 崇佛과 權倖의 시대로 보고 전자는 흥성하고 후자는 혼란과 멸망을 초래한 것으로 인식하였다. 특히 자신이 살던 광해군 시대를 낡고 썩은 조정으로서 멸망을 예고하였다. 역사의 인식과 비판정신은 왕도정치에 사상적 기반을 두고 있다. 이를 「술회」에서 以詩論史하였다.

둘째, 친구인 東岳 李安訥의 문학을 杜甫와 元結로, 인품을 봉황과 기린으로 비유하였다. 각 고을 수령으로서의 치적은 楊震과 賈敦頤으로 비유하였다. 그의 덕행을 극구 찬양한 것은 효행과 우애의 실천과 노비를 贖良하였기 때문이다. 특히 목민관 이안눌의 치적에 대한 예찬은 그에게만 그치는 것이 아니다. 모든 목민관은 그의 애민정신과 목민정신을 본받아야 한다는 기원을 형상화시킨 것이다.

셋째, 임숙영과 이안눌의 돈독한 우정의 세계를 형상화하고 현실의 벽에 차단된 그리움을 以詩露情하였다. 비록 膠漆契의 우정이라도 인간사의 長短과 甘苦를 함께 할 수 없는 엄연한 현실을 자각한 세계가 있다. 두 사람의 교칠계의 우정은 결국 방축된 현실의 벽을 뛰어넘어 세계 최장 한시인 천년걸작 웅편 대서사시인 「술회」를 탄생시켰다.

넷째, 임숙영의 인생관은 속임이 없는 正道의 삶이었다. 방축되어 가난한 삶일지라도 즐거이 전원에서 노동하며 거미처럼 邪術로 먹이를 구하지 않았고, 벌과 나비처럼 이익을 탐익하여 꿀을 채취하지 않았다. 허명을 거부하고 말세에 좌절하지 않고 선현의 길을 걷는 그의 인생관이 내재되어 있다.

「술회」는 임숙영 자신의 역사인식과 비판정신, 친구 이안눌에 대한 頌讚, 膠漆契의 돈독한 우정의 세계와 자아의 인생관을 交織한 세계 최장 한시이자 雄篇 대서사시이다.

5. 千年傑作 「述懷」의 文學史的 位置

任叔英의 雄篇 대서사시 「술회」의 문학사적 위치를 살펴보기로 한다. 「술회」가 5언배율 716운에 1,432구로 7,106자의 최장편이라는 점만으로도 문사사적 위상은 일단 높이 평가되고 있다. 그러나 무엇보다도 중요한 것은 문학성을 수반하여 시로써 성공하고 있느냐가 중요한 것이다.

아무리 최장편의 시라도 당시는 물론 후세의 평가를 어떻게 받았느냐에 따라 문학사적 위치를 논하게 되는 것이다. 당시와 후대에 높이 평가받은 시라고 할지라도 오늘날의 시각에서 볼 때 반드시 같은 평가를 받을 수 있느냐도 문제가 된다.

「술회」의 주인공 이안눌은 강화에서 이 시를 받고 이렇게 노래하였다.

만력 기미년(1619) 가을에
임군이 6백운의 시를 나에게 보냈네

당·송의 시에서도 일찍 보지 못했나니
비록 두보와 한유라도 어찌 창수할 수 있으리

심오한 이치 복희씨의 팔괘 밖을 파헤쳤고
秘書를 倉頡이 글자 만들기 이전까지 수색했네

이해 큰 가뭄 들어 산악이 타들어 갔는데
바로 알았네 하늘도 놀라고 땅도 근심한 것을

萬曆皇明己未秋　　任君六百韻吾投
自從唐宋不曾覩　　雖有杜韓那得酬
奧理庖犧封外刮　　秘書倉頡字前搜
是年大旱燋山岳　　定識天驚地亦愁[77)]

6백운이라 한 것은 처음에 6백으로 지었으나 후에 7백운으로 개작하였기 때문이다.[78)] 동악은 장편 「술회」시를 당·송의 시에서도 일찍이 보지 못하였다고 鉅篇에 우선 찬탄을 금치 못하였다. 비록 두보와 한유

77) 『동악집』, 「任博士茂叔, 以五言排律六百韻, 述懷見寄, 戲書以謝」 권12, 56a, p.226.
78) 같은 책, 같은 곳, "其後, 茂叔演爲七百韻. 叙先生行迹甚詳. 見元集."

라도 이를 창수할 수 있겠느냐고 거듭 그 웅편에 대하여 경탄하였다. 심오한 이치는 庖犧의 八卦 밖에 까지 파헤쳤고 秘書를 蒼頡이 한자를 만들기 이전까지 찾아서 지었다고 박학을 높이 평가하였다. 「술회」를 쓴 이 해(1619)에 큰 가뭄이 들어 산악이 탔었는데 그 원인을 「술회」에서 찾았다. 한시사상 최장편의 시를 지었기에 하늘도 그 문학적 재능에 경탄한 나머지 비를 내리는 것을 잊었다고, 땅도 그 재능에 놀라 혹시 그에게 재앙이 있을까 근심하여 愁火가 생겨나 산이 타들어 갔다고 우회적으로 임숙영의 大手筆을 높이 기렸다. 「술회」는 天驚地愁케 한 놀라운 작품이라는 것이다.

임숙영이 운명하자 知事 李延龜(1564~1635)와 副提學 鄭經世(1563~1633)는 仁祖에게, 임숙영이 가난하여 그의 장례를 치를 수 없게 되었다고 말하면서 다음과 같이 진언하였다.

> 그의 평생 지조는 실로 淸苦한 선비였고 그의 文詞 또한 大手筆로서 참으로 나라를 빛낸 재주였습니다. 그의 죽음을 애석히 여겨 은전을 베푸심이 마땅합니다.[79)]

이정구와 정경세가 「술회」만을 평한 것은 아니고, 소암 문학세계를 "大手筆"로 인정하고 나라를 빛낸 재주라고 평가한 것이다. 『인조실록』에 있는 史臣의 평을 들어보자.

> 일찍이 이규보의 3백운을 흠모하여 6백운의 배율을 지었는데 사람들의 그의 大手에 탄복하였다.[80)]

---

79) 『조선왕조실록』 33, 仁祖 元年 閏10月 己丑, p.557. "其平生志操, 實是淸苦之士. 其文詞亦是大手筆, 眞華國才也, 其死可惜, 似當有恤典."
80) 같은 책, p.556. "嘗慕李奎報三百韻, 作律詩六百韻, 人服其大手."

史臣의 평은 개인의 평보다 공정한 것인 바 그의 문학을 "大手"로 평가하였다. 大手는 곧 大手筆의 준말로 宏篇鉅製의 文辭를 의미한다. 澤堂 李植은 다음과 같이 평하였다.

> 大篇 排律 6·7백운에 이르렀으니 精博함이 옛적에는 있지 아니하였다.81)
> 大篇 排律은 四六文의 나머지이다. 廣博하고 奇僻함이 옛적에 있지 아니하였다.82)

이식은 「술회」시를 精博·廣博·奇僻이라 하고, 일찍이 이와 같은 大篇이 없었다고 극찬하였다. 谿谷 張維는 다음과 같이 평하였다.

> 소암집을 보면 排律大篇은 그의 瞻富함을 볼 수 있고 사륙문 등은 그의 精華를 볼 수 있다.83)

장유는 「술회」와 「觀漲」의 排律大篇을 瞻富한 시로 높이 평가하였다. 다음은 후대의 평을 보자 壺谷 南龍翼(1628~1692)은 『壺谷詩話』에서 이렇게 평가하였다.

> 배율은 초당 때 창시되었는데 沈佺期·宋之問과 사걸들이 모두 묘수였다. 두보에 이르러 1백운을 지었는데 그 많음을 꺼렸다. 弇州 王世貞이 滄溟 李攀龍의 挽詩를 1백운으로 지었으나 흠집과 병이 없지 않았다. 고려의 이규보는 바다 같은 넓은 대가로서도 역시 삼백운에 불과했었다. 그런데 임소암의 716운이 있는데 이는 고금에 없는 바이고, 운자는 韻書에도 없는 글자가

---

81) 『소암집』 坤, 6권, 11a. 「司憲府持平踈菴任君墓誌銘」, "惟大篇排律演至六七百韻, 使事精博, 古未有也."
82) 같은 책 坤, 「소암언행록」, 29則. "大篇排律則四六之餘也. 廣博奇僻, 古未嘗有."
83) 같은 책 乾, 「踈菴集序」. "然觀斯集者, 於排律大篇, 可以見其富, 於駢偶諸作, 可以見其精."

많이 있다. 그리하여 소암은 일찍이 스스로 그 운자가 나온 것을 주해하려다가 결과를 맺지 못하고 말았으니 기이하다면 기이하다고 할 수 있으나 그러나 반드시 기이한 것은 아니다. 또「觀漲」을 시제로 삼아 强韻으로 7언배율 1백운을 지었고 같은 뜻으로 3차나 지었으니 더욱 奇異하다고 할 수 있으나, 대개 임소암의 시는 騈儷文에 미치지 못하고, 오직 溫庭筠과 李商隱의 시체를 몹시 닮았다.[84]

남용익은 716운「술회」가 예나 지금에도 없는 대작이라고 높이 평가하였다. "奇異"로 일단 평가하면서도 반드시 奇異한 것만은 아니라는 것이다. 또한 7언배율 1백운인「觀漲」을 3편이나 지은 것을 보면 역시 奇異하다는 것이다. 임숙영의 시는 四六文만 못하다고 하면서 溫庭筠(813~872)·李商隱(812~858)의 시와 몹시 닮았다고 평하였다.

星湖 李瀷(1681~1763)은「술회」에 대하여 다음과 같이 논평하였다.

李唐이래로 詩學이 극히 성하여 宏士와 鉅匠들의 많음을 자랑하고 고움을 시새우는 것이 지극하지 않음이 없었다. 두보의 5언배율에는 1백운에 까지 이른 것이 있으나 이를 본받은 자도 끝내 이보다 크게 넘어감이 없었다. 그런데 고려의 李相國 奎報에 와서 드디어 3백운의 시가 있어 모두 支자의 운을 달았다. 7언에는 역시 1백운에 이른 것이 있지 않다. 소암 임숙영에 이르러 觀漲이란 제목의 7언 1백운이 있고 다시 차운한 것이 서너 편에 이르렀다. 5언배율 7백운이 있는데 支·微·齊·佳 등의 운으로 압운하여 合成한 것이다. 語意의 아름다움과 그렇지 않음을 막론하고 뛰어난 大手筆임이 틀림없다.[85]

---

84) 南龍翼,『壺谷詩話』(『洪萬宗全集』下, 太學社 影印 1980, p.735) "排律, 刱於初唐沈宋四傑, 諸人之作皆妙. 至老杜, 至于百韻, 則已患其多. 弇州輓滄溟之作, 亦百韻而無不疪病. 麗朝李文順, 巨筆滔滔, 而亦不過三百韻. 任踈菴, 乃有七百十六韻, 此古今所無, 而韻字, 多有韻書所無者. 嘗欲自註其出處, 而未果云, 奇則奇矣, 然亦未必奇也. 又以觀漲爲題, 押强韻至七排百韻, 而以一意三次之, 尤奇, 盖任踈菴之詩, 不及儷文, 而惟溫李體酷肖."

이익은 唐 이후로 시가 성하여 宏士와 鉅匠들이 배출되었으나 두보에 이르러 5언 1백운의 시가 최초로 창작되었다고 하였다. 이후 시인들의 시에 두보를 본받아 시를 지었으나 1백운 이상의 시를 지은 자는 없었다고 하였다. 이익은 고려의 이규보가 5언으로 302운의 鉅篇을 支운으로 지었음을 밝혔으나 7언배율에는 1백운의 시가 없었다는 것이다. 그런데 임숙영이 7언배율로 1백운의 「觀漲」을 3편이나 지어 최초로 7언 1백운을 창시하였다 밝혔고, 이어서 5언배율 716운의 「술회」를 소암이 한시사상 최초로 창시하였다고 밝혔다. 즉 소암은 7언배율 1백운과, 5언배율 716운을 한시사상 최초로 창시하여 한문학사에 큰 업적을 남겼다는 것이다.

그리고 「술회」의 문학성에 대하여 이익은 語意의 아름다움과 그렇지 않음을 논할 것이 없이 뛰어난 大手筆이라고 높게 평하였다. 즉 이익은 「술회」를 "傑然 大手筆"로 평하여 암숙영의 뛰어난 문학과 문학사적 업적을 기렸다.

競齊 金得臣(1754~1822)은 『終南叢志』에서 다음과 같이 평하였다.

> 오언배율은 초당 때에 처음으로 보이는데 두보가 1백운을 지었고 고려 이규보의 302운이 있다. 우리 조선에 이르러 소암 임숙영이 7백운을 지어 동악 이안눌에게 주었는데 그 시가 廣博·奇僻하니 참으로 천년걸작이다. 비록 두보 같은 大手도 1백운에 그쳤고 후세 시인의 시에 이 같은 大作이 없으니 소암이 창시한 것이다. 그 困廩이 瞻富한 것을 볼 수 있다.[86)]

---

85) 『星湖全集』 六, 僿說, 詩文部, 「回文集句」, pp.1064~1065. "自李唐來, 詩學極盛, 宏士鉅匠, 誇多鬪縻縻所不至. 杜甫五言排律, 或至湉韻, 後之效者, 終無大過於是. 高麗李相國奎報, 遂有三百韻律, 盡押支韻也. 七言則亦未有至於百韻者. 至任踈菴叔英, 有觀漲七言百韻, 旋復更次者, 至三四篇. 五言律則 有七百韻, 乃押支微齊佳等韻, 而合成之. 卽無論語意之佳否已, 是傑然大手筆矣."

86) 金得臣, 『終南叢志』(『洪萬宗全集』 下), p.702. "五言排律, 始見於初唐, 而杜子美爲一百韻, 麗朝李相國奎報, 三百韻. 至我朝, 踈菴任叔英, 爲七百韻, 寄東岳李安訥, 其詩廣

김득신은 「술회」를 "廣博 · 奇僻하여 참으로 천년걸작이다"라고 문학사적 위치와 그 가치를 높이 평가하였다. 소암의 지식창고(囷廩)가 贍富한 것을 다시금 기려 「술회」시의 뛰어남을 예찬하였다. 李家源은 『한국한문학사』에서 「술회」를 "空前絶後의 鉅篇"[87]이라고 평하였다.

다음은 임숙영 자신이 「술회」에 대하여 어떻게 생각하고 있었는지를 보자. 西坰 柳根은 「술회」를 읽고 시를 보내 칭찬하였다. 임숙영은 답신에서 다음과 같이 썼다.

> 伏承 각하 相公께서 제가 지은 716운을 보시고 시를 주시며 칭찬하신 것은, 옛날 左思의 賦가 張華 杜預의 칭찬을 받은 것과 같고, 劉勰의 書가 沈約에게 상을 받은 것과 같습니다. …… 비록 雕蟲의 비루함을 스스로 밝은 거울 앞에 부끄러워하였지만 相公에게 힘입어 영예로운 명성을 얻었으니 아름다운 덕의 아래에서 자못 기뻤습니다.[88]

임숙영은 자신의 「술회」에 대하여 대단한 긍지를 가지고 있었다. 柳根의 칭찬한 시를 받고, 이는 左思가 10년의 고심 끝에 지어 洛陽의 紙價에게 올렸던 『三都賦』(蜀都賦 · 吳都賦 · 魏都賦)가 張華와 杜預 등으로부터 칭찬을 받은 것과, 梁의 劉勰이 『文心雕龍』을 지어 沈約(441~513)에게 상을 받은 것과 같았다고 하였다. 또한 자신은 비루한 작품이라고 부끄러웠으나, 「술회」가 훌륭한 柳根의 칭찬에 의하여 명성을 얻게 되었으니 더욱 기뻤다는 것이다. 이렇게 자신의 「술회」에 대한 자부와 긍지를 갖고 있었다. 그는 「술회」를 좌사의 『삼도부』와 유협의 『문

博奇僻, 眞千載傑作也. 雖以老杜大手, 尙止百韻, 後世詩人, 亦無如此大作, 而踈菴始創之. 可見其囷廩之富也."

87) 李家源, 『韓國漢文學史』(民衆書館, 1973, 5版), p.262.

88) 『소암집』 坤, 「上西坰柳相公根謝賜詩啓」. "伏承閣下相公, 覽鄙製七百韻, 至賜詩稱贊者, 昔左思之賦, 蒙杜武之褒, 劉勰之書, 被休文之賞. …… 雖雕蟲之陋, 自慙於明鑒之前, 而附驥之榮, 頗喜於芳猷之下."

심조룡』과 동격으로 여기는 의식이 있었음을 알 수 있다.

이상에서 본 諸家의 평을 정리하면 다음과 같다. 첫째, 두보와 같은 대시인도 1백운의 시를 짓는데 그쳤으나 소암은 한시사상 공전절후의 鉅作 7언배율 1백운과 5언배율 716운을 창시하였다. 둘째, 두보나 한유도 이 시를 창수할 수 없을 만큼 天驚地愁케한 雄篇鉅製인 大手筆이다. 셋째, 이 시는 精博·廣博·奇僻·奇異·贍富·傑然한 千載傑作이다. 넷째, 소암 자신은 「술회」에 대하여 좌사의 『삼도부』와 유협의 『문심조룡』과 같이 문학사에 길이 남을 작품으로 은연 중에 생각하였고 아울러 자부심과 긍지를 가졌다.

우리 민족이 한자를 사용한 유사이래 수많은 시인들이 한시를 써왔다. 임숙영은 공전절후의 새로운 세계를 개척하였다. 716운이라는 천년걸작 대서사시를 남겨 우리 나라 한시사는 물론 동양문학사에 불후의 위대한 업적을 남겼다. 단지 최장편 한시라는 점뿐만 아니라 시에 내재된 뛰어난 역사인식과 비평정신과, 이안눌의 삶과 문학과 치적을 시로 쓴 점과, 膠漆契의 우정세계와, 임숙영 자신의 삶과 인생관을 交織하였다. 이 「술회」는 표현기교와 시적 성공이 뛰어난 千年傑作이다. 이러한 점에서 소암의 「술회」시가 문학사에 차지하는 비중은 크고 높지 않을 수 없다. 그리고 임숙영이 한시 발전에 기여한 공도 함께 우리 문학사는 물론 동양문학사에 바르게 기술되어야 할 것이다.

한가지 아쉬운 점은 716운이라는 천년걸작의 대서사시를 써서 불후의 업적을 남겼지만, 우리 문화와 역사발전에 크게 공헌한 전시대의 인물을 題材로 하지 않았던 점이다. 친구이자 당시 생존 인물인 이안눌을 소재로 한 것은 아무리 膠漆契라도 지나친 감이 없지 않다. 李奎報가 동명왕의 사적을 神異나 說話가 아닌 엄연한 역사적 사실로 인식하고 이를 찬미한 「東明王篇」을 써서 문학사에 그의 문학과 이름이 한층 더 빛나고 있음을 상기하지 않을 수 없다. 유구한 우리 역사를 소재로 하였거나 아니면 주체적 민족사관을 가졌던 그가 檀君·乙支文德·廣開土大王·金庾信·世宗大王 등을 소재로 하여 716운을 남겼다면 더욱 시로써의 생명력은 물론 문학사적 위치도 가일층 높이 평가될 수 있었을 것이다.

6. 結　論

踈菴 任叔英은 讜論과 문학으로 聲振一世한 선비였다. 광해군의 亂政에 맞서 남들은 권력이 두려워 아무도 말하지 못할 때 말을 하였고 남들이 행동하지 못할 때 의연하게 행동하였다. 즉 宮闈의 不嚴과, 言路의 不開와, 公道의 不行과, 國勢의 不振 등 四大弊政을 광해군에게 匡正할 것을 劇論하였다. 그는 削科波動을 겪어야 했고 끝내는 李爾瞻 등 간당의 무고로 삭탈관직 당하고 방축되었다. 그는 광해군에게 贖錢을 내는 것을 거부하고 대쪽같은 절의를 지켰고 仁祖反正 후 등용되어서도 자신의 승진을 거절하였고 과거의 폐단을 바로잡았다. 가난 속에서도 지조를 잃지 않았고,「統軍亭序」로 中國의 學士들로부터 千年絶調라는 극찬을 받았다.

우리 나라는 물론 중국에까지 널리 알려진 그의 문학은 우리 문학의 우수성을 대내외에 과시하였고 세계 최장 한시를 지어 시문학발전에 크게 공헌하였다. 이제까지 논의한 내용을 요약하여 결어로 삼는다.

① 임숙영은 直節淸名의 삶은 48세로 일생을 마쳤으나 광해군시대의 사회악과 시대악에 맞서 사회정의와 시대정신의 구현에 진력하였다. 그의 讜論은 賈誼의「治安策」과 汲黯의 直諫과 劉蕡의「對策」으로 비유된다. 그의 당론은 그 광해군조의 시대정신이었다. 그러나 광해군은 이 시대정신을 외면하고 오히려 탄압하였다. 그의 청빈은 原憲으로 비유되리만큼 곤고하였어도 절의와 지조를 굳게 지켜 선비정신의 전범을 보였

다. 그의 문집『踈菴集』에 수록된 문학론·시와 四六文 등은 한국한문학사와 동양문학사에 중요한 위치를 차지한다. 그의 直節淸名의 삶은 시공을 초월하여 선비정신의 전범이 되며, 그의 문학은 문학사에 길이 남아 있다.

② 임숙영은 역대 한시사상 중국에도 없는 7언배율 1백운의 시(觀漲)와 5언배율 716운의 시(述懷)를 최초로 창시한 시인으로 한시 발전과 한문학 발전에 크게 기여하였다.

③「술회」는 임숙영이 방축된 지 3년 후인 1619년 가을에 경기도 廣州 奉安縣 龍津에서 쓴 시로, 原題는「述懷寄呈江華李東岳安訥使君七百十六韻」이다. 오언배율 716운에 1,432구 7,160자의 雄篇 대서사시로 세계 최장의 한시이다. 李奎報의 302운 시를 흠모한 나머지 친구인 東岳 李安訥을 소재로 하여 그를 찬미하였다. 운은 이규보의 302운이 支운인 것처럼 716운 중 平聲 제4운인 支운을 중심으로 압운하였다.

④「술회」시는 起承轉結 4단으로 되어 있다. 1단은 이안눌을 기리기 위한 전제로 단군개국부터 조선초기까지를 노래한 序詞이다. 2단은 동악의 삶과 치적과 덕행을 찬미한 本詞이다. 제3단은 임숙영과 이안눌의 膠漆契의 우정을 형상화한 本詞이다. 제4단은 소암의 인생관과 동악을 그리워하는 우정의 세계를 형상화하였다.

⑤「술회」에서 임숙영은 주체적 민족사관으로 역사를 조명하였다. 檀君·東明王의 건국과 사적을 神話나 說話가 아닌 史實의 역사로 인식하였다. 역사의 治亂興亡의 원인을 崇儒와 仁義의 시대는 흥하고, 崇佛과 權奸의 시대는 혼란과 멸망으로 이어졌다고 인식하였다. 그는「술회」에서 광해군의 몰락을 예견하였다. 역사인식과 비판정신은 왕도정치에 사상적 기반을 두고 이를 以詩論史하였다.

⑥「술회」에서 이안눌의 문학은 杜甫와 元結로, 인품은 봉황과 기린으로, 각 고을 수령으로서 治積은 楊震과 賈敦頤로 비유하고 그를 기렸

다. 특히 이안눌의 孝行·友愛·德行을 찬미하였는데 이는 인간의 도리를 실천한 사람으로 인식한 것이다. 또한 모든 목민관은 이안눌의 애민정신과 목민정신을 구현하여야 한다는 기원이 형상화되었다

⑦「술회」에서 임숙영 자신과 이안눌의 돈독한 우정의 세계를 以詩露情하였다. 그러나 비록 膠漆契의 우정일 지라도 인간사에서는 長短과 甘苦를 함께 할 수 없는 현실을 인식한 세계가 내재되어 있다. 두 사람의 우정은 세계 최장 한시인 천년걸작 雄篇 대서사시인「술회」를 탄생시켰다.

⑧「술회」에는 임숙영 자신의 속임이 없는 正道의 인생관이 형상화되어 있다. 방축되어 전원에서 청빈한 삶을 살고 있을 지라도 대의의 길을 실천하는데 초지일관하면서 虛名을 거부하고 말세에서도 좌절하지 않고 선현의 길을 가고자 한 세계가 형상화되어 있다.

⑨「술회」는 驚天地愁케 한 大手筆로서 精博·廣博·奇異·奇僻·贍富·傑然한 千載傑作이라고 諸家들로부터 평을 받은 불후의 시이다.

⑩ 임숙영 자신은「술회」에 대하여 左思의『三都賦』와 劉勰의『文心雕龍』과 같은 업적임을 은연중 생각하였고 아울러 대단한 자부심과 긍지를 가졌었다.

⑪「술회」는 716운이라는 공전절후의 雄篇 대서사시로서 우리 나라 한시사는 물론 동양문학사에 천년걸작으로, 그리고 그가 한시 발전과 한문학사에 기여한 업적은 찬연하다. 이는 세계 최장편 한시라는 점에서만이 아니다. 뛰어난 역사관과 비평정신, 친구 이안눌의 삶을 완벽하게 시로 쓴 점, 膠漆契의 우정을 아름답게 노래하고, 임숙영 자신의 삶과 인생관을 교묘하게 交織하였으며 표현기교와 시적 성공이 뛰어나기 때문이다.

한가지 아쉬운 점은 716운이라는 천년걸작 雄篇 대서사시의 題材를 친구인 이안눌에서 취했느냐는 점이다. 이규보가「동명왕편」을 지어 그

의 문학이 한층 빛나고 문학사적으로 더 크게 평가받고 있는 점을 생각할 때, 임숙영이 유구한 우리 역사와 문화를 소재로 하였거나, 아니면 주체적 민족사관을 가지고 있던 그가 檀君·乙支文德·廣開土大王·金庾信·世宗大王 등을 소재로 하여 716운을 남겼다면 시로서의 생명력은 물론 문학사적 위치도 더욱 더 높이 평가될 수 있었을 것으로 생각된다.

또 하나는 이 시가 당시에도 난해하여 柳根의 권유로 自註를 하려고 하였으나. 이 시를 지은 지 4년 후 운명하였는데도 自註를 남기지 않은 것은 아쉬운 점이라고 아니할 수 없다. 그러나 이 점으로 인하여 「술회」가 문학사적 위치의 높은 비중과 시사발전에 기여한 공로가 결코 조금이라도 손색을 입지는 않을 것이다.

우리 인류가 漢字로 시를 쓴 유사이래 임숙영의 「술회」만큼 장편의 시는 없다. 천년걸작 웅편 대서사시 「술회」는 오언배율로 716운에 1,432구로 7,160자의 세계 최장편 시이다. 임숙영의 업적은 우리 나라 한시사는 물론 동양문학사에 찬연히 빛난다. 다시 말하면 한시의 장르가 생긴 이래 중국의 시에도 없는 716운의 5언배율과, 1백운의 7언배율을 최초로 창시한 시인이라는 점과, 아울러 「술회」시가 불후의 천년걸작이기 때문이다.

(原題,「世界 最長漢詩 朝鮮朝 任叔英의 <述懷> 研究」,
『東洋學』第18輯, 단국대학교 東洋學研究所, 1988. 10)

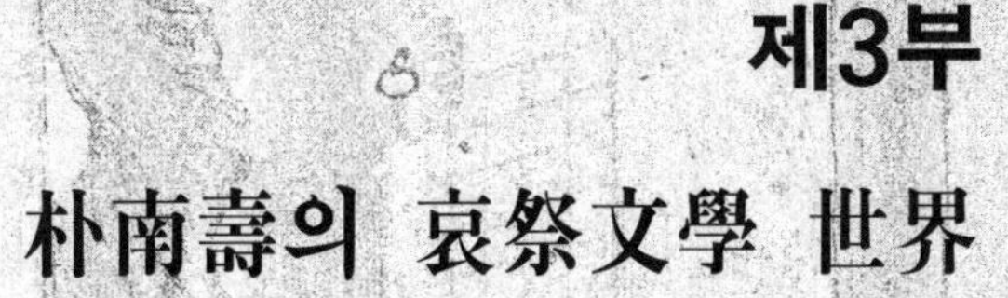

제3부

朴南壽의 哀祭文學 世界

進士 朴南壽의 哀祭文學 硏究

進士 朴南壽의 한글 「을미 제문」 硏究

進士 朴南壽의 哀祭文學 硏究

1. 序　論

조선 英·正祖 때 문장가인 진사 朴南壽(1758～1787)는 古文主義者이다. 그는 당시 문단에서 燕岩體로 신선한 충격을 주었고 이로 인하여 문체파동이 일어났던 燕岩 朴趾源(1737～1805)의 『열하일기』가 패관기서를 좋아하였기에 古文復興에 방해가 된다고 하여, 연암이 읽고 있던 『열하일기』를 촛불로 태우려고 하였을 만큼 철저한 고문주의자이다.

필자는 최근(1993년)에 朴天圭 교수가 선대로부터 소장해 온 박남수(朴교수의 7代祖)의 한글 제문 2편을 발굴하였다. 이 두 편의 제문은 박남수가 18세 때인 1775년(을미, 영조 51)에 쓴 「을미구월졔문」(乙未九月祭文)과 「을미ᄉ월지동포천장ᄉ졔문」(乙未四月齋洞抱川葬事祭文)이다. 이를 연구한 논문 「진사 박남수의 한글 <을미졔문> 연구」[1]를 학계에 보고하였다. 이 2편의 한글 제문은 애제문의 백미로서 우리 哀祭文學史의 새로운 지평을 열었다. 박남수는 한글 제문뿐만 아니라, 醇正한 한문 고문으로

---

1) 金相洪, 「進士 朴南壽의 한글 〈을미제문〉 硏究」, 『省谷論叢』 제25집, 省谷學術文化財團, 1994. 6.

血淚斑點의 悲哀凄然한 애제문을 많이 남겨 한문학 발전에 기여하였다.

哀祭文은 哀弔文과 祭祀文을 통틀어 지칭한 것이다. 哀弔文은 죽은 이를 애상이 여긴 誄·輓文·哀詞를, 제문은 死者를 위한 제사와 神·天地·산천·社稷·宗廟 등에 제사할 때 고하는 글을 말한다. 학계에서의 애제문학 연구는 소수에 불과하다.[2] 애제문도 한문학의 한 장르인 만큼 활발한 연구가 이루어져야 할 것이다.

이 논문은 박남수 문학 연구의 연속 작업이다. 먼저 애제문의 성격과 형식을 고찰한다. 이어서 박남수의 고단한 생애와 고문지상주의 문학세계의 一斑을 고찰하고, 그의 혈루반점과 비애처연한 한문 애제문의 세계를 분석하여 문학사적 위상을 밝히고자 한다.

2. 哀祭文의 性格과 形式

淸나라 姚鼐는 『古文辭類纂』에서 문체를 ① 論辯類, ② 序跋類, ③ 奏議類, ④ 書說類, ⑤ 贈序類, ⑥ 詔令類, ⑦ 傳狀類, ⑧ 碑誌類, ⑨ 雜記類, ⑩ 箴銘類, ⑪ 頌贊類, ⑫ 辭賦類, ⑬ 哀祭類로 분류하고, 애제문을 다음과 같이 설명하였다.

> 애제류는 시경에 頌이 있고 風에는 황조·이자승주가 있는 데 그것이 다 기원이다. 초나라 사람들의 글이 지극히 잘된 것이고 후세로는 오직 한유와 왕안석이 있을 뿐이다.[3]

---

2) 1994년 현재 애제문학에 관한 연구논문은 韋旭昇의 「尤菴祭文의 〈情中之理〉」, '93 EXPO 紀念 宋子學國際學術發表大會 『論文要約集』, 忠南大學校宋子學硏究財團, 1993. 10) 등이 있다.

3) 妖鼐, 『古文辭類纂』, 「古文辭類纂序目」. "哀祭類者, 詩有頌, 風有黃鳥二子乘舟, 皆其

요내는 애제문학의 기원을『시경』의 頌과 風의「黃鳥」와「二子乘舟」로 보았다. 초사 이후로 애제문을 잘한 이로 한유와 왕안석을 들었다. 요내는『고문사류찬』에 굴원의「九歌」, 賈誼의「弔屈原賦」, 한 무제의「悼李夫人賦」, 한유의「祭田橫墓文」등을, 이어서 李翱·歐陽修·蘇軾·蘇轍·王安石의 제문과 方苞의「宣左人哀辭」등을 선하였다. 즉 誄, 哀辭, 弔文, 祭文(묘소에 제사 드리면서 고유한 제문 포함)을 통틀어 애제류에 포함시켰다.

昭明太子 蕭統(501~531)의『文選』에서 분류한 문체 중에서 誄, 哀, 弔文, 祭文은 哀祭文이다. 명의 徐師曾은『文體明辯』에서 시문을 101체로 분류하였는데, 그 중에서 哀辭, 誄, 祭文, 弔文이 바로 애제문이다.

徐居正(1420~1488) 등이 成宗의 명으로 편찬한『東文選』은 시문체를 56類 분류하였는데, 그 중에서 祭文, 哀詞, 誄가 애제문에 속한다. 애제문에 속하는 ① 誄, ② 哀辭, ③ 弔文, ④ 祭文의 문체 성격과 형식을 차례로 알아보자.

1) 誄

梁나라 劉勰(465?~520)은『文心雕龍』에서 誄를 다음과 같이 논하였다.

> 周代의 盛德은 銘과 誄의 문장이 있었으니, 大夫의 자질을 가진 인재들은 喪儀에 임해서 뇌를 쓸 수 있었다. 誄는 累이다. 생전의 덕행을 累績하여 그것을 기록으로 불후하게 만든 것이다. 夏殷 이전에 대해서는 이를 자세히 알 수 없다. 周代에 비록 뇌가 있었다고 하나 士에게는 할 수 없다. 또 미천한 자가 귀한 사람의 뇌를 지을 수 없고, 연하자는 연상자의 뇌를 지을 수가 없었다. 황제에 대해서는 하늘의 이름으로 뇌를 지었다. 뇌를 읽고 諡號를 정

原也. 楚人之辭至工, 後世惟退之介甫而已."

> 하는 것은 예의 표현으로서 중요한 일이다. 魯의 莊公이 乘邱의 전쟁에서 부하의 뇌를 지음으로서 비로소 士에게도 뇌가 지어지게 되었다. 孔子가 돌아가셨을 때 魯의 哀公이 뇌를 지었는데 憖遺의 애절함과 슬픈 탄식의 언사는 깊이가 있는 작품은 아니지만 古式을 그대로 담고 있다. 柳下惠의 아내가 남편을 弔喪하여 쓴 뇌는 문사가 애처롭고 운이 길다. ……대개 뇌를 짓는 법은 망자의 언행을 가려서 기록하고 전기의 체를 따르고 頌文하되 영예를 서술하는데 시작하여 애도로 끝을 맺는다. 사자를 논함에 그 모습을 가히 볼 수 있게 하고 그에 대한 슬픔으로 상함이 있는 것과 같이 하는 것이 뇌의 취지이다.[4)]

명의 서사증은 『문체명변』에서 誄를 다음과 같이 논하였다.

> 誄는 累인데 그의 덕행을 나열하고 칭찬하는 것이다…… 옛적에는 誄를 근본으로 하여 諡號를 정하였으나, 지금의 誄는 오직 슬픔을 글에 붙이는 것이라서, 반드시 죽은 이가 시호가 있고 없음을 묻지 않고 모두 할 수 있어 貴賤과 長幼를 논하지 않는다. 체제는 먼저 世系와 행실과 업적을 논하고 끝에 애상의 뜻을 붙이다.[5)]

『문선』에는 뇌를 曹植의 「王仲宣誄幷序」, 潘岳의 「楊荊州誄幷序」 등이,『문체명변』에는 曹植의 「왕중선뇌병서」, 潘岳의 「양형주뢰병서」 등과 柳宗元의 「虞鳴鶴誄幷序」 등을 수록하였다.

---

4) 劉勰, 『文心雕龍』, 「誄碑」. "周世盛德, 有銘誄之文, 大夫之材, 臨喪能誄. 誄者, 累也. 累其德行, 旌之不朽也. 夏商以前, 其喪彌聞. 周雖有誄, 未被于士. 又賤不誄貴, 幼不誄長. 在萬乘則稱天以誄之. 讀誄定謚, 其節文大矣. 自魯莊公戰乘邱, 始及于士. 逮尼父卒, 哀公作誄, 觀其憖遺之切, 嗚呼之歎, 雖非叡作, 古式存彥. 至柳妻之誄惠子, 則辭哀而韻長矣. ……詳夫誄之爲制, 蓋選言錄行, 傳體而頌文, 榮始而哀終. 論其人也, 曖乎若可觀, 道其哀也, 悽焉如可傷, 此其旨也."

5) 徐師曾, 『文體明辯』(四) 卷60, 旿晟社 影印, 1984, p.156. "按誄者, 累也. 漏列其德行而稱之也. ……蓋古之誄, 本爲定謚, 而今之誄, 唯以寓哀 則不必問其謚之有無, 而皆可爲之, 至於貴賤長幼之節, 亦不復論矣. 其體先述世系行業, 而末寓哀傷之意."

『동문선』에는 이규보의 「宗室司空柱國瑃誄詞」을 위시하여 鄭芝의 「李奎報誄書」가 있는데, 「종실사공주국진뢰사」을 보자.

모월 모월 모일에 守司省 柱國 모가 돌아갔다. 이에 地藏 蘭若에 빈소를 차렸다가 다음 8월 모일에 五龍山 기슭에 장사 지내니 예로써 했다. 공은 神宗의 둘째 아들 襄陽公의 큰아들이자 지금 임금의 아우이다. 모습이 온화하고 너그러우며 옥 같은 바탕이 가득했다. 어릴 적부터 마음을 글쓰는 아름다운 일에 두어서 어진 이를 즐기고 선비를 좋아하니 참으로 옛 어진 임금의 풍모가 있어 사람들이 모두 가로되 이는 반드시 宗室의 중심이 될 것이다 했거늘, 하물며 그 생긴 모습이 奇異하고 잘생겨서 마치 祿을 무한히 받을 것 같아 특별히 세상을 일찍 뜰 것 같지 않았다. 그런데 나이가 젊은데 이렇게 일찍 가니 심하도다. 하늘의 道를 알지 못함이여! 임금께서 매우 슬퍼하사 사람을 보내어 조문하시고 有司에게 명하여 喪禮 일을 맡아보게 하시며, 이에 시호를 懷敬公이라 내리시고 小臣에게 명하여 誄를 짓게 하시다. 그 뇌에 갈오되,

천자의 자손이요 / 임금의 맏아들이라

왕실의 연원이요 / 한림에서 빼어났네
자혜롭고 우애하니 / 하늘에서 물려받은 것

지위는 삼공이요 / 벼슬도 높으셨으며
귀함은 본래 있었으나 / 모자란 것은 壽였네

별안간 길이 가시어 / 손 쓸 새도 없었으니
밤배에 아침 이슬이 / 오히려 오래인 듯

슬프다 난초가 바야흐로 돋으려 할 제 시들고
싹이 열매도 맺기 전에 쓰러지니

천리를 헤아릴 수 없어 / 누가 그 떳떳함 탓하리
임금 마음 슬프셔서 / 음식을 맛보지 않으시며

총애로 예를 행하고 지키니 / 황천에 빛 있으리
신에게 글 짓게 하여 / 誄詞로 꽃다움 밝힌다오

天子之孫　上公之胄　璿漢聯源　瓊林託秀
慈和惠友　寔自天授　位躡三公　冠方加首
貴固自有　所乏者壽　瞥然長辭　間不容手
夜舟朝露　比之猶久
嗚呼 蘭芳秀兮暴悴　苗未實兮先僵
天理莫測　孰詰其常　上心哀悼　六膳輟嘗
寵行孔縟　九壤有光　俾臣執簡　誄以馺芳[6)]

위에서 처음부터 "뇌에 갈오되" 까지가 산문으로 幷序이고, 이하가 뇌인데 압운은 처음에는 上聲의 有운으로, 나중에는 평성의 陽운이다. 이 뇌를 보면 처음에는 家系를 설명하고 고인의 성품이 훌륭함과 벼슬이 높고 공적이 큼을 서술하였다. 이어서 일찍 죽은 것을 애석히 여기고 임금의 사랑이 각별했음을 밝혀 공적이 컸음을 형상화하였다. 뇌에서 "자혜롭고 우애하니 / 이는 하늘에서 물려받은 것"은 懷敬公의 "懷"를 설명한 것이며, "지위는 삼공이요 / 벼슬도 높으셨으며"는 "敬"을 의미한다.

이상을 요약하면, 誄란 시호와 관련이 있다. 사자가 생전에 累績한 덕행을 기술하여 그 이름을 불후하게 만드는 글이다. 처음에는 신분이 낮은 사람이 높은 사람의 뇌를 지을 수 없었고, 연하자는 연상자의 뇌를 지을 수 없었으나, 노나라 莊公이 전사한 士의 뇌를 지은 이후에 누구

6) 『東文選』 권106.

나 지을 수 있게 되었다. 작법은 사자의 덕행을 먼저 기술하고 전기의 체를 따라 칭송하되 亡人의 영예를 먼저 서술하고 끝에 애도의 정을 형상화하는데, 산문으로 序를 지은 다음 운문으로 뇌를 4언 對偶로 짓는 것이 일반적이다. 내용은 사자의 모습을 볼 수 있게끔 묘사하고 哀慽으로 인하여 상함이 있는 것처럼 서술한다.

2) 哀辭

애사는 哀詞와 같다. 劉勰은 다음과 같이 애사를 설명하였다.

> 제정된 諡號法에 의하면 젊어서 죽는 것을 哀라 한다. 哀는 依다. 슬픔은 실로 마음에 의해서 생겨난 것이므로 哀라고 하는 것이다. 애사는 말로써 슬픔을 나타내어 눈물을 짓지 않고 哀悼하는 것이므로, 노인의 죽음에는 사용하지 않고 젊어서 죽은 사람을 위해서 지어진 글이다. 옛날 秦의 세 사람의 良臣이 穆公에 殉死하였는데 백 사람의 남자를 가지고도 그들의 죽음을 바꿀 수 없는 것이다. 그들의 죽음은 불의의 요절과 같아서 「黃鳥」의 시는 그 슬픔을 노래하고 있는데 『시경』의 시인에게는 애사가 아니겠는가? 漢 武帝가 태산에서 천지에 제사할 때 시종 霍嬗(子侯)이 급사하여 무제는 그의 죽음을 슬퍼하는 시를 지었는데 이것도 일종의 애사라 할 것이다. …… 원래 애사의 大體는 애통하고 상심하는 정을 주로 하고 말은 애석한 심정을 다하는데 있다. 어린아이는 덕을 이루지 못했음으로 死者에 대한 칭찬은 그 총명만을 서술하고, 弱冠은 실무를 감당하지 않았음으로 애도의 표시는 용모에 대한 서술만 한다. 애통한 마음을 문으로 結晶시키면 일이 맞으나 문에다 마음을 두면 문체가 화려하기는 하지만 애도하는 맛이 없다. 반드시 마음을 슬픔에 모아서 文이 눈물을 유인해 올 수 있게 하는 것이 귀하다.[7)]

---

7) 劉勰, 앞의 책, 「哀弔」. "賦憲之諡, 短折曰哀. 哀者, 依也. 悲實依心, 故曰, 哀也. 以辭遣哀, 蓋不淚之悼, 故不在黃髮, 必諡夭昏. 昔三良殉秦, 百夫莫續. 事均夭橫, 黃鳥賦哀, 抑亦詩人之哀辭乎. 暨漢武封禪, 而霍子侯暴亡, 帝傷而作詩, 亦哀辭之類矣…… 原夫哀辭大體, 情主于痛傷, 而辭窮乎愛惜. 幼未成德, 故譽止於察惠, 弱不勝務, 故悼加乎膚

서사증은 『문체명변』에서 哀辭를 아래와 같이 논하였다.

애사는 죽은 이를 슬퍼한 글이다. 그러므로 혹은 哀文이라고 한다. 무릇 슬픔을 말로 의지한 것이다. 슬픔은 마음에 의지한 것인 고로 哀라고 한다. 말로써 슬픔을 보내기에 애사라고 한다. 옛적 한나라 班固가 처음으로 梁氏哀辭를 지은 후 후인들이 짓게 되었다. 재주가 있는데 쓰이지 못하고 죽은 것을 애상이 여기거나, 덕이 있는데 장수하지 못한 것을 애통히 여기고, 어린이는 덕을 이루지 못하였기에 총명함만을 서술하는 데 그치고, 弱冠은 실무를 담당하지 못했기에 그의 용모에 대한 서술을 하고 애도하는 것이니 이것이 애사의 대략이다. 애사는 韻語를 쓰고 주로 사언 이소체로 오직 뜻한 바를 서술하니 誄 문체와 다르다.8)

『문선』에 애사는 潘岳의 「哀永逝文」 등 3수가, 『문체명변』에는 반악의 「애영서문」과 韓愈의 「歐陽修哀辭」 등이 수록되었다. 『동문선』에는 이규보의 「吳先生德全哀詞幷序」, 「全履之哀詞」 등이 있는데, 「전이지애사」를 보자.

나의 벗 全坦夫의 자는 履之인데 돈독하고 믿음이 있고 명민하여 글에 능한 사람이다. 벼슬은 中軍錄事에 이르렀는데 나보다 먼저 벼슬을 하였다. 나는 拾遺補闕에 진급했으나 그는 아직 승진되지 못하였다. 正祐 어느 해에 元戎幕府의 補佐가 되어 契丹이 국경을 침범함에 출정하여 바야흐로 八品이 되었으나 마침내 전장에서 돌아가니, 내가 슬퍼하여 애사를 짓는다.

色. 隱心而結文則事愜, 觀文而屢心則體奢, 奢體爲辭, 則雖麗不哀. 必使情往會悲, 文來引泣, 乃其貴耳."

8) 徐師曾, 『文體明辯』(四) 卷60, 旿晟社 影印, 1984, p.153. "按哀辭者, 哀死之文也. 故惑稱文. 夫哀之爲言依也, 悲依於心, 故曰, 哀. 以辭遣哀, 故謂之哀辭也. 昔漢班固初作, 梁氏哀辭, 後人因之代有撰著. 或以有才, 而傷其不用, 或以有德, 而痛其不壽, 幼未成德, 則譽止於察惠, 弱不勝務. 則悼加乎膚色, 此哀辭之大略也. 其文皆用韻語, 而四言騷體, 惟意所之, 則誄體異矣."

옛날 장군이 있어 삼군을 통솔함이여
오랑캐를 어린애로 여겼도다

그대도 그렇게 하지 않은 게 아니러니
어찌하여 막하에서 벼슬이 낮은고

도모 전단키 어렵고 용맹 갖춘바 아니니
마땅히 죽음이 이와 같구나

군사에 대하여 듣지 못하였으니
공자께서 하신 말씀이 있으니

어찌 그대가 제사지냄을 익혀서
이 칼날을 밟는 위태로움을 만났나

소나무와 물에 한 옛 맹세는
눈물이 앞을 가리고 곡소리 슬픈데

어쩌나 다시 볼 수 없으니
나는 누구와 시를 논한단 말인가

어찌 나와 그대가 같은 것이 없으라
오직 그대 글 간략하면서도 간절하네

古有儒將統三軍兮　制服戎虜如小兒兮
想夫子之非不爾兮　奈幕下之官卑
謀難專斷兮勇非所蓄　宜乎隕命之如斯
軍旅之未曾聞兮　仲尼有以著辭
胡吾子之習俎豆兮　遭玆鋒鏑之蹈危
援松指水有舊盟兮　淚橫隨兮哭以悲

已哉更不得覿兮　　吾與誰兮論詩
豈無余子尙可同兮　　獨子之詞兮簡而能披[9)]

위의 애사는 4언 6언 7언 8언을 1구로 하여 노래하는 식으로 구의 끝에 兮를 넣으면서 이어나간 楚辭體이다. 이 애사는 처음에 인적 사항과 벼슬을 소개하고 죽음에 이른 사연을 서술하였다. 주로 너무 일찍 죽은 것을 애석하게 여기고 그 슬픔을 강조하였다. 이어 고인과 작자와의 관계를 밝히고 다시 죽음을 애도하였다.

애사는 고인의 공덕을 칭송하기보다는 슬픔을 강조하고 뇌는 공덕을 칭송하고 있어 서로 다르다. 뇌보다 애사가 더 친밀감이 가며 정이 담긴 문체이다.

이상의 논의를 요약하면, 애사란 젊어서 죽은 자를 슬퍼한 글이다. 말로써 슬픔을 나타내어 눈물을 짓지 않고 애도하는 것이므로, 노인의 죽음에는 사용하지 않고 젊어서 죽은 사람을 위해서 애도하는 글이다. 연원은 『시경』의 「黃鳥」로, 한나라 班固의 「梁氏哀辭」가 애사의 효시이다. 구법은 4언 6언 7언 8언 韻語로 離騷體로 짓는다. 애사는 작자의 情을 서술하기 때문에 誄文體와 다르다.

3) 弔 文

유협은 『문심조용』에서 弔文을 다음과 같이 논하였다.

弔는 至이다. 『시경』에 '神이 弔한다'라 한 것은 신이 이른 것을 말한다. 군자가 죽어서 謚號를 정하면 사태는 막바지에 이르고 理性은 슬픔에 잠긴다. 그러므로 조문객은 유족을 위안하는 데 이르러서 말하는 것이다. 壓死나

9) 『東文選』 권116, 「全履之哀詞」.

> 溺死한 자는 道에 어긋난 것이므로 조문을 하지 않는다. …… 驕貴한 자가 죽었거나, 狂忿으로 도에 어긋난 사람, 지조가 있었으나 때를 못만난 사람, 훌륭한 재능이 있었으나 연루되어 재능을 발휘 못한 사람들을 追想하여 위로하는 문장을 弔文이라 한다. 賈誼는 유배되어 상강에서 발분하여 「조굴원부」를 지었는데 그 형식이 周到하고 내용이 覈實하며 말이 청초하고 논리는 슬프니 최초의 걸작이다. …… 조문은 옛적에는 화려한 말을 쓰지 않았다. 화려하면 운이 이완되고 조문이 변해서 賦가 되어 버린다. 진실로 마땅히 정의로 이치를 엮고 亡人의 미덕을 드높여 오류를 억제하며, 褒貶을 바로 하여 애도의 가운데에서도 바름이 있으면 윤리를 잃음이 없을 것이다.10)

서사증은 『문체명변』의 「弔文」 조에서, "조문이란 죽은 이를 조상하는 글이다"11)라고 한 후에 위의 劉勰의 논의를 그대로 수용하고 있다. 『문선』의 조문에는 賈誼(B.C. 200~B.C. 168)의 「弔屈原賦」 등이, 『문체명변』에는 韓愈의 「祭田橫墓文」, 柳宗元의 「弔萇弘文」 등이 있다. 『동문선』에는 弔文을 독립 장르로 분류하지 않았다. 가의의 「조굴원부」에서 弔文의 형식과 특성을 살펴보기로 한다.

> 황공하게 은혜 입어 / 죄를 長沙에서 기다릴 적에
> 소문 들으니 굴원이 / 멱라수에 투신했다네
>
> 湘水에 이르러 / 경건히 선생을 조문하네
> 무도한 세상 만나 / 기어히 그 몸을 마치셨네

10) 劉勰, 『文心雕龍』, 「哀弔」. "弔者, 至也. 詩云神之弔矣, 言神至也. 君子令終定謚, 事極理哀. 故賓之慰主, 以至到爲言也. 壓溺乖道, 所以不弔矣. ……或驕貴而殞身, 或狷忿以乖道, 或有志而無時, 或美才而兼累, 追而慰之, 并名爲弔. 自賈誼浮湘, 發憤弔屈, 體同而事覈, 辭淸而理哀, 蓋首出之作也.……夫弔雖古義, 而華辭未造. 華故韻緩, 則化而爲賦. 故宜正義以繩理, 昭德以塞遠, 割析褒貶, 哀而有正, 則無奪倫矣."

11) 徐師曾, 같은 책, 卷61, p.179. 按弔文者 弔死之辭也.

아 슬프다 / 상서롭지 못한 때를 만나셨네
난새 봉황은 숨고 / 솔개 올빼미 높이 나네

우매한 자 높이 되어 / 참소 아첨으로 뜻을 얻고
성현은 거꾸로 이끌려 / 方正한 것이 거꾸로 섰네

卞隨 伯夷 더럽다하고 / 盜跖 莊蹻 청렴타하며
명검을 무디다 하고 / 무딘 칼을 날카롭다 하네

…… <中略> 誶曰

그만두자 나라에 나를 아는 이 없구나
그대 홀로 불평 울분을 뉘에게 말하였소

봉황이 훨훨 높이 날아감이여
무릇 진실로 스스로 끌어서 멀리 갔나니

깊은 연못에 사리고 있는 神龍은
깊은 못 속에 잠겨 스스로 보중함이라

교달이 벌레 피해 숨어서 삶이여
어찌 두꺼비와 거머리 지렁이를 따르랴

귀한 바는 성인의 신령스런 덕이라
탁한 세상 멀리하여 스스로 숨는 것이니

기린을 고삐 매고 굴레 씌운다면
어찌 개나 양과 다르다 할 수 있으리오

도리어 분분한 속에 이런 허물 만나셨으니
또한 선생의 잘못이로다

九州를 두루 돌아 임금 도왔어야 할 것을
하필이면 초나라 도성만 생각하셨소

봉황은 천 길 높이 날면서
德光을 보고서야 내려오고

덕이 없는 험악한 낌새를 보게 되면
아득히 멀리 더욱 날개 치며 가 버리오

저 작고 더러운 웅덩이는
배를 삼킬 만한 고기를 용납할 수 있으리

江湖에 비껴 놀던 전어와 고래라도
땅강아지와 개미에게 제압 당할 것이네

恭承嘉惠兮　　竢罪長沙　　仄聞屈原兮　　自湛汨羅
造托湘流兮　　敬弔先生　　遭世罔極兮　　迺殞厥身
烏虖哀哉兮　　逢時不祥　　鸞鳳伏竄兮　　鴟鴞翱翔
闒茸尊顯兮　　讒諛得志　　聖賢逆曳兮　　方正倒植
謂隨夷溷兮　　謂跖蹻廉　　莫邪爲鈍兮　　鉛刀爲銛
…… <中略>　誶曰
已矣國其莫吾知兮　　予獨壹鬱其誰語
鳳縹縹其高逝兮　　夫固自引而遠去
襲九淵之神龍兮　　沕淵潛以自珍
偭蟂獺以隱處兮　　夫豈從蝦與蛭螾
所貴聖之神德兮　　遠濁世而自藏

使麒麟可係而羈兮　　豈云異夫犬羊
般紛紛其離此郵兮　　亦夫子之故也
歷九州而相其君兮　　何必懷此都也
鳳凰翔于千仞兮　　覽德輝而下之
見細德之濆險微兮　　遙增擊而去之
彼尋常之汚瀆兮　　豈容呑舟之魚
橫江湖之鱣鯨兮　　固將制於螻蟻[12)]

賈誼는 長沙로 귀양가던 중 湘水에 이르러 굴원의 불우한 삶을 회상하며 글로 조문하고 굴원과 자신의 불행한 처지를 슬퍼하며 울분을 형상화하였다. 작법은 초사를 계승한 전형적인 漢代의 古賦體이다.

弔文이란 죽은 영혼을 이르게 하는 글로, 원래는 압사한 자나 익사한 자에게는 하지 않았다. 驕貴한 자가 죽었거나, 狂忿으로 道에 어긋난 사람, 지조가 있었으나 때를 못 만난 사람, 훌륭한 재능이 있었으나 연루되어 재능을 발휘 못한 사람 등 주로 불우한 삶을 살았던 이들의 영혼을 위로하는 글이다. 가의의 「조굴원부」는 조문의 효시이다. 작법은 화려하지 않으면서 운이 이완되지 않게 짓되 고인의 미덕을 높이면서도 포폄이 정대하여야 하며 애도 속에서도 윤리를 상하지 않도록 하여야 한다.

4) 祭 文

劉勰은 『文心雕龍』에서 제문을 독립시켜 설명하지는 않았다. 다만 「祝盟」 조에서 제문에 관련된 부분을 살펴보기로 한다.

> 禮의 규정에 의한 제사는 신에게 供物을 보고하는 것으로 그쳤는데 중세의 제문은 인간의 언행을 찬미하는 것까지 겸하게 되었다. 제사를 위하면서

12) 『詳說古文眞寶大全』, 保景文化社 影印, 1983, pp.93~94.

동시에 찬미의 역할을 겸한 것은 대개 신을 이끌어 들이기 위해서 지은 것이다.……무릇 모든 언어가 화려하나 신의 강림을 구하는 데는 진실성에 힘써야 하며 수사는 성실하게 하여 부끄러움이 없어야 한다. 기도의 방식은 반드시 성실하고 경건해야 한다. 제사는 공손하면서 슬퍼함이 있는 것이 대략의 요점이다.13)

이어서 서사증이 『문체명변』에서 제문을 논한 것을 보기로 한다.

제문이란 尊親과 벗을 제사하는 글이다. 옛적의 제사에는 흠향하기를 고하는 데 그쳤을 뿐이 다. 중세 이후에는 (고인의) 언행을 기리면서 애상의 뜻을 겸하였으니 축문이 변한 것이다. 그 글에는 산문과 韻語와 儷語가 있는데, 韻語 중에는 散文과 4언, 6언, 雜言, 騷體와 儷體가 있어 같지 않다.14)

제문이란 尊親이나 벗의 언행를 기리고 추모하면서 제사지내는 글이다. 산 자의 애상의 정을 형상화한 글로 축문이 변한 것이다.『문선』의 제문에는 謝惠連의「祭古家文」등 3首가 있다.『문체명변』에는 산문체로는 歐陽修의「皇考太師祭文」등을, 韻語體로는 柳宗元의「祭呂衡州溫文」등을, 儷語體로는 구양수의「英宗皇帝靈駕發引祭文」등을 수록하였다.『동문선』에는 崔致遠의「祭五方文」등과 임춘의「祭復源闍梨文」등이 있다.

李奎報의「祭妻文」(代人行三言)을 통하여 제문의 형식을 살펴보기로 한다.

---

13) 劉勰, 같은 책,「祝盟」. "若乃禮之祭祀, 事之告饗, 而中代祭文, 兼讚言行, 祭而兼讚, 蓋引神而作也.……凡群言發華, 而降神務實, 修辭立誠, 在於無媿. 祈禱之式, 必誠以敬. 祭奠之楷, 宜恭且哀, 且其大較也."

14) 徐師曾, 같은 책. 권61, p.165. "按祭文者, 祭尊親友之辭也. 古之祭祀止於告饗而已. 中世以還兼讚言行, 以寓哀傷之意, 蓋祝文之變也. 其辭有散文, 有韻語, 有儷語, 而韻語之中, 又有散文四言六言雜言騷體儷體之不同."

운운, 나이 열 여섯에 / 내게 시집와서
內法이 익숙하고 / 婦儀가 雅潔하여

내가 지시하는 일을 / 잘하였고
시부모 섬기는데 / 조그마한 허물도 없었으며

제사에 삼가 / 조금도 게으름이 없었도다
바야흐로 어려울 때 / 함께 험한 일을 당했는데

집이 조금 윤택해지자 / 命을 빌지 못하고
문득 가버리니 / 꽃이 홀연히 졌구나

하늘이 이렇게 한 것이니 / 어찌할 수 없도다
창자가 찢어지고 / 눈물이 땅에 떨어지누나

술이 박주이나 / 이미 잔에 가득 찼으니
내 정성을 헤아려 / 한 번 마시는 것이 좋겠소

아 슬프도다

云云
年二八　歸于我　壼則閑　婦儀雅
予所指　輒迎迓　事舅姑　鮮微過
謹烝嘗　無小惰　方艱難　同坎坷
家稍潤　命不假　奄爾徂　花忽謝
天使然　無可奈　腸已裂　淚隨墮
酒旣薄　盈一斝　諒吾誠　一啜可
嗚呼哀哉[15)]

---

15)『東文選』권109.

이규보가 아내를 잃은 사람을 대신하여 3言으로 지은 제문인데 앞에서는 고인에 대한 칭송을 뒤에는 죽음을 애도하였다. 제문은 산문체와 운문체가 있는 데, 운문체는 4언체, 6언체, 잡언, 離騷, 儷體가 있으나, 4언체가 正體이다.

사람이 지은 문장 중에서 가장 심금을 울리는 글은 죽은 사람의 영전에 고하는 애제문일 것이다. 애제문은 살아 있는 자가 죽은 이의 영혼에게 글로써 추모하고 위로할 수 있는 문체이기에 내용이 슬프고 처절하지 않은 것이 없다. 죽은 자의 영혼을 위로하고 이별의 아픔과 추모의 정을 형상화하는 글인 만큼, 죽은 이가 사랑하는 가족이라면 그 내용이 애절하고 더욱 슬플 수밖에 없다.[16)]

3. 朴南壽의 生涯와 文學

1) 孤單한 生涯

박남수는 1775년(영조 51)에 18세의 나이로 눈물 없이는 읽을 수 없는 명문의 한글 제문 「을미구월졔문」(乙未九月祭文)과 「을미ᄉ월직동포쳔장ᄉ졔문」(乙未四月齋洞抱川葬事祭文) 2편을 남겨 고전문학사에 애제문학의 새로운 지평을 열었다.

그는 명문대족 潘南朴氏의 후예이다. 조부 道源(1714~1776, 호 獨旅)은 사헌부 대사헌을 역임하였다. 아버지 相冕(1730~1757, 호 對華齋)은 사간원 정언을 역임하였는데 28세로 세상을 떠났으며, 어머니는 淑人 全州李氏(李貞祥의 女, 1731~1804)이다.

---

16) 金相洪, 위의 논문, p.1155.

그는 아버지가 세상을 떠난 지 7개월 후에 유복자로 1758년(영조 34년, 무인) 5월 14일 서울 格洞 외가에서 출생하였다. 字는 山如이고 호는 修隅 또는 寄寄所, 靜存窩, 惺惺翁, 氷月觀이다. 18세 때(1775년)인 8월에 첫 부인 韓山李氏가 19세로 세상을 떠났고, 다음해 7월에는 조부가 享壽 63세로 下世하였으며, 22세 때(1779년)인 9월에는 續絃한 부인 平山申氏가 20세로 세상을 떠나 喪慽이 계속 이어졌다. 이러한 불행을 겪으면서도 학문에 정진하였다. 24세(정조 7, 1783, 계묘) 때 규장각 直學士 沈念祖가 國子試를 관장하였는데 박남수의 文을 보고 고등으로 擢置하였다. 2년 후 성균진사시에서 장원하였다. 그는 여러 차례 과거에 나갔으나 뜻을 이루지 못하고 불행하게도 정조 11년(정미)인 1787년 8월 11일 30세의 아까운 나이에 세상을 떠났다.

14세 때(1771) 5월에 參判 李海重의 딸 한산이씨(1757~1775)와 결혼하였으나 5년만에 부인이 19세로 세상을 떠났다. 繼配는 申大顯의 딸 平山申氏(1760~1779)인데 20세로 운명하였다. 三配는 李復明의 딸 延安李氏(1763~1845, 향년 83)로 슬하에 외아들 齊賢(1784~1832)을 두었다.

유고인 『修隅前後集』 3권이 있었으나, 『수우전집』(1·2권 1책)과 二(3·4권 1책)권이 필사본으로 전하고 있다. 後集인 箚·議·講義·問答 1권은 不傳이다. 이 『수우전집』에는 金性根(자 彛則)과 당숙인 朴宗龜(자 元瑞, 交河郡守 역임)의 「修隅詩集序」가 있고, 또한 김성근과 박종구의 「修隅文稿序」가 있다. 이들 4편의 서를 쓴 해가 을미년(1775)인데, 이때 박남수의 나이 18세이다.

『수우전집』 一권에는 시, 잡시가, 전집 二에는 序, 記, 跋, 書牘, 祭文, 告文, 哀辭, 묘지명, 墓表, 家狀, 行錄, 傳, 贊, 銘, 雜著가 수록되었다. 한글 제문인 「을미구월졔문」(乙未九月祭文)과 「을미ᄉ월지동포쳔장ᄉ졔문」(乙未四月齋洞抱川葬事祭文) 두 편은 문집에 수록되어 있지 않고 小帖子로 전해 온다.

『수우전집』 二의 권3에 애제문인 哀辭와 제문이 12편이 있다. 哀辭는 1수로 「閔君啓運哀辭幷序」(갑진)가 있다. 제문은 11편으로 「祭外祖母申氏」(을미), 「祭從祖諫議公文」, 「祭金彛則文」, 「祭亡申氏文」(2수), 「告祖考墓文」(임인), 「告先考墓文」, 「告亡室李氏墓文」, 「告亡室申氏墓文」, 「祭從祖母元氏文」(계묘), 「祭從祖諫議公文」(갑진)인데 모두 告文이다. 애제문의 세계는 한결같이 血淚斑點으로 비애처연하다.

후일 영의정을 역임한 南公轍(1760~1840)은 박남수의 묘지명에서 다음과 같이 哀悼하였다.

> 山如가 살아서는 내 문장을 사랑하였는데
> 그가 죽었기에 나의 글로 銘을 짓다니
>
> 사람들이 헐뜯고 배척하더니만
> 하늘도 또한 곤액케 하고 명을 재촉했구나
>
> 마침내 산여로 하여금 그치고자 하는 바에 그치지 못하게 하여
> 여기에 그치게 하였는가?
>
> 山如生而愛吾之文　　其死也銘以吾之文
> 人或毁而擠之　　天亦阨而促之
> 其竟使山如不止於所欲止　　而止於斯[17)]

위의 글에서 친구 박남수의 죽음을 남공철이 얼마나 슬퍼하고 있는가가 오롯하게 형상화되어 있다. 이것은 30의 한창 나이에 박남수가 세상을 떠나자 친구를 잃은 슬픔에 할말을 잃고 애통한 마음을 銘으로 표출한 것이다.

---

17) 南公轍, 『金陵集』 三, 권17, 「朴山如墓誌銘」.

명문의 후손으로서 유복자로 태어난 박남수의 생애는 거듭된 喪慽과 과거의 실패로 불우하고 평탄하지 못하였다. 그러나 30의 나이로 세상을 떠났지만 우리 문학사에 큰 족적을 남겼다.18)

2) 古文主義의 文學

박남수는 古文至上主義者이다. 그는 문장은 진·한을 조종으로, 당·송을 원류로 삼았고 명말·원·청 잡가의 문장을 배격하였다. 그가 22세(기해, 1779) 때 지기인 남공철에게 답한 글 「答南元平」에서 다음과 같이 고문론을 전개하였다.

> 대개 문장은 이미 진·한이 조종이요 당·송이 원류인데 그러나 슬프게도 요즈음 사람들은 왕왕 이를 법으로 삼지 않고 온전히 명말·원·청의 잡가를 취하여 정식으로 삼으니……이를 경계하여야 하오. 足下는 諒察하기 바라오.19)

위에서 보는 것처럼 박남수는 명·원·청의 잡가의 문을 배척하고 오로지 진·한과 당·송의 문장만이 程式으로 인정하였다.

고문주의자였던 박남수는 연암 박지원의 『열하일기』를 촛불로 태우려고 했던 인물이다. 이때의 일을 남공철은 「朴山如墓誌銘」에서 자세히 기술하였다. 박남수의 집 碧梧桐亭館에 당시 연암과 靑莊館 李德懋(1741~1793, 자 懋官)와 貞蕤 朴齊家(1750~?, 자 次修)와 남공철이 모인 어느 달 밝은 밤의 일이다.

---

18) 자세한 것은 필자의 논문 「進士 朴南壽의 한글 〈을미 제문〉 연구」(『省谷論叢』 제25집, 省谷學術文化財團, 1994. 6.)을 참고.

19) 『修隅前集』 二, 卷3, 「答南元平」. "蓋文章旣有秦漢之祖宗, 唐宋之源流, 而嗟近世之人, 往往有不此之法, 全以明季元淸雜家取作程式.……以爲戒, 唯足下諒察也."

내가(남공철) 일찌기 연암 박미중을 쫓아 산여의 집 벽오동관정에 모였다. 청장관 이덕무 정유 박차수도 있었다. 이날 밤 달이 밝았는데 연암이 曼聲으로 그가 지은 열하일기를 읽고 있었는데, 무관과 차수가 둘러앉아 들었다.

산여가 연암에게 "선생의 문장은 비록 훌륭하나 패관기서를 좋아하여 이로부터 古文이 부흥되지 못할까 두렵습니다."라고 하였다. 연암이 취하여 말하기를 "그대가 무엇을 아느냐?" 하고서는 다시 전과 같이 읽었다. 산여도 그때에 역시 취하였기에 앉은 자리 곁에 있던 촛불로 열하일기를 태우려고 하였다. 내가 급하게 만류하여 그만 두었다. 연암은 노하여 몸을 돌려 눕고 일어나지 않았다. 이에 무관이 거미 한 폭을 그리고 차수가 병풍에 「음중팔선가」를 지어서 초서로 쓰니 종이가 다하였다. 내가 말하기를 "글씨와 그림이 지극히 현묘하니 연암께서 마땅이 跋文을 지으셔야 三絶이 됩니다."라고 하며 연암의 마음이 풀어지게 하고자 하였다. 그러나 연암은 더욱 노하여 더욱 일어나지 않았다.

날이 새고 연암도 술이 이미 깨었는데 문득 옷깃을 바르게 하고 꿇어앉아 말하였다. "山如야! 앞으로 오라! 내가 세상에 窮한지가 오래되었다. 문장을 빌어 傀儡의 不平之氣를 한번 쏟아내어 마음대로 遊戱한 것일 뿐이지 어찌 즐겨서 하였으리오? 산여와 元平(남공철 의 字)은 소년으로 아름다운 자질을 갖추었으니 文을 하려면 나를 배우지 말고, 正學을 흥기시키는 것을 자신의 임무로 삼아서 후일 왕조에 문장의 신하가 되거라! 내 마땅히 제군들에게 벌을 받으리라!" 하고서는 술 한잔을 다시 마시고 또 懋官과 次修에게 권하여 마시게 하니 드디어 크게 취하고 환호하였다.

내가 이일로 연암의 奇氣와 마음을 비운 도량에 탄복하였고 그리고 더욱 산여의 의논이 정론이었음을 알았다. 만약 나이를 빌려주어 그 배운 바를 克明케 하였다면 반드시 장차 가히 볼만한 것이 있을 것인데 불행하게도 단명하여 죽었도다. 비록 그러나 그 아까운 것이 어찌 유독 이것뿐이겠는가?[20)]

---

20) 南公轍, 『金陵集』 三, 卷17, 「朴山如墓誌銘」, pp.58~60. "余嘗從燕岩朴美仲, 會山如碧梧桐亭館. 靑莊李懋官, 貞蕤朴次修皆在. 時夜月明, 燕巖曼聲讀其所自著熱河記, 懋官次修環坐聽之. 山如謂燕岩曰, 先生文章雖工, 好稗官奇書, 恐自此古文不興. 燕岩醉曰, 汝何知, 復讀如故. 山如時亦醉, 欲執座傍燭, 焚其藁. 余急挽而止, 燕岩怒, 遂回身臥不起. 於是, 懋官畵蜘蛛一幅, 次修就屛風草書, 作飮中八仙歌, 紙立盡. 余稱, 書畵極

이와 같은 남공철의 증언에서 몇 가지 새로운 사실을 찾을 수 있다. 첫째, 박남수가 연암 박지원을 비롯하여 조선후기 문단에 중요한 역할을 담당했던 남공철·이덕무·박제가 등과 교유하였음과, 아울러 모임의 장소가 그의 집인 碧梧桐亭館이었다는 점이다. 이는 박남수의 학문과 문학적 위상이 높았음을 말해주는 것이다. 둘째, 박남수가 아무리 술이 취했다고는 하나, 21세 年上이며 三從祖이자 선생인 연암이 지은 『열하일기』가 패관기서로 고문진흥에 도움이 되지 못한다 하여 불태우려한 점만을 보아도 그가 얼마나 철저한 고문지상주의자였는 지를 알 수 있다. 셋째, 연암이 박남수가 『열하일기』가 패관기서를 좋아한 것이고 고문부흥에 도움이 되지 못한다는 지적을 전폭적으로 수용한 점이다. 연암 자신이 窮하게 산지가 오래되어 傀儡의 不平之氣와 같이 한번 쏟아내어 글로써 유희한 것, 즉 以文遊戱한 것일 뿐이지 즐겨서 한 것이 아니라고 인정한 것이다. 아울러 문장을 하려면 자기를 배우지 말고 正學을 興起시키는 것을 목표로 삼으라고 한 것이다. 박남수의 지적을 모두 인정하고 수용한 것이다. 이것은 『열하일기』가 연암이 추구했던 문학의 궁극적인 목표가 아니었음을 뜻한다. 즉 연암도 때를 못 만나 오래 불우하게 살다보니 괴뢰의 불평지기로 『열하일기』를 썼을 뿐, 자신이 추구한 것은 정학을 흥기시키는 데 기여하는 문학이었음을 고백한 것이다. 넷째, 박남수가 단명하지 않고 장수하였다면 학문과 문장으로 더욱 큰 업적을 남겼을 것이라고 남공철이 애석하게 여긴 점이다. 이와 같은 남공철의 증언을 통하여 박남수가 철저한 고문주의자임을

妙, 燕岩宜有一跋, 爲三絶. 欲以解其意, 而燕岩愈怒愈不起. 天且曙, 燕岩旣醒, 忽整衣詭坐曰, 山如來前. 吾窮於世久矣. 欲借文章, 一瀉出傀儡, 不平之氣, 恣其遊戱爾, 豈樂爲哉. 山如元平俱, 少年美姿質, 爲文愼勿學吾, 以興起正學, 爲己任, 爲他日王朝黼黻之臣也. 吾當爲諸君受罰. 引一爵復飮, 又懋官次修飮, 遂大醉懽呼. 余以是歎燕岩奇氣有虛己之量, 而益知山如議論之正也. 若使假之年, 而克其所學, 卽必將可觀者, 而不幸短命死矣. 雖然其可惜者, 豈獨此也哉."

알 수 있다.

이제 그의 시세계를 알아보기로 한다. 知己인 김성근은 「수우시집서」에서, 박남수는 詩社活動을 통하여 시로써 당시 문단에 명성이 자자하였음을 밝히고, 또한 그의 시풍은 "藥圃花欄 春風舒泰, 石逕山谷 秋泉冷溢, 和暢不流 慷慨寡怨"이었으며 모두가 성정지정에서 나온 것이라고 높이 평가하였다.[21] 박종구는 "참으로 우리 산여의 시는 성정에서 저절로 나온 것이라서 天機에 이르렀다", "시로써 산여의 성정을 그린 것이라고 해도 마땅하도다"라고 하였다.[22] 그의 시는 性情之正을 형상화 한 것으로 天機에 이르렀다고 당시에 평가를 받았다.

다음은 「梅鶴說」을 통하여 고문세계의 一斑을 살펴본다. 「매학설」은 박남수가 18세 때인 을미년(1775)에 지은 것이다.

> 나는 성품이 게을러 본래 새와 짐승, 花卉를 완상하는 버릇이 없었으나 그러나 유독 새 중에는 鶴을, 꽃 중에는 매화를 좋아했으니 즉 항상 청결하여 티끌과 더러움이 없었기 때문이라고 말하였다. 사람을 만나면 번번이 구하였으나 얻을 수가 없어서 하나의 큰 한이 되었다.
>
> 일찍이 길을 가던 중 매화를 싣고 학을 조롱에 넣고 가는 자가 있었는데 학과 매화가 모두 絶品이었다. 나는 한참 동안 바라보다가 그것들이 온 곳과 갈 바를 더듬어 보니 某가 某에게 보내는 것이라고 생각하는데, 한 사람은 뇌물을 잘 바치는 이었고 한 사람은 뇌물을 잘 받는 이었다.
>
> 나는 이에 의분이 복받쳐 슬퍼하며 한숨을 쉬고 말하기를 "누가 매화와

21) 『修隅前集』 一, 金性根 「修隅詩集序」. "今之好詩者, 其孰能山如之如乎. 余與及於未交, 而嘗於詩社間偶閱多少, 詩多者最山如. 其詩也, 或平或不平, 平者, 如藥圃花欄, 春風舒泰. 不平者, 如石逕山谷, 秋泉冷溢, 以是而知非其尋常.……又從而詩會之, 及其秉燭夜遊, 辭氣雍容, 淡乎無塵埃.……余於是擊節歎曰, 斯人也, 而有斯詩也, 和暢者不流, 慷慨者寡怨, 蓋出於性情之正者."

22) 『修隅前集』 一, 朴宗龜, 「修隅詩集序」. "此眞吾山如之詩, 出自性情, 而及乎其天機者也.……以此詩爲吾山如性情之畵也, 宜矣."

학이 청결하여 티끌과 더러움이 없다고 하였는가? 이미 이와 같이 뇌물이 되었다면 일찍이 내가 구해도 얻지 못한 것이 진실로 족히 한이 될 것이 없다. 다만 매화와 학이 즐겨 나의 완상 거리가 되지 않으려 할뿐만 아니라, 나도 또한 매화와 학을 완상 거리로 여기지 않으리라. 그윽이 매화와 학을 위하여 애석히 여기고 슬프게 여기도다."[23]

이 「매학설」은 전형적인 醇正한 고문으로 뇌물이 횡행하는 당시 사회를 신랄하게 풍자한 명문이다. "누가 매화와 학이 청결하여 티끌과 더러움이 없다고 하였는가? 이미 이와 같이 뇌물이 되었다면 일찍이 내가 구해도 얻지 못한 것이 진실로 족히 한이 될 것이 없다"고 한 것은 그의 청결한 성정의 세계를 형상화한 것이다. 이 「매학설」 1편만을 보아도 박남수가 지향한 고결한 삶과 고문주의 문학의 세계를 유추할 수 있을 것이다.

당시 18세기 문단에서 중요한 위치에 있던 제가들의 평을 통하여 박남수의 문학사상은 고문주의자였고, 문학세계는 성정지정의 구현에 있었으며, 또한 18세기 우리 문학사에서 차지하는 위상과 비중이 높았음을 알 수 있다.[24]

---

23) 『修隅前集』 二, 권4, 「梅鶴說」. "余性疎慵, 素無癖於鳥獸卉木之翫賞, 而獨禽中鶴, 花中梅, 則常謂淸潔無塵累. 逢人輒求, 求亦不得, 以爲一大恨. 嘗於路中, 有輿梅籠鶴去者, 鶴與梅俱絶品. 余屬目良久, 探其所從來, 所從去, 乃某之送某云, 而一善納賂者, 一善受賂者也. 余於是慷慨長太息曰, 誰謂梅鶴 淸潔無塵累. 旣如是爲賂物, 則嘗余之求不得, 固不足爲恨矣. 非徒梅鶴之不肯爲余翫賞, 余亦不肯, 以梅鶴爲翫賞. 竊爲梅鶴惜之悲之也."

24) 박남수의 문학 세계는 필자의 논문 「進士 朴南壽의 한글 〈을미 제문〉 연구」(『省谷論叢』 제25집, 省谷學術文化財團, 1994. 6.)를 참고.

4. 朴南壽의 血淚斑點의 哀祭文 世界(Ⅰ)

1) 遺腹子의 恨과 血淚

(1)「告先考墓文」

박남수의 아버지 相冕(1730～1757)은 사간원 정언을 역임하였는데 28세로 세상을 떠났다. 부친 사후 七朔만에 유복자로 태어난 작자는 얼굴도 모르는 지하에 계신 아버지를 사모하는 애끓는 정을 눈물겹게 형상화하였다. 이 「告先考墓文」은 25세(임인, 1782) 때에 쓴 것이다. 아버지를 그리는 정이 너무나도 곡진하게 형상화되어 悲惻하기 그지없는 명문이다. 먼저 전문을 보기로 한다.

한 하늘 아래 한 땅 위의 만물 중에서, 인간 세상에 지극한 아픔과 지극한 원통함을 품은 자가 소자와 같은 사람은 있지 않나이다. 아버님의 용모와 기침소리를 태어나서 뵙거나 듣지 못하였나이다. 또 일찍이 아버지 소리를 해보지도 못하였나이다. 입이 비록 벙어리가 아니고 귀가 먹은 것도 아니고 눈이 장님이 아니건마는 장님과 한가지요 귀머거리요 또한 벙어리와 한 가지이나이다.

이 어찌 사람이리오! 이 어찌 사람이리오! 아 아! 하늘이여! 어찌 차마 저에게만 편벽되게 不仁함이 이처럼 참혹하온지요!

남들이 소자의 모습이 아버님을 꼭 닮았다고 말하였습니다. 이로써 항상 거울에 제 모습을 비춰보고 귀와 눈이 닮았는가? 입과 코가 닮았는가? 모발과 체격과 피부가 닮았는가 살펴보았으나 스스로 닮은 곳을 알 수 없었습니다. 하루아침에 갑자기 저승에 가면 어떻게 우리 아버님의 용모를 알아볼 수 있으리까?

아 아! 하늘이여! 무슨 罪逆이 있기에 이 원통함을 품고 살아야 하는지요.[25)]

유복자의 한을 진솔하고 핍진하게 형상화한 이 글은 피눈물로 먹을 갈아서 쓰고 이를 부친의 산소에 가서 고한 것이다. 아버지가 돌아가신 후 7개월만에 태어난 유복자라서 "일찍이 아버지 소리를 해보지도 못한" 박남수는 "입이 비록 벙어리가 아니고 귀가 먹은 것도 아니고 눈이 장님이 아니건마는" 아버지의 얼굴을 보지 못하였기에 "장님과 한가지요 귀머거리요 또한 벙어리와 한 가지" 이니 "이 어찌 사람이리오! 이 어찌 사람이리오!"라고 통곡하며 血淚를 흘렸다.

이어서 "남들이 소자의 모습이 아버님을 꼭 닮았다고" 말을 하는지라 "항상 거울에 제 모습을 비춰보고 귀와 눈이 닮았는가? 입과 코가 닮았는가? 모발과 체격과 피부가 닮았는가 살펴보았으나 스스로 닮은 곳을 알 수가 없었다"는 것이다. 유복자라서 아버지의 얼굴을 모르기 때문에 자신이 "하루아침에 갑자기 저승에 가면 어떻게 우리 아버님의 용모를 알아볼 수 있으리까?"라고 피를 토하며 통곡하였다. 부친의 尊顔을 모르는 유복자의 至寃至痛한 한이 맺혀 "아아! 하늘이여! 무슨 罪逆이 있기에 이 원통함을 품고 살아야 하는지요"라고 다시 절규하였다.

박남수의 애제문은 모두가 고단한 삶과 한, 그리고 血淚斑點의 성정이 자자마다 형상화된 것이지만 그 중에서 「고선고묘문」이 가장 백미이다.

(2) 「告祖考墓文」

여기서 告文이란 故人에게 告한 제문이다. 이 「告祖考墓文」은 할아버

25) 『修隅前集』 二, 卷3, 「告先考墓文」. "一天之下, 一地之上, 萬物之衆, 抱人間世至慟極寃者, 未有若小子者矣. 府君之容貌也, 謦咳也, 生未知見且聞焉. 且未嘗發呼爺之聲. 口雖不啞, 耳雖不聾, 目雖不盲, 卽一盲也, 聾也, 亦一啞也. 此何人斯. 此何人斯. 嗚呼蒼蒼. 胡忍於我, 偏不仁若是之酷也. 人謂小子貌, 酷肖府君. 以是恒處, 輒照鏡心, 以爲耳目肖歟. 口鼻肖歟. 毛髮體膚肖歟, 終莫之自解酷肖. 一朝溘然, 則泉臺下, 亦何以知我府君之貌也. 嗚呼蒼蒼. 以何罪逆, 抱此慟寃也."

지 묘소에 가서 祭를 올리며 고한 애제문으로, 성격은 韓愈의 「祭田橫墓文」과 같다.

박남수의 효성과 조부모에 대한 사모의 정은 조부와 부친의 산소가 있는 開城府 南面 修隅里의 "修隅"를 취하여 自號한 것만 보아도 알 수 있다. 조부 道源(1714~1776, 호 獨旅)은 사헌부 대사헌을 역임하였다. 朴道源은 아들 相冕이 28세로 세상을 뜨자 유복자인 손자(박남수)를 지성을 다하여 애지중지 키웠다. 이 글은 박남수가 조부의 은공을 잊지 못하여 25세 때인 1782년(임인, 祖父 사후 6년 후)에 개성부 남면 수우리의 묘소에 가서 고한 것이다. 전문을 보자.

> 사람이 뉘라서 할아버지와 손자가 없으리오마는 府君께선 小子에게 할아버지이자 아버지셨습니다. 사람이 뉘라서 아버지와 아들이 없으리오마는 부군께선 소자의 아버지이자 어머니셨습니다. 이런 까닭에 소자는 부군을 어린애가 사랑스런 어머니를 믿는 것 같이 했고, 부군께선 소자를 어머니가 아기를 보호하듯 하셨습니다.
>
> 추우면 추위 탈까 염려하시고, 더우면 더위들까 걱정하시고, 병들면 오래 갈까 염려하시고, 병이 조금 나으면 심해질까 염려하셨습니다. 공부를 하지 않으면 나태할까 걱정하셨고, 공부하면 도리어 고달파서 야위게 될까 걱정하셨습니다. 어려서 길러주셨고 자라서는 성취시키셨습니다. 앉으시나 누우시나 起居間에 염려하시고 아침저녁으로 밤 낮으로 걱정하셨으니, 오직 부군께서 소자를 걱정하시는 마음은 일찍이 하루라도 마음속에 잊은 적이 없으셨습니다.
>
> 여위고 약한 바탕이고 박정하고 참됨이 없는 자질로 능히 온 육체는 겨우 어그러짐을 면했으니 이는 우리 府君의 하늘같은 은혜가 아님이 없습니다. 은혜를 갚는 길은 진실로 자손이 번성하여 수가 불어나 대를 이어 가문을 부지하는데 넘지 않습니다. 그러나 연이어 두 아내의 喪이 나고 아직 아들 하나 없습니다. 재주와 학문은 보잘 것 없어 과거와 벼슬길은 아득하니 장래에 무엇으로 부군의 망극한 은혜를 만에 하나라도 갚을 수 있으리까?

이렇기 때문에 두려워하고 이렇기에 근심하고 두려워하여 감히 하루라도 마음에 잊은 적이 없었습니다. 더욱이 병신년으로부터 임인년에 이르는 6~7년을 지나면서 천 백 가지의 험란함과 백가지 근심이 모두 집안에 모여 일신이 점점 더욱 고단하고 위태로워 졌습니다. 그것들을 하나하나 하소연하고자 하나 다만 모두가 번거롭고 자질구레한 것임을 깨닳았습니다. 말씀드리자니 다시 부군께 걱정을 끼쳐드리는 것이고 말을 하지 않자니 소자의 고통은 더욱 절박하였습니다. 차라리 소자의 마음이 아프고 원통할지언정 어찌 府君의 영혼께 우려를 끼쳐드릴 수 있으오리까?

구천에 가서나 저의 일생의 일을 다 고하옵길 기다리소서.[26]

유복자로 태어난 작자의 고단한 일생을 마치 살아 계신 할아버지에게 말하듯이 가슴 속 깊이 담아 두었던 모든 아픔과 한을 토로하였다. 사람이라면 누구나 할아버지와 손자가 있고, 아버지와 아들이 있지마는 박남수에게 조부는 "할아버지이자 아버지"였고, "아버지이자 어머니"였다. 또한 조부를 "어린애가 사랑스런 어머니를 믿는 것 같이" 따랐고 조부는 손자를 "어머니가 아기를 보호하듯 하셨다"고 하여 祖孫의 고단한 삶을 먼저 술회하였다.

이어서 추우나 더우나, 병들거나 병이 났거나, 공부를 하거나 하지 않거나 오로지 자신을 하루도 빼놓지 않고 밤 낮으로 걱정하셨던 할아버

26) 『修隅前集』 二, 卷3, 「告祖考墓文」(壬寅). "人孰無祖孫, 而府君之於小子, 祖而父也. 人孰無父子, 而府君之於小子, 父而母也. 是以小子之於府君, 如赤子之恃慈母, 府君之於小子, 如慈母之保赤子. 寒而慮其觸, 暑而慮其中, 病則慮其久, 瘳慮其加. 以至闕課, 既慮懶惰, 勤業還慮勞悴. 幼而鞠養, 長而成就. 坐臥焉, 起居焉, 慮朝夕焉, 晝夜焉慮, 惟府君慮. 小子之心, 未曾有一日忘于中者矣. 羸弱之質, 澆薄之資, 能全形骸, 僅免僥戾者, 此莫非我府君昊天罔極之恩也. 欲報之道, 固不越乎繁延嗣續, 扶支門戶. 而連喪二妻, 姑無一子. 才學蔑如, 科宦杳然, 將來何報府君罔極之恩之萬一也哉. 以是怵惕, 以是憂懼, 不敢有一日忘于中者矣. 越自丙申, 至于壬寅, 六七年之閱, 千百之艱險, 百憂咸萃家室, 一身漸益孤危. 其欲一一訴告, 徒覺萬萬煩屑. 言之復貽府君之慮, 不言益切小子之痛. 寧使小子之心慟寃, 豈使府君之靈憂慮也. 惟俟九泉之下, 盡告一生之事."

지의 하늘같은 은혜를 눈물겹게 서술하였다. 할아버지의 은혜를 갚는 길은 "자손이 번성하여 수가 불어나 대를 이어 가문을 부지하는데" 있었으나 "연이어 두 아내의 喪이 나고 아직 아들 하나 없었으니" 망극하기 이를 데 없는 불효를 통한하였다.[27]

또한 아버지 代까지 직계 조상 累代가 학문과 벼슬이 끊이지 않은 명문대가임에도 불구하고 자신에 이르러 "재주와 학문은 보잘 것 없어 과거와 벼슬 길이 아득하니 장래에 무엇으로 府君의 망극한 은혜를 만에 하나라도 갚을 수 있으리까?"라고 號哭하면서 근심하고 두려워하여 하루라도 마음에 잊은 적이 없었다고 토로하였다.

제문에서 "병신년으로부터 임인년에 이르는 6~7년을 지나면서 천 백 가지의 험란함과 백가지 근심이 모두 집안에 모여 일신이 점점 더욱 고단하고 약해졌습니다"는 병신년(1776)에 할아버지가 운명하였고, 기해년(1779)에는 두 번째 부인 평산 신씨와 知己이자 文友인 金性根(자 彝則)이 세상을 뜬 喪慽과 가정의 대소사에 환난이 있었던 것을 말한 것이다.

상척과 환란을 당할 때마다 황천에 계신 할아버지께 말씀드리자니 "다시 府君께 걱정을 끼쳐드리는 것이고 말을 하지 않자니 소자의 고통은 더욱 절박하였습니다. 차라리 소자의 마음이 아프고 원통할지언정 어찌 府君의 영혼께 우려를 끼쳐드릴 수 있으리까"에서 조부에 대한 손자의 지극한 효성이 눈물겹게 형상화되어 있다.

마지막으로 "구천에 가서나 저의 일생의 일을 다 告하옵길 기다리소서"라고 하여, 자신의 고단한 삶과 한을 하소연할 곳 마저 없음을 통탄하였다. 이 「고조고묘문」은 至寃至痛한 작자의 고단한 삶과 할아버지의 은혜를 不忘한 효성어린 성정을 눈물로 먹을 갈아 쓴 血淚斑點의 명문이다.

---

27) 박남수가 아들 齊賢(1784~1832)을 낳은 것은 이 글을 쓴 2년 후인 1784년이니, 즉 세번째 부인 延安李氏(1763~1845) 소생이다.

2) 悼亡의 恨과 夫情

(1)「告亡室李氏墓文」

박남수가 첫부인 韓山李氏의 죽음을 애도한 글은 한글「을미구월제문」과 한문으로 지은「고망실이씨묘문」이 있다. 유복자로 태어난 그는 4세 때(1761년)에 參判 李海重의 5세 된 딸 한산 이씨와 양가의 어른들에 의하여 혼인이 언약되었다. 부인도 태어난 지 돌이 못되어 慈親을 잃었다. 이들은 어른들의 혼약에 따라 10년 후인 1771년 5월에 결혼하니 박남수는 14세였고, 부인은 15세였다. 결혼 5년 만인 1775년(을미) 8월 2일 부인 한산이씨가 한 점의 혈육도 남기지 못한 채 열 아홉 살로 운명하였다. 부인이 요절하자 비통한 지아비의 애끓는 정을 형상화한 한글 제문인「을미구월졔문」을 지어 영전에 고하였다. 즉, 발인 전날인 9월 초하루 저녁 上食 때에 고한 애절한 제문이다.

난해한 한문으로 제문을 짓지 않고 쉬운 한글로 제문을 지은 것은 부인의 혼령이 알아듣기 쉽게 배려한 夫情의 일단이다. 우리는 이 제문에서 중요한 사실을 찾을 수 있다. 즉 18세기 사대부가에서는 喪事가 나면 요즈음처럼 3일장이나 5일장이 아니라 달을 넘겨 踰月葬을 한 것이다. 한산이씨는 8월 2일 운명하였다. 유월장을 하였기 때문에 달을 넘겨 1개월 하루 만인 9월 2일에 장사를 치렀음을 알 수 있다. 이는 18세기 후반 사대부가의 장례 풍속을 알려 주는 자료가 아닐 수 없다.

이해를 돕기 위하여 먼저 부인의 죽음을 애도한 한글 제문인 2,078자의 長文「을미구월 졔문」을 보기로 하자. 전문이 한글로 되어 있으나 이해를 돕기 위하여 한자를 괄호 안에 삽입하였다.

① 망실(亡室) 유인(孺人) 한산니시(韓山李氏)의 장ᄉᆞ(葬事)ᄅᆞᆯ 쟝ᄎᆞᆺ(將次) 어화산(魚化山) 션영(先塋)겻 ᄌᆞ좌(子坐)곳의 장ᄉᆞ(葬事)ᄒᆞᆯ시, 지아비 박남슈(朴

南壽)는 을미(乙未) 구월(九月) 병오삭(丙午朔) 초일일(初一日)노뻐 져녁 뎐(奠)을 인(因)ᄒᆞ야 글을 잡고 울며 관(棺)압희 영결(永訣)ᄒᆞ야 ᄀᆞᆯ오ᄃᆡ

② 오호 ᄋᆡ지(嗚呼哀哉)라! 사ᄅᆞᆷ의 지아비되며 지어미 되믄 연분(緣分)이요 ᄒᆞᆫ 번 나매 ᄒᆞᆫ 번 죽으믄 텬니(天理)라. 그러나 니에 덧덧ᄒᆞ며 변(變)ᄒᆞ미 이시매 연분(緣分)이 ᄯᆞᆯ와 져ᄅᆞ며 기ᄂᆞᆫ디라. 비록 니ᄅᆞᆯ ᄉᆞᄆᆞᆺ 가(可)이 아ᄂᆞᆫ 군ᄌᆞ(君子)라도 그 지어믜 상ᄉᆞ(喪事)의 그 지아비 슬허ᄒᆞ미 진실(眞實)노 ᄯᅩᄒᆞᆫ 인졍(人情)이라. 그러나 슬프미 엿트며 깁흐미 이시니 죽음만 셜워ᄒᆞ야 미조차 ᄉᆡᆼ각ᄒᆞ믄 슬허ᄒᆞᆷ애 엿튼 재(者)요, 슬피 가련(可憐)ᄒᆞ여 ᄒᆞ며 참혹(慘酷)히 넉여 셜워ᄒᆞ믄 슬픔의 깁흔 재(者)니, 그 슬허ᄒᆞ믄 ᄒᆞᆫ 가지나 그 슬픔되믄 현졀(懸絶)이 다ᄅᆞ니, 그런즉 댱슈(長壽)ᄒᆞ며 아ᄃᆞᆯ 잇고 죽으니ᄂᆞᆫ 죽음만 셜워ᄒᆞ며 미조차 ᄉᆡᆼ각ᄒᆞᆷ애 그치기예 디나디 아니커니와, 슈(壽)도 못ᄒᆞ고 아ᄃᆞᆯ 업시 죽은 쟈ᄂᆞᆫ 엇지 슬허 가련ᄒᆞ며 참혹히 넉여 셜워ᄒᆞ미 심치 아니ᄒᆞ리요. 그런고로 산 사ᄅᆞᆷ의 슬허ᄒᆞ미 죽으니ᄅᆞᆯ ᄯᆞᆯ와 엿트며 깁ᄂᆞ니 이제 그ᄃᆡ의 상ᄉᆡ(喪事) 계요 열아홉이요 ᄯᅩᄒᆞᆫ 강보(襁褓)의 ᄒᆞᆫ 우ᄂᆞᆫ 아ᄒᆡ 업ᄂᆞᆫ디라. 오직 나의 슬허ᄒᆞ미 그 가(可)히 엿트랴!

③ 오호 ᄋᆡ지(嗚呼哀哉)라! 녜ᄅᆞᆯ 조차 ᄉᆡᆼ각ᄒᆞ니 그ᄃᆡᄂᆞᆫ 계요 다ᄉᆞᆺ 셜이요 나ᄂᆞᆫ 계요 네 셜의 두 집이 혼인(婚姻)을 언약(言約)ᄒᆞ야 열 ᄒᆡᄅᆞᆯ 서ᄅᆞ 기ᄃᆞ려 신묘(辛卯) 듕하(仲夏)에 비로소 친영(親迎)ᄒᆞ니, 그 ᄶᅢ예 그ᄃᆡ 나흔 열다ᄉᆞ시오 내 나흔 열 네히니, 다 유튱(幼沖)ᄒᆞ므로뻐 가실(家室)노 서ᄅᆞ 의지(依支)ᄒᆞ며 금슬(琴瑟)이 서ᄅᆞ 골나 이제 니ᄅᆞ미 다ᄉᆞᆺ ᄒᆡ에 그ᄃᆡ 엇디 열 아홉에 요졀(夭折)ᄒᆞ야 날노 ᄒᆞ야곰 십팔셰(十八歲) 환뷔(鰥夫)되게 ᄒᆞ엿ᄂᆞ뇨? 그ᄃᆡ 팔ᄌᆡ(八字) 가(可)히 슬프고 내의 궁(窮)ᄒᆞ야 가련(可憐)ᄒᆞ미 ᄂᆞᆷ의게 업ᄉᆞᆫ 바 ᄀᆞᆺᄐᆞ니, 처엄의 엇디 인연(因緣)이 잇다가 이제 엇디 홀홀(倏忽)ᄒᆞ뇨? 도라임의 디난 일을 ᄉᆡᆼ각ᄒᆞ니 다만 ᄒᆞᆫ 츈몽(春夢)이라! 밤 가온ᄃᆡ ᄌᆞᆷ이 업ᄉᆞ매 엇디 슬프믈 견ᄃᆡ리요?

④ 오호 ᄋᆡ지(嗚呼哀哉)라! 나와 다ᄆᆞᆺ 그ᄃᆡ 하ᄂᆞᆯᄭᅴ 죄(罪)ᄅᆞᆯ 어더 나ᄂᆞᆫ 나셔 엄친(嚴親)의 얼굴을 아디 못ᄒᆞ고 그ᄃᆡᄂᆞᆫ ᄶᅡ희 ᄯᅥ러진지 돌시 못ᄒᆞ야 ᄯᅩᄒᆞᆫ ᄌᆞ친(慈親)을 일허 각각(各各) 만고유ᄒᆞᆫ(萬古遺恨)을 품고 망극(罔極)ᄒᆞᆫ 졍회(情懷)ᄅᆞᆯ 오직 부뷔(夫婦) 서ᄅᆞ 아니 가련여ᄉᆡᆼ(可憐餘生)이 쟝ᄎᆞᆺ(將次) ᄯᅳᆺ이 잇ᄂᆞᆫ ᄃᆞᆺᄒᆞ야 거의 ᄇᆡᆨ년ᄒᆡ로(百年偕老)ᄒᆞ여 아ᄃᆞᆯ 두며 ᄯᆞᆯ 나키ᄅᆞᆯ 긔

약ᄒᆞ더니 유유(悠悠)ᄒᆞᆫ 창텬(蒼天)아! 이 어인 사ᄅᆞᆷ고!

⑤ 오호 ᄋᆡ지(嗚呼哀哉)라! 오직 우리 왕부(王父)와 편친(偏親)이 그ᄃᆡ ᄉᆞ랑ᄒᆞᄆᆞᆯ ᄯᆞᆯᄀᆞᆺ치 ᄒᆞᄃᆡ 듕(重)히 넉이ᄂᆞᆫ 뜻은 더ᄒᆞ미 잇고 우리 ᄆᆞᆺ 누의 그ᄃᆡ로 더브러 우ᄋᆡ(友愛)ᄒᆞ미 지극(至極)히 도타와 골육(骨肉)의 감(減)ᄒᆞ미 업ᄂᆞᆫ디라! 져년(前年) 겨올의 그ᄃᆡ 병(病)들매 온 집이 황황(遑遑)ᄒᆞ야 의원(醫員)을 마ᄌᆞ며 약(藥)을 물으믄 왕뷔(王父) 친(親)히 슈고(手苦)ᄒᆞ시고 음식(飮食)으로 됴리(調理)ᄒᆞ며 치료(治療) ᄒᆞ기ᄂᆞᆫ 편친(偏親)이 손조ᄒᆞ샤 안팟기 ᄐᆞᄂᆞᆫ ᄃᆞ시 근심ᄒᆞ니 족히 감동(感動)을 닐월디라! 그ᄃᆡ 긔질(氣質)노뻐 회양(回陽)ᄒᆞᄆᆞᆯ 어덧더니 올 ᄀᆞ올 병(病)은 일시(一時) 도ᄂᆞᆫ 긔운(氣運)이니 족(足)히 깁히 근심티 아닐 거시오, 약이(藥餌)로 됴리(調理)ᄒᆞ여 다ᄉᆞ림이 져년(前年) 겨올의셔 더ᄒᆞ니 이제 엇디 니지 못ᄒᆞ야 우리 어버이게 셜우믈 씻텻ᄂᆞ뇨? 왕부(王父)와 다ᄆᆞᆺ ᄌᆞ친(慈親)이 슬허ᄒᆞ시미 과도(過度)ᄒᆞ야 신관이 패(敗)ᄒᆞ매 니ᄅᆞ시니 그ᄃᆡ 만일(萬一) 아ᄅᆞᆷ이 이시면 그ᄃᆡ 완슌(婉順)ᄒᆞᆫ 효셩(孝誠)으로뻐 능(能)히 명명(冥冥) 듕(中)에 근심ᄒᆞ며 비쳑(悲慽)ᄒᆞ지 아니ᄒᆞ랴!

⑥ 내 ᄯᅩᄒᆞᆫ 홍진(紅疹)을 지내미 오라지 아닌디라. 오히려 상셕(床席)의 누어 그ᄃᆡ ᄆᆞᄎᆞᄆᆞᆯ 보디 못ᄒᆞ고 념젼(殮前)의 계요 ᄒᆞᆫ 번 울고 다만 셩복(成服)을 참예(參詣)ᄒᆞ니 칠월(七月) 져근 그믐 ᄒᆞᆫ 번 보미 믄득 이 셰상(世上) ᄇᆡᆨ년(百年) 영결(永訣)이 되니 이 내의 평ᄉᆡᆼ(平生) 슬프미요 그ᄃᆡᆫ들 구원(九原)의 ᄒᆞᆫ(恨)이 업ᄉᆞ랴! 치상범절(治喪凡節)에 니ᄅᆞ러ᄂᆞᆫ 오직 왕부(王父)와 ᄌᆞ씨(慈氏) 지정(至情)을 곡진(曲盡)이 ᄒᆞᄆᆞᆯ 힘뻐 오직 두터옴 좃기에 뜻ᄒᆞ야 졍(情)과 녜문(禮文)이 이ᄌᆞ러지미 업ᄉᆞ니 거의 기리 간 쟈(者)의 ᄆᆞᄋᆞᆷ은 위로(慰勞)ᄒᆞ려니와 산 사ᄅᆞᆷ의 ᄆᆞᄋᆞᆷ은 ᄒᆞᆫ갓 더옥 목이 ᄆᆡ치ᄂᆞᆫ 도다!

⑦ 오호 ᄋᆡ지(嗚呼哀哉)라! 올 봄에 나와 다ᄆᆞᆺ 그ᄃᆡ 일족 신셰(身勢)예 고단(孤單)ᄒᆞ고 슬프ᄆᆞᆯ 의논(議論)ᄒᆞ다가 그ᄃᆡ 홀연(忽然)이 쳐연(悽然)ᄒᆞ야 날ᄃᆞ려 닐러ᄀᆞᄅᆞᄃᆡ,

"내 ᄆᆡ양 지통(至痛)을 품은 사ᄅᆞᆷ으로뻐 ᄯᅩ 존구(尊舅) 얼굴을 아디 못ᄒᆞ니 이는 ᄒᆞᆫ ᄉᆡᆼ셰(生世)예 죄인(罪人)이라. 드ᄅᆞ니 화상(畵像)이 계시다ᄒᆞᄃᆡ 오히려 ᄒᆞᆫ 번 뵈ᄋᆞᆸ디 못ᄒᆞ니 이 듕심(中心)의 ᄒᆞᆫ(恨)이 되ᄂᆞᆫ디라. 엇디 ᄒᆞ야뻐 ᄒᆞᆫ 번 칠분(七分) 용모(容貌)ᄅᆞᆯ 뵈ᄋᆞ올고?"

ᄒᆞ여늘 내 이에 눈믈을 거두고뻐 ᄃᆡ답(對答)ᄒᆞ여 ᄀᆞᆯ오ᄃᆡ,

"올 겨올 긔제ᄉᆞ(忌祭祀)의 옴겨 ᄉᆞ당(祠堂)에 봉안(奉安)ᄒᆞ고져 ᄒᆞ니 그ᄃᆡ 가히 그ᄣᅢ예 ᄎᆞᆷ비(參拜)ᄒᆞ믈 어드리라!"

ᄒᆞ고 인ᄒᆞ야 더브러 서ᄅᆞ ᄃᆡ(對)ᄒᆞ야 눈믈을 흘니고 파(罷)ᄒᆞ엿더니 이제 ᄒᆞᆯ일 업ᄂᆞᆫ디라. 이제 니ᄅᆞ러 ᄉᆡᇰ각ᄒᆞ니 스스로 셰샹(世上)의 머믈미 오라디 아닐 줄을 알고 이 슬픈 말을 ᄒᆞ엿던가? 이예 가(可)히 평일(平日) 효셩(孝誠)을 알니며 ᄯᅩᄒᆞᆫ 엇지 슬피 가련(可憐)ᄒᆞ매 심ᄒᆞ미 아니랴!

⑧ 오호 ᄋᆡ지(嗚呼哀哉)라! 올ᄒᆡ 뉸ᄒᆡᆼ(輪行)ᄒᆞᄂᆞᆫ 홍진(紅疹)이 비록 번년(繁延)이라 니ᄅᆞ나 사ᄅᆞᆷ마다 알티 아니리 업고 알흐매 반ᄃᆞ시 죽ᄂᆞᆫ 도리(道理) 업ᄂᆞᆫ 디라. 그ᄃᆡ 병젼(病前)에 세 형(兄)님ᄭᅴ 영결(永訣)ᄒᆞᄂᆞᆫ ᄭᅵ친 편지(便紙)ᄅᆞᆯ 쇽광(屬纊, 臨終)ᄒᆞᆫ 후(後)에 비로소 샹ᄌᆞ(箱子)의 어더 우리 모ᄌᆡ(母子) 서ᄅᆞ ᄃᆡ(對)ᄒᆞ야 ᄒᆞᆫ 번 울고 각각 그곳에 뎐(傳)ᄒᆞ니, 그ᄃᆡ 비록 총명(聰明)ᄒᆞ고 혜힐(慧詰)ᄒᆞ나 엇디 능(能)히 텬명(天命)을 아라시며 임의 세 형(兄)ᄭᅴ 영결(永訣)ᄒᆞᆫ즉 엇지 ᄒᆞ여곰 미리 알게 아니 ᄒᆞ엿ᄂᆞᆫ고? 이 내의 텬셩(天性)이 소활(疎闊)ᄒᆞ야 ᄠᅳᆺ에 니로ᄃᆡ 죡(足)히 서ᄅᆞ 밋지 아닐가 넉이믈 말미암아 그러ᄒᆞ미니 이 내의 참혹(慘酷)히 넉이며 셜워ᄒᆞ며 더옥 뉘웃ᄂᆞᆫ 배라!

⑨ 오호 ᄋᆡ지(嗚呼哀哉)라! 그ᄃᆡ 방(房)에 드러가니 병풍(屛風)과 장(欌)과 긔용(器用) 즙믈(什物)이 버러 이슴이 젼(前) ᄀᆞᆺᄐᆞ되 젹젹(寂寂)ᄒᆞᆫ 빈 당(房)에 다만 ᄒᆞᆫ 널[棺]이 잇고 그ᄃᆡ ᄒᆞᆯ노 잇디 아니ᄒᆞᆫ디라! 슬프믈 다ᄒᆞ야 ᄒᆞᆫ 번 울매 두 ᄉᆞ매 어롱지ᄂᆞᆫ 지라! 슬프다! 그ᄃᆡ 즙믈(什物)을 어ᄂᆡ 아ᄃᆞᆯ의게 ᄭᅵ치며 어ᄂᆡ ᄯᆞᆯ의게 뎐(傳)ᄒᆞᆯ고? 그 슬프믈 견ᄃᆡ디 못ᄒᆞ야 혹(或) 무드며 혹(或) 블술오ᄃᆡ ᄎᆞ마 다 업시ᄒᆞ지 못ᄒᆞ야 치련동 병풍(屛風)과 봉(鳳) 삭인 벼로ᄅᆞᆯ 그ᄃᆡ 무덤ᄀᆞ 묘막(墓幕)에 두어 오래 뎐(傳)ᄒᆞ믈 ᄒᆞ라 ᄒᆞ니 이 ᄯᅩᄒᆞᆫ 슬픔의 심ᄒᆞ미라.

⑩ 오호 ᄋᆡ지(嗚呼哀哉)라! 그ᄃᆡ 용뫼(容貌) 단졍(端正)ᄒᆞ며 존듕(尊重)ᄒᆞ고 미목(眉目)이 아ᄅᆞᆷ답고 온화(溫和)ᄒᆞ고 두텁고 말ᄉᆞᆷ이 젹고 간졍(乾淨)ᄒᆞ니 두 집 어룬이 다 일ᄏᆞᄅᆞᄃᆡ,

"덕(德)을 싸 복을 바드리라!"

ᄒᆞ더니 이제 그ᄃᆡ 나흘 누리미 이십(二十)이 못ᄒᆞ고 년젼(年前)의 낙ᄐᆡ(落

胎)ᄒᆞᆫ 후(後) 다시 일괴(一塊) 셰상(世上)에 끼침이 업ᄉᆞ니 십구년(十九年) 자최가 진실(眞實)노 ᄭᅮᆷ 가온ᄃᆡ ᄭᅮᆷ ᄀᆞᆺ튼 디라!

⑪ 슬프다! 두어 ᄒᆡ 디난 후(後)ᄂᆞᆫ ᄒᆞᆫ 조각 ᄆᆞ른 나모[位牌] 밧긔 ᄯᅳᆫ흔 ᄃᆞ시 가히 비길ᄃᆡ 업ᄉᆞ리니 이 어인 텬니(天理)고? 비록 날노 더브러 인연(因緣)이 열우나 그 어이 ᄡᅧ 기리 갑흠바들 길홀 ᄭᅳᆫ헛ᄂᆞᆫ고? 이 나의 ᄡᅧ 슬프미 깁흔 배라!

⑫ 울며 ᄆᆞᆯ근 잔(盞)을 부으니 거의 그 니ᄅᆞ러 흠향(歆饗)ᄒᆞᆯ지어다![28]

이 「을미구월졔문」은 과거의 회상과 현재의 슬픔 그리고 미래의 허망함을 절묘하게 交織하였다. 이 제문에서 18세기 한글 제문의 문체적 특성과 구성 및 사대부가의 결혼풍속과 생활상, 정서와 장사 절차와, 당시의 한글 문학의 수준과 부부윤리 등을 극명하게 찾을 수 있다.

18세의 지아비가 지어미의 죽음을 애도하며 부부의 사랑이 단절된 애끓는 슬픔을 진솔하게 형상화한 박남수는 요절한 부인 한산이씨를 잊지 못하여 제문을 지었다. 그는 부인이 운명한지 만 8년 후(26세)인 1783년 제사 날(8월 2일)을 맞이하여 이번에는 제문을 한문으로 지어 산소에 가서 고하였다. 「告亡室李氏墓文」의 전문을 보기로 한다.

그대가 운명한 지 이미 8년이 되었소. 달로 계산하니 88개월이요 날짜로 헤아려보니 2천 5백 84일이 되었으니 그대가 세상을 떠난 지가 또한 오래 되었다고 할 수 있소.

세월이 오래 되면 잊기 쉽고 자식이 없으면 잊기 쉬우며 다시 새 사람을 얻으면 더욱 잊기 쉽소. 그러나 나는 유독 그렇지 않으니 도리어 쉽게 잊을 일도 쉽게 잊지 못하오. 새 사람이 어질면 그대와 같은 것 같다 말하고 어질지 못하면 그대와 같지 않은 것 같다고 말하오. 어질어도 또한 생각나고 어질지 못해도 또한 생각이 나오. 아들이 없다고 잊고 세월이 오래 되었다고

28) 이 「을미구월졔문」의 분석은 앞의 論文에서 詳論한 바 있어 생략함.

잊어버릴 것 같으면 점점 잊게 되어 한 세상을 두루 돌아보아도 그대를 잊지 못하는 자 누가 있겠느뇨? 내 이런 까닭으로 차마 잊을 수가 없소.[29)]

이렇게 잊지 못하는 애틋한 지아비의 곡진한 사랑이 내재된 「고망실이씨묘문」의 문학적 우수성은 그의 한글 제문과 우열을 가릴 수가 없다. 첫 부인을 잃은 悼亡의 슬픔이 얼마나 크고 한이 맺혔는지 8년이 지나도 잊지 못하여 死後의 달(月) 수를 계산해 보고 날짜까지 헤아려 보았겠는가? 그것은 한 점의 혈육도 없이 꽃다운 열 아홉에 이승을 하직한 첫 부인이라서 결코 아니다. 타계한 부인을 "아들이 없다고 잊고 세월이 오래되었다고 잊어버릴 것 같으면 점점 잊게 되어 한 세상을 두루 돌아보아도 그대를 잊지 못하는 자 누가 있겠으리오? 내 이런 까닭으로 차마 잊을 수가 없소!"라고 하였다. 너무나 진솔한 지아비의 정과 인간적인 風貌는 부부의 의리가 어떠한 것이어야 하는가를 오롯이 제시하고 있다.

박남수의 애제문은 모두가 자신의 성정을 형상화한 것이다. 그러나 부부의 정과 義理를 진솔하게 형상화한 「고망실이씨묘문」은 그의 진한 휴머니즘과 아름다운 性情, 지어미를 잃은 슬픔을 그린 悼亡文의 전범이 될만하다.

(2) 「祭亡室申氏文」

「제망실신씨문」은 2편이 있다. 박남수가 18세 때(1775)인 8월에는 첫 부인 한산이씨가 19세로 세상을 떠났다. 그리고 22세 때(1779)인 9월 19

29) 『修隅前集』 二, 卷3, 「告亡室李氏墓文」. "子之亡, 已八年于玆矣. 月以計八十八月, 日以計, 二千五百八十四日, 則子之亡, 亦云久矣. 歲遠則易忘, 無子則易忘, 復娶新人, 則尤易忘. 然余獨不然, 反以易忘, 爲不易忘矣. 新人賢則曰, 與子相似, 不賢則曰, 與子不相似. 賢亦思, 不賢亦思矣. 其若無子而忘, 歲遠而忘, 浸浸然相忘, 則環顧一世, 不忘子者誰也. 余以是不忍忘也."

일 續絃한 平山申氏(1760~1779, 申大顯의 女)가 아들을 낳자마자 아들도 죽고 자신도 바로 세상을 떠나니 20세였다. 참으로 눈물겨운 일이었다. 작자는 유복자이고 신씨 부인도 외동딸이었으니 부부가 모두 자손이 귀한 고단한 처지였다. 뜨거운 血淚와 夫情이 내재된 繼室 신씨 제문 2편 중 그 1편을 보자.

혼인하면 임신하고 임신하면 아이를 낳는 것은 하늘의 당연한 이치요 사람들의 평범한 일이니 이미 족히 축하할 것도 없고 또한 반드시 근심할 일도 아니오. 그런데 우리 양가가 서로 하례하고 또 함께 근심한 것은 내가 獨子이고 그대가 외동딸이기 때문이었소.

이런 까닭으로 그대가 또한 누누이 말하기를 "낳아도 아들이 아니면 어버이의 뜻을 어찌하리오" 하였는데 이미 아들을 낳았으나 바로 요절하자 그대는 눈물을 쏟으며 식음을 물리치었소. 내가 너그러운 말로 위로하면서 음식을 권하자 그대는 억지로 한 두 수저 먹고 나서 바로 여러 번 슬피 흐느끼었소. 갑자기 侍者가 그대가 기절하였다고 告하거늘 내가 그대의 맥을 짚어보니 맥이 이미 끊어졌고, 그대의 이마를 짚어보니 이마가 이미 싸늘했소. 그대의 명이 과연 여기서 그치다니 내 홀로 알 수가 없구려.

이에 아기의 시신은 앞에 있고 그대의 시신은 뒤에 있었소. 그대의 두 노친께서는 역시 眩氣로 그 곁에 쓰러지셨소. 나 외로이 그 사이에 있어 手足둘 바를 알지 못했소. 또 급보가 있었으니 慈堂께선 부음을 듣고 깜짝 놀라시어 氣息이 淹淹하여 정신을 잃으셨소. 비바람 치는 한 밤중에 홀로 양가 사이에 분주하였소.

나의 애간장이 쇠와 돌이 아니거늘 어찌 꺾어지고 녹아 없어지지 않을 수 있으리오. 그대의 나 대접하던 정성으로는 차마 나로 하여금 이런 정경을 당하게 하였다면 이는 진실로 하늘의 이치와 사람의 일을 헤아릴 수 없을 뿐이로다.[30]

---

30) 『修隅前集』 二, 卷3, 「祭亡室申氏文」(其一). "婚而孕, 孕而產, 天之常理, 人之常事, 既不足爲賀, 亦不必爲憂. 而維吾兩家之相與之賀, 又與之憂者, 余迺獨子, 子亦獨女也. 以是, 子亦縷縷言, 產或非男, 其奈親志何, 既產男卽夭, 子泣泫泫然, 却食飮. 余寬辭慰

박남수는 첫 부인 한산이씨가 한 점의 혈육도 남김이 없이 꽃다운 열아홉에 세상을 떠난 후 평산신씨를 속현하였으나, 신씨마져 아들을 낳자마자 아들과 함께 운명하니 당시 20세였다. 참으로 기막힌 일이 아닐 수 없다. 자손이 귀한 집안에서 아들을 낳자마자 잃은 참척과 부인을 잃은 悼亡의 血淚가 글자마다 배어 있다.

제문의 일부를 다시 보자. "이미 아들을 낳았으나 바로 요절하자 그대는 눈물을 쏟으며 식음을 물리치었소. 내가 너그러운 말로 위로하면서 음식을 권하자 그대는 억지로 한 두 수저 먹고 나서 바로 여러 번 슬피 흐느끼었소. 갑자기 侍者가 그대가 기절하였다고 告하거늘 내가 그대의 맥을 짚어보니 맥이 이미 끊어졌고, 그대의 이마를 짚어보니 이마가 이미 싸늘했소"에서 나타난 바와 같이 아들을 얻은 기쁨도 잠시였다. 아들을 낳자마자 잃는 慘慽을 당하였고, 이 충격으로 아내마저 이어서 세상을 하직하였으니 그 슬픔이 어떠하였겠는가? 작자는 할말을 잃고 다만 "그대의 명이 과연 여기서 그치다니 내 홀로 알 수 가 없구려"라고 통곡하였다.

"이에 아기의 시신은 앞에 있고 그대의 시신은 뒤에 있었소"에서의 처참한 정경은 말로 형용할 수 없는 눈물겨운 사연이다. 작자의 비극은 여기에서 끝이 난 것이 아니라 계속 확산되고 있다. 이를 본 늙으신 장인 장모가 혼절하였고 이어 손주와 며느리를 함께 잃었다는 소식을 듣고 어머니마저 기절하였다. 이런 와중에 박남수는 홀로 비바람 치는 한밤 중에 양가를 오가며 사태를 수습하여야 했다. "나의 애간장이 쇠와

誘之, 子强啜一二匙, 仍歔欷數聲. 俄以侍者急告, 子氣絶, 余診子之脈, 脈已斷矣. 按子之額, 額已冷矣. 子之命, 果止於斯, 而余獨不能知矣. 於是兒屍在前, 子屍在後. 子之兩老親, 亦暈眩, 顚倒其傍. 余孑然處其間, 罔知手足之攸措. 又有急報, 慈堂聞訃驚怛, 氣淹淹不省. 風雨夜半, 獨奔走兩家. 惟余肝腸非鐵石, 安得不摧折銷鑠耶. 以子待余之誠, 忍使余當此情界, 則此固天理人事之不可測者耳."

돌이 아니거늘 어찌 꺾어지고 녹아 없어지지 않을 수 있으리오"에서 그 처참한 슬픔이 형상화되어 있다. 망연자실한 박남수는 부인의 영전 앞에 "그대의 나 대접하던 정성으로 차마 나로 하여금 이런 정경을 당하게 하였다면 이는 진실로 하늘의 이치와 사람의 일을 헤아릴 수 없을 뿐이로다"라고 혈루를 뿌리며 天理와 人事를 예측할 수 없음을 원망하고 통곡하였다.

「제망실신씨문」은 지어미를 잃은 悼亡의 슬픈 성정이 그대로 형상화된 斷腸의 제문으로 통한과 혈루로 점철되었다.

5. 朴南壽의 悲哀悽然한 哀祭文 世界(Ⅱ)

1) 知音과 知己를 잃은 悲哀의 敍情

(1) 「祭彝則文」

「祭彝則文」은 知音이자 文友인 金性根(?～1779, 자 彝則)의 죽음을 애도한 제문이다. 김성근은 박남수의 문집 『수우전집』의 「수우시집서」와 「수우문고서」를 쓴 절친한 知己이다. 이 제문은 박남수가 22세(기해) 때 쓴 것인데, 이를 미루어 보면 김성근은 20대에 세상을 하직한 것 같다. 제문의 전문을 보기로 한다.

> 슬프다 彝則이여
>
> 이칙을 아는 자는 나만한 사람이 없고
> 나를 아는 자는 이칙만한 사람이 없도다

내가 詩를 지으면 / 이칙이 和韻하였고
내가 文을 지으면 / 이칙이 評하였네

이칙이 시문 지으면 / 내가 이칙과 같이 했네
이칙이 죽었으니 / 뉘라서 이을 것인가

슬픈지고 이칙이여

於乎彛則
彛則知莫我若　　我知莫彛則若
我有詩　　彛則和之　　我有文　　則彛則評之
彛則有詩文　　我亦如之　　彛則而死　　誰其嗣之
於乎彛則[31)]

친구이자 文友를 잃은 슬픔을 짧은 글에 절묘하게 함축시켰다. 문이 간결하지만 할말을 다하였다. “이칙을 아는 자는 나와 같은 사람이 없고 / 나를 아는 자는 이칙과 같은 사람이 없도다”에서 두 사람의 깊은 교우관계가 형상화되어 있다. 시를 지으면 서로가 和韻하였고 문을 지으면 서로 비평을 하였던 지음이자 文友였기에 그 슬픔을 “이칙이 죽었으니 / 뉘라서 이을 것인가 / 슬픈지고 이칙이여”라고 애도하였다. 평이하고 醇厚한 글로 벗의 허망한 죽음을 애도하며 자신의 성정을 꾸밈없이 형상화하였다. 김성근의 죽음을 애도한 「悼彛則」과 「哭彛則」 2수가 있는데, 「곡이칙」을 보기로 한다.

와서 창 앞에 통곡하니 눈물이 수건에 가득
정원의 꽃은 주인 없는데 홀로 봄을 지나네

---

31) 『修隅前集』 二, 卷3, 「祭彛則文」.

거문고와 책 휘장은 모두 그대로 인데
방안에 한 사람만이 보이지 않네

來哭窓前淚滿巾　　庭花無主獨經春
琴書帷幕皆依舊　　不見堂中一箇人[32)]

제문이나 輓詩의 세계가 한결같이 文友이자 知己를 잃은 悲哀凄然한 性情이 곡진하게 형상화되어 있다.

(2) 「閔君啓運哀辭幷書」

문집에 수록된 哀辭는 「민군계운애사병서」(을사) 1수뿐이다. 閔啓運(1736~1784)은 작자 집안의 三世 門下生이다. 그는 30년을 하루 같이 작자 집안의 대소사를 맡아 일을 보아준 문객으로, 신분은 양반이 아닌 것으로 추측된다. 민계운은 박남수보다 22세 연상이다. 이 글은 민계운이 죽은 다음 해(1785)에 쓴 것으로 박남수는 28세였다. 幷序는 산문이고 辭는 초사체이다.

무릇 사람의 사귐은 그 道가 義와 利 밖을 벗어남이 없으니 군자와 소인, 邪·正의 구별이 진실로 여기서 분별된다. 오호라. 우리 가문에 三世의 문하생 민계운이 있는데, 吉凶과 근심과 즐거운 일에 관여하지 않음이 없었으니, 힘을 다하여 충심으로 도모한 友誼가 지성으로 하루 같이 하기를 30년이 되어 睦婣이 친척이라도 그대 보다 더할 수 없을 것이다.

슬프다. 우리 집이 세상과 합치됨이 적어 마침내 零落을 면치 못하여서 진실로 남들에게 힘될 바가 없었는데도 이처럼 서로 敦厚하게 지냄이 利때문인가? 義때문인가?

아 아! 그대의 집은 심히 가난하였으나 부인이 살림을 잘하였고 또한 딸

---

32) 『修隅前集』 一, 卷1, 「哭彛則」.

이 바느질을 잘하여 살림을 잘 꾸려왔기에 그대는 굶주림과 추위의 고생이 심하지 않아 오직 날마다 마을 친구들의 잔치에서 술 마시며 노닐었을 뿐이었다. 딸이 나이 20여세로 아직 출가시키지 못하였는데 마침내 노동으로 병이 들었으나 구할 수 없고, 부인은 또 추위와 굶주림으로 병이 들어 일어나지 못하니 그대 비로소 식구들과 살림이 매몰되어 집을 팔고 각각 헤어져 떠돌며 마을과 친구들 사이에 더부살이하며 잠을 자고 밥을 얻어 먹었도다. 해가 저물어도 쉽사리 안정할 집이 없었으니 앉으면 집을 우러러보고 입은 한숨이 끝이지 않았다. 말씀이 늙은 어버이와 어린 자식에 이르면 울면서 눈물을 줄줄 흘리지 않은 적이 없었으니, 이에 초췌한 얼굴은 이미 이 세상 사람의 모습을 잃었다. 갑자기 감기를 앓은 지 수 일 만에 갑진년(1784) 10월 戊子日에 여관에서 죽으니 나이가 48이다.

슬프다. 그대는 어질고 착한 사람이라 하늘이 이미 큰복을 주어 부모가 俱存하고 형제가 無故하지만 그러나 가난하여 그 즐거움을 보전하지 못하고 마침내 그대로 명을 마쳤으니, 五福의 富와 천지 사방의 가난이 인명과 관련됨이 이와 같이 중차대할진저!

슬픈지고! 그대의 성품은 부지런하고 삼가한지라. 委巷에 태어났으나 명성과 세도를 사모하지 않았으며 일찍이 權貴의 문에 의탁하여 번질나게 왕래하면서 아부하지 않고 평생에 몸가짐이 바른 것은 진실로 독서군자에게도 부끄럽지 않았다. 슬프도다. 그대가 우리 집에 厚하게 하였으나 그러나 그 만에 하나를 갚지 못하였으니 생사지간에 저버린 허물을 면하여 용서받을 수 없도다.

슬프고 애석한 생각이 오래되어도 더욱 깊고 간절하여 이에 辭를 지어 슬퍼하노니 갈오대

슬픈지고 민군이여 / 내 차마 잊을 수 없네
勢 한 글자에 / 속인들 좋아하고 싫어하니

사람이 세도 있으면 / 물결치듯 바람에 쏠리듯
파리 끓듯 이가 붙듯 / 시장처럼 모여드네

세도가 없으면 / 남들이 비천하게 여기고
비천하게 여김도 부족해 / 또 비방하고 헐뜯으니

離婁의 총명함도 / 賁育같은 용맹이 있더라도
감히 팔 수 없으니 / 뉘 사랑하고 중히 여기리

친한 이 성기어지니 / 성긴 것 말해 무엇하리
가까운 이가 멀어지니 / 먼 사람 말해 무엇하리

이런 풍속을 벗어난 이 / 오직 민군 한 사람 뿐
삼십여년을 / 우리 집을 출입하며

조석으로 돕고 지키며 / 하지 않은 일이 없네
편함과 노고를 생각 않고 / 눈비 가리지 않고

충정으로 우의를 꾀하고 / 그 몸을 잊었다네
그대 운명하면서부터 / 문하에 출입하는 이 없어

손가락에 손톱 없고 / 이에 어금니 없는 것 같네
부딪치는 곳마다 생각나 / 슬픔과 애석함이 끝없네

그대 성품 勤飭하여 / 말조심 잘했으니
혹시 齊·楚 사이 있어도 / 반드시 말이 없겠는가

혼령이 앎이 있으면 / 나의 이 마음을 알리라
아시는가 모르시는가 / 슬픈지고 민군이여[33]

---

33) 같은 곳. 『修隅前集』 二, 卷3, 「閔君啓運哀辭」(乙巳). "凡人之交也, 其道無出乎義, 若利之外者, 則君子小人邪正之別, 誠於斯分矣. 烏乎, 吾家有三世門下生閔啓運者, 吉凶憂樂, 無事不關捗, 竭力謀忠之誼, 惓惓如一日者, 三十年于玆, 雖睦媚親戚, 蔑用加於君者. 噫. 吾家與之世寡合, 竟不免沈屈, 誠無所賴資於人者, 則若是相厚者, 以其利耶.

교우의 道는 義에서 나오는 것이라 전제하고, 전문을 “義” 1자에 초점을 맞춰 고인의 죽음을 슬퍼하는 마음을 곡진하게 형상화하였다. 애사를 쓴 자체가 고인에 대한 義이다. 幷序는 먼저 민계운과 작자 집안과의 관계, 吉凶과 憂樂을 함께 하며 30년을 친척처럼 돈목하며 지낸 友誼, 그리고 故人의 가난한 삶과 깨끗하고 고결한 인품을 서술하고 애도하며 追頌하였다. 이어서 고인이 30년을 작자의 집안에 義로서 厚하게 베풀어준 고마움을 만에 하나라도 갚지 못한 허물을 이제는 용서받을 수 없게 되었음을 토로하고 그렇기 때문에 이를 더욱 애통하게 여기는 마음을 형상화하였다. 辭는 수차 換韻하였는 데 幷序의 내용을 韻文으로 압축하였다. “혹시 齊와 楚 사이에 있어도 / 반드시 말이 없겠는가 / 혼령이 앎이 있으면 / 나의 이 마음을 알리라 / 아시는가 모르시는가? / 슬픈지고 민군이여”에서, 고인에 대한 죽음을 애상히 여긴 세계가 오롯하게 내재되어 있다.

「민군계운애사병서」는 고인의 운명에 대한 슬픈 작자의 성정과 우의를 형상화하였으되 哀而不傷의 『시경』 정신을 계승한 전형적인 애사이다.

以其義耶. 烏乎. 君家甚貧, 而婦以內治之, 有女賢於女紅, 賴以契活, 君不甚苦飢寒, 惟日讌飮里社間而已. 女年二十餘尙未嫁, 而竟不救勞瘁疾, 婦又以凍餒, 瘨瘟不起, 君始自埋沒於家人產業, 賣宅各散, 離流里社間, 寄寢寄食. 遞易無定所, 坐輒仰屋, 口不絶於太息. 語到老親稚子事, 未嘗不泣泫泫下, 於是焦悴之容, 已失陽界象. 忽感疾數日, 以甲辰十月戊子, 歿于旅館, 時年四十八. 烏乎. 君仁善人也, 天旣錫之以純嘏, 父母俱存, 兄弟無故, 然坐窘窶, 不能保其樂, 而竟以之終其命, 五福之富, 六極之貧, 關人命若此之重且大矣哉. 烏乎. 君性謹飭. 生於委巷, 而能不慕聲勢, 未嘗托跡權貴門, 營營麗附, 則平生操躬之正, 固不愧乎讀書君子矣. 烏乎. 以君之厚於吾家, 而不能酬其萬一, 則死生之際, 不容逭孤負之辜矣. 悼惜之懷, 久愈深切, 迺賦辭以哀之曰, 烏乎閔君兮, 吾不忍忘, 勢之一字, 俗所炎涼. 人於有勢, 波流風靡. 繩營虱附, 會之如市. 苟或無勢, 卽人賤鄙. 賤鄙不足, 而又詆毁. 離婁之聰, 賁育之勇. 莫敢自售, 孰能愛重. 親者反踈, 踈者奚論. 近者反遠, 遠者奚言. 脫機斯俗, 惟一閔君. 三十餘年, 出入吾門. 晨夕相守, 無事不執. 不念逸勞, 不擇燥濕. 謀忠之誼, 忘有其身, 自君之歿, 門下無人. 如指無爪, 如齒無牙, 觸處入想, 悼惜無涯. 君性勤飭, 樞機克戎. 倘處齊楚, 間必無話. 靈若有知, 知吾此懷. 知也否耶, 烏乎閔君兮.”

2) 外祖母에 대한 不忘과 孝誠

(3)「祭外祖母 申氏」

외조모 申氏(申晙의 女)는 박남수가 11세 때인 1768년에 별세하였다. 당시 외조부와 합장을 못한 것은 術書에 吉하지 못하다 하여 權道로 交河 炭浦에 장사하였다. 8년 후인 1775년(을미)에 외삼촌 李英敎의 노력으로 抱川 雙谷으로 이장하였다. 이 때 박남수는 어머니를 모시고 이장(4월 26일) 전날 포천 쌍곡에 와서, 외할머니에 대한 사모의 정을 영구 앞에 한글로 제문을 지어 고하였다. 즉「을미ᄉᆞ월직동포쳔장ᄉᆞ졔문」(乙未四月 稷洞抱川葬事祭文)이다.

「祭外祖母申氏」를 분석하기 전에 이해를 돕기 위하여 먼저 1,087자의 한글「을미ᄉᆞ월직동포쳔장ᄉᆞ졔문」의 전문을 보기로 한다. 전문이 한글로 되었으나 이해를 돕기 위하여 한자를 괄호 안에 넣었다.

① 셰ᄎᆞ(歲次) 을미(乙未) ᄉᆞ월(四月) 이십뉵일(二十六日) 계묘(癸卯)ᄂᆞᆫ 우리 외왕모(外王母) 평산신시(平山申氏) 녕구(靈柩)가 교하(交河) 탄포(炭浦) 녯 산소(山所)로 브터 와 다시 포쳔(抱川) ᄡᅡᆼ곡(雙谷) 신복(新卜)ᄒᆞᆫ ᄃᆡ 장ᄉᆞ(葬事)디내ᄂᆞᆫ 날이라. ᄒᆞᄅᆞ 전(前) 임인(壬寅)에 외손(外孫) 반남(潘南) 박남슈(朴南壽)ᄂᆞᆫ 모ᄡᅵ(母氏)ᄅᆞᆯ 뫼시고 산하(山下)에 와 모도여 삼가 쥬과(酒果)의 뎐(奠)을 ᄀᆞ초와 글[文]노ᄡᅧ 울고 영결(永訣)ᄒᆞ야 ᄀᆞᆯ오ᄃᆡ,

② 오호 ᄋᆡ지(嗚呼哀哉)라! 우리 왕모(王母)ᄂᆞᆫ 임의 어질고 ᄯᅩ 덕(德)이 잇ᄂᆞᆫ 디라. 인(仁)ᄒᆞ고 엇디 슈(壽)ᄅᆞᆯ 못ᄒᆞ며 덕(德)이 잇고 엇지 복(福)이 업ᄉᆞ 신고? 하ᄂᆞᆯ을 ᄯᅩᄒᆞᆫ 아디 못ᄒᆞᆯ 거시오? 니(理)가 ᄯᅩᄒᆞᆫ 측냥(測量)티 못ᄒᆞᆯ 거시로다! 녜 우리 외가(外家)에 상ᄉᆞ(喪事) 위엄이 겹포 모디니 이에 임ᄌᆞ(壬子)에 미처 왕부(王父) 상ᄉᆡ(喪事) 나신디라! 이 ᄣᅢ예 왕모(王母) 년셰(年歲) 이십(二十)이 못ᄒᆞ야 겨시고 우리 모친(母親)이 강보(襁褓)의 이셔 울기ᄅᆞᆯ 고고(呱呱)히 ᄒᆞᄂᆞᆫ디라! 일노부터 가며 종ᄉᆡ(宗祀) 의탁(依託)ᄒᆞᆯ ᄃᆡ

업ᄉᆞ니 ᄶᅡ흘 두ᄃᆞ리며 ᄶᅡ흘 부ᄅᆞ지ᄂᆞ니 길가ᄂᆞᆫ 사ᄅᆞᆷ이라도 ᄯᅩᄒᆞᆫ 슬허ᄒᆞᄂᆞᆫ디라!

③ 왕뫼(王母) 프러ᄇᆞ리디 아니ᄒᆞ샤 일져무리 경동(驚動)ᄒᆞ며 쳑념(慽念)ᄒᆞ샤 예(禮)로ᄡᅥ 졔ᄉᆞ(祭祀)롤 밧들며 공경(恭敬)ᄒᆞ여ᄡᅥ 손[客]을 ᄃᆡ졉(待接)ᄒᆞ니 현텰(賢哲)타 니ᄅᆞ미 친쳑(親戚)과 ᄀᆞᆷ(敢)이 간격(間隔)이 업ᄉᆞ니 대가(大家) 종족(宗族)과 친당(親黨)이 임의 화평(和平)ᄒᆞ고 ᄯᅩ 화목(和睦)ᄒᆞ며 아릿 사ᄅᆞᆷ ᄃᆡ졉(待接)ᄒᆞ미 법(法)이 이시니 노복(奴僕)을 무휼(撫恤)ᄒᆞ여 보존(保存)케 ᄒᆞ며 동녀 한미와 ᄆᆞ올 늘그니 ᄭᅥ디 은혜(恩惠)와 덕ᄐᆡᆨ(德澤)을 칭송(稱頌)ᄒᆞ더라!

④ 우리 구씨(舅氏)를 아ᄃᆞᆯ삼아 은근(慇懃)이 쳐 기ᄅᆞ시니 임의 셩닙(成立)ᄒᆞ여 ᄌᆞ라매 효우(孝友)롤 이에 극진(極盡)이 ᄒᆞ여 튱셩(忠誠)과 곡진(曲盡)으로 봉양(奉養)ᄒᆞ고 염안(恬安)ᄒᆞ며 화(和)ᄒᆞᆫ 빗치 잇ᄂᆞᆫ디라. 우음웃고 손ᄌᆞ(孫子)를 희롱(戲弄)ᄒᆞ니 그 갑흐믈 거의 바둘더니, 엇디 그 년셰(年歲)롤 무ᄌᆞ려 쥬갑(周甲, 回甲)도 ᄎᆞ지 못ᄒᆞ게 ᄒᆞ엿ᄂᆞᆫ고?

⑤ 일즉이 상쳑(喪慽)이 ᄇᆞ람ᄀᆞᆺ티 급(急)ᄒᆞ며 비ᄀᆞᆺ티 급(急)ᄒᆞ믈 만나 셜음과 념녀(念慮)롤 안흐로 ᄰᅳᆯ히시고 얼굴이 밧그로 초삭(焦鑠)ᄒᆞ셔 믄득 셰샹(世上)을 ᄇᆞ리시니 외가(外家)의 복(福)이 업ᄂᆞᆫ 일이라! 텬하(天下)흐여 착ᄒᆞᆫ 사ᄅᆞᆷ 갑기롤 이러ᄐᆞ록 앗기ᄂᆞ뇨! 상ᄉᆞ(喪事) ᄢᅢ예 소ᄌᆡ(小子) 어리고 병(病)이 만하 즉시 가지 못ᄒᆞ여 눈믈만 흘니기롤 사흘을 ᄒᆞ고 입관(入棺)ᄒᆞᆫ 후(後)에 가 계요 셩복(成服)을 참예(參詣)ᄒᆞ니 지졍(至情)의 셜움이 챵지 ᄶᅵᆺ거디ᄂᆞᆫ 듯 ᄒᆞ고 간(肝)을 버히ᄂᆞᆫ 듯 ᄒᆞᆯ ᄲᅮᆫ이로다.

⑥ 소ᄌᆡ(小子) 죄례(罪戾) 만하 엄안(嚴顔)을 모ᄅᆞᄂᆞᆫ디라. 왕뫼(王母) 이롤 불샹이 너기샤 ᄎᆞ마 서ᄅᆞ ᄯᅥ나디 뭇ᄒᆞ여 이ᄭᅳᆯ고 안고 ᄀᆞᄅᆞ치셔 달내여 ᄒᆞ여곰 외가(外家)의셔 기ᄅᆞ시니 십셰(十歲) ᄡᅧ젼(以前)은 일즉 겻출 ᄯᅥ나디 아녀시니 은혜(恩惠)과 ᄉᆞ랑이 모히 이미 깁흐ᄃᆡ ᄇᆡᆨ(百)의셔 ᄒᆞ나흘 갑디 못ᄒᆞ니 비록 무상(無常)ᄒᆞ나 엇디 걸니이고 ᄆᆡ치이디 아니 ᄒᆞ리요?

⑦ 왕부(王父) 유ᄐᆡᆨ(幽宅)은 교하(交河) 산소(山所) 여혈(餘穴)이시ᄃᆡ 능(能)히 동폄(同窆)티 뭇하기ᄅᆞ 슐셔(術書) 길(吉)치 뭇ᄒᆞ다 ᄒᆞ미라. 이에 권도(權道)로 탄포(炭浦) 산녹(山麓)의 디내고 팔년(八年)을 구산(求山)ᄒᆞ매 구씨(舅氏) 힘을 탄갈(殫竭)ᄒᆞ여 이에 새 산소(山所)롤 졈득(占得)ᄒᆞ니 포쳔(抱

川) 쌍곡(雙谷)이라. 비로소 합폄(合窆)ᄒᆞ여 부좌(祔左)ᄒᆞ믈 경영(經營)ᄒᆞ여 홈께 광듕(壙中)을 여러 불근 명경(銘旌)이 압ᄒᆞ며 뒤ᄒᆞ여 가시니 거의 녕빅(靈魄)을 위로(慰勞)ᄒᆞ실 거시오, 구모(舅母)의 관(棺)이 조ᄎᆞ니 ᄯᅩᄒᆞᆫ 기장(改葬)ᄒᆞ므로 ᄲᅧ라.

⑧ 소ᄌᆞ(小子) 승관(承棺)ᄒᆞ며 도리(道理) 맛당이 ᄒᆞᆫ 번 울 거시므로 모씨(母氏)롤 뫼시고 와 모도이니 하관(下棺)ᄒᆞ기 ᄒᆞᄅᆞ 젼(前) 져녁이라. 모씨(母氏)ᄂᆞᆫ 관(棺)을 붓들고 소ᄌᆞ(小子)ᄂᆞᆫ 잔(盞)을 드리니 어둡디 아니ᄒᆞ신 존녕(尊靈)이 거의 혹 위로(慰勞)ᄒᆞ고 ᄀᆞ득하여 ᄒᆞ실 듯 ᄒᆞ되 오회(嗚呼)라! 왕뫼(王母) 깃거 졉ᄃᆡ(接待)ᄒᆞ오시믈 보디 못ᄒᆞ니 얼굴이 기리 ᄀᆞᆷ초이고 경히(謦咳) ᄯᅩ 젹젹(寂寂)ᄒᆞᆫ 디라!

⑨ 눈물을 거두고 졀ᄒᆞ매 얼프시 거의 보오올 듯ᄒᆞ니 망망(茫茫)ᄒᆞᆫ 하늘과 ᄯᅡ희 부앙(俯仰)ᄒᆞ며 셜우미 심ᄒᆞ도다! 오호ᄋᆡ지(嗚呼哀哉) 상향(尙饗).[34]

위의 제문에는 유복자로 태어난 작자를 10세까지 애지중지 키워주신 외할머니의 은공을 불망하고 사모하는 정이 구구절절 형상화되어 있다. 사대부 후손인 작자가 한문으로 제문을 짓지 않고 파격적으로 한글 제문을 지어 고한 것은 대상이 여성이라는 점이었기 때문이었을 것이다. 고인에게 난해한 한문 제문보다는 알아듣기 쉬운 한글로 제문을 지어 애통한 정을 告한 것은 외조모에 대한 깊은 배려이자 지극한 효성이다.

어릴 적 외조모의 사랑과 교육을 잊지 못하고 산소를 이장할 때 靈柩 앞에 「을미ᄉᆞ월진동포쳔장ᄉᆞ졔문」을 고하였던 그는 이를 한문으로 옮겨 「祭外祖母申氏」(을미)를 문집에 수록하였는데 全文은 다음과 같다.

維外王母　旣仁且德　仁胡不壽　德胡無福
天實難諶　理亦莫測　昔我外氏　喪威洊酷
爰及壬子　王父易簀　是時王母　年未二十

34) 이 「을미ᄉᆞ월진동포쳔장ᄉᆞ졔문」(乙未四月 齋洞抱川葬事祭文)의 분석은 金相洪의 앞 論文에서 詳論한 바 있어 생략한다.

我母在褓　呱呱啼泣　從玆以往　宗祀無托
王母靡解　夙夜警惕　以禮奉祭　以敬待客
巨室宗黨　旣和且睦　御下有軌　撫存婢僕
村嫗里婆　亦誦惠澤　子我舅氏　止慈鞠育
旣成且長　孝友是極　忠告以養　怡愉之色
莞爾含飴　其報庶食　天奪其年　未洽周甲
夙遭喪禍　風驟雨急　憂慮內煎　榮衛外鑠
遽爾違世　外氏無祿　于時小子　幼且多疾
喪未卽奔　始參成服　至情慟哀　腸摧肝蝕
小子多戾　嚴顔未識　王母恤之　未忍暫釋
提抱敎誘　長於外宅　十歲以前　不曾離側
鍾愛至恩　百無報一　王父若防　交山餘穴
未能同窆　術云不吉　乃襄權厝　炭浦之麓
八年求山　舅氏殫力　爰占新屯　堅城雙谷
始營合附　俱啓窀穸　丹旐後先　庶慰靈魄
母子來哭　懸棺前夕　母氏憑柩　小子獻酌
茫茫穹壤　俯仰慟哭35)

한글 제문의 제①단 "셰ᄎ 을미 ᄉ월 이십뉵일 계묘는……글[文]노뼈 울고 영결(永訣)ᄒ야 ᄀᆞᆯ오ᄃᆡ"와, 제②단의 "오호ᄋᆡ지라"와, 제⑥단의 "비록 무상ᄒ나 엇디 걸니이고 ᄆᆡ치이디 아니 ᄒ리요"와, 마지막 단락의 끝인 "오호ᄋᆡ지 샹향"을 생략하고 한문으로 옮긴 것이다. 한역한 부분과 한글 제문과 일치되지 않은 곳이 약간 있으나 大義에는 변함이 없다. 한문 제문도 명문이 아닐 수 없다. 한문 제문과 한글 제문과의 일부를 대비하여 보자.

---

35)『修隅前集』二, 卷3,「祭外祖母申氏 乙未」.

소자가 죄가 많아
아버지 얼굴을 모르는 지라

외할머니가 이를 불쌍히 여겨
차마 서로 떠나지 못하여

이끌고 안고 가르쳐서 달래어
외가에서 기르셨네

십 세 이전은
일찍이 곁을 떠나지 아니했으니

은혜와 사랑이 모여 깊은데
백에서 하나도 갚을 수 없네

小子多戾　嚴顔未識　王母恤之　未忍暫釋
提抱敎誘　長於外宅　十歲以前　不曾離側
鍾愛至恩　百無報一

친할머니가 돌아가셨어도 효성을 하지 못한 슬픔을 이렇게 형상화하기란 쉽지 않을 것이다. 하물며 18세의 나이로 成人도 쉽게 표현할 수 없는 외조모에 대한 추모의 정과 性情之正을 오롯하게 그려냈기에 박남수 문학의 독창성과 우수성이 자연적으로 입증된다.

6. 朴南壽 哀祭文의 文學史的 位置
— 結語를 兼하여 —

본고는 조선 영·정조 때 문장가인 성균진사 朴南壽(1758~1787) 문학 연구의 연속 작업이다. 이상에서 애제문의 성격과 형식, 박남수의 孤單한 생애와 고문제일주의 문학세계의 一斑, 血淚斑點의 悲哀凄然한 한문 애제문 세계를 고구하였다. 이를 요약하고 문학사적 위상을 밝히고자 한다.

첫째, 哀祭文의 성격과 형식은 다음과 같다. ① 애제문의 기원은『시경』의「黃鳥」·「二子乘舟」이다. 애제문의 유형은 誄·哀辭(哀詞)·弔文·祭文이 있다. 哀弔文은 죽은 이를 애상이 여긴 誄·輓文·哀詞를, 제문은 死者를 위한 제사와 神·천지·산천·社稷·종묘 등에 제사할 때 고하는 글을 말한다. ② 誄란 諡號와 관련이 있다. 死者가 생전에 累績한 덕행을 기술하여 不朽하게 만드는데 목적이 있다. 在下者가 재상자의 뇌를, 연하자가 연상자의 뇌를 지을 수 없었으나, 魯 莊公이 전사한 士의 뇌를 지은 이후 누구든지 지을 수 있게 되었다. 작법은 사자의 덕행을 먼저 기술하고 전기의 체를 따라 칭송하되 亡人의 영예를 먼저 서술하고 끝에 애도의 정을 형상화한다. 산문으로 序를 지은 다음 운문으로 誄를 4언 對偶로 짓는 것이 일반적이다. 내용은 사자의 모습을 볼 수 있게끔 묘사하고 哀憾으로 인하여 상함이 있는 것처럼 서술한다. ③ 哀辭는 젊어서 죽은 자를 슬퍼한 글이다. 말로써 슬픔을 나타내어 눈물을 짓지 않고 哀悼하는 것이므로, 노인의 죽음에는 짓지 않고 젊어서 죽은 사람을 위해서 애도하는데 목적이 있다. 연원은『시경』의「黃鳥」로, 한나라 班固의「梁氏哀辭」가 최초의 애사이다. 句法은 4言 6언 7언 8언 韻語로 離騷體로 짓는다. 애사는 작자의 정을 서술하기 때문에 誄文體

와 다르다. ④ 弔文이란 죽은 영혼을 이르게(至) 하는 글로, 원래는 압사한 자나 익사한 자에게는 하지 않았다. 주로 불우한 삶을 살았던 이들의 영혼을 위로하는데 목적이 있다. 가의의 「조굴원부」가 효시이다. 作法은 화려하지 않으면서 韻에 弛緩되지 않게 짓되 고인의 미덕을 높이면서도 포폄이 정대하고 애도 속에서도 윤리를 상하지 않도록 하여야 한다. ⑤ 祭文이란 尊親이나 벗의 언행를 기리고 추모하면서 제사지내는 글이다. 산 자가 애상의 정을 형상화한 글로 축문이 변한 것이다. 형식은 산문체와 운문체가 있는 데, 운문체는 4언체 6언체 잡언 騷體 등이 있으나 4언체가 正體이다.

둘째, 박남수의 孤單한 생애와 고문주의의 문학세계는 다음과 같다. ① 명문의 후손으로서 부친 사후 7朔만에 유복자로 태어나 고단한 삶을 살았다. 거듭된 喪慽과 과거의 실패로 불우하였으나 인품이 고결하였다. 30세로 세상을 떠났으나 우리 문학사에 큰 족적을 남겼다. ② 그는 1775년(영조 51)에 열 여덟의 나이로 눈물 없이는 읽을 수 없는 名文의 한글 제문 「을미구월졔문」(乙未九月祭文)과 「을미ᄉ월징동포쳔장ᄉ졔문」(乙未四月齋洞抱川葬事祭文) 2편을 남겨, 18세기 한글 애제문학의 새로운 지평을 열었다. ③ 그는 한글 제문 뿐만아니라, 醇正한 한문으로 血淚斑點의 전형적인 애제문을 많이 남겨 한문학 발전에 기여하였다. ④ 그는 연암의 『열하일기』가 패관기서를 좋아하였기에 고문부흥에 방해가 된다고 하여, 연암이 읽고 있던 『열하일기』를 촛불로 태우려고 하였을 만큼 문학관은 고문제일주의였고, 문학세계는 性情之正의 구현에 있었다.

셋째, 박남수의 血淚斑點의 애제문의 세계는 다음과 같다. ① 「告先考墓文」은 25세(임인, 1782) 때에 썼다. 부친 사후 七朔만에 유복자로 태어나 아버지의 얼굴도 모르는 한과 사모하는 애끓는 정을 血淚斑點으로 형상화하였다. 부친을 그리는 정이 너무나도 곡진하게 형상화되어 悲惻하기 그지없다. 그의 애제문은 모두가 孤單한 삶과 한 맺힌 성정의 세계가 글자마다 형상화된 것이다. 그 중에서 「告先考墓文」이 가장 至寃至痛한 세계를 핍진하게 그려 애제문의 백미가 된다. ② 「告祖考墓文」은 祖父의 은공을 잊지 못하여 25세 때인 1782년(조부 사후 6년)에 開城府 南面 修隅里에 있는 묘소에 가서 告한 것이다. 유복자인 그에게 조부는 할아버지이자 아버지였고 어머니였다. 유복자인 자신을 애지중지 키워주신 은혜를 불망하는 성정을 눈물로 먹을 갈아 쓴 血淚斑點의 제문이다. ③ 「告亡室李氏墓文」은 한글 「을미구월졔문」과 함께 첫 부인 한산이씨의 요절을 애도한 제문이다. 「을미구월졔문」은 결혼 5년만에 부인이 한 점의 혈육도 남기지 못한 채 19세로 요절하자 비통한 지아비의 애끓는 정을 발인 전날 上食 때 영전에 고한 제문이다. 「고망실이씨묘문」은 8주기를 맞아 산소에 가서 고한 한문 제문이다. 첫 부인을 잃은 悼亡의 슬픔이 얼마나 크고 한이 맺혔는지 8년이 지나도 잊지 못하여 死後의 달(月) 수를 계산해 보고 날짜까지 헤아려 보면서 잊지 못하는 夫情을 눈물겹게 형상화하였다. 夫情의 뜨거운 성정과 悼亡의 슬픔과 한을 곡진하게 형상화한 悼亡文의 전범이다. ④ 「祭亡室申氏文」은 續絃한 평산신씨가 아들을 낳자 마자 죽고 부인도 같은 날 20세로 세상을 떠나자 쓴 제문이다. 자손이 귀한 집안에서 아들을 낳자마자 잃은 慘慽과, 당일 부인을 잃은 悼亡의 血淚가 자자 마다 배어 있다. 지어미를 잃은 悼亡의 슬픔을 오롯하게 刻印시킨 이 제문 또한 悼亡文의 전범이다.

넷째, 박남수의 悲哀凄然한 애제문의 세계는 다음과 같다. ① 「祭彛則文」은 知音이자 文友인 金性根의 죽음을 애도한 제문이다. 醇正한 고문으로 벗의 허망한 죽음을 애도하는 곡진한 성정이 형상화되어 있다. ② 「閔君啓運哀辭幷序」는 작자 집안의 대소사를 맡아 30년을 하루 같이 돌보아준 閔啓運의 죽음을 추도한 것이다. 交友의 道는 義에서 나오는 것이라 전제하고, 全文을 "義" 1자에 초점을 맞춰 고인의 죽음을 슬퍼하는 성정을 핍진하게 형상화하였다. 幷序는 산문이고 辭는 초사체이다. 知己의 운명에 대한 슬픈 성정과 우의를 형상화하였으되 哀而不傷의 『시경』 정신을 계승한 전형적인 哀辭이다. ③ 「祭外祖母申氏」은 외조모 申氏의 산소를 移葬하기 전날 어머니를 모시고 가서 靈柩에 고한 한글 제문 「을미ᄉ월지동포쳔장ᄉ졔문」을 한문으로 옮긴 것이다. 유복자로 태어난 작자를 10세까지 애지중지 키워주신 외조모의 은공을 不忘하고 추모하는 정과, 효성을 다하지 못한 회한이 오롯하게 형상화되어 있다.

다섯째, 박남수 애제문의 문학사적 위치이다. 명문가의 유복자로 태어났으나 생애는 孤單하였다. 비록 벼슬길에 오르지 못하고 30세로 생을 마감하였으나, 18세기 우리 문학사에 큰 족적을 남겼다. ① 박남수는 이미 열 여덟의 나이로 눈물 없이는 읽을 수 없는 명문 한글 祭文 「을미구월졔문」과 「을미ᄉ월지동포쳔장ᄉ졔문」 2편을 남겨 18세기 우리 애제문학사의 새로운 지평을 열었다. ② 박남수가 사랑하는 가족과 친척 知己의 죽음을 애도하는 자아의 진솔한 성정을 형상화한 한문 애제문 12편은 血淚斑點과 悲哀凄然함이 있다. 고문주의자였던 그는 고인을 잃은 슬픈 성정을 차원 높게 애제문에 승화시켜 한국한문학 발전에 기여하였다. ③ 그의 혈루반점의 비애처연한 성정을 醇正한 고문으로 형상화한 애제문은 유복자의 한, 孤單한 삶과 계속된 喪慽의 한, 과거의 실패로 인한 한을 문자로 오롯하게 交織한 것이다. ④ 그의 애제문은 至寃至痛한 한의 산물이다. "恨의 解寃"을 위하여 "지원지통한 恨을 문학으로 승화"시킨 것이다. 그러나 박남수의 한은 이승에서는 풀 수 없는 너무나 처절한 것이었기에, 그 한의 結晶이 血淚斑點의 애제문에 오롯하게 투영된 것이다. ⑤ 누구나 사랑하는 가족과 친척 知己의 죽음을 맞이하기 마련이지만 그 슬픈 성정을 문자로 형상화하는 일은 쉬운 일이 아니다. 비록 문학적 소양이 뛰어났다고 해도 모두가 박남수와 같이 명문의 애제문을 쓸 수 있는 것은 아니다. 박남수는 한글과 한문으로 血淚斑點의 애제문을 남겨 18세기 우리 문학사에 신기원을 이룩하였다.

박남수는 이러한 업적이 있음에도 불구하고 그동안 학계에서 전연 연구되지 않았다. 이유는 그의 문집(親筆 筆寫本)이 간행되지 않았기 때문이다. 그러나 필자의 논문「進士 박남수의 한글 <을미제문> 연구」와 본고에서 밝혀진 바와 같이 그의 문학은 18세기 문학사에 중요한 위치를 차지하고 있는 만큼 그의 업적은 고전문학사 및 한문학사에 높이 평가되어야 한다.

(『漢文學論集』 제12집, 槿域漢文學會, 1994. 11)

進士 朴南壽의 한글「을미제문」研究

1. 序 論

사람이 지은 문장 중에서 가장 심금을 울리는 글은 죽은 사람의 靈前에 고하는 祭文일 것이다. 제문은 살아있는 자가 죽은 이의 영혼에게 글로써 추모하고 위로할 수 있는 문체이기에 내용이 슬프고 처절하지 않은 것이 없다. 죽은 자의 영혼을 위로하고 이별의 아픔과 추모의 정을 형상화하는 글인 만큼, 죽은 이가 사랑하는 가족이라면 그 내용이 애절하고 더욱 슬플 수 밖에 없다.

明나라 서사증은『문체명변』의「祭文」조에서 다음과 같이 설명하였다.

> 제문이란 尊親과 벗을 제사하는 글이다. 옛적의 제사에는 흠향하기를 고하는데 그쳤을 뿐이다. 중세 이후에는 (고인의) 언행을 기리면서 애상의 뜻을 겸하였으니 축문이 변한 것이다. 그 글에는 산문과 韻語와 儷語가 있는데, 韻語 중에는 산문과 四言, 六言, 雜言, 騷體와 儷體가 있어 같지 않다.[1)]

1) 徐師曾,『文體明辯』(四), 旿晟社 影印, 1984, p.165. “按祭文者, 祭尊親友之辭也. 古之祭祀止於告饗而已. 中世以還兼讚言行, 以寓哀傷之意, 蓋祝文之變也. 其辭有散文, 有韻語, 有儷語, 而韻語之中, 又有散文四言六言雜言騷體儷體之不同.”

제문이란 尊親이나 벗의 언행를 기리고 추모하면서 제사지내는 글이다. 살아 있는 자의 애상의 정을 형상화한 글로 축문이 변한 것인데 散文體, 韻語體, 儷語體가 있다고 하였다. 그리고 운어체에는 4언과 6언, 雜言, 騷體와 儷語體가 있다.

우리 고전문학사에서 한글 제문은 그리 많지 않다. 현재까지 학계에 보고된 한글 제문을 시대 순으로 보면 다음과 같다. 첫째, 肅宗이 자신의 왕비인 仁顯王后 閔氏(1667~1701)의 운명(8월 14일)을 애도하여 1701년 8월 영전에 내린 한글 제문이 있다. 이 제문은 「인현왕후전」에 실려 있다. 둘째, 英祖 때 賢臣인 忠肅公 尹塾(1734~1797)이 부인 延安 李氏(李膺漢의 女)의 朞年喪을 맞아 1773년(영조 49) 2월 16일에 靈筵에 고한 한글 제문이 있다.[2] 셋째, 순조(재위 1800~1834) 때 兪氏夫人이 부러진 바늘을 의인화하여 지은 「弔針文」이 있다.

필자는 최근(1993년)에 영조 51년인 1775년(을미)에 進士 朴南壽(1758~1787)가 쓴 한글 「을미구월졔문」(乙未九月祭文)과 「을미ᄉ월지동포쳔장ᄉ졔문」(乙未四月齋洞抱川葬事祭文) 2편을 발굴하였다. 이 두 편의 한글 제문은 우리 고전문학의 백미로서 애제문학사의 새로운 지평을 연 작품으로 높이 평가된다.

2. 發掘 경위와 書誌 및 硏究方向

지금으로부터 219년(1994년 현재) 전에 열 여덟 살 된 박남수가 열 아홉에 세상을 떠난 아내의 영전에 고한 한글 제문과, 외할머니 산소를

2) 金一根, 「貞敬夫人 李氏祭文」, 『人文科學論集』 제9집, 建國大, 1976.

이장할 때 靈柩에 고한 한글 제문을 발굴하였다는 것은 일차적으로 우리 나라 애제문학사의 한 부분을 보완하는데 기여가 있을 것이다.

필자는 최근 朴天圭 교수(단국대 동양학연구소 소장)가 선대로부터 소장해온 한글 제문 2편(박교수의 7世祖 박남수 지음)을 접하고, 이를 다음 사항에 주안하여 분석하고자 한다.

① 작자 박남수의 가계와 생애를 고찰한다. 이어서 그의 문학세계의 一斑과 한글 제문 2편의 창작 배경을 살피기로 한다.

② 한글 제문「을미구월졔문」과「을미ᄉ월지동포쳔장ᄉ졔문」2편은 진사 박남수가 英祖 51년인 1775년 18세 때에 지은 것으로 친필본이다. 2편의 제문은 작가의 문집『修隅前集』(필사본)에 수록되지 않았으며 미공개된 작품으로 필자가 발굴하여 최초로 공개하는 것인 만큼 다각적으로 분석한다.

③「을미구월졔문」은 작자의 첫 부인 韓山李氏가 19세로 운명하자 발인을 하루 앞둔 9월 초하루 저녁 奠에 고한 것이다. 지질은 壯紙로 작은 帖子를 만들었는데 표지를 포함하여 28幅이다. 帖子의 한 폭의 길이는 세로가 23.7cm이고 한 폭의 가로는 6.6cm이다. 전문의 글자 수는 총 2,078字로 모두 한글이다. 行數는 124행이며 1행이 18자 내외인데 正字體인 楷書로 쓰여졌다. 이 제문에 내재된 사대부 가문의 부부윤리와 지고지순한 사랑과 슬픔의 세계 등을 고찰한다.

④「을미ᄉ월지동포쳔장ᄉ졔문」은 외할머니 平山申氏의 산소를 이장할 때인 4월 26일 하루 전에 어머니를 모시고 와서 酒果의 奠을 갖추어 靈柩앞에서 고한 글이다. 지질은 역시 壯紙로 첩자를 만들었는데 표지를 포함하여 13폭으로 전후 면을 사용하였다. 帖子의 길이와 幅은「을미구월졔문」과 같다. 全文의 총 글자 수는 1,087자인데 모두 한글이며, 行數는 63행인데 1행이 18자 내외이다. 1행부터 12행까지는 정자체인 楷書이고 이후는 흘림체인 초서이다. 이 제문에서는 당시 사대부 가문의

이장 절차 및 작자의 외조모에 대한 효성의 세계 등을 살피려고 한다.

⑤ 2편의 제문은 문학성이 매우 뛰어난 걸작으로 우리 한글 哀祭文學史를 조감하는데 귀중한 자료이다. 유려한 문체로 원초적 슬픔을 성공적으로 형상화한 작품인 만큼 여기에 내재된 悲哀의 세계와 수사적 특성 등을 분석한다.

⑥ 두 편의 제문은 문예부흥기인 英正時代 한글문학의 수준을 이해하는데 귀중한 자료인 만큼 이를 검증한다.

⑦ 2편의 제문은 조선후기 사대부 가문의 결혼 풍속, 생활상, 윤리도덕, 葬事節次, 민속 등을 이해하는데 큰 기여가 있는 만큼 이를 총체적으로 고찰한다.

⑧ 발굴된 2편의 제문이 한글 애제문학사에서 차지하는 위상을 조명하고자 한다.

<圖 1>「을미구월제문」과「을미ᄉᆞ월ᄌᆡ동포천장ᄉᆞ제문」의 表紙

<圖 2>「을미구월제문」의 앞부분

<圖 3> 「을미구월졔문」의 끝 부분

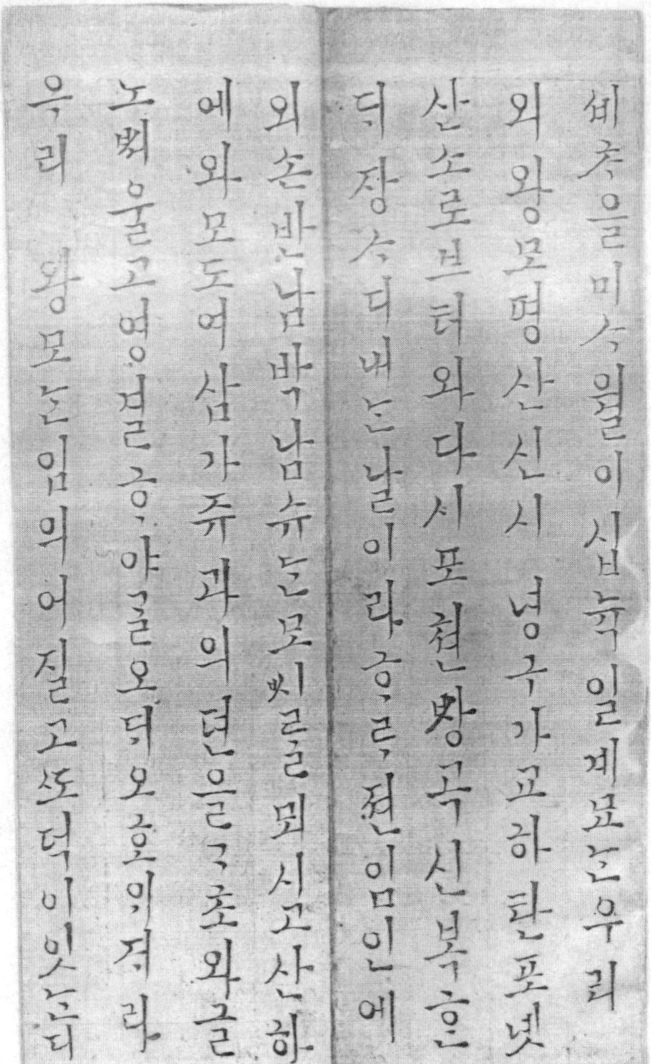

<圖 4> 「을미ᄉᆞ월지동포천장ᄉᆞ제문」의 앞 부분

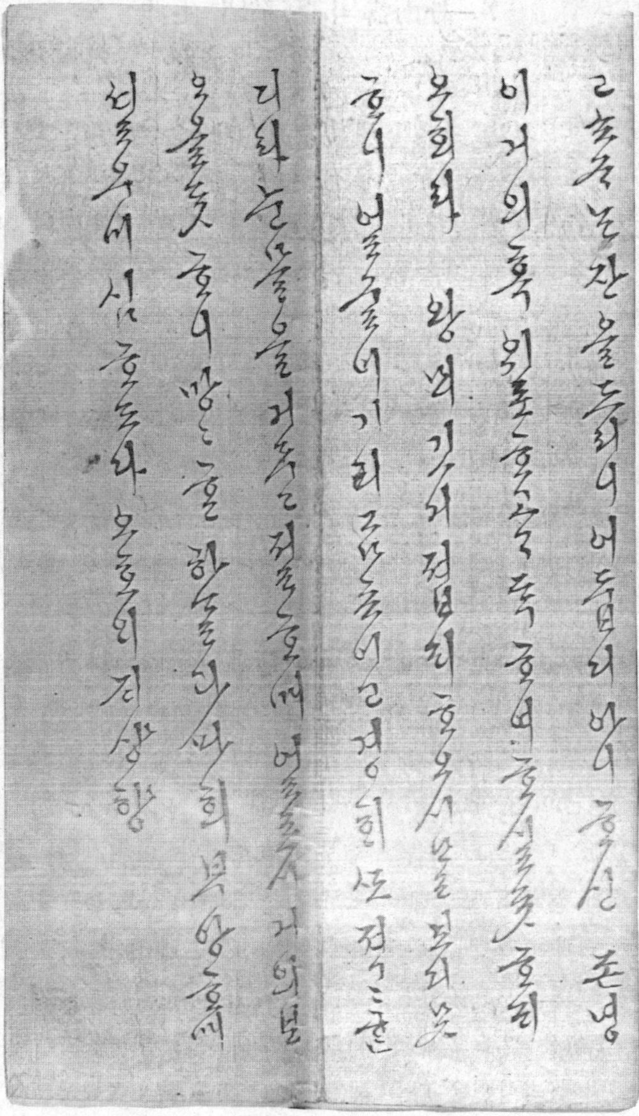

<圖 5> 「을미ᄉᆞ월지동포천장ᄉᆞ제문」의 끝 부분

3. 朴南壽의 家系와 生涯

지금으로부터 219년 전인(1994년 현재) 1775년, 즉 영조 51년에 당시 18세의 나이로 눈물 없이는 읽을 수 없는 명문의 한글 제문 「을미구월 졔문」(乙未九月祭文)과 「을미ᄉ월지동포쳔장ᄉ졔문」(乙未四月齋洞抱川葬事祭文) 2편을 남겨 우리문학사에 哀祭文學의 새로운 지평을 열었던 박남수는 명문 거족 潘南朴氏의 후예이다. 박남수의 가계와 생애를 그의 문집 『修隅前集』과 영의정을 지낸 金陵 南公轍(1760~1840)이 지은 「朴山如墓誌銘」과 約齋 宋炳華가 지은 「進士修隅朴公行狀」과 「潘南朴氏世系」를 참조하여 살펴보기로 한다.

始祖 高麗戶長 朴應珠 이후 박남수의 직계 선조들은 勳節과 문학이 대대로 이어져왔다. 麗末의 右文館 直提學으로 세상에서 潘南先生으로 불리는 文正公 朴尙衷(1332~1375), 조선왕조에 이르러 좌의정 平度公 朴訔(1370~1422), 사간원 司諫 文康公 朴紹(1493~1534), 우참찬 錦溪君 忠翼公 朴東亮(1569~1635), 錦陽尉 文貞公 朴瀰(1592~1645, 配 宣祖의 딸 貞安翁主)는 그의 직계 7世祖 이상이다. 고조는 朴弼夏(敬陵參奉, 贈左贊成 錦寧君)이며, 증조는 朴師卨(杆城郡守, 증이조참판)이고, 조부 朴道源(호 獨旅, 1714~1776)은 사헌부 大司憲이다. 아버지 朴相冕(1730~1757)은 호가 對華齋 또는 睡春으로 영조 28년(임신, 1752) 9월 문과 庭試 丙科로 등과한 후 사간원 正言을 역임하였는데 향년 28로 세상을 떠났다.

조부 박도원은 영조 27년(신미, 1751) 2월 문과 春塘臺試 丙科에 급제하였고, 아버지 박상면은 다음 해(임신, 1752) 9월에 급제하였다. 영조는 박도원에게 "그대의 부자가 連年登科하니 진실로 귀한 일이다"(爾父子, 連年登科, 誠貴矣)라고 하였고, 아버지 박상면에게는 "그대 부자가 함께 조정에 있어 내 마음 이를 아름답게 여기노니 그대 부자를 크게 등용할 것이다"라고 하였다. 영조는 박상면이 28세로 운명하였다는 소식을 접하고 賻儀를 후하게 내렸다.

후일 영조는 筵臣에게 "박상면의 遺腹이 아들과 딸 어느 쪽인가?"(朴某之遺腹, 男女何居)라고 물었다. 연신이 아들이라고 대답하니, 영조는 "기특하도다! 과연 아들이 있었구나"(奇哉, 果有種子矣)라고 하였다. 이러한 일화는 영조가 박도원 박상면 부자를 寵遇하였음을 말해 주는 것이다.

박남수는 아버지 박상면과 어머니 淑人 전주이씨(李貞祥의 女, 1731~1804)사이에 유복자로 태어났다. 즉 영조 34년(무인)인 1758년 5월 14일 한성 格洞 외가에서 출생하였다. 아버지가 세상을 떠난 지 달수로는 7개월 후에 유복자로 태어났다. 박남수의 자는 山如이고, 호는 修隅 또는 寄寄所, 靜存窩, 惺惺翁, 氷月觀이다.

그의 호 수우는 할아버지와 아버지의 묘소가 있는 開城府 南面 修隅里의 지명을 취한 것이니, 효심의 片鱗을 알 수 있다. 유복자로 태어나 아버지를 사모하는 애끓는 정을, 한문으로 지은 「告先考墓文」에서 눈물겹게 형상화하였다. 그 중에서 일부를 보기로 한다.

> 한 하늘 아래 한 땅 위의 만물 중에서, 인간 세상에 지극한 아픔과 지극한 원통함을 품은 자가 소자와 같은 사람은 있지 않나이다. 아버님의 용모와 기침소리를 태어나서 뵙거나 듣지 못하였나이다. 또 일찍이 아버지 소리를 해보지도 못하였나이다. 입이 비록 벙어리가 아니고 귀가 먹은 것도 아니고 눈이 장님이 아니건마는 장님과 한가지요 귀먹어리요 또한 벙어리와 한 가지이나이다……남들이 소자의 모습이 아버님을 꼭 닮았다고 말하였습니다. 이로써 항상 거울에 제 모습을 비춰보고 귀와 눈이 닮았는가? 입과 코가 닮았는가? 모발과 체격과 피부가 닮았는가 살펴보았으나 스스로 닮은 곳을 알 수 없었습니다. 하루아침에 갑자기 저승에 가면 어떻게 우리 아버님의 용모를 알아 볼 수 있으리까?[3]

유복자의 한을 진솔하고 핍진하게 형상화한 이 글은 피눈물로 먹을 갈아서 쓰고 이를 부친의 山所에 고한 것이다. 독자로 하여금 아버지를 사모하는 유복자의 지극한 효성에 옷깃을 적시게 한다. 어머니 전주이씨는 婦道가 있는 어진 부인으로서, 유복자인 박남수에게 매일같이 孝悌忠臣之道를 가르쳤다. 조부는 손자가 학업으로 인하여 勞悴할까 염려하여서 지나치게 전념하지 말라고 하였으나, 그는 어머니의 가르침을 순종하여 학문을 부지런히 닦았다. 8~9세에 문장을 지으니 어른들이 이를 보고 앞으로 大成할 것을 예견하였다. 그의 학문과 문장은 날로 발전하여 20세가 되기 전에 一家를 이루었다.

조선조 文壇에서 새로운 문체, 이른바 연암체로 문체파동을 일으켰던 三從祖인 燕岩 朴趾源(1737~1805)은 1774년(갑오) 당시 17세였던 박남수의 시문집을 보고 다음과 같이 평하였다.

> 당과 송의 골수가 남아있고
> 두보와 이백의 법도가 있다
>
> 唐宋餘髓　　　　杜白規矩[4]

박지원으로부터 시문에는 당송의 골수가 남아있고 두보와 이백의 법도가 있다는 평을 받은 박남수는 「上孔雀館」에서, 과분한 찬사라고 전제한 후, 이는 勸勉成就하라는 뜻으로 말씀하신 것이라 하여 겸손함을

3) 朴南壽, 『修隅前集』(筆寫本) 二, 卷3. "一天之下, 一地之上, 萬物之衆, 抱人間世至慟極冤者, 未有若小子者矣. 府君之容貌也, 謦咳也, 生未知見且聞焉. 且未嘗發呼爺之聲. 口雖不啞耳, 雖不聾, 目雖不盲, 卽一盲也, 聾也, 亦一啞也.……人爲小子貌, 酷肖府君. 以是恒處, 輒照鏡心, 以爲耳目肖歟. 口鼻肖歟. 毛髮體膚肖歟. 終莫之自解酷肖. 一朝溘然, 則泉臺下, 亦何以知我府君之貌也."

4) 같은 책(二), 卷3, 「上孔雀館」 甲午.

보였다. 박남수의 志向은 道에 있었고 시문에 있는 것이 아니었다.(公志在道, 不在文也) 19세(1776년) 때에 그는 이제까지 지었던 시문을 불사르고 나서 쓴 「焚稿戱賦」에서 다음과 같이 읊었다.

십 구 세가 되도록 무슨 일을 하였느뇨
사사건건 어긋나 스스로 탄식했노라

재주와 인품 둔졸하여 남과 화합함이 적었고
가문의 문장 명성을 계승하기 어려워라

문은 때때로 쓸만한 것이 있었으나
시는 모두가 족히 볼만한 것이 없구나

다만 생전에 記誦할 자료로 여길 뿐
죽은 후 출판되길 원하지 않노라

수 천 백 편을 火神에게 맡겼으니
남아있는 시문 모두 약간 편일세

十九年來何所事　　事事蹉跎自發歎
鈍拙才稟合人寡　　家庭文章繼聲難
文或往往有可用　　詩則個個無足觀
只爲生前記誦資　　不願死後金石刊
數千百篇祝融付　　詩文餘存摠如干5)

열 아홉 살 때까지 지었던 자신의 분신과 같은 시문 수 천 백 편을 火神에게 맡겨 불태우고 나서 지은 시로서 그의 호방한 성품이 잘 나타

5) 같은 책(一), 卷1, 「焚稿戱賦」.

나 있다. 박남수가 지향했던 것은 유학의 道이었지 시문이 아니었던 만큼 미련 없이 태워버린 것이다.

18세 때(1775)인 8월에는 첫 부인 한산이씨가 19세로 세상을 떠났고, 다음해 7월에는 조부가 享壽 63으로 下世하였고, 22세 때(1779)인 9월에는 두 번째로 맞이한 부인 평산신씨가 20세로 세상을 떠나는 비운이 계속 이어졌다. 이러한 불행을 겪으면서도 학문에 정진하였다. 24세(정조 7, 1783, 계묘) 때 규장각 直學士 沈念祖가 國子試를 관장하였는데 박남수의 文을 보고 高等으로 擢置하였다. 2년 후 成均進士試에서 장원하였다.

正祖가 太學에서 재주 있는 선비를 선발하여 殿講을 담당케 하였는데, 박남수와 金載璉 南公轍이 피선되어 76일 동안 『시경』을 강의하였다. 당시 그는 太學掌議로써 諸生을 이끌고 討逆上疏를 올리고, 보고도 하지 않은 채 大成殿 문밖에서 拜辭하고 성균관을 떠난 강직한 면이 있었다. 당시 재상과 銓官들이 그의 명성을 듣고 童蒙敎官을 제수하려 하였으나 저지하는 자가 있어 되지는 못하였다.

〈朴南壽의 家系〉

始祖　朴應珠(高麗戶長)
…… (中略)
5世　尙衷(號 潘南, 右文館直提學, 증영의정, 錦城府院君, 謚號 文正)
6世　訔(호 釣隱, 좌의정, 錦川府院君, 시호 平度)
7世　葵(예조참판)
8世　秉文(修義校尉 中軍副司直)
9世　林宗(尙州牧使)
10世　兆年(吏曹正郎)
11世　紹(호 冶川, 사간원사간, 증영의정, 시호 文康)
12世　應福(호 拙軒, 사헌부대사헌, 증영의정)

13世 東亮(호 梧窓, 우참찬, 錦溪君, 증영의정, 시호 忠翼)
14世 瀰(호 汾西, 錦陽尉, 시호 文貞)
15世 世橋(掌樂院僉正, 증이조판서, 錦興君)
16世 泰斗(高陽郡守, 증좌찬성, 錦恩君)
17世 弼夏(호 知非齋, 敬陵參奉, 증좌찬성, 錦寧君)
18世 師高(杆城郡守, 증이조참판)
19世 道源(호 獨旅, 사헌부대사헌, 묘 開城府 南面 修隅里 魚化山 酉原)
20世 相晃(자 文仲, 호 對華齋 又睡春, 英祖 경술(1730) 12월 6일생, 임신(1752)登庭試 文科, 官通訓 司諫院正言, 정축(1757) 11월 25일졸, 향년 28, 有遺稿一卷 又有瀛博錄, 墓 魚化山)
配 淑人 全州李氏 貞祥女(신해(1731) 9월 12일생, 갑자(1804) 1월 29일졸, 享壽74, 祔左, 生一男一女, 男 南壽, 女 申光緯)
21世 南壽(자 山如, 호 修隅 又寄寄所, 又惺惺翁, 又氷月觀, 英祖 무인(1758) 5월 14일생, 正祖 계묘(1783) 中進士 壯元, 정미(1787) 8월 11일졸, 享年30, 有遺稿『修隅集』2권, 묘 祖仝左麓 申原, 約齋 宋炳華撰狀, 金陵南公轍撰誌)
配 韓山李氏 參判 大司憲 海重女(정축(1757) 11월 29일생, 을미(1775) 8월 2일졸, 享年19, 祔左)
繼配 平山申氏 大顯女(경진(1760) 11월 27일생, 기해(1779) 9월 19일졸, 향년20, 墓公墓左岡 壬原)
三配 延安李氏 復明女(계미(1763) 3월 14일생, 을사(1845) 2월 16일졸, 壽83, 墓公墓左岡酉原, 生一男 齊賢)
22世 齊賢(자 聖思, 호 見思齋, 正祖 갑진(1784) 8월 22일생, 通德郎, 純祖 임진(1832) 4월 3일졸, 享年49)
23世 敬陽(자 德載, 호 錦荷)
24世 泳學(자 汝行, 호 石下)
25世 俊緖(자 景文, 호 心農)
26世 贊興(자 儀伯, 호 南齋)
27世 一雋(자 聖咸, 호 石亭)
28世 天圭(檀國大學校 敎授, 한글 祭文 所藏)

정조는 영조가 박도원·박상면 부자를 총애하고 유복자가 있느냐고 물었던 일을 상기하고 白衣인 박남수를 入侍케하였으나, 사양하고 나가지 않자, 그를 대궐의 詠花堂에 거처하여 講學케 하였다. 정조 9년(1785, 을사) 다시 입시하라는 명을 받았으나 사양하고 나가지 않았다. 정조는 그를 果川에 中途付處하고 박남수는 文士이니 아무 걱정 없게 해당 道와 邑은 각별하게 음식을 제공하고 5일 마다 보고하라고 하였다.(行狀)

이러한 조치는 부친 박상면이 재주가 있었으나 28세로 운명한 것을 안타까이 여기고, 또 박남수가 재주가 있고 학문이 있음을 알고 玉成시켜 후일 大用하려고 한 것이다. 그는 여러 차례 과거에 나갔으나 뜻을 이루지 못하고 불행하게도 정조 11년(정미)인 1787년 8월 11일 30세의 아까운 나이에 세상을 떠났다.

박남수는 14세 때(1771) 5월에 참판 李海重의 딸 韓山李氏(1757~1775)와 결혼하였으나 5년만에 부인이 19세로 세상을 떠났다. 繼配는 申大顯의 딸 平山申氏(1760~1779)인데 20세로 운명하였다. 三配는 李復明의 딸 延安 李氏(1763~1845)이다. 슬하에 외아들 齊賢(1784~1832)을 두었으니 연안이씨 소생이다.

유고인『修隅前後集』3권이 있었으나, 箚·議·講義問答 1권은 不傳하고『修隅前集』2권이 필사본으로 전하고 있다. 그런데 문집에는 한글 제문 2편이 수록되어 있지 않고 小帖子로 전해 온다.

후일 영의정을 역임한 南公轍(1760~1840)은 박남수의 묘지명에서 그의 호방한 성격을 알 수 있는 일화를 기술하였다. 그가 운명하기 5년 전인 1782년(25세)의 일이다.

> 5년 전에 내가 山陰으로부터 서울에 왔을 때 산여와 함께 복어국을 먹은 일이 있었다. 어느 나그네가 말하기를 "복숭아꽃이 진 뒤에는 복어국을 먹지 않는다" 하니, 산여가 한 대접을 다 먹고 말하기를 "에잇! 선비가 절의를 지

> 켜 죽지 못한다면 차라리 복어를 먹고 죽는 것이 어찌 녹록하게 사는 것보다 낫지 않으리오"라고 하였다. 지금 와서 그 말뜻을 생각하니 농담 같았지만 매우 일리가 있었다. 슬픈지고.[6]

18세기 당시는 지금과 달리 복어 요리기술이 발달되지 않아서 복숭아꽃이 떨어지고 난 후에는 복어의 독으로 죽을까 싶어 먹는 것을 금기하였음을 알 수 있다. 그러나 박남수는 이를 구애받지 않고 먹고 나서, 선비로서 節義를 지켜 죽지 못할 바에는 복어를 먹고 죽는 것이 녹녹하게 한 세상을 사는 것보다 낫다고 하였다. 남공철이 밝힌 이와 같은 일화를 통하여 우리는 박남수의 생사관과 호방한 성품의 한 모습을 찾을 수 있다.

또한 남공철은 박남수의 묘지명에서 다음과 같이 銘하고 죽음을 애도하였다.

> 산여가 살아서는 내 문장을 사랑하였는데 / 그가 죽었기에 나의 글로 명을 짓다니 / 사람들이 헐뜯고 배척하더니만 / 하늘도 또한 곤액케 하고 명을 재촉했구나 / 마침내 산여로 하여금 그치고자 하는 바에 그치지 못하게 하여 / 여기에 그치게 하였는가.[7]

위는 남공철이 친구 박남수의 죽음을 얼마나 슬퍼하고 있는지가 나타나 있다. 30의 한창 나이에 박남수가 세상을 떠나자 친구를 잃은 슬픔에 할말을 잃고 애통한 마음을 銘으로 형상화한 것이다.

명문의 후손으로서 유복자로 태어난 박남수의 생애는 거듭된 喪慽과

6) 南公轍, 『金陵集』 三, 卷17, 「朴山如墓誌銘」. "前五年, 余自山陰來京師, 與山如飮烹河豚. 客言, 桃花已落, 服河豚者宜忌. 山如喫一碗且盡曰, 矣, 旣不能伏節死, 則寧食河豚死, 豈不愈於碌碌而生耶. 余至今思其言, 似戱而甚有理, 悲夫."
7) 같은 책, 같은 글. "銘曰, 山如生而哀吾之文, 其死也銘以吾之文. 人或毁而擠之, 天亦扼而促之. 其竟使山如不止於所欲止, 而止於斯."

과거의 실패로 불우하고 평탄하지 못하였다. 그러나 그의 성품은 강직하고 호방하였다. 30의 나이로 세상을 떠났으나 우리 고전문학사에 큰 족적을 남겼다.

4. 朴南壽의 文學世界

박남수는 약관 이전에 이미 박지원으로부터, 문장은 唐·宋의 골수가 남아 있고 시는 두보와 이백의 법도가 있다고 평가받은 바 있다. 당시 제일의 문장가로 시와 글씨에 뛰어났던 金陵 南公轍은 박남수의 문학을 「朴山如墓誌銘」에서 다음과 같이 평하였다.

> 내가 약관부터 문사에 전력하여 文으로 명사들과 교유하여 많이 알고 있으나 山如(박남수의 자)가 가장 걸출하였고 또 나와 篤厚하게 지냈다.[8)]

南公轍은 약관시절부터 文詞에 전력하여 당시 명사들과 문학적 교유가 많았으나 박남수의 문학이 가장 걸출하였다고 높이 평가하였다.

박남수는 古文第一主義者였다. 문장은 秦漢을 祖宗으로, 唐宋을 원류로 삼았다. 그리고 明末·元·淸·雜家의 문장을 배격하였다. 그가 22세(기해, 1779) 때 知己인 남공철에게 답한 글 「答南元平」에서 다음과 같이 古文論을 전개하였다.

> 대개 문장은 이미 진한이 조종이요 당송이 원류인데 그러나 슬프게도 요즈음 사람들은 왕왕 이를 법으로 삼지 않고 온전히 명말 원청의 잡가를 취하여 정식으로 삼으니……이를 경계하여야 하오. 足下는 諒察하기 바라오.[9)]

---

8) 같은 곳. "且余自弱冠治文詞, 所與交多知名士, 而山如最傑, 又遇余篤厚."

위에서 보는 것처럼 박남수는 明·元·淸의 雜家의 문을 배척하고 오로지 秦·漢과 唐·宋의 문장만이 程式으로 인정하였다. 그는 당시 문단에서 연암체로 신선한 충격을 주어 이로 인하여 문체파동이 일어났던 燕岩 朴趾源(자 美仲)의 『열하일기』가 패관기서를 좋아하였기에 고문부흥에 방해가 된다고 하여, 박지원이 읽고 있던 열하일기를 곁에 있던 촛불로 태우려고 하였다. 당시 그 자리에는 靑莊館 李德懋(1741~1793, 자 懋官)와 貞蕤 朴齊家(1750~?, 자 次修)와 남공철이 있었다. 남공철은 그 당시 상황을 박남수의 묘지명에서 다음과 같이 자세하게 기록하였다.

내가(남공철) 일찍이 연암 박미중을 좇아 산여의 집 벽오동정관에 모였다. 청장관 이무관 정유 박차수도 있었다. 이날 밤 달이 밝았는데 연암이 曼聲으로 그가 지은 열하일기를 읽고 있었는데, 무관과 차수가 둘러앉아 들었다.

산여가 연암에게 "선생의 문장은 비록 훌륭하나 패관기서를 좋아하여 이로부터 고문이 부흥되지 못할까 두렵습니다."라고 하였다. 연암이 취하여 말하기를 "그대가 무엇을 아느냐?" 하고서는 다시 전과 같이 읽었다. 산여도 그때에 역시 취하였기에 앉은자리 곁에 있던 촛불로 열하일기를 태우려고 하였다. 내가 급하게 만류하여 그만두었다. 연암은 노하여 몸을 돌려 눕고 일어나지 않았다. 이에 무관이 거미 한 폭을 그리고 차수가 병풍에 「음중팔선가」를 지어서 초서로 쓰니 종이가 다하였다. 내가 말하기를 "글씨와 그림이 지극히 현묘하니 연암께서 마땅히 발문을 지으셔야 三絶이 됩니다."라고 하여 연암의 마음이 풀어지게 하고자 하였으나, 그러나 연암은 더욱 노하여 더욱 일어나지 않았다.

날이 새고 연암도 술이 이미 깨었는데 문득 옷깃을 바르게 하고 꿇어앉아 말하였다. "山如야! 앞으로 오라! 내가 세상에 窮한지가 오래되었다. 문장을 빌어 傀儡의 不平之氣를 한번 쏟아내어 마음대로 遊戲한 것일 뿐이지 어찌 즐겨서 하였으리오? 산여와 元平(남공철의 字)은 소년으로 아름다운 자질을

9) 『修隅前集』 二, 卷3, 「答南元平」. "蓋文章旣有秦漢之祖宗, 唐宋之源流, 而嗟近世之人, 往往有不此之法, 全以明季元淸, 雜家取作程式.……以爲戒. 唯足下諒察也."

> 갖추었으니 文을 하려면 나를 배우지 말고, 正學을 흥기 시키는 것을 자신의 임무로 삼아서 후일 왕조에 문장의 신하가 되거라! 내 마땅히 제군들에게 벌을 받으리라!" 하고서는 술 한잔을 다시 마시고 또 무관과 차수에게 권하여 마시게 하니 드디어 크게 취하고 환호하였다.
>
> 내가 이일로 연암의 奇氣와 마음을 비운 도량에 탄복하였고 그리고 더욱 산여의 의논이 正論이었음을 알았다. 만약 나이를 빌려주어 그 배운 바를 극명케 하였다면 반드시 장차 가히 볼만한 것이 있을 것인데 불행하게도 단명하여 죽었도다. 비록 그러나 그 아까운 것이 어찌 유독 이것뿐이겠는가?[10)]

이와 같은 남공철의 기록에서 우리는 몇 가지 새로운 사실을 찾을 수 있을 것이다. 첫째로 박남수가 연암 박지원을 비롯하여 조선후기 문단에 중요한 역할을 담당했던 남공철·이덕무·박제가 등과 교유하였음과, 아울러 모임의 장소가 그의 집인 碧梧桐亭館이었다는 점이다. 이는 박남수의 학문과 문학적 위상이 높았음을 말해주는 것이다. 둘째로 박남수가 아무리 술이 취했다고는 하나, 21세 年上이며 三從祖이자 선생인 박지원이 지은 『열하일기』를 패관기서라서 고문진흥에 도움이 되지 못한다 하여 불태우려한 점만을 보아도 그가 철저한 고문지상주의자였는가를 알 수 있다. 세째로, 연암이 박남수가 『열하일기』는 패관기서를 좋아한 것이고 고문부흥에 도움이 되지 못한다는 예리한 지적을 전폭적

---

10) 『金陵集』 三, 卷17, 「朴山如墓誌銘」, pp.58~60. "余嘗從燕岩朴美仲, 會山如碧梧桐亭館. 靑莊李懋官, 貞蕤朴次修皆在. 時夜月明, 燕巖曼聲讀其所自著熱河記, 懋官次修環坐聽之. 山如謂燕岩曰, 先生文章雖工, 好稗官奇書, 恐自此古文不興. 燕岩醉曰, 汝何知, 復讀如故. 山如時亦醉, 欲執座傍燭, 焚其藁. 余急挽而止, 燕岩怒, 遂回身臥不起. 於是, 懋官畵蜘蛛一幅, 次修就屛風草書, 作飮中八仙歌, 紙立盡. 余稱, 書畵極妙, 燕岩宜有一跋, 爲三絶. 欲以解其意, 而燕岩愈怒愈不起. 天且曙, 燕岩旣醒, 忽整衣詭坐曰, 山如來前. 吾窮於世久矣. 欲借文章, 一瀉出傀儡, 不平之氣, 恣其遊戱爾, 豈樂爲哉. 山如元平俱, 少年美姿質, 爲文愼勿學吾, 以興起正學, 爲己任, 爲他日王朝黼黻之臣也. 吾當爲諸君受罰. 引一爵復飮, 又懋官次修飮, 遂大醉懽呼. 余以是歎燕岩奇氣有虛己之量, 而益知山如議論之正也. 若使假之年, 而克其所學, 卽必將可觀者, 而不幸短命死矣. 雖然其可惜者, 豈獨此也哉."

으로 수용한 점이다. 연암 자신이 궁하게 산지가 오래되어 傀儡의 不平之氣와 같이 한번 쏟아내어 글로써 遊戱한 것, 즉 以文遊戱한 것일 뿐이지 즐겨서 한 것이 아니라고 인정한 것이다. 아울러 문장을 하려면 자기를 배우지 말고 正學을 興起시는 것을 목표로 삼으라고 한 것이다. 이것은 『열하일기』가 박지원이 추구했던 문학의 궁극적인 목표가 아니었음을 뜻한다. 즉 연암도 때를 못 만나 오래 불우하게 살다보니 괴뢰의 불평지기로 『열하일기』를 썼을 뿐, 자신이 추구한 것은 정학을 흥기시키는데 기여하는 문학이었음을 告白한 것이다. 네째로 박남수가 단명하지 않고 장수하였다면 학문과 문장으로 더욱 큰 업적을 남겼을 것이라고 애석하게 여긴 점이다.

박남수의 詩風을 지기인 金性根(자 彝則)은 「수우시집서」에서 다음과 같이 논하였다.

> 지금 시를 좋아하는 자 그 누가 산여와 같이 능하리요! 내가 산여와 교유하기 전에 일찍이 詩社에서 지은 시를 다소 열람하였는데, 시가 많은 자는 산여였다. 그의 시는 혹은 平하기도 하고 不平하기도한데, 平한 것은 약포와 화단에 봄바람이 태평하게 부는 것 같고, 不平한 것은 돌길(石逕)이 난 산골짜기에 가을 샘물의 冷溢한 것과 같아 이로써 심상치 않음을 알았다.……그를 따라 시회에 가서 촛불을 잡고 밤에 놀았는데 辭氣가 雍容하고 담백하여 티끌과 먼지가 없었다.……내가 이에 擊節하고 탄복하여 이 사람이라야 이런 시가 있을 수 있다고 말하였다. 화창하나 흐르지 않고 慷慨하나 원망이 적으니 모두 성정의 바름에서 나온 것이다.[11]

---

11) 『修隅前集』, 「修隅詩集序」. "今之好詩者, 其孰能山如之如乎. 余與及於未交, 而嘗於詩社間偶閱多少, 詩多者最山如. 其詩也, 或平或不平, 平者, 如藥圃花欄, 春風舒泰, 不平者, 如石逕山谷, 秋泉冷溢, 以是而知非其尋常.…….又從而詩會之, 及其秉燭夜遊, 辭氣雍容, 淡乎無塵埃……余於是擊節歎曰, 斯人也, 而有斯詩也. 和暢者不流, 慷慨者寡怨, 蓋出於性情之正者."

위의 글에서 박남수는 시사활동을 통하여 시로써 당시 문단에 명성이 자자하였음과, 또한 그의 시풍은 "藥圃花欄 春風舒態, 石逕山谷 秋泉冷溢, 和暢不流, 慷慨寡怨"하여 모두가 性情之正에서 나온 것으로 높이 평가하고 있음을 알 수 있다.

이와 같이 당시 18세기 문단에서 중요한 위치에 있던 諸家들의 평을 통하여 박남수의 문학사상은 고문제일주의였고, 문학세계는 性情之正의 구현에 있었으며, 또한 18세기 우리 문학사에서 차지하는 위상과 비중이 높았음을 알 수 있다.

5. 한글 祭文의 背景

먼저 「을미구월졔문」의 배경을 살펴보자. 유복자로 태어난 박남수는, 4세 때(1761년)에 參判 李海重의 다섯 살 된 딸 한산이씨와 양가의 어른들에 의하여 혼인이 언약되었다. 부인도 태어난 지 돌이 못되어 慈親을 잃었다. 이들은 어른들의 혼약에 따라 10년 후인 1771년 5월에 결혼하니 박남수는 열 네 살이었고, 부인은 열 다섯이었다. 결혼 5년 만인 1775년(을미) 8월 2일 부인 한산이씨가 한 점의 혈육도 남기지 못한 채 열 아홉 살로 운명하였다. 부인이 요절하자 비통한 지아비의 애끓는 정을 형상화한 한글 제문인 「을미구월졔문」을 지어 영전에 고하였다. 그 당시 사대부 집안에서는 踰月葬을 하였는데, 유월장이란 운명한 달에 葬事를 치르는 것이 아니라 달을 넘겨서 장례 하는 것을 말한다.

부부가 孤單하였던 사정과 결혼관계를 언급한 부분을 현대문으로 옮겨 살펴보자.

> 오호 애재라! 나와 더불어 그대 하늘께 죄를 얻어 나는 나서 엄친의 얼굴을 알지 못하고, 그대는 땅에 떨어진지 돌이 못되어 또한 자친을 잃어, 각각 만고유한을 품고 망극한 정회를 오직 부부가 서로 아니, 가련 여생이 장차 뜻이 있는 듯하여 거의 백년해로하여 아들 두며 딸 낳기를 기약하더니 유유한 창천아! 이 어찌된 사람인고?
>
> 오호 애재라! 옛을 쫓아 생각하니 그대는 겨우 다섯 살이요 나는 겨우 네 살에 두 집이 혼인을 언약하여, 열 해를 기다려 신묘 중하에 비로소 친영하니, 그때에 그대 나이는 열 다섯이요 내 나이는 열 넷이니, 유충하므로써 가실로 서로 의지하며 금실이 서로 고르어 이제 이름이 다섯 해에, 그대 어찌 열 아홉에 요절하여 날로 하여금 십 팔세 홀아비가 되게 하였느뇨!

위의 인용문에서 우리는 조선후기 사대부 가정의 생활상과 결혼풍속의 편린을 알 수 있다. 양가의 어른들에 의하여 네 살과 다섯 살 된 남녀 어린이의 장래, 즉 배필이 결정된 사실이다. 또한 양가 어른들의 뜻에 순종하여 10년 전의 婚約을 실천한 것과 십 사오 세에 결혼을 한 사실이다. 이와 같은 사실은 한글 제문의 뛰어난 문학성을 논하기에 앞서, 18세기 사대부가의 결혼 풍속을 알 수 있는 좋은 자료이다.

부인은 8월 2일 운명하였는데 장례를 踰月葬으로 하였기에 제문의 서두가 다음과 같다.

> 망실 유인 한산이씨의 장사를 장차 어화산 선영 곁 자좌 곳에 장사할 새 지아비 박남수는 을미 구월 병오삭 초일일로써 저녁 전을 인하여 글을 잡고 울며 관 앞에 영결하여 갈오대……

즉 발인 전날인 9월 초하루 저녁 上食 때에 고한 애절한 제문이다. 우리는 위의 글에서 중요한 사실을 찾을 수 있다. 즉 18세기 사대부가에서는 喪事가 나면 요즈음처럼 3일장 또는 5일장이 아니라 달을 넘겨 踰月葬을 한 것이다. 한산 이씨는 8월 2일 운명하였다. 유월장을 하였기 때문에 달을 넘겨 1개월 하루만인 9월 2일에 장사를 치렀음을 알 수 있다.

〈夫人 韓山 李氏의 家系〉

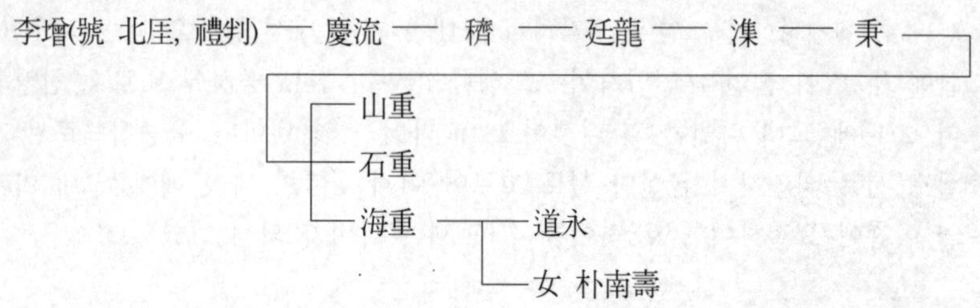

다음으로 외할머니 산소를 이장할 때에 靈柩에 고한 「을미ᄉ월직동포 쳔장ᄉ졔문」은 앞의 「을미구월졔문」보다 4개월 전에 지은 것이다. 외조모 平山申氏는 申晙의 딸로 유복자인 불쌍한 외손자 박남수를 애지중지 보살펴 주었다. 외할머니가 베푸신 사랑에 대하여 언급한 부분을 제문에서 보자.

> 소자가 죄려가 많아 엄안을 모르는 지라. 왕모(외조모)가 이를 불쌍히 여기사 차마 서로 떠나지 못하여 이끌고 안고 가르치셔 달래어 하여금 외가에서 기르시니 십 세 이전은 일찍이 곁을 떠나지 않으시니 은혜와 사랑이 모여 이미 깊으되 백에 하나를 갚지 못하니 비록 무상하나 어찌 걸리고 맺히지 않으리오!

외조모 申氏는 박남수가 열 한 살 때인 1768년에 별세하였다. 제문에서 다음과 같이 썼다.

> 왕부(외조부) 유택은 교하 산소 여혈 이시되 능히 동폄치 못하기로 술서

길치 못하다함이라. 이에 권도는 탄포 산록에 지내고 팔년을 구산함에 구씨 힘을 탄갈하여 이에 새 산소를 점득하니 포천 쌍곡이라.

여기에서 보듯이 제문을 지은 1775년의 8년 전은 1768년이다. 외조부와 합장을 못한 것은 術書에 吉하지 못하다 하여 權道로 交河 炭浦에 장사한 후 8년만에 외삼촌(舅氏) 李英敎의 노력으로 抱川 雙谷으로 이장한 것이다.

이때 박남수는 어머니를 모시고 이장(4월 26일) 전날 포천 쌍곡에 와서 靈柩에 고한 것임을 아래의 글에서 찾을 수 있다.

> 세차 을미 사월 이십 육일 계묘는 우리 외왕모 평산신씨 영구가 교하 탄포 옛 산소로부터 와 다시 포천 쌍곡 신복한데 장사지내는 날이라. 하루 전 임인에 외손 박남수는 모씨를 모시고 산하에 와 함께 주과의 전을 갖추어 글로써 울고 영결하여 갈오대……

효성이 지극하였던 외손자 박남수가 외조모를 추모하고 그리는 정이 너무나도 곡진하게 형상화되어 있다. 이 제문에서 사대부의 윤리도덕의 실천 양상이 지극하였음이 나타나 있다.

〈外祖父 李貞祥의 家系(全州李氏 密城君派)〉

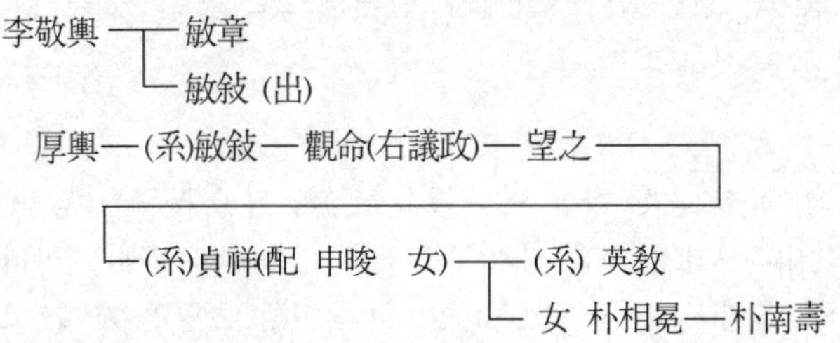

〈外祖母 平山申氏 親庭의 家系〉

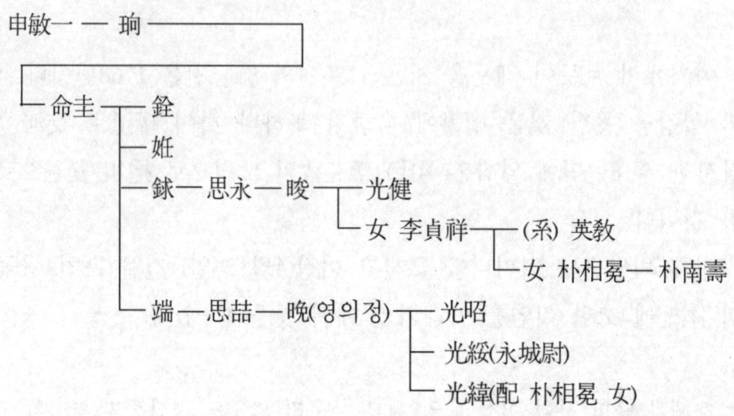

6. 「을미구월제문」과 漢文 「墓文」의 哀恨

1) 「을미구월제문」의 悼亡의 血淚

먼저 부인의 죽음을 애도한 2,078자의 長文 「을미구월제문」을 현대문으로 옮겨서 살펴보고 원문을 보기로 하자. 「을미구월제문」은 全文이 순 한글로 되어 있다. 이해를 돕기 위하여 필자가 漢字를 삽입하였고 단락에 번호를 붙였다. 먼저 필자가 현대문으로 옮긴 것을 읽고 이어 원문을 붙이고 분석한다.

① 망실(亡室) 유인(孺人) 한산 이씨(韓山李氏)의 장사(葬事)를 장차(將次) 어화산(魚化山) 선영(先塋)곁 자좌(子坐)곳에 장사(葬事)할새 지아비 박남수(朴南壽)는 을미(乙未) 구월(九月) 병오삭(丙午朔) 초일일(初一日)로써 저녁 전(奠)을 인(因)하여 글을 잡고 울며 관(棺)앞에 영결(永訣)하여 갈오대,

② 오호 애재(嗚呼哀哉)라! 사람의 지아비 되며 지어미 됨은 연분(緣分)이요, 한 번 남에 한번 죽음은 천리(天理)라! 그러나 이에 떳떳하며 변(變)함이 있으매 연분(緣分)에 따라 짧으며 긴지라. 비록 이를 꿰뚫어 가(可)히 아는 군자(君子)라도 그 지어미 상사(喪事)에 그 지아비 슬퍼함이 진실(眞實)로 또한 인정(人情)이라. 그러나 슬픔이 옅으며 깊음이 있으니 죽음만 서러워 하야 뒤좇아 생각함은 슬퍼함이 옅은 자(者)요, 슬피 가련(可憐)해하며 참혹(慘酷)히 여겨 서러워함은 슬픔이 깊은 자(者)니, 그 슬퍼함은 한 가지나 그 슬픔됨은 현절(懸絶)히 다르니, 그런즉 장수(長壽)하며 아들 있고 죽은 이는 죽음만 서러워하며 뒤좇아 생각함에 그치기에 지나지 아니하거니와, 수(壽)도 못하고 아들 없이 죽은 자는 어찌 슬퍼 가련(可憐)하며 참혹(慘酷)히 여겨 서러워함이 심하지 아니하리오? 그런고로 산 사람의 슬퍼함이 죽은 이를 따라 옅으며 깊나니 이제 그대의 상사(喪事)가 겨우 열 아홉이요 또한 강보(襁褓)에 한 우는 아이 없는지라! 오직 나의 슬퍼함이 그 가(可)히 옅으랴!

③ 오호 애재(嗚呼哀哉)라! 옛을 좇아 생각하니 그대는 겨우 다섯 살이요 나는 겨우 네 살에 두 집이 혼인(婚姻)을 언약(言約)하여 열 해를 서로 기다려 신묘(신묘, 1771年) 중하(仲夏)에 비로소 친영(親迎)하니 그때에 그대 나이는 열 다섯이오 내 나이는 열 넷이니, 다 유충(幼沖)함으로써 가실(家室)로 서로 의지(依支)하며 금슬(琴瑟)이 서로 고르어 이제 이름이 다섯 해에, 그대 어찌 열 아홉에 요절(夭折)하여 나로 하여금 십 팔세(十八歲) 환부(鰥夫, 홀아비)가 되게 하였느뇨? 그대 팔자(八字)가 가(可)히 슬프고 내가 궁(窮)하여 가련(可憐)함이 남에게 없는 바 같으니 처음에 어찌 인연(因緣)이 있다가 이제 어찌 홀홀(倏忽)하뇨? 돌이켜 이미 지난 일을 생각하니 다만 한 춘몽(春夢)이라! 밤 가운데 잠이 없으매 어찌 슬픔을 견디리오!

④ 오호 애재라(嗚呼哀哉)라! 나와 더불어 그대 하늘께 죄(罪)를 얻어 나는 나서 엄친(嚴親, 아버지)의 얼굴을 알지 못하고 그대는 땅에 떨어진지 돐이 못되어 또한 자친(慈親)을 잃어, 각각(各各) 만고유한(萬古遺恨)을 품고 망극(罔極)한 정회(情懷)를 오직 부부(夫婦)가 서로 아니 가련여생(可憐餘生)이 장차(將次) 뜻이 있는 듯하여 거의 백년해로(百年偕老)하여 아들 두며 딸 낳기를 기약하더니, 유유(悠悠)한 창천(蒼天)아! 이 어찌된 사람인고?

⑤ 오호 애재(嗚呼哀哉)라! 오직 우리 왕부(王父, 할아버지)와 편친(偏親, 홀어머니)이 그대 사랑함을 딸같이 하되 중(重)히 여기는 뜻은 더함이 있고 우리 맏누이 그대와 더불어 우애(友愛)함이 지극(至極)히 도타워 골육(骨肉)의 감(減)함이 없는지라! 전년(前年) 겨울에 그대 병(病)들매 온 집이 황황(遑遑)하여 의원(醫員)을 맞이하며 약(藥)을 물음은 왕부(王父)께 친(親)히 수고(手苦)하시고 음식(飮食)으로 조리(調理)하며 치료(治療)하기는 편친(偏親)이 손수하사 안팎이 타는 듯이 근심하니 족히 감동(感動)을 이루웠는지라. 그대 기질(氣質)로써 회양(回陽)함을 얻었더니 올 가을 병(病)은 일시(一時) 도는 기운(氣運)이니 족(足)히 깊이 근심치 않을 것이요 약이(藥餌)로 조리(調理)하여 다스림이 전년(前年) 겨울 보다 더하니 이제 어찌 일어나지 못하여 우리 어버이께 설움을 끼쳤느뇨? 왕부(王父)와 함께 자친(慈親)이 슬퍼하심이 과도(過度)하여 신관[얼굴]이 패(敗)함에 이르시니 그대 만일(萬一) 앎이 있으면 그대 완순(婉順)한 효성(孝誠)으로써 능(能)히 명명(冥冥) 중(中)에 근심하며 비척(悲慽)하지 아니하랴!

⑥ 내 또한 홍진(紅疹)을 지냄이 오래지 아니한지라. 오히려 상석(床席)에 누워 그대 마지막을 보지 못하고 염전(殮前)에 겨우 한 번 울고 다만 성복(成服)을 참예(參詣)하니 칠월(七月) 적은 그믐 한 번 봄이 문득 이 세상(世上) 백년(百年) 영결(永訣)이 되니 이것이 나의 평생(平生) 슬픔이요 그댄들 구원(九原)의 한(恨)이 없으랴! 치상범절(治喪凡節)에 이르러는 오직 왕부(王父)와 자씨(慈氏, 어머니)가 지정(至情)을 곡진(曲盡)이 함을 힘써 오직 두터움 좇기에 뜻하여 정(情)과 예문(禮文)이 이즈러짐이 없으니, 거의 길이 간 자(者)의 마음은 위로(慰勞)하려니와 산 사람의 마음은 한갓 더욱 목이 맺히는도다!

⑦ 오호 애재(嗚呼哀哉)라! 올 봄에 나와 더불어 그대 일찍 신세(身勢)가 고단(孤單)하고 슬픔을 의논(議論)하다가 그대 홀연(忽然)히 처연(悽然)하여 날더러 일러 가로대,

"내 항상 지통(至痛)을 품은 사람으로써 또 존구(尊舅, 시아버지) 얼굴을 알지 못하니 이는 한 생세(生世)에 죄인(罪人)이라! 들으니 화상(畫像, 초상화)이 계시다 하되 오히려 한 번 뵈옵지 못하니 이것이 중심(中心)의 한(恨)이 되는지라. 어찌 하여서 한 번 칠분(七分) 용모(容貌)를 뵈올고?"

하거늘, 내가 이에 눈물을 거두고서 대답(對答)하기를,

"올 겨울 기제사(忌祭祀)에 옮겨 사당(祠堂)에 봉안(奉安)하고자 하니 그대 가히 그때에 참배(參拜)함을 얻으리라."

하고 인하여 더불어 서로 대(對)하여 눈물 흘리고 파(罷)하였더니, 이제 하릴없는지라! 이제 이르러 생각하니 스스로 세상(世上)에 머뭄이 오래지 않을 줄 알고 이 슬픈 말을 하였던가? 이에 가(可)히 평일(平日) 효성(孝誠)을 알 것이며 또한 어찌 슬피 가련(可憐)함이 심함이 아니랴!

⑧ 오호 애재(嗚呼哀哉)라! 올해 윤행(輪行)하는 홍진(紅疹)이 비록 번연(繁延)이라 이르나 사람마다 앓치 않는 이 없고 앓으매 반드시 죽는 도리(道理) 없는 지라. 그대 병전(病前)에 세 형(兄)님께 영결(永訣)하는 끼친 편지(便紙)를 속광(屬纊, 臨終)한 후(後)에 비로소 상자(箱子)에서 얻어 우리 모자(母子)가 서로 대(對)하여 한 번 울고 각각 그곳에 전(傳)하니, 그대 비록 총명(聰明)하고 혜힐(慧黠)하나 어찌 능(能)히 천명(天命)을 알았으며 이미 세 형(兄)께 영결(永訣)한 즉 어찌 하여금 미리 알게 아니 하였는고? 이 나의 천성(天性)이 소활(疎闊)하여 뜻에 이르되 족(足)히 서로 믿지 않을까 여김을 말미암아 그러함이니, 이것이 나의 참혹(慘酷)히 여기며 서러워하며 더욱 뉘우치는 바라!

⑨ 오호 애재(嗚呼哀哉)라! 그대 방(房)에 들어가니 병풍(屛風)과 장(欌)과 기용(器用) 즙물(什物)이 벌려 있습이 전(前) 같으되 적적(寂寂)한 빈 방(房)에 다만 한 널[棺]이 있고 그대 홀로 있지 아니한지라! 슬픔을 다하여 한 번 울매 두 소매 얼룩지는 지라. 슬프다. 그대 즙물(什物)을 어느 아들에게 끼치며 어느 딸에게 전(傳)할고? 그 슬픔을 견디지 못하여 혹(或) 묻으며 혹(或) 불사르되 차마 다 없애지 못하여 채련동 병풍(屛風)과 봉(鳳)을 새긴 벼루를 그대 무덤 가 묘막(墓幕)에 두어 오래 전(傳)함을 하려하니 이 또한 슬픔이 심함이라!.

⑩ 오호 애재(嗚呼哀哉)라! 그대 용모(容貌)가 단정(端正)하며 존중(尊重)하고 미목(眉目)이 아름답고 온화(溫和)하고 두텁고 말씀이 적고 간정(乾淨)하니 두 집 어른이 다 칭찬하되,

"덕(德)을 쌓아 복을 받으리라!"

하더니 이제 그대 나이를 누림이 이십(二十)이 못되고, 년 전(年前)에 낙

태(落胎)한 후(後) 다시 일괴(一塊) 세상(世上)에 끼침에 없으니 십 구년(十九年)자취가 진실(眞實)로 꿈 가운데 꿈같은 지라.

⑪ 슬프다. 두어 해 지난 후(後)는 한 조각 마른나무[位牌] 밖에 끊은 듯이 가히 의지할 데 없으리니 이 어찌된 천리(天理)인고? 비록 나와 더불어 인연(因緣)이 엷으나 그 어이하여 길이 갚음 받을 길을 끊었는고? 이것이 나의 슬픔이 깊은 바이라!

⑫ 울며 맑은 잔(盞)을 부으니 거의 그 이르러 흠향(歆饗)할지어다.

다음으로 눈물 없이 읽을 수 없는 名文「을미구월제문」(乙未九月祭文)의 원문을 보기로 하자. 원문은 전문이 순 한글로 되어 있고 띄워 쓰기를 하지 않았다. 이해의 편의를 위하여 한자를 괄호 안에 넣었다.

「을미구월제문」 원문

① 망실(亡室) 유인(孺人) 한산니시(韓山李氏)의 장ᄉᆞ(葬事)ᄅᆞᆯ 장ᄎᆞᆺ(將次) 어화산(魚化山) 션영(先塋)겻 ᄌᆞ좌(子坐)곳의 장ᄉᆞ(葬事)ᄒᆞᆯᄉᆡ, 지아비 박남슈(朴南壽)ᄂᆞᆫ 을미(乙未) 구월(九月) 병오삭(丙午朔) 초일일(初一日)노ᄡᅧ 져녁 뎐(奠)을 인(因)ᄒᆞ야 글을 잡고 울며 관(棺)압희 영결(永訣)ᄒᆞ야 ᄀᆞᆯ오ᄃᆡ

② 오호 ᄋᆡ지(嗚呼哀哉)라! 사ᄅᆞᆷ의 지아비 되며 지어미 되믄 연분(緣分)이요 ᄒᆞᆫ 번 나매 ᄒᆞᆫ 번 죽으믄 텬니(天理)라. 그러나 니예 덧덧ᄒᆞ며 변(變)ᄒᆞ미 이시매 연분(緣分)이 ᄯᆞᆯ와 져ᄅᆞ며 기ᄂᆞᆫ디라. 비록 니ᄅᆞᆯ ᄉᆞ뭇 가(可)이 아ᄂᆞᆫ 군ᄌᆞ(君子)라도 그 지어믜 상ᄉᆞ(喪事)의 그 지아비 슬허ᄒᆞ미 진실(眞實)노 ᄯᅩᄒᆞᆫ 인정(人情)이라. 그러나 슬프미 엿트며 깁흐미 이시니 죽음만 셜워ᄒᆞ야 미조차 ᄉᆡᆼ각ᄒᆞ믄 슬허ᄒᆞᆷ애 엿튼 재(者)요, 슬피 가련(可憐)ᄒᆞ여 ᄒᆞ며 참혹(慘酷)히 넉여 셜워ᄒᆞ믄 슬픔의 깁흔 재(者)니, 그 슬허ᄒᆞ믄 ᄒᆞᆫ 가지나 그 슬픔되믄 현절(懸絶)이 다ᄅᆞ니, 그런즉 댱슈(長壽)ᄒᆞ며 아ᄃᆞᆯ 잇고 죽으니ᄂᆞᆫ 죽음만 셜워ᄒᆞ며 미조차 ᄉᆡᆼ각ᄒᆞᆷ애 그치기예 디나디 아니커니와, 슈(壽)도 못ᄒᆞ고 아ᄃᆞᆯ 업시 죽은 쟈ᄂᆞᆫ 엇지 슬허 가련ᄒᆞ며 참혹히 넉여 셜워ᄒᆞ미 심치 아니ᄒᆞ리요. 그런고로 산 사ᄅᆞᆷ의 슬허ᄒᆞ미 죽으니ᄅᆞᆯ ᄯᆞᆯ

와 엿ᄐᆞ며 깁ᄂᆞ니 이제 그ᄃᆡ의 상ᄉᆡ(喪事) 계요 열 아홉이요 ᄯᅩᄒᆞᆫ 강보(襁褓)의 ᄒᆞᆫ 우ᄂᆞᆫ 아ᄒᆡ 업ᄂᆞᆫ디라. 오직 나의 슬허ᄒᆞ미 그 가(可)히 엿트랴!

③ 오호 ᄋᆡ직(嗚呼哀哉)라! 녜ᄅᆞᆯ 조차 ᄉᆡᆼ각ᄒᆞ니 그ᄃᆡᄂᆞᆫ 계요 다ᄉᆞᆺ 설이요 나ᄂᆞᆫ 계요 네 설의 두집이 혼인(婚姻)을 언약(言約)ᄒᆞ야 열 ᄒᆡᄅᆞᆯ 서ᄅᆞ 기ᄃᆞ려 신묘(辛卯) 듕하(仲夏)에 비로소 친영(親迎)ᄒᆞ니, 그ᄶᅢ에 그ᄃᆡ 나흔 열다ᄉᆞ시오 내 나흔 열 네히니, 다 유튱(幼沖)ᄒᆞ므로ᄡᅥ 가실(家室)노 서ᄅᆞ 의지(依支)ᄒᆞ며 금슬(琴瑟)이 서ᄅᆞ 골나 이제 니ᄅᆞ미 다ᄉᆞᆺ ᄒᆡ에 그ᄃᆡ 엇디 열 아홉에 요졀(夭折)ᄒᆞ야 날노 ᄒᆞ야곰 십팔셰(十八歲) 환뷔(鰥夫)되게 ᄒᆞ엿ᄂᆞ뇨? 그ᄃᆡ 팔ᄌᆡ(八字) 가(可)히 슬프고 내의 궁(窮)ᄒᆞ야 가련(可憐)ᄒᆞ미 놈의게 업ᄉᆞᆫ 바 ᄀᆞᆺᄐᆞ니, 처엄의 엇디 인연(因緣)이 잇다가 이제 엇디 홀홀(倏忽)ᄒᆞ뇨? 도라임의 디난 일을 ᄉᆡᆼ각ᄒᆞ니 다만 ᄒᆞᆫ 츈몽(春夢)이라! 밤 가온ᄃᆡ 좀이 업ᄉᆞ매 엇디 슬프ᄆᆞᆯ 견ᄃᆡ리요?

④ 오호 ᄋᆡ직(嗚呼哀哉)라! 나와 다ᄆᆞᆺ 그ᄃᆡ 하ᄂᆞᆯᄭᅴ 죄(罪)ᄅᆞᆯ 어더 나ᄂᆞᆫ 나셔 엄친(嚴親)의 얼굴을 아디 못ᄒᆞ고 그ᄃᆡᄂᆞᆫ ᄶᅡ희 ᄯᅥ러젼지 돌시 못ᄒᆞ야 ᄯᅩᄒᆞᆫ ᄌᆞ친(慈親)을 일허 각각(各各) 만고유ᄒᆞᆫ(萬古遺恨)을 품고 망극(罔極)ᄒᆞᆫ 졍회(情懷)ᄅᆞᆯ 오직 부뷔(夫婦) 서ᄅᆞ 아니 가련여ᄉᆡᆼ(可憐餘生)이 쟝ᄎᆞᆺ(將次) ᄯᅳᆺ이 잇ᄂᆞᆫ ᄃᆞᆺᄒᆞ야 거의 ᄇᆡᆨ년ᄒᆡ로(百年偕老)ᄒᆞ여 아ᄃᆞᆯ 두며 ᄯᆞᆯ 나키ᄅᆞᆯ 긔약ᄒᆞ더니 유유(悠悠)ᄒᆞᆫ 창텬(蒼天)아! 이 어인 사ᄅᆞᆷ고!

⑤ 오호 ᄋᆡ직(嗚呼哀哉)라! 오직 우리 왕부(王父)와 편친(偏親)이 그ᄃᆡ ᄉᆞ랑ᄒᆞᄆᆞᆯ ᄯᆞᆯᄀᆞᆺ치 ᄒᆞᄃᆡ 듕(重)히 넉이ᄂᆞᆫ ᄯᅳᆺ은 더ᄒᆞ미 잇고 우리 ᄆᆞᆺ 누의 그ᄃᆡ로 더브러 우ᄋᆡ(友愛)ᄒᆞ미 지극(至極)히 도타와 골육(骨肉)의 감(減)ᄒᆞ미 업ᄂᆞᆫ디라! 져년(前年) 겨올의 그ᄃᆡ 병(病)들매 온 집이 황황(遑遑)ᄒᆞ야 의원(醫員)을 마ᄌᆞ며 약(藥)을 물으믄 왕뷔(王父) 친(親)히 슈고(手苦)ᄒᆞ시고 음식(飮食)으로 됴리(調理)ᄒᆞ며 치료(治療)ᄒᆞ기ᄂᆞᆫ 편친(偏親)이 손조ᄒᆞ샤 안팟기 ᄐᆞᄂᆞᆫ ᄃᆞ시 근심ᄒᆞ니 죡히 감동(感動)을 닐월디라! 그ᄃᆡ 긔질(氣質)노ᄡᅥ 회양(回陽)ᄒᆞᄆᆞᆯ 어덧더니 올 ᄀᆞ올 병(病)은 일시(一時) 도ᄂᆞᆫ 긔운(氣運)이니 죡(足)히 깁히 근심티 아닐 거시오, 약이(藥餌)로 됴리(調理)ᄒᆞ여 다ᄉᆞ림이 져년(前年) 겨올의셔 더ᄒᆞ니 이제 엇디 니지 못ᄒᆞ야 우리 어버이게 셜우믈 ᄭᅵ텻ᄂᆞ뇨? 왕부(王父)와 다ᄆᆞᆺ ᄌᆞ친(慈親)이 슬허ᄒᆞ시미 과도(過度)ᄒᆞ야 신관이 패(敗)ᄒᆞ매 니ᄅᆞ시니 그ᄃᆡ 만일(萬一) 아롬이 이시면 그ᄃᆡ 완

슌(婉順)ᄒᆞᆫ 효셩(孝誠)으로써 능(能)히 명명(冥冥) 듕(中)에 근심ᄒᆞ며 비쳑(悲慽)ᄒᆞ지 아니ᄒᆞ랴!

⑥ 내 ᄯᅩᄒᆞᆫ 홍진(紅疹)을 지내미 오라지 아닌디라. 오히려 상셕(床席)의 누어 그ᄃᆡ ᄆᆞᄎᆞᆷ을 보디 못ᄒᆞ고 념젼(殮前)의 계요 ᄒᆞᆫ 번 울고 다만 셩복(成服)을 참예(參詣)ᄒᆞ니 칠월(七月) 져근 그믐 ᄒᆞᆫ 번 보미 믄득 이 셰샹(世上) ᄇᆡᆨ년(百年) 영결(永訣)이 되니 이 내의 평ᄉᆡᆼ(平生) 슬프미요 그ᄃᆡᆫ들 구원(九原)의 ᄒᆞᆫ(恨)이 업ᄉᆞ랴! 치상범졀(治喪凡節)에 니ᄅᆞ러ᄂᆞᆫ 오직 왕부(王父)와 ᄌᆞ씨(慈氏) 지졍(至情)을 곡진(曲盡)이 ᄒᆞᆷ을 힘써 오직 두터옴 좃기예 뜻ᄒᆞ야 졍(情)과 녜문(禮文)이 이즈러지미 업ᄉᆞ니 거의 기리 간 쟈(者)의 ᄆᆞ옴은 위로(慰勞)ᄒᆞ려니와 산 사ᄅᆞᆷ의 ᄆᆞ옴은 ᄒᆞᆫ갓 더옥 목이 ᄆᆡ치ᄂᆞᆫ도다!

⑦ 오호 ᄋᆡ지(嗚呼哀哉)라! 올 봄에 나와 다ᄆᆺ 그ᄃᆡ 일즉 신셰(身勢)예 고단(孤單)ᄒᆞ고 슬프믈 의논(議論)ᄒᆞ다가 그ᄃᆡ 홀연(忽然)이 쳐연(悽然)ᄒᆞ야 날ᄃᆞ려 닐러ᄀᆞᄅᆞ되,

"내 ᄆᆡ양 지통(至痛)을 품은 사ᄅᆞᆷ으로써 ᄯᅩ 존구(尊舅) 얼굴을 아디 못ᄒᆞ니 이는 ᄒᆞᆫ ᄉᆡᆼ셰(生世)예 죄인(罪人)이라. 드ᄅᆞ니 화상(畫像)이 계시다ᄒᆞᄃᆡ 오히려 ᄒᆞᆫ 번 뵈옵디 못ᄒᆞ니 이 듕심(中心)의 ᄒᆞᆫ(恨)이 되ᄂᆞᆫ디라. 엇디ᄒᆞ야써 ᄒᆞᆫ 번 칠분(七分) 용모(容貌)ᄅᆞᆯ 뵈ᄋᆞ올고?"

ᄒᆞ여ᄂᆞᆯ 내 이에 눈믈을 거두고써 ᄃᆡ답(對答)ᄒᆞ여 ᄀᆞᆯ오ᄃᆡ,

"올 지올 긔졔ᄉᆞ(忌祭祀)의 옴겨 ᄉᆞ당(祠堂)에 봉안(奉安)ᄒᆞ고져 ᄒᆞ니 그ᄃᆡ 가히 그ᄣᅢ 예 첨비(參拜)ᄒᆞᆷ을 어드리라!"

ᄒᆞ고 인ᄒᆞ야 더브러 서ᄅᆞ ᄃᆡ(對)ᄒᆞ야 눈믈을 흘니고 파(罷)ᄒᆞ엿더니 이제 홀일 업ᄂᆞᆫ디라. 이제 니ᄅᆞ러 ᄉᆡᆼ각ᄒᆞ니 스스로 셰샹(世上)의 머믈미 오라디 아닐 줄을 알고 이 슬픈 말을 ᄒᆞ엿던가? 이예 가(可)히 평일(平日) 효셩(孝誠)을 알니며 ᄯᅩᄒᆞᆫ 엇지 슬피 가련(可憐)ᄒᆞ매 심ᄒᆞ미 아니랴!

⑧ 오호 ᄋᆡ지(嗚呼哀哉)라! 올히 눈ᄒᆡᆼ(輪行)ᄒᆞᄂᆞᆫ 홍진(紅疹)이 비록 번년(繁延)이라 니ᄅᆞ나 사ᄅᆞᆷ마다 알티 아니리 업고 알흐매 반ᄃᆞ시 죽ᄂᆞᆫ 도리(道理) 업ᄂᆞᆫ 디라. 그ᄃᆡ 병젼(病前)에 세 형(兄)님ᄭᅴ 영결(永訣)ᄒᆞᄂᆞᆫ ᄭᅵ친 편지(便紙)ᄅᆞᆯ 쇽광(屬纊, 臨終)ᄒᆞᆫ 후(後)에 비로소 샹ᄌᆞ(箱子)의 어더 우리 모ᄌᆞ(母子) 서ᄅᆞ ᄃᆡ(對)ᄒᆞ야 ᄒᆞᆫ 번 울고 각각 그곳에 뎐(傳)ᄒᆞ니, 그ᄃᆡ 비록 총명

(聰明)ᄒᆞ고 혜힐(慧詰)ᄒᆞ나 엇디 능(能)히 텬명(天命)을 아라시며 임의 셰형(兄)긔 영결(永訣)ᄒᆞᆫ즉 엇지 ᄒᆞ여곰 미리 알게 아니 ᄒᆞ엿ᄂᆞᆫ고? 이 내의 텬셩(天性)이 소활(疎闊)ᄒᆞ야 ᄯᅳᆺ에 니로ᄃᆡ 족(足)히 서ᄅᆞ 밋지 아닐가 녁이ᄆᆞᆯ 말미암아 그러ᄒᆞ미니 이 내의 참혹(慘酷)히 녁이며 셜워ᄒᆞ며 더옥 뉘웃ᄂᆞᆫ 배라!

⑨ 오호 ᄋᆡ지(嗚呼哀哉)라! 그ᄃᆡ 방(房)에 드러가니 병풍(屛風)과 쟝(欌)과 긔용(器用) 즙믈(什物)이 버러 이슴이 젼(前) ᄀᆞᆺᄐᆞ되 젹젹(寂寂)ᄒᆞᆫ 빈 당(房)에 다만 ᄒᆞᆫ 널[棺]이 잇고 그ᄃᆡ 홀노 잇디 아니ᄒᆞᆫ디라! 슬프ᄆᆞᆯ 다ᄒᆞ야 ᄒᆞᆫ 번 울매 두 ᄉᆞ매 어롱지ᄂᆞᆫ 지라! 슬프다! 그ᄃᆡ 즙믈(什物)을 어ᄂᆡ 아ᄃᆞᆯ의게 ᄭᅵ치며 어ᄂᆡ ᄯᆞᆯ의게 뎐(傳)ᄒᆞᆯ고? 그 슬프ᄆᆞᆯ 견ᄃᆡ디 못ᄒᆞ야 혹(或) 무드며 혹(或) 블ᄉᆞᆯ오ᄃᆡ ᄎᆞ마 다 업시ᄒᆞ지 못ᄒᆞ야 치련동 병풍(屛風)과 봉(鳳)삭인 벼로ᄅᆞᆯ 그ᄃᆡ 무덤ᄀᆞ 묘막(墓幕)에 두어 오래 뎐(傳)ᄒᆞᄆᆞᆯ ᄒᆞ랴 ᄒᆞ니 이 ᄯᅩᄒᆞᆫ 슬픔의 심ᄒᆞ미라.

⑩ 오호 ᄋᆡ지(嗚呼哀哉)라! 그ᄃᆡ 용뫼(容貌) 단졍(端正)ᄒᆞ며 존듕(尊重)ᄒᆞ고 미목(眉目)이 아름답고 온화(溫和)ᄒᆞ고 두텁고 말솜이 젹고 간졍(乾淨)ᄒᆞ니 두 집 어룬이 다 일ᄏᆞᄅᆞᄃᆡ,

"덕(德)을 싸 복을 바드리라!"

ᄒᆞ더니 이제 그ᄃᆡ 나흘 누리미 이십(二十)이 못ᄒᆞ고 년젼(年前)의 낙태(落胎)ᄒᆞᆫ 후(後) 다시 일괴(一塊) 셰상(世上)에 ᄭᅵ침이 업ᄉᆞ니 십구년(十九年) 자최가 진실(眞實)노 ᄭᅮᆷ 가온ᄃᆡ ᄭᅮᆷᄀᆞᆺᄐᆞᆫ 디라!

⑪ 슬프다! 두어 ᄒᆡ 디난 후(後)ᄂᆞᆫ ᄒᆞᆫ 조각 ᄆᆞᄅᆞᆫ 나모[位牌] 밧긔 ᄯᅳᆫ흔 ᄃᆞ시 가히 비길ᄃᆡ 업ᄉᆞ리니 이 어인 텬니(天理)고? 비록 날노 더브러 인연(因緣)이 열우나 그 어이 ᄲᅧ 기리 갑흠바들 길흘 ᄭᅳᆫ헛ᄂᆞᆫ고? 이 나의 ᄲᅧ 슬프미 깁흔 배라!

⑫ 울며 ᄆᆞᆯ근 잔(盞)을 부으니 거의 그 ᄂᆞ려 흠향(歆饗)ᄒᆞᆯ지어다!

위의 글에서 18세기 한글 제문의 문체적 특성과 구성 및 사대부가의 생활상과 정서와 葬事 절차와, 당시의 한글 문학의 수준과 부부윤리 등을 극명하게 찾을 수 있다. 이제 「을미구월제문」에 내재된 부부애와 윤리, 그리고 悲哀悽絶의 세계를 살펴보기로 한다.

지어미 상사에 그 지아비 슬퍼함이 진실로 인정이라고 원초적 슬픔에 눈물을 짓고 있다. 슬픔에도 깊고 얕음이 있으나 자아의 비애는 깊을 수밖에 없음을 다음과 같이 형상화하였다.

> 그러나 슬픔이 엳으며 깊음이 있으니 죽음만 서러워 하야 뒤좇아 생각함은 슬퍼함이 엳은 자요, 슬피 가련해 하며 참혹히 여겨 서러워함은 슬픔이 깊은 자이니, 그 슬퍼함은 한 가지이나 그 슬픔 됨은 현절이 다르니, 그런즉 장수하며 아들 있고 죽은 이는 죽음만 서러워하며 뒤좇아 생각함에 그치기에 지나지 아니 하거니와, 수도 못하고 아들 없이 죽은 자는 어찌 슬퍼 가련하며 참혹히 여겨 서러워함이 심하지 아니하리오? 그런고로 산 사람의 슬퍼함이 죽은 이를 따라 엳으며 깊나니, 이제 그대의 상사가 겨우 열 아홉이요 강보에 한 우는 아이 없는지라! 오직 나의 슬퍼함이 그 가히 엳으랴!

슬픔의 尺度, 이른바 슬픔의 미학을 논리적으로 설명하고 있다. 자신에게 닥친 깊을 수 밖에 없는 슬픔과 강보에 쌓인 혈육 하나 없이 저 세상으로 떠나 더욱 처절한 아픔만이 있었기에 어찌 슬픔이 엳을 수 있겠느냐고 반문하면서 통곡하였다. 자신도 병으로 누워 있어서 사랑하는 부인의 임종을 지켜보지 못하였기에 그의 슬픔은 더욱 倍加되었다.

> 내 또한 홍진을 지냄이 오래지 아니한지라! 오히려 상석에 누워 그대 마지막을 보지 못하고 염전에 겨우 한번 울고 다만 성복을 참예하니, 칠월 적은 그믐 한번 봄이 문득 이 한 세상 백년 영결이 되니 이것이 나의 평생 슬픔이요, 그댄들 구원의 한이 없으랴!

부인을 마지막 본 것은 운명하기 4일 전인 7월 적은 그믐(28일)이었다. 이날 본 것이 부부의 영원한 이별이 되었던 것이다. 사랑하는 부인을 잃는 것도 억장이 무너지는 일이거늘 자신이 병환으로 누워있어 아내의 마지막 가는 길을 지켜보지도 못한 지아비의 한도 한이려니와, 지어미의 한은 뉘라서 풀어 줄 수 있단 말이냐고 號哭하였다.

현숙하였던 부인과의 약속을 이제는 지킬 수 없게 되었음을 더욱 가슴 아파하였다. 자신은 아버지를 태어나기도 전에 여의었고, 부인은 태어난 지 돌이 못되어 어머니를 잃었기에 각각 만고유한을 품고 망극한 정회를 오직 부부가 백년해로하여 아들 두며 딸 낳기를 기약하였다. 그리고 효성이 지극하였던 부인은 시아버지의 尊顔을 평생 보지 못한 것이 한이 되었기에, 남편에게 초상화를 보여줄 것을 다음과 같이 청하였다.

> 내 항상 지통을 품은 사람으로서 또 존구의 얼굴을 알지 못하니 이는 한세상의 죄인이라! 들으니 화상이 계시다하되 오히려 한 번 뵈옵지 못하니 이것이 중심의 한이 되는 지라. 어찌하여서 한 번 칠분 용모를 뵈올고?

이 말을 들은 박남수는, 올 겨울 忌祭祀(11월 25일) 일에 사당에 봉안한 후 참배케 하겠다고 약속을 하였으나, 겨울이 오기 전에 세상을 떠나(8월 2일) 이제는 영원히 지킬 수 없게 되었다. 아들 딸 낳고 백년해로하고, 아버지의 초상화에 참배할 수 있도록 해준다는 약속은 부인의 죽음으로 인하여 실행할 수 없게 되어 더욱 슬픔이 깊을 수 밖에 없었다.

총명했던 부인은 자신의 운명을 예견하고 친정의 세분의 형님께 永訣하는 편지를 써서 상자에 두었는데, 운명한 후 이를 발견하고서, 죽음을 어찌 자신에게 "미리 알게 아니하였는고? 나의 천성이 소활하여 뜻에 이르되 족히 서로 믿지 않을까 여김을 말미암아 그러함이니, 이 나의 참혹히 여기며 서러워하며 더욱 뉘우치는 바라"라고 자책하였다.

어느 한 구절이 부부애의 극치와 슬픔이 각인 되지 않음이 없어 심화된 悼亡의 제문은 읽는 자로 하여금 눈물을 짓게 한다.

오호 애재라! 그대 방에 들어가니 병풍과 장과 기용 즙물이 벌려 있음이 전과 같으되, 적적한 빈방에 다만 한 널이 있고 그대 홀로 있지 아니한지라! 슬픔을 다하여 한 번 울매 두 소매 얼룩지는 지라! 슬프다. 그대 즙물을 어느 아들에게 끼치며 어느 딸에게 전할고? 그 슬픔을 견디지 못하여 혹 묻으며 혹 불살으되 차마 다 없애지 못하여 채련동 병풍과 봉 새긴 벼루를 그대 묘막에 두어 오래 전함을 하려하니 이 또한 슬픔이 심함이라.

이 제문은 부부의 지고지순한 아름다운 사랑이 부인의 죽음으로 인하여 단절되어, 처절한 슬픔만이 가슴에 남아 있는 것을 피를 토하듯 쏟아낸 名文이다. 부부의 사랑과 죽음 뒤에 찾아온 허무와 좌절과 비애를 열여덟의 나이로 이토록 절실하게 그려내기란 쉬운 일이 아니다. 그러나 박남수는 뜨거운 눈물과 시리도록 아픈 마음을 문자로 형상화하였다.

이제 그대 나이를 누림이 이십이 못되고 연전에 낙태한 후 다시 일괴 세상에 끼침이 없으니 십 구 년 자취가 꿈 가운데 꿈같은지라!

낙태한 후 다시는 혈육을 남기지도 못하고 일장춘몽과 같은 열 아홉으로 마감한 부인의 허무한 삶을 슬퍼하였다.

날이 새면 북망산으로 가서 다시는 돌아오지 못하는 슬픔도 슬픔이려니와, 아무 곳에서도 부인의 모습을 찾을 수 없고 결혼생활 다섯 해 동안의 인연을 갚을 길이 없게 되었기에 다음과 같이 號哭하였다.

슬프다. 두어 해 지난 후는 마른나무[位牌] 밖에 끊은 듯이 가히 의지할 데 없으리니 이 어찌된 천리인고? 비록 나와 더불어 인연이 엷으나 그 어이

써 길이 갚음 받을 길을 끊었는고? 이것이 나의 슬픔이 깊은 바이라!

구절마다 눈물이 배어 있지 않음이 없다. 부부의 지순한 애정이 없었다면 이렇게 심금을 울리는 제문을 쓸 수 있었겠는가? 그리고 애정만 있다고 해서 모두가 이런 名文을 쓸 수 있겠는가? 바로 이러한 면에서 박남수의 문학이 우리 哀祭文學史에 새로운 地平을 연 점이다.

연암 박지원과 남공철이 이미 박남수의 시문은 "唐宋의 골수가 남아 있고 / 두보와 이백의 법도가 있으며", "문장이 가장 걸출하였다"는 말이 정곡을 찌른 것이다.

이 제문은 모두 2,078자의 장문이나, 열 두 단락으로 구성되어 있다. 거의가 단락 끝에 무엇무엇 때문에 슬픔이 더욱 절실하고 깊다고 되어 있다. 즉 "오직 나의 슬퍼함이 가히 옅으랴", "밤 가운데 잠이 없으매 어찌 슬픔을 견디리오!", "유유한 창천아 이 어찌된 사람인고", "근심하며 비척하지 아니하랴", "산사람의 마음은 한갓 더욱 목이 맺히는도다", "또한 어찌 슬피 가련함이 심함이 아니랴", "이 참혹히 여기며 서러워하며 더욱 뉘우치는 바라", "이 또한 슬픔이 심함이라", "십 구년 자취가 진실로 꿈 가운데 꿈 같은지라", "이 나의 슬픔이 깊은 바라"로 되어 있어 있다.

지어미를 여읜 열 여덟 살 홀아비의 처절한 비애의 세계를 흐느끼면서 구슬을 꿰듯 엮어내어 부인 한산이씨의 영혼을 울렸음은 물론 오랜 세월이 지난 우리들까지도 눈물짓게 한 이 제문은 우리 나라 애제문학사의 새로운 지평을 연 점에서 높이 평가된다.

「을미구월졔문」의 내재된 세계와 발굴의의를 요약하면 다음과 같다. 첫째, 제문의 문체적 특성은 대화체로 되어 있다는 점이다. 부인이 살아 있을 때 나누었던 대화 등을 삽입하여 작자의 애절한 심정을 리얼하게 형상화하였다. 둘째, 제문의 구성은 크게 나누어 보면 과거에 대한 회상과 현재의 슬픔과 미래에 대한 허망함으로 되어 있다. 문단은 모두 12 단락인데 단락마다 슬픈 사연이 다르다. 문장 구성이 매우 조직적이고 情緻하다. 셋째, 당시 사대부 가문의 결혼 풍속도를 알 수 있다. 즉 4~5세된 남녀 어린이의 장래가 양가의 어른들의 婚約에 의하여 결정되었으며, 10년 후 어릴 때의 혼약에 따라 백년가약을 맺었다는 사실이다. 넷째, 당시 사대부 가정에서는 장례를 踰月葬으로 하였다는 점이다. 즉 8월 2일에 부인이 운명하였는데, 달을 넘겨 유월장을 하여 9월 2일 장사를 치렀음을 알 수 있다. 다섯째, 사대부 가정에서 파격적으로 부인의 喪事에 한문이 아닌 한글 제문을 지어 애도한 점이다. 이는 사랑하는 부인의 영전에 난해한 한문 제문을 지어 고하는 것보다는 고인이 알아듣기 쉬운 한글 제문이 영혼을 위로하는데 용이하다는 지아비의 깊은 배려가 있었음을 알 수 있다. 여섯째, 18세기 당시 한글 문학의 수준이 뛰어났다는 점이다. 장문의 제문에 내재된 비애의 情操와 조강지처를 잃고 흐르는 뜨거운 눈물을 누가 이렇게 절묘하고 핍진하게 형상화 할 수 있겠는가? 물론 박남수의 천부적인 문학적 재능의 결과이기도 하나, 작자의 나이가 지금의 고등학교 2학년생과 같은 18세였음을 생각할 때, 18세기 당시 사대부가의 한글 문학의 수준이 매우 높았음을 입증하는 자료이다. 일곱째, 당시 사대부 가문의 부부애와 윤리의 일단을 파악할 수 있다. 요절한 부인의 영혼을 위로하기 위하여 제문을 지어 호곡한 夫情의 세계와 지아비의 윤리는 오늘을 사는 우리들에게 부부애와 윤리가 어떠한 것이어야 하는가를 시사하는 바가 많다.

2) 漢文「墓文」·「墓誌銘」의 情恨

열 여덟 살 지아비가 지어미의 죽음을 애도하며 부부의 사랑과 단절로 인한 애끓는 슬픔을 진솔하게 형상화한 박남수는 요절한 부인 한산이씨를 잊지 못하여「묘문」을 지었다. 부인이 운명한지 만 8년 후(26세)인 1783년 제사 날(8월 2일)을 맞이하여 이번에는 눈물겨운「묘문」을 한글이 아닌 한문으로 지어 산소에 고하고 號哭하였다. 먼저「告亡室李氏墓文」을 보기로 한다.

그대가 운명한지 이미 8년이 되었소. 달로 계산하니 88개월이요 날짜로 헤아려보니 2천 5백 84일이 되었으니 그대가 세상을 떠난 지가 또한 오래되었다고 할 수 있소.

세월이 오래되면 잊기 쉽고 자식이 없으면 잊기 쉬우며 다시 새 사람을 얻으면 더욱 잊기 쉽소. 그러나 나는 유독 그렇지 않으니 도리어 쉽게 잊을 일도 쉽게 잊지 못하오. 새 사람이 어질면 그대와 같은 것 같다 말하고 어질지 못하면 그대와 같지 않은 것 같다고 말하오. 어질어도 또한 생각나고 어질지 못해도 또 한 생각이 나오. 아들이 없다고 잊고 세월이 오래되었다고 잊어버릴 것 같으면 점점 잊게되어 한 세상을 두루 돌아보아도 그대를 잊지 못하는 자 누가 있겠느뇨? 내 이런 까닭으로 차마 잊을 수가 없소![12)]

이렇게 잊지 못하는 애틋한 지아비의 사랑이 내재된 묘문의 문학성은 그의 한글제문과 우열을 가릴 수가 없다.

아들이 없다고 잊고 세월이 오래되었다고 잊어버릴 것 같으면 점점 잊게되어 한 세상을 두루 돌아보아도 그대를 잊지 못하는 자 누가 있겠느뇨? 내 이런 까닭으로 차마 잊을 수가 없소!

---

12)『修隅前集』二, 卷3,「告亡室李氏墓文」. "子之亡, 已八年于玆矣. 月以計八十八月, 日以計二千五百八十四日, 則子之亡, 亦云久矣. 歲遠則易忘, 無子則易忘, 復娶新人, 則尤易忘. 然余獨不然, 反以易忘爲不易忘矣. 新人賢則曰, 與子相似, 不賢則曰, 與子不相似. 賢亦思, 不賢亦思矣. 其若無子而忘, 歲遠而忘, 浸浸然相忘, 則環顧一世, 不忘子者誰也. 余以是不忍忘也."

눈물겨운 한글 제문과 한문 「묘문」을 지어 운명한 부인을 잊지 못하던 박남수는 장례 당시 부인의 묘지명을 지어 돌에 새겨 무덤 속에 넣고 영원하게 산소가 안전하기를 염원하고 있다. 참으로 눈물겨운 일이면서도 부부애의 아름다움은 오늘을 사는 우리들을 숙연하게 한다. 먼저 「亡室李氏墓誌銘并序」을 살펴보자.

> 금성 박남수의 부인은 유인 한산이씨이니 고 예부시랑 해중과 정부인 홍씨 따님이다. 이씨와 박씨는 옛적부터 혼인의 의가 있었으니 고려의 태학사 문효공 이곡이 1남 1녀를 낳았으니 아들은 태학사 문정공 목은 선생 색이요, 딸은 직제학 문정공 반남 선생 박상충에게 시집갔다. 유인은 목은의 14세손이요 남수는 반남의 16세손이다. 정축(1757) 11월 29일 태어나 을미(1775) 8월 2일 운명하여 서경 수우리 해원에 장사하니, 즉 남수 아버지 정언 휘 상면의 묘 곁이다. 명하기를
>
> 아 유명 조선 박남수의 처 이씨 묘
> 이미 편안하고 이미 견고한지라
>
> 천 백년 동안
> 견고하고 안전하리라[13)]

묘지명이란 묘비명과는 달리 誌石文으로서 인적사항을 지석에 새겨 장례 날 묘에다 묻는 것인 만큼 글이 간결한 것이 일반적이다. 그렇기 때문에 글은 서사를 위주로 한다. 앞에서 본 한글 제문과 「묘문」과는

---

13) 같은 책, 卷3, 「亡室李氏墓誌銘并序」. “錦城朴南壽之配曰, 孺人韓山李氏者, 近故禮部侍郎海重, 貞夫人, 洪氏女也. 李與朴, 自昔有姻婭誼, 高麗有曰, 太學士文孝公, 李穀生一男一女, 男卽太學士文靖公, 牧隱先生穡, 女適直學士, 文正公潘南先生朴尙衷. 孺人牧隱之十四世孫, 南壽潘南之十六世孫也. 丁丑十一月二十九日生, 乙未八月二日歿, 葬于西京修偶里, 枕亥原, 卽南壽先考正言諱相冕之墓側也. 銘曰, 於乎有明朝鮮朴南壽妻李氏墓, 旣密旣堅. 維千百年, 其固其安.”

문체부터가 다르다.

이상에서 살펴본 것과 같이 명문 사대부가의 후손으로 태어난 진사 박남수의 「을미구월졔문」은, 18세 때의 작품이라는 점과 아내를 잃은 지아비의 뜨거운 눈물과 시리도록 저려오는 비애처절한 내용과 문학성이 뛰어난 명문이란 점에서 높이 평가된다.

고등학교 국어과 교재에 수록된 한글 제문은 2편이 있다. 肅宗이 1701년 仁顯王后(1667~1701)의 죽음을 애도한 한글 「제문」과, 純祖(재위 1800~1834) 때 유씨 부인이 부러진 바늘을 의인화한 「弔針文」은 명문임에는 그 누구도 부인 못할 것이다.

그러나 박남수의 「을미구월졔문」은 이제까지 살펴본 바와 같이 한글 애제문의 白眉라고 하여도 아무도 이의를 제기하지 않을 것이다. 특히 요즈음과 같이 부부의 도가 예전과 같지 않은 시대에 국민 교육적 차원에서 박남수의 제문을 고등학교 국어 교과서 수록하여 우리 先人들의 부부상을 교육시킨다면 더욱 뜻이 있는 일이며 미래의 부부가 될 그들에게 부부윤리를 각인시키는데 기여할 것이다.

7. 「을미ᄉ월지동포쳔장ᄉ졔문」의 孝誠

유복자인 박남수를 어릴 적부터 열 살이 되도록 애지중지 길러주고 가르쳐 주었던 이는 어머니와 함께 외할머니 平山申氏이다. 외조모의 산소를 사후 8년만에 이장할 때에 그 사랑과 은공을 잊지 못하고 제문을 한글로 지어 외손자의 도리를 다하였던 그는 大家 先輩 諸儒들이 일찍이 평한 바와 같이 대단한 문장가였음을 이 제문만 읽어도 알 수 있다.

옛 말에 선을 볼 때에 사람됨을 보려면 그 친정 어머니를 보면 안다는 말이 있듯이, 박남수의 어머니 淑人 전주이씨는 남편을 잃고 유복자를 지성으로 키운 훌륭한 부인이었다. 이러한 현숙함은 친정에서 어머니 평산신씨의 훌륭한 가르침을 받은 결과이다. 영의정을 역임한 南公轍은 박남수의 어머니 전주이씨의 현숙함을 다음과 같이 증언하였다.

> 숙인은 忠節故家에서 성장하였기에 어질고 식견이 있었다. 과부가 되자 (뱃속의) 산여를 위하여 눈물을 거두고 살았다. 비녀와 구슬 패물을 팔아서 훌륭한 선생님에게 맡겨 아들을 가르쳤다. 점점 자라자 文人 韻士들과 교유하는 것을 기뻐하였고 자주 술과 밥을 마련하는 일에 인색한 빛이 전연 없었다. 이로 말미암아 산여의 시문은 날마다 진보하여 교유 관계가 더욱 넓어졌고 드디어 명성이 크게 떨치었다.14)

여기에서 "숙인은 충절고가에서 성장하였기에 어질고 식견이 있었다"는 것은 외가의 가문이 훌륭함은 물론 친정 어머니의 인품 또한 훌륭함이 내포되어 있다. 그것은 외할머니를 위하여 한글로 제문을 지어 靈柩에 고한 박남수의 제문을 통하여서도 분명하게 찾을 수 있다.

「을미ᄉ월지동포천장ᄉ제문」은 全文이 순 한글로 되어 있다. 이해를 돕기 위하여 필자가 괄호에 漢字를 넣었고 단락에 번호를 붙였다. 먼저 필자가 현대문으로 옮긴 것을 읽고 이어 원문을 붙이고 분석한다.

① 세차(歲次) 을미(乙未) 사월(四月) 이십육일(二十六日) 계묘(癸卯)는 우리 외왕모(外王母, 외할머니) 평산신씨(平山申氏) 영구(靈柩)가 교하(交河) 탄포(炭浦) 옛 산소(山所)로 부터 와 다시 포천(抱川) 쌍곡(雙谷) 신복(新卜)

14)『金陵集』三, 卷17,「朴山如墓誌銘」. "淑人生長忠節故家, 賢而有見識. 旣寡, 爲山如收泣以生. 鬻簪珥具幣, 延名宿以敎之. 稍長, 喜與文人韻士游, 則又數具酒食, 甚設而無吝色. 由是, 山如詩文日進, 交遊益廣, 名聲遂大進."

한데 장사(葬事)지내는 날이라. 하루 전 임인(壬寅)에 외손(外孫) 반남(潘南) 박남수(朴南壽)는 모씨(母氏)를 모시고 산하(山下)에 와 함께 삼가 주과(酒果)의 전(奠)을 갖추어 글[文]로써 울고 영결(永訣)하여 갈오대,

② 오호 애재(嗚呼哀哉)라! 우리 왕모(王母, 외할머니)는 이미 어질고 또 덕(德)이 있는 지라. 인(仁)하고 어찌 수(壽)를 못하며 덕(德)이 있고 어찌 복(福)이 없으신고? 하늘을 또한 알지못할 것이요, 이(理)가 또한 측량(測量)치 못할 것이로다. 옛 우리 외가(外家)에 상사(喪事) 위엄이 거푸 모지니 이에 임자(壬子, 1732年)에 이르러 왕부(王父, 외할아버지) 상사(喪事)가 나신지라. 이때에 왕모(王母) 년세(年歲) 이십(二十)이 못하여 계시고 우리 모친(母親)이 강보(襁褓)에 있어 울기를 고고(呱呱)히 하는지라. 이로부터 가며 종사(宗祀)가 의탁(依託)할 데 없으니 땅을 두드리며 땅을 부르짖으니 길가는 사람이라도 또한 슬퍼하는지라.

③ 왕모(王母) 풀어버리지 아니하사 이르게나 저물어서나 경동(驚動)하며 척념(慽念)하사 예(禮)로써 제사(祭祀)를 받들며 공경(恭敬)하여 손[客]을 대접(待接)하니 현 철(賢哲)하다 이름이 친척(親戚)과 감(敢)히 간격(間隔)이 없으니 대가(大家) 종족(宗族)과 친당(親黨)이 이미 화평(和平)하고 또 화목(和睦)하며 아랫 사람 대접(待接)함이 법(法)이 있으니 노복(奴僕)을 무휼(撫恤)하여 보존(保存)케 하며 동내 할머니와 마을 늙은이 까지 은혜(恩惠)와 덕택(德澤)을 칭송(稱頌)하더라.

④ 우리 구씨(舅氏, 외삼촌)를 아들 삼아 은근(慇懃)히 쳐 기르시니, 이미 성립(成立)하여 자람에 효우(孝友)를 이에 극진(極盡)이 하여 충성(忠誠)과 곡진(曲盡)으로 봉양(奉養)하고 염안(恬安)하며 화(和)한 빛이 있는지라. 웃음 웃고 손자(孫子)를 희롱(戲弄)하니 그 갚음을 거의 받을까 했더니 어찌 그 년세(年歲)를 모자라 주갑(周甲, 회갑)도 차지 못하게 하였는고?

⑤ 일찍이 상척(喪慽)이 바람같이 급(急)하며 비같이 급(急)함을 만나 설움과 염려(念慮)를 안으로 끓이시고 얼굴이 밖으로 초삭(燋鑠)하셔 문득 세상(世上)을 버리시니 외가(外家)의 복(福)이 없는 일이라. 천하(天下)여! 착한 사람 갚기를 이러토록 아끼느뇨? 상사(喪事)때에 소자(小子) 어리고 병(病)이 많아 즉시 가지 못하여 눈물만 흘리기를 사흘을 하고 입관(入棺)한 후(後)에 가 겨우 성복(成服)을 참예 (參詣)하니 지정(至情)의 설움이 창자가

꺾어지는 듯 하고 간(肝)을 베이는 듯 할 뿐이로다.

⑥ 소자(小子)가 죄려(罪戾)가 많아 엄안(嚴顔, 아버지 얼굴)을 모르는 지라. 왕모(王母)가 이를 불쌍히 여기사 차마 서로 떠나지 못하여 이끌고 안고 가르치셔 달래어 하여금 외가(外家)에서 기르시니 십세(十歲) 이전(以前)은 일찍 곁을 떠나지 않으시니 은혜(恩惠)와 사랑이 모여 이미 깊으되 백(百)에서 하나를 갚지 못하니 비록 무상(無常) 하나 어찌 걸리고 맺히지 않으리오.

⑦ 왕부(王父) 유택(幽宅)은 교하(交河) 산소(山所) 여혈(餘穴)이시되 능(能)히 동폄(同窆)치 못하기로 술서(術書) 길(吉)치 못하다함이라. 이에 권도(權道)는 탄포(炭浦) 산록(山麓)에 지내고 팔년(八年)을 구산(求山)함에 구씨(舅氏) 힘을 탄갈(彈竭)하여 이에 새 산소(山所)를 점득(占得)하니 포천(抱川) 쌍곡(雙谷)이라. 비로소 합폄(合窆)하여 부좌(祔左)함을 경영(經營)하여 함께 광중(壙中)을 열어 붉은 명정(銘旌)이 앞하며 뒤하며 가시니 거의 영백(靈魄)을 위로(慰勞)하실 것이요. 구모(舅母, 외할머니)의 관(棺)이 좇으니 또한 개장(改葬)함으로써라.

⑧ 소자(小子)가 승관(承棺)함이 도리(道理), 마땅히 한 번 울 것이므로 모씨(母氏)를 모시고 와 모이니 하관(下棺)하기 하루 전(前) 저녁이라. 모씨(母氏)는 관(棺)을 붙들고 소자(小子)는 잔(盞)을 드리니 어둡지 아니하신 존영(尊靈)이 거의 혹 위로(慰勞)하고 가득하여 하실 듯 하되 오호(嗚呼)라! 왕모(王母) 기꺼이 대접(接待)하오심을 보지 못하니 얼굴이 길이 감추이고 경해(謦咳) 또 적적(寂寂)한지라.

⑨ 눈물을 거두고 절하며 어렴풋이 거의 뵈올 듯하니 망망(茫茫)한 하늘과 땅을 부앙(俯仰)하며 설움이 심하도다. 오호 애재(嗚呼哀哉) 상향(尙饗)!

다음은 외손자 박남수가 외조모의 은공을 잊지 못하면서 추모의 정을 형상화한 「을미ᄉᆞ월지동포쳔장ᄉᆞ졔문」(乙未四月齋洞抱川葬事祭文)의 원문을 보기로 한다. 원문을 편의상 띄워 쓰기를 하였고, 이해를 돕기 위하여 필자가 괄호 안에 한자를 넣었다.

「을미ᄉᆞ월지동포천장ᄉᆞ제문」 원문

① 셰ᄎᆞ(歲次) 을미(乙未) ᄉᆞ월(四月) 이십뉵일(二十六日) 계묘(癸卯)ᄂᆞᆫ 우리 외왕모(外王母) 평산신시(平山申氏) 녕구(靈柩)가 교하(交河) 탄포(炭浦) 녯 산소(山所)로 브터 와 다시 포쳔(抱川) ᄡᅡᆼ곡(雙谷) 신복(新卜)ᄒᆞᆫ듸 장ᄉᆞ(葬事)디내ᄂᆞᆫ 날이라. ᄒᆞᄅᆞ 젼(前) 임인(壬寅)에 외손(外孫) 반남(潘南) 박남슈(朴南壽)ᄂᆞᆫ 모ᄡᅵ(母氏)ᄅᆞᆯ 뫼시고 산하(山下)에 와 모도여 삼가 쥬과(酒果)의 뎐(奠)을 ᄀᆞ초와 글[文]노ᄡᅧ 울고 영결(永訣)ᄒᆞ야 ᄀᆞᆯ오ᄃᆡ,

② 오호 ᄋᆡ직(嗚呼哀哉)라! 우리 왕모(王母)ᄂᆞᆫ 임의 어질고 ᄯᅩ 덕(德)이 잇ᄂᆞᆫ디라. 인(仁)ᄒᆞ고 엇디 슈(壽)ᄅᆞᆯ 못ᄒᆞ며 덕(德)이 잇고 엇지 복(福)이 업ᄉᆞ신고? 하늘을 ᄯᅩᄒᆞᆫ 아디 못ᄒᆞᆯ 거시오? 니(理)가 ᄯᅩᄒᆞᆫ 측냥(測量)티 못ᄒᆞᆯ 거시로다! 녜 우리 외가(外家)에 상ᄉᆞ(喪事) 위엄이 겹포 모디니 이에 임ᄌᆞ(壬子)에 미처 왕부(王父) 상시(喪事) 나신디라! 이ᄣᅢ예 왕모(王母) 년셰(年歲) 이십(二十)이 못ᄒᆞ야 겨시고 우리 모친(母親)이 강보(襁褓)의 이셔 울기ᄅᆞᆯ 고고(呱呱)히 ᄒᆞᄂᆞᆫ디라! 일노부터 가며 종시(宗祀) 의탁(依託)ᄒᆞᆯ듸 업ᄉᆞ니 ᄯᅡ흘 두ᄃᆞ리며 ᄯᅡ흘 부ᄅᆞ지ᄂᆞ니 길가ᄂᆞᆫ 사ᄅᆞᆷ이라도 ᄯᅩᄒᆞᆫ 슬허ᄒᆞᄂᆞᆫ디라!

③ 왕뫼(王母) 프러ᄇᆞ리디 아니ᄒᆞ샤 일져무리 경동(驚動)ᄒᆞ며 쳑념(慽念)ᄒᆞ샤 예(禮)로ᄡᅥ 졔ᄉᆞ(祭祀)ᄅᆞᆯ 밧들며 공경(恭敬)ᄒᆞ여ᄡᅥ 손[客]을 ᄃᆡ졉(待接)ᄒᆞ니 현텰(賢哲)타 니ᄅᆞ미 친쳑(親戚)과 ᄀᆞᆷ(敢)이 간격(間隔)이 업ᄉᆞ니 대가(大家) 종족(宗族)과 친당(親黨)이 임의 화평(和平)ᄒᆞ고 ᄯᅩ 화목(和睦)ᄒᆞ며 아릿 사ᄅᆞᆷ ᄃᆡ졉(待接)ᄒᆞ미 법(法)이 이시니 노복(奴僕)을 무휼(撫恤)ᄒᆞ여 보존(保存)케 ᄒᆞ며 동ᄂᆡ 한미와 ᄆᆞ올 늘그니 ᄆᆡ디 은혜(恩惠)와 덕턱(德澤)을 칭송(稱頌)ᄒᆞ더라!

④ 우리 구ᄡᅵ(舅氏)를 아ᄃᆞᆯ삼아 은근(慇懃)이 쳐 기ᄅᆞ시니 임의 셩닙(成立)ᄒᆞ여 ᄌᆞ라매 효우(孝友)ᄅᆞᆯ 이에 극진(極盡)이 ᄒᆞ여 튱셩(忠誠)과 곡진(曲盡)으로 봉양(奉養)ᄒᆞ고 렴안(恬安)ᄒᆞ며 화(和)ᄒᆞᆫ 빗치 잇ᄂᆞᆫ디라. 우음웃고 손ᄌᆞ(孫子)를 희롱(戲弄)ᄒᆞ니 그 갑ᄒᆞᄆᆞᆯ 거의 바둘더니, 엇디 그 년셰(年歲)ᄅᆞᆯ 무ᄌᆞ려 쥬갑(周甲, 회갑)도 ᄎᆞ지못ᄒᆞ게 ᄒᆞ엿ᄂᆞᆫ고?

⑤ 일즉이 상쳑(喪慽)이 ᄇᆞ람ᄀᆞᆺ티 급(急)ᄒᆞ며 비ᄀᆞᆺ티 급(急)ᄒᆞᄆᆞᆯ 만나 셜음과

념녀(念慮)ᄅᆞᆯ 안흐로 쓸히시고 얼굴이 밧그로 초삭(燋鑠)ᄒᆞ셔 믄득 셰샹(世上)을 ᄇᆞ리시니 외가(外家)의 복(福)이 업ᄂᆞᆫ 일이라! 텬호(天下)흐여 착ᄒᆞᆫ 사ᄅᆞᆷ 갑기ᄅᆞᆯ 이러ᄐᆞ록 앗기ᄂᆞ뇨! 상ᄉᆞ(喪事) ᄢᅢ예 소ᄌᆡ(小子) 어리고 병(病)이 만하 즉시 가지 못ᄒᆞ여 눈믈만 흘니기ᄅᆞᆯ 사흘을 ᄒᆞ고 입관(入棺)ᄒᆞᆫ 후(後)에 가 계요 셩복(成服)을 참예(參詣)ᄒᆞ니 지졍(至情)의 셜움이 챵ᄌᆡ ᄯᅧᆺ거디ᄂᆞᆫ 듯 ᄒᆞ고 간(肝)을 버히ᄂᆞᆫ 듯 ᄒᆞᆯ ᄲᅮᆫ이로다.

⑥ 소ᄌᆡ(小子) 죄례(罪戾) 만하 엄안(嚴顔)을 모ᄅᆞᄂᆞᆫ 디라. 왕뫼(王母) 이ᄅᆞᆯ 불샹이 너기샤 ᄎᆞ마 서ᄅᆞ ᄯᅥ나디 못ᄒᆞ여 이ᄭᅳᆯ고 안고 ᄀᆞᄅᆞ치셔 달내여 ᄒᆞ여곰 외가(外家)의셔 기ᄅᆞ시니 십셰(十歲) 뼈젼(以前)은 일즉 겻출 ᄯᅥ나디 아녀시니 은혜(恩惠)과 ᄉᆞ랑이 모히 이미 깁흐ᄃᆡ ᄇᆡᆨ(百)의셔 ᄒᆞ나흘 갑디 못ᄒᆞ니 비록 무상(無常)ᄒᆞ나 엇디 걸니이고 ᄆᆡ치이디 아니 ᄒᆞ리요?

⑦ 왕부(王父) 유ᄐᆡᆨ(幽宅)은 교하(交河) 산소(山所) 여혈(餘穴)이시ᄃᆡ 능(能)히 동폄(同窆)티 못하기ᄅᆞ 슐셔(術書) 길(吉)치 못ᄒᆞ다 ᄒᆞ미라. 이에 권도(權道)ᄂᆞᆫ 탄포(炭浦) 산녹(山麓)의 디내고 팔년(八年)을 구산(求山)ᄒᆞ매 구ᄡᅵ(舅氏) 힘을 탄갈(彈竭)ᄒᆞ여 이에 새 산소(山所)ᄅᆞᆯ 졈득(占得)ᄒᆞ니 포쳔(抱川) ᄡᅡᆼ곡(雙谷)이라. 비로소 합폄(合窆)ᄒᆞ여 부좌(祔左)ᄒᆞ믈 경영(經營)ᄒᆞ여 ᄒᆞᆷᄭᅴ 광듕(壙中)을 여러 불근 명졍(銘旌)이 압ᄒᆞ며 뒤ᄒᆞ여 가시니 거의 녕ᄇᆡᆨ(靈魄)을 위로(慰勞)ᄒᆞ실 거시오, 구모(舅母)의 관(棺)이 조ᄎᆞ니 ᄯᅩᄒᆞᆫ ᄀᆡ장(改葬)ᄒᆞ므로ᄡᅥ라.

⑧ 소ᄌᆡ(小子) 승관(承棺)ᄒᆞ매 도리(道理) 맛당이 ᄒᆞᆫ 번 울 거시므로 모ᄡᅵ(母氏)ᄅᆞᆯ 뫼시고 와 모도이니 하관(下棺)ᄒᆞ기 ᄒᆞ루 젼(前) 져녁이라. 모ᄡᅵ(母氏)ᄂᆞᆫ 관(棺)을 븟들고 소ᄌᆞ(小子)ᄂᆞᆫ 잔(盞)을 드리니 어둡디 아니ᄒᆞ신 존녕(尊靈)이 거의 혹 위로(慰勞)ᄒᆞ고 ᄀᆞ득하여 ᄒᆞ실듯 ᄒᆞ되 오회(嗚呼)라! 왕뫼(王母) 깃거 졉ᄃᆡ(接待)ᄒᆞ오시믈 보디 못ᄒᆞ니 얼굴이 기리 ᄀᆞᆷ초이고 경ᄒᆡ(謦咳) ᄯᅩ 젹젹(寂寂)ᄒᆞᆫ 디라!

⑨ 눈물을 거두고 절ᄒᆞ매 얼프시 거의 보오올 듯ᄒᆞ니 망망(茫茫)ᄒᆞᆫ 하늘과 ᄯᅡ희 부앙(俯仰)ᄒᆞ매 셜우미 심ᄒᆞ도다! 오호 ᄋᆡ지(嗚呼哀哉) 상향(尙饗)!

위의 제문에는 유복자로 태어난 작자를 10세까지 애지중지 키워주신 외할머니의 은공을 잊지 못함과 추모의 정이 지극하게 형상화되어 있기에 孝心의 깊이를 알 수 있다. 외할머니의 영구 앞에 告由한 애절한 이 제문은 9단락으로 나눌 수 있다. 외조모의 일생을 서술한 부분을 먼저 보기로 한다.

> 오호 애재라! 우리 왕모는 이미 어질고 또 덕이 있는지라. 인하고 어찌 수를 못하며 덕이 있고 어찌 복이 없으신고? 하늘을 또한 알지 못할 것이요 이가 또한 측량치 못할 것이로다. 옛 우리 외가에 상사 위엄이 거푸 모지니 임자에 이르러 왕부 상사가 나신지라. 이때에 왕모 연세 이십이 못하여 계시고 우리 모친 강보에 있어 울기를 고고히 하는지라! 이로부터 가며 종사가 의탁할 데 없으니 땅을 두드리며 땅을 부르짖으니 길가는 사람이라도 또한 슬퍼하는지라.

이를 보면 외할머니도 이십이 못되어 외할아버지를 잃어 과부가 되었다. 이러한 역경을 극복하고 외동딸(앞의 外家 家系圖 참조)인 어머니를 잘 훈육하였음이 나타나 있다. 외조모의 인품을 ③단에서 상술하였다.

외조모가 육십도 못사시고 8년 전 운명하였는데 당시 박남수는 11세였다.

> 상사 때에 소자 어리고 병이 많아 즉시 가지 못하여 눈물만 흘리기를 사흘을 하고 입관한 후에 가 겨우 성복을 참예하니 지정의 설음이 창자가 꺾어지는 듯하고 간을 베이는 듯 할 뿐이로다.
>
> 소자가 죄려가 많아 엄안을 모르는 지라. 왕모가 이를 불쌍히 여기사 차마 서로 떠나지 못하여 이끌고 안고 가르치셔 달래어 하여금 외가에서 기르시니 십 세 이전은 일찍 곁을 떠나지 않으시니 은혜와 사랑이 모여 이미 깊으되 백에 하나를 갚지 못하니 비록 무상하나 어찌 걸리고 맺히지 않으리오!

친할머니가 돌아가셨어도 이렇게 곡진한 슬픔을 형상화하기란 쉽지 않을 것이다. 하물며 18세의 나이로 성인도 쉽게 표현할 수 없는 至痛

의 정을 오롯하게 그려냈기에 박남수 문학의 독창성과 우수성이 자연적으로 입증된다. 은혜와 사랑이 모여 이미 깊으나 백에 하나를 갚지 못하였으니 어찌 걸리고 맺히지 않겠느냐고 號哭 하였다. 애통한 정을 이보다 더 핍진하게 형상화할 수 있겠는가? 진정으로 마음속에서 울어 나온 뜨거운 효성의 눈물을 형상화한 것이다.

이 제문에서 18세기 사대부가의 조상숭배 정신과 명당을 찾아 이장을 한 사실을 알 수 있다.

> 왕부 유택은 교하 산소 여혈이시되 능히 동폄치 못하기로 술서 길치 못하다함이라. 이에 권도는 탄포 산록에 지내고 팔년을 구산함에 구씨 힘을 탄갈하여 이에 새 산소를 점득하니 포천 쌍곡이라. 비로소 합폄하여 부좌함을 경영하여 함께 광중을 열어 붉은 명정이 앞하며 뒤하며 가시니 거의 영백을 위로하실 것이요. 구모의 관이 좇으니 또한 개장함으로써이라.

위의 내용에서 18세기 사대부가에서 풍수지리설을 신봉했음이 나타나 있다. 박남수의 외삼촌 李英教가 8년 동안 힘을 들인 끝에 抱川 雙谷의 明堂으로 외조부와 외조모의 산소를 함께 이장한 효성을 알 수 있다. 이영교는 양자인데도(외조부 家系圖 참조) 養父母의 산소를 좋은 명당으로 이장하기 위하여 8년 동안 名山을 구하러 다닌 지극한 효자였다. 우리는 이 제문을 통하여 작자의 효성과 함께 이영교의 효성을 통하여 先人들의 조상숭배 사상이 얼마나 철저했는가를 느낄 수 있다.

> 모씨(母氏)는 관을 붙들고 소자는 잔을 드리니 어둡지 아니하신 존영이 거의 혹 위로하고 가득하여 하실 듯 하되 오호라! 왕모 기꺼이 대접하오심을 보지 못하니 얼굴 길이 감추이고 경해 또 적적한지라!
>
> 눈물을 거두고 절하며 어렴풋이 거의 뵈올 듯하니 망망한 하늘과 땅을 부앙하며 설움이 심하도다.

위의 인용문에서 외조모에 대한 추모의 정과 영혼을 위로하는 지극한 효성이 구구절절 나타나 있다. 어릴 적 외조모의 사랑과 교육을 잊지 못하고 묘를 이장할 때 靈柩에 글로 고하였던 박남수는 한글 제문을 한문으로 옮겨 그의 문집에 수록하였다.[15)]

요즈음과 같은 핵가족 시대에 살고 있는 청소년들에게, 외할머니의 은공을 잊지 않고 219년(1994년 현재) 전에 18세의 외손자가 제문을 지어 산소를 이장할 때 靈柩 앞에서 경건하게 잔을 올리고 읽었음을 가르친다면 경노효친 사상을 고취시키는 데 커다란 효과가 있을 것이다. 좋은 시는 시를 읽고 나서도 오랫동안 가슴과 뇌리에 시의 향기가 남아있듯이 명문도 읽고 나면 가슴을 찡하게 울리고 여운이 남아 있기 마련이다. 山寺에 있는 종을 울리면 종을 치는 행위가 끝났어도 종소리는 은은하게 산골짜기를 휘돌아 퍼지는 이치와 같다. 박남수의 제문을 읽으면 바로 悲哀悽切한 情操와 문학의 향기가 뇌리 속에 오래 남아 있게 된다. 이 제문을 읽고 여운과 향기가 오래 남아있어 잊혀지지 않는 것

---

15)『修隅前集』二, 卷3,「祭外祖母申氏」乙未.
"維外王母, 既仁且德. 仁胡不壽, 德胡無福. 天實難諶, 理亦莫測. 昔我外氏, 喪威存酷. 爰及壬子, 王父易簀. 是時王母, 年未二十. 我母在褓, 呱呱啼泣. 從玆以往, 宗祀無托. 王母靡解, 夙夜警惕. 以禮奉祭, 以敬待客. 巨室宗黨, 既和且睦. 御下有軌, 撫存婢僕. 村謳里婆, 亦誦惠澤. 子我舅氏, 止慈鞠育. 既成且長, 孝友是極. 忠告以養, 恰愉之色. 莞爾含飴, 其報庶食. 天奪其年, 未洽周甲. 夙遭喪禍, 風驟雨急. 憂慮內煎, 榮衛外樂. 遽爾違世, 外氏無祿. 于時小子, 幼且多疾. 喪未即奔, 始參成服. 至情慟哀, 腸摧肝蝕. 小子多戾, 嚴顔未識. 王母恤之, 未忍暫釋. 提抱教誘, 長於外宅. 十歲以前, 不曾離側. 鍾愛至恩, 百無報一. 王父若防, 交山餘穴. 未能同窆, 術云不吉. 乃襄權厝, 炭浦之麓. 八年求山, 舅氏殫力. 爰占新屯, 堅城雙谷. 始營合附, 俱啓空空. 丹旐後先, 庶慰靈魄. 母子來哭, 懸棺前夕. 母氏憑柩, 小子獻酌. 茫茫穹壤, 俯仰慟哭."

한글 제문의 제①단 "셰ᄎᆞ 을미 ᄉᆞ월 이십뉵일 계묘는……글노ᄡᅧ 울고 영결ᄒᆞ야 ᄀᆞᆯ오ᄃᆡ"와, 제②단의 "오호ᄋᆡ지라"와, 제⑥단의 "비록 무상ᄒᆞ나 엇디 걸니이고 ᄆᆡ치이디 아니 ᄒᆞ리요"와, 마지막 단락의 끝인 "오호ᄋᆡ지 샹향"을 생략하고 한문으로 옮긴 것이다. 한역한 부분과 한글 제문과 일치되지 않은 곳이 약간 있으나 大義에는 변함이 없다. 한문 제문도 명문이 아닐 수 없다.

은, 인간의 원초적 성정과 지극한 효성을 진솔하게 토로한 명문이기에 우리들의 삶을 뒤돌아보게 하고 찌든 영혼을 淸澄하게 하기 때문이다.

8. 朴南壽 한글 祭文의 文學史的 意義
— 結語를 兼하여 —

인간의 성정을 형상화한 문장에서 뜨거운 눈물과 시리도록 아픈 가슴을 그려낸 것 중 제문 만한 것이 없다. 제문은 산 사람이 죽은 자의 영혼에 告由하는 글이기에 운명한 사람이 사랑하는 가족이라면 그 내용이 한결 애절하고 비통하여 눈물짓게 한다.

필자는 최근에 정조 때 성균진사인 박남수(1758~1787, 향년 30)가 18세 때인 1775년(영조 51)에 지은 한글 제문 2편을 발굴하여 분석하였다. 이를 요약하여 결어로 삼는다.

① 진사 박남수는 貫鄕이 潘南朴氏로 벼슬이 대대로 이어져온 명문의 후손이다. 아버지 朴相冕은 사간원 正言을 역임하고 28세로 세상을 떠났다. 부친 사후 7朔 만에 遺腹子로 태어난 그는 성균진사시에 장원하였다. 正祖의 寵遇를 받아 布衣로 入侍할 정도였다. 그러나 과거에 오르지 못한 채 불행하게도 30세로 일찍 세상을 떠났다. 그의 성품은 강직하였고 호방하였다. 太學掌議時에 討逆上疏를 올리고 보고도 하지 않은 채 성균관을 떠난 강직함이 있었다. 또한 복숭아꽃이 지면 복어국을 먹지 않는다는 금기를 깨고 먹은 후, 선비가 節義를 지켜 죽지 못한다면 차라리 복어국을 먹고 죽는 것이 녹록하게 사느니 보다 낫다고 한 호방한 면이 있었다. 그의 유고인 『修隅前集』과 필자가 이번에 발굴한 한글 제문 2편은 18세기 조선왕조 한문문학 및 한글 문학을 이해하

는데 귀중한 자료이다.

② 박남수의 문학은 뛰어나 당시 문단에 그의 시가 가장 많이 회자되었다. 그가 추구한 문학은 性情之正의 구현이었다. 당대의 문장가인 燕岩 朴趾源과 후일 영의정이 된 南公轍과 조선조 문장의 後四家로 불리우는 李德懋·朴齊家 등과 교유하였다. 박지원은 박남수의 문장은 唐宋의 骨髓가 남아 있고 시는 杜甫와 李白의 법도가 있다고 하였고, 남공철은 박남수의 문학이 당시 가장 걸출하였다고 높이 평가하였다.

③ 박남수는 古文第一論者였다. 秦漢과 唐宋의 문장의 祖宗이자 원류임을 밝혔고 明末元淸의 雜家를 배척하였다. 그는 박지원이 읽고 있던 『열하일기』가 패관기서라서 고문부흥에 도움이 못된다고 촛불로 태우려고 하였을만큼 뚜렷한 문학관을 가지고 있었던 유가의 전형적인 고문제일주의자였다.

④ 1775년(영조 51년)에 박남수가 18세 때 지은 한글제문 2편은 그의 문집에 수록되어 있지 않으나 독자의 심금을 울리는 명문이다. 그의 친필본 한글 제문인 「을미구월졔문」과 「을미ᄉ월지동포쳔장ᄉ졔문」 2편의 발굴로 인하여 우리 국문학사에 哀祭文學의 새로운 章을 더하게 되었다.

⑤ 「을미구월졔문」은 작가의 첫 부인 韓山李氏(1757~1775)와는 네 살 때 양가의 어른들에 의하여 혼인이 언약되었는데, 부인이 된 이씨는 당시 다섯 살이었다. 10년 후 결혼하여 부부가 된 지 5년만에 부인이 19세로 운명하였다. 발인 하루 전 저녁 奠에 告한 눈물겨운 사연이 담겨져 있다. 제문은 壯紙로 小帖子를 만들어 쓴 것으로 124행, 총 2,078자의 한글 제문이다. 모두 28폭인데 한 폭의 길이는 23.7cm×6.6cm이다. 특히 이 제문은 과거의 회상과 현재의 슬픔과 미래의 허망함으로 구성되었고 유려한 문체와 문학성이 뛰어나 애제문의 白眉가 아닐 수 없다.

⑥ 「을미ᄉ월지동포쳔장ᄉ졔문」은 외할머니 平山申氏가 운명한지 8

년 후 抱川 雙谷으로 이장할 때에 靈柩에 고유한 것이다. 역시 壯紙로 소첩자를 만들어 썼는데 63행으로 총 1,087자이다. 외할머니의 은공과 사랑을 못잊어 하며 추모한 제문이다. 크기는 앞의 것과 같다.

⑦ 2편 모두 유려한 문체와 문학성이 뛰어나 우리 문학의 애제문학사를 보완할 수 있게 되었다. 현재까지 학계에 보고된 한글 제문은 모두 3편이 있다. 즉 肅宗이 1701년에 仁顯王后(1667~1701)의 죽음을 애도하여 쓴 것과, 尹塾(1734~1797)이 부인 延安 李氏의 朞年喪을 맞아 1773년에 쓴 「정경부인이씨제문」과, 純祖年間(1800~1834)에 兪氏夫人이 쓴 「弔針文」이 있다. 그러나 박남수의 한글 제문이 내용이나 문학성이 가장 뛰어나다.

두 편의 제문에 내재된 인륜의 곡진한 정을 형상화한 부분의 일부를 통하여 수사적 우수성과 문학성의 빼어남을 보자. "지어미 상사에 그 지아비 슬퍼함은 인지상정이라" 하고 조강지처를 잃은 18세 홀아비의 한과 눈물을 구슬을 꿰듯 구구절절 엮었다. 한 점의 혈육도 남김없이 자신만을 남기고 떠나간 부인을 임종도 못하였기에 다음과 같이 悼亡의 슬픔을 토로하였다.

> 이제 그대 상사가 겨우 열 아홉이요 강보에 한 우는 아이 없는지라! 오직 나의 슬퍼함이 그 가히 옐으랴!……상석에 누워 그대 마지막을 보지 못하고 염전에 겨우 한번 울고 다만 성복을 참예하니 칠월 적은 그믐 한번 봄이 문득 이 세상 백년 영결이 되니 이것이 나의 평생 슬픔이요 그댄들 구원의 한이 없으랴!

백년해로하며 아들 두며 딸 낳기를 기약하였으나 이제는 지킬 수 없는 약속이 되었기에 뜨거운 눈물을 뿌렸다. 어느 구절 하나라도 눈물로 먹을 갈아 쓰지 않은 곳이 없건마는 다음 구절은 悲惻을 금할 수가 없다.

오호 애재라! 그대 방에 들어가니 병풍과 장과 기용 즙물이 벌려 있음이 전과 같으되 적적한 빈방에 다만 한 널이 있고 그대 홀로 있지 아니한지라. 슬픔을 다하여 한번 울매 두 소매 아롱지는지라. 슬프다! 그대 즙물을 어느 아들에게 끼치며 어느 딸에게 전할고?

이들 부부의 지고지순한 사랑이 부인의 죽음으로 단절되자 피를 토하듯 쏟아낸 명문이다. 작자가 18세에 상처하고 쓴 글인데 열 여덟은 요즈음 고등학교 2학년에 해당하는 나이이다. 이토록 슬프면서 아름다운 제문을 18세의 소년이 지었다고 누가 이를 믿겠는가? 이 한가지만 보아도 우리 祖先들의 학문의 깊이와 교육수준이 높았음을 알 수 있다. 219년 전(1994년 현재)에 열 여덟 살의 박남수가 性情之正을 훌륭하게 형상화한 제문을 통하여, 현재 입시위주의 우리 나라 중등교육의 문제점을 반성할 필요가 있다.

박남수는 부인 한산 이씨가 운명한지 만 8년이 되는 날 이번에는 한문으로 「告亡室李氏墓文」을 지어 추모하였는데 눈물겨운 비애의 情操는 한글 제문과 일치한다. 「墓文」에서 "아들이 없다고 잊고 세월이 오래되었다고 잊어버릴 것 같으면 점점 잊게 되어 한 세상을 두루 돌아보아도 그대를 잊지 못하는 자 누가 있겠느뇨? 내 이런 까닭으로 잊을 수가 없소"라고 하였다. 부인을 여의고 비통한 심정을 한글 제문에서 유려한 문장으로 그려냈고, 8년이 지난 후 墓文을 지어 지어미를 잊지 못하는 추모의 정을 형상화하여 18세기 애제문학의 수준을 격상시켰다.

외할머니의 산소를 移葬할 적에 靈柩에 고한 제문은 효성의 지극함과 사모의 정이 눈물겨울 뿐만 아니라 문학성도 뛰어나다. "소자가 죄려가 많아 엄안을 모르는 지라. 왕모가 이를 불쌍히 여기사 차마 서로 떠나지 못하여 이끌고 안고 가르쳐서 달래어 하여금 외가에서 기르시니 십세 이전은 일찍 곁을 떠나지" 않으셨음을 상기하고, "은혜와 사랑이 모여 이미 깊으되 백에 하나를 갚지 못하니 어찌 걸리고 맺히지 않으리오"라고 하였다. 외할머니에 대한 은혜를 잊지 못하는 마음과 이를 갚지 못하는 애통함을 곡진하게 형상화한 뛰어난 작품이다.

⑧ 박남수의 두 편의 한글 제문을 통하여 우리는 문예부흥기인 영정조 시대 한글 문학의 수준이 매우 높았음을 알 수 있다. 본고에서는 다루지는 않았으나 2편의 한글 제문은 18세기 우리 국어사를 연구하는데 귀중한 자료이다.

⑨ 2편의 한글 제문을 통하여 조선 후기 사대부 가문의 결혼풍속과 생활상과 윤리도덕 및 장례절차와 민속 등의 일단을 알 수 있다. 즉 당시 사대부 가문에서는 4~5세 된 남녀 어린이의 장래(配匹)를 양가 어른들이 婚約하여 결정되었음과, 초상이 나면 달(月)을 넘겨 踰月葬으로 하였고, 풍수지리설를 믿어 術書에 山所가 吉한 곳이 아니라 하여 명당을 찾아 이장한 점과, 한글 제문을 지어 靈前과 靈柩에 고한 사실이다.

⑩ 사대부의 후손인 작자가 한문으로 제문을 짓지 않고 파격적으로 한글 제문을 지었다는 점이다. 이는 고인에게 난해한 한문 제문보다는 알아듣기 쉬운 한글로 제문을 지어 애통한 정을 고하려는 깊은 배려가 아닐 수 없다.

⑪ 본고에서 언급하지 않았으나 2편의 제문은 글씨가 達筆이자, 명필로서 한글 서예사를 연구하는데 기여가 있을 것이다.

⑫ 박남수의 한글 제문은 교육적 차원에서도 매우 가치가 있다. 고등학교 국어과 교재에 수록된 肅宗이 1701년 仁顯王后의 죽음을 슬퍼하여 쓴 한글 제문과, 純祖(재위 1800~1834) 때 兪氏夫人이 쓴 부러진 바늘을 의인화하여 쓴 「弔針文」보다도 박남수의 한글 제문은 문학성이 뛰어난 白眉이자 교육적 가치가 월등하게 높다.

2편의 한글 제문을 고등학교 교재에 수록하여 이를 청소년들에게 가르친다면 교육적 효과가 지대할 것이다. 부부의 道가 옛날과 같지 않은 요즈음 先人들의 부부애와 윤리를 교육시키고, 敬老孝親 정신이 퇴색한 현실에서 외할머니의 은공을 잊지 못한 외손자의 지극한 효성을 가르친다면 교육적 성과가 크고 또한 의의가 있을 것이다.

무엇보다도 이번 박남수가 1775년(영조 51)에 18세의 나이로 쓴 한글 제문 2편의 발굴의 의의는 18세기 우리 고전문학에서 애제문학의 위상을 크게 격상시킨 최고의 걸작이자 白眉를 찾아냈다는 점이다.

〔*「을미구월제문」과「을미ᄉ월지동포쳔장ᄉ제문」의 원문을 영인하여 부록함.〕

(『省谷論叢』, 第25輯 上卷, 省谷學術文化財團, 1994, 6)

을미구월제문

을미ᄉᆞ월ᄌᆡ동포쳔장ᄉᆞ제문

을스 8 - 8

을ᄉ 8 - 7

을스 8 - 6

을스 8 - 5

을ᄉ 8 - 4

을ᄉᆞ 8 - 3

라 인ᄂᆞᆫ ᄒᆞ고 업ᄉᆞ디 쥬글 몯ᄒᆞ며 덕이 이ᄉᆞ고 엇
지 복이 업ᄉᆞ신고 하ᄂᆞᆯ을 ᄯᅩᄒᆞᆫ 아다 몯ᄒᆞᆯ
거시오니 가ᄯᅩᄒᆞᆫ 족냥티 몯ᄒᆞᆯ 거시로다 녜
우리 외가에 상ᄉᆞ의 어미 겁포ᄭᅩ디니 이
에 닐ᄂᆞᆫ 어미 되 왕녀 상ᄉᆡᆼᄒᆞ신디라 이셰 베
왕모 뎐셰 이셔 ᄇᆡ어 몯ᄒᆞ야셔 시ᄅᆞᆯ 우리 무친이 강
부뫼 이셔 울시ᄒᆞᆯ ᄃᆞᆺ히 ᄒᆞ오되. 이ᄅᆞᆫ 부뫼 가셰
중션의 탁ᄒᆞᆯ 뫼 어버ᄉᆞᆫ이 ᄡᆞᆫ홀 ᄃᆞᄒᆞ티어 ᄡᆞᆫ홀

을스 8 - 2

셰ᄎᆞ을미ᄉᆞ월이십뉵일계묘ᄂᆞᆫ우리
외왕모뎡산신시 녕구가고하탄포녓
산소로브터외다시포쳔ᄡᅡᆼ곡신복ᄒᆞᆫ
ᄃᆡ장ᄉᆞ디내ᄂᆞᆫ날이라ᄒᆞᄅᆞ젼이임인에
외손반남박남슈ᄂᆞᆫ모씨ᄅᆞᆯ뫼시고산하
에와모도여삼가쥬과의뎐을ᄀᆞ초와글
노ᄡᅥ울고명졀ᄒᆞ야글오ᄃᆡ오호ᄋᆡᄌᆡ라
우리 왕모ᄂᆞᆫ임의어질고ᄯᅩ덕이잇ᄂᆞᆫᄃᆡ

을ᄉᆞ 8 - 1

간졀ᄒᆞ니ᄃᆞ지ᄇᆞ어ᄅᆞᆫ이다 일ᄏᆞᄅᆞᄃᆞ덕올 싸
복을바드리라ᄒᆞ더니이쇠그ᄃᆞ나ᄒᆞᆯ누리미
이십이못ᄒᆞ고년젼의낙ᄐᆡᄒᆞᆫᄒᆞ다 시일괴
ᄯᅢ샹에시침이업ᄉᆞ니십ᄀᆞ년자ᄎᆈ가진실
노ᄉᆞᆷ가온ᄃᆡ ᄉᆞᆷᄀᆞᆺᄐᆞᆫ디라 ᄉᆞᆯ프다ᄃᆞ어ᄒᆡ디난
ᄒᆞᄂᆞᆫᄒᆞ온조각ᄆᆞ른나모밧ᄉᆞ거ᄉᆞᆫᄒᆞ은ᄃᆞ시가려비
길ᄃᆡ업ᄉᆞ리니이어인터니고비록날노더브러
인연이열ᄋᆞ나그어이ᄲᅧ기리갑ᄒᆞᆷ바ᄃᆞᆯ길
ᄒᆞᆯᄉᆞᆫ헛ᄂᆞᆫ고이나의ᄲᅧᄉᆞᆯ프미깁ᄒᆞᆫ배라을
며ᄆᆞᆯ근잔을ᄇᆞ으니거의그니ᄅᆞ러ᄒᆞᆷ향ᄒᆞ올
지어다.

을구 11 - 11

ᄋᆡ적라그ᄃᆡ방에드러가니병풍과쟝과긔용
즙믈이버려이슴이젼ᄀᆞᄐᆞ되젹막ᄒᆞᆫ빈당
에다만ᄒᆞᆫ널이잇고그ᄃᆡ홀노이ᄉᆞ디아니ᄒᆞᄂᆞ
디라슬프믈다ᄒᆞ야ᄒᆞᆫ번울매두ᄉᆞ매어
롱지ᄂᆞᆫ지라슬프다그ᄃᆡ즙믈을어ᄂᆡ아ᄃᆞᆯ의
게시치며어ᄂᆡᄯᆞᆯ의게뎐ᄒᆞᆯ고그슬프믈견ᄃᆡ
디못ᄒᆞ야ᄒᆞ옥므드며ᄒᆞ옥블술오더ᄀᆞᆺ마다업
시ᄒᆞ지못ᄒᆞ야겨ᄐᆡ려ᄂᆞᆫ동병풍과봉삭이녀
로ᄅᆞᆯ그ᄃᆡ무덤ᄀᆞ묘마ᄀᆡ에드ᄂᆡ어오ᄅᆡ뎐ᄒᆞ믈
ᄒᆞ랴ᄒᆞ니이ᄯᅩᄒᆞᆫ슬픔의심ᄒᆞ미라ᄆᆞᄋᆞᆷ오
ᄒᆡ적라그ᄃᆡ용뫼단졍ᄒᆞ며조ᄃᆞᆼᄒᆞ고미목
이아ᄅᆞᆷ다ᄇᆞᆸ고온화ᄒᆞ고두텁고말ᄉᆞᆷ이젹고

을구 11 - 10

직라올렴간졀ᄒᆞᄂᆞᆫ 공옹진이 비록 변변ᄒᆞᆫ
라니ᄅᆞ 나사ᄅᆞᆷ마다 알터 아니리 업고 알ᄂᆞᆫ ᄒᆞᆫ
매반ᄃᆞ시 ᄌᆞᆨᄂᆞᆫ 도리 업ᄂᆞᆫ디라 그ᄃᆡ 병젼에 세
겸나고 ᄉᆡ의 영결ᄒᆞᄂᆞᆫ 셔친 편지ᄅᆞᆯ 속과ᄒᆞᆫ
ᄒᆞᆨ에 비로소 샹졔의 어더우리 모지셔록 더ᄒᆞ야
ᄒᆞᆫ번 울고 각〻 그곳에 뎐ᄒᆞ니 그ᄃᆡ 비록 총
명ᄒᆞ고 혀혈ᄒᆞ나 엇디 능히 뎐명을 아라
시며 임의 셰 형ᄉᆡ와 영졀ᄒᆞ온 족 업ᄉᆞ지 ᄒᆞ여곰
미리 알게 아니ᄒᆞ엿ᄂᆞᆫ고 이내의 뎐셩이 소활
ᄒᆞ야 ᄯᅳᆺ에 나로ᄃᆡ 족곡 경셔ᄅᆞ 미ᄉᆞ지 아닐가 넉
이몰 말미암아 그러ᄒᆞ미니 이내의 참혹히
넉이며 셜워ᄒᆞ며 더옥 늣우ᄉᆞᄂᆞᆫ 배라 오호

을구 11 - 9

이ᄂᆞᆫᄒᆞᆫ셩셰예죄인이라ᄃᆞᄅᆞ나쳥와샹이계시다ᄒᆞ더오ᄒᆞ려ᄒᆞᆫ번뵈ᄋᆞᆸ디못ᄒᆞ니이둥심의ᄒᆞᆫ이되ᄂᆞᆫ디라어ᄉᆞ디ᄒᆞ야ᄡᅥᄒᆞᆫ번친질분용모ᄅᆞᆯ뵈ᄋᆞ올고ᄒᆞ여ᄂᆞᆯ내이에ᄂᆞᆫ믈을거두고ᄡᅥᄃᆡ답ᄒᆞ여ᄀᆞᆯ오ᄃᆡ올저오ᄅᆞᆯ거졔ᄉᆞ의옴겨ᄉᆞ당에봉안ᄒᆞ고뎌ᄒᆞ니그ᄃᆡ가ᄒᆡ고ᄃᆡ여졈비ᄒᆞᄆᆞᆯ어드리라ᄒᆞ고이ᄂᆞᆫᄒᆞ야더브러셔ᄅᆞᆫᄃᆞᄒᆞ야ᄂᆞᆫ믈을ᄒᆞᆯ니고파ᄒᆞ여ᄉᆞ더니이쳬ᄒᆞᆯ일업ᄂᆞᆫ디라이졔나ᄅᆞ러셩각ᄒᆞ니ᄉᆞ로셰샹의머믈미오라디아ᄂᆞᆯ조ᄅᆞᆯ알고ᄃᆞ이슬흔말을ᄒᆞ여ᄉᆞ던가이예가ᄒᆡ평일ᄒᆞ효셩을알니며ᄯᅩᄒᆞᆫ엇지슬퍼가련ᄒᆞ매심ᄒᆞ미아니라오ᄒᆞ오믜

을구 11 - 8

ᄒᆞ니칠월념근그믐ᄒᆞᄅᆞᆫ번보미ᄆᆞᆫ득이ᄢᅴ
샹벽ᄂᆡ영결이되니이ᄂᆡ의평ᄉᆡᆼ슬ᄑᆞᆷ
요그ᄃᆞᆫ들ᄀᆞ원근의ᄒᆞᆫ이업ᄉᆞ라ᄎᆞ상ᄡᅧᆷ졀
에니ᄅᆞ러ᄂᆞᆫ오직왕부와ᄌᆞᄲᅧ지정을곡진
이ᄒᆞᆼ물험ᄢᅧ오직ᄃᆞ터옵좃기예ᄯᅳᆺᄒᆞ야쳥
과녜문이이ᄌᆞ러지미업ᄉᆞ니거의기리간
쟈의ᄆᆞᄋᆞᆷ은의로ᄒᆞ려니와산사ᄅᆞᆷ의ᄆᆞᄋᆞᆷ
은ᄒᆞᆫ갓더옥ᄆᆞᆨ이ᄆᆡ치ᄂᆞᆫ도다오ᄒᆞ오위ᄌᆡ
라오ᄅᆞᆯ봄에나와다ᄆᆞᄉᆞ그ᄃᆡ일ᄌᆞᆨ신셰예고단
ᄒᆞ고슬프믈의논ᄒᆞ다가그ᄃᆡᄒᆞ올연이ᄎᆔ연
ᄒᆞ야날ᄃᆞ려닐너ᄀᆞᄅᆞ되ᄂᆡᄆᆡ양지통을품
은사ᄅᆞᆷ으로ᄡᅥ또ᄌᆞᆫᄀᆞ얼굴을아다못ᄒᆞ니

을ᄂᆞᆯ 을ᄂᆞᆯ디라 그ᄃᆡ 괴질노 ᄡᅱ 회양ᄒᆞ ᄆᆞᄅᆞᆫ어
덧더나 올ᄒᆞ올 병은 일시도 ᄂᆞᆫ 괴은이 나죡
ᄒᆡ기 ᄇᆞ허근 심ᄆᆞ티 아ᄂᆞᆯ거시오 약이로도 리ᄒᆞ여
다ᄉᆞ림이 져년 겨ᄋᆞᆯ의 셕더ᄒᆞ니 이 쥐어ᄉᆞ
디니지 못ᄒᆞ야 우리어버이게 셜우믈 셧ᄉᆞᆸ
ᄂᆞ뇨 봥ᄇᆡ와 다못 ᄌᆞ쳔이 ᄉᆞᆯ허ᄒᆞ시미 과
도ᄒᆞ야 신관이 패ᄒᆞ매 니ᄅᆞ시니 그ᄃᆡ 마ᄂᆞᆫ 일
아ᄅᆞᆷ이 이시면 그ᄃᆡ 완슌ᄒᆞᆫ ᄌᆞ효 셩으로 ᄡᅥ능
ᄒᆡ 병ᄒᆞᆫ 듕에 근심ᄒᆞ며 비쳑ᄒᆞ지 아니ᄒᆞ랴 내
ᄯᅩᄒᆞᆫ ᄒᆞᆼ지ᄋᆞᆯ 지내미오 라지 아닌디라 오히
려 상셕의 누어 그ᄃᆡ ᄆᆞᄌᆞᄆᆞᆯ 보디 못ᄒᆞ고 념
젼의 재요ᄒᆞᆫ ᄇᆡᆫ 올고다 만셩복을 참며

을구 11 - 6

고망극ᄒᆞᆫ졍희외글오직부ᄇᆡᆨ서ᄅᆞ아니가련
여싱이쟝ᄎᆞᆺ뜻이잇ᄂᆞᆫᄃᆞᆺᄒᆞ야거의ᄇᆡᆨ년
ᄒᆡ로ᄒᆞ여아ᄃᆞᆯ두며ᄯᆞᆯ나기ᄅᆞᆯ긔약ᄒᆞ더니
유〻ᄒᆞᆫ챵현아이어인사ᄅᆞᆷ고오호이뎌라
오직우리왕부와편친이그ᄃᆡᄉᆞ랑ᄒᆞ믈ᄯᆞᆯ
긋쳐ᄒᆞ더듕히넉이ᄂᆞᆫ뜻은더ᄒᆞ미잇ᄉᆞ고
우리무ᄉᆞ누의그ᄃᆡ로더브러우ᄋᆡᄒᆞ미지극히도
타와골육의감ᄒᆞ미업ᄂᆞᆫ디라져녀ᄂᆞᆫ경을
의그ᄃᆡ병ᄃᆞᆯ매온지집이황〻ᄒᆞ야의원을마
ᄌᆞ며약을믈으믄왕ᄇᆡᆨ친히슈고ᄒᆞ시고
음식으로됴리ᄒᆞ며져료ᄒᆞ기ᄂᆞᆫ편친이손조
ᄒᆞ샤안파ᄉᆞ기트ᄂᆞᆫᄃᆞ시근심ᄒᆞ나죡히감동

을구 11 - 5

가실노서ᄅᆞᆺ의지ᄒᆞ며곰술이서ᄅᆞ골ᄂᆡ이제
너ᄅᆞ미다ᄉᆞᆺᄒᆡ예그ᄃᆡ엇디열아홉에요절
ᄒᆞ야날노ᄒᆞ야곰십팔셰환빅되게ᄒᆞ엿
ᄂᆞ뇨그ᄃᆡ팔ᄌᆞ가하슬프고내의ᄒᆞᄒᆞ야가련
ᄒᆞ미ᄂᆞᆷ의게업ᄉᆞᆫ배ᄀᆞᆺᄐᆞ니쳐엄의엇디
인연이잇ᄉᆞ다가이졔엇디ᄒᆞ올ᄒᆞ뇨도라입
의디난일을셩각ᄒᆞ니다만ᄒᆞᆫ쥰믕이
라밤가온ᄃᆡᄌᆞᆷ이업ᄉᆞ매엇디슬프믈견ᄃᆡ
리요오ᄒᆞ오의져라나와다ᄆᆞᆺ그ᄃᆡ하ᄂᆞᆯᄭᅴ죄
ᄅᆞᆯ어더나ᄂᆞᆫ나셔엄친의얼골을아디
못ᄒᆞ고그ᄃᆡᄂᆞᆫᄯᅥ희ᄯᅥ러져ᄂᆞ지도ᄅᆞᆯ시못ᄒᆞ
야ᄯᅩᄒᆞᆫᄌᆞ친을일허각각만고유ᄒᆞᆫ을ᄑᆞᆷ

ᄒᆞᆷ애그치기예다나다아니커니와슈도못ᄒᆞ
고아ᄃᆞᆯ업시죽은쟈ᄂᆞᆫ어ᄉᆞ지슬허가련ᄒᆞ며
참혹히녁여셜워ᄒᆞ미심치아니ᄒᆞ리요
그런고로산사ᄅᆞᆷ의슬허ᄒᆞ미죽으니ᄅᆞᆯ
ᄯᆞᆯ와여ᄉᆞ듯ᄒᆞ며깁ᄂᆞ니이제그ᄃᆡ의상셔제요
열아홉이요또ᄒᆞᆫ강보의ᄒᆞᆫ므ᄂᆞᆫ아희업
ᄂᆞᆫ디라오직나의슬허ᄒᆞ미그가히여ᄉᆞ드랴
오호애재라녜ᄅᆞᆯ조차ᄉᆡᆼ각ᄒᆞ니그ᄃᆡᄂᆞᆫ계
요다ᄉᆞᆺ설이요나ᄂᆞᆫ계요네설의두집이ᄒᆞᆫ
인을어ᄂᆞᆫ약ᄒᆞ야열ᄒᆞᄅᆞᆯ셔ᄅᆞ기ᄃᆞ려시ᄂᆞᆫ모ᄃᆞᆼ
하에비로소친영ᄒᆞ니그ᄯᆡ예그ᄃᆡ나흔열다
ᄉᆞ시오내나흔열네히다다유튱ᄒᆞ므로ᄡᅥ

아비되며지어미되믄연ᄇᆞᆫ이오ᄒᆞᆫ번나매
ᄒᆞᆫ번죽으믄뎐니라그러나니예뎌ᄉᆞᄒᆞ며
변ᄒᆞ미이시매연분이ᄯᅳᆯ와셔ᄅᆞ며기ᄂᆞᆫ
디라비록니ᄅᆞᆯᄉᆞ믓가이아ᄂᆞᆫ근ᄌᆞ라도그지
어믜상ᄉᆞ의그지아비ᄉᆞᆯ혀ᄒᆞ미진실노ᄯᅩ
ᄒᆞᆫ인졍이라그러나ᄉᆞᆯ프미엿ᄉᆞ드며기븜
미이시니죽음만셜워ᄒᆞ야미조차ᄉᆡᆼ각
ᄒᆞ믄ᄉᆞᆯ혀ᄒᆞᆷ에엿ᄉᆞ드재요ᄉᆞᆯ펴가려ᄂᆞᆫᄒᆞ여
ᄒᆞ며참ᄒᆞᆷ즉ᄒᆞ리넉여셜워ᄒᆞ믄ᄉᆞᆯ픔의깁
ᄒᆞᆫ재나그ᄉᆞᆯ혀ᄒᆞ믄ᄒᆞᆫ가지나그ᄉᆞᆯ픔되믄
현ᄂᆞᆫ셜이다ᄅᆞ니그러ᄒᆞᆫ즉당슈ᄒᆞ며아ᄃᆞᆯ이ᄉᆞ고
죽으니ᄂᆞᆫ죽음만셜워ᄒᆞ며미조차ᄉᆡᆼ각

망실유인한산니시의장ᄉᆞ를쟝ᄉᆞᄉᆞ어ᄒᆞ외
산션영겻ᄉᆞ좌곳의장ᄉᆞ공을시지아비박
남슈눈을미ᄂᆞᆫ일졀병오삭조일일노ᄡᅧ셔
녁뎐을이ᄂᆞᆫ공야글을자ᄇᆞ고우ᄅᆞ며관아ᄇᆞ회
영결공야글오되오ᄒᆞ오이져라사ᄅᆞᆷ의지

을구 11 - 1

제4부

朝鮮後期 文學論의 理解

正祖의 文體醇正 政策 硏究

朝鮮後期 文學思想의 特性
- 實學派를 중심으로 -

近代轉換期의 士大夫 文學論 硏究

星湖의「百諺解」攷

正祖의 文體醇正 政策 研究

1. 序　論

우리 문학사에서 正祖(재위 1776～1800)의 文體醇正策은 큰 사건이 아닐 수 없다. 그의 문체순정 정책은 조선왕조 개국이래 崇儒重道라는 치세의 기본정책을 가지고 文體回醇의 기치를 내세웠으나, 문학의 신진대사를 거부하여 결론적으로 실패하고 말았다.

국왕의 막강한 권력으로 문학의 進化를 차단하고 明末淸初의 문집과 稗官・叢史・雜書 및 西學書의 유입을 금지시킨 정조의 문체정책은 이유 여하를 막론하고 우리 문화사에 일정한 공백기를 자초하였다 해도 과언이 아니다.

문체는 生物과 같은 것이다. 생물은 萌芽・成長・全盛의 과정을 거쳐 다시 衰落・消滅하는 것처럼 문체는 일정한 기간 많은 창작을 거쳐가는 동안에 所任을 다한 후 생명을 상실하고 시대가 요구하는 新文體로 대체되는 것이다. 이 신진대사의 원리를 문단에서 거부할 수 없듯이 帝王의 힘으로 문체의 진화를 막을 수 없는 것이다.

『書經』과 『詩經』도 三代의 時俗의 文이며 李斯・王羲之의 글씨도 秦・晋 시대의 시속의 글씨라는[1] 명쾌한 朴趾源의 논리를 빌리지 않더라도 시대가 변하면 그 시대의 정서에 맞는 새로운 문체가 생성되기 마련이다. 이러한 문체발달사의 흐름을 인지 못할 정조가 아니었을 것이다. 好學好文의 군주였던 그는 春邸時節은 물론 재위 중에도 일관되게 시대의 변화에 영합하는 문단풍조에 지대한 관심을 가지고 정책적으로 소설의 유행과 新文體의 유행을 규제하였다. 정조의 문체순정 정책의 원인과 문체파동과 영향, 그리고 小說害道論을 살펴보기로 한다.2)

2. 文體醇正 政策의 原因

好學의 군주이자 英名之主였던 弘齋 正祖는 春邸時節부터 經史의 강론을 중요시하였다. 庶政을 대리청정(영조 51년 2월, 1775)하면서부터 문체는 世道와 관계가 있는 만큼 문체를 일변시켜 문풍을 진작시킬 것을 治世의 기본정책으로 삼았다.3)

---

1) 『燕岩集』(景仁文化社 影印, 1974), 「綠天館序」, p.107. "殷誥周雅, 三代之時文, 丞相右軍, 秦晉之俗筆."

2) 정조의 문체반정에 대한 考究는 다각적으로 이루어졌는데 주요한 논문은 다음과 같다. 본고는 아래의 논문에 힘입은 바 크다. 高橋亨, 「弘齋王の文體反正」(『青丘學報』 7, 1932), 李家源, 「燕岩 文學과 文體波動」(『人文科學』 10, 延世大, 1963), 李家源, 「英正代 文壇에서의 對小說的 態度」(『延世大 80周年紀念論文集』, 延世大, 1965), 鄭亨愚, 「正祖의 文藝復興策」(『東方學志』 11, 延世大, 1970), 鄭玉子, 「正祖의 學藝思想」(『韓國學報』 11, 一志社, 1978, 여름), 金相洪, 「茶山의 文體醇正論」(『論文集』 14, 檀國大, 1980), 宋載卲, 「茶山의 文體에 대하여」(『韓國古典散文研究』, 동화문화사, 1981), 金明昊, 『熱河日記研究』(創作과 批評社, 1981), 金血祚, 「燕岩體의 成立과 正祖의 文體反正」(『韓國漢文學研究』 6, 韓國漢文學研究會, 1982), 金聲振, 「朝鮮後期 小品體 散文 研究」(釜山大 博士論文, 1991), 張孝鉉, 「18세기 文體反正에서의 小說論議」(『韓國漢文學研究』 15, 韓國漢文學研究會, 1992)

3) 『조선왕조실록』 44, 『英祖實錄』 권127, 52년 12월 戊午, 19a, p.531. "令曰, 文體關於世道, 可當一變其體. 以策文言之, 虛頭張皇, 全不用力於救設, 如此之文, 當爲拔去矣."

정조는 즉위(1776년) 후에는 당시 유행하던 소설류에서 파생된 雜文體를 배척하고 道文合一論을 주창하였다. 그는 문예부흥책의 하나로 연구기관인 奎章閣을 창설하였고, 『雅頌』, 『朱書百選』 등과 당송팔가문을 선집하여 『八子百選』을 刊印하였고 『史記英選』, 『春秋』, 『五經百篇』 등을 편간하였을 뿐만 아니라 반드시 자신이 誦習하고 이를 일세의 법도로 삼게 하였다.4)

1795년(정조 10) 여름에 정조는 金履永 등의 문체가 回醇이 되는 징조라 하고 자신의 敎令 批旨를 간행하고 『正始文程』이라는 책을 印頒하기도 하였다.5)

정조가 추구했던 문장에서 문학관이 극명하게 나타나 있다. 그는 당시 문단에 典範을 제시하고 스스로 이를 추구하였다.

> 내가 취하는 바는 豐腴하나 叢冗에 흐르지 않고 雄峭하되 粗厲를 잃지 않으며 淸圓하되 浮巧하지 않고 委蛇하나 細瑣한데 병들지 않아야 한다. 지금 세상에 어느 곳에서 얻을 것인가? 나 또한 힘쓰나 능하지 못하다.6)

이상적인 문장이란 ① 豐腴, ② 雄峭, ③ 淸圓, ④ 委蛇한 것이라 하였다. 정조 자신도 이러한 문장의 구현에 힘은 쓰나 능하지 못함을 아쉬워하였다. 道文合一을 추구했던 그는 문장에는 道와 術이 있다 전제하고 이를 구현하는 길을 제시하였다.

> 문장에는 道와 術이 있는데 도는 바르게 하지 않을 수 없는 것이고 술을 삼가 하지 않으면 안 되는 것이다. 문을 배우는 자는 마땅히 六經으로 宗主

---

4) 『弘齋全書』 I, 「春秋完讀日慈宮設饌喜唫示諸臣」 권7, 26 b, p.118.
5) 같은 책 V, 「群書標記」 권184, 9 b ~10 a, p.371.
6) 같은 책 VI, 「日得錄」 권162, 36 b, p.752. "若予之所取者, 豐肥而不流於叢冗, 雄峭而不失於粗厲, 淸圓而不涉於浮巧, 委蛇而不病於細碎. 今之世何處得求. 予亦勉而未能也."

를 삼고 子史로 羽翼하여 上下를 포괄하고 古今을 두루 통하여 마침내 朱子書에서 궁극적으로 만난 후에야 그 辭가 순정하고 도와 술이 差誤가 없을 것이다.[7]

도란 유가의 도를 바르게 하는 것이요 술은 도를 구현하기 위해서 삼가는 것이라 하였다. 문학을 하려면 육경을 宗主로 삼고 子史로 羽翼하여 상하고금을 통달하여 朱子書를 만나야 된다고 보았다. 그런 후에 도와 술이 差誤가 없어서 道文合一이 된다는 논리이다.

정조는 문학을 하는 이유를 다음과 같이 천명하였다.

> 문학을 하는 도는 마땅히 육경에 근본하여 그 벼리를 세우고 諸子書로 우익하여 그 뜻을 지극히 하여야만 한다. 그 의리를 灌漑하고 英華가 발하여 위로는 국가의 盛함을 善鳴하고 아래로는 후세의 모범이 되어 드리워져야 하는 것이니 이것이 작가의 宗旨이다.[8]

문학의 도는 육경으로 벼리를 삼고 제자서로 羽翼하여 여기에 내재된 의리와 英華를 지극히 하고 발하여야 ① 위로는 國家之盛을 善鳴하고, ② 아래로는 後世之範이 될 수 있다는 것이다. ①과 ②가 작가의 宗旨라는 정조의 논리는 崇儒重道에서 나온 醇正文學, 館閣文學만이 지상임을 천명한 것이다.

정조는 고문지상주의자였다. 문장을 古文과 今文으로 구분하고 옛사람의 글(고문)만을 인정하였다.

---

7) 같은 책, 『일득록』 권163, 11 a, p.764. "文章有道有術, 道不可以不正, 術不可以不愼. 學文者, 當宗主六經, 羽翼子史, 抱括上下, 博極今古, 以卒之會極於朱子書, 然後其辭醇正, 而道術庶幾不差誤."

8) 같은 책 Ⅳ, 「日得錄」 권161, 32 a, p.724. "爲文之道, 當本之六經, 以立其綱, 翼以諸子, 以極其趣. 灌之以義理, 發之以英華, 上可以鳴國家之盛, 下可以垂後世之範, 此乃作家宗旨也."

지금 사람들은 모두 고문체재를 해득 못하고 明淸諸家 중 艱棘詭誕한 곳을 배워 가지고 나는 唐을 배웠네 나는 宋을 배웠네 나는 先秦兩漢을 배웠다고 하나 이는 모두 잠꼬대일 뿐이다.…… 대저 고문엔 고문의 程式이 있고 今文엔 금문의 程式이 있다. 六經이 어찌 眞古文이 아니리오. 그러니 한 자 한 구를 가감하거나 다른 곳에서 얻을 수 없는 것이니 繩墨이 근엄한 까닭이다.[9]

六經을 전범으로 삼아 고문을 귀하게 여기고 今文을 천하게 여긴 정조의 문장관은 결국 醇正한 고문만을 인정하고 新文體인 금문은 인정하지 않았다.

정조는 즉위 초부터 조선왕조의 기본이념인 崇儒重道를 재천명하고 이의 회복을 급선무로 삼았다. 이는 당시 朝野間에 팽배해 가는 西學에 대한 대응책으로 衛正斥邪하기 위한 것이다.[10] 崇儒重道에 離反하는 당시의 문체를 통치적 차원에서 방관할 수 없었던 것은 당연한 일이었다. 文體卑下에 대하여 유일한 匡正策으로 "當本之六經"이라 밝히고 위로는 國家之盛을 善鳴하고 아래로는 後世之範이 되어야 한다는 기치를 내세울 수밖에 없었다.

근세에 신학이 생겨나서 모두 性理之書에 종사하지 않으므로 내가 이를 매우 안타깝게 여겼다. 이제 朱書百選을 印布하는 뜻은 그 卷帙을 간소화하여 배우는 자로 하여금 省覽에 편케 하고 致力專念케 하려는데 있다.[11]

---

9) 같은 책 Ⅳ,「日得錄」권161, 31 a ~32 a, p.724. "今人都不解古文體裁, 却就明淸諸家中, 艱棘詭誕處學得怪體來, 便自相詡曰 我學唐, 我學宋, 我先秦兩漢也. 此殆一場夢囈之歸矣.……大抵古文有古文之程式, 今文有今文之程式, 六經豈不是眞古文. 而一句一字加減, 他不得者, 繩墨謹嚴故耳."

10) 같은 책 Ⅰ,「崇儒重道敎」권32, 2a~4a, pp.528~529.

11) 같은 책 Ⅴ,「日得錄」권164, 4b, p.3. "近世新學小生, 多不從事於性理之書, 予甚惜之. 朱書百選之亟令印布, 盖欲簡其卷帙, 使學者便於省覽, 而專於致力也."

성리학의 회복을 위하여 정조는 『朱書百選』을 간행, 致力專念케 하고자 하였다. 正學인 경학이 자신의 시대에 西學과 雜學에 의하여 빛이 퇴색하는 조짐을 보이자 제왕으로서 방관할 수가 없어 『주서백선』을 정책적으로 간행한 것이다.

> 邪學이 橫流하는 까닭은 正學이 불명한 데서 연유한 것이니 정학을 밝히기 위해서는 朱子를 존숭하는 것보다 더 급한 것이 없다.[12)]

正學은 무엇인가? 바로 經學이다. 정조는 文이 실용에 해당되지 않으면 안 하는 것만 못하다고 하였으며,[13)] 儒者는 實功·實德에 힘 쓸 뿐이라 하였다.[14)] 實用·實地事功·實功·實德은 實用之學 즉 實學을 뜻한다. 당시 조야에서 유행하던 서학은 물론 패관잡서와 考證學도 정학인 경학을 밝히는데 무용한 것으로 인식하였다.[15)]

정조가 正學(경학)의 경전인 육경으로 회귀하기 위하여 성리학을 진흥시키고자 치열하게 노력한 이유는, 미증유의 壬丙兩亂을 겪은 후 풍미하게 된 명말청초의 문집과 패관소설류와 西學, 그리고 北學派의 新文體 등이 崇儒重道에 어긋날 뿐만 아니라 대의명분과 王權을 위협하는 요인이라고 인식하였기 때문이다. 이러한 요인을 척결하기 위해서 정조는 일차적으로 당시 문단에서 유행하던 신문체를 용인하지 않고 문체를 回醇시키고자 하였다. 또한 왕권의 강화라는 지상과제와도 관련이 있다. 時僻派의 치열한 대립으로 인하여 약화된 왕권을 강화하고 궁정과 밀착

---

12) 같은 책 V, 「日得錄」 권165, 5b, p.27. "邪學之橫流, 亦由於正學之不明, 明正學, 莫先於尊朱子."

13) 같은 책 V, 「日得錄」 권164, 14a, p.8.

14) 같은 책 Ⅳ, 「日得錄」 권162, 39a, p.754. "帝王家, 焉用文章爲哉. 務實功實德而已. 予少好文辭, 今甚悔之."

15) 같은 책 Ⅳ, 「日得錄」 권162, 36a, p.752.

된 老論의 정치세력을 견제하기 위함이었다.

崇儒重道라는 조선왕조의 개국이래 통치이념을 보다 견고하게 하기 위하여 복고적이며 보수적인 경학을 옹호하고, 이를 통하여 학풍과 문단을 일신하여 폐단을 匡正하고자 한 것이다. 다시 말하자면 쇠락해 가는 봉건왕조의 명분과 질서를 위협하는 요소를 제거하고 바로잡아 보려는 노력의 일단이었으며 확고한 체제유지를 위한 조치로 볼 수 있다.[16)]

정조의 문체순정책은 단순히 소설의 성행을 막고 유행하던 신문체를 순정한 문체로 回醇시키려는 목적에만 있는 것이 아니라, 왕권의 강화와 체제유지를 위한 목적하에 의도적으로 추진된 것이다.

3. 文體波動과 影響

1) 文體波動

정조는 崇儒重道에 반하는 明末清初의 문집과 패관소설·雜書·西學書 등 외국 서적의 구입을 수 차례에 걸쳐 금지하였다. 1786년(정조 10) 정월에 大司憲 金履素가, 근래 燕京에서 구입하는 책들은 유가의 문자가 아닌 불경한 서적으로, 이로 인하여 邪說(西學)이 유행하니, 이를 엄금하여야 한다는 啓를 올리자 정조는 매우 좋은 의견이라고 批答하였다.[17)]

---

16) 鄭玉子·金血祚의 논문 참조.

17) 『조선왕조실록』 45, 『正祖實錄』 권21, 7ab, p.550. "行大司憲金履素啓言, ……又言近來燕購冊子, 皆非吾儒文字, 率多不經書籍, 左道之熾盛, 邪說之流行, 職由於此. 觀於昨年, 已現露者, 亦可知也. 請另飭灣府書冊之不當購而購來者, 照察嚴禁. 批曰, 所奏甚好, 依爲之."

다음해(1787년) 10월에 명말청조의 문집과 패관잡설은 世道에 해로움이 있고 근래의 문체가 浮輕·噍殺하고 館閣에 大文章이 없는 것은 모두 雜冊이 많이 수입되었기 때문이라고 하고 이의 수입을 금지시켰다.18) 또한 李相璜(1763~1841)과 金祖淳(1765~1831)은 翰院에서 伴直(1787년 10월) 하면서 『唐宋百家小說』과 『平山冷燕』 등을 읽다가 정조에게 발각되었다. 정조는 그들이 보던 책을 불사르게 하고 經傳에 전력하고 잡서를 보지 말 것을 명하였는데, 이상황과 김조순은 그 후로 다시는 패관소설을 보지 않았다는19) 기록에서 보는 바와 같이 패관소설은 禁輸뿐만 아니라 焚書까지 하였다.

정조로서는 숭유중도에 반하고 왕권체제에 부정적인 서학과 대의명분에 반하는 명말청초의 패관소설류의 성행은 통치적 차원에서 중요한 문제가 아닐 수 없었다.

> 서학을 금하고자 하려면 먼저 패관잡기를 금해야 하며, 패관잡기를 금하고자 한다면 먼저 명말청초의 문집을 금지하여야 할 것이다.20)

이는 1791년(신해) 10월의 일이다. 西學과 패관잡서의 성행원인을 원초적으로 명말청초의 문집으로 인식하고 이의 수입을 금지한 것이다. 같은 해 策問 「俗學」에서도, 명말청초의 문집으로 인하여 正學이 쇠퇴

---

18) 『조선왕조실록』 45, 『정조실록』 권24, 34b, p.673. "所謂明末淸初文集及稗官雜說, 尤有害於世道, 觀於近來, 文體浮輕噍殺, 無館閣大手筆者, 皆由於雜冊之多出來, 雖不必設法禁防, 爲使臣者, 若能禁其已甚, 猶賢於蕩然. 此意令使臣知悉, 至於雜術文字, 元亨自中, 別立科條, 期於痛禁."

19) 『조선왕조실록』 46, 『정조실록』 권36, 21b, p.351. "先是, 丁卯年間, 相璜與金祖淳, 伴直翰苑, 取唐宋百家小說及平山冷燕等書以遣閑. 上, 偶使立侍注書, 視相璜所事, 相璜方閱是書, 命取入焚之. 戒兩人專力經典, 勿看雜書. 相璜等自是不敢復看稗官小說."

20) 『조선왕조실록』 46, 『정조실록』 33권, 48b, p.254. "欲禁西學之學, 先從稗官雜記禁之, 欲禁稗官雜記, 先從明末淸初文集禁之."

해 간다고 하였으며,[21] 1795년(을묘)에는 정학이 쇠퇴하여 서학이 만연되었다고 하였다.[22]

1792년(정조 16) 10월에 정조는 冬至使 朴宗岳에게, 요즈음 士風이 漸下되고 문풍이 날로 卑下되었으며, 비록 功令文字를 보아도 稗官小品體를 쓰고 있다는 현실을 개탄하였다. 이러한 당시 문단의 병폐를 발본색원하기 위하여 패관소설을 처음부터 가져오지 못하도록 지시하였다. 이어서 經書·史記라도 唐板과 袖珍本의 구입을 엄금케 하였는데, 이는 당판과 수진본은 누워서 보기가 편하기 때문이라 하였다. 누워서 책을 보는 것은 성인을 모독하는 것이고 異端 曲學의 폐단에 빠지기 쉬우므로 수입을 엄금케 한 것이다.[23]

정조는 말년인 1800년(경신)에도 明季淸初의 문집과 稗官叢史, 雜說文字는 世道를 해치기 때문에 수입을 금지시켰다.[24] 명청문집과 패관잡기의 폐해는 이루 말할 수 없는 만큼, 선비는 문장을 하려면 六經諸子로 족하며, 패관잡기와 같은 浮夸不經之說은 ① 인심을 무너뜨리고, ② 文風을 병들게 하고, ③ 世道에 해악을 끼치기 때문이었다.[25]

수차에 걸친 禁輸 조처는 정조로서는 당연한 것이었다. 崇儒重道에 반하고 반봉건적 요소를 지닌 소설, 즉 『수호전』과 같은 소설류의 성행은 체제유지에 도움이 되기는커녕 오히려 민중의 자각을 일깨우는 촉매 역할을 하여 결과적으로 위협적인 요소가 되었다.

소설의 반봉건성을 洪萬宗(1634~1725)은 다음과 같이 언급하였다.

---

21) 『弘齋全書』 II, 策問 「俗學」(辛亥) 권50, 46a~48b, pp.91~92.
22) 같은 책 I, 「斥邪學教」(乙卯) 권34, 24a~25a, pp.577~578.
23) 『조선왕조실록』 46, 『正祖實錄』 권36, 17ab, p.349.
24) 『弘齋全書』 I, 「使价引」 권11, 42b, p.186. "明季淸初文集及稗官叢史雜說, 有害於世道者, 并與雜術文字, 而別入科條以禁之."
25) 같은 책 IV, 「日得錄」 권162, 3a, p.736. "至於明淸文集及稗官雜記之害, 尤難勝言, 士子必欲爲文, 六經諸子足矣. 浮夸不經之說, 適足以壞人心, 病文風, 害世道耳."

> 오래된 소설 가운데 뛰어나 일컬어진 것으로서 『서유기』·『수호전』 외에 列國·東西漢·齊·魏·五代·唐·南北宋이 각각 演義가 있어 모두 세상에 유통되고 있다. 명나라 말엽에 이르러 여러 문사들이 들뜬 文詞를 숭상하여 공허한 이야기를 엮어서 문득 한 권의 책을 만들어 냈다. 관아에서 장부를 살피는 관원까지도 맡은 일을 등한시하고 新語를 얻는 데 힘써 한가지 소재를 얻은 즉 덧붙이고 늘려서 卷帙을 만든 까닭에 汗牛充棟이 되어 손가락으로 꼽을 수 없다. 한갓 호사자들이 전하여 즐기던 것이 습속을 이루어 서로 흠모하고 본떠서 드디어 世道를 시들게 하고 마침내 종묘사직이 瓦裂되는데까지 이르게 되었다. 마치 晋代 말엽에 淸談으로 세상을 그르친 것과 같으니 탄식할 일이로다.[26]

『서유기』·『수호전』을 비롯한 역대의 演義가 이미 나라 안에 널리 읽혀지고 있음을 말하고, 明末의 소설이 또한 널리 유포되어 관원들이 직무를 태만히 하고 여기에다 새로운 소재를 덧붙여 책을 만들어 汗牛充棟이 되었다고 증언하였다. 이로 인하여 소설을 애독하는 습속이 만연하였다는 것이다. 홍만종은 소설의 폐해를 ① 世道를 시들게 하고, ② 종묘사직을 瓦裂케 하며, ③ 晋代 말엽의 老莊을 추종하던 淸談과 같이 세상을 그르치게 된다고 지적하였다.

정조의 패관소설에 대한 기본적인 시각은 홍만종과 차이가 없다. 정조는 군왕으로서 당연히 『수호전』과 같은 체제 부정적인 소설류의 유입을 금하고 소설체에 나온 신문체의 성행을 차단해야만 하였다.

1792년(정조 16) 10월 정조는 일개 유생인 李鈺의 應製句語가 순전히 명청소설의 신문체를 쓴 것과, 선비들도 이를 답습하는데 놀라움을 금치 못하고, 성균관 유생들에게 日課로 四六文 50首를 짓게 하여 舊體를 頓革한 후에 과거에 나갈 수 있도록 명하였다.[27] 또한 泮試의 시권에

---

26) 洪萬宗, 「旬五志」 下, 太學社 影印, pp.90~91.
27) 『조선왕조실록』 46, 『정조실록』 권36, 17b, p.349.

조금이라도 패관잡서를 썼으면 비록 滿篇珠玉이라도 停擧시키라고 명하였다.[28)]

당시 조정의 大臣은 물론 文臣들까지 소설체의 산문체가 성행하였다. 南公轍은 對策 중에 "古董書畵"라는 4자를 썼다하여 知製教의 직함이 깎이고 自訟文을 지어야만 하였다.[29)] 문체가 순정하지 못하다고 해서 정조로부터 견책을 받고 자송문과 시를 製進토록 명을 받은 사람은 주로 노론계 인물이었는데 남공철 뿐만 아니라 李相璜·沈象奎·金祖淳·尹行恁 등이다. 특히 1792년 11월에 沈象奎(1766~1838)가 자송문을 올리자 정조는 "句讀不接"이라 하여 한글로 번역하고 주해를 붙여 올리라고 명하였다. 심상규는 逐字自註하는 수모를 겪었고, 결국 문체가 난삽하여 熊川縣監으로 좌천되었다.[30)]

정조는 문체반정을 시행하는 과정에서 주로 노론계의 인물들이 순정하지 못한 문체를 사용한다 하여 자송문과 시를 제진케 하자, 1792년 11월에 李東稷이 반격의 상소를 하였다. 이동직은 노론측 뿐만 아니라 정조의 비호를 받고 있는 南人들도 문체가 순정하지 못하다고 하면서 南人의 중추적 인물인 蔡濟恭을 背君負國하고 邪教를 옹호하는 護逆之罪로 성토하였다. 그리고 李家煥의 학문은 이단사설에서 많이 나왔고 文은 오로지 패관소품을 숭상한 것이라고 역공하였다.[31)]

이동직의 상소는 문체반정에 대한 반발이자, 정조의 신임이 두터운 이

---

28) 같은 곳. "上, 謂大司成金方行曰, 泮試試券, 若有一涉於稗官雜記者, 雖滿篇珠玉, 黜置下考, 仍坼其名而停擧, 無所容貸."

29) 『靑莊館全書』, 雅亭遺稿 권7, 「與朴在先齊家書」. "大抵此事, 創始於南直閣對策, 用古董書畵四字, 羨慕中原, 嗜好小說, 爲近日痼弊."

30) 『조선왕조실록』 46. 『正祖實錄』 권36, 16년 11월 戊戌, 24a, p.352. "上曰, 以句讀不接, 命諺飜註解以進, 盖欲困之也. 象奎逐字自註以進, 上, 亟稱其才於筵臣." 같은 책(정조실록), 권36, 권44, 20년 正月, 庚申, 8a, p.626. "特補副校理沈象奎熊川縣監, 以辭疏文體之戛澁云."

31) 같은 책, 36권, 16년 11월, 25a, p.353.

가환을 제거하기 위한 것이었다. 정조는 이동직의 상소에 대하여, 李家煥은 명문가의 출신이나 백년동안 落拓不遇하여 문체가 그렇게 된 것인데, 이는 국가에서 그렇게 만든 것과 다름없다고 옹호하는 입장을 보였다.[32]

문체를 반정하여 醇正한 문체로 회귀시키려 한 정책이 당쟁으로까지 비화되는 조짐을 보이자, 정조는 문체 卑下의 원인이 이가환에게만 있다고 責할 것이 아니라, 박지원의 죄가 더욱 크다고 반박하였다. 정조는 남공철로 하여금 박지원에게 편지를 보내게 하여 『熱河日記』가 세상에 행한 후에 문체가 비하되었으니 結者解之해야 하는 만큼, 박지원은 순정한 글을 지어 『열하일기』에 대한 속죄를 하라고 명하였다.

> 근일에 文風이 이렇게 된 것은 그 근본을 떠져보면 박지원의 죄가 아닌 것이 없다. 내가 열하일기를 熟覽하였으니 어찌 감히 속이겠는가? 그야말로 법망에 빠진 큰 者이다. 열하일기가 세상에 나온 후 문체가 이 모양이 되었으니 마땅히 결자해지 하여야 할 것이다. …… 한 부의 醇正文을 급히 製進하여 열하일기의 죄를 속죄한다면 南行이라도 文任이 될 것이며, 그렇지 않으면 마땅히 중벌을 내릴 것이다.[33]

정조는 이와 같이 박지원에게 회유와 강경한 뜻을 전달하였다. 박지원이 순정문을 짓되 편질이 『열하일기』와 같고 『열하일기』만큼 인구에 회자되어야만 한다 하고 그렇지 못하면 벌을 내릴 것이라고 하였다.[34]

박지원의 『열하일기』를 정조만이 패관소설로 매도한 것이 아니다.

---

32) 같은 책, 같은 곳.

33) 『燕岩集』(경인문화사 영인, 1974) 권3, 「答南直閣公轍書」, 原書附. 12a, p.33. "近日文風之如此, 原其本則莫非朴某之罪也. 熱河日記, 予旣熟覽, 焉敢欺隱. 此是漏網之大者. 熱河記行于世後, 文體如此, 自當使結者解之. …… 斯速著一部純正之文, 卽卽上送, 以贖熱河記之罪, 則雖南行文任, 豈有可惜者乎, 不然則 當有重罪."

34) 『冷齋書種』 권3, 「古芸堂筆記」. "熱河日記, 膾炙熱河日記乙覽訖, 能復爲雅正之文則, 編帙比熱河日記, 膾炙熱河日記則可也. 不然有罪."

1775년(乙未, 영조 51) 한글제문 2편을 남겨 우리 문학사에 한글 哀祭文의 새로운 지평을 열었던 修隅 朴南壽(1758~1787)[35]는 『열하일기』를 불태우려고까지 하였다. 그 이유는 『열하일기』의 문장은 비록 좋으나 패관기서를 좋아하였으므로 앞으로 古文의 진흥에 방해된다고 보았기 때문이다.[36]

문화정책의 일환이었던 정조의 문체순정책은 결국 정치적 문제로까지 비화되었다. 世道를 해치고 인심을 무너뜨리고 종묘사직을 瓦裂케 할 수 있다고 하여 패관소설을 금지시키고, 소설류에서 파생된 신문체의 성행을 차단하여 醇正한 문체로 회귀시키려 했던 정조의 문체순정책은 큰 파문을 일으켰다. 곧 조선왕조 문단의 탄압정책이자 문학의 진화와 발전을 차단하려한 정책이 아닐 수 없었다.

2) 影 響

패관소품체의 문체를 썼다하여 정조로부터 견책을 받고 自訟文과 시를 製進하였던 이들은 문체순정책을 어떻게 수용하였는가를 보자. 南公轍은 "힘써 패관소설을 배척하는 것으로 나의 임무를 삼았다"고 하였다.[37] 그가 이러한 자세를 끝까지 견지한 것인지 알 수 없으나 일단 관료문인들에게는 효과가 있었던 것으로 볼 수 있다.

李相璜은 평소 소설을 탐독했으나 정조의 문체순정책에 호응하여 소설을 힐난하는 「詰稗」 6조를 製進하였다.[38] 패관소품이 落拓不遇한 이

---

35) 金相洪, 「進士 朴南壽의 을미 한글 제문 硏究」, 『省谷論叢』 제25집, 1994.
36) 南公轍, 『金陵集』 三, 「朴山如墓誌銘」 권17, p.59. "山如(朴南壽)謂燕岩曰, 先生文章雖工, 好稗官奇書, 恐自此古文不興. 燕岩醉曰, 汝何知. 復讀如故. 山如時亦醉, 欲執座傍燭, 焚其藁, 予急挽而止."
37) 『潁翁續稿』 권5, 張25, 「思潁居士自誌」. "力斥稗官小說, 謂已任."
38) 『桐漁遺集』 41. 『應製錄』.

들의 정상을 핍진하게 묘사할 수 있다는 의의를 부인하고, 사대부는 오로지 醇正한 文을 하여 國家之盛을 善鳴하는데 있다고 하였다. 그는 稗史小品을 본받으면 無父無君하게 된다고 까지 하였다. 이상황은 정조의 문체순정책을 적극 지지하는 「詰稗」 6조의 뒤를 이어서 소설을 배척하는 「斥稗詩」 30수를 지었다. 그중 일부를 보자.

나씨 집안 貫中이란 아이
알팍한 기교와 글재주를 스스로 뽐내

몇 종의 패관소설 창작했지만
허황되고 터무니 없는 말뿐이었네

羅氏家兒字貫中　　自矜薄技解雕蟲
創爲幾種稗官說　　說是架虛與鑿空

패관소설이 사람을 해롭게 함이 많아
맹수가 사람 해치는 것보다 심하네

맹수를 만나면 두려워 피할 줄 알지만
음탕한 소설을 사람들이 입수하면 도리어 움켜쥐네

稗官爲說害人多　　猛獸於人不是過
猛獸當頭知畏避　　淫書入手反摩挲[39)]

소설을 배척한 「척패시」를 보면 이상황이 정조의 문체순정책을 적극적으로 지지한 것을 알 수 있다. 그러나 임금의 견책을 받고 자송문과 시를 지어 올리라는 명을 받았다면 봉건왕조의 신하치고 이를 거역할

39) 같은 곳.

수 없었을 뿐만 아니라 정책에 순종할 수밖에 없었다. 이러한 측면에서 본다면 이상황의 「힐패」나 「척패시」에 내재된 소설배척론은 자세한 검증이 필요하다.

다음은 朴趾源의 경우를 보자. 安義縣監으로 재직 중이던 박지원은 南公轍로부터 정조가 문체를 卑下시킨 『열하일기』에 대한 속죄로 순정문을 지어 올리라는 간접적인 명을 받고서 남공철에게 보낸 답신을 보면 일단 반성하는 태도를 취하였다.

박지원은 중년이래 不遇落拓하여 자중하지 않고 以文爲戱로 窮愁無聊함을 달래느라 글이 잡스럽고 賤陋해졌음을 밝혔다. 의도한 것은 아니지만 稗史小品에 물들었고 남들까지도 좋아하게 되었으니 文風이 이로 인하여 不振하고 士習이 날마다 무너진다면 이는 백성들에게 재앙이 되는 만큼 문단에서 버려야 한다고 하였다.[40]

박지원은 이어서 죄지은 몸으로 揚揚하게 순정문을 지어 올려 文任의 자리를 바란다는 것은 人臣의 大罪라는 명분으로 순정문의 製進을 거부하였다. 다만 순정문을 제진하라면 舊稿 약간과 南中에서 지은 몇 편을 준비하고 다시 명이 있다면 응하여 신하의 직분을 다할 것이라고 하였다.[41]

이와 같이 박지원은 남들처럼 조급하게 순정문을 지어 올리지 않았다.[42] 연암이 『課農小抄』를 올려 『열하일기』에 대한 속죄를 하였다고

---

40) 『燕岩集』, 「答南直閣公轍書」 권2, 11b, p.33. "況如僕者, 中年以來, 落拓潦倒, 不自貴重, 以文爲戱, 有時窮愁無聊之發, 非無駁雜無實之語, 自同俳優, 資人諧笑, 固已賤且陋矣. 性又懶散, 不善收檢, 未悟彫蟲畫蘆之技, 旣自誤而人誤, 致令覆瓿糊籠之資, 或以訛而傳訛, 駸尋入稗官小品, 則莫知爲而爲, 轉輾爲委巷所慕, 則不期然而然, 文風由是不振, 士習由是而日退, 則是固傷化之災民, 文苑之棄物也."

41) 朴宗采, 『過庭錄』 권2, 張21.

42) 『智水拈筆』 권3, 張3. "正廟又嘗以燕岩朴公文尙薄, 命南金陵, 使之勸喩朴公別裁典重文字製進, 而朴公終不奉敎."

하나 南公轍의 기록을 보면, 『과농소초』에 俚語를 많이 사용하여 좋은 평을 받지 못했다는 것이다.[43)]

이와 같은 기록을 볼 때 박지원은 이른바 燕岩體를 버리지 않고 고수한 것이다. 그의 아들 朴宗采는 염암의 문체파동에 대하여, 정조가 문체비하의 원인을 『열하일기』로 돌린 것은 文任의 자리를 줄 뜻이 있었다는 것이며, 정조가 『열하일기』를 熟覽했다는 것은 은총이 아니냐고 오히려 영광으로 여겼다.[44)]

박지원은 이상황과 달리 정조의 문체순정책에 적극 동조하지 않았고 文任을 준다는 회유책에도 굴하지 않았는데[45)] 과연 文豪다운 처사가 아닐 수 없다.

4. 小說害道論

정조의 문체순정책으로 사대부 문인들의 소설 창작은 당연히 위축될 수밖에 없었다. 시대가 변하면 문체도 변화되는 문학의 進化를 인위적으로 막으려 했던 문체반정의 주된 대상은 소설이었다. 당시 소설이 朝野는 물론 일반 부녀자들에게까지 널리 보급되었음을 蔡濟恭(1720~1799)의 기록에서 볼 수 있다.

---

43) 南公轍, 『金陵集』 二, 「金知縣相任農政書跋」 권13, 張9, p.383. "同時進農書者, 慮累百人, 世稱俞蒼涯朴燕岩之作, 兪文章奇崛而闊於事務, 朴難以俚語頗多可厭."

44) 『過庭錄』 권2, 張20. "先是, 上盡覽武藝圖譜通志, 指李德懋所著禦倭諸論, 敎曰, 諸篇皆圓好. 又敎曰, 此燕岩體也. 是以京中諸公識, 皆以爲此實非怒之敎, 將有格外異數, 且聖敎中歷數諸人之愆, 而特擧朴某爲罪魁者, 乃大聖人仰而進之, 推文任權之意. 又況擧熱河日記爲眞贓, 而加以熟覽字, 以寵之乎."

45) 金血祚, 앞의 논문.

> 가만히 살피건대 근세에 규방에서 능사로 삼아 다루는 것이란 오직 稗說을 숭상하는 일이다. 날로 달로 증가하여 그 종류가 천이나 백으로 헤아리게 되었다. 儈家에서는 이를 깨끗이 필사해서 무릇 빌려 보는 자가 있으면 곧 그 값을 받아서 이득을 얻는다. 부녀자들이 식견이 없어 혹은 비녀나 팔찌를 팔고 혹은 동전을 빚내어 서로 빌려다가 지루한 시간을 보낸다.[46]

당시 소설의 성행과 이로 인한 폐단이 어떠했는가가 여실히 나타나 있다. 정조의 문체반정의 전개과정에서 보면, 稗家小品·稗品·稗官雜書·稗官雜記·稗官雜說·稗官俚語·稗官小記·稗官小說·小說稗記·小史稗說·小品體·小品 등의 다양한 용어가 사용되고 있다. 이중에서 稗家·稗官·稗史·稗說·小說이 붙은 용어의 경우 대체로 소설을 함축하고, 小品이 붙은 용어의 경우 소품체 산문을 함축하면서 稗家小品·稗官小品·稗史小品·稗品처럼 둘을 포함한 용어는 소설과 소품체 산문을 병칭한 것이다. 소설과 소품체 산문이 연속적인 범주로 취급된 것은, 이 양자가 醇正한 館閣文과는 對蹠되기 때문일 것이다. 그리고 명말청초에 있어서나 우리에게 있어서, 소품체 산문이 당대에 성행하게 된 소설로부터 직간접의 영향을 받아 이루어진 것으로 취급되었기 때문일 것이다.[47]

소설의 배척은 정조 이전에도 있었다. 李植(1584~1647)은 許筠의 혁명적인 『홍길동전』을 비판하였다. 『수호전』을 쓴 羅貫中의 3代가 聾啞의 응보를 받았다는 속설을 인용하여 허균 일파가 극형에 처해진 것은 『홍길동전』을 지은 업보라고 하였다.[48] 李頤命(1658~1731)도 『삼국지연

---

46) 蔡濟恭, 『樊巖先生文集』 下, 권33, 張4, 「女四書序」, 景文社 影印, p. 655. "竊觀近世閨閤之競, 以爲能事者, 惟稗說是崇. 日加月增, 千百其種. 儈家以是淨寫, 凡有借覽, 輒收其直, 以爲利. 婦女無見識, 或賣釵釧, 或求債銅, 爭相貰來, 以消永日."
47) 張孝鉉, 앞의 논문, pp.352~353.
48) 李植, 『澤堂集』 권15, 散錄, 22.

의』와 『수호전』 등의 소설은 愈出愈奇하여 천하의 풍속을 어지럽힌다고 소설을 매도하였다.

그러나 소설을 모두가 부정한 것은 아니다. 李晬光・李用休(1700~1782)・李瀷 등은 소설의 긍정적인 측면을 인정하였다.[49]

정조는 인심을 무너뜨리고 문풍을 병들게 하고 世道에 해악을 끼쳐 종래에는 종묘사직을 瓦裂케 할 수 있는 소설과 소설체의 문체를 탄압하고 回醇시키고자 하였다.

> 패관소품의 책은 가장 사람의 마음을 해치는 것이다. 선비로서 문장과 經術에 뜻이 있는 자라면 비록 상을 준다하여도 보아서는 안 되는데 하물며 噍殺하고 尖薄하여 孤臣孽子의 비탄해 하고 괴로워하며 근심으로 가득한 소리뿐인데 어찌하여 괴롭게 이를 하려는가.[50]

정조는 패관소품은 사람의 마음을 가장 해치는 것이라 하고, 噍殺 尖薄하여 孤臣孽子의 悲苦愁悒과 같은 글을, 경술을 하려는 선비들은 상을 주어도 보아서는 안 된다고 하였다. 그는 문체가 날로 卑下해지는 원인을 考訂之學(고증학)에 있다 하고[51] 문체반정을 위해서 名物考證을 담고 있는 小品의 폐해가 邪學보다 심하다고 인식하였다.

> 소위 소품이라고 하는 것은 처음에는 文墨筆硯의 일에 불과한 것이지만 나이가 어리고 식견이 천박하면서 才藝가 있는 자들이 일상적인 것은 싫증내고 새로운 것만을 좋아하여 다투어 모방하면서 이에 빠져든다. 마치 음탕한 소리와 사특한 낯빛이 마음을 좀먹어 들어가면서 성인을 비난하고 경전

---

49) 李家源, 『燕岩小說硏究』, 을유문화사, 1965, pp.110~117.

50) 『弘齋全書』 Ⅳ, 「日得錄」 권163, 5b~6a, p.761. "稗官小品之書, 最害人心術. 士之有志於文章經術者, 雖賞之不觀, 況其噍殺尖薄, 孤臣孽子, 悲苦愁悒之聲, 何苦而爲此."

51) 같은 책 Ⅳ, 日得錄, 권163, 19b~20a, p.768.

을 반대하여 윤리를 멸시하고 의리에서 어긋나게 되니 후에 그 폐단이 그치는 것과 같다. 하물며 소품의 일종은 즉 명물고증의 학문이란 한 번 옮겨지면 邪學에 빠져들게 되므로 내가 사학을 떨쳐내고자 하면 마땅히 먼저 小品을 떨쳐내 버려야 한다고 한 것이다.[52]

정조는 小品은 修身과 治世와는 무관한 것으로 단지 일종의 名物考證學인만큼 邪學에 빠져들기 쉽기 때문에 배척한다고 밝혔다.

정조는 패관소품을 世道를 해치고 인심을 무너뜨리며 文風을 병들게 한다고 小說害道論을 전개하였다. 그러나 李德懋·朴齊家의 문체가 모두 패관소품에서 나온 것임을 인지하고도 이들을 등용하였다. 또한 정조는 1789년 8월에 전라도 강진의 銀愛의 살인사건에 대하여 사면하고[53] 이덕무에게 「은애전」을 짓도록 하였다. 이는 정조의 양면성을 보여주는 것 같지만 庶孼인 이덕무·박제가·유득공을 규장각 검서로 등용한 것은 배우처럼 길렀기 때문이지, 이들의 문체를 기본적으로 수용한 것으로 보이지 않는다.[54]

정조는 『史記英選』에 『漢書』의 諸傳을 부록하면서 『趙皇后傳』만은 소설적 요소가 있다하여 삭제한 일이 있다.[55] 또한 정조는 稗官俚語를 어려서부터 지금까지 한번도 본 적이 없다하고, 이러한 글들은 ① 實用에 무익할 뿐이며, ② 폐해가 사람의 마음과 뜻을 옮기고 어지럽히기 때문이라 하였다.[56] 또한 소설이 經書·史書와 비슷하다는 일부의 주장을 다음과 같이 반박하였다.

---

52) 같은 책 V, 「日得錄」 권164, 21b~22a, p.12.

53) 『조선왕조실록』 46, 『正祖實錄』 권31, 6a, p.164.

54) 『弘齋全書』 V, 「日得錄」 권165, 10b, p.29. "李德懋朴齊家輩文體, 全出於稗官小品, 以予置此輩於內閣, 意予好其文, 而此輩處地異他, 故欲以此自標, 予實俳畜之."

55) 같은 책 V, 「日得錄」 권164, 8b, p.5.

56) 같은 책 V, 「日得錄」 권161, 18ab, p.717.

> 근일에 잡서를 좋아하는 자들은『수호전』을『사기』와 비슷하다 하고『西廂記』와『毛詩』가 흡사하다 하니 이는 심히 가소로운 일이다. 그 비슷한 것만 사랑할 줄만 알고 어찌 곧바로『사기』와『모시』를 읽지 않는단 말인가?57)

정조는 1789년 11월 抄啓文臣을 대상으로 한 親試의 策問「文體」에서, 文에는 一代의 體가 있는데 세상의 도와 더불어 문체가 성쇠하기 때문에 그 시대의 문을 읽어보면 그 세대를 논할 수 있다고 하였다. 이어서 당시의 문체를 혹독하게 비판하였다.

> 근래에 文風이 점차 변하여 소위 글 하는 선비들이 六藝의 문체를 본받으려 하지 않고 골똘히 애쓰는 바는 도리어 패가소품에 두어 그 시문이 으레 변려체여야 하므로 붓을 잡기도 전에 기운이 먼저 풀어져서, 마치 깊이 잠든 자가 때때로 잠꼬대를 늘어놓는 듯 해놓고 스스로 공교로움을 다했다거나 문리를 터득했다고 한다. 실은 葫蘆를 그리지 못하고 마치 숨바꼭질 놀이와 같다. 이것을 鄕黨에 쓰자니 도리어 學究의 진부한 말 같지 못하고 조정에서 쓰자니 대소의 詞命에 적합하지 못하다. …… 만약 啁啾하는 누습을 일소하고 모두 문체가 醇正한 데로 돌아가 온축을 경술로 하고 저술한 것이 문장이 되게 하여 일대의 문체를 이루게 하여 팔방을 새롭게 하는 방도는 어디에 있겠는가?58)

초계문신들에게 패관소품에서 나온 당시의 문체를 일신할 수 있는 방안을 제시하라고 出題하였다.

정조의 知遇를 입었던 丁若鏞(1762~1836)은 이에 대하여 문체반정은 "回復世道 開闢文風"이라 적극 지지하고 소설해도론을 전개하였다. 당

---

57) 같은 책 Ⅳ,「日得錄」권163, 8b, p.762. "近日嗜雜書者, 以水滸傳似史記, 西廂記似毛詩, 此甚可笑. 如取其似而愛之, 何不直讀史記毛詩."

58) 같은 책 Ⅳ, 권50, 策問「文體」, 27b~28a, p.82.

시 널리 읽혀졌던 『삼국지연의』, 『수호전』, 『서상기』, 『金瓶梅』 등 이른바 패가소품은 천지간에 가장 큰 재앙이라 전제하고 ① 음탕한 말과 추한 이야기(淫詞醜話), ② 간사한 감정과 도깨비 같은 자취(邪情魅跡), ③ 허황되고 괴궤한 이야기(荒誕怪詭之談), ④ 미만하고 파쇄한 글(靡曼破碎之章)이라고 정의하고 매도하였다.[59)]

> 패관소품의 폐해와 크고 작은 詞命의 作에 대하여 신이 평소에 혼자 개탄했던 바를 감히 숨기지 않겠습니다. 신은 彗星·孛星과 무지개·흙비를 天災라 하고 가뭄과 홍수로 무너지거나 고갈되는 것을 일러 地災라 한다면 패관잡설은 人災 중에서 가장 큰 것이라 생각합니다. 음탕하고 추한 어조가 사람의 心靈을 허랑 방탕하게 하며, 사특하고 요사스런 내용이 사람의 지혜를 미혹에 빠뜨리며, 황당하고 괴이한 이야기가 사람의 교만한 기질을 고취시키며, 委靡하고 조잡한 글이 사람의 壯氣를 녹여냅니다.
>
> 子弟가 이것을 일삼으면 經史공부를 울타리 밑의 쓰레기로 여기고, 재상이 이를 일삼으면 廟堂의 일은 辨髦로 여기고, 부녀자가 이를 일삼으면 길쌈하는 일을 끝내 폐지하게 될 것이니 천지간에 어느 재해가 이보다 심하겠습니까?[60)]

정약용은 소설을 人災 중에서 가장 큰 폐해를 주는 것으로 파악하였다. 소설은 斯道에 반하는 글이라고 부정하고 堯舜文武周公의 門으로 同歸할 수 없는 害道의 존재로 본 것이다. 소설을 해도의 존재로 본 것은 소설로서는 安身立命은 물론 修身事親과 匡濟一世에 기여할 수 없다고 보았기 때문이다. 그는 소설의 심성적 폐해를 ① 사람의 심령을 나른하게 하고, ② 지식을 미혹하게 하여, ③ 驕氣에 흐르게 하고, ④ 씩씩한 기운을 사라지게 한다고 하였다.

---

59) 『與猶堂全書』 I, 「文體策」 권8, 36b, p.167.
60) 같은 곳.

또한 소설을 業으로 삼을 때의 폐해를 ① 자제들은 經史의 공부를 등한히 하고, ② 재상들은 조정의 일을 쓸데없다 여기고, ③ 부녀자들은 길쌈하는 일을 폐하게 된다고 것이다.

정약용은 소설의 정의와 심성적 폐해 및 업으로 삼을 때의 폐해를 논리 정연하게 전개하고 결론적으로 천지간에 소설의 폐해가 天災와 地災보다 크다고 하였다. 그는 정조에게 이러한 재앙을 막기 위해서 소설의 焚書와 禁輸를 진언하였다.

> 지금 나라 안에서 성행하는 패관소품을 모두 거두어 불살라 버리고 이를 수입해오는 자는 중벌로 처단하면 邪說이 사라져서 문체가 크게 떨쳐질 것입니다.[61]

패관소품, 즉 소설류를 焚書하고 禁輸하는 것만이 문체를 일신할 수 있다는 것이 小說害道論의 결론이다. 정약용은 당시의 문장이라는 것은 羅貫中 · 施耐菴 · 金聖嘆 · 郭青螺 · 尤侗 · 錢兼益 · 袁枚 · 毛奇齡 등의 패관소설류를 宗師로 받들어서 "처량하고 슬프고 흐느끼고 어그러지고 험하여 한결같이 넋이 빠지고 창자가 끊어질 것 같은 문장"을 지어놓고 自怡自尊하면서 늙음이 오는 줄도 모르고 있으니 우리 道에 끼치는 폐해는(其爲吾道之害) 韓愈 · 柳宗元 · 歐陽修 · 蘇軾 등의 정도가 아닌 것으로 보았다.[62]

> 나관중을 祧廟로 여기고 시내암 · 김성탄을 昭穆으로 여겨서 조잘거리는 원숭이와 앵무새의 혓바닥처럼 이리저리 놀려서 그 음란하고 괴상스런 말들을 꾸며놓고 저 혼자서 기뻐하면서 즐거워한다. 이래서야 어찌 문장이라 할 수 있겠는가.[63]

---

61) 같은 곳.
62) 같은 책 Ⅰ, 「五學論」 권11, 21a, p.232.

소설해도론을 전개하였던 정약용은 “새파란 달이 서까래를 엿보는 것 같고 산귀신이 휘파람을 불며 음산한 바람이 촛불을 삼켜버리며, 원한 맺힌 여인이 흐느끼는 것”[64] 같은 감정을 촉발케 하는 소설을 용인하지 않았다. 정약용은 소설해도론을 仕宦期는 물론 18년의 유배기와 解配 후 운명할 때까지 일관되게 주장하였다.[65]

정조의 문체순정책에 영합하여 李相璜은 「詰稗」와 「斥稗詩」를 지어 소설을 배척하였으나, 정약용은 문체로 인하여 견책을 받거나 자송문을 쓰지 않았다. 정약용은 정조의 문체순정책을 시세에 따라 추종한 것은 아니다. 자신의 확고한 문학사상에서 우리 道를 해치는 것으로 인식하고 소설해도론을 정조 승하 후에도 일관성 있게 주장하였다.

정조의 문체순정책과, 체계적인 논리로 소설을 배척한 정약용의 소설해도론은 조선후기 소설의 문학사적 위상을 이해하는데 중요한 위치를 차지한다.

5. 結 論

군왕의 힘으로 소설의 성행과 新文體의 유행을 봉쇄했던 정조의 문체순정책과 정약용의 소설해도론은 문체의 신진대사와 문학의 진화와 발전을 거부한 것이다. 그러나 당시 朝野는 물론 부녀자들까지도 널리 애독되는 소설을 焚書하고 수입을 금한다고 해서, 落拓不遇한 인사들은 물론 文人들의 새로운 표현욕구와 독자들의 욕구를 차단할 수는 없었

---

63) 『全書』 I, 「爲李仁榮贈言」 권17, 46a, p.372.
64) 같은 곳. “讀之如青月窺椽, 而山鬼吹嘯, 淫飆滅燭, 而怨女啾泣.”
65) 金相洪, 『茶山 丁若鏞 文學研究』, 檀國大出版部, 1985, pp.76~82.

다. 문체순정책이나 소설해도론 자체가 당시 문단에 공감을 일으킬 수 있는 것이 아니었다. 보수로 회귀하려는 이 복고적 정책과 논리는 자연히 사대부 계층에 해당될 수밖에 없었다.

이덕무가 지은 『武藝圖譜通志』 중의 「禦倭諸論」을 지칭하여 "燕岩體"라 한 정조의 언급과[66] 정조로부터 噍殺 浮輕하여 오로지 小品이라 지적 받은 金鑢의 문체가 사대부 사이에 크게 영향을 끼쳐 "藫庭體"라 명명된 것,[67] 유득공·이덕무·박제가의 문체를 "檢書體"라 부른 사실만을[68] 보더라도 문체의 신진대사를 군왕의 힘으로 막을 수 없었던 것이다.

정조의 문체순정책은 조선 개국이래 치세의 기본정책인 崇儒重道를 구현하고자 복고적이며 보수적인 경학을 옹호하고 이를 통하여 학풍과 문단을 일신하고자 한 것이다. 또한 패관소설에 내재된 반봉건적 요소를 용납하지 않고 확고한 왕권체제 유지를 위한 정책이었다.

이로 인하여 문체파동은 노론계측으로부터 반발이 있었으나 사대부 문인들은 문체순정책에 순응하지 않을 수 없었다. 정약용의 소설해도론은 조선후기 문단에 가장 논리적인 소설배척론이었으나 그 영향이 문단에 미치지는 못하였다.

정조의 문체순정책은 문체의 신진대사와 문학의 進化를 막으려 한 시대착오적인 정책이었으며 결과적으로 실패하였다. 국왕의 막강한 권력으로 문학의 진화를 차단하고 명말청초의 문집과 稗官·叢史·雜書 및

---

66) 『過庭錄』 권2, 張20. "上進覽武藝圖譜通志, 指李德懋所著禦倭諸論, 教曰諸篇皆圓好. 此燕岩體也."

67) 『조선왕조실록』 47, 『正宗實錄』 권47, 21년 丁巳, 11월 43a, p.53. "見其文體, 噍殺浮輕, 專是小品." 金鑢, 『藫庭遺稿』 권12, 跋, p.740. "十五游杏庭, 長年老宿, 皆折輩行友之, 名聲藉藉衿紳間, 翌年春有從嶠南來者, 文體稍異, 俗人問之, 曰此某體, 某卽先生也."

68) 柳得恭, 『古芸堂筆記』 권4, 檢書體.

西學書의 유입을 금지시키고 이들을 焚書한 문체정책은 문단을 탄압하였다는 혐의를 벗을 수 없으며 아울러 우리 문학사에 일정한 공백기를 자초하였다는 평을 면하기 어렵다.

그것은 정조의 강력한 문체순정책에도 불구하고 조선후기 문단에 활발하게 창작된 野談類와 한문소설이 이를 입증하고 있다.

(原題「古典小說과 文體反正」,『古典小說硏究』, 一志社, 1993. 4)

朝鮮後期 文學思想의 特性

－ 實學派를 中心으로 －

1. 序　論

시대가 변하고 사회가 변천하면 문학사상도 함께 변화하는 것은 동서양이 같다. 조선왕조는 개국이후 抑佛崇儒의 정책으로 일관하면서 性理學을 정치의 이념으로 삼아왔다. 그러나 1592년 임진왜란과 1597년의 정유재란, 1637년의 병자호란 등 일찍이 체험해 보지 않았던 엄청난 國亂을 겪은 후 性理學的 정치이념과 사상에 대한 반성과 회의가 대두하게 되었다. 국란을 극복하고, 民生의 제반 문제들을 해결·匡正하기에는 성리학적 정치이념과 사상만으로는 어려웠다. 즉, 조선후기에 이르러서 정치, 경제, 사회, 문화 등 각 분야에서 새로운 이념과 사상이 대두되어 활발하게 전개되었다. 이는 시대적 변화에 따른 역사적 必然이며 또한 사회가 요구하는 것이었다.

특히 18세기 후반부터 19세기 전반의 조선 후기 사회는 정치적으로는 朋黨의 치열한 싸움과 天主教 탄압으로 정국은 昏迷와 불안정이 계속되었고, 경제적으로는 三政의 문란으로 국가의 경제는 물론 백성들도 파탄의 경지에 이르렀다. 사회적으로는 탐관오리들의 수탈과 착취로 백성들은 인간다운 삶을 영위할 수 없었고, 民心은 극도로 혼란하였다. 사상적으로는 民衆의 자각과 그들의 문화가 새로이 형성되는 시기였다.1)

조선후기 문학사상은 전기의 문학사상과는 다른 양상을 나타내고 있다. 전기 성리학파의 문학사상은 道를 추구하며 마음을 다스리는 과정에서 체험한 기쁨과 즐거움, 괴로움과 고뇌를 詩文에 주로 형상화하였다. 현실을 가능한 한 멀리하면서 物에 집착하지 않으려 했던 것이다.

그러나 星湖 李瀷(1681~1763)·茶山 丁若鏞(1762~1836)·燕岩 朴趾源(1737~1805)·楚亭 朴齊家(1750~?) 등 實學派들은 위와 같은 朱子學的 문학에서 벗어나 당시의 병리적 현상과 모순을 철저히 파악하고 비판하면서 이를 바로잡고자 하였다. 이들은 당시 문학도 匡正의 대상이었다. 그들은 朱子學的 문학관인 道의 배타적 절대화, 도의 내향편중, 그리고 규범성 및 보편성과 같은 역작용을 불러일으킬 속성들을 극복하고자 하였다.2) 이들은 문학이 심성수양의 범주를 넘어 현실의 문제를 수용하여 匡濟一世에 기여할 것을 요구하였다. 아울러 事大的 擬古文學을 배격하고 自主的인 문학을 唱導하였다.

본고에서는 실학파 문학작품 분석을 중심으로 조선후기 문학사상의 특성을 一斑이나마 이해하고자 한다. 문학의 創作論 作詩論 등 일반론은 논외로 하고 문학이 사회를 匡正하는 데 기여할 수 있어야 한다는 匡濟一世論과 事大的 擬古主義를 배척하고 진실한 조선의 문학을 추구하여야 한다는 自主論에 국한하여 논의할 것이다. 이러한 작업은 조선후기 문학사상의 특성과 함께 우리 나라 문학사상의 한 부분을 이해하는데 작은 기여가 있을 것으로 생각한다.

---

1) 金相洪, 『茶山 丁若鏞 文學硏究』, 檀國大 出版部, 1985, p.377.
2) 李東歡, 「朝鮮後期 文學思想과 文體의 變移」, 『韓國文學硏究入門』, 知識産業社, 1982, p.192 참조.

2. 文學의 匡濟一世論

1) 星湖의 世敎論

실학파 문학의 특성 중 그 하나는 현실과 괴리된 虛文假花 같은 문학을 반대한 것이다. 그들은 인간과 현실의 제반 문제를 마땅히 문학에 수용하여 잘못을 바로잡는데 기여할 수 있어야만 참된 문학임을 밝혔다.

星湖 李瀷은, 선비들은 자신이 사는 시대에 산재해 있는 현장의 모순을 외면하고, 단지 詩의 聲律과 對偶를 다듬으며 末技에 치중하는 것은 국가의 福이 아니라고 하였다.[3] 사회적 현실의 모순을 외면하고, 5·7언시와 長短律의 聲律과 對偶만을 따지며 末技에 전력하는 詞章的 문학을 비판하였다.

성호는, 詩文이란 世敎를 위하여 있는 것이라고 하였다.[4] 그는 風動下民을 강조하는 敎化論을 중시하면서도 下以風刺上의 諫書論的 입장을 배제하지 않았다.[5] 그리고 風이란 下民을 風化하고 在上者를 풍자하는 것이라[6] 하여 시의 世敎的 기능을 중요시하였다.

> 부모를 섬기는데 시가 없으면 道에 입각해서 부모를 깨우칠 수가 없고, 임금을 섬기는데 시가 없으면 임금을 의혹케하며 惡에 빠뜨린다. 말은 귀에 거슬리기도 하고 섬기는 것도 뜻에 어긋날 때가 있는 데 오직 시만은 그것을 풀어줄 수 있다.[7]

---

3) 『星湖全書』(一)(驪江出版社 影印, 1984) 「梅墩集序」 卷32, 43a, p.628. "三百篇之流, 爲五七言, 則橘樹之江北也. 又轉爲長短律, 尤甚害敎, 使一世之士, 工於無用之末技, 非國家之福也."

4) 위의 책(一), 「悔軒雜著序」 卷32, 4a, p.634. "詩文之設, 爲世敎也."

5) 金興圭, 『朝鮮後期의 詩經論과 詩意識』, 高麗大 民族文化硏究所, 1982, p.102.

6) 『星湖全書』(二), 「答尹幼章」, 續集 卷7, 12a, p.1111. "風者, 下化刺上, 主文譎諫也."

부모와 임금을 섬기는데 있어서 시가 없으면 도에 입각하여 깨우칠 수 없고, 임금을 의혹케하고 악에 빠뜨릴 수 있다는 것이다. 이는 시의 역할과 기능을, 가까이는 자식의 도를 실천하고 멀리는 임금의 잘못을 바로 잡을 수 있다는 世敎論的 詩觀이다. 다시 말하면 詩文은 세상을 바로잡는데 기여할 수 있는 학문임을 천명한 것이다. 이러한 그의 문학론은 시가 개인의 心性修養의 차원을 넘어 인간과 현실사회에 대한 문제들을 수용하여 바로 잡는데 기여하는 문학, 즉 匡濟一世論으로 귀착된다고 할 수 있다.

성호는 당쟁의 원인과 치열한 싸움만을 묘사한 「戱賦鳶鶴爭巢」와 세도를 믿고 방자하게 날뛰던 권력가의 죽음을 시화한 「醉虎行」의 우화시[8]는 곧 世敎論의 시적 실천이다. 燕山君의 폭정을 비판하였던 鄭希良(1469~?)이 어머니의 상을 당하여 守墓하다가 다시 돌아오지 않았던 일을 성호 이익은 「海東樂府」(119首)에서 시화하였다. 성호의 「狂奴行」은 시가 世敎를 지향한 세계가 형상화되어 있다. 정희량이 물에 빠져 죽었다고 하자, 연산군은 미친 노예의 시체는 찾을 필요가 없다고 한데 대하여 다음과 같이 예리하게 비판하였다.

미친 짓은 부끄럽지만
옛 성인도 때로는 마음과 자취를 감추었네

종이라 일컬어졌으니 천하다 하지 않을 수 없지만
옛 성인도 스스로 남의 부림을 받았다네

신하의 미친 짓은 까닭이 있지만
임금의 미친 짓은 어인 일인가

---

7) 같은 책(一), 「詩經疾書序」 卷32, 17a, p.615. "事親而無詩, 無以喩父母於道也. 事上而無詩, 或陷君於惡也. 言或逆耳, 事或拂意, 唯詩可以渙然也."

8) 金南馨, 「星湖의 文學論과 詩世界」, 高麗大 碩士論文, 1983, pp.51~54 참조.

狂行雖可恥　　古聖時或藏心迹
奴稱非不賤　　古聖故自爲人役
臣狂信有爲　　王狂胡乃爾[9)]

신하(정희량)의 미친 짓은 임금의 폭정으로 기인된 만큼, 비록 신하는 미치광이가 될 수 있지만 임금은 결코 미치광이어서는 아니 된다는 것이다. 이는 시가 궁극적으로 지향하는 바가 세상을 교화하는데 있다는 世教論의 시적 실천이다.

흉년인데도 세금의 혹독함과 이로 인하여 백성들이 겪는 참상을 실사하면서 救恤策에 대한 기원을 형상화한 「隕霜殺菽」 시가 추구한 세계를 살펴보자.

백성의 굶주림을 불쌍히 여기지 않으니
무엇으로 세금을 바치게 하리

官府에서 정한 結이 있어
흉년을 풍년이라 하는구나

세금이 어찌 부족함을 용납하리
빌린 곡식 못 갚으면 심한 벌받네

마을마다 사람들은 팔짱끼고
남녀가 서로 통곡하네

낫 들고 마른 싹을 베어내지만
백 명의 식구에 한 섬도 안 되누나

9) 『星湖全書』(一), 「海東樂府」의 「狂奴行」 卷6, 8b~9a, pp.106~107.

바야흐로 추수 끝나기도 전에
거지들이 와서 줄을 잇네

듣자니 백 리 밖에
赤地千里 더욱 비참하다네

우리 고을 전에 없는 흉년인데
그 곳엔들 무엇을 먹으랴

지혜로운 이는 곡식을 옮길 일 생각하나
도적을 방비할 대책은 없누나

民飢固不恤　　何以供軍國
官府有勘結　　謂凶爲豐碩
賦斂豈容欠　　逋糴宜敦責
村村但袖手　　男婦遞相哭
持鎌刈枯苗　　百口無一斛
方秋穫未訖　　丐者來相續
傳聞百里外　　地赤尤堪惻
吾鄉已無前　　彼土將奚食
智者思移粟　　盜賊防無策10)

흉년인데도 세금징수의 가혹함과 백성들의 처참한 실상을 묘사한 부분만 옮긴 것이다. 백성들이 굶주리고 도둑이 되는 근원적 이유는 흉년에도 물론 원인이 있겠으나, 흉년인데도 풍년이라 하여 혹독하게 세금을 징수하는 虐政이 있기 때문임을 밝혔다. 이와 같은 백성들의 처참한 삶과는 대조적인 삶을 살아가는 부귀한 자들의 사치와 방탕을 「牛蒰歌」

10) 위의 책(一), 「隕霜殺菽」 卷3, 16ab, p.47.

에서 비판하였다.

듣건대 부귀한 이들은 다투어 호사하여
한 床에 만전이나 주고 고기를 먹는다네

가슴과 배가 메어지도록 먹고도 그치지 않고
백성을 착취하여 욕심 채우니 그를 어이하리

傳聞貴富競豪侈　　一餐萬錢羶葷羅
塡胸果腹不肯休　　剝民充欲其奈何[11]

백성들의 고혈을 착취한 부귀한 자들의 삶을 적나라하게 실사한 것이다. 이러한 대립적 삶을 살아야 하는 비극적 현실은 마땅히 匡正되어야 한다는 시적 세계는 匡濟一世이다.

이익은 聲律과 對偶만을 다듬으며 末技에 치중하는 詞章的 문학은 國家의 福이 아니라 하고, 인간과 현실의 문제를 비판하면서 世敎를 추구하였다. 이 世敎論은 문학이 심성수양과 음풍농월의 범주를 벗어나 세상을 바로잡는데 기여할 수 있어야 한다는 匡濟一世論으로 귀착된다.

2) 茶山의 匡濟一世論

茶山 丁若鏞은 星湖의 학문을 계승 발전시켜 實學을 集大成하였다. 그는 憂世恤民을 시에 형상화하여 匡濟一世에 기여하는 문학이 참다운 문학이라는 논리를 38세(正祖 23, 기미, 1799) 때에 지은 7대조 東園 丁

11) 같은 책(一), 「半菽歌」 卷4, 13b, p.65.

好善(강원도관찰사, 증 영의정)의 遺稿인「東園遺稿序」[12]에서 다음과 같이 전개하였다.

> 文은 道를 싣는 것이요, 시는 뜻을 말하는 것이다. 고로 그 도가 일세를 바로잡아 구제하는데(匡濟一世) 부족하고 그 뜻이 텅 비어 마음에 세워둔 바가 없다면 비록 文이 대단한 기세가 있고, 시가 미려하더라도 이것은 빈 수레를 몰아 소리를 내어 광대가 風月을 말한 것과 같으니 어찌 족히 후세에 전할 수 있겠는가?[13]

시문의 道는 匡濟一世에 있고, 지향할 세계는 虛가 아닌 實에 있다는 것이다. 문학이 匡濟一世에 기여하는 학문으로서 기능을 다할 때 존립의 가치를 인정할 수 있다는 것이다. 虛文假飾의 詞章的 문학을 버리고 광제일세에 기여할 수 있는 문학을 당시의 문단에 요구하였다.

정약용은 시의 본질을 논하면서, 힘없고 가난하고 방황하는 불쌍한 백성들을 구제할 뜻이 내재된 시가 참다운 시의 하나라고 하였다.

> 무릇 시의 본질은 父子·君臣·夫婦의 윤리에 있다. 그 즐거운 뜻을 선양

---

12) 서울大 奎章閣 所藏 筆寫本『與猶堂集』卷12에는「東園遺稿序」로 되어 있고, 新朝鮮社 活字本『與猶堂全書』(景仁文化社 影印, 앞으로는『全書』로 표기함)(I-13, 7b, p.267)에는「西園遺稿序」로 되어 있다. 규장각본에 의거 이를 바로 잡는다.「東園遺稿序」에 "我先祖, 關東觀察使, 贈領議政. …… 流離困窮, 故所著, 詩與文不多傳, 家藏止一卷."이라 하였다.「茶山年譜」(筆寫本)에 "好善, 字士優, 進士, 文科, 翰林南床三司銓郎, 江原伯. 以甲辰, 扈聖功, 贈吏判, 加贈領相, 有遺稿. 號東園"(金相洪,『茶山丁若鏞 文學思想』, pp.464~465).

13) 奎章閣本,『與猶堂集』(筆寫本) 卷12,「東園遺稿序」,『全書』, I-13, 7b, p.267, "文所以載道, 詩言志者也. 故其道不足以匡濟一世, 而其志枵然無所立者, 雖其文嘲轟犇放, 而詩藻麗, 是猶驅空車以作聲, 而倡優談風月也. 何足傳哉."(『全書』에는「西園遺稿序」로 되어 있는데, 奎章閣本『與猶堂集』에 있는 대로「東園遺稿序」가 맞다. 다산의 7代祖인 丁好善(강원도관찰사, 증 영의정)의 호가 "東園"이다. 이글은 정호선의 遺稿에 서문을 쓴 것이다.)

> 하기도 하고 그 원망하고 사모하는 바를 導達하게 한다. 그 다음에는 세상을 근심하고 백성을 불쌍히 여겨야 한다. 항상 구제하고자 하나 힘이 없고 賑恤하고자 하나 재력이 없어 방황하고 애태우며 차마 보고만 있을 수 없는 뜻을 가져야만 비로소 시인 것이다. 다만 자신의 이해만을 생각하는 것은 시가 아니다.14)

위의 글은 첫째 혈연적 인륜관계와 사회적 인륜관계에 대한 樂意를 선양하고 怨慕를 導達시킬 수 있는 시, 둘째 憂世恤民하여 無力·無財·방황하는 불쌍한 백성들을 도와주고 구제하여 버리지 않으려는 뜻이 내재된 시, 셋째 시인의 이해만을 云謂한 시로 정리된다.

첫째의 人倫詩와 둘째의 社會詩를 시의 본질이라고 논한 것이다. 여기에서의 社會詩는 곧 匡濟一世의 문학을 말한다. 시인의 志氣를 중요시했던 그는 憂世恤民의 지기가 있어 광제일세를 지향한 자만이 시를 지을 수 있다고 하였다.

> 임금을 사랑하고 나라를 걱정하지 않으면 시가 아니고, 어지러운 시국을 아파하고 피폐한 습속을 통분해 하지 않으면 시가 아니며 美刺와 勸懲이 있지 않으면 시가 아니다. 그러므로 志氣를 세우지 못하고 학문이 순정하지 못하면 大道를 듣지 못하고, 致君澤民할 마음이 없는 자는 시를 지을 수 없다. 너희들은 이를 힘써야 한다.15)

시는 ① 憂國愛民, ② 傷時憤俗, ③ 美刺勸懲이 있어야 하고 궁극적으

---

14) 『전서』, 「示兩兒」, I-21, 18b, p.447. "凡詩之本, 在於父子君臣夫婦之倫. 或宣揚其樂意, 或導達其怨慕. 其次憂世恤民, 常有欲拯無力, 欲賙無財, 彷徨惻傷, 不忍遽捨之意, 然後方是詩也. 若只管自己利害, 便不是詩."

15) 같은 책, 「寄淵兒」, I-21, 9b, p.443. "不愛君憂國, 非詩也. 不傷時憤俗, 非詩也. 非有美刺勸懲之義, 非詩也. 故志不立, 學不醇, 不聞大道, 不能有致君澤民之心者, 不能作詩. 汝其勉之."

로는 致君澤民에 기여하여야 한다는 광제일세론의 각론이다. 유배지 康津에서 두 아들에게 書翰으로 가르친 위의 광제일세론은 정약용의 문학사상의 핵심이다.

또한 邪道에 발원된 타락한 虛文假飾의 假花같은 문학은 도를 해치는 것으로 보았다. 韓愈(768~824)와 柳宗元(773~819)의 문학을 종신토록 誦慕해도 수신과 事親은 물론 致君澤民할 수 없고 천하국가의 일을 할 수 없다하여[16] 道를 떠난 문학을 부정하였다. 또한 위로는 임금을 보좌하여 나라를 다스릴 방책을 생각하고 아래로는 一世의 旗鼓가 될 것을 생각한 문장이라야 한다고 하여[17] 광제일세의 문학론을 지속적으로 전개하였다.

정약용은 『詩經』을 정치사회에 비판적 언어로서 중시하여 溫柔激切한 것으로서 諫書林이라 하였다.

옛 사람은 온갖 계획으로 임금 마음 바로 잡으려고
소경에 읽히고 악공에 연주케 했네

오로지 국풍과 二雅를 겸해 파악하려면
곧 바로 諫書林을 보아라

古人百計格君心　　矇誦工歌被素琴
全把國風兼二雅　　直須看作諫書林

鼎彝에 기록된 악도 미워할 만 한데
誦詩하고 연주하면 어찌 징계가 되지 않으리

---

16) 같은 책, 「五學論」(三), I-11, 21b, p.223.
17) 같은 책, 「爲李仁榮贈言」, I-17, 46a, p.372. "上之思所以黼黻王猷, 下之思所以旗鼓一世, 然後方得云不錄錄."

악기는 옮기지 않았는데 詩道는 없어져
春秋로 포폄하여 그 정신이었네

鼎彜紀惡尙堪懀　　　于誦于絃豈不懲
樂器未遷詩道喪　　　春秋袞鉞乃相承[18]

정약용의 『시경』에 대한 인식, 즉 諫書林·諫林[19]이란 것은 인간악과 사회악에 대한 풍자와 고발을 통하여 징계의 거울로서 爲善去惡하여 匡濟一世에 기여하는 것임을 중요시하였다. 『시경』은 上以風化下의 敎化論的 道具로서가 아니라 下以風刺上의 비판적 언어(諫書)로 파악한 것이다.[20] 시를 간서로 인식한 그는 社會詩를 통하여 匡濟一世論을 구현하였다.[21]

광제일세론의 시적 실천의 예를 「哀絶陽」과 「奉旨廉察到積城村舍作」에서 국한하여 살펴보기로 한다. 유배지 康津에서 쓴 「哀絶陽」은 조선후기 삼정의 문란으로 백성들의 질곡과 같은 삶을 고발하면서 匡濟一世論을 구현하였다.

갈밭마을 젊은 아낙 오래도록 통곡하네
현문 향해 울부짖다가 하늘 우러러 호곡하네

군인간 남편 못 돌아옴은 있을 법 하지만
자고로 스스로 男根을 잘랐단 말 못들었네

시아비 상복 입고 애기는 배냇물 그대론데
三代의 이름이 軍籍에 올라있네

18) 같은 책, 「經義詩」 1·3首, I-7, 46a, p.147.
19) 같은 책, 「自撰墓誌銘」(集中本), I-16, 13a, p.335. "其爲詩則, 曰詩者, 諫林也."
20) 金興圭, 앞의 책, p.192.
21) 金相洪, 앞의 책, pp.83~193에서 詳論한 바 있다.

관가에 호소하니 범같은 문지기 지키고 있고
里正은 호통치며 마굿간 소를 몰고 갔네

칼 갈아 방에 가 男根을 끊으니 선혈이 가득
한탄하길 "애 낳아 이런 환난을 만났다네"

잠실의 宮刑한 일 어찌 죄가 있어서며
閩지방에선 환관시키려 자식 거세한 일 슬퍼라

아들 딸 낳고 사는 이치 하늘이 준 것
하늘의 道는 아들 땅의 道는 딸이 되나니

말 돼지 거세도 오히려 슬픈 일이거늘
하물며 후손 잇는 것 생각하노라

권문세가 일년 내내 풍악을 울리면서
쌀 한 톨 베 한 치 바치는 일 없네

다 같은 백성인데 이다지 불공평하느뇨
유배지에서 거듭 시구편을 읊노라

蘆田少婦哭聲長　　哭向縣門號穹蒼
夫征不復尙可有　　自古未聞男絶陽
舅喪已縞兒未澡　　三代名簽在軍保
薄言往愬虎守閽　　里正咆哮牛去早
磨刀入房血滿席　　自恨生兒遭窘厄
蠶室淫刑豈有罪　　閩囝去勢良亦慽
生生之理天所予　　乾道成男坤道女
騸馬豶豖猶云悲　　况乃生民思繼序
豪家終歲奏管絃　　粒米寸帛無所損
均吾亦子何厚薄　　客窓重誦鳲鳩篇[22]

「애절양」의 전문이다. 칠언고시로서 각 4구를 1단으로 하여 전편이 5단으로 되어 있다. 제1단은 三政문란의 당대현실을 실사하면서 젊은 아낙이 통곡하는 원인과 연민의 정을 우회적으로 형상화하였다. 모순이 팽배한 비리의 사회요, 정의가 말살되고 불의가 횡행하는 낡은 사회임을 고발하였다. 제2단은 軍政(軍布)의 문란으로 젊은 아낙네의 집안이 苛斂誅求당한 것을 실사한 것이다. 죽은 시아버지의 상복을 입고 있는데 남편과 그리고 엊그제 태어난 어린애까지 3代가 軍籍에 올라 있는 공권력의 부패를, 즉 白骨徵布와 黃口簽丁의 비극적 현실을 고발하였다. 3단은 힘 없고 불쌍한 被治者인 백성의 自虐的 저항이다. 백골징포와 황구첨정으로 농가의 재산목록 제1호인 農牛를 수탈 당하자, 남편이 이는 아이를 낳은 생식기로 인하여 일어난 것이라고 하여 스스로 칼을 갈아 男根을 자르는 비극적 저항을 實寫하였다. 제4단은 음양의 이치마저 단절시키는 軍布의 문란을 고발하면서 民草들의 앞날을 염려하였다. 5단은 백성들의 고혈을 착취하여 治者들이 어떠한 삶을 살아가고 있는가를 폭로하면서 그가 추구하는 새로운 세계를 제시하였다. 세도 있는 자들은 백성들의 고혈로 사시장철 풍악을 울리면서 환락의 세계에 안주하면서도, 일년 내내 쌀 한 톨, 베 한 치도 세금으로 바치지 않았다. 이러한 대립적 삶이 匡正되기를 염원했다. 정약용은 治者의 德治를 구가할 수 있는 사회, 즉 『시경』의 「鳲鳩篇」을 백성들이 모두 노래할 수 있는 새로운 世界를 지향하였다. 백골징포와 황구첨정이 없는 사회, 絶陽이라는 극단적인 저항이 필요 없는 사회, 善政하는 治者의 덕을 칭송하며 萬世까지 살도록 기원하는 노래를 부를 수 있는 바른 사회를 염원하였기에 유배지에서 거듭거듭 「시구편」을 외운 것이다. 「애절양」에 나타난 그의 소망은 낡고 병든 나라를 새롭게 하고자 하였던 "新我之舊邦"의

22) 『全書』, 「哀絶陽」, I-4, 29b~30a, p.76.

세계, 匡濟一世의 염원이 형상화되어 있다.

정약용은 仕宦期나 유배기, 그리고 解配되어 향리로 돌아와 운명할 때까지 지속적으로 문학활동을 하였다. 그의 시에 내재된 광제일세의 세계는 仕宦·流配·還鄉期의 시에 한결 같다.

정약용은 33세(1794), 10월 29일에 경기암행어사가 되어 積城·麻田·漣川 등을 暗行한 후 11월 15일에 復命하였다. 경기 암행어사로 적성마을에 이르러 피폐한 농촌의 모습과 농민들의 참담한 생활을 직접 목격하고 「奉旨廉察到積城村舍作」을 썼다. 이 시는 7言 40句 280字, 3단으로 구성되었다. 정확한 현실진단과 함께 광제일세를 지향하고 있다.

시냇가 부서진 집 뚝배기 같은데
북풍에 이엉 걷혀 서까래까지 부서졌네

묵은 재(灰)에 눈 덮혀 아궁이는 싸늘하고
무너진 벽 별빛 스며들고 체(篩)처럼 뚫렸누나

방안에 있는 것 쓸쓸하기 그지없어
모두 팔아야 칠팔 전 안되겠네

개꼬리 같은 조 이삭 세 모가지와
닭 심장 같은 고추 한 꿰미

깨진 항아리 헝겊 발라 샐 곳 막았고
선반은 새끼로 묶어 떨어질 것 방지했네

구리 수저 옛적에 里正이 빼앗아 갔고
쇠솥은 옆집 부자가 빚 대신 빼앗아 갔네

푸른 색 무명이불 다 헤진 것 한 채 뿐
부부유별 이 집에서 논할 수 없구나

臨溪破屋如瓷鉢　　北風捲茅榱齾齾
舊灰和雪竈口冷　　壞壁透星篩眼豁
室中所有太蕭條　　變賣不抵錢七八
尨尾三條山粟穎　　雞心一串番椒辣
破甖布糊敗穿漏　　庋架索縛防墜脫
銅匙舊遭里正攘　　鐵鍋新被鄰豪奪
靑綿敝衾只一領　　夫婦有別論非達[23)]

제1단 14구이다. 위와 같이 인간 이하의 비극적 삶을 살아가고 있는 농촌의 현장을 목격하고 사실 그대로 묘사하였다. 이는 被治者들의 아픔과 고뇌를 도외시하지 않고 自我의 아픔으로 同一視한 인간애이며 또한 인간다운 삶을 살아가게 만들지 못한 治者의 무능한 정치를 비판한 우국충정과 애민지정이다.

다음 제2단 18구에서는 가진 것이라고는 하나도 없이 처참한 삶을 살고 있는 이들에게 軍布를 물리고 있었음을 고발하였다. 5세 된 아이는 騎兵으로 등록되었고, 3세 된 아이는 軍官으로 등록되어 해마다 5백 전을 軍布稅로 내야하기 때문에 부모들은 차라리 자식들이 죽기를 바란다는 비극적 삶을 형상화하였다.

어린애 저고리 떨어져 어깨가 나왔고
출생 후 바지와 버선은 구경도 못했네

큰 놈 다섯 살인데 기병으로 등록됐고
작은 놈 세 살인데 軍官으로 올라 있어

23) 같은 책,「奉旨廉察到積城村舍作」, I-2, 11a, p.27.

두 아이 軍布로 오백 전을 내야만 하니
하루속히 죽기 원하는데 옷을 해 입히랴

강아지 세 마리와 애들이 함께 자는데
호랑이 밤마다 울타리 가에 어흥 거리네

남편은 나무 가고 아내는 방아 품 팔러가
대낮에도 닫힌 사립문 그 모습 참담해라

점심 굶고 밤 되어 돌아와 저녁밥 짓네
여름엔 갖옷 한 벌 겨울엔 삼베옷

냉이 캐려하나 땅 녹기를 기다려야 하고
지게미 얻어먹자니 술 익길 기다릴 뿐

지난 봄 관곡 다섯 말 꾸어다 먹었는데
이 일 때문에 금년에 어찌 살거나

나졸들 사립문에서 독촉하면 겁나지만
관가에 끌려가 곤장 맞는 것 걱정 않네

兒稺穿襦露肩肘　　生來不著袴與襪
大兒五歲騎兵簽　　小兒三歲軍官括
兩兒歲貢錢五百　　願渠速死況衣褐
狗生三子兒共宿　　豹虎夜夜籬邊喝
郎去山樵婦傭春　　白晝掩門氣慘怛
晝闕再食夜還炊　　夏每一裘冬必葛
野薺苗枕待地融　　村蒭糟出須酒醱
餉米前春食五斗　　此事今年定未活
只怕邏卒到門扉　　不愁縣閣受笞撻[24]

이는 암행어사로서 목격한 積城마을의 한 백성의 삶과 황구첨정의 실상을 적나라하게 실사한 시이자 詩史이다. 簽丁收布의 法은 中宗 때 梁淵(?~1512)의 주청에 의하여 실시된 제도로, 그 유폐가 浩漫하여 백성들의 뼈를 깎는 병폐가 되어 이 법을 고치지 않는다면 백성들은 다 죽고 말 것이라고 군정의 문란을 통렬하게 비판 고발하였다.[25)]

황구첨정은 봉건왕조의 몰락으로 가는 말기적 현상의 일단이었다. 정약용은 자신이 살던 시대의 절실한 문제들을 외면하지 않고 이를 바로잡기 위하여 以詩論時하였다. 국법에는 분명히 어린아이를 兵籍에 올리는 守令은 처벌받게 되어 있으나 한낱 휴지조각에 불과했다. 백성들은 몸만 있으면 태어난 지 3일 안에 簽丁을 하여도 감히 원망하지는 못하는[26)] 無法의 사회였다. 인간으로서 최소한의 존엄성마저도 지켜가며 살아갈 수 없는 비극적 삶의 현장을 實寫하였다.

다음의 結段에서 병든 사회의 현장을 암행어사로서 직접 목격하고 匡濟一世의 志氣를 토로하였다.

> 아아 이런 집 천하에 가득한데
> 구중궁궐 바다처럼 깊어 어찌 다 살피리
>
> 한나라 때 直指使者는
> 이천 석 받는 관리라도 축출하고 죽였다는데
>
> 썩고 어지러운 근본을 바로잡지 않으면
> 善政한 공수 황패가 다시 온들 바로잡기 어려우리

---

24) 같은 곳(11ab).

25) 같은 책, 「牧民心書」 卷8, 「兵典簽丁」, V-23, 12b, p.480.

26) 같은 책, V-23, 14a, p.481, "法曰, 黃口充丁, 守令論罪. 然今之民情, 苟有身體, 雖三日內充丁, 不敢以怨也."

옛적 鄭俠의 流民圖를 본떠서
새로 시 지어 이 사연 그려서 임금께 드리고져

嗚呼此屋滿天地	九重如海那盡察
直指使者漢時官	吏二千石專黜殺
弊源亂本棼未正	龔黃復起難自拔
遠摹鄭俠流民圖	聊寫新詩歸紫闥[27]

정약용은 적성마을에만 이런 집이 있는 것이 아니라 전국적인 현상, 즉 천하에 가득하다고 하였다. 그의 마음 같아서는 漢나라 直指使者처럼 弊政을 가져오게 한 무리들을 모조리 黜殺하고 싶다는 匡正의 뜻이 담겨져 있다. 漢나라 때의 훌륭한 牧民官으로 많은 치적을 남긴 龔遂와 黃覇가 다시 살아서 조선에 돌아온다 해도 이를 바로잡을 수 없을 만큼 고질적인 농촌의 가난과 軍政등의 문란을 고발, 비판하였다. 宋나라 王安石(1021~1086)의 新法으로 국민이 도탄에 빠지자 유랑민들이 길에 가득했다. 鄭俠은 이 비극적 현장을 그림으로 그려 「流民圖」를 임금께 올리자 新法이 폐지되고 세금을 감면해준 역사적 사실을 상기하였다. 정약용도 정협이 한 것처럼 비참한 백성들의 삶을 詩로 지어서 임금께 바치겠다고 하였다. 광제일세론의 시적 실천이다.

이상에서 살펴본 시 「奉旨廉察到積城村舍作」은 그가 경기도 암행어사 때에 지은 것임은 주목할 필요가 있다. 그것은 벼슬에 물러났거나 流配 등 失勢의 아픔과 고난과 역경에 처해 있을 때 일반적으로 민중들의 실상을 정확히 파악하고 이해하는 시인들과는 달리, 그는 正祖의 知遇를 입어 경기 암행어사라는 신분으로서 삼정의 문란으로 수난받는 민생들의 비극적 삶의 현장을 예리하게 관찰하고 실사했다는 점이다. 또

27) 같은 책, 「奉旨廉察到積城村舍」, I-2, 11b, p.27.

한 이러한 낡고 병든 사회를 바로 잡으려는 의지가 강하게 내재되어 있는 점이다.

정약용의 시에서 지속적으로 등장하는 朱門·豪門·縣門·豪家·狡吏·豪校·縣官 등의 詩語와, 白屋·破屋·生民·蒸民·生靈·村翁·田翁 등의 시어는 당시 조선후기 대립적 사회의 현장을 그대로 실사한 것이다. 前者는 백성들에게 횡포와 가렴주구를 하여 호화로운 삶을 사는 선택된 治者들의 세계이며, 후자의 시어들은 治者의 횡포와 가렴주구로 인하여 도탄에서 헤어나지 못하는 백성들의 세계이다. 또 그의 시에 수차 등장하는 宋의 鄭俠이 그렸던 「流民圖」와 선정을 했던 龔遂와 黃覇는, 三政의 문란으로 유랑민이 길에 가득한데 이를 구제할 牧者를 고대하면서 이러한 사회가 匡濟一世가 되길 염원한 것이다.

이상과 같은 정약용의 詩文에서 나타난 광제일세의 문학론은, 自我의 문제가 아닌 우국휼민으로서 문학을 통한 新我之舊邦을 구현하고자 한 것이다. "평생에 백성들 걱정하나니 / 아무리 곤궁해도 이 걱정 가시지 않네"[28]라고 노래했던 그의 우국충정과 憐民之情은 조선후기 문단이 지향할 바를 제시하였다. 우국휼민의 뜨거운 충정과 인간애를 바탕으로 하여 정립된 匡濟一世의 文學論은 조선후기 문단이 가야할 길을 제시한 것이다.

3) 燕岩의 愍時病俗論

燕岩 朴趾源은 기존의 권위를 넘어서서 새로운 창작방법을 개척하느라고 고심에 찬 노력을 했기에 문학론이 작품이고, 작품이 문학론이다.[29] 그의 소설에 나타난 重農主義·北學思想·신분계급의 타파·抑豪

---

28) 『全書』, 「滯寺六月三日値雨」, I-5, 11a, p.84. "平生黎庶憂, 困窮猶未刪."
29) 趙東一, 『한국문학통사』 3, 지식산업사, 1984, p.197.

扶羸의 정신·僞學의 배격·당쟁의 비판·상업경제의 강조 등과 풍자성은[30] 문학이 현실을 외면하지 않고, 자기 시대의 모순을 바로잡으려 한(匡正) 것이다.

> 대저 자신이 살던 시대의 잘못을 슬퍼하고 못된 풍속을 근심한 (愍時病俗) 사람으로는 屈原과 같은 이가 없다.[31]

박지원의 屈原(B.C. 343?~B.C. 227?)에 대한 위와 같은 인식을 주목할 필요가 있다. 굴원이 시대의 잘못됨을 슬퍼하고 못된 풍속을 근심(愍時病俗)한 우국충정을 「離騷」 등에 형상화한 점, 즉 우국문학을 높이 인정한 것이다. 司馬遷이 『史記』에서 밝힌 바와 같이 굴원은 君王의 들음이 밝지 못하고 참소와 아첨이 총명을 가리고 邪論과 曲說이 公道를 해치며 方正이 용납되지 못하는 楚나라 정치 사회를 근심하고 깊은 시름에 잠겨 우국충정을 「이소」에 형상화하였다.[32] 음풍농월의 小乘的 自我救濟가 아니라 국가 사회의 병리적 현상들이 匡正되길 기원한 大乘的 세계의 문학임을 높이 평가한 것이다.

박지원의 소설에 내재된 諷刺는 조선후기 사회의 제반의 모순을 극복하고자 한 데 있다. 그의 소설 중에 「許生傳」과 「兩班傳」의 두 경우만 보더라도 "愍時病俗"의 세계를 알 수 있다. 「허생전」에서는 北伐의 기치를 내걸고 1637년 三田渡의 치욕(인조 15, 淸太宗에게 항복)을 설욕하고자 하면서도 許生이 제시한 三大策을 하나도 실천할 수 없다는 李浣에게

---

30) 李家源, 『燕岩小說硏究』, 乙酉文化社, 1965.

31) 『燕岩集』, 「嬰處稿序」, 景仁文化社影印, 1974. 권7, 8a, p.107. "夫愍時病俗者, 莫如屈原."

32) 『史記』 卷84, 「屈原列傳」. "屈平疾王聽之不聰也, 讒諂之蔽明也, 邪曲之害公也, 方正之不容也. 故憂愁幽思而作離騷."

> 내 비로소 세 가지를 말했으나, 그대는 그 중 한 가지도 못한다고 하면서 스스로 신임받는 신하라고 말하니, 신임 받는 신하가 진실로 이와 같은가? 이는 베어 죽임이 마땅하다.[33]

라고 大怒하여 좌우를 둘러보아 칼을 찾아 베이려고 하였다. 입으로 大義를 부르짖으며 남한산성의 치욕을 설욕하고자 하면서도, 內的으로는 사대부니 禮法이니 운운하면서 전쟁에서 창던지고 활쏘기 편리하도록 옷의 넓은 소매 하나도 좁게 고치지 못하는 편협성과 허구성을 신랄하게 비판한 것이다.

문학이 단지 自我의 心性修養과 음풍농월의 범주에 머물기를 거부하고 시대의 병리적 모순과 갈등을 극복하고 해소하고자 한 세계는 굴원의 愍時病俗과 동일선상에 놓여있다. 이 민시병속의 세계는 곧 匡濟一世를 지향한 것이다.

「양반전」의 세계도 「허생전」의 세계와 같다. 강원도의 가장 깊은 산골 旌善 땅에 사는 몰락한 양반이 官穀 千石을 꾸어다 먹고도 이를 갚지 않은 후안무치의 행동과 이를 방관한 군수의 환곡관리는 조선후기 부패한 사회상의 일단이다. 愍時病俗하며 광정되기를 연암은 염원하면서 이를 풍자했다.

양반을 매매한다는 그 발상 자체가 이미 풍자의 절정을 이루고 있다. 두 번째 다시 작성한 문권의 내용은 양반들의 전횡이 어떠하였는가를 미루어 알 수 있고, 아울러 이러한 모순의 사회가 匡正되기를 염원한 것이다. 연암은 다른 사람이 말하지 못한 것을 말한 것, 즉 "人不言 言"한 것이다. 이 "人不言 言"한 그의 문학에서 우리는 조선후기 문학사상의 한 특성을 찾을 수 있다.

---

33) 『燕岩集』, 「許生傳」 권14, 96a, p.300. "吾始三言, 汝無一可得而能者, 自謂信臣, 信臣固如是乎. 是可斬也."

> 하늘이 백성을 낼 때, 네 종류의 백성을 만들었다. 네 백성 중에 가장 고귀한 것이 선비이니 양반이라고 하는데 이문이 이것보다 큰 것이 없다. 농사도 짓지 않고 장사를 하지 않고도 文과 史를 조금만 섭렵하면 크게는 文科에 나가게 되고, 작게는 진사가 된다. 紅牌는 2尺에 지나지 아니하나 온갖 물건이 갖추어져 있으니 돈 자루이다. 진사는 나이 30에 처음으로 벼슬에 나가거나, 음직으로 나가면 귀밑머리는 일산바람에 희어지고 배는 종놈들의 대답소리에 불러진다. 방에는 예쁜 기생을 앉혀두고 뜰에는 곡식을 되는 소리가 학 울음과 같다.[34)]

여기까지는 양반들의 보편적인 관계진출의 양상이며, 아울러 관직생활에서 방탕과 착취의 단면이다. 기생을 끼고 노닥거리며 뇌물의 수량을 확인하는 종놈들의 소리에 마냥 즐거워할 뿐, 민생의 제반문제에 대하여서는 관심을 보이지 않던 治者들의 추한 모습을 박지원은 "人不言言" 하면서 匡正되기를 염원하여 이를 풍자하였다. 비록 위와 같은 양반의 보편적 출세로 방탕과 착취할 수 없는 몰락한 양반의 횡포 또한 극심하였다.

> 궁한 선비가 되어 시골에 살아도 자기 마음대로 할 수 있으니 이웃집 소로 자기 밭을 먼저 갈고, 동네 사람들에게 내 밭을 먼저 김매게 할 수 있으니 누가 감히 나를 업신여기겠는가? 잿물을 코에 붓고 상투를 쥐고 도리질을 하며 수염을 뽑아도 감히 원망하지 못한다.[35)]

양반의 武斷과 專橫의 양상을 풍자한 내용이다. 그러나 여기에 내재된 박지원의 기본적 思惟는 양반의 횡포가 없는 사회의 구현에 있다.

그의 소설이 시정의 賤한 삶을 살아가는 이들을 즐거이 소재로 한 것

---

34) 같은 책, 「兩班傳」 권8, 12a, p.119.

35) 같은 곳, 「兩班傳」 권8, 12a, p.119, "窮士居鄕, 猶能武斷, 先耕隣牛, 借耘里氓, 孰敢慢我, 灰灌汝鼻, 暈髻汰鬚, 無敢怨咨."

만 보더라도(穢德先生傳, 廣文者傳) 대립과 갈등이 없는 和諧의 세계를 지향한 것임을 알 수 있다. 인간은 누구나 다 존엄한 존재로서 위선에 가득 찬 일부 양반계층의 삶보다는 천한 자들의 삶의 세계에서 오히려 더 값진 것을 찾을 수 있다는 것을 일깨워주고 있다.

「허생전」에 내재된 연암의 匡濟一世的 경륜은 用舟論과 用車論만을 보더라도 알 수 있다. 일금 萬兩으로 조선의 모든 과일을 독점할 수 있는 빈약하기 그지없는 경제구조는 대수술이 필요했다. 수레를 이용하여 화물의 신속한 유통과 선박을 통한 해외무역의 진출이 경제부흥의 첩경임을 천명한 用車論과 用舟論은 匡濟一世의 경륜인 것이다.

박지원의 文章은 당시 엄청난 파문을 일으켰다.(文體波動) 그의 소설은 결코 "以文爲戲"[36]가 아니라 以文匡正인 것이다. 以文匡正은 자기 시대의 잘못을 바로잡고자 한 것이다. 사상적 기저는 愍時病俗이며, 문학을 통하여 "人不言 言"한 세계는 匡濟一世에 있다.

4) 楚亭의 識時論

楚亭 朴齊家는 군자가 立言할 때는 시대를 아는 것이 귀한 것이라 하여[37] 현실의 인식, 시대를 아는 것을 중요하게 여겼다. 그는 사회의 부패상을 방관하지 않았다. 탐관오리들의 수탈과 횡포, 이로 인하여 겪는 백성들의 고초를 좌시하지 않았고 이를 비판하였다.

박제가의 현실인식과 비판의식은 학문이 利用厚生에 기여하는 데 있다. 그의 대표적 저서인 「北學議」는 우리 나라 당대현실의 모순과 문제

---

36) 같은 책, 「答南直閣公轍書」 卷2, 11b, p.33. "況如僕者, 中年以來, 落拓潦倒, 不自貴重, 以文爲戲."

37) 『貞蕤閣全集』(下) (驪江出版社 影印, 1986), 文集 卷1, 「詩學論」, pp.71~72. "夫君子立言, 貴乎識時. 使余而處中國則, 無所事於此論矣."

점 등을 극복하고 해결하기 위해서는 중국의 좋은 문물제도를 수용하자는 것이다.

그의 시대의식의 세계를 시를 통하여 살펴보자. 초정이 함경도 愁州(慶源)에서 유배생활 할 적에 지은 「愁州客詞」 79首에서 현실인식의 일단이 잘 나타나 있다. 아전들이 稅金을 내라고 말을 하지 않았는데 보기만 해도 먼저 가슴이 내려앉는다고 하여 賦斂의 혹독함과 아전들의 횡포를 간결하게 묘사하였다.

세금을 독촉하지 않았는데도
아전들 얼굴만 보면 가슴이 먼저 놀라네

베 값이 올랐다 내렸다 하니
관가에서 사들이는 대로 맡길 수밖에

催租未發聲　　見面心先駭
布直姑低昻　　一任官門買[38]

위의 시에서 정확한 현실인식을 바탕으로 하여 그가 지향한 세계가 어떠한 것인가를 알 수 있다. 字句에 나타나지 않은 言外之意는 바로 관리들의 횡포가 匡正되기를 希求한 것이다. 官家에서 布를 거두어들일 때에는 싼 가격으로, 팔 때는 고가로 조작하여 백성들의 고혈을 착취하며 사욕을 채웠다. 부패한 사회를 시로 형상화하여 고발한 것은 識時論의 시적 실천이다.

가난한 백성 소 한 마리 길렀는데
독장수 구구로 어찌할 바 몰랐어라

38) 같은 책(上), 詩集卷, 「愁州客詞七十九首」 中, 제22수, p.512.

里正이 소를 빼앗아가니
껍질 벗겨져 관가의 부엌에 매달려 있네

貧民養一牛　　甕算何所無
一爲里正奪　　剝皮懸官廚[39)]

관가의 횡포와 만행으로 가난한 농부의 꿈이 산산 조각나는 비극적 과정과 그 결과를 감정의 이입 없이 실사하였다. 우리 속담에 "독장수 구구"가 된 현실을 비판한 것이다. 농부가 소를 키워 살림을 장만하고 전답을 구입하려 했던 꿈이, 마치 옹기장수가 옹기를 베고 자다가 이익을 얻고 기뻐 환호작약하다가 꿈을 깨고 보니 옹기가 모두 부서져 버린 것과 같이, 농부의 꿈이 부패한 정치사회로 인하여 무산된 데 대한 哀憐이다. 그 소가 관가의 주방에 껍질 벗겨 걸려 있는 사회는 바로잡아져야 한다는 念願이 담겨져 있다.

나라의 세금은 이름만 10분의 1이고
실제는 10분의 2가 세금이네

관가의 명령은 비록 10분의 5이지만
그 중 심한 것은 10분의 8~9이네

國穀各什一　　其實穀二斗
官令雖十五　　中滋十八九[40)]

조세제도의 문란과 부패상이 위의 시에 나타나 있다. 이러한 사회에 사는 被治者들의 질곡과 같은 삶이 하루속히 匡正되길 염원한 것이다.

39) 같은 시, 제25수, p.512.
40) 같은 시, 제78수, p.517.

초정은 백성들의 삶이 날마다 궁핍해져 가는데 사대부들이 어찌 수수방관하고 구하지 않느냐고 반문하였다.[41] 조세법은 휴지조각에 지나지 않았던 사회라서 10분의 5, 또는 8~9를 세금으로 내야하는 백성들의 고통과 탐관오리들의 수탈이 혹심함을 고발한 것이다. 이 시세계는 시대인식과 匡濟一世의 志氣가 合一되어 "人不言 言"한 것이다. 즉 투철한 현실인식과 自意識은 憂世恤民의 충정에서 나온 것이다.

박제가는 조선후기 경제를 개혁하여 利用厚生할 수 있는 방안을 제시했다. 박지원과 같이 用車論과 用舟論을 전개하였다.

이상해라 나라안이 천리인데 수레가 없다니
모든 말 등창나 죽은 들 뉘 불쌍히 여기리

평생에 周禮 考工篇 읽는 것 즐거워하지만
수레 모는 것 定平에서 처음 보니 눈앞이 환하네

빨리 수레바퀴와 바퀴통곡을 만들고
끌채와 멍에 쇠굴렁을 씌우네

몽고와 元이 남긴 제도 진실로 탄복할 일
능히 무거운 짐 싣고 산기슭을 넘누나

海西에도 역시 수레 다닌단 말 들었는데
지금 의논하는 자 분분하기만

오래 된 속된 글자 깨뜨리기 어려워
일찍이 임금께 올릴 것을 생각하네

---

41) 같은 책(下), 「北學議自序」 卷1, p.35. "今民生日困, 則用日窮, 士大夫其將袖手而不之救歟."

異哉無車國千里　　萬馬誰憐瘡背死
平生頗喜談考工　　眼明驅車定平始
草草作輪尖其轂　　以轅爲軛仍曲木
蒙元遺制固可歎　　猶能載重踰山麓
聞道海西亦行車　　今之議者徒紛如
難破悠悠一俗字　　卻憶天門曾獻書[42)]

위의 시에서 초정의 用車論이 나타나 있다. 『周禮』 考工篇을 읽기만 했지 이를 미루어 활용할 줄 모르는 당시 사대부들의 무지와 무능을 개탄하였다. 몽고와 元나라가 일찍이 수레를 사용한 것처럼 조선도 이를 이용할 것을 詩化한 것은 그의 利用厚生論을 韻文化한 것이다. 경제의 부흥을 위해서 유통구조의 획기적인 개혁, 즉 수레의 이용과 선박의 사용을 지속적으로 전개하였다. 수레의 유통은 초정의 이용후생론에 있어 가장 핵심적인 요소이다.[43)] 그는 우리 나라가 빈곤한 원인을 수레와 배를 이용할 줄 몰라 화물의 유통이 원활하게 이루어지지 못한 데서 찾았다.

신라는 바닷가에 있었던 나라로
조선 땅의 8분의 1이었네

고구려가 왼쪽에서 침범하고
당나라 군사가 오른 쪽에서 쳤지만

창고엔 곡식이 남아있고
군사 먹이는 데 부족함이 없었네

---

42) 같은 책(上), 「定平」, 詩集 권5, pp.457~458.
43) 吳壽京, 「實學精神의 詩的 表現」 - 楚亭 朴齊家詩의 경우 -, 『雨田辛鎬烈先生古稀紀念論叢』, 1983, p.80.

자세히 그 까닭 연구해보니
수레와 배를 이용한데 있었네

배는 외국과 통상을 하고
수레는 말과 나귀를 편케 했네

배와 수레를 쓰지 않는다면
管仲과 晏嬰이라도 장차 어찌하리

新羅處海濱　　八分今之一
句驪方左侵　　唐師由右出
倉庾自有餘　　犒饋禮無失
細究此何故　　其用在舟車
舟能通外國　　車以便馬驢
二者不可復　　管晏將何如[44]

박제가는 三國이 鼎峙했던 시대에 신라가 가장 경제적으로 富强했던 원인을 배와 수레를 이용하여 외국과 통상을 하고 화물의 운반과 유통이 고구려나 백제보다 월등히 발달했던 데서 찾았다. 이러한 역사의식은 정확한 시대인식에서 나온 것이다. 위의 시에서 用車·用舟論은 곧 利用厚生論이다.

박제가의 비판정신과 자각, 그리고 예리한 현실인식의 識時論은 자신의 시대에 내재된 모순과 불합리, 비리와 부패를 척결하여 민생의 간난을 극복하는데 있다. 현실을 외면하지 않고, 이를 정확히 인식하여야 한다는 識時論은 세상을 바로잡아 구제하는 데 기여하여야 한다는 匡濟一世論에 整合된다고 할 것이다.

44) 『貞蕤閣全集』(上), 「曉坐書壞七首」(3), 詩集 권2, p.130.

이익의 世教論과 정약용의 우국휼민의 匡濟一世論, 박지원의 愍時病俗과 박제가의 識時論은 모두 자신의 시대에 산적한 문제들을 슬기롭게 대처하고 극복하는데 문학이 그 일익을 담당하여야 한다는 匡濟一世의 文學論이다.

실학파 문학의 특성인 이 광제일세론은, 현실을 멀리하여 物에 집착하지 않았던 16세기 사림파 문학관[45]과는 현격한 차이가 있다. 문학이 단순히 心性修養이나 吟風弄月의 세계에 머무르는 것을 거부하였다. 적극적으로 병든 사회의 인간악과 사회악을 비판 고발하면서 匡濟一世를 염원하였다. 이들의 문학의 존재와 그 영역은 물론 기능과 가치를 확충시키고 향상시켰다.

文學史에서 광제일세론의 흐름은 위로는 李奎報(1168~1241)·金時習(1435~1493)·金宗直(1431~1492)·魚無迹 등의 社會詩에 나타난 세계를 실학파 문인들에 의하여 확충 발전시켰고, 그 세계와 정신은 韓末의 黃玹(1855~1910)을 비롯한 憂國詩와 日帝侵略時期의 抵抗詩 그리고 지금의 參與詩에 이르기 까지 이어진다고 할 수 있다. 조선후기 실학파를 중심으로 일어난 광제일세의 문학론은 곧 문학을 통한 실학의 실천인 것이다.

3. 文學의 自主論

1) 星湖의 自做論

조선후기 문학사상의 한 특성은 自主論이다. 사대적 擬古主義를 배격

---

45) 林熒澤, 「16세기 士林派의 文學意識」, 『韓國文學史의 視角』, 創作과 批評社, 1984, p.49.

한 자주론은 조선후기 한문학의 커다란 변화이다. 실학파 문인들은 조국과 민족, 우리의 역사와 모국어, 그리고 한글과 文化를 소중하게 인식하였다.

성호 이익의 自做論은 自主意識이다. 그의 자주의식은 "中國은 大地中의 한 조각 땅에 지나지 않는다"[46]는 명쾌한 세계관에서 이미 나타나고 있고, 또한 "우리 나라는 스스로 우리 나라이니 그 규제와 體勢가 中國의 역사와 다르다"[47] 하여 강한 자주정신을 소유하고 있었다.

그는 우리 나라 시가 중국의 시를 蹈襲하는 것을 배격하였다. 鄭知常(?~1135)의 科場詩는 唐나라 韋承矩에서 나온 것이고, 尹孝孫(1431~1503)의 시는 宋나라 李淸臣의 시에서 나온 것이라고 하고, 金正國(1485~1541)과 같은 이도 도습을 범했다고 전거를 들어 비판하였다.[48]

우리 나라의 詩文이 중국을 도습하는 것을 배격한 성호는 문학의 自做論을 이렇게 전개했다.

> 옛 사람의 시는 荒郡의 野人과 같아서 冠도 바로 제 손으로 만든 것이요(自做), 띠도 역시 제 손으로 만든 것이요, 옷과 신발도 모두 제 손으로 만든 것이요, 器物도 역시 제 손으로 만든 것이라서 참된 마음이 표현되어 工拙을 분별할 수 있었다. 요즘 사람의 시는 京邑의 선비와 같아서 관은 바로 빌린 것이요, 띠도 빌린 것이요, 옷과 신발도 역시 빌린 것이요, 기물도 모두가 빌린 것이라서 비록 아름답고 우아하여 볼 만한 것은 있을지라도 다 자기의 소유물이 아니요, 동녘 이웃에게 빌리고 서녘 이웃에서 빌려 쓴 것이니 무엇

---

46) 『星湖全書』(五), 「僿說」, 天地門 「分野」, p.35. "今中國者, 不過大地中一片土."

47) 같은 책(一), 「答安百順」, 文集, 卷15, p.290. "東國自東國, 其規制體勢, 自與中史有別."

48) 같은 책(六), 「僿說」의 詩文門, 「東詩蹈襲」, p.1068. "東人之詩, 每多蹈襲古語, 妄傳爲絶唱. 如鄭知常赴擧詩, 本出於唐韋承矩, 見事文類聚. 尹孝孫詩云, 相公酣眠日正高, 門前刺紙已生毛. 夢中若見周公聖, 須問當年吐握勞. 此出宋人李淸臣. 詩云, 公子乘閒臥絳幬. 白衣老吏慢寒儒. 不知夢見周公否, 曾說當年吐哺無. 此類甚夥. 雖金思齋之賢, 時有此累."

이 족히 칭할 것이 있으리요. 내가 靖節集을 보니 스스로 지어낸 것이다. 이 때문에 배우기가 어렵다는 것이다. 요즘 세상에 논하는 시는 남의 물건을 빌어서 잘 배열하고 흠이 없게 한데 지나지 않으며 또한 남의 것을 빌려서 전도되고 본말이 착란되게 만드니 더욱 가소로운 것이다.[49]

위와 같은 이익의 自做論을 단순히 문학의 창조성만을 강조한 것만으로 볼 수 없다. 조선인은 조선의 冠과 띠, 신발과 器物을 써야만 조선인다운 것이지 중국의 것을 빌려서 쓴다면 비록 볼만할 지라도 조선의 것이 아니라는 논리이다. 自做論은 도습과 사대적 문학에서 탈피하여 조선의 문학을 창작하여야 한다는 민족문학론이다.

이익은 한글의 우수성을 인정하였다. 몽고의 문자가 死滅된 이유는, 소리를 주장하고 사람들이 귀로 듣게 되어 있어 형상이 없기 때문이라고 보았다. 몽고가 規例를 미루어 문자를 창제했다면 천추 후세에까지 통용되어 우리 나라의 한글과 같이 공효가 있을 것이라고 하였다.[50]

한글의 우수성에 대한 이익의 인식은 삼라만상의 온갖 것을 표현할 수 있는 훌륭한 문자로서 그 공효가 큰 데 있다. 이렇게 조선의 모든 것에 대한 깊은 이해와 사랑은 조선인이기 때문이다. 조선인은 "조선의 문학"을 창작하여야 하는 것이지 중국문학을 도습해서는 안 된다는 논리이다.

이익은 우리의 농어촌에서 일상적으로 쓰는 俚言들도 시어로 쓸 수 있

---

49) 같은 책(六), 「僿說」 詩文門, 「陶詩自做」, p.1087. "古人之詩, 如荒郡野人, 冠是自做, 帶是自做, 衣屨是自做, 器物是自做, 眞心見而工拙可別也. 今人之詩, 如京邑士之冠是借物, 帶是借物, 衣屨是借物, 器物是借物, 雖都雅可觀, 皆非己有此物, 東鄰借用, 西隣借用, 何用稱也. 余觀靖節集, 則自做出來, 所以難學. 今之論詩, 不過借物, 而善鋪排無罅漏也, 又或有借物, 而顚倒錯亂之者, 益可笑."

50) 같은 책(五), 「僿說」 人事門, 「諺文」 卷16, p.556. "蒙字以聲爲主, 故人以口傳而耳聽也. 然全無其形, 又何能傳而不泯. 今無以得見其詳, 若推例爲文字, 可以通行於天下後世, 與我之諺文同科."

다고 하였다. 모국어에 대한 새로운 인식을 다음의 글에서 찾을 수 있다.

> 나는 농어촌에 살고 있어 그들의 俚言을 많이 알고 있다. 백성들이 비가 오고 바람 불 것을 미리 점치는 풍속이 있는 데 바람의 이름이 각각 다르다. 동풍을 '샛바람(沙)'이라 하는 데 곳 明庶風으로「爾雅」의 谷風이라는 것이요, 동북풍을 '높새바람(高沙)'이라 하는 데 곧 條風이다. 남풍을 '마파람(麻)'이라 하니 곧 景風으로「이아」에 凱風이라는 것이요, 동남풍을 '된마파람(緊麻)'이라 하니 곧 景明風이다. 서풍을 '하늬바람(寒意)'이라 하니 곧 閶闔風으로「이아」에 泰風이라는 것이요 서남풍을 '늦하늬바람(緩寒意)' 혹은 '늦마파람(緩麻)'이라 하니 곧 凉風이요, 서북풍을 '된하늬바람(緊寒意)'이라 하니 곧 不周風이요, 북풍을 '뒤바람(後鳴)'이라 하니 廣漠風으로「이아」의 凉風이라는 것이다. 이것들을 모두 시 짓는 자료로 사용할 수 있다.[51)]

농어촌에서 쓰는 俚言들을 모두 詩料가 될 수 있다고 하였다. 도습을 반대하고 진실한 조선의 시를 써야 한다는 自主論의 시적 실천을 다음에서 찾을 수 있다.

> 하늬바람 산에 부니 온갖 나무 서걱거리고
> 외딴 집에서 베개에 기대니 갓이 기울어지네
>
> 寒意漫山萬木鳴　　　孤齋倚枕帽簷傾[52)]

하늬바람을 寒意로 音借하여 시어로 쓴 예이다. 또한 수레를 "愁牢"

---

51) 같은 책(五)「僿說」卷2, 天地門,「八方風」, pp.57~58, "余處耕魚之間, 多詢俚語. 氓俗候雨占風, 名號各殊. 東風謂之沙, 卽明庶風, 爾雅謂之谷風也. 東北謂之高沙, 卽條風也. 南風謂之麻, 卽景風, 爾雅謂之凱風也. 東南風謂之緊麻, 卽景明風也. 西風謂之寒意, 卽閶闔風, 爾雅謂之泰風也. 西南風謂之緩寒意, 或謂之緩麻, 卽凉風也. 西北風謂之緊寒意, 卽不周風也. 北風謂之後鳴, 卽廣漠風, 爾雅謂之凉風也. 皆可以入詩料."

52) 같은 책(一),「小會次長卿韻七首」(4), 文集 권4, p.38.

로 音借하여 시어로 사용할 수 있다고 하였다.[53] 우리말을 漢字로 옮겨 시어로 사용할 수 있다는 漢詩觀은 도습이 아닌 自做의 문학론으로 조선적인 한시를 창작하자는 것이다. 그의 이러한 논의는 정약용의 악부시에 이르러 확대되었다.

이익의 우리말에 대한 새로운 인식은 속담을 수집하여 389章(首)을 4언 2句로 漢譯한 「百諺解」[54]에도 나타나 있다. 「백언해발」에서 속담은 人情을 살필 수 있고, 사리의 징험할 수 있는 것이라서 家事와 國政에 요긴한 것으로 없앨 수 없다고 하였다.[55] 그리고 사람을 깨우치게 하고 반성케 하는 만큼 없애서는 안될 것이라고 하여 그 기능과 역할의 큼을 밝혔다.[56]

이익의 「백언해」[57]는 洪萬宗(1643~1725)의 「旬五志」에 수록된 한역 속담집(143章)에 이어 두 번째의 한역한 속담집이다. 한역한 속담을 몇 章 보자.

- 盜名終雪　淫奔難白
  (도둑의 때는 벗어도 화냥의 때는 못 벗는다)
- 鳩子學習　飛不過嶺
  (햇 비둘기 재 넘을까)
- 新生狗雛　不知畏虎
  (하룻강아지 범 무서운 줄 모른다)

---

53) 같은 책(五), 「僿說」 人事門, 「愁牢」, p.373. "愁牢二字, 詩家可押爲韻語."

54) 같은 책(7), 「百彦解」, pp.431~443.

55) 같은 책(二), 「百彦解跋」 卷37, 37a, p.732. "諺者, 粗俗之談也. 成於婦孺之吻, 行於委巷之間, 察之人情, 驗之事理. …… 案以之處家事, 措國政要不可廢也. 苟使言而裨益, 何有於古今聖愚之別, 諺之不可沒也明矣."

56) 같은 책(六), 「僿說」 詩文門, 「雜纂」 p.1071. "雖其人未必賢, 採諸謠俗, 驗之人心, 時有可警省者. 如子惡苗碩之類, 不過街談里諺, 君子有取, 聲入心通, 莫非有益也. 余昔作百彦解, 其形容物態, 切近民情, 則誠有不可沒也."

57) 金相洪, 「星湖의 〈백언해〉 考」, 『教育論叢』 제2집, 檀國大學校 教育大學院, 1986. 참조.

- 珍珠十斗 貫乃成寶
  (구슬이 서 말이라도 꿰어야 보배)
- 入甕之鼠 無處可走」
  (독 안에 든 쥐)

이와 같이 389章을 4언 2구로 정형화하여 우리의 속담을 한역하였다. 「백언해」는 우리 속담도 중국의 經書와 史書에 나오는 중국 속담과 다를 것이 없다는 자각과, 아울러 시문에 인용할 수 있도록 한 것이다. 이는 우리의 것에 대한 애정과 소중함을 느끼고 깨달은 것이며, 실학사상의 구체적 실천의 하나이다. 이익의 속담에 대한 이해는 그의 제자였던 愼後聃(1702~1761)에게 계승되었다.

河濱 愼後聃은 그의 「河濱雜著」의 「察邇錄」에서 51章의 속담을 수집 한역하였다. 또한 이익을 私淑했던 정약용은 「백언해」를 저본으로 하여 「耳談續纂」에서 우리의 속담을 叶韻하여 214章(4장은 不叶韻)을 운문으로 아름답게 옮겼다.[58]

이익의 自做論은 사대적 擬古主義를 반대하고 조선적인 詩를 써야 한다는 自主的 문학론이다. 그의 「海東樂府」 119首, 「백언해」 389章은 自做論을 구현한 것이다. 비록 표기는 중국의 문자를 빌어 써도 그 내용은 우리의 것을 담아야 한다는 自做論은 조선인은 도습과 중국적 擬似化의 事大的 文學을 지양하고 진정한 조선의 문학을 이룩하자는 것이다. 이 自國文學 樹立論은 실학사상의 구현으로서 조선후기 문학사상의 한 특성이다.

---

58) 金相洪. 「다산의 〈耳談續纂〉 연구」, 『漢文教育研究』 創刊號, 韓國漢文教育學會, 1986. 참조.

2) 茶山의 朝鮮詩論

다산 정약용은 성호 이익이 제기했던 自做論을 계승하여 이를 발전시켰다. 정약용의 조선시론은 이익의 自做論을 이론적으로 체계화하였고 많은 시편에 이를 구현하였다. 그는 시문에서 중국의 것만을 用事하는 사대적 陋俗을 버려야 한다고 하였다. 조선인은 『삼국사기』를 비롯한 선인들의 저서에서 이를 채취하고 기타 우리의 文字에서 사실을 채취하여 지방의 일을 고구하여 이를 用事할 것을 立論하였다.[59] 조선인이기에 조선의 모든 것에서 용사해야 한다는 朝鮮之事 用事論은 조선후기 문단이 나아가야 할 새로운 地平을 열었다.

조선사람이기에 즐거이 조선시를 쓴다고 다음과 같이 조선시 선언을 하였다.

노인의 즐거운 일 하나는
붓 가는 대로 미친 듯이 시를 쓰는 것

어려운 운자에 신경 안 쓰고
퇴고하느라 더디지 않고

흥이 나면 뜻을 싣고
뜻이 이루어지면 바로 시를 쓰네

나는 조선사람이기에
즐거이 조선시를 쓰노라

---

59) 『全書』, 「寄淵兒」, I-21, 9b~10a, p.443. "雖然我邦之人, 動用中國之事, 亦是陋品. 須取三國史, 高麗史, 國朝寶鑑, 輿地勝覽, 懲毖錄, 燃藜述, 及他東方文字, 採其事實, 考其地方, 入於詩用. 然後可以名世以傳後. 柳惠風十六國懷古詩, 爲中國人所刻, 此可驗也."

그대는 마땅히 그대의 법을 쓰면 되지
시작법에 어긋난다고 떠드는 자 누구뇨

중국시의 구구한 격율을
먼 곳의 우리가 어이 안단 말인가

우리를 업신여긴 이반룡은
우리를 동쪽 오랑캐라 비웃었네

袁宏道 형제와 尤侗이 雪樓(李攀龍)를 쳤는데도
海內에는 다른 말이 없었네

등뒤에 彈子를 낀 사람 있는데
어느 겨를에 마른 매미 엿볼소냐

나는 수식 없는 韓愈의 山石詩를 사모하니
계집애 시라고 비웃음 받을까 두려워하리

어찌 처절하고 어두운 것을 꾸미면서
괴로워하며 애간장을 태우는가

배와 귤은 그 맛이 다른 것처럼
오직 입맛에 맞는 것을 즐겨할 뿐이네

老人一快事　　縱筆寫狂詞
競病不必拘　　推敲不必遲
興到則運意　　意到則寫之
我是朝鮮人　　甘作朝鮮詩
卿當用卿法　　迂哉議者誰
區區格與律　　遠人何得知

凌凌李攀龍　　嘲我爲東夷
袁尤搥雪樓　　海內無異辭
背有挾彈子　　奚暇枯蟬窺
我慕山石句　　恐受女郎嗤
焉能飾悽黯　　辛苦斷腸爲
梨橘各殊味　　嗜好有其宜[60)]

위의 조선시 선언은 정약용의 나이 71세(임진, 1832)에 한 것이다. 이를 주목할 필요가 있다. 그는 仕官時에 시로 正祖에게 "奇才"라는 御批를 받았고, 奎章閣提學 沈煥之(1730~1802), 藝文館提學 李秉鼎, 弘文館提學 閔鍾顯 등 당시 文任諸臣으로부터 "文苑의 奇才"라는 평을 받아 詩名이 聲振一世하였다. 유배지 강진에서 지은 「耽津樂府」는 당시 서울까지 유전되어 인구에 회자되었다. 시를 2,263首(奎章閣本)를 남겼는데 거의 일생동안 지속적으로 시작활동을 하였다. 유배지에서 쓴 「長鬐農歌」와 「탐진악부」 등에서 이미 조선시론을 실천하였던 그가 말년인 71세에 이르러서야 왜 朝鮮詩 宣言을 하였을까? 그것은 다산이 평생동안 시를 써오면서 느낀 것은, 역시 조선인은 조선시를 써야한다는 평소의 지론을 시로 거듭 천명한 것임을 간과해서는 안 된다.

이 「老人一快事 效香山體」(5) 시는 그의 시론이자 論詩詩로서 문학사상의 핵심의 하나이다. 이 조선시론은 우리 나라 한시사에서 새로운 지평을 연 것으로서 그 의의는 매우 크다. 이 시는 모두 4단(각 6구)로 구성되어 있다. 제1단은 자신의 작시 태도를 밝힌 것이며, 제2단은 조선시론을 피력한 것이다. 제3단은 문학 變異의 당연한 이치를 중국의 문학운동을 빌어 자신의 조선시론을 뒷받침하고 있고, 제4단은 조선문단의 풍토를 비판하면서 새로운 길(조선시)을 제시한 것이다.[61)] 이 조선시 선

60) 『全書』, 「老人一快效香山體」(5), 1-6, 34a, p.115.

언은 문학의 주체적 자아의 확립이다. 조선인의 기호와 性情에 합치되는 조선시를 써야만 참다운 시가 될 수 있다는 선언은 조선후기 문단에 새로운 地平을 열었다.

虛文假飾의 문학이 아니라 생명력이 있는 진실한 문학을 꽃피우기 위해서는, 조선인의 삶을 중국적 擬似化를 배제하고 진실하게 표현[62]하는 길을 가야한다는 민족문학론이다. 조선시론은 사대적 문학을 배격하고 우리의 문학, 조선의 문학을 구현하려는 자주문학론이다. 자신의 조선시론을 실천한 시는 康津 유배시에 지은 「耽津樂府」 3편과 장기 유배지에서 쓴 「長鬐農歌」 등이 있다. 우리의 언어와 제도 풍속 등을 訓借·音借하여 詩語로 썼다.

訓借한 시어는, "돈모"를 "錢秧"으로, "밥모"를 "飯秧"으로, "활선"을 "弓船"으로, "높새바람"을 "高鳥風"으로, "마파람"을 "馬兒風"으로, "까치놀"을 "鵲凄"로, "보릿고개"를 "麥嶺"으로, "싸전"을 "米廛"으로, "책씻이"를 "洗書禮"로, "갓내울"을 "笠川渡"로 표기한 것 등이 있다.

音借한 시어는 "누릿재"를 "樓犁嶺"으로, "지국총"을 "指掬蔥"으로, "낙지"를 "絡蹄"로, "아가"(며느리)를 "兒哥"로, "섬(島嶼)"를 "苫"으로 표기한 것 등이 있다.

또한 "좋은 말"을 "天才馬"로, "남편"을 "盤床"으로, "큰 상어"를 "新赤胡"로, "소나무"를 "黃腸"으로, "뇌물"을 "人情"으로, "대감"을 "大監"으로, "영감"을 "僉知"로, "홍당지(과거합격증서)"를 "紅紙"로, "무당"을 "花郎"으로, "금강산도 식후경"의 속담을 "蓬瀛飯後知" 句로, 讓寧大君과 孝寧大君의 일화를 용사한, "王兄做佛兄"의 시구 등이 있다. 이는 모두 조선의 國制·人情·風土·方言 등 朝鮮之事를 시어로 쓴 것이다.[63]

---

61) 金相洪, 앞의 책, pp.9~12, p.57, p.164 참조.

62) 李東歡, 「朝鮮後期 漢詩에 있어서 民謠趣向의 擡頭」-조선후기 漢文學의 역사적 변화의 一局面-, 『韓國漢文學硏究』 제3~4집, 한국한문학연구회, 1978~1979, p.33.

높새바람 불 제 항구를 떠나
마파람 불 제 급히 돌아온다네

이씨네 일 약속 어기고 장가네 일 가니
예로부터 돈모가 밥모보다 낫다네

高鳥風高齊出港　　馬兒風緊是歸時[64]
輕違李約趁張召　　自是錢秧勝飯秧[65]

위는 조선시론을 자신의 시에 구현한 것 중 한 예이다. 이익이 농어촌에서 쓰는 언어들도 詩料가 될 수 있다는 것을 정약용은 이를 확충하여 장기와 강진지방의 언어들을 音借·訓借하였고, 조선의 習俗과 제도, 先代의 일화 등 이른바 朝鮮之事를 용사하여 시를 썼다. 이익의 自做論은 정약용에 의하여 朝鮮詩로 확충 발전되었고, 이 자주적 조선시론은 다시 李學逵(1770~1834)에게 그대로 이어졌다.[66]

이익이 우리 속담의 효용과 가치를 인정하고 389章을 수집하여 4언 2구로 한역하였는데 정약용은 『耳談續纂』에서 214章을 4언 2구로 叶韻(4구는 불협운) 하였다. 마치 『시경』처럼 운문으로 한역하여 시문에 용사할 수 있게 하였다. 다산의 한역 속담집인 『이담속찬』의 東諺은 조선의 모든 것에 대한 사랑이며 자주적 문학론의 실천이기도 하다.

o 鳩生一年　飛不踰巓
(햇비둘기 재 넘을까)
o 烏聲十二　無一娬媚
(까마귀 열 두 소리 하나도 좋지 않다)

---

63) 金相洪, 앞의 책, pp.165~182, 참조.
64) 『全書』, 「耽津漁歌」 I-4, 28a, p.75.
65) 같은 책, 「耽津農歌」(5), I-4, 27b, p.75.
66) 金相洪, 앞의 책, p.182 참조.

o 妻迁財入 譬彼甑汲
(여편네 활소하면 벌어들여도 시루에 물붓기)

위는 『이담속찬』의 한역속담을 예시한 것이다. 정약용의 조선에 대한 사랑과 인간애는 조선의 모든 것에 대한 깊은 이해와 애정 그리고 소중함을 자각했기 때문이다.

조선 사람이기에 즐거이 조선시를 쓴다고 선언한 다산의 조선시론은 사대적 擬古主義의 당대 文風을 배격하고, 朝鮮之事를 시로 써야 한다는 자주 문학론으로서 조선후기 문단에 새로운 이정표를 제시하였다.

3) 燕岩의 朝鮮之風論

연암 박지원의 朝鮮之風論은 『시경』의 15國風과 같이 조선의 풍요가 진실한 시라고 천명한 것이다. 조선은 산천 風氣와 지리가 중국과 다르고 언어와 謠俗으로는 시대가 漢·唐이 아닌데도 중국의 수법을 본받고 한·당의 문체를 蹈襲하는 당시의 문단풍토를 비판하면서 현실과 괴리된 문학을 배격하였다.

박지원의 문학사상 중 그 하나는 모방을 버리고 "眞"을 추구한 것이다. 그가 왜 眞의 문학을 지향하였는가를 장편 5언고시 「贈左蘇山人」 시를 통하여 알아보자. 무엇과 같음(似)을 버리고 참(眞) 문학을 주창한 것은, 진실한 조선의 國風(朝鮮之風)을 구현하자는 것이 문학론의 핵심이다.

내가 세상 사람을 보니
남의 문장을 기리는 자는

文은 반드시 兩漢과 비슷해야 하고
시는 盛唐을 법 삼아야 한다고 하네

같다는 것은 이미 참이 아니거늘
漢·唐의 시가 어찌 또 있겠느뇨

우리의 풍속은 같은 투를 좋아하나니
그 말한 것이 野함을 괴이 여기는 자 없네

듣는 자는 모두 깨닫지 못하면서
얼굴이 붉어지는 사람 없네

我見世之人　譽人文章者
文必擬兩漢　詩則盛唐也
曰似已非眞　漢唐豈有且
東俗喜例套　無怪其言野
聽者都不覺　無人顔發赭67)

중국을 모방하는 사대주의적인 문학을 비판하였다. 漢·唐의 시문을 흉내냄은 "眞"이 아닌 가식이라는 것이다. 이미 망해버린 한·당이 어찌 있을 수 있겠느냐면서 의고주의적 사대문학에 벗어나지 못하는 것을 비판하였다. 한·당을 본받은 시문의 野함을 의심하는 자 없고, 이를 깨우쳐주어도 깨닫지 못함은 물론 부끄러움이 없는 당시 문단의 병폐를 매도하였다. 이어서 한·당을 모방한 문학은 구체적으로 어떠한 양상인가를 다음과 같이 지적하였다.

邯鄲의 걸음걸이 배우려다 앉은뱅이 되었고
西施의 찡그림 흉내내다 더 醜女가 되었네

계수나무 그린 줄 알지만
오동나무와 가래나무만도 못하네

---

67) 『燕岩集』, 「贈左蘇山人」 권4, 2ab, p.87.

學步還匍匐　　效嚬徒醜魏
始如畵桂樹　　不如生梧檟[68]

漢·唐을 모방하여 같음(似)를 구하려는 시문은 邯鄲學步와 效嚬의 고사와 같다는 것이다. 한단의 걸음걸이를 배우려다 앉은뱅이 걸음으로 고향으로 돌아오고, 추녀가 西施의 찡그림을 흉내내다가 더욱 추하게 된 것과 같다고 하였다. 그리고 계수나무를 그린 줄 알지만, 실은 오동나무와 가래나무만도 못하게 그린 것이라고 하였다. 이 反擬古主義의 문학관은 조선인은 조선의 시를 써야 한다는 자주문학론인 것이다.

太常旗처럼 공허한 문사만을 벌려 놓았으니
저장해 놓은 잡다한 고기 썩어 냄새가 나누나

고생스럽게 일하던 자 검소함을 잊고
갑자기 冠과 띠로 꾸미누나

눈앞에 일이 참다운 맛이 있는데
어찌하여 먼 옛일을 끌어들여야 하나

漢·唐이 지금 세상이 아니고
風謠는 중국과 다르다

班固나 司馬遷이 다시 난다해도
예전의 반고와 사마천을 배우지 않으리라

새로운 시를 쓰기 비록 어렵더라도
내 생각을 다 쓰는 것이 마땅하도다

---

68) 같은 곳.

어찌하여 옛 법에만 구속되어
벌벌 떨며 붙들려 매인 듯 하는가

지금 때가 가깝다고 말하지 말라
응당 천년 후엔 높이 솟으리

孫子와 吳子의 병서를 사람들이 다 읽지만
배수진을 아는 자 적다네

太常列飣餖　　臭餒雜鮑鮓
夏畦忘踈略　　倉卒飾綏銙
卽事有眞趣　　何必遠古抯
漢唐非今世　　風謠異諸夏
班馬若再起　　決不學班馬
新字雖難刱　　我臆宜盡寫
奈何拘古法　　刦刦類係把
莫謂今時近　　應高千載下
孫吳人皆讀　　背水知者寡[69]

사대적 의고주의 문학은, 마치 太常旗에 해・달・별・용을 잡다하게 그린 것과 같고, 저장해 놓은 잡다한 생선이 썩어 냄새가 나는 것과 같으며, 또한 가난하여 고생스럽게 일하던 자는 검소함이 본분인데 이를 잊고 갑자기 冠과 띠로 몸단장을 하는 격이라고 하였다.

이 시에서 눈앞 일(卽事)은 먼 옛일(遠古)과 대립되어 있으며, 먼일은 구체적으로 漢・唐을 가리킨다. 한・당은 시간적으로 먼 옛날일 뿐만 아니라 공간적으로 먼 곳이다. 그러므로 즉사는 시간적으로 멀지 않고, 공간적으로 멀지 않은 지금 여기의 일을 지칭한다. 지금 여기의 일에 참다

69) 같은 곳, p.87.

운 맛(眞趣)이 있는데 한·당을 구태여 운위할 필요가 없다는 것이다.[70)]

조선의 문인들이 눈앞에(朝鮮의 모든 것) 있는데 이를 버리고 중국의 옛 일을 끌어들이는 어리석은 짓을 왜 해야하는가를 반문하였다. 지금은 분명 한·당이 아니라 하고 班固와 司馬遷이 다시 태어난다 해도 예전에 자신이 지었던 글과 같게는 짓지 않을 것이라 하여 조선인은 조선지풍의 시를 써야 할 것을 강조하였다. 후술하겠지만『書經』과『詩經』도 三代의 時俗의 글이고, 李斯와 王羲之의 글씨도 秦晋시대의 글씨이며, 글자는 같아도 글은 독창성이 있어야 한다는 것은, 그 시대에 맞는 시문이어야 함은 물론 독자성이 있어야 한다는 것으로 自主的 文學論이다. 누구나 孫子와 吳起의 병법을 읽지만 背水의 陣法을 아는 자는 적다는 것이다. 이는 조선의 문인들이 시문을 논하면서 朝鮮之風의 문학, 문학의 독자성과 自主性, 조선의 참(眞) 文學을 모르는 것을 마치 병서를 읽고도 그 속에 배수의 진법을 모르는 것과 같다고 비판한 것이다. 위에서 살펴본「贈左蘇山人」은 박지원의 자주적인 문학론을 운문으로 형상화한 것이다.

또한 박지원은 의고주의적 사대문학을 비판하면서, 모방의 문학은 마치 新을 건국한 王莽이 周代의 제도인 禮樂을 흉내낸 것은 위선과 기만인 것이며, 孔子의 모습을 닮은 陽貨가 공자인양 행세하는 것과 같다고 하였다.[71)]

創新을 하여야 한다는 문학론은 같음(似)이 아닌 참(眞)을 추구한 것으로 조선의 문학은 朝鮮之風이어야 한다는 自主 문학론이다. 박지원은 李德懋(1741~1793)의 시집「嬰處稿序」에서 朝鮮之風論을 전개하였다. 우

---

70) 宋載邵,「燕岩의 詩에 대하여」,『雨田辛鎬烈先生古稀紀念論叢』, 創作과 批評社, 1983, pp.24~25.

71)『燕岩集』,「楚亭集序」卷1, 3a, p.12. "爲文章如之何. 論者曰, 必法古, 世遂有儗摹倣像, 而不之耻者. 是王莽之周官, 足以制禮樂, 陽貨之貌類, 可爲萬世師耳, 法古寧可爲也."

리 나라가 비록 구석져 있기는 하나 그래도 나라가 적지 않고, 신라·고려가 소박하나 민간에 좋은 풍속이 많았다고 하였다. 그런 만큼 方言을 문자로 옮기고, 민요를 운율에 맞추기만 하면 문장이 이루어지고 眞機가 발달된다는 것이다. 중국을 답습하지 않고 남의 것을 차용하지 않아도 현재 조선에 있는 그대로를 가지고 온갖 것들을 표현할 수 있다고 하였다.

> 만약 성인이 중국에 또 나와서 각국의 풍속과 성정을 관찰하려고 한다면 이 嬰處의 稿를 보아야 三韓에서 나는 조수초목의 이름도 많이 알게 될 것이요, 貊의 사내와 濟의 부녀자 성정을 알 수 있을 것이다. 그러니 이를 조선국의 風(朝鮮之風)이라 해도 옳을 것이다.72)

朝鮮之風論은 사대적 문풍에서 벗어나 조선의 풍토와 역사, 현실과 인정 등 조선인의 현장의 삶을 진실하게 표현하여야 한다는 자주문학론이다. 조선지풍의 시가 되어야 한다는 자주론은, 孟子가 말한 대로 姓은 같아도 이름은 독자적인 것과 같이 글자는 같아도 글은 독자적인 것이라는73) 명쾌한 논리 위에서 전개되었다.

『書經』·『詩經』의 글도 三代 시대의 時俗의 문장이며, 李斯·王羲之의 글씨도 秦·晋시대의 시속의 글씨라는74) 그의 논리는, 현실의 삶과 자국문학의 중요성에 대한 인식에서 나온 것이다. 또한 家人들의 常談도 學官의 말과 같고 동요와 속담도『爾雅』에 속한다하여75) 조선의 모

---

72) 같은 책, 권7,「嬰處稿序」, 8b, p.107. "若使聖人者, 作於諸夏, 而觀風於列國也, 攷諸嬰處之稿, 而三韓之鳥獸草木, 多識其名矣. 貊男濟婦之性情, 可以觀矣, 雖謂朝鮮之風可也."

73) 같은 책,「答蒼厓」卷5, 4a, p.93, "孟子曰, 姓所同也, 名所獨也. 亦唯曰, 字所同而文所獨也."

74) 같은 책,「綠天館集序」권7, 9a, p.107. "殷誥周雅, 三代之時文, 丞相右軍, 秦晋之俗筆."

75) 같은 책,「騷壇赤幟引」卷1, 29b, p.25. "苟得其理則, 家人常談, 猶列學官, 而童謳里

든 것을 소중하게 여겼고 깊은 애정이 있었다. 그의 소설에 나타난 市井人의 삶은 곧 이러한 애정이 기조를 이룬 것이며, 또한 그의 소설의 장소적 배경이 우리 나라 위주이고 속담을 즐겨 사용한 것은, 漢·唐을 의고하는 사대주의적 문학에서 벗어난 조선의 문학으로서 조선지풍의 구현이다.

박지원의 朝鮮之風論은 조선후기 문단이 나아가야 할 방향을 선명하게 밝힌 것이다. 사대적 의고문학을 배격하고 조선지풍의 문학론을 주창하고 이를 시문에 구현한 그의 문학에서 조선후기 문학사상의 특성이 오롯이 나타나 있다.

4) 楚亭의 自家語論

초정 박제가의 自家語論은 이익의 自做論과 정약용의 조선시론, 그리고 박지원의 朝鮮之風과 같이 의고적 사대주의 문학을 반대하고 自家語로 참된 自家音을 구현하자는 자주적 문학론이다. 초정의 詩學論인 「祭李士敬文」에서 조선후기 문단풍토의 사대적 의고주의를 다음과 같이 비판하였다.

> 슬프다 士敬이여! 옛적에 시 짓기를 좋아하여 약관에 천 편을 지었는데 읊어보면 나약하면서 그 논조는 심히 높아 더러움을 섬기진 않았고, 唐詩를 존숭하고 宋詩를 배척했었네. 내가 그대에게 이르기를 그러지 말라하였네. 시란 물건은 본래 定體가 없는 것이라서 그 기호가 치우침이 있으면 비록 잘해도 오히려 막히는 것이니 …… 文이란 본래 무심하여 물이 흘러가는 것과 같이 땅을 따라 물결치는 것인데 누가 기이하고 평범하다 하겠는가. …… 우리 나라 사람들은 거칠어서 솜씨가 있어도 사용할 줄 모르고 정신을 내버리고 저 진흙으로 허수아비를 모방하려고 한다.76)

諺, 亦屬爾雅矣."

시문이란 본래 定體가 없는 것이라서 흐르는 물과 같다하여 의고주의를 비판하였다. 우리 나라 사람들은 정신을 버리고 마치 진흙으로 허수아비를 빚어내듯 중국의 시문을 모방하는 것을 반대하였다.

> 시란 마음에 달려 있는 것이라서 마음의 靈은 古今이 없다. 唐·宋·元·明은 과거의 문서이고 山川草木은 글자가 아닌 詩句이다.77)

唐·宋·元·明의 일은 흘러간 옛날의 일이라는 것은, 조선은 漢·唐이 아니라는 脫中國觀과 일치한다. 우리의 山川草木 등 조선의 모든 것은 詩句가 될 수 있다고 하였다. 사대적 의고로 인하여 우리 나라 科詩文을 종일토록 읽어도 무엇인지 알 수 없다는 이유는 一句도 自家語가 없기 때문이라고 하고 自家語論을 전개하였다.

> 우리 나라 科詩는 卞春亭의 무리에 의하여 시작되었는데 그 체가 처음에는 唐人의 長篇과 같았다. 당인의 체와 같다는 것은 詠物托思함이 같다. 지금에는 鋪頭·入題·回題 등 題法이 科賦와 같다. 모두 擬古하여 글을 썼기 때문에 한 구절도 自家語가 없어 종일토록 읽어도 무엇을 말한 것인지 알 수 없다. 속된 선비들이 떠들썩하게 眞이라고 스스로 믿는 것은 科擧의 눈으로 文章 六經을 나란히 하였기 때문에 섞여서 이에 전도되었기에 깨닫지 못하는 것이다.78)

---

76) 『貞蕤閣全集』(下), 「祭李士敬文」 文集, 권3, pp.174~175. "哀哉士敬. 昔好爲詩, 弱冠千篇, 以吟而羸, 其論甚高, 不事卑卑, 尊唐黜宋, 呵斥嚴辭. 余謂子言, 毋爾之. 爲詩之爲物, 本無定體, 其嗜有偏, 雖善猶滯. …… 文本無心, 如水流行, 隨地淪漪, 孰奇孰平. …… 東人鹵莽, 有手莫措, 委厥精神, 倣彼泥塑."

77) 같은 곳, p.175. "詩存乎心, 是心之靈, 無古無今. 唐宋元明, 過去之簿, 山川草木, 不字之句."

78) 같은 책(下), 「囱課藁序」 권1, p.11, "我國科詩, 始於卞春亭輩, 其體初若唐人長篇. 若唐人則, 猶足以詠物托思. 今則有鋪頭入題回題題法, 賦亦如之. 皆指擬古事以爲題, 無一句自家語, 終日讀之, 不知其何謂也. 而俗士譁然自信以爲眞, 以科擧之眼, 並文章六

위의 글은 박제가가 약관 시절인 20세(1769, 기축)에 쓴 것으로서 문학의 자주론이 선명하게 나타나 있다. 전편이 중국을 擬古하여 一句도 자신의 말(自家語)가 없기 때문에 종일토록 읽어도 알 수 없다는 것이다. 자신의 말을 쓴 自家語만이 진실한 시라는 그의 견해는 문학의 자주성을 立論한 것이다. 초정이 독서하고 있을 적에 李德懋와 柳得恭(1749~?)이 방문하였을 때 지은 시에서 진실한 시(眞詩)는 自家音에 있다고 하였다.

> 찾아온 친구들 함께 이 세상에 태어나
> 참된 시를 각각 썼는데 모두 自家音
>
> 至友元同斯世降　　　眞詩各出自家音[79)]

자신을 찾아온 이덕무와 유득공 그리고 자신이 읊은 시가 眞詩로 모두 自家音이라 한 것을 주목할 필요가 있다. 이덕무의 시를 일찍이 연암이, 「嬰處稿序」에서 "朝鮮之風"이라 하였다.[80)] 정약용은 유득공의 「十六國懷古詩」(二十一都懷古詩)가 중국인에 의하여 간행된 이유를 『三國史記』 등 우리의 역사서와 先人들의 저서에서 朝鮮之事를 용사하였기 때문이라도 하였다.[81)] 초정의 문학에 대하여서는 박지원은, 초정의 문은

經, 以混之顚倒於斯, 而不知覺也."

79) 같은 책(上), 권1, p.51, 「夜訪徐稼雲賃屋讀書時李懋官柳惠風續至」

80) 『燕岩集』, 「嬰處稿序」 권7, 8b, p.107. "若使聖人者, 作於諸夏, 而觀風於列國也, 攷諸嬰處之稿, 而三韓之鳥獸草木, 多識其名矣. 貊男濟婦之性情, 可以觀矣, 雖謂朝鮮之風可也."

81) 『全書』, 「寄淵兒」(戊辰冬) I-21, 9b~10a, p.443, "雖然, 我邦之人, 動用中國之事, 亦是陋品. 三國史, 高麗史, 國朝寶鑑, 輿地勝覽, 懲毖錄, 燃藜述, 及他東方文字, 採其事實, 考其地方, 入於詩用. 然後可以名世而傳後. 柳惠風十六國懷古詩, 爲中國人所刻, 此可驗也."

先秦 兩漢의 작품을 좋아했으면서도 거기에 拘泥되지 않았다고 하였다.[82] 이와 같이 박지원과 정약용이 이덕무·유득공·박제가의 시에 대한 논평이 如一한 것은, 이들이 모두 擬古를 배척하고 朝鮮之風의 시와 朝鮮之事를 용사하였고, 先秦 兩漢에 拘泥되지 않은 自家音인 참시(眞詩)를 썼기 때문이다.

박제가의 自家語論은 투철한 자주의식에서 나온 민족문학론이다. 성호·다산·연암이 속담과 인정, 풍속 등 조선의 것에 대하여 소중하게 인식하였듯이 박제가 또한 같다. 박제가는 우리의 巫歌 판소리(倡優之笑罵) 市井閭巷의 서민가요 등을 새롭게 인식하였다. 즉 巫歌와 판소리 서민가요 등은 족히 사람을 感發케 하고 懲創한다 하여[83] 『시경』에 연결시키고 있어 놀라운 자각을 보이고 있다.

박제가의 自家語論은 사대적 의고주의를 반대하고 조선인은 조선인의 것을 노래하여야 한다는 자주문학론인 것이다. 한가지 분명히 해야 할 일은 초정의 學淸主義와의 관계이다. 淸나라의 선진 문물에 매료되어 심취한 나머지 우리말을 버리고 중국말을 배워야 한다는 극단적인 말을 서슴없이 한 점이다.

> 우리 나라는 지역적으로 중국과 가깝고 음성이 대략 같으니, 온 나라 사람이 우리 나라 말을 버린다 해도 불가할 이치가 없다. 그러한 뒤에라야 오랑캐(夷)라는 한 글자를 면할 것이며, 동쪽 수 천리의 땅이 스스로 하나의 周·漢·唐·宋의 풍속이 될 것이니 어찌 크게 쾌한 일이 아닌가?[84]

---

82) 『燕岩集』, 「楚亭集序」 卷1, 3b, p.12. "朴氏子齊雲, 年二十三, 能文章, 號曰楚亭. 從余學有年矣. 其爲文慕先秦兩漢之作, 而不泥於跡."

83) 『貞蕤閣全書』(下), 「柳惠風詩集序」 卷1, p.32, "夫今之所謂, 巫覡之歌詞, 倡優之笑罵, 與夫市井閭巷之邇言, 亦足以感發焉懲創焉已矣."

84) 같은 책(下), 「北學議」, 「漢語」, p.400. "我國地近中華, 音聲略同, 擧國人而盡棄本話, 無不可之理. 夫然後, 夷之一字可免, 而環東土數千里, 自開一周唐宋之風氣矣. 豈非大快."

박제가의 위와 같은 논리는 이제까지 위에서 논의한 反擬古主義的 自家語論과는 완전히 상반된다. 철저한 慕華論이자 事大主義者이다. 우리의 말을 버리고 중국말을 배워야만 오랑캐(夷)를 면할 수 있다는 것이다. 周·漢·唐·宋의 風氣로 변모하는 것이 상쾌한 일이라고 반국가적·몰주체적인 발언을 하였다. 박제가 사상의 이와 같은 양면성을 어떻게 파악하고 이해해야 하는가가 과제로 남는다. 그의 문학사상에서 핵심을 이루고 있는 것은 위의 慕華論을 제외하면 역시 自家語論으로 귀착된다.

이제까지 이익의 自做論, 정약용의 朝鮮詩論, 박지원의 朝鮮之風論, 박제가의 自家語論에 주안하여 自主文學論을 중심으로 조선후기 문학사상의 특성을 논의하였다. 이 자주문학론은, 사대적 의고주의에서 벗어나 조선인의 진실한 문학을 구현하는 데 있다. 이러한 실학파의 문학사상은 조선후기 문단에 새로운 지평을 연 것이며, 아울러 그들이 주창한 실학을 문학으로 이룩하고자 한 것이다.

이들이 한글의 우수성, 속담과 方言, 인정 풍토, 巫歌 판소리 등 조선의 모든 것에 대한 소중함을 인식하고 이를 문학에 수용한 점은 자주문학론의 문학적 실천으로서, 조선후기 한문학의 한 특성이 된다. 조선후기 한문학의 자주론은 역사적 변화의 한 국면이며 민족문학론의 놀라운 자각이다.

4. 結　論

어느 시대, 어느 사회이거나 그 시대와 사회의 主潮를 이루는 사상이 있기 마련이다. 문학사상도 시대의 변화와 사회의 변동에 따라 변모하며 각기 그 특성이 있다. 앞에서 조선후기 문학사상의 한 특성을 이해하고자 실학파의 문학작품 분석을 중심으로 문학의 匡濟一世論과 自主論에 국한하여 고찰하였는데 이를 요약하여 결론으로 삼는다.

李瀷의 世敎論과 丁若鏞의 匡濟一世論, 朴趾源의 愍時病俗論과 朴齊家의 識時論은 각기 표현은 다르나 주자학적 문학관의 구각을 깨뜨리고 잘못된 현실을 바로 잡고 구제하는데 문학이 기여하여야 한다는 광제일세론으로 整合된다고 할 것이다. 이 광제일세론의 문학사상은 조선전기 사림파의 문학사상과는 그 양상을 달리 하고 있다. 문학이 心性修養이나 吟風弄月의 범주에 안주하는 것을 거부하고 적극적으로 현실에 참여하여 인간악과 사회악을 고발·비판하면서, 바로잡는데 기여한다하여 문학을 사회개혁의 한 도구로까지 인식하였고, 그 영역을 확충시켰다.

이 광제일세론은 위로는 李奎報·金時習·金宗直·魚無迹 등의 사회시에 나타난 시적 정신을 확충·발전시켰고 아래로는 韓末의 黃玹을 비롯한 우국문학과 일제침략시기의 저항문학, 그리고 오늘날의 민중문학에 까지 미친다고 할 수 있다.

또한 이익의 自做論과 정약용의 朝鮮詩論, 박지원의 朝鮮之風論과 박제가의 自家語論은 사대적 의고문학을 배격하고, 조선인은 조선의 문학을 수립하자는 자주적 문학론으로 정합된다. 실학파들이 한글의 우수성을 높이 인정하고(성호) 우리의 속담과 방언·인정·풍토·서민문화 등 조선의 모든 것에 대한 깊은 이해와 애정으로 이를 문학에 수용하였다. 이 자주문학론은 당시 문단에 신선한 충격을 주었으며 새로운 地平을 열었다. 자주문학론은 脫中國化를 唱導한 것으로서 민족과 조국 조선인의 삶에 대한 새로운 자각으로 민족문학의 이정표를 세운 것으로 이해된다.

匡濟一世의 문학론과 자주문학론은 문학으로 實學을 구현하고자 한 것이다. 이와 같은 조선후기 실학파의 문학사상은 당시 문단에 가장 큰 변화를 창도한 것이자 일대전환이 아닐 수 없다.

한가지, 朴齊家가 『北學議』의 「漢語」 條에서 우리말(朝鮮語)을 버리고 중국말(中國語)을 배워야만 오랑캐(夷)를 면할 수 있어 조선의 수 천리 땅이 周·漢·唐·宋의 風氣로 변화할 수 있다는 반민족적 반국가적 발언을 한 철저한 사대주의와, 唐·宋·元·明은 과거의 문서라고 하면서 自家語論을 전개한 자주문학론과의 이율배반적 세계를 어떻게 이해하느냐가 연구과제로 남는다.

끝으로 조선후기 문학사상의 특성이 匡濟一世論과 自主文學論만이 전부는 아니다. 本稿는 이익·정약용·박지원·박제가의 문학사상에 주안하여 고구한 것이므로, 이들 이외의 문학론을 분석, 연구하여 이를 정합하여야만이 조선후기 문학사상 특성의 전모가 밝혀질 것이다.

(『東洋學』, 第16輯, 檀國大學校 東洋學研究所, 1986. 10)

近代 轉換期의 士大夫 文學論

1. 序 論

1860년의 東學의 창시, 1866년의 丙寅洋擾, 1876년의 開港, 1894년의 甲午更張으로 이어지는 근대전환기, 이른바 開化期의 漢文學은 결정적인 해체의 위기를 맞게 되었다.

한문학은 高麗 光宗 9년(958)에 과거제도를 실시하면서 역대 왕조의 공식적인 문학이자 정통문학으로서 찬란한 위치를 차지하여 왔다. 특히 한문학은 王朝의 체제유지에 절대적인 공헌을 하여 왔고, 이른바 양반계층들의 출세의 수단이자 신분유지를 위한 학문이었다. 그러나 갑오경장으로 인하여 944년간 존속되어오던 科擧制度가 폐지되고 國文이 국가의 공식적인 글로 등장하였다. 아울러 신분제도가 폐지되자 한문학은 사대부와 함께 존립의 발판을 잃는 운명에 처하였다. 당시 한문학이 처한 위상의 단면을 다음에서 찾을 수 있다.

① 이때 서울의 官報나 각도의 문서는 모두 한문과 국문을 섞어서 字句를 만들어 썼는데, 日本文法을 본받은 것이다. 우리 방언에 옛적에 중국 글을 眞書라 불렀고 훈민정음을 諺文이라 불렀는데 통칭할 때는 眞諺이라 하였다. 갑오년 이후 시무를 좇는 자들은 언문을 국문이라 성대히 높이고

달리 진서는 외국 글이니 漢文이라 하였다. 이에 國漢文 3字는 드디어 방언이 되었고 그리하여 眞諺이라는 말은 없어졌다. 경박하게 날뛰는 무리들은 한문을 마땅히 폐지해야 한다고 떠들었으나 그러나 勢가 그렇지 못하여 그만 두었다.[1]

② 세상의 기호가 날로 변하여 (漢文章이) 蟹文(英語)과 같이 왼쪽으로 써나가는 외국문장 아래로 밀려나게 되었다.[2]

③ 이때 세상의 도가 더욱 변해서 국문과 영문이 세상에 성행하니 遊說하는 선비들이 國勢가 미약해진 원인을 文字(漢文) 때문이라고 하였다. 아! 국세가 약해진 것은 한문을 잘못 썼기 때문이지 한문 자체에 죄가 있는 것은 아니다. 야박한 풍속에 쉽게 미혹되어 깨우치기가 어려우니 장차 어디에서 한문을 의론할 수 있겠는가?[3]

黃玹(1855~1910)은 ①에서 갑오경장 이후 諺文이 國文으로, 眞書가 漢文으로 명칭과 지위가 역전되었고, 또한 漢文이란 명칭이 이때에 처음으로 쓰여지기 시작하였음을 밝혔다. 金澤榮(1858~1927)은 ②·③에서 한문학의 운명이 위기에 처하였다 하고, 국세가 약해진 것은 한문을 잘못썼기 때문이지 한문자체에 죄가 있는 것은 아니라고 하였다. 위의 기록에서 근대 전환기에 있어서 한문학이 처한 위상을 극명하게 찾을 수 있다. 당시 한문학은 그 동안 누려온 正統文學의 위치를 잃게 되었고, 이를 통하여 立身하여 사대부 반열에 올랐던 자들도 한문학의 해체

---

1) 『黃玹全集』 下(亞細亞文化社 影印, 1978) 甲午條(1894) 12月, p.1084. "是時京中官報及外道文移, 皆眞諺相錯, 以綴字句, 蓋效日本文法也. 我國方言, 古稱華文曰眞書, 稱訓民正音曰諺文, 故統稱眞諺. 及甲午後趨時務者, 盛推諺文曰國文, 別眞書以外之曰漢文. 於是國漢文三字, 遂成方言, 而眞諺之稱泯焉. 其狂佻者, 倡漢文當廢之論, 然勢格而止."

2) 『金澤榮全集』, 貳(亞細亞文化社 影印, 1978) 「黃雲卿五十壽序」(甲辰, 1904), p.502. "重以世好日遷, 而見擠逐於蟹文左行之下."

3) 같은 책, 壹, 「送洪林堂歸堤川序」, 甲辰, p.477. "而時則世道益變矣, 諺字蟹文盛行於世, 游談之士, 嘖嘖以國勢之綿弱, 歸咎文字. 嗚呼. 國勢之弱, 用文之不善耳, 非文字之罪也. 而薄俗之易惑, 難曉如此, 其將於何而議文字也哉."

와 신분제도의 폐지로 인하여 기존의 권위를 잃게 되었다.

우리 문학사에서 근대 전환기는 한문학의 해체기이자 終焉을 고하는 시기이다. 본고에서는 瓛齋 朴珪壽(1807~1876)와 雲養 金允植(1835~1922)·勉菴 崔益鉉(1833~1906)·寧齋 李建昌(1852~1898)의 문학론을 고찰하여 근대전환기의 사대부 문학론을 이해하고자 한다.

박규수는 燕岩 朴趾源(1737~1805)의 손자로 金玉均(1851~1894)·朴泳孝(1861~1939)·兪吉濬(1856~1914) 등에게 개화사상을 고취한 진보적인 개화사상가이며, 문인의 최고 영예인 大提學을 역임하였고, 右議政을 역임한 인물이다. 그는 소시에 詩才가 있었으나 무익하다 하여 시를 짓지 않았다. 文集에 수록된 시 222首는 약관 전후에 지은 것으로 30세 이후에는 십 년에 한 두 수 지었을 뿐이고, 56세 이후에는 다시는 짓지 아니하였다.[4] 그는 시를 짓기 좋아하지 않았으나[5] 문학론을 피력한 시문이 있다.

김윤식은 박규수와 兪莘煥(1801~1859)의 문인으로 온건 개화론자이며, 비록 대제학이 된 지[6] 한달 만에 한일합방이 되었으나 조선왕조 최후의 대제학이다. 그는 詞章學에 힘써 시문으로 일세를 풍미하는 명성을 얻었고 정통 한문학을 늦게까지 지속시키는 역할을 하였다.

최익현은 華西 李恒老(1792~1868)의 高弟로 同副承旨를 역임한 후 공조판서·議政府贊政이 되었으나 사양하고 行公치 아니하였다. 그는 서양인을 금수와 동일시하는 華夷論에 바탕을 두고 衛正斥邪의 기치를 들고 왜놈이라면 한 놈이라도 더 죽여야한다는 倡義의 義旗를 들었으며

4) 『朴珪壽全集』 上(亞細亞文化社 影印, 1978) 卷1, p.41. "允植按先生少有詩,才 爲其無益也, 而不喜作. 集中所載詩凡二百二十二首, 多弱冠前後作. 三十以後, 或十年而得一兩首, 五十六歲以後更不作."

5) 같은 책 上, 「壬戌仲秋之望同申成睿 …… 」 卷1, pp.178~179. "成睿每嘲余不喜作詩, 是會忽高咏王考江居絶句"

6) 『高宗純宗實錄』 下, 純祖 4년(1910) 7월 30일 條, p.551. "中樞院議長, 金允植兼任奎章閣大提學."

이로 인하여 大馬島에서 殉國하였다. 그는 세상이 혼란할수록 성현의 도리를 고수하며 匡正하여야 한다고 준엄한 논리를 전개하여 인류가 금수가 되고 나라가 멸망하게 됨을 방지하고자 치열하게 노력하였다.[7] 그는 본격적인 문학론을 전개하거나 詞章에 힘쓴 문인은 아니나 문학관의 편린을 찾을 수 있는 기록들이 있다.

이건창은 벼슬이 漢城少尹·咸鏡道按覈使·承旨에 이르렀고, 工曹參判·法部協辨·황해도관찰사에 제수되었으나 모두 不就하였다. 그는 조선 5백년간 文章으로 第一家가 될 것을 스스로 기약했고, 같은 시대 사람들과 병칭되기를 꺼릴 정도로 자부심이 강했던 인물이다.[8] 金澤榮은 이건창을 麗韓九家로 선정하여 그의 古文을 높이 평가하였다. 이건창은 나라가 날로 어려워지고 백성은 날로 수척해지며 선비는 날로 변하여 더러워져 가는데도[9] 정통 한문학을 고수하였다.

이들 4人은 사대부로서 격변하던 시대에 한문학을 고수하던 인물로서 이들의 문학론에서 文學의 效用論·詩의 性情論·自主文學論에 주안하여 고찰하고자 한다. 이들의 문학론을 이해하는 일은 근대 전환기의 정통한문학의 역사적 위상을 규명하는데 일정한 기여가 있을 것이다.

2. 文學의 效用論

朴珪壽·金允植·崔益鉉·李建昌은 다같이 經世에 기여하는 문학을

7) 『勉菴集』(勉菴先生紀念事業會 影印, 1969) 卷3, 「持斧伏闕斥和議疏」, pp.64～68.

8) 『李建昌全集』 下(亞細亞文化社 影印, 1978), 「明美堂詩文集敍傳」, p.922. "自登第習爲古詩文, 當以朝鮮五百年, 文章一家自期, 不屑與並時人稱."

9) 같은 책, 上, 「復梧堂族丈書」, p.452. "國日以卑, 民日以瘠, 士日以渝, 流涕太息, 未爲過也."

추구하였다. 박규수는 문학의 효용론을 다음과 같이 피력하였다.

亭林 顧炎武 선생이 말하기를 文이 經術과 政理의 큰 뜻에 관계되지 않으면 족히 할만한 것이 못된다고 하였다. 공과 나는 일찍이 이 말씀을 심복하였다.[10)]

이는 문학이 반드시 經術과 政理의 큼에 관련이 있어야만 존재의 가치를 부여할 수 있다는 顧炎武(1613~1682)의 문학론을 이어받고 있다. 고염무는 窮經致用의 문학을 제창하고 公安·竟陵 一派의 文學은 물론 前後七子가 표방한 "文必秦漢 詩必盛唐"의 擬古派까지 경시하였다. 아울러 통속문학의 소설이나 희곡류는 妖言野語로 치부하면서 이상적인 문학은 성현을 化身하여 立言하는 문학이라 하고, 明道·載道의 文學을 주창하였다.[11)]

경술과 정리에 기여하는 문학을 추구했던 박규수는 허문가화의 문학을 거부하고 참문학을 지향하였다.

인편에 보내주신 글을 받고 받들어 감상할 때에 高聲을 깨닫지 못한 채 이 글을 크게 읽었습니다. 다른 사람의 작품 또한 보았지만 이러한 氣力과 이러한 神韻과 이러한 義理와 이러한 排鋪가 있지 않았습니다. 힘써 문을 짓지 않은 것이 아니건만 어찌 유독 이 작품만 그렇습니까? 이는 다름이 아니라 平易하여 氣力과 神韻을 구하지 않고 단지 서술만 하여 자연스러움을 버리지 않은 것이 이와 같기 때문입니다. 이런 까닭에 붓을 잡아 문을 지을 때 반드시 허다하게 假借하여 생색을 구하면 眞文章이 아닐 뿐만 아니라 文도 반드시 아름답지 않은 것입니다.[12)]

---

10) 『朴珪壽全集』 上, 「圭齋集序」 卷4, p.162. "亭林先生曰, 文不關於經術政理之大, 不足爲也. 公余蓋嘗深服斯言."
11) 車相轅, 「中國文學史」 下(文理社, 1974), p.811. 참조.
12) 『朴珪壽全集』 上, 「與申幼安」, p.656. "便來承謄示文字, 奉玩之際, 不覺高聲, 大讀此

시문을 쓸 때에 평이하게 氣力 神韻을 구하지 않고 서술만 하면 자연히 氣力과 神韻과 義理가 있는 글이 된다는 것이다. 남의 것을 빌어와 생색을 내는 것은 참문장(眞文章)이 아닐뿐더러 문 그 자체도 아름다울 수 없다는 것이다. 즉 허문가화의 문을 버리고, 眞文章, 진실한 문학을 추구하였다.

經術과 政理에 기여하는 문학을 지향하고 허문가화의 문을 배척한 것은 문학의 효용성을 중시한 것이다. 경술과 정리에 기여하는 "眞文學"을 박규수는 자신이 살던 시대에 요구하였다. 이러한 문학론은 조부인 燕岩이 지향하던 以文爲戲의 문학이 아닌 以文匡正의 문학론[13]을 계승한 것이다.

한편 金允植은 스승인 박규수와 같이 顧炎武의 문학론을 계승하여 經術과 政理에 기여하는 문학이어야 한다고 하였다.

> 옛날 亭林 顧炎武 선생은 문이 經術과 政理의 큰 뜻에 관계되지 않으면 족히 할만한 것이 못된다고 하였다. 무릇 經術이란 修己의 근본이고 政理는 安民의 근본이다. 군자의 도는 수기와 안민에 있을 뿐인데, 이 둘을 버리고 文을 논한다면 어찌 道를 꿰는 그릇이라고 할 수 있겠는가? 고로 문은 道를 좇아 나타나며 道는 文으로써 드러나는 것이니, 비유하건대 초목에 꽃이 있으면 반드시 열매가 있는 것과 같으니 군자는 열매가 없는 꽃을 부끄러워하는 것이다.[14]

文. 他家之作, 亦多見之從未有此氣力, 有此神韻, 有此義理, 有此排鋪, 蓋莫不用力爲之, 何獨此作乃爾耶. 此非他故也, 平平不求氣力神韻, 而只叙述無遺自然如此. 是以操筆爲文, 必求許多假借生色, 不唯非眞文章也, 卽文必不佳矣."

13) 金相洪, 『韓國漢詩論과 實學派文學』, 啓明文化社, 1989, p.240.

14) 『金允植全集』 貳(亞細亞文化社 影印, 1980), 「瓛齋先生文集序」, pp.182~183. "昔顧亭先生有言, 文不關於經術政理之大, 不足爲也. 夫經術者, 修己之本也, 政理者, 安民之本也. 君子之道, 修己安民而已. 舍是二者而論文, 豈足謂貫道之器乎. 故文從道出, 道以文見, 譬如草木之有華者, 必有實, 無實之華, 君子恥之."

이는 위기에 처한 한문학을 고수하고 옹호하는 논리이다. 經術과 政理에 기여하는 것이 문학의 사명임을 천명하였다. 經術은 修己의 근본이고 政理는 安民의 근본인 만큼 이 둘을 배제한다면 文을 貫道之器라고 할 수 없다는 것이다. 文은 道를 좇아 나타나며(文從道出), 도는 문으로써 드러나는(道以文見) 만큼, 군자의 도인 수기와 안민에 기여하는 문학을 추구하였다. 초목의 꽃은 文이며 열매는 道(修己와 安民)이다. 열매가 없는 꽃, 도가 내재되지 않는 文을 군자는 부끄럽게 여겨야 한다는 것은, 한문학이 가야할 길을 제시한 것이다.

이어서 김윤식은 열매가 있는 문을 다음과 같이 제시하였다.

> 무릇 논하건대 문의 도는 理를 주인으로 삼고 辭를 客으로 삼는다. 理가 이르면 辭는 좇아오고 辭가 좇아오면 氣가 갖추어지며 氣가 갖추어지면 광채가 스스로 드러난다. 옛날의 군자는 근본을 도탑게 하고 실질에 힘써서 입으로 말을 가려서 함이 없어도 다 능히 글을 이루었으니, 밤에도 빛나는 連城璧이 닦고 털기를 기다리지 않고도 항상 하늘을 비추는 기운이 있는 것과 같다.15)

文에서의 道는 理가 主고 辭가 客이라 전제하고 理(主)가 이르면 辭(客)가, 辭가 따르면 氣가, 氣가 갖추어지면 광채가 자연 나타난다는 것이다. 옛날의 군자는 文에서 근본(理)을 도탑게 하고 實에 힘썼기에 和氏璧처럼 닦고 털지 않고도 하늘을 비추는 기운이 있다고 하였다. 즉 貫道의 문이란 理主辭賓하여 敦本務實한 만큼 이러한 문을 당대의 문단에 요구한 것이다. 그러나 후세에는 그 實(열매)을 버리고 화려함(꽃)을 구하여 빈말과 뜬 말을 가지고 實理를 제압하여 자기의 욕심만을 좇기

---

15) 같은 책, 貳, 「答丁小耘論文書」, p.285. "夫論文之道, 理爲主而辭爲賓. 理到而辭從, 辭從而氣備, 氣備而光彩自著. 古之君子, 敦本而務實, 口無擇言而皆能成章, 如夜光連城之璧, 不待拂拭而常有燭天之氣."

때문에 허문가화로 그 흠을 가린 채 제값을 받고자 하는[16] 문단 풍토를 비판하였다.

김윤식은 후세에 전해질 수 있는 貫道의 道와 事가 안배되어 達意에 족하면 된다고[17] 하였다. 또한 詩가 世教에 기여한다는 논리를 전개하였다.

> 시의 도는 말하기 어렵다. ……오직 자연의 뜻을 잃지 않고 琢練하는 공교로움을 더하여야 感發懲創하여 世教에 보탤 수 있는 것이다. 시를 어찌 쉽게 말할 수 있을 것인가?[18]

시란 사람을 감발시키고 잘못을 懲創하여 世教에 기여할 수 있다는 것은 效用論이다. 시의 궁극적 목표는 世教에 있다는 것은 김윤식만의 주장이 아니다. 星湖 李瀷(1681~1736)은 詩文이란 世教를 위해서 존재한다 하였고,[19] 茶山 丁若鏞(1762~1836)도 詩文의 道는 匡濟一世에 기여하는데 있다고 하였다.[20] 淵泉 洪奭周(1744~1842)도 興勸懲創과 移風易俗과 世教에 기여할 수 있는 시를 진정한 시로 보았다.[21]

詩文이 세상의 教化에 기여하여야 한다는 世教論은 유가의 문학론으로 김윤식은 이를 재천명한 것에 지나지 않는다. 그러나 김윤식은 아무리 시대와 사회가 변화해도 한문학의 사명과 효용은 변할 수 없는 것으로 인식하였다.

---

16) 같은 책, 같은 글. "後世去其實, 而求其華, 乃欲以虛辭濫說, 刦制實理, 以求從己之欲. 於是鋪空藻奮虛焰, 掩其瑕瑜, 圖其價."

17) 같은 책, 같은 글, p.287. "於垂後貫道之文, 要之配道與事, 足以達意而已."

18) 『續陰晴史』 上(國史編纂委員會, 1960), p.19. "詩之道, 蓋難言也. …… 惟不失自然之旨, 加之琢練之工, 乃可以感發懲創, 而裨益世教. 詩豈可易言哉."

19) 『星湖全書』 一, 卷32, 「悔軒雜著序」, p.643. "詩文之設, 爲世教也."

20) 金相洪, 『茶山 丁若鏞 文學研究』, 檀國大出版部, 1985, pp.38~63.

21) 『淵泉全集』 七(旿晟社 影印, 1984), 「鶴岡散筆」 권4, p.117. "詩之爲文, 本乎情性, 發乎天機. 其意眞摯, 其辭條達, 其氣流動, 其用則以感人爲主, 其功歸於興勸懲創, 其效至於移風易俗." 같은 글, p.115. "詩而無補于世教也, 則亦安得辭俳優小技之目哉."

崔益鉉은 1866년「丙寅擬疏」의 제3항에서 高宗에게 학문의 본질을 밝혔다.

> 소위 학문이란 것은 세속의 선비들과 같이 고루하게 書史나 외워 읽히고 典故나 섭렵하여 붓을 들고 詩賦와 四六文을 쓰는 것이 아니라, 修身과 正身하여 조정을 바로 잡고 萬事를 바로 잡아 혜택이 蒼生들에게 이르게 하는 것입니다.[22)]

이는 帝王學의 일단을 밝힌 것이다. 修身과 正身, 朝廷과 萬事를 바로하여 은택이 백성들에게 이르도록 하는 것은 제왕학만 아니라 士大夫學이기도 하다. 여기에서 詩賦와 四六文, 이른바 시문을 세속 선비의 학문의 일부로 인정하였다. 또한 최익현은 士君子들의 文會와 講習은 산수나 읊고 風花나 즐기는데 있는 것만은 아니라고 하여[23)] 시문이 사군자의 학문의 하나임을 부인하지 않았다. 학문의 본질은 道의 구현으로 보고, 성현이 傳心하던 요지와 제왕이 經世하던 법칙을 道라고 정의하였다.[24)] 이러한 논의는 詩文은 道를 구현할 수 있어야 한다는 것으로 效用的 측면을 강조한 것이다.

최익현은 西勢東漸의 전환기를 맞아 斯道의 몰락을 좌시할 수 없었다. 도의 회복이 자신의 책무임을 시로 형상화하였다.

> 서쪽 기운이 백일하에 기승을 부리니
> 斯道는 어찌 이렇게 외로운가

---

22)『勉菴集』卷3,「丙寅擬疏」, p.50. "所謂學者, 非如俗儒之陋, 誦習書史, 涉獵典故, 而把筆爲詩賦四六之文者也. 乃修身正家, 以正朝廷正萬事, 而致澤於蒼生之學也."

23) 같은 책, 卷19,「洪原經學齋靑衿錄序」, p.464. "士君子文會講習, 豈但曰嘲傲山水風花而已哉."

24) 같은 책, 같은 곳.

온 세계를 쉽게 미혹하여
이 땅도 벌써 더러워졌네

기울어진 하늘을 괴기 어렵고
위태한 집 누가 다시 붙들까

옛 성인이 유훈을 남겼으니
修己明道하는 것 다만 나에게 있네

西氛驕白日　　斯道一何孤
容易迷寰宇　　居然穢版圖
蹶天難自擎　　危廈更誰扶
先聖垂遺訓　　修明但在吾[25)]

西道가 횡행하여 斯道가 외롭게 된 더러운 세상이 되었으나 동요하지 않고 의연하게 성현의 유훈을 따르며 修己明道하는 것이 자신의 길임을 밝혔다. 특히 明道, 도를 밝히는 일은 시속에 구애받지 않고 또한 成敗를 초월하였다. 그것은 殉道, 殉國의 길을 걸었던 그의 행적에서 찾을 수 있다. 明道가 최익현의 사명이었는데, 그 道 속에는 시문도 포함된 것이다. 도를 밝히는 文, 載道的 文學을 추구하였다.

조선 5백년간 文章으로 第一家가 될 것을 자부했던 李建昌은 문장을 평생의 본업으로 삼았다.[26)] 그는 문학의 효용성과 가치를 밝혔다.

성인과 호걸이 있더라도 그들의 행적이 當世에 나타나지 않음이 있다. 무

---

25) 같은 책, 「漫成」 卷1, p.13.
26) 『李建昌全集』 下, 「明美堂詩文集敍傳」, p.922. "自登第習爲古詩文, 嘗以朝鮮五百年, 文章一家自期, 不屑與並時人稱. …… 中歲憂患困厄, 頗遊心於性命之學以自廣, 而其本業仍不離於文章."

릇 행적이 당세에 나타나지 않더라도 이름에 후세에 드리워 질 수 있는 것은 다만 그 文이 있기 때문이다.[27]

文의 역할이 그 무엇보다도 큼을 인식한 이건창은 젊은 시절에 이미 현실비판의 사회시를 써 당시 위정자들로부터 미움을 받았다. 그가 平安道 碧潼에 유배살이 할 적에(28세, 1879) 지은 시를 보자.

편지 뜯어 내용을 읽으니
먼저 잘 먹으라 말하였고

다음으로는 말을 조심하고
시를 자주 짓지 말라 하네

신세를 슬퍼함은 아녀자에 가깝고
풍자시를 쓰면 귀한 집 자손들이 싫어한다고

...... <중 략> ......

다른 충고야 따르지 않으라만
시 짓기 좋아하는 버릇은 속일 수 없네

發緘讀其辭　　上言加飯湌
下言愼言語　　吟詩勿頻繁
悲愁近兒女　　諷刺忌蘭蓀
...... <중 략> ......
他戒敢不從　　此好終難諼[28]

---

27) 같은 책, 上, 「復峿堂族文書」, p.451. "雖有聖人豪傑之人, 而行不見於當世者有之. 夫行不見於當世, 而名垂於後, 徒以文在耳."
28) 같은 책, 上, 「洪三泉寄書勸勿吟詩以此報之」, pp.138~139.

이는 洪承運으로부터 시를 짓지 말라는 편지를 받고, 다른 충고는 다 수용할 수 있으나 위정자들이 싫어해도 풍자시를 짓는 것만은 받아들일 수 없다는 것이다. 이건창의 이러한 시정신은 시를 시대의 모순을 匡正하는 도구로 인식한 것이며, 시인으로 책임과 의무를 다하고자 한 것이다. 이와 같은 以詩匡正의 시정신을 그의 사회시에서 찾을 수 있다. 「宿廣城津記船中賽神語」의 結詞를 보자.

신이 말하기를 "이 일은 내 맡은 바 아니니
네 아무리 절하며 청해도 소용없느니라

가서 언덕 위의 시인에게 호소해 보라
풍요에 채집되어 나랏님께 바치도록"

神言此事非我職　　汝雖百拜請無益
往訴岸上吟詩人　　採入風謠獻京國[29]

이는 어부들이 海神께서 고기를 많이 잡아 돈을 벌게 해준들 탐관오리의 가혹한 水稅 착취로 살 수 없다고 하자, 神이 어부들에게 한 말이다. 당시 부패한 사회상은 神마저 해결할 수 없는 지경에 이르렀기에, 神은 언덕 위의 詩人에게 이러한 참상을 노래하게 하여 풍요에 채집되어 임금이 어민들의 실상을 알게 하라고 풍자한 것이다. 곧 시의 사회적 기능과 효용성을 높이 인정한 것이며, 또한 시인으로서의 책무를 수행하여 以詩匡正을 기대한 것이다. 이건창의 435題의 시에서 「田家秋夕」·「廣州耀」·「峽村記事」·「宿廣城津記船中賽神語」·「延平行」·「金坡」 등의 사회시는 以詩論時로 以詩匡正의 문학의 효용론을 실천한 것이다.

---

29) 같은 책, 上, 「宿廣城津記船中賽神語」, pp.227~228.

근대 전환기의 사대부 문인인 박규수·김윤식·최익현·이건창은 문학의 효용론을 강조하였다. 약간의 표현의 차이는 있으나, 정통유학의 문학관인 경세에 기여하는 문학, 道의 회복을 위한 문학을 추구하였다. 이러한 효용론은 출신계급이 사대부라는 점과 학문의 연원이 성리학을 기반으로 하고 있기 때문이다. 한문학의 해체를 거부하고 오히려 尙古主義的인 문학의 효용론을 전개한 것은 당연한 일이 아닐 수 없다.

3. 詩의 性情論

근대 전환기의 사대부 문인들만이 시에서 性情을 중요시한 것은 아니다. 시를 논함에 있어 성정의 중시는 유학자 문인들의 전통적 입장이었다.

朴珪壽는 『시경』을 전범으로, 시를 성정의 감발로 인식하고 詩道의 회복을 以詩論詩하였다.

성인의 도가 날이 갈수록 멀어지니
미묘한 말들이 뭇 책에 흩어져 있네

다행히 시경 삼백편이 있어
手澤이 책에 남아 있네

성정이 감발한 것이라서
모두가 억지로 모색한 것 아니라네

邪와 正은 헛된 말이 없고
哀와 樂은 모두 사실의 자취

선왕께서 시를 보신 까닭은
민풍을 얻고자 함이었네

聲音이 盛함과 衰함이 있으나
시의 의리는 고금이 다름이 없네

…… <중 략> ……

온유돈후의 가르침은
전후시대의 간격이 없는데

어찌 경박하고 화려한 말과
무늬를 부질없이 어지럽게 쓰리오

…… <중 략> ……

시의 도가 쇠하고 성하는데 따라
실로 백성들의 고통이 관련되나니

어찌 수수방관하고 앉아서
모두 서로 쳐다만 보고 있는가

聖人日以遠　　微言散群籍
幸甚三百篇　　手澤在簡冊
性情所感發　　總非强模索
邪正無虛辭　　哀樂皆實跡
所以先王觀　　民風斯可獲
聲音有隆替　　義理無今昔
…… <중 략> ……
溫柔敦厚敎　　前後無間隔

豈用浮靡辭　　藻繪空狼藉
…… <중 략> ……
詩道係汚隆　　實關民痌瘝
如何袖手坐　　隨衆視脈脈[30)]

『시경』을 性情이 감발한 것으로 보고, 억지로 꾸민 것이 아닌 성정의 시라서 그 邪와 正과 哀와 樂은 허사가 없고 모두가 사실의 자취라는 것이다. 先王이 採詩한 것은 民風을 알고자 한 것으로 시의 聲音이 盛衰가 있으나 시의 의리는 고금이 불변하다는 논리이다. 시경의 가르침인 溫柔敦厚는 시간과 공간을 초월한 진리로 보았다. 그렇기 때문에 시를 경박하고 화려하게 무늬를 수 놓을 수 없기에 허문가화의 시를 거부하였다. 詩道의 盛衰에 따라 백성들의 고통이 연관되는 만큼 박규수는 시도의 타락을 수수방관하고 쳐다만 보고 있는 당시 문단의 현실을 개탄하였다. 시를 성정의 감발로 보고 성정의 표현을 중시했던 그는 시를 모아 조사하고 인정의 득실을 살피던 정치가 폐하고 治敎가 성쇠하여 민생의 고락을 알 수 없는 현실을[31)] 염려하면서 시도의 회복을 주장하였다.

박규수는 본래 시를 잘 하지 못하고 성률에 익숙하지 못하여 古今人의 시집을 살필 수 없다고 하였다. 그러나 태평시대의 擊壤歌를 보면 고무되고 北風雨雪의 시를 보면 슬퍼하지 않은 적이 없었다고 하였다. 詩道는 감흥을 일으키고 治亂을 볼 수 있는 것이 古今이 다를 수 없다고 하여 可以興, 可以觀을 계승하였다. 또한 逃禪翁은 陋巷 속에 살았으나, 그의 시는 溫厚和平하여 憔枯悽惋의 말이 없고 敷腴婉麗하나 尖哨

30) 『朴珪壽全集』 上, 卷3, 「渭師嘲余不喜作詩輒以一百韻解之」, pp.148~152.
31) 같은 책 上, 「逃禪菴詩稿跋」 卷11, p.784. "余念陳詩觀風之政廢, 而治敎之汚隆, 民生之苦樂, 不可得矣."

詭奇한 말이 없다 하고, 시를 보면 시인의 성정을 알 수 있다고 하였다.[32] 이와 같이 그는 시에서 性情의 감발과 성정의 도야를 중시하였다.

金允植은 西勢東漸의 위기의식 속에서 과거에 대한 절대적 신뢰에 바탕을 두고 尙古主義的 시론을 전개하였다.[33] 김윤식을 비롯한 근대 전환기의 사대부 문인들의 성정론은 詩道의 회복이 그 핵심이라고 할 수 있다. 시는 사람의 성정을 감발시키는 것으로[34] 인식한 김윤식은 愚夫愚婦라도 성정이 저절로 발하여 나무꾼의 노래나 어부의 노래라 할지라도 모두 채록할 만하다고 하였다.[35] 성정의 발로인 민요나 어가도 훌륭한 시라는 것이다. 그는 성정론을 구체적으로 논하였다.

> 무릇 시는 성정에서 나오는 것이니 빌리거나 모방하여 잘할 수 있는 것은 아니다. 비록 그러나 멋대로 하기를 좋아하면서 옛것을 스승 삼음을 알지 못하고 당장 짓는 것을 귀하게 여기고 뜻을 새겨 깊이 구하는 공이 없으면 성정의 뜻에 도달함이 없다. 비유하건대 사람의 성정은 모두 선하지만 그러나 반드시 堯舜의 도를 배워 괴롭게 반복한 연후에 성인과 현인이 되는 것과 같다.[36]

시는 성정에서 나오는 것으로서 假借·모방해서 되는 것이 아니라고 하였다. 반드시 옛것을 스승으로 삼지 않으면 성정의 뜻에 도달할 수 없다고 보았다. 인간의 성품은 본래 선하지만 요순의 도를 반복해서 구

---

32) 같은 책, 같은 글, p.785.

33) 鄭珉, 「雲養 金允植의 詩論考」, 『한양어문연구』 제5집, 한양대어문연구회, 1987, p.148.

34) 『雲養續集』 卷2, 「蘭居詩抄序」, 張 45a. "詩者, 所以感發人之性情者也."

35) 『續陰晴史』 上, 「石貞求其先人丹泉遺稿序」, p.19. "詩之道, 蓋難言也. 語其易則, 愚夫愚婦, 發於性情之自然, 雖樵謳漁歌, 皆可採錄."

36) 『金允植全集』 貳, 「古今詩抄序」, p.114. "夫詩出乎性情, 非假借摸倣而能工者也. 雖然好自用而不知師古, 貴率爾而無刻意深求之功, 則無而達乎性情之旨. 譬猶人之性皆善矣. 然必學堯舜之道, 困以復之然後, 爲聖人賢人."

해야만 성인과 현인이 되는 이치와 같은 것으로 보았다. 즉 성정에서 시가 나오나 요순의 도를 얻어야만 성정을 감발시킬 수 있다는 것이다.

> 진실로 性이 본래 선한 것을 믿더라도 마음 내키는 대로 곧이곧대로 행하여(徑情直行) 배움의 공을 더하지 않으면 마침내 鄕愿에 그침을 면치 못할 것이다. 근세에 글 짓는 이들이 程文만을 되풀이하여 익히며 詩道를 박하게 보고, 옛 시인 중 겨우 李白·杜甫의 이름만 알고 王維·韋應物 이하로는 버려두고 묻지 않고서 성정의 나오는 바는 琢練을 빎이 없다고 생각하여 마음만 믿고 붓을 내려 俚陋를 부끄러워하지 않으니 일대의 風雅가 이에 땅에 떨어졌다.37)

비록 성선설을 믿더라도 마음 내키는 대로 곧이곧대로 쓴다면 시가 될 수 없는 만큼, 반드시 琢練의 공을 쌓아야만 한다는 것이다. 시가 비록 성정에서 나오나 琢練의 과정을 거치지 않으면 시가 될 수 없다는 논리는, 詩 공부의 필요성을 강조한 것이다. 이어서 시의 효용론을 전개하였다.

> 내 말하노니 시의 근원은 六經에서 나왔으니 觀·群·多識의 功은 학문을 하는데 빠뜨릴 수 없는 것이 된다. 고로 힘써 배워 앎을 구하여 性을 회복하여야 한다는 말로써 시집 머리에 더하였다.38)

시의 근원은 六經에서 나온 만큼 공자가 말한 바와 같이 시의 觀·群·多識의 功이 곧 학문으로 보았다. 觀·群·多識의 功을 더하여 性

---

37) 같은 책, 같은 글, p.115. "苟恃性之本善, 而徑情直行, 不加問學之功, 卒不免於鄕愿而止耳. 近世操觚之士, 服習程文, 薄視詩道, 於古詩人, 僅能知李杜之名, 自王韋以下, 便置不問, 以爲性之所出, 無假琢, 信心下筆, 不耻俚陋, 一代風雅於詩委地."

38) 같은 책, 같은 글, pp.115~116. "夫余謂詩之源, 出於六經, 其觀群多識之功, 爲學問之所不可遺者. 故取困知復性之說, 以弁其卷首."

을 회복하는 것이 詩道임을 밝혔다.

김윤식의 성정론은 "시란 성정의 바름에서 나오나 반드시 琢練의 과정을 거쳐야만 功用에 이르게 되고 性情을 회복할 수 있다"로 요약된다.

崔益鉉은 김윤식처럼 구체적으로 성정론을 전개하지 않았다. 다만 성현의 도를 구현하는 길을 제시하면서 성정을 언급하였다. 經은 성인의 도가 실려 있는 것이라 전제하고, 易·書·詩·春秋·禮記에는 성현이 傳心하던 요지와 제왕이 經世하던 법칙이 모두 실려 있는데, 이를 道라 하였다. 도를 구하고 음미하여 마음을 이해하게 되면 마음과 도가 하나로 융화되어 간격이 없다는 것이다.[39] 『시경』은 성정을 다스렸다(詩以理性情)[40]는 것은 시란 성정을 도야할 수 있다는 것이다. 최익현은 자신의 시를 옹졸하여 시라고 할 수 없다고 하였으나[41] 그의 詩觀의 편린을 찾을 수 있는 기록이 있다.

① 짧은 절구를 지어 내 뜻을 나타내었다.(聊構短絶 以見志)[42]
② 시의 簾格을 구애받지 않고 마음가는 대로 사실만을 기록한다.(不拘簾格 信心叙實)[43]
③ 정을 편 것뿐이지 시라고 말할 수 있겠는가?(聊以叙情 詩云乎哉)[44]

위에서 뜻을 나타냈다는 "志"와 마음이 가는 대로 사실을 기록했다는 "心"과 정을 편 것이라는 "情"에 주목할 필요가 있다. 이 "志·心·情"은 「詩經大序」의 "詩者, 志之所之也. 在心爲志, 發言爲詩"의 논리를 계

39) 『勉菴集』 卷19, 「洪原經學齋青衿錄序」, p.464.
40) 같은 책, 같은 글.
41) 같은 책, 卷1. 「趙景賓上黨秀士也, 遠來相訪, 其意可感用, 短韻十五, 忘拙貢贐, 詩云乎哉. 聊以志後日, 不忘之資云爾」, p.16.
42) 같은 책, 卷1, 「別强窩尹而晦」, p.17.
43) 같은 책, 卷2, 「日獄默會五絶十四首」, p.44.
44) 같은 책, 卷1, 「奉贐愚拙李希深」, p.17.

승한 것이다. 뜻을 나타내되 簾格에 구속받지 않고 마음가는 대로 사실만을 기술하여 情을 표현하는 시를 썼다는 것이다. 여기에서 叙情은 궁극적으로 達情에 이르게 하는 것이 시라고 본 것이다.

李建昌의 성정론은 시는 "天成"과 "緣情"을 근본으로 한다는 데에서 찾을 수 있다.

> 풍시 삼백편은 본래 天成인데
> 여타의 시는 구구하게 聲病에 빠졌네
>
> 風詩三百本天成　　　餘子區區溺病聲45)

『시경』을 天成의 시로 본 것이다. 天成이란 작위적이 아닌 저절로 이루어진 것을 말한다. 『시경』은 인위적 가공이 더해진 것이 아니라 성정에 있는 바를 그대로 꾸밈없이 진솔하게 형상화했다는 것이다. 그러나 후대의 시들은 格律에 빠져서 天成을 잃었다고 하였다.

이건창은 시의 근본은 緣情에 있다고 하였다.

> 시는 緣情을 근본으로 하는 것
> 다음 律呂가 있네
>
> 詩者本緣情　　　然後有律呂46)

시는 緣情을 근본으로 하고 그 다음에 律呂가 있다 하여 緣情을 시의 근간으로 보았다. 陸機(261~303)는 「文賦」에서 "詩緣情而綺靡"라 하였는데, 李善은 緣情을 "詩以言志, 故曰緣情", 綺靡는 "精妙之言"이라 注하

---

45) 『李建昌全集』 上, 卷2, 「謹書道雲閣詩稿後」, p.85.
46) 같은 책, 卷3, 「次韻答保卿」, p.136.

였다. 緣情이란 다른 것이 아닌 "言志"로 인간의 본성에서 우러나온 순수한 性情 내지 情感 혹은 情緖이다. 陸機는 시를 緣情(言志)과 綺靡(精妙)로 정의하였다. 그러나 이건창은 緣情을 근본으로, 律呂는 그 다음인 것으로 보았다. 결국 시는 인간의 性情을 天成으로 형상화하여야 한다는 것이다.

이제까지 논의한 시에서 성정의 중시론을 두 가지로 요약할 수 있을 것이다. 첫째, 근대전환기의 사대부 문인들은 개성과 정서를 중시하는 성정론의 입장을 취했다. 시란 성정의 감발로 天成으로 이루어지는 것이며, 억지로 모색하거나 假借 模倣할 수 없다. 둘째, 시는 성정을 근본으로 하기 때문에 인간의 본성을 회복하고 성정을 도야하는데 있다.

이러한 성정론은 그들이 살던 시대에 시도의 회복을 주창한 것이다. 전통적 유가의 詩論과 큰 차이가 없는 尙古主義的 성정론은 결국 근대전환기에도 동요하지 않고 정통문학을 지속하고자 한 것이다.

4. 自主文學論

근대 전환기의 사대부 문인들의 문학론에서 또 하나의 특징은 自主的인 문학을 주창한 점이다. 이 자주문학론은 이들의 앞 세대인 실학파 문인들에 의하여 구체적으로 논의되었는데, 이를 계승하고 있다.

華夷論을 극복한 朴珪壽의 세계관을 먼저 살펴보기로 한다. 중국이 우리 나라를 동방예의지국이라고 한데 대하여 박규수는 다음과 같이 논하였다.

> 번번히 예의의 나라라고 칭하는데 이 말은 우리나라를 본래 더럽게 여긴

말이다. 천하만고에 어찌 예의가 없는 나라가 있겠는가? 이는 중국인이 오랑캐 중에서 嘉賞할 만한 자가 있으면 이를 가상히 여겨 禮儀之邦이라고 한 것에 불과하다. 이는 본래 수치스러운 말로 족히 스스로 천하에 호언할 만한 것이 못된다.47)

중국인들이 우리 나라를 예의지국이라 하는 것은 우리를 비하한 말이라는 것이다. 천하의 어느 나라던지 각자 예의가 있는데 중국인들이 우리를 예의의 나라라 하는 것은 수치스럽게 여겨야지 호언할 것이 못된다는 명쾌한 논리는 화이론을 극복한 세계관이다. 이러한 박규수의 세계관에서 자주성의 일면을 찾을 수 있다.

박규수의 문집에서 「鳳韶餘響絶句一百首」와 「江陽竹枝詞十三首」를 주목하지 않을 수 없다. 이 시들은 우리 나라의 역사와 풍속을 자랑스럽게 노래한 것이다. 「봉소여향」은 23세(1828년, 순조 28) 때 지은 것으로서, 조선의 개국조인 太祖(1335~1408)로부터 正祖(1752~1800)까지 역대 왕조를 7언절구 1백수로 기린 것이다.

높은 용양봉저정은 창공을 의지했고
봉황은 춤추고 용은 서려 해동을 진압했네

안과 밖 산하가 천리의 나라
부상에 뜨는 상서로운 태양 만년토록 붉어라

神嵩紫閣倚青空　　鳳舞龍蟠鎭海東
表裏山河千里國　　扶桑瑞日萬年紅48)

---

47) 『朴珪壽全集』 上, 卷8, 「書牘」, p.558. "輒稱禮義之邦, 此語吾本陋之. 天下萬古, 安有爲國而無禮者哉. 不過中國人嘉其夷狄中, 乃有此而嘉賞之曰, 禮義之邦也. 此本可羞可恥之語也, 不足自豪於天下也."
48) 같은 책, 上, 卷2, 「鳳韶餘響絶句一百首」 其百, p.142.

이 시는 「봉소여향」의 마지막 시이다. 正祖가 陵行時의 번거로움을 덜기 위하여 노량진에 龍驤鳳翥亭을 짓고 그 記를 지은 것을 두고 읊은 시이다. 박규수가 太祖로부터 正祖까지 역대왕조를 기리고, 이 시를 지을 때인 純祖의 치적은 노래하지 않았다. 이는 이 시를 지을 때가 出仕 이전의 布衣 시절인 23세였고, 또한 생존한 순조의 치적을 기리는 일은 후일로 미루었기 때문일 것이다. 아울러 1801년의 辛酉獄事 이후 계속된 내외적으로 혼란과 시련은 일시적으로 보고 이를 충분히 극복할 수 있다는 입장을 가진 것으로 보인다. 그것은 위의 시에서 "안과 밖 산하가 천리의 나라 / 부상에 뜨는 상서로운 태양 만년토록 붉어라"에서 나타난 바와 같이 조선왕조는 태양처럼 만년토록 영원할 것임을 확신한 것이다. 「봉소여향」은 단순한 왕조 서사시가 아니라 투철한 역사의식과 자주의식이 기저를 이루고 있다.

「강양죽지사」는 가야의 땅인 陜川의 역사 풍속 역대인물과 설화 전승 민속놀이 등을 읊은 시이다.

정견신모 사당에서 봄마다 굿을 하고
한 바탕 씨름판 열어 자웅을 가리네

돌아오는 길에 신상을 다투며 화상춤 추어
긴소매 펄럭이며 달이 떠오를 때까지

春社年年正見祠　　一場角戲賣雄雌
歸途爭像和尙舞　　長裸儌儌桂影時[49]

이 시는 「강양죽지사」의 제12수로 대가야국 正見神母의 사당에 굿놀

49) 같은 책 上, 卷1, 「江陽竹枝詞十三首」 其十二, p.60.

이가 벌어진 정경을 그린 것이다. 우리의 역사·전통문화와 민속을 소중히 여기고 이를 시로 형상화한 박규수의 시정신에서 자주 문학의 일단을 찾을 수 있다.

金允植은 탈중국적 東國文學論을 전개하였다. 그는 우리 나라 사람들이 우리의 사실과 前代의 문장을 알지 못하는 것을 비판하였다.[50] 그는 華夷論의 세계관에서 벗어나 우리 나라와 중국은 대등하다는 논리를 전개하였다.

> 세상의 말하는 자들이 우리 나라를 스스로 치우친 모서리의 누추함이 있어 마침내 중국과 같지 못하다고 생각하니 나는 저으기 의심한다. 무릇 사람의 품성과 賦形은 진실로 중국 밖 사방이 다름이 없는 것이니, 세상 사람들이 둥근 머리와 모난 발, 옆으로 찢어진 눈과 서서 걷는 것이 아니겠는가? 그 모습이 이미 같다면 그 性情을 또한 알 수 있다. 무릇 저(彼)가 크고 우리가 작은 것 같은 것은 그 다른 까닭이며, 저가 많고 우리가 적음은 그 무리가 그런 것이며, 저가 강하고 우리가 약함은 그 세가 그런 것이며, 저가 풍부하고 우리가 부족한 것은 그 재물이 그러한 것이다. 이 네 가지는 모두 내게 있는 것은 아니다. 내게 있는 것 같은 것은 性情의 얻은 바요 知行의 닦는 바이니 무슨 까닭에 저만 같지 못하겠는가?[51]

우리 나라가 중국만 같지 못하다고 스스로 비하하는 華夷論을 비판하고, 우리와 중국은 동등하다는 논리를 전개하였다. 모든 국가의 사람들의 품성과 賦形이 중국인과 같기 때문에 성정에서 얻고 知行에서 닦은

---

50) 『金允植全集』, 貳, 「東鑑文抄序」, p.146. "余嘗患東人昧於本國事實, 至如本國前代文章, 尤罕見."

51) 같은 책, 貳, 「八家涉筆」, 東坡文 十六, 「李君山房藏書記」, p.580, "世之言者, 以爲我東, 自有僻隅之陋, 終未若中華, 余竊惑焉. 夫人之稟生賦形, 固無中外四方之異, 世之人, 有不圓顱方趾, 橫目堅行者乎. 其形旣同, 則其性情亦可知也. 若夫彼大而我小, 其他然也, 彼多而我寡, 其象然也, 彼强而我弱, 其勢然也, 彼豊而我嗇, 其財然也. 此四者, 皆非在我者也. 若在我者, 性情之所得, 知行之所修, 何故而不若彼乎."

우리의 문학은 중국문학과 같지 못할 이유가 없다고 하였다. 이러한 세계관은 중국적 종속화를 거부하고 자주적인 문학을 추구한 것이다. 김윤식의 자주문학론은 丁小耘의 「斗陵紀俗截句二十首」를 모두 風騷에 넣을 수 있다고 한데서도 찾을 수 있다.[52] 「斗陵紀俗」 詩는 우리의 民風을 묘사한 詩이다. 이 시를 朝鮮國風이요 조선의 「離騷」라고 인식한 것은 우리 것의 소중함, 더 나가서는 우리의 시가 중국의 시와 대등하다는 논리이다. 이러한 인식은 실학파의 자주문학론을 계승한 것이다. 김윤식의 자주문학론의 시적 실천을 「歸川紀俗詩」 20首에서 찾을 수 있다. 그는 정월 대보름의 세시풍속을 다음과 같이 형상화하였다.

숲 밖을 노래하며 거니는데 대보름 달 떠 있고
줄다리기 끝나고 쥐불놀이 벌어지누나

늙은 농부 귀밝이술에 취해 누워서
웃으며 산봉우리 가리키면서 금년 풍년 든다 하네

林外行歌月正圓　　拔河戱罷野燒延
老農醉臥聰明酒　　笑指峯頭說有年

대보름 밤에 줄다리기(挽索)는 唐 풍속의 拔河戱이고, 쥐불놀이(野燒)는 唐 풍속의 山燈古事이다. 시골 풍속에 대보름날 술 먹는 것을 귀밝이술(聽明酒)이라 하는데, 노인의 귀가 다시 밝아진다고 한다. 또 대보름 밤에 달이 上中下 세 봉우리에서 솟아오르는 것을 보고 일년의 풍년과 흉년을 점친다.[53]

---

52) 같은 책, 壹, 卷1, 「歸川紀俗詩」, p.48. "斗陵丁小耘作, 斗陵紀俗截句二十首, 首首可入風騷."

53) 같은 책, 壹, 卷1, 「歸川紀俗詩」 其一, p.48. "元夜挽索, 卽唐俗拔河戱也. 野燒, 卽唐俗山燈古事. 鄕俗元宵飮酒謂之聰明酒, 老人耳復聽也. 又元夕月出以上中下三峯, 驗一年之豐歉."

위의 시에서 순수한 조선적 시어는 "쥐불놀이"를 "野燒"로, "귀밝이 술"을 "聽明酒"로 漢譯하였고, "줄다리기"를 唐의 풍속인 "拔河戲"를 차용하였다. 그러나 정월대보름 세시풍속인 "줄다리기·쥐불놀이·귀밝이 술"과 풍년을 기원하는 占豊을 오롯이 묘사하였다.

다음은 「歸川紀俗詩」 중에서 촌가의 祥祭 풍속을 형상화한 시를 보자.

촌가의 禮俗은 잡스럽고 경박하여
의례문을 베껴서 사방 마을이 함께 사용하네

大小祥을 만나면 와서 제사를 돕고
번번히 글 아는 이가 와서 축문을 읽네

村家禮俗雜澆淳　　抄寫儀文共四隣
每値祥朞來助祭　　便便工祝解書人

촌가에서는 관혼상제의 儀禮文을 한글로 베껴두었다가 이웃 마을에 일이 있으면 그것을 빌려다 쓴다. 또 한글을 아는 자가 축문을 읽는데 읽는 자도 무슨 말인지 모른다. 그리고 촌 백성들의 大小祥에 온 마을의 노소를 불문하고 다 모여서 제사가 끝나면 차례로 조문하고 주인은 술과 음식을 내어 그들을 먹인다.[54]

歸川 마을의 祥祭풍속을 묘사한 시로, 附記한 내용에서 보듯이 한문을 배우지 못하여 관혼상제의 축문 등을 한글로 베껴놓고 공동으로 사용하는데 읽는 자도 그 뜻을 모른다는 것이다. 그러나 배우지 못한 村民일지라도 儀禮를 지키며 사는 순박한 삶의 현장과, 애경사가 있을 시

54) 같은 책, 壹, 卷1, 「歸川紀俗詩」 其17, p.51. "村家以國語抄喪祭及昏儀, 每有隣里借用之. 又延能解諺字者, 使之讀祝, 雖讀者, 亦不省爲何語. 又村民大小祥, 一里無老幼皆會之. 祭畢以次入弔, 主人具酒食以饋."

온 동네 사람들이 상부상조하는 미풍양속을 밀도 있게 형상화하였다. 김윤식의 「귀천기속시」는 조선인의 삶과 풍속 정서를 오롯이 실사한 朝鮮之風이다. 우리 문학과 중국문학이 대등하다는 탈중국적 자주의식과 「斗陵紀俗詩」를 조선의 風騷로 인정한 점, 우리의 세시풍속을 그린 「귀천귀속시」에 나타난 세계관은 그의 자주문학론을 구체적으로 입론하고 이를 시로 실천한 것이다.

이와 같은 김윤식의 자주적 문학의식은 실학파 문인인 朴趾源의 朝鮮之風論과 丁若鏞의 朝鮮詩論을 계승한 것이다. 특히 스승인 朴珪壽의 華夷論을 극복한 세계관과 「江陽竹枝詞」에 나타난 조선시 정신을 이은 것이다.

崔益鉉은 구체적으로 자주문학론은 전개한 글을 남기지는 않았다. 다만 시문에서 단편적으로 견해를 피력한 바가 있다. 앞의 성정론에서 살펴본 바와 같이 시의 簾格을 구애받지 않고 마음가는 대로 사실만을 기록한다고 하였다.[55] 格律에 얽매이지 않고 마음에 있는 바를 그대로 형상화한다는 것은, 한시의 격률을 전범으로 삼지 않고 최익현은 "최익현의 시"를 쓰겠다는 자주적 문학의식이 내재되어 있다.

최익현의 위정척사론은 배타적 東道의 수호라는 측면만이 아니라 자주적 국권수호라는 면을 중시하여야 한다.

천년동안 전해온 도가
어찌 하루아침에 번복될 줄 알았으리

어쩌다가 魚頭鬼面의 적을 맞아들여
우리 궁궐에 출입케 한단 말인가

---

55) 註 43) 參照.

이것이 어찌 임금님 마음이랴
탄식하노니 할 말이 없네

우두커니 하늘의 운행을 보니
어두운 밤에 여명이 오리라

되잖은 西洋教가
세계의 물결을 뒤집고 있네

한 조각 우리 동녘 땅에는
아직도 도덕을 지킬 줄 아네

난데없는 黃潛善과 汪伯彦 무리들이
옳은 말에 도전하고 있네

비록 화복은 제 힘으로 한다해도
오직 하늘과 땅이 두렵지 않은가

사람은 그 천성이 곧은 것인데
왜 번복하기를 좋아하는가

자기의 좋은 집을 버려 두고
무단히 험한 곳을 찾고 있나

유학을 한다는 것도 아 허식이요
성인을 위함도 빈말뿐

참으로 군자의 도는
간이하여 건곤을 법 받았네

千年傳授訣　　那料一朝飜
忍迎魚鬼賊　　出入帝王門
聖心豈若此　　歎息欲無言
佇見天行處　　穉陽始自坤
只麽西洋教　　能令四海飜
一片吾東地　　尙由道德門
卒然黃汪輩　　攘臂戰公言
福威雖自力　　獨不畏乾坤
人性生來直　　緣何覆更飜
捨却芝蘭室　　謾尋枳棘門
服儒嗟僞飾　　衛聖但空言
須知君子道　　易簡法乾坤[56)]

이 시는 위정척사의 대의명분이 기저를 이루고 있다. 우리는 위정척사론이 신분질서나 유교적 가치체계를 고수하려는 보수적인 면도 있지만, 외세에 대하여 추호의 타협도 없이 의연하게 저항한 자세는 민족주체세력으로 평가되기에 부족함이 없는 양면성을 공유하고 있음을 인정하여야 한다.[57)] 위의 시는 천년동안 전해온 東道가 西教에 밀려나 일조에 번복된 현실에서도 "우두커니 하늘의 운행을 보니 / 어두운 밤에도 여명이 오리라"라고 하여 西洋教의 물결은 일시적 현상으로, 東道가 반드시 회복될 것을 확신하였다. "자기의 좋은 집을 버려 두고 / 무단히 험한 곳을 찾고 있나"는 東道의 좋은 집을 버려 두고 西道를 찾는 주체성이 없는 沒自我의 현실을 개탄한 것이다.

최익현의 東道 守護論은 보수적인 측면만이 아니라 주체성의 회복과 국권회복이 그 핵심인 것이다. 이러한 사상적 基底는 格律에 구애받지

56)『勉菴集』卷1,「傷時」, p.11.
57) 朱昇澤,「開化期의 漢詩硏究」, 서울대 석사논문, 1984, p.18.

않고 "최익현의 시"를 쓰겠다는 자주적 문학과 그 맥을 같이 한다고 할 수 있다.

李建昌의 자주문학론의 그의 論詩詩인 「次韻答保卿」에서 찾을 수 있다.

시는 緣情을 근본으로 하는 것
그런 다음 律呂가 있네

구구하게 음운에 매달리는 것은
비속하도다 말할 것이 없네

그대는 보았는가 시경 삼백편이
여항이나 병사들의 노래인 것을

처음부터 어찌 工巧하게 했으리
소리에 얹어 마음이 막힘이 없었네

굴원과 송옥의 초사가 참으로 기려하나
시경의 실마리를 이은 것에 불과하네

내 또한 이 뜻에 어두워
오래도록 딴 곳으로 갔었네

뉘라서 알았으리 시냇가의 물풀이
王公의 제사상에 오를 줄은

요즈음 오로지 平淡을 배워
촌 막걸리를 마시며 홀로 노래하네

편지 뜯어 그대의 시를 보니
왕왕 또한 許與할 만 하누나

霜鍾은 스스로 음향을 내기에
남이 쳐주기를 기다리지 않네

우리 집 닭의 문채로 족한데
어찌 남의 집 싸움닭을 쓰리오

詩者本緣情　　然後有律呂
區區切音韻　　卑哉無足語
君看三百篇　　閭巷及師旅
初豈欲工者　　聲入心無阻
屈宋信奇麗　　不過述其緒
吾亦昧此義　　久向別處去
孰知澗溪毛　　可羞王公筥
邇來學平淡　　獨唱撫村醑
開緘得君詩　　往往亦可與
霜鍾自發響　　不關莛與杵
家鷄足文采　　焉用人嘴距[58)]

이건창은 시는 緣情을 근본으로 삼고 다음에 律呂가 있다고 하였다. 緣情을 강조한 것은 시가 다른 무엇이 아니고 나의 정감 나의 마음에서 우러나야 한다는 自我의 각성이다.[59)] 시경은 여항인이나 병사들의 노래로서, 처음부터 工巧함을 하려 했겠느냐고 반문하였다. 屈原과 宋玉의 楚辭도 『시경』의 실마리를 계승한 것에 지나지 않은 것으로 보았다. 하찮은 시냇가의 풀이 王公의 제사상에 올려지듯 民草들의 노래도 훌륭한 시라는 것이다.

이건창은 平淡한 시를 추구하면서 자신의 시를 쓰겠다고 선언하였

58) 『李建昌全集』 上, 卷3, 「次韻答保卿」, p.136.
59) 李熙穆, 「寧齋 李建昌 硏究」, 성균관대 석사논문, 1983, p.40.

다. 霜鍾은 남이 쳐주기를 기다리지 않고 스스로 음향을 내듯이 자신의 성정대로 시를 쓰겠다는 것은 중국적 의사화를 거부하고 자주적인 시를 쓰겠다는 주체적 문학론이다. 우리 집 닭(조선)의 문채(시)로도 흡족한데, 어찌 남의 집(중국)의 싸움닭(중국시)을 쓸 수 없다는 것은 문학의 중국적 종속화를 거부하고 조선시를 쓰겠다는 자주문학 선언이다. 이건창의 자주문학론은 앞 시대의 茶山 丁若鏞의 조선시 선언을 계승한 것이다.

노인의 즐거운 일 하나는
붓 가는 대로 미친 듯이 시를 쓰는 것

어려운 운자에 신경 안 쓰고
퇴고하느라 더디지 않고

흥이 나면 뜻을 싣고
뜻이 이루어지면 바로 시를 쓰네

나는 조선사람이기에
즐거이 조선시를 쓰노라

그대는 마땅히 그대의 법을 쓰면 되지
시작법에 어긋난다고 떠드는 자 누구뇨

중국시의 구구한 격율을
먼 곳의 우리가 어이 안단 말인가

우리를 업신여긴 이반룡은
우리를 동쪽 오랑캐라 비웃었네

袁宏道 형제와 尤侗이 雪樓(李攀龍)를 쳤는데도
海內에는 다른 말이 없었네

등뒤에 彈子를 낀 사람 있는데
어느 겨를에 마른 매미 엿볼소냐

나는 수식 없는 韓愈의 山石詩를 사모하니
계집애 시라고 비웃음 받을까 두려워하리

어찌 처절하고 어두운 것을 꾸미면서
괴로워하며 애간장을 태우는가

배와 귤은 그 맛이 다른 것처럼
오직 입맛에 맞는 것을 즐겨할 뿐이네

老人一快事　　縱筆寫狂詞
競病不必拘　　推敲不必遲
興到則運意　　意到則寫之
我是朝鮮人　　甘作朝鮮詩
卿當用卿法　　迂哉議者誰
區區格與律　　遠人何得知
凌凌李攀龍　　嘲我爲東夷
袁尤搥雪樓　　海內無異辭
背有挾彈子　　奚暇枯蟬窺
我慕山石句　　恐受女郎嗤
焉能飾悽黯　　辛苦斷腸爲
梨橘各殊味　　嗜好有其宜[60)]

60)『全書』,「老人一快效香山體」(5), 1-6, 34a, p.115.

茶山의 조선시 선언은 문학의 주체적 자아의 확립이다. 조선인의 기호와 성정에 합치되는 조선시를 써야만 참다운 시가 될 수 있다는 宣言은 조선문단이 나가야할 바를 제시한 것이다.[61]

이건창이 茶山의 조선시 정신을 계승한 것은 茶山과 이건창의 증조부인 李勉伯(1767~1830)과의 交遊에서 그 맥락을 찾을 수 있다. 이건창의 자주문학론을 구현한 시를 살펴보자.

연개소문 죽은 지 이미 천년이건만
飮馬泉 있는 산정에 왜놈이 쇠못 박았네

봉씨네 자손들 모두 적막하고
용지가 말라 점점 밭이 되었누나

蓋蘇文去已千年　　鐵壓山頭飮馬泉
奉氏兒孫俱寂寞　　龍池水涸漸爲田

高麗山頂에 연개소문이 말에게 물 먹인 샘이 있는데, 왜놈들이 그곳에 쇠못을 박았다. 그 아래에 奉가네 龍池가 있다.[62]

江華島의 역사·유적 등을 노래한 「古次雜絶」의 한 首이다. 이 시는 36세(1887, 정해)에 지은 것으로 日本의 잔악함을 고발하였다. 강화도 고려산에는 淵蓋蘇文이 말에게 물을 먹인 샘이 있는데, 日本은 연개소문과 같은 인물이 다시 태어날까 두려워하여 山頂에 쇠못을 박았던 사실을 폭로하였다. 이 시는 日本人들이 우리 나라 명산의 精氣를 끊기 위

61) 金相洪, 『茶山 丁若鏞 文學硏究』(檀國大出版部, 1985), p.57.
62) 『李建昌全集』 上, 卷6, 「古次雜絶」 其2, p.371. "高麗山頂, 有蓋蘇文飮馬井, 倭人以鐵釘壓之. 其下有奉哥龍池." 「古次雜絶」은 卷3의 「孫石墳」(p.209)을 포함하여 17首이다.

해 산정에 쇠말뚝을 박았던 역사적 사실과 잔악상을 입증한 것이며, 이러한 교활한 행위가 1887년 이전에 이루어졌음을 확인해 주고 있다.

다음은 이건창이 압록강 부근 雪城의 歲時風俗을 그린 시이다.

卯日에 사람 만날까 사립문 닫고
亥日 밤에 횃불로 돼지주둥이 지지네

집집마다 새벽에 일어나 샘물 길어
복을 머리에 이고 돌아와 대보름 밥 짓네

卯日逢人却閉門　　亥宵持炬煮山豚
家家汲水淸晨起　　戴福歸來作上元

卯日에 손님을 꺼린다는 것은 주인에게 이롭지 못하기 때문이며 亥日밤에 山田에 불을 놓는 것은 "돼지 주둥이 지진다"는 것이고, 보름날 일찍 일어나 물긷는 것은 먼저 긷는 자가 복이 있다는 것이다.[63]

평안도 벽동군 雪城의 정월대보름 풍속을 그린 시이다. 上卯日(첫 토끼날)에 손님이 오면 주인에게 이롭지 못하다 하여 사립문을 닫는 풍속과, 풍년을 기원하여 上亥日(첫 돼지 날) 밤에 횃불로 "돼지 주둥이 지진다"는 것과, 정화수를 제일 먼저 긷는 "용알뜨기(撈龍卵)"[64]의 세시풍

---

63) 같은 책, 卷6, 「雪城歲時詞」 其9, p.360. "卯日忌客云, 不利主人, 亥日夜燒山田謂之煮, 上元早起汲水云, 先汲者有福."

64) "용알뜨기"란 전설에 의하면 대보름 전날 밤에 용이 내려와 우물 속에 들어가 알을 낳는데 그 알을 낳은 우물물을 남 먼저 길러다가 밥을 지으면 1년 중 운수가 좋고 농사가 잘 된다는 세시풍속이다. 우물물을 먼저 길어간 사람은 그것을 표시하기 위하여 지푸라기를 조금 우물 위에 띄워 놓는다. 나중에 온 사람은 다른 우물물을 찾게 되는데, 「東國歲時記」에는 황해도와 평안도에서는 이를 정월대보름 세시풍속으로 보고하고 있다.(李杜鉉外, 『韓國民俗學槪說』(民衆書館, 1977. 4판), pp.215~216 참조)

속이 묘사되었다.

「雪城歲時詞」 10首는 평안도 벽동에서 유배살이 하던 28세(1879, 己卯) 때의 쓴 것으로 보인다. 이건창의 이와 같은 조선시 정신을 구현한 시를 통하여 자주문학론의 일단을 찾을 수 있다. 이건창의 조선시 정신은 梅泉 黃玹에게 이어졌다. 이건창에 의하여 文人으로 立身하는 길이 열린 황현은 1906년에 정월대보름 세시풍속을 형상화한 「上元雜詠」 10首를 썼다.[65)]

이상에서 논의한 바와 같이 근대전환기의 사대부 문인인 박규수·김윤식·최익현·이건창의 자주문학론은 英正時代 실학파 문인들의 朝鮮之風論·朝鮮詩論을 계승하고 있다. 이들의 자주문학 정신은 시대와 가치관이 급변하더라도 우리의 역사와 문화와 풍속은 소중한 것인 만큼, 이를 계승발전 시켜야 한다는 뚜렷한 주체의식의 표현이다.

조선인은 조선인의 기호와 정감에 맞는 조선의 시를 써야한다는 자주문학론을 구현한 詠史詩와 歲時風俗詩는 한문학이 종언을 고하는 시기에도 근대 전환기의 사대부 문인들은 동요하지 않고 한문학을 지속하면서 시대의 위기를 극복하고자 한 詩精神의 구현인 것이다.

5. 結 論

朴珪壽·金允植·崔益鉉·李建昌은 근대 전환기를 살다간 士大夫 문인들이다. 이들은 한문학의 해체기를 살면서도 동요하지 않고 정통 한문학을 끝까지 고수하였다. 이들은 西勢東漸의 격변기를 살면서도 사대

65) 黃玹의 「上元雜詠」에 대한 논고는 鄭良婉의 「梅泉 黃玹의 上元雜詠을 읽고서」(『雨田辛鎬烈先生古稀紀念論叢』, 1983)가 있다.

부 문인답게 한문학을 지속하면서 문학론을 전개하고 이를 자신들의 시문에 실현하였다.

이제까지 근대전환기의 사대부 문인 중에서 박규수 · 김윤식 · 최익현 · 이건창의 문학론을 ① 文學의 效用論, ② 詩의 性情論, ③ 自主文學論에 主眼하여 고찰하였는데, 이를 요약하여 결론으로 삼는다.

첫째, 문학은 經世에 기여하고 道의 회복에 기여하여야 한다는 효용론이다. 즉 經術과 政理에 기여하는 문학, 修身과 安民에 기여하는 문학, 斯道의 회복을 위한 문학이 참다운 문학임을 밝혔다. 이들의 효용론은 유교의 전통적 문학론을 계승하고 있다. 문학이 시대의 모순을 바로잡고 世道의 타락을 구제하는데 사명이 있는 만큼 시대와 사회가 변해도 그 본질은 불변하는 것으로 보고 文學의 효용을 世教에 두었다.

둘째, 개성과 정서를 중시한 性情論이다. 시란 성정의 감발로 天成으로 이루어지는 것으로서, 억지로 모색하거나 假借 · 模倣할 수 없는 것으로 보았다. 시는 인간의 성정의 표현이며, 또한 사람을 感發懲創케 하여 성정을 도야할 수 있는 만큼 시의 사명은 인간의 본성을 회복하고 성정을 도야하는데 있다는 것이다.

셋째, 중국문학의 擬似化를 거부하고 우리 문학의 독자성과 자주성을 강조한 자주문학론이다. 자주문학론은 英正시대 實學派 文人들의 朝鮮之風論 · 朝鮮詩論을 계승하고 있다. 우리의 역사와 풍속을 소중히 여기고 이를 시로 형상화한 것은 자주문학론의 구체적 실현이다. 우리 문학과 중국문학이 대등하다는 자각과 우리의 세시풍속을 노래한 시가 國風과 離騷라는 東國文學論은 華夷論的 세계관을 극복한 것이다. 그러나 최익현의 경우는 東道의 수호라는 입장, 외세의 배척이라는 위정척사의 자주론을 기저로 하고 있다. 박규수 · 김윤식 · 이건창은 중국적 擬似化를 거부하고 自國文學의 독자성과 주체성을 높이 인정하고 조선인의 조선문학을 지향하였다.

이상과 같은 근대전환기의 사대부 문인들의 문학사상은 정통한문학이 종언을 고하고 해체되는 것을 거부하고 사대부 문인답게 끝까지 한문학을 지속하며 옹호한 것이 그 특징이라고 할 수 있다. 이들은 시대의 위기를 극복하는데 한문학이 그 일익을 담당할 것을 자임하면서, 시대와 사회가 변하여 달라져도 한문학은 지속되고 변화될 수 없다 하고 이를 자신들의 문학에 구현하였다.

(『近代轉換期의 言語와 文學』, 高麗大學校 民族文化硏究所, 1991. 4)

星湖의「百諺解」攷

1. 序　論

조선후기에 이르러 우리의 것, 즉 “朝鮮의 모든 것”에 대한 새로운 인식과 자각, 그리고 소중함과 깊은 애정이 지식인을 비롯한 일반 백성들에게까지 널리 확대되었다. 그것은 脫中國的 문화의식을 基底로 한 自我의 각성이며 주체적 문화민족으로서의 긍지와 자부이기도 하다.

조선후기의 이른바 實學者들의 사상에 나타나는 공통적인 점은, 우리의 역사와 문화 그리고 모국어 등의 독자성을 깨닫고 이를 중요시한 점이라고 할 수 있다.

문학분야에서 星湖 李瀷(1681～1763)의 自做論과, 茶山 丁若鏞(1762～1836)의 朝鮮詩論,[1] 燕岩 朴趾源(1737～1805)의 朝鮮之風論, 楚亭 朴齊家(1750～?)의 自家語論은 사대적 擬古主義的 문학을 배격하고, 朝鮮人의 진정한 조선문학을 수립하자는 민족문학론이다. 이 자주적 문학론은 조선후기 문단에 새로운 지평을 열었다.[2]

이들 실학파의 문학사상의 특성은 心性修養의 自己救濟에 머무르는

1) 金相洪,『茶山 丁若鏞 文學研究』, 檀大出版部, 1985, pp.55～63.
2) 金相洪,「朝鮮後期 文學思想의 特性」- 實學派를 中心으로 -,『東洋學』 제16집, 檀國大附設東洋學研究所, 1986, pp.52～65.

것을 거부하고 당대사회의 병리적 현상들을 바로 잡는데 문학이 마땅히 기여하여야 한다는 匡濟一世論과 사대적 擬古主義를 배격하고 조선인의 사상과 감정에 맞는 진실한 조선문학이어야 한다는 자주적 문학론이다.

後者의 자주문학론은 문학의 종속화를 거부하고 조선의 독자적 문학만이 진정한 우리의 문학임을 천명한 것이다. 이러한 주체적 문학론을 전개했던 실학파 문인들은 자신의 작품에 이를 구현하였다. 우리의 역사와 언어 풍속 등에 깊은 이해와 애정은 虛文假花의 생명력이 없는 擬古文學이 아닌 조선인의 삶과 문화를 진솔하게 형상화하는 것으로 귀결된다.

성호 이익은 우리의 속담에 대하여 깊은 이해가 있었고 효용성을 높이 인정하고 이를 수집하여 漢譯하였다. 그의 자주적 문학론의 구현과 아울러 실학사상의 일단이 내재된 漢譯俗談集 「百諺解」는 우리 先祖들의 언어문화를 이해하는데 귀중한 자료가 된다.

본고는 필자의 조선후기 한문학 연구의 연속작업으로서[3] 이익의 한역속담인 「백언해」에 대하여 고찰한다. 「백언해」는 우리 나라 漢譯俗談集으로 洪萬宗의 「旬五志」 다음으로 한역된 것이다. 그리고 愼後聃(1702~1761)의 「察邇錄」과 정약용의 「耳談續纂」 등 한역 속담집에 많은 영향을 끼쳤다.[4]

이익의 「百諺解」를 고찰한 논고는 아직까지 없다. 본고는 「백언해」의 내용과 영향, 다른 속담집과의 漢譯을 비교하는데 그치기로 한다. 이러

3) 필자의 朝鮮後期 文學硏究 論著는 다음과 같다. 『茶山 詩選集 流刑地의 哀歌』(檀大出版部, 1981.), 『茶山 丁若鏞 文學硏究』(檀國大 出版部, 1985), 『茶山 硏究의 現況』(共著, 民音社, 1985), 「茶山과 竹欄詩社 一考」(『雨田辛鎬烈先生古稀記念論叢』, 1983), 「茶山의 「耳談續纂」硏究」(『韓國漢文教育』, 창간호, 韓國漢文教學會, 1986), 「朝鮮後期 文學思想의 特性」-實學派를 中心으로-, 『東洋學』 제16집, 東洋學硏究所, 1986).

4) 金相洪, 「茶山의 「耳談續纂」硏究」(『韓國漢文教育』 창간호, 韓國漢文教育硏究會, 1986)에서 우리 나라 漢譯俗談集에 대하여 詳論한 바 있다.

한 논의는 이익 문학의 이해와 속담 연구자들에게 작은 도움이 있을 것으로 생각한다.

2. 星湖의 俗談觀

이익은 擬古的 문학을 매도하면서 문학의 自做論을 전개하였다.[5] 우리의 농어촌에서 쓰는 언어들까지도 詩語로 쓸 수 있다고 하여[6] 한시의 새로운 地平을 열었다.

이익의 한글에 대한 인식에서 문화의 독자성과 자주의식을 찾을 수 있다.

> 몽고의 글자는 소리를 주로 하기 때문에 사람의 입으로 전하여 귀로 들었다. 온전한 그 형체가 없었으니 어찌 전해지며 없어지지 않겠는가. 이제 그 자세함을 볼 수 없으니 만일 規例를 미루어 문자를 만들었다면 천추 후세까지 통용되어 우리의 한글(諺文)과 같았을 것이다.[7]

이와 같은 한글의 우수성에 대한 이익의 인식은 한문 담당층으로서는 새로운 시각이 아닐 수 없다. 우리의 것, 朝鮮人으로서 조선의 모든 것에 대한 자부와 애정이 있기 때문이다. 한글은 삼라만상의 모든 것을 자유롭게 표현할 수 있는 우수한 문자임을 밝힌 그의 한글관은 문화의 독자성을 인식한 자주적 의식의 一斑이다. 그의 조선의 것에 대한 새로

---

5) 「星湖全書」(六), 僿說, 「陶詩自做」. 驪江出版社, 1984, p.1087.

6) 같은 책(五), 「僿說」의 「八方風」, pp.57~58.

7) 같은 책(五), 「僿說」의 人事門, 「諺文」 권16, p.566. "蒙字以聲爲主, 故人以口傳而耳聽也. 然全無其形, 又何能傳而不泯. 今無以得見詳, 若推例爲文字, 可以通行於天下後世, 與我之諺文同科."

운 시각은 당시 사회의 기존의 고정관념에서 크게 진보한 것이다.

우리의 것에 대한 애정과 소중한 인식은 속담을 수집하고 이를 漢譯한데까지 확대되었다. 「百諺解跋」을 보면 우리 속담에 대한 그의 시각이 잘 나타나 있다.

> 속담이란 조속한 말이다. 아낙네와 아이들의 입에서 이루어져 委巷 사이에 유행하게 되었는데, 인정을 살피고 사리를 징험하는 데 골수에 스며드는 풍자가 있어 아주 작고 세세한 것들을 살필 수가 있다. 그렇지 않다면 그것(속담)이 유포되어 전해져 오랫동안 없어지지 않은 것이 이와 같을 것인가? …… 생각건대 家事에 처하고 國政의 조치에 있어 중요한 것이라서 폐할 수 없다. 진실로 말로 하여금 裨益됨은 고금의 성인과 어리석은 이의 구별이 어찌 있으리요. 속담은 없어질 수 없음은 분명한 것이다. 내가 일찍이 閭井과 길에서 들은 것들을 기록하였다. 한때의 방언(속담)이 오래된 것은 뜻을 잃을까 두려워하여, 이에 數語를 더하여 解目을 만들어 백언해라 하니 百이란 큰 숫자이다.[8)]

속담은 조속한 말이라고 하였으면서도 인정을 살피고 사리를 징험할 수 있다는 것이다. 속담은 가정이나 國政에 있어 중요한 것이라서 폐할 수 없는 것으로 인식하였다. 그리고 속담은 고금의 聖人과 어리석은 이들에게까지 모두 裨益됨이 있다고 하였다. 그런 만큼 속담은 없어질 수 없는 것으로 인식하고 그 가치를 인정하였다.

위의 「백언해발」에 나타난 이익의 속담관에서 사회적 기능과 공효성이 큼을 인식하였음을 알 수 있다. 속담이 流失될까 염려하여 수집하고

---

8) 같은 책(二), 「百諺解跋」, pp.732~733. "諺者粗俗之談也. 成於婦孺吻, 行於委巷之間. 察之人情, 驗之事理, 有刺骨入髓, 覆究乎毫芒之細者. 不然其何能流而布之傳, 久而不泯若是哉. …… 案以之處家事, 措國政要不可廢也. 苟使言而裨益, 何有於古今聖愚之別. 諺之不可沒也明矣. 余嘗有聞閭井, 聞於行道, 輒隨而錄之. 旣而又懼夫一時方言, 久或迷指, 於是加之數語, 爲之解目之曰, 百諺解, 百者, 大數也."

解目을 만들었다는 구절에서 그의 속담관이 분명하게 내재되었다. 이러한 의식은 곧 우리의 것, 조선의 것에 대한 소중함과 애정이 있기 때문이다. 당시 사회에서 아무도 관심을 가지지 않았던 속담을 수집 정리하여 漢譯한 그의 정신은, 空理空談의 영역에 안주하지 않고 실용에 기여할 수 있는 實質의 학문, 즉 실학사상에서 발현된 것이다.

「星湖僿說」의 詩文門 「雜纂」 조에 보면, 「백언해」에 대한 기록이 있는데 속담에 대한 인식을 克明하게 찾을 수 있다.

> 李義山(李商隱)의 雜纂은 사람들은 살풍경에 대한 몇 가지의 말만 있는 줄 알고 그 밖의 허다한 것이 있는 줄은 알지 못한다. 비록 그 사람이 어질지는 못할지라도 謠俗에서 채집하고 인심에서 징험하면 때로는 깨우치고 반성할 것이 있다. "제 자식 악함과 싹의 큼을 알지 못한다"와 같은 것은 街談里諺에 지나지 않지만 군자는 취택함이 있으니 소리가 들려오면 마음이 통하게 되어 유익하지 않은 것이 없다.
>
> 나는 예전에 백언해를 지었는데 그 物의 態를 형용한 것이 인정에 절실히 가까워서 진실로 없애서는 안될 것도 있으니 義山과 잡찬과 무엇이 다르랴.[9)]

속담은 사람을 깨우치고 반성케 할 수 있는 것으로 인식하였다. 「大學」에 나오는(傳8章) 속담[10)]을 인용하면서 이를 논증하였다. 사람은 자기 자식의 악한 것을 알지 못하고, 자기 곡식의 싹이 큰 것을 알지 못한다(莫知其子之惡, 莫知其苗之碩)는 속담은 비록 街談里諺에 불과하나 군자는 취하였다는 것이다. 속담은 사람의 마음을 통하게 하여 유익하지

---

9) 같은 책 (六), p.1071. "李義山雜纂, 人知有殺風景數語, 而不知更有許多在也. 雖其人未必賢, 採諸謠俗, 驗之人心, 時有可警省者. 如子惡苗碩類, 不過街談里諺, 君子有取, 聲入心通, 莫非有益也. 余昔作百彥解, 其形容物態, 切近民情, 則誠猶不可沒也. 義山之雜纂, 何以異是."

10) 「大學」 傳8章. "故諺有之, 人莫知其子之惡, 莫知其苗之碩."

않은 것이 없다는 그의 속담관은 자신의 한역속담집 「백언해」를 경서에서 인용된 속담과 동일선상에 놓았다. 「백언해」는 物態를 형용한 것으로 人情에 절실히 가까워서 진실로 없애서는 안될 것으로 인식하였다.

이익이 속담의 가치와 眞價 그리고 효용성의 지대함을 인식하고 이를 수집하여 한역한 根底에는 우리의 속담을 중국의 經史에 인용된 속담과 同格으로 파악한 언어 문화의 독자성과 주체의식이 있었기 때문이다. 조선의 것에 대한 소중함을 인식하고 수집하여 한역한 「백언해」는 자주정신의 一斑이며 실학사상의 구현이다.

3. 「百諺解」의 內容과 影響

1) 內容

우리의 속담을 中國의 經·史에 인용된 속담과 동격으로 인식하고 이를 수집하여 한역한 이익의 「백언해」는 필자가 조사한 바에 의하면, 洪萬宗의 「旬五志」에 이어 두 번째로 방대한 속담집이다. 우리의 先祖들이 疏章이나 書簡등에 속담을 사용한 기록은 얼마든지 찾을 수 있다.[11] 『三國遺事』 권5의 「郁面碑 念佛西昇」 條의 "내일 바빠 한대(大家)방아"(俚言, 已事之忙, 大家之舂促)라는 속담이 기록상으로는 가장 오래된 것이다. 고려·조선왕조의 士大夫와 文人들은 물론 『朝鮮王朝實錄』(世宗實錄 卷 73)에 "高麗公事三日"의 속담이 보이는 것으로 보아 널리 사용되었고 사용층이 광범위하였음을 알 수 있다.

우리 나라 속담을 수집한 「백언해」는 이익 당시까지만을 볼 때, 389

11) 金相洪, 「茶山의 耳談續纂 研究」에서 상론한 바가 있다.

首를 수집한 방대한 것으로서, 홍만종의 「순오지」 143首보다 양적으로 크게 앞선다. 우선 일차적으로 우리의 속담을 정리하였다는 데에서 이익의 공은 높이 인정하여야할 것이다. 아무도 관심을 보이지 않아 置之度外視하던 속담을 수집한 그의 정신은 조선 사랑, 즉 나라 사랑과 우리의 언어문화에 대한 자긍이며 주체사상인 것이다. 그의 이러한 실학사상은 한결 소중하고 값진 것으로 민족의 유산인 것이다.

「백언해」는 모두 389首(章)를 수집하여 4언 2구 8언으로 韻文처럼 한역하였다. "用十斧斫 木無不顚"으로부터 "鹿粗僅成 劉孫草笠"까지 389首의 속담을 4언 2구로 정형화하여 한역하였다. 속담에 대한 注釋은 없다. 한역의 예를 살펴보기로 한다.(속담 번역은 필자. 이하 같음)

- 吹則恐飄　握則恐歃
  (불면 날아갈까 쥐면 꺼질까)
- 馬行去時　牛亦與俱
  (말 가는데 소도 간다.)
- 九淵可測　人心難量
  (열길 물 속은 알아도 한 길 사람 속은 모른다)
- 毒杖之下　無將軍勇
  (매 아래 장사 없다)
- 維谷無虎　維兎作長
  (호랑이 없는 골에 토끼가 선생노릇 한다)
- 鯨鯢鬪海　魚蝦遄死
  (고래 싸움에 새우등 터진다)
- 廚庋之下　拾匙休誇
  (살강(주방)밑에 숟가락 줍기)
- 僧頭木梳　有無何關
  (중의 빗)
- 抱琵足蹈　荷校亦舞

(거문고 인 놈이 춤추면 칼쓴 놈도 춤춘다)

- 世有將軍 龍馬亦出
  (장군 나자 용마 난다)
- 夜勿談虎 談虎虎至
  (호랑이 제 말하면 온다)
- 外姑憐婿 憐婦惟舅
  (사위 사랑은 장모요 며느리 사랑은 시아버지)
- 外孫之愛 愛檝相似
  (외손자 예뻐하느니 방아공이를 이뻐하지)
- 馬雖老矣 寧辭其豆
  (늙은 말이 콩 싫어하랴)
- 髥雖三尺 食乃令公
  (수염이 석자라도 먹어야 양반)
- 査家與厠 愈遠愈好
  (사돈집과 측간은 멀수록 좋다)

위와 같이 「百諺解」는 우리의 속담을 4언 2구 8언으로 정형화하여 한역하였다. 「백언해」가 4언 2구 8언으로 정형화되어 있는데 주목할 필요가 있다. 이것은 우리의 속담을 수집·정리하는 데만 그 의의가 있는 것이 아니라 漢譯한 것을 사람들이 詩文에 인용할 수 있게 한 深謀遠慮이다. 즉 중국의 經史에 인용된 속담이 일정한 형식을 취하고 있는 것처럼 우리의 속담도 그와 같은 位相에서 파악한 것이다.

「春秋左氏傳」의 宣公 16年 條의

民之多幸 國之不幸
(백성은 다행하나 나라는 불행하다)

의 속담과, 「史記」의 貨殖傳의 속담

千金之子　不死於市
(천금같은 자식을 저자에서 죽게 할 수 없다)

와 같이 일정한 對偶와 字數의 규칙을 염두에 두고 한역한 것이다. 물론 중국 속담이 4언 2구로 된 것만은 아니다.

士爲知己者死 女爲悅己者容
(선비는 자기를 알아주는 자를 위하여 죽고 여자는 자기를 기쁘게 해주는 자를 받아들인다)

이와 같이 중국의 속담도 일정한 字數에 정형화된 것은 아니다. 「백언해」 389首의 속담이 모두 4언 2구 8언 운문식으로 한역하다 보니 본래 우리 속담의 본의가 쉽게 전달되지 않는 것이 있다.

예를 들면 "중의 빗"이란 속담은 불필요한 것을 뜻하는 데 이를 "僧頭木梳 有無何關"으로 한역하였다. 英國의 작가 제임스 호우웰이 속담의 3요소로 ① 간결(Shortness), ② 의식(Senes), ③ 짠맛(Salt)을 들고 있는 것처럼 "중의 빗"이란 3자에서 속담의 뜻이 전달된다. 이익은 이를 앞에서 인용한 바와 같이 "僧頭木梳 有無何關"으로 한역하였다. 다시 말하면 4언 2구 8언으로 속담을 정형화하다보니 오히려 繁文이 된 예이다. 洪萬宗은 "僧梳"로 한역하여 비록 한자로 표기하였으되 간결하게 그 의미가 쉽게 전달된다. 그러나 이익의 이러한 경우는 지엽적인 것에 불과하다. 우리는 그 당시 누구도 우리 속담을 수집하여 한역하지 않았는데 이를 정리한 이익의 「백언해」는 구비문학 · 민속학 · 언어학 연구 등의 기본자료 가운데 하나임을 높이 평가해야 한다.

2) 影響

우리 나라 한역 속담집은 필자가 조사한 바에 의하면 모두 8종이 있다. 洪萬宗(1643~1725)의 「旬五志」(下)에 있는 143首가 효시이고, 이어서 이익의 「백언해」 389首, 이익의 제자 河濱 愼後聃(1701~1761)의 「察邇錄」 52首, 炯菴 李德懋(1741~1793)의 「洌上方言」 99首가 있다. 그리고 이익을 사숙했던 茶山 丁若鏞(1762~1836)의 「耳談續纂」[12] 東諺 214章이 있고, 純祖때 趙在三의 「松南雜志」, 작자 미상의 「東言解」의 400여首, 劉松田이 다산의 「이담속찬」 東諺에 누락된 것을 보충한 「耳談續纂拾遺」 31수가 있다.[13]

성호의 제자였던 愼後聃이 「察邇錄」 52章의 한역 속담집은 그의 후기만을 볼 때 성호의 영향을 받았다는 기록은 없다.

> 俚俗의 말은 왕왕 이치에 가까움이 있어 이에 진실로 군자들이 폐하지 않했으니 經傳의 諺曰이 이것(속담)이다.[14]

이와 같은 신후담의 속담관은 이익의 속담관과 일치한다. 이런 점에서 볼 때 신후담의 「찰이록」은 이익의 「백언해」에서 직접 또는 간접적으로 영향을 받았다.

이익의 「백언해」와 신후담의 「찰이록」의 한역을 대비해 보자(百 : 백언해, 察 : 찰이록)

o 말 많은 집 장맛 쓰다
百 : 言甘之室 豉醬必苦
察 : 言甘之家 醬不甘

12) 『與猶堂全書』 「耳談續纂」 I-24, 51B~59B, pp.525~529.
13) 金相洪, 「茶山의 耳談續纂 研究」 참조.
14) 愼後聃, 『河濱雜著』 「察邇錄」 30面. "盖俚俗之言, 往往有近理者, 是固君子之所不廢, 如經傳之稱諺曰, 是也." 「찰이록」을 복사해준 慶北大 李相揆 교수에게 감사드린다.

o 도둑의 때는 벗어도 화냥질(서방질)의 때는 못 벗는다
百 : 盜名終雪　淫奔難白
察 : 盜賊之誣可白　淫行之誣難明

o 무른 땅에 말뚝 박기
百 : 軟地揷杙　其入孔易
察 : 軟地揷木

o 짚신에 국화 그리고 거적문에 돌자귀
百 : 芒履菊繶　蓽戶鐵樞
察 : 席門玉樞　苴履花絇

신후담은 자수에 구애받지 않고 자유롭게 한역하였다.「찰이록」은 비록 52首의 속담을 한역한 것이나, 그가「찰이록」後記에서 어렸을 때 기록한 것이라고 밝히고 있어 일찍부터 우리 속담에 관심이 깊었음을 알 수 있다.

> 右의 찰이록 50여 조는 내가 어렸을 적에 기록한 것이다. 俚俗의 淺近한 말을 기록하였기에 찰이록이라고 이름하였다.[15)]

이익의 門下에서 수학했던 신후담은 이익의 속담에 대한 관심과「백언해」에 영향을 받았음을 미루어 알 수 있다.

이익의「백언해」가 가장 큰 영향을 끼친 것은 다산 丁若鏞의「耳談續纂」東諺이다. 정약용이「이담속찬」서문에서 명확하게 밝힌 것처럼 편찬 목적의 하나는「백언해」가 叶韻이 되어있지 않았기에 이를 叶韻하고

15) 같은 곳. "右察邇錄, 五十餘條者, 卽余童幼時所記也. 以其記俚俗淺近之言. 故名曰, 察邇."

또한 脫漏된 것을 보충하기 위한 것이었다. 「이담속찬」의 서문을 통하여 「백언해」가 끼친 영향을 살펴보자.

> 王氏의 「耳談」은 고금의 鄙諺을 수집한 것이다. 경서와 역사서에 있는 것들이 누락된 것이 있어 수집하여 수록하였다. …… 생각건대 星翁의 백언해는 곧 우리의 속담인데 叶韻이 안 되었기에 이제 운을 달만한 것을 취하여 운을 달았고 또 누락된 것을 수집하였다.16)

다산의 「이담속찬」 經史部 177章은 중국의 明나라 王同軌의 「耳談」에 누락된 것을 보완한 것이고, 東諺 214首(章)는 이익의 「백언해」가 叶韻이 되어 있지 않아 이를 협운하고 또 탈루된 속담을 보충하기 위한 것임을 분명하게 밝히고 있다. 「백언해」는 이와 같이 정약용의 「이담속찬」 東諺에 많은 영향을 끼쳤다.

이제 이익의 「백언해」와 정약용이 叶韻한 「이담속찬」의 한역을 살펴보기로 한다. 필자의 「茶山의 「耳談續纂」 硏究」에서 예문으로 든 것은 제외하고서 대비키로 한다.(百 : 「百諺解」, 耳 : 「耳談續纂」의 東諺임)

ㅇ 이마에 부은 물은 발뒤꿈치로 흐른다

百 : 水注於頂　流歸于踵

耳 : 灌頂之水　必流于趾

(「이담속찬」 1구의 제4자 "水"와, 2구의 제4자 "趾"는 협운임. 이하 同)

ㅇ 나 먹기는 싫어도 남 주기는 아깝다

百 : 我啖屬厭　施人半吝

耳 : 我厭其餐　予狗則慳

16) 『與猶堂全書』 I-24, 44b, p.521. "王氏耳談者, 古今鄙諺之萃也. 經文所著, 頗有脫漏, 今復收錄. …… 因念星翁百諺, 卽吾東鄙諺, 而皆不叶韻, 今取可韻者韻之, 因又收其脫漏."

ㅇ 열 손가락 깨물어서 아프지 않은 것 없다
百 : 十指偏齰　噫不余恫
耳 : 十指偏齰　噫不予慽

ㅇ 누울 자리보고 발 뻗어라
百 : 先度爾衾　方伸爾脚
耳 : 先視爾褥　乃展厥足

ㅇ 좋은 노래도 장 들으면 싫다
百 : 艶歌雖美　聽久亦厭
耳 : 歌曲雖艶　恒聽斯厭

ㅇ 바늘 도둑이 소도둑 된다
百 : 不戒竊鍼　盜牛心生
耳 : 竊鍼不休　終必竊牛

ㅇ 내 칼도 남의 칼집에 들면 찾기 어렵다
百 : 我刃付人　入鞘難還
耳 : 我刃他鞘　旣揷難棹

ㅇ 지렁이도 밟으면 꿈틀한다
百 : 莫誣蚯蚓　踐亦發動
耳 : 相彼蚯蚓　踐之則蠢

ㅇ 까마귀 열두 소리 하나도 좋지 않다
百 : 烏十二聲　鳴聲輒憎
耳 : 烏聲十二　無一媄媚

ㅇ 며느리 자라 시어미 되니 시어미 보다 더한다
百 : 婦老爲姑　不懲反效
耳 : 婦老爲姑　靡不效尤

○ 내 딸이 이뻐야 사위를 고른다
百 : 維吾女美　方合擇婿
耳 : 我有美女　迺擇佳婿

○ 늙은 말이 콩 싫어하랴
百 : 馬雖老矣　寧辭其豆
耳 : 老馬在廐　猶不辭豆

○ 하룻강아지 범 무서운 줄 모른다
百 : 新生狗雛　不知畏虎
耳 : 一日之狗　不知畏虎

○ 기와 한 장 아끼다 대들보 썩인다
百 : 惜一瓦片　巨樑乃腐
耳 : 由惜一瓦　樑摧大廈

정약용의 「이담속찬」 東諺 214首(4首는 字數不定, 不叶韻)는 이익의 「백언해」와 같이 4언 2구 8언으로 叶韻하여 韻文으로 아름답게 한역하였다. 즉 「백언해」에서 체재를 그대로 취하면서 韻을 兩句에 달아 시처럼 한역하였다. 협운한 근본 목적은 우리의 속담도 중국의 시와 같이 아름답게 운문화할 수 있고 아울러 이를 詩文에 用事할 수 있게 한 데 있다. 정약용의 「이담속찬」 214首(4首는 字數 不定, 不叶韻) 모두가 「백언해」를 단순히 叶韻한 것만은 아니다. 그가 서문에서 밝힌바 대로 脫漏된 것을 보충한다고 하였듯이 새로이 수집하여 한역하기도 하였다. 「백언해」에 수록되어 있지 않은 속담을 「이담속찬」 東諺에서 몇 수를 예시하기로 한다.

○ 語牛則滅　語妻則洩
(소더러 한 말은 안 나도 아내에게 한 말은 새나간다)

- 妻毆雖弄　恒受則痛
  (계집의 매도 너무 맞으면 아프다)
- 彼苦者梨　尙或味之
  (쓴 배도 맛 드릴일 탓)
- 瞬目不亟　或喪厥鼻
  (눈감으면 코 베어 가는 세상)
- 宰牛無贓　剝栗難藏
  (소 잡은 터전은 없어도 밤 벗긴 자리는 있다)
- 一夜之宿　長城或築
  (하룻밤을 자도 만리장성을 쌓는다)
- 夫婦之訟　如刃割水
  (부부싸움 칼로 물 베기)
- 旣殀之子　胡算其齒
  (죽은 자식 나이 세기)

이익의 「백언해」는 389首의 속담을 한역만 하였는데 정약용의 「이담속찬」 東諺의 214首(4首는 字數不定, 不叶韻)는 거의 叶韻을 하였고 더 나가 속담마다 그 語義를 주석하여 뜻을 쉽게 이해토록 하였다. 정약용의 「이담속찬」은 이익의 「백언해」의 영향을 받아 이를 叶韻하고 주석까지 하여 확충 발전시킨 것이다. 「이담속찬」에서 주석의 예를 보자.

- 용수에 담은 찰밥도 엎지르기
  百 : 畝苟在梁　鰌滑易脫
  耳 : 篘有稉飯　尙或覆之(喩, 薄命者, 得厚祿不能保)

- 번개가 잦으면 천둥한다
  百 : 電光索索　爲震霆花
  耳 : 電光索索　霹靂之兆(喩, 兆朕屢見, 終必有驗也)

위의 인용은 「이담속찬」에서 叶韻하지 않은 경우이고, 아울러 어의를 해석한 註釋의 예이다.

「백언해」는 신후담의 「察邇錄」과 정약용의 「耳談續纂」 東諺에 많은 영향을 끼쳤음을 위에서 논증하였다. 특히 「이담속찬」 동언은 「백언해」를 발전시켜 확충한 한역 속담집으로서, 정약용이 이익의 학문을 발전시킨 예의 하나임을 알 수 있다.

이 장에서 논의한 「백언해」의 내용과 그 영향을 요약하면 다음과 같다. 「백언해」는 우리 속담만을 漢譯한 속담집이다. 注釋없이 389首를 4언 2구로 정형화하여 운문식으로 되어 있다. 「백언해」는 우리의 것에 대한 소중함과 언어문화의 독자성 및 자주의식에서 발현된 것으로 실학사상의 구체적 실현이다.

「백언해」는 신후담의 「察邇錄」(52首)과 정약용의 「耳談續纂」 東諺(214首)에 많은 영향을 끼쳤다. 특히 정약용은 「백언해」를 叶韻하여 韻文으로 아름답게(4언 2구 8언 叶韻) 한역하고, 매 속담마다 그 어의를 주석하여 그 뜻을 쉽게 이해하도록 하였다. 정약용의 「이담속찬」 東諺은 성호 이익의 학문을 계승 발전시킨 예의 하나이다.

4. 「百諺解」와 他俗談集의 漢譯 比較

우리 나라 속담을 한역한 것은 앞서 살펴본 바와 같이 모두 8종이 있다. 현재까지 밝혀진 바로는 洪萬宗의 「순오지」에 이어 본격적인 한역 속담집은 성호의 「백언해」이다. 玄默子 洪萬宗의 「旬五志」(下)에 수록된 143首는 자수가 일정하지 않게 자연스럽게 한역하고 그 어의를 비교적 자세하게 역시 한문으로 풀이하였다. 하빈 신후담의 「찰이록」은 52首의 속담을 주석 없이 한역하였으며, 炯菴 李德懋의 「洌上方言」 99首는 3언 2구 6언으로 한역하고 어의를 주석하였다. 다산 정약용의 「이담속찬」 東諺은 214首(4首는 字數不定・不叶韻)는 4언 2구 8언, 叶韻하여 운문으로 한역하였다. 趙在三의 「松南雜志」와 작자 미상의 「東言解」 400首는 다같이 잣수가 일정하지 않으나 어의를 주석하였다. 劉松田의 「이담속찬습유」 31首는 정약용의 「이담속찬」 東諺과 같이 4언 2구 8언, 叶韻하고 어의를 주석하였다.

「백언해」의 선구적인 업적은 이들 한역 속담집에 직접, 간접적으로 영향을 끼쳤음을 미루어 알 수 있다. 이제 「백언해」의 한역속담과 여타의 한역속남을 대비해 보기로 한다.(百 : 「백언해」, 旬 : 「旬五志」, 察 : 「察邇錄」, 洌 : 「洌上方言」, 耳 : 「耳談續纂」, 松 : 「松南雜志」, 東 : 「동언해」)

- 삼정승(三相) 사귀지 말고 내 한 몸 조심하라
  百 : 勿交三相　要無一仇
  旬 : 莫交三公　愼吾身
  洌 : 莫交公　愼吾躬
  耳 : 勿見三公　護我一躬

- 까마귀 날자 배 떨어진다
  百 : 烏纔離樹　梨隕其實
  旬 : 烏飛梨落
  察 : 烏飛梨落
  耳 : 烏之方飛　有隕其梨
  東 : 烏飛梨落

- 열길 물 속은 알아도 한 길 사람 마음은 모른다
  百 : 九淵可測　人心難量
  洌 : 測水深　昧人心

耳 : 寧測十丈水深　難測一丈人心
松 : 水深雖知　人心難知

o 쇠귀에 경 읽기
百 : 比彼呪經　于此牛耳
察 : 牛耳讀經
耳 : 牛耳誦經　何能諦聽

o 종로에서 뺨 맞고 한강에서 눈흘긴다
百 : 頰批鍾街　眼睨西渡
旬 : 鍾樓批頰　沙場反目
耳 : 頰批鍾路　眼睨氷庫
松 : 怒鍾樓批頰　沙坪反目
東 : 鍾路逢頰　沙坪瞍眼

o 가마솥 밑이 노구솥 밑 검다하다
百 : 釜底鐺底　煤黑何別
旬 : 釜底笑鼎
冽 : 鼎底黑　釜底噱
耳 : 釜底鐺底　煤不胥詆
松 : 釜底笑鼎底

o 자는 범 콧침 주기
百 : 虎睡方熟　誤觸其尾
旬 : 宿虎衝本
察 : 宿虎衝本　臥牛騎腹
(자는 범 콧침주고 누운 소 배타기)
耳 : 虎之方睡　莫觸其鼻
松 : 宿虎衝鼻
東 : 宿虎衝鼻

○ 꼬리가 길면 밟힌다

百 : 轡之長矣　馬必踐焉

旬 : 轡長必踐

耳 : 厥靮太縝　終受一踐

松 : 轡長必踐

東 : 轡長則踏

○ 대(竹) 끝에서도 삼년이라

百 : 百尺竿頭　耐過三年

旬 : 竿頭過三年

洌 : 竹竿頭　過三秋

耳 : 竿頭苟延　或至三年

松 : 竹末過三年

東 : 竿頭三年活

이상에서 본 바와 같이 하나의 속담이 譯者의 개성에 따라 각기 달리 한역되었다. 「백언해」와 「이담속찬」의 東諺은 4언 2구로, 「열상방언」은 3언 2구로 정형화하여 한역하였고, 여타는 잣수에 구애받지 않고 자유롭게 한역하였기 때문에 역문을 가지고 長短을 논할 수는 없다.

한역 속담집 마다 그 특징이 있어 우리 나라 언어학·구비문학·민속학 연구에 없어서는 안될 자료들이다. 이익의 「백언해」를 비롯하여 한역된 8종의 한역 속담집을 오늘의 시각으로 본다면 한글로 속담을 수집하지 않고 굳이 한문으로 옮기는데 집착하였는가 하는 아쉬움이 없지 않다. 그러나 조선후기 사회의 문자생활은 漢文字의 시대였음을 상기하고, 아울러 우리 속담에 관심을 기울이지 않았던 시대상을 감안할 때 이익의 「백언해」가 한역 속담집의 새로운 지평을 연 것은 우리 문학사에서 높이 평가되는 것이다.

성호는 1681년에 출생하여 1763년에 卒하였는데 「백언해」의 편찬 연도는 알 수는 없다. 성호의 한역한 이후 6종의 한역 속담집이 있었고, 1913년에 이르러 비로소 한글로 수집한 속담집이 최초로 간행되었다.

崔埈植은 900여 수를 모아 1913년에 『朝鮮俚諺』(新文舘)을 간행하였다. 그후 金相冀가 1,500수를 수집하여 1922년에 『朝鮮俗談』(東洋書院)을, 方鍾鉉·金思燁이 4,000여 수를 수집하여 1942년에 『俗談大辭典』을, 李基文이 7,000여 수의 우리 속담과 2,000여 수의 漢文 속담·成語를 수록하여 1962년에 「俗談辭典」을 간행하였음을 볼 때, 이익의 「백언해」를 비롯한 한역 속담집은 우리의 속담학사에서 선구적인 역할을 담당하였다.

5. 結 論

조선후기에 이르러 성호 이익을 비롯한 실학자들은 문화의 사대주의를 거부하고 자국문화의 우수함과 독자성을 인식하고 자주의식을 高揚하였다. 이익의 자주의식이 반영된 한역 속담집 「百諺解」를 이제까지 살펴보았다. 이를 요약하여 결론을 삼는다.

이익의 속담관은 우리 속담의 가치와 효용성을 높이 인정하고 없애서는 안될 것으로 보았다. 그리고 우리 속담도 중국의 經·史에 인용된 속담과 같이 가정사에서나 國政의 일에 裨益하는 바가 큼을 밝힌 점이다. 즉 우리 속담과 中國의 속담을 同格으로 파악하였다.

이익의 「백언해」는 洪萬宗이 「旬五志」에서 143首를 한역한 이후, 389章을 4언 2구 8언으로 운문화하여 우리 속담을 한역한 것이다. 「순오지」보다 수록 속담의 양이 많고 운문 형태로 정형화한 것이 특색이다.

「백언해」는 愼後聃의 「察邇錄」은 물론 정약용의 「耳談續纂」 東諺에 많은 영향을 끼쳤다. 정약용은 4언 2구 叶韻하여 詩歌와 같이 아름답게 한역하였다.「백언해」가 우리 속담을 389首만을 한역한데 반하여,「이담속찬」東諺은 叶韻을 하였고 그 어의를 주석한데까지 확충되었다.

「백언해」와 여타의 한역 속담집과 한역은 각기 서로 長短이 있다.「백언해」는 4언 2구로 정형화하였는데 이덕무의「洌上方言」은 3언 2구로, 정약용의「이담속찬」동언은 4언 2구 협운으로까지 발전하였다.

한국 속담론사에서「백언해」는 홍만종의「순오지」에 이어 두 번째의 한역한 속담집으로서 389首를 4언 2구로 운문화한 점을 볼 때 선구적인 역할을 하여 새로운 지평을 열었다. 이덕무의「열상방언」과 정약용의「이담속찬」의 정형화한 한역 속담집, 그리고 신후담의「찰이록」은 직·간접적으로「백언해」의 영향을 받았다.

성호의 자주의식과 실학사상의 一斑이 내재된「백언해」를 개관하는데 그쳤다. 속담학 연구자들의 본격적인「백언해」연구에 작은 도움이 될 수 있다면 다행으로 생각한다. 끝으로 389首의「백언해」중에서 필자가 우리 속담으로 옮길 수 있는 것만을 부록한다.

〈星湖의「百諺解」譯〉

- 用十斧斫　木無不顚
  (열번 찍어 안 넘어갈 나무 없다)
- 盜名終雪　淫奔難白
  (도둑의 때는 벗어도 화냥의 때는 못 벗는다)
- 貓爪稿席　馬鬐刺蓏
  (고양이 발에 덕석)
- 芒履菊繶　蓽戶鐵樞
  (짚신에 국화 그리고 거적문에 돌쩌귀)
- 因怒蹴巖　適傷厥足
  (성내어 바위차기)

- 水注於頂 流歸于踵
  (이마에 부은 물이 발뒤꿈치 흐른다)
- 吹則恐飄 握則恐欲
  (불면 날아갈까 쥐면 꺼질까)
- 孤掌不鳴 單絲難綿
  (한 손벽이 울지 못하고 한 겹실이 실 되랴)
- 我啖屬厭 施人反吝
  (나 먹기는 싫어도 남 주기는 아깝다)
- 經宿無怨 笑面難唾
  (밤 잔 원수 없고 웃는 얼굴 침 뱉으랴)
  (밤 잔 원수 없고 날샌 은혜 없다)
- 十指徧齰 疇不余恫
  (열 손가락 깨물어도 아프지 않은 것 없다)
- 揚人一過 露己十愆
  (남의 흉 한가지면 제 흉 열 가지)
- 足跗有火 不暇念兒
  (내 발등 불을 먼저 끈다)
- 生命之口 蛛不布網
  (산 목구멍에 거미줄 치랴)
- 先度爾衾 方伸爾脚
  (누울 자리보고 발뻗어라)
- 晝聽有雀 夜聽有鼠
  (낮말은 새가 듣고 밤 말은 쥐가 듣는다)
- 粟不滿升 嗜餠必尺
  (없는 놈이 자 두 치 떡 즐긴다)
- 蟹纔有子 螯能齰物
  (게 새끼는 나니금 집는다)
  (게 새끼는 집고 고양이 새끼는 할퀸다)
- 勿交三相 要無一仇
  (삼 정승 사귀지 말고 내 한 몸 조심하라)

- 俾灶無炳 甕豈有烟
  (아니 땐 굴뚝에 연기나랴)
- 婦人長舌 六月霜集
  (여편네 입방아에 오뉴월 서리 내린다)
  (여인이 원한을 품으면 오뉴월에도 서리 내린다)
- 艶歌雖美 聽久亦厭
  (좋은 노래도 장 들으면 듣기 싫다)
- 饌傳益減 言傳益增
  (음식은 전할수록 줄고 말은 전할수록 는다)
- 錦段至貴 飢易一餅
  (통 비단도 한끼 간다)
- 草自兩葉 已辨嘉蔬
  (될성부른 나무 떡잎부터 알아본다)
- 譬彼團餅 罔內罔外
  (도래 떡이 안팎이 없다)
- 栽松避暑 美蔭難待
  (솔 심어 정자(亭子)라)
- 雙手持餅 孰啖孰舍
  (두 손에 떡(양손에 떡))
- 鷦步逐鸛 厥脚載裂
  (뱁새가 황새걸음 좇다가 가랑이 찢어진다)
- 維山之下 維臼厥杵
  (산밑 집에 방아공이 없다)
- 鳩子學習 飛不過嶺
  (햇비둘기 재 넘을까)
- 耳後負兒 言必諦聽
  (어린애 말도 귀담아 들어라)
- 舌底藏斧 劈出犯機
  (혀 밑에 도끼 들었다)
- 馬行去時 牛亦與俱

(말 가는데 소 간다)

- 不戒竊鍼 盜牛心生

(바늘 도둑이 소도둑 된다)

- 三歲侍疾 得不孝名

(장병(長病)에 효자 없다)

- 九淵可測 人心難量

(열 길 물 속은 알아도 한 길 사람 속은 모른다)

- 烏纔離樹 梨隕其實

(까마귀 날자 배 떨어진다)

- 言甘之室 豉醬必苦

(말 많은 집 장맛 쓰다)

- 吉事有朋 凶維親屬

(길사에는 친구 있으나 흉사엔 친척뿐)

- 灰堆不堅 椓杙易陷

(무른 땅에 말뚝 박고 재고리에 말뚝 치기)

- 孰知盲子 而不終孝

(병신 자식 효도한다)

- 毒杖之下 無將軍勇

(매 아래 장사 없다)

- 巢鳥數遷 止必毛零

(새도 앉은 곳마다 깃이 든다)

- 余所畜犬 或反噬踵

(내 밥 먹은 개가 발뒤축을 문다)

- 足跗皴瘃 熱尿救凍

(언 발에 오줌누기)

- 有仇必遇 略杓之橋

(원수는 외나무다리에서 만난다)

- 苟業草屨 寧用草經

(세 코 짚신 제날이 좋다)

- 維來時心 與去時別

(뒷간 갈 때 마음 다르고 올 때 마음 다르다)

- 六月火爊　去却猶戀

(오뉴월 불도 쬐다말면 섭섭하다)

- 我刀付人　入鞘難還

(내 칼도 남의 칼집에 들어가면 찾기 어렵다)

- 一箇魚橫　全川爲渾

(미꾸라지 한 마리가 온 연못 물 흐린다)

- 莫誣蚯蚓　踐亦發動

(지렁이도 밟으면 꿈틀한다)

- 論人過尤　類啜冷粥

(남의 말 하기는 식은 죽 먹기)

- 維牛之後　與蒭對齕

(소 궁둥이에 꼴을 던진다)

- 我牛角折　詒人墻堅

(제 소뿔이 아니면 내 담이 무너지랴)

- 旣乘之馬　便求執靮

(말 타자 경마 잡히고 싶다)

- 維谷無虎　維兎作長

(호랑이 없는 굴에 토끼가 선생 노릇 한다)

- 有鳴春雉　自速其禍

(봄 꿩 울음 때문에 죽는다(春雉自鳴))

- 金佛儼坐　其中土芥

(부처 밑을 기울이면 삼거웃이 드러난다)

- 早知遇虎　孰肯之山

(호랑이에게 물려갈 줄 알면 누가 산에 갈까)

- 毋以用急　線縛鍼腰

(급하다고 바늘 허리에 매어 쓰랴)

- 唾路傍井　重到知悔

(우물에 침 뱉고 간 놈 다시 와서 마신다)

- 鯨鯢鬪海　魚蝦遄死

(고래 싸움에 새우등 터진다)
- 比彼呪經 于此牛耳
(쇠귀에 경 읽기)
- 瓜從外舐 寧識中甛
(수박 겉 핥기)
- 肚屬吾體 雖穢莫去
(더럽다고 제 항문 버리랴)
- 將候曉月 自黃昏坐
(새벽달 보자고 초저녁부터 나 앉으랴)
- 社酒與人 掠爲己惠
(계(稧) 술에 낮 내기)
- 廚庋之下 拾匙休誇
(살강(찬장)밑에 숟가락 줍기)
- 僧頭木梳 有無何關
(중(僧) 머리의 빗)
- 衰老性變 反類兒童
(늙으면 애 된다).
- 飛鳥坐久 必帶矰弋
(새도 오래 앉으면 화살 맞는다)
- 貧室救助 國亦難能
(가난 구제 나라도 못한다)
- 頰批鍾街 眼睨西渡
(종로에서 뺨맞고 한강 가서 눈흘긴다)
- 有狗毛黲 浴不加白
(검둥개 멱감기겠다)
- 盲不別色 把玩丹靑
(장님 단청 구경하기)
- 肉必細嚼 方覺美味
(고기는 씹어야 맛이다)
(고기는 씹어야 맛이요, 말은 해야 맛이다)

- 一紙之輕　兩力易擧
(백지장도 맞들면 낫다)
- 兩妻之夫　猶無完縫
(두 마누라 거느린 놈 완전한 바지 없다)
- 活人之佛　何洞不有
(활인지불 동네마다 있다)
- 積功成塔　終亦不崩
(공든 탑이 무너지랴)
- 天墻頹壓　牛出有穴
(하늘이 무너져도 솟아날 구멍이 있다)
- 川渠非咎　維汝盲故
(소경이 개천 나무란다)
- 技學十二　夕闕其食
(열 두 가지 재주 갖은 놈 저녁거리 없다)
- 烏十二聲　鳴聲輒憎
(까마귀 열 두 소리 하나도 좋지 않다)
- 達夜行走　未及入門
(밤새도록 가도 문 못들기)
- 隨人夜哭　卒問誰喪
(밤새도록 통곡해도 어떤 마누라 초상인지 모른다)
- 三日不食　鮮無盜心
(사흘 굶어 도적질 아니할 놈 없다)
- 兒若不啼　亦不哺乳
(우는 아이 젖 준다)
- 維兒時心　八十猶存
(세 살 버릇 여든까지 간다)
- 狗悍可憎　鼻端恒瘡
(사나운 개 콧등 아물 날 없다)
- 明卜知來　自昧死日
(무당이 저 죽을 날 모른다)

- 巫家有病 不能自禱
(무당이 제 굿 못한다)
- 釜底鐺底 煤黑何別
(가마솥이 노구솥 밑 검다한다)
- 飮啜亦愼 兒必視傚
(애들 보는데 찬물도 못 마신다)
- 人兒必京 畜雛難鄕
(사람 새끼는 서울로 보내고 말 새끼는 제주도로 보내라)
- 蝸休有殼 人豈無室
(달팽이도 집이 있는 데 사람이 집이 없으랴)
- 欺誘小兒 偸竊餠餌
(어린애가 가진 떡도 빼앗아 먹겠다)
- 虎睡方熟 誤觸其尾
(자는 범 코침주기)
- 蕎餠一豆 兩缶何用
(메밀떡 굿에 쌍장고)
- 畝苟在梁 鰌滑易脫
(용수에 담은 찰밥도 엎지르기)
- 十人守物 一或能偸
(열이 지켜도 도둑하나 못 지킨다)
- 索綯結網 亦可捕虎
(썩은 새끼로 범 잡기)
- 厥腹果然 不察奴饑
(내 배 부르니 종의 밥짓지 말란다)
- 魚鹽市中 彼僧奚至
(절이 망하려니까 새우젓 장사가 들어온다)
- 抱琵足蹈 荷校亦舞
(거문고 인 놈이 춤추면 칼 쓴 놈도 춤춘다)
- 世有將軍 龍馬亦出
(장군 나자 용마 난다)

- 偃臥啖餠　豆屑落眸
  (누워서 떡을 먹으면 팥고물이 눈에 들어간다)
- 狗尾藏久　不成獷尾
  (개꼬리 삼 년 두어도 황모되지 못한다)
- 懸燈雖明　其下反暗
  (등잔 밑이 어둡다)
- 婦老爲姑　不懲反效
  (며느리 자라 시어머니 되니 시어머니 티 더한다)
- 一狗產雛　有斑有褐
  (한 뱃속의 새끼도 알록달록)
- 苞種作枕　殍死不食
  (농부는 죽어도 종자는 베고 죽는다)
- 灶隴有鹽　不挐不鹹
  (부뚜막의 소금도 집어넣어야 짜다)
- 維吾女美　方合擇婿
  (내 딸이 예뻐야 사위 고른다)
- 餠投投餠　石投投石
  (돌로 치면 돌로 치고 떡으로 치면 떡으로 친다)
- 食些些進　屎細細下
  (작게 먹고 가늘게 싸라)
- 口維喎斜　吹螺則正
  (입은 삐뚤어졌어도 나팔은 바로 불어라)
- 乳虎留雛　猶護厥谷
  (범도 새끼 둔 곳을 두남을 둔다)
- 親族遠居　不如近隣
  (먼 사촌 보다 가까운 이웃이 낫다)
- 餠哉餠哉　厥盒尤嘉
  (떡도 떡이려니와 합이 더 좋다)
- 電光索索　爲震霆花
  (번개가 잦으면 천둥친다)

- 啞子啖蜜 雖甛莫說
  (꿀 먹은 벙어리)
- 蟹旣獵獲 焉放水之
  (게 잡아 물에 놓다)
- 伸縮國典 如熟鹿皮
  (녹피에 가로왈)
- 走馬之背 加鞭更快
  (주마가편)
- 往獵山豖 柵豚反亡
  (산 돛 잡으려다 집 돛 잃는다)
- 餒虎曉歸 噬不擇倅
  (새벽 호랑이 중이나 개를 가리지 않는다)
- 緣忙急餐 反致咽塞
  (급히 먹은 밥에 목 메인다)
- 犬逐鷄飛 空望屋上
  (닭 쫓던 개 지붕 쳐다보기)
- 嘻笑之言 或成實際
  (농담 속에 진담 있다)
- 衆擧遝至 眼爲眩閃
  (눈앞에 불이 돈다)
- 事貴作始 成功之半
  (시작이 반이다)
- 債貸非惠 終受批頰
  (빚주고 뺨맞기)
- 局外睨碁 誰非國手
  (뺨 맞아가며 훈수 둔다)
- 家母手滑 譬春雨頻
  (봄비가 잦으면 마을 집 지어미 손이 크다)
- 夜勿談虎 談虎虎至
  (호랑이도 제 말하면 온다)

- 獵蟹盛囊　與兼俱亡
  (게도 굴억도 잃었다)
- 懶士對卷　閱紙頻過
  (게으른 선비 책장 넘기기)
- 如油投水　浮在水面
  (찬물에 기름 돌 듯)
- 如不相善　絶交爰論
  (사귀어야 절교하지)
- 婚弟有謳　姻兄先唱
  (나 부를 노래 사돈집에서 부른다)
- 一穢菘畦　每疑厥狗
  (배추밭에 한 번 똥눈 개 일생 눈다)
- 外姑憐婿　憐婦惟舅
  (사위 사랑은 장모요 며느리 사랑은 시아버지)
- 絲段草綠　罔不同色
  (초록은 동색)
- 吾老不覺　覺人之老
  (저 늙는 줄 모르고 남 늙은 줄만 안다)
- 印隨我友　或之江南
  (친구 따라 강남 간다)
- 緣余事忙　露碓亦春
  (내일 바빠 한댁방아)
- 盲訪入門　偶然直入
  (장님 문 바로 들어갔다)
- 哈彼無子　浪事營產
  (자식 없는데 재산 불리기)
- 爲一盞酒　奚至出涕
  (한 잔 술에 눈물 난다구)
- 死僧無能　任習笞杖
  (죽은 중에 곤장 익히기)

- 外孫之愛 愛檝相似
  (외손자 예뻐하느니 방아공이를 예뻐하지)
- 耳先角後 後出者高
  (늦게 난 뿔이 우뚝하다)
- 畵中有餠 雖美難啖
  (그림의 떡)
- 先假外廊 漸借內堂
  (행랑 빌면 안방까지 든다)
- 魍魎量稅 空言無成
  (도깨비 땅을 마련하듯)
- 蜻蜓點水 不能耐久
  (잠자리 부접대듯)
- 軟之揷杙 其入孔易
  (무른 땅에 말뚝박기)
- 旣失之馬 乃治其廐
  (소 잃고 외양간 고친다)
- 纔學其技 我眼反昏
  (기술 익히자 눈에 백태 낀다)
- 時値年豐 乞兒尤悲
  (풍년거지 더 섧다고)
- 彼貓之頂 孰懸其鈴
  (고양이 목에 방울 달기)
- 餠蝦釣鯉 以小獲大
  (새우 미끼로 잉어 낚는다)
- 如蟻輸垤 積漸而成
  (개미 금탑 모으듯(개미 메 나르듯))
- 維花之田 言放其火
  (꽃밭에 불지른다)
- 手習之斧 遽斫其足
  (도끼로 제 발등 찍기)

- 轡之長矣 馬必踐焉
  (꼬리가 길면 밟힌다)
- 百尺竿頭 耐過三年
  (대 끝에 삼 년이라)
- 一歌雖美 其達永夜
  (듣기 좋은 노래도 오래 들으면 싫다)
- 龜背之上 俾刮其毛
  (거북이 등의 털을 긁는다)
- 憎蠅之打 反傷美蠅
  (미운 파리 치다가 산 파리 상한다)
- 俎上之肉 豈可畏刀
  (도마에 오른 고기)
- 高麗公事 不過三日
  (고려공사 삼일)
- 彼僧雖憎 袈裟何憎
  (중이 밉지 가사가 미우랴)
- 把盃之臂 不屈于外
  (술 잡은 팔 안으로 굽는다(팔이 안으로 굽는다))
- 十洞之水 會于一洞
  (열 골 물이 한 곳으로 모인다)
- 欲報舊讐 新讐更出
  (묵은 원수 갚으면 새 원수 생긴다)
- 去語固美 來語方好
  (가는 말이 고와야 오는 말이 곱다)
- 他官兩班 誰許座首
  (타관양반 수허좌수)
- 活狗之子 勝於死相
  (죽은 정승보다 산 개가 낫다)
- 以己之手 自批其頰
  (제가 제 뺨을 친다)

- 旣炙之蟹 又去其脚
  (구운 게도 다리를 떼고 먹는다)
- 石墻飽腹 其頹可待
  (돌 담 배부른 것)
- 將犬貸虎 何時可償
  (호랑이에게 개 꿔주기)
- 避獐而去 乃反遇虎
  (노루 피하니 범이 온다)
- 譬彼曠貓 弄一鷄子
  (고양이 달걀 굴리듯)
- 馬雖老矣 寧辭其豆
  (늙은 말이 콩 싫어하랴)
- 所得之斧 與失斧同
  (은 도끼나 잃은 도끼나)
- 路傍之井 我豈獨飮
  (우물 들고 마시겠다)
- 非爲死悲 老可悲也
  (죽는 것이 슬픈 것이 아니라 늙는 것이 슬프다)
- 冶匠之家 亦無膳刀
  (대장장이 집에 식칼 없다)
- 主家乏醬 客亦辭羹
  (주인 장 맛 없으니 손님 국 싫다한다)
- 新生狗雛 不知畏虎
  (하룻강아지 범 무서운 줄 모른다)
- 木刀割耳 亦不知覺
  (나무칼로 귀를 베어도 모르겠다)
- 老人之臥 恰似麥臥
  (노인 누운 것 보리 누운 것 같다)
- 惜一瓦片 巨樑乃腐
  (기와 한 장 아끼려다 대들보 썩인다)

- 髯雖三尺　食乃爷公
  (수염이 석자라도 먹어야 양반)
- 鼠近糊盆　乍出乍入
  (생쥐 풀방구에 들랑거리듯)
- 珍珠十斗　貫乃成寶
  (구슬이 서 말이라도 꿰어야 보배)
- 他人之鬪　技刀而進
  (남의 싸움에 칼 빼기)
- 瞽啖蘡薁　不分生熟
  (소경 머루 먹는 듯)
- 入甕之鼠　無處可走
  (독 안에 든 쥐)
- 越獄而投　乃刑房家
  (우연히 간 곳이 형방)
- 拔彼下石　撑此上石
  (아랫돌 빼서 위의 돌 괴기)
- 先搖尾狗　于後得食
  (꼬리 친 개 밥 얻어먹는다)
- 查家與厠　愈遠愈好
  (사돈집과 뒷간은 멀수록 좋다)

(『教育論叢』, 第2輯, 檀國大學校 教育大學院, 1986. 12)

제5부

古典文學理論의 繼承과 課題

傳統文學理論의 繼承과 現代化의 課題

傳統文學理論의 繼承과 現代化의 課題

1. 序 論

우리 祖先들은 중국의 文字와 文體를 사용하여 수 천년 동안 문학활동을 지속하여 왔다. 祖先들이 中國産 色실(漢字)과 繡틀(文體)을 사용하여 성정과 기호에 따라 花鳥月石 · 山水田園 · 人倫之情 · 憂國恤民 등을 수놓은 고풍스런 屛風(漢文學)을 만들어 유산으로 전해 주었다면 후손들은 물론 그 누구도 이를 중국산 刺繡屛風이라 하지 않는다.[1]

이와 같이 한국 한문학은 비록 중국의 문자와 문체를 사용하여 이룩되었으나, 결코 중국문학의 에피고넨(亞流)이 아닌 우리의 고전문학이다.

일찍이 燕巖 朴趾源(1737～1805)은 다음과 같이 명쾌하게 조선문학의 자주적 독자성을 갈파하였다.

> 맹자가 사람의 성은 같아도 이름은 독자적인 것이라고 말한 것처럼, 또한 문자는 같아도 글은 독자적인 것이다.[2]

---

1) 金相洪, 「序文」, 『韓國文學思想史』, 啓明文化社, 1991, p.1.
2) 『燕岩集』, 「答蒼厓」 卷5, 4a, p.93. "孟子曰, 姓所同也, 名所獨也. 亦唯曰, 字所同而文所獨也."

이러한 명쾌한 논리를 원용하지 않더라도 이 땅에서 조상들의 손으로 쓰여진 한문학은 우리 祖先들의 사상과 정서가 오롯이 내재된 한국 고전문학이다. 우리가 西歐의 전통적 문화유산과 고전문화를 논할 때 가장 먼저 거론되는 것이 라틴어 문화이듯이, 오늘날 東洋의 문화유산과 고전문화를 운위할 때 漢文文化를 우선 논하지 않을 수 없다. 서구의 전통적인 문화를 이해하고 탐구하기 위해서는 지금은 비록 아카데미즘의 언어로 전락하였으나, 라틴어 공부와 연구가 필수적이듯이, 우리 문학의 원류와 근간을 바르게 이해하기 위해서는 한문문학에 대한 연구가 선행되어야 한다.

우리 祖先들은 독특한 匠人精神(문학정신)과 문학론이 있었다. 이를 바탕으로 중국산 色실과 繡틀로 自我의 사상과 정서를 오롯이 交織한 병풍(한문학)을 만든 것이다. 조상들의 문학정신과 문학이론은 곧 우리 현대문학의 뿌리이다.

역사에 단절이 없듯이 문학사의 단절은 없다. 源流가 없는 支流가 있을 수 없고 뿌리 없는 枝葉이 있을 수 없듯이 전통문학이론의 원류와 뿌리를 찾고 이를 발전적으로 계승하는 일은 우리 문학사를 바르게 이해하고 정리하는 길이며 아울러 우리 문학을 보다 알차게 할 수 있는 밑거름이 될 것이다.

2. 傳統文學論의 展開樣相

어느 나라 어느 민족이든 간에 외래문화를 수용할 때 초창기에는 무비판적으로 모방하고 답습하기 마련이다. 그러나 일정한 세월이 지나면 자연적으로 자국의 土壤과 性情과 嗜好에 맞도록 토착화시키고 재창조하여 발전시키기 마련이다. 논자에 따라 견해를 달리 할 수 있으나, 우리 나라 전통문학이론을 대체로 세가지로 나눌 수 있을 것이다.

첫째, 六經四書의 정신을 전범으로 하고 "文必秦漢 詩必盛唐"을 추종하는 등 중국 문학의 에피고넨化를 추구한 事大的 文學論이다.

둘째, 사대적 문학론을 바탕으로 하되 문학의 본질과 效用論, 표현론에 대하여 새로운 견해들을 제시한 個性的 문학론이다.

세째, 중국문학의 에피고넨化를 거부하고 문학의 독립성을 선언하고 민족문학론을 전개한 自主的 문학론이다.

이 중에서 개성적 문학론과 자주적 문학론이 우리 나라의 전통적 고전문학론의 근간이라고 할 수 있다. 개성적 문학론은 중국문학의 수용단계를 지나 토착화되어 재창조한 이론으로서 중국문학의 附傭的 문학이 아닌 민족문학론의 성립 前段階인 과도기적 이론이다.

자주적 문학론은 脫中國的 문학론이다. 중국적 擬似化를 거부하고 문학의 자주성을 인정한 것으로서 우리 문학사에 새로운 地平을 연 독립선언이자 민족문학론이라고 할 수 있다.

개성적 문학론은 문학의 본질과 효용과 표현에 관한 본격적인 이론인데 『白雲小說』, 『破閑集』, 『補閑集』, 『櫟翁稗說』 등 詩話類의 출현에서 찾을 수 있다. 이들 시화류에는 文以載道를 근간으로 한 효용론과 표현론 위주의 문학론이 중심을 이루고 있다.

특히 李仁老(1152~1220)가 故事 인용이 많은 시를 點鬼簿라 비판하고 李商隱(813~858) 流派의 西崑體를 문장의 病痛이라 지적한 것과[3], 李奎報(1168~1241)가 新意創造論과 詩有九不宜體論과 「論詩」詩에서 주장한 것 등에서 개성적 문학론을 찾을 수 있다.

---

3) 李仁老, 『破閑集』 下, 4. "詩家作詩多使事, 爲之點鬼簿. 李商隱用事險僻, 號西崑體, 此皆文章一病."

조선조에 이르러 억불숭유를 통치철학으로 삼아 중앙집권적 통치권력을 행사하게 되자 문학의 효용론을 중시하게 되었다. 그러면서도 표현론에 대한 주장도 만만치 않아 효용론과 표현론은 상호관련을 맺게 된다.

효용론이 文藝否定의 추세에 이르게 되는 것을 막고 문예의 예술성 또는 순수성을 지향하는 표현론의 근간이 되는 脫載道的 문학론이 제고된다. 그러나 조선후기에 이르러 反朱子學的 문학 이론이 대두되면서 효용론과 표현론은 문학론의 큰 줄기를 이루게 되었다.

『東文選』의 편찬 목적이 "詞理醇正 有補治教者"에 있다는 데에서 효용론의 성격이 분명해진다. 그러나 徐居正의 다음과 같은 기록에서는 우리 문학의 독자성과 우수성을 인정한 것을 만나게 된다.

> 우리 국가에서 여러 성군이 이어 함양하기 백년 동안에 나온 인물들은 위대하고 精粹하여 문장을 지음에 動盪·發越함이 옛적에 손색이 없습니다. 이것은 우리 동방의 문이 宋·元의 文도 아니고 또 漢·唐의 문도 아니며 바로 우리나라 문인 것입니다. 마당히 역대의 문과 나란히 천지간에 행할 것이어늘 어찌 泯滅하여 전하지 않게 할 수 있겠습니까?[4)]

우리 나라 문은 한·당·송·원의 문이 아닌 우리 나라의 文이며, 중국 역대 문과 함께 천지간에 행하여 질 수 있는 우수한 것임을 밝힌 것이다. 문학의 독자성을 천명함과 동시에 우리 문학과 중국문학을 대등한 존재로 인식한 것은 놀라운 자각이다.

---

4) 徐居正,『東文選』一(太學社 影印, 1975),「東文選序」. "我國家, 列聖相承, 涵養百年, 人物之生於其間, 磅礴精粹, 作爲文章, 動盪發越者, 亦無讓於古. 是則我東方之文, 非宋元之文, 亦非漢唐之文, 而乃我國之文也. 宜與歷代之文, 幷行於天地間, 胡可泯焉而無傳也哉."

3. 反擬古主義의 自主文學論

우리 나라 전통적 고전문학론인 반의고주의의 자주적 문학론을 논하기 전에 먼저 조선조에 이르러 杜甫의 시가 여타 시인들의 시보다 회자되고 많이 읽혀진 원인을 살펴보자. 그 이유를 우리는 두 가지로 생각할 수 있다.

첫째는『杜詩諺解』의 간행과 그 보급으로 인하여 쉽게 접할 수 있었던 점도 없는 것은 아니지만, 무엇보다도 그의 시정신이 忠君愛國에 있었던 데에서 찾아야 할 것이다. 두보는 "비단 바지입은 이들은 굶어 죽지 않으나 / 유관을 쓴 선비들은 몸을 그르친 이 많다오"(紈袴不餓死 儒冠多誤身)라고 당시 사회의 모순을 직시하고 이를 匡正하고자 하였다.

비단 바지 입은 이들은 굶어죽지 않으나
유관을 쓴 선비들 몸을 그르친 이 많다오

어른께선 시험삼아 가만히 들어주시오
미천한 제가 청컨대 모두 말씀드리겠소

저 두보는 옛적 소년시절
일찍이 장안으로 과거보러 갔는데

책을 만 권이나 독파했고
붓을 들면 귀신처럼 글씨를 잘 썼고

저의 부는 양웅을 대적할만 하고
시를 보는 것 조자건의 친척이 될만했지요

이옹이 저와 알고 지내기를 바랬고
왕한은 저와 이웃해서 살기를 원했지요

스스로 매우 뛰어났다고 생각했고
즉시 중요한 벼슬에 등용될 줄 믿었지요

임금을 요순 보다 훌륭하게 만들려 했고
다시 백성의 풍속을 순박하게 하려했지요

이 뜻 마침내 쓸쓸하게 되었지만
떠돌며 노래해도 숨어 산 것은 아니었소

나귀 타고 떠돈 지 십 삼년간을
얻어먹으면서 장안의 봄을 보냈지요

아침엔 부잣집 대문을 두드리고
저녁엔 살찐 말의 먼지를 따라다녔는데

먹다 남긴 술과 식은 불고기 얻어먹자니
가는 곳마다 슬픔과 뼈아픔에 눈물지었소

임금께서 어진 이를 부르신다기에
문득 뜻을 펴고자 하였으나

푸른 하늘로 날려다 날갯죽지 꺾이고
실세하여 비늘 없는 고기가 되었지요

어른의 후한 대접이 심히 부끄럽고
어른의 진심을 알고 있지요

관료들 위에 계신 어른께서 매번
외람되게 제가 새로 지은 시를 외우셨지요

왕길이 공우를 천거한 기쁨 본받고 싶었고
원헌의 가난은 견디기 어렵다오

어찌 속으로 불평만 하오리까
다만 이리저리 떠돌려하오

이제 동쪽 바다로 들어가려고
즉시 서쪽 진 땅 장안을 떠나렵니다

그러면서도 장안의 종남산을 못잊어
머리 돌려 맑은 위수 가를 바라보오

항상 한 끼 밥의 은혜를 갚으려 했는데
하물며 대신께 하직할 것을 생각하리까

갈매기는 호탕하게 물에 잠겼다 떴다하며
만리 길을 나는 것을 뉘라서 길들이리요

紈袴不餓死　　儒冠多誤身
丈人試靜聽　　賤子請具陳
甫昔少年日　　早充觀國賓
讀書破萬卷　　下筆如有神
賦料揚雄敵　　詩看子建親
李邕求識面　　王翰願爲隣
自謂頗挺出　　立登要路津
致君堯舜上　　再使風俗淳
此意竟蕭條　　行歌非隱淪

騎驢十三載　旅食京華春
朝扣富兒門　暮隨肥馬塵
殘杯與冷炙　到處潛悲辛
主上頃見徵　欻然欲求伸
青冥却垂翅　蹭蹬無縱鱗
甚愧丈人厚　甚知丈人眞
每於百僚上　猥誦佳句新
竊效貢公喜　難甘原憲貧
焉能心怏怏　祇是走踆踆
今欲東入海　卽將西去秦
尙憐終南山　回首淸渭濱
常擬報一飯　況懷辭大臣
白鷗沒浩蕩　萬里誰能訓[5)]

杜甫는 벼슬에 나가 신하로서 盡忠竭力 임금님을 보필하여 堯임금과 舜임금 보다 더 훌륭한 聖君으로 만들고 또한 정치를 바로 잡고 善政을 하여 백성들의 풍속을 淳朴하게 하고자 한 것이(致君堯舜上 再使風俗淳) 꿈이자 정치철학이었다.

조선왕조는 두보의 이러한 忠君愛君의 정신을 널리 보급하기 위해서 고도의 통치술의 하나로 『杜詩諺解』를 보급한 것이다. 그 이유는 『두시언해』를 世宗 25년(1443)에 註釋을 시작하여 成宗 12년(1481)에 발행하기까지 거의 40년에 걸쳐 이룩한 거국적인 사업이었음이 이를 입증한다.

杜詩가 朝野에 널리 읽진 두 번째의 이유는, 杜甫의 시가 三代나 漢代를 노래한 것이 아니라 자신이 살던 시대의 문제를 형상화한데 있다. 三吏三別이나 「兵車行」, 「北征」 등의 시가 인구에 회자되는 원인은 玄

5) 仇兆鰲注, 『杜詩詳注』 一(漢京文化事業有限公司印行, 中華民國 73) 「奉贈韋左丞丈二十二韻」, pp.73~74.

宗의 무리한 國境開拓과 安祿山·史思明의 난으로 인하여 고통을 받던 동시대인들의 고뇌에 찬 삶을 리얼하게 형상화하면서 憂國憐民의 뜨거운 정을 내재시켰기 때문이다.

마치 金時習의『金鰲新話』보다는 燕岩 朴趾源의「兩班傳」,「許生傳」,「虎叱」등이 우리의 가슴에 와 닿는 것도 이와 같은 이치이다. 연암 소설은 조선의 현실을 소중히 여기고 이를 匡正하고자 한 志氣가 내재되었기 때문이다. 우리 것, 조선적인 문학이 漢唐을 흉내낸 虛文假花 보다 곡진하게 폐부에 와 닿는 것은 자명한 일이다. 현대문학 작품도 우리 역사의 상흔과 주요 인물들의 삶을 다룬 것들이 널리 읽혀지는 원인은 바로 조신인들의 삶의 이야기로서 우리의 정서와 기호에 맞기 때문이다.

이제 우리 나라 전통문학이론 중에서 자주문학론을 主眼하여 살펴보기로 하자. 고려 太祖의「訓要」10조 중 제4의 "唯我東方, 舊慕唐風, 文物禮樂, 悉遵其制, 殊方異事, 人性各異, 不必苟同"에서 나타난 자주독립 사상이다. 이러한 사상은 사대적 亞流文學을 거부하고 자주적 문학을 추구한 것이다.

고려의 이인로가 西崑體를 답습하는 것을 문장의 병통이라고 지적하고 에피고넨化를 거부한 것과, 이규보의「東明王篇」撰述精神, 그리고 李齊賢(1287~1367)의「小樂府」정신 등이 계승되어 서거정에 이르러 우리 나라 문은 宋·元의 문도 아니고 漢·唐의 문도 아니며 바로 우리 나라의 文이라는 명쾌한 논리로 발전하게 되었다.

許筠(1569~1618)에 이르면 자주적 문학론은 더욱 구체화된다.

> 나의 시가 당시나 송시와 비슷하다는 말을 들을까 두렵고 사람들이 허균의 시라는 말을 듣고 싶다.[6)]

---

6) 許筠,『惺所覆瓿稿』,「與李蓀谷」권21. "吾則懼其似唐似宋, 而欲人曰, 許子詩也."

허균은 자신의 시가 당송시와 비슷하다는 말을 들을까 두렵다하고 "허균의 시"라는 평을 듣고 싶다고 하였다. 또한 그는 문학의 독창성을 다음과 같이 논하였다.

> 左氏는 스스로 좌씨이고 莊子는 스스로 장자이며, 司馬遷과 班固는 스스로 사마천과 반고이고, 한유 유종원 구양수는 스스로 한유 유종원 구양수여서 서로 답습하지 않고 각기 一家를 이루었다. 내가 원하는 것은 이런 경지를 배우는 데 있어야 하며 다른 사람의 집 아래에다 집을 짓고 답습하고 훔치고 낚아내고 하다가 비난받는 것을 부끄럽게 여겨야 한다.[7)]

시문은 남의 것을 답습하거나 표절하지 말고 스스로 자기 스타일을 창조하여 일가를 이루어야 한다는 것이다. 擬古的 문학을 배척하고 독자적으로 一家를 이룬 문학이 진정한 문학이라고 하였다.

金萬重(1637~1692)에 이르러 확고한 자주적 민족문학론을 만나게 된다. 김만중이 鄭澈의 「관동별곡」과 前後 「사미인곡」을 우리 나라의 「離騷」로 인식한 것은 놀라운 자각이다. 그는 나라마다 각각 고유언어를 가지고 節奏를 맞추기만 하면 다 충분히 천지를 움직이고 귀신에 통할 수 있는 것은 중국의 경우만 그런 것이 아니라고 보았다. 우리의 시문은 고유한 자국의 언어를 버리고 중국을 흉내내어 마치 앵무새가 하는 사람의 말이라고 비판하였다. 김만중은 정철의 가사문학을 事大文學論者들이 宗經으로 떠받드는 屈原의 「離騷」와 동일선상으로 놓았다. 이러한 자주적인 문학론들이 우리의 전통적 문학이론이다.

金昌協(1615~1708)도 의고주의적 사대문학론자들을 다음과 같이 비판하였다.

---

7) 같은 책, 권12, 「文說」 文部. "左氏自爲左氏, 莊子自爲莊子, 遷固自爲遷固, 愈宗元修軾, 亦自爲愈宗元修軾. 不相蹈襲, 各成一家. 僕之所願, 願學此焉, 恥向人屋下架屋, 蹈竊鉤之誚也."

> 시는 당시를 배움이 마땅하지만 반드시 당과 비슷할 필요는 없다. 唐人의 시는 性情과 興寄를 주로 하여 故實과 議論은 중히 여기지 않았는데, 이것이 본 받을 점이다. 그러나 唐人은 唐人일 뿐이고 今人은 今人일 뿐이며, 시대상으로도 천년의 차이가 있다. 그 聲音과 氣調를 하나의 차이도 없이 하고자 해도 반드시 그렇게 되지 못하는 것이 이치이다. 억지로 당시와 비슷해지려 하는 것은 사람의 모습을 본떠 만든 木偶나 泥塑와 같아서 그 形은 비록 儼然하여도 천성은 없는 것이니 어찌 귀하다 하겠는가?[8)]

김창협은 唐詩를 배우는 것이 마땅하다고 전제하였다. 그러나 반드시 같을 필요는 없다는 것이다. 唐人은 당인일 뿐이고 今人은 금인일 뿐인데 시대상으로 천년의 차이가 있음에도 불구하고 唐詩와 비슷해지려는 것은 木偶와 泥塑같다고 하여 문학의 擬古主義를 거부하였다.

申維翰(1681~?)은 중국적 擬似化의 문학은 꿈과 같고 환상과 같아서 금시 소멸된다고 하였다.

> 대저 저 중국 것을 빌어서 시를 짓는 것은 꿈과 같고 환상과 같아서 하루아침에 사라져 없어질 것이라는 것을 나는 알고 있다. 아! 압록강 동쪽에서 고금에 글을 쓴다고 하는 사람들은 이러한 뜻을 알고 있는가? 이러한 길을 따라서 글을 지었던가? 우리 동방에 백겁이 지난 뒤에 비로소 士集 한 사람을 얻었으니 뒤에 죽는 사람은 다행이구나![9)]

이 글은 신유한이 崔大成(1691~?, 자 士集, 호 杜機) 시집 서문에 쓴 글이다. 중국적 에피고넨의 문학은 如夢如幻과 같아서 생명력이 없는 虛文假花의 문학이라고 비판하고 생명력 있는 자주적인 문학만이 참된 것임을 밝혔다.

---

8) 金昌協, 『農巖集』 卷34, 「雜識」.
9) 申維翰, 「杜機詩選序」. "彼夫假中國, 而爲詩者, 如夢如幻, 吾知其一朝澌滅矣. 於戲. 鴨綠以東, 古今操觚家, 識此意乎. 由此塗乎. 曠吾百劫, 而得士集一人, 後死者, 幸矣."

조선후기에 이르러 새로운 문학 사조가 등장하게 된다. 즉 임진왜란과 병자호란 등 일찍이 체험해보지 못한 엄청난 국란을 겪은 후 조선 개국이래 館閣文學에서 默守되어왔던 주자주의적 문학론에 대한 회의와 반성이 대두하게 되었다. 이른바 실학파 문인들이 전개한 自主文學論의 등장이다.

星湖 李瀷(1681~1763)은 문학의 自做論을 전개하였다. 성호는 "중국은 대지 중의 한 조각 땅에 지나지 않는다"[10] 하였고 "우리 나라는 스스로 우리 나라이니 그 규제와 體勢가 중국의 역사와 다르다."[11]는 명쾌한 세계관이 있었다. 그는 우리 나라 시문이 중국문학을 蹈襲하는 것을 배격하고, 조선인은 조선의 冠과 띠(帶) 신발과 器物을 써야 한다는 논리를 전개하였다.

> 옛 사람의 시는 荒郡의 野人과 같아서 冠도 바로 제 손으로 만든 것이요(自做), 띠도 역시 제 손으로 만든 것이요, 옷과 신발도 모두 제 손으로 만든 것이요, 器物도 역시 제 손으로 만든 것이라서 참된 마음이 표현되어 工拙을 분별할 수 있었다. 요즘 사람의 시는 京邑의 선비와 같아서 관은 바로 빌린 것이요, 띠도 빌린 것이요, 옷과 신발도 역시 빌린 것이요, 기물도 모두가 빌린 것이라서 비록 아름답고 우아하여 볼 만한 것은 있을지라도 다 자기의 소유물이 아니요, 동녘 이웃에게 빌리고 서녘 이웃에서 빌려 쓴 것이니 무엇이 족히 칭할 것이 있으리요. 내가 靖節集을 보니 스스로 지어낸 것이다. 이 때문에 배우기가 어렵다는 것이다. 요즘 세상에 논하는 시는 남의 물건을 빌어서 잘 배열하고 흠이 없게 한데 지나지 않으며 또한 남의 것을 빌려서 전도되고 본말이 착란되게 만드니 더욱 가소로운 것이다.[12]

10) 『星湖全書』 5, 「사설」, p.35. "今中國者, 不過大地中一片土."
11) 같은 책, 1, 「答安百順」 卷15, p.290. "東國自東國, 其規制體勢, 自與中史有別."
12) 같은 책(六), 「僿說」 詩文門, 「陶詩自做」, p.1087. "古人之詩, 如荒郡野人, 冠是自做, 帶是自做, 衣履是自做, 器物是自做, 眞心見而工拙可別也. 今人之詩, 如京邑士之冠是借物, 帶是借物, 衣履是借物, 器物是借物, 雖都雅可觀, 皆非己有, 此物東鄰借用, 西隣

조선인은 조선의 冠과 띠 신발과 기물을 써야만 조선인다운 일이지 중국의 것을 차용하여 쓴다면 겉으로 볼만하나 진실한 조선인의 시가 아니라는 것이다. 성호는 蹈襲을 반대하고 농어촌에서 쓰는 俚言들도 모두 詩料가 될 수 있다고 하였다.13)

하늬바람 산에 부니 온갖 나무 서걱거리고
외딴 집에서 베개에 기대니 갓이 기울어지네

寒意漫山萬木鳴　　孤齋倚枕帽簷傾14)

우리 국어인 하늬바람을 寒意로 音借하여 시어로 쓴 예이다. 또한 수레(車)를 愁牢로 음차하여 시어로 사용할 수 있다고 하였다.15) 순수한 우리말을 한자로 옮겨 시어로 사용할 수 있다는 漢詩觀은 도습이 아닌 自做 문학론으로 조선적인 한시를 창작하자는 것이다. 성호의 「海東樂府」와 우리 속담 389章을 4·4調로 漢譯한 「百諺解」 등은 自做 문학론을 실천한 것이다.

성호의 自做 문학론은 茶山 丁若鏞(1762~1836)에게 계승 발전되었다. 다산은 中國之事를 용사할 것이 아니라 朝鮮之事를 용사하여야만 조선시라고 하였다. 柳得恭의 「二十一都懷古詩」가 중국에서 刊印된 것을 예로 들어 國朝故事를 용사한 시라야 후세에 전할 수 있다고 하였다. 그는 조선인이기에 朝鮮詩를 쓴다고 선언하였다.

借用, 何用稱也. 余觀靖節集, 則自做出來, 所以難學. 今之論詩, 不過借物, 而善鋪排無罅漏也, 又或有借物而顚倒錯亂之者, 益可笑."

13) 같은 책, 5, 「八方風」, pp.57~58.
14) 같은 책 1, 「小會次長卿韻七首」(4) 권2, 33b, p.38.
15) 같은 책, 5, 「사설」, 「愁牢」, p.372. "愁牢二字, 詩家亦可押爲韻語."

노인의 즐거운 일 하나는
붓 가는 대로 미친 듯이 시를 쓰는 것

어려운 운자에 신경 안 쓰고
퇴고하느라 더디지 않고

흥이 나면 뜻을 싣고
뜻이 이루어지면 바로 시를 쓰네

나는 조선사람이기에
즐거이 조선시를 쓰노라

그대는 마땅히 그대의 법을 쓰면 되지
시작법에 어긋난다고 떠드는 자 누구뇨

중국시의 구구한 격율을
먼 곳의 우리가 어이 안단 말인가

우리를 업신여긴 이반룡은
우리를 동쪽 오랑캐라 비웃었네

袁宏道 형제와 尤侗이 雪樓(이반룡)를 쳤는데도
海內에는 다른 말이 없었네

등뒤에 彈子를 낀 사람 있는데
어느 겨를에 마른 매미 엿볼소냐

나는 수식 없는 韓愈의 山石詩를 사모하니
계집애 시라고 비웃음 받을까 두려워하리

어찌 처절하고 어두운 것을 꾸미면서
괴로워하며 애간장을 태우는가

배와 귤은 그 맛이 다른 것처럼
오직 입맛에 맞는 것을 즐겨할 뿐이네

老人一快事　　縱筆寫狂詞
競病不必拘　　推敲不必遲
興到則運意　　意到則寫之
我是朝鮮人　　甘作朝鮮詩
卿當用卿法　　迂哉識者誰
區區格與律　　遠人何得知
凌凌李攀龍　　嘲我爲東夷
袁尤搥雪樓　　海內無異辭
背有挾彈子　　奚暇枯蟬窺
我慕山石句　　恐受女郎嗤
焉能飾悽黯　　辛苦斷腸爲
梨橘各殊味　　嗜好有其宜[16]

茶山은 자신이 노인이라서 한시의 格律에 구애받지 않고 기호에 맞는 조선시를 쓰겠다고 선언한 것만은 아니다. 오랜 세월 시를 쓰면서 느낀 문학에 대한 열정의 결론으로서 "茶山은 茶山의 시를 쓴다"고 선언한 것이다. "文必秦漢 詩必盛唐"을 추종하던 明의 李攀龍과 이를 추종하던 조선문단의 문학사대주의자들을 비판하고, 배와 귤이 맛이 다른 것처럼 조선인의 기호와 성정에 맞는 시를 서야만 조선인의 시라고 천명한 것이다.

16)『與猶堂全書』,「老人一快效香山體」(5), 1-6, 34a, p.115.

茶山은 중국시의 擬似化를 거부하고 조선인의 기호와 성정에 맞는 새로운 한시를 창작하였다. 중국의 것을 용사하지 않고 우리의 역사 풍속 방언 등을 音借하고 訓借하여 시어로 썼다. 대표적인 조선시는 유배지에서 쓴 「長鬐農歌」와 耽津樂府인 「탐진촌요」·「탐진농가」·「탐진어가」 등이다. 탐진악부는 당시 서울까지 유전되어 인구에 회자되었음을 李學逵(1770~1834)는 1807년에 쓴 「영남악부서」에서 증언하였다.

아낙들 집집마다 모.품팔이 정신없어
보리 베는 남편일 돕지 못하누나

이씨네 일 약속 어기고 장가네 일 가니
예로부터 돈모가 밥모 보다 낫다네

秧雇家家婦女狂　　不曾刈麥助盤床
輕違李約趁張召　　自是錢秧勝飯秧[17)]

강진지방에서는 남편을 "반상"이라 하고, 모내기철에 품삯을 순전히 돈만으로 지급하는 것을 "돈모"라 하며, 밥을 먹여주고 품삯을 적게 주는 모내기 품을 "밥모"라 하는데, 이를 음차 훈차하여 "盤床", "錢秧", "飯秧"으로 표기하여 시어로 썼다. 위의 시는 돈 한 푼이라도 더 벌려고 밥모 약속을 깨고 돈모 품을 파는 농촌 아낙네의 삶을 오롯이 그린 것이다. 훈차한 시어는 이 외에도 활선을 "弓船"으로, 높새바람을 "高鳥風"으로, 마파람을 "馬兒風"으로, 까치놀을 "鵲漊"로, 보릿고개를 "麥嶺"으로, 책씻이를 "洗書禮"로, 갓내울을 "笠川渡"로 표기한 것 등이 있다.

다음은 순수한 우리말을 한자의 음을 차용(音借)한 예이다.

---

17) 같은 책, 「耽津農歌」(5), Ⅰ~4, 27b, p.75.

모내기 노래 구슬프고 기름 같은 논 물
저 아가는 저렇게도 수줍은고

하얀 모시 적삼 노란 모시 치마는
장롱 안에 넣어 두고 한가위 기다리네

秧歌哀婉水如油　　嗔怪兒哥別樣羞
白苧新襦黃苧帔　　籠中十襲待中秋[18]

시부모가 갓 시집온 며느리를 "아가"라고 부르는데 이를 음차하여 "兒哥"라고 썼다. 이 외에도 누릿재를 "樓犁嶺"으로, 어부사의 지국총을 "指掬蔥"으로, 낙지를 "絡蹄"로 표기한 것 등이 있다. 그리고 조선의 풍속과 제도 방언 고사 등 朝鮮之事를 용사한 시어로는, 좋은 말(馬)을 "天才馬"로, 큰 상어를 "新赤胡"로, 소나무를 "黃腸"으로, 뇌물을 "人情"으로, 재상을 "大監"으로, 할아버지를 "僉知"로, 과거 합격증인 紅牌를 "紅紙"로, 무당(화랭이)을 "花郎"으로 한 것이 있다. 또한 금강산도 식후경이란 속담을 "蓬瀛飯後知"句로, 양녕대군이 효령대군에게 "나는 살아서 임금(세종)의 형이고 죽어서는 부처(효령대군)의 형이다"라고 한 말을 용사하여 "王兄做佛兄"이라 쓴 시구 등이 있다.

이러한 茶山의 악부시에 내재된 조선시 정신은 8세 연하인 이학규에게 계승되어 「江滄農歌」와 「영남악부」가 지어졌다. 이학규는 패랭이를 "蔽陽子"로, 얼레빗을 "半月兒"로, 가시내를 "假南兒"로, 마파람을 "馬風"으로 한역하여 시어로 썼다.

茶山의 악부시는 비록 중국의 色실(漢字)과 繡틀(詩體)을 사용하여 자수병풍(漢詩)을 만들었으되 조선인의 삶과 정서와 기호에 맞게 쓴 한국

18) 같은 책, 「長鬐農歌十章」(2), Ⅰ~4, 18a, p.70.

적인 한시, 즉 조선시인 것이다.

다음은 燕巖 朴趾源의 朝鮮之風論을 보자. 그는 시란 조선의 풍토와 역사 현실 등을 표현해야만 참다운 조선시라고 하였다.

만약 성인이 중국에 또 나와서 각국의 풍속과 성정을 관찰하려고 한다면 이 嬰處의 稿를 보아야 만이 三韓에서 나는 조수초목의 이름도 많이 알게 될 것이요, 貊의 사내와 濟의 부녀자 성정을 알 수 있을 것이다. 그러니 이를 조선국의 風(朝鮮之風)이라 해도 옳을 것이다.[19]

조선지풍의 문학이란 사대적 문풍에서 벗어나 조선의 풍토와 역사, 현실과 인정 등 조선인의 현장의 삶을 진실하게 표현하여야 한다는 자주적 문학론이다. 연암은 徐有本(?~1759, 호 左蘇山人)에게 준 시에서 자주문학론을 以詩論詩하였다.

내가 세상 사람들을 보니
남의 문장을 기리는 자는

文은 반드시 兩漢과 비슷해야 하고
시는 盛唐을 법 삼아야 한다고 하네

같다는 것은 이미 참이 아니거늘
한·당의 시문이 어찌 또 있겠느뇨

우리의 풍속은 같은 투를 좋아하나니
그 말한 것이 야함을 괴이 여기는 자 없네

19) 『연암집』, 「영처고서」 권7, p.107. "若使聖人者, 作於諸夏, 而觀風於列國也, 攷諸嬰處之稿, 而三韓之鳥獸草木, 多識其名矣. 貊男濟婦之性情, 可以觀矣, 雖謂朝鮮之風可也."

듣는 자 모두 깨닫지 못하면서
얼굴이 붉어지는 사람 없네

…… <중 략> ……

눈앞의 일이 참다운 맛이 있는데
어찌하여 먼 옛일을 끌어들여야 하나

한·당이 지금 세상이 아니고
풍요는 중국과 다르다

班固나 司馬遷이 다시 태어난다 해도
예전의 반고와 사마천을 배우지 않으리

새로운 시를 쓰기 비록 어렵더라도
내 생각을 다 쓰는 것이 마땅하도다

어찌하여 옛 법에만 구속되어
벌벌 떨며 붙들려 매인 듯 하는가

지금 때가 가깝다고 말하지 말라
응당 천년 후엔 높이 솟으리

孫子와 吳子의 병서를 모두 다 읽지만
배수의 진을 아는 자 적다네

我見世之人　　譽人文章者
文必擬兩漢　　詩則盛唐也
曰似已非眞　　漢唐豈有且
東俗喜例套　　無怪其言野

聽者都不覺　　無人顔發赭
…… <중 략> ……
卽事有眞趣　　何必遠古担
漢唐非今世　　風謠異諸夏
班馬若再起　　決不學班馬
新字雖難刱　　我臆宜盡寫
奈何拘古法　　劫劫類係把
莫謂今時近　　應高千載下
孫吳人皆讀　　背水知者寡[20)]

연암은 의고적 문학, 국적 없는 조선문단을 비판하였다. 漢·唐의 시문을 흉내냄은 참(眞)이 아닌 가식이라는 것이다. 이미 망해버린 한·당이 어찌 조선에 있을 수 있겠느냐면서 의고적 사대주의 문학을 추종하는 자를 비판하였다. 한과 당을 본받은 시문의 野함을 의심하는 자가 없고, 이를 깨우쳐줘도 깨닫지 못함은 물론 부끄러움이 없는 당대 문단을 비판하였다. 조선의 문인들은 눈앞에(조선의 모든 것) 있는데 이를 버리고 중국의 옛 일을 끌어들이는 어리석은 짓을 왜하는가를 반문하였다.

누구나 孫子와 吳起의 병법서를 읽지만 背水의 陣法을 아는 자 적다고 한 것은, 朝鮮之風의 문학, 조선의 참 문학을 모르는 것이 마치 병서를 읽고도 배수의 진법을 모르는 것과 같다고 비판한 것이다.

연암은 『서경』과 『시경』도 夏·殷·周 시대의 時俗의 문장이며 李斯王羲之의 글씨도 秦·晋 시대의 시속의 글씨[21)]라는 명쾌한 논리를 전개하였다. 자신이 살던 시대의 모든 문제를 수용한 문학, 현실의 삶에 기인한 문학을 진정한 문학으로 본 것이다. 그는 家人들의 常談도 學官의 말과 같고 동요와 속담도 『爾雅』에 속한다고 하였다.[22)] 조선의 모든 것

20) 같은 책, 「贈左蘇山人」 권4, p.87.
21) 같은 책, 「綠天館集序」, p.107. "殷誥周盤, 三代之時文, 丞相右軍, 秦晋之俗筆."

을 소중하게 인식하여 자주적 민족문학론을 전개하고 이를 자신의 작품에 구현하였다. 그의 소설에 나타난 市井人의 삶, 그리고 장소적 배경이 주로 우리 나라인 점과 우리 속담을 즐겨 사용한 것은 의고적 사대문학을 배척하고 朝鮮之風의 문학론을 실천한 것이다.

紫霞 申緯(1769~1847)도 당송시를 추종하는 의고문학을 비판하고 자신의 시를 써야함을 論詩詩에서 밝혔다.

> 시를 배움에는 본령이 있으니
> 모방이나 도습으로 되지를 않아
>
> 시 속에는 사람이 있어야 하고
> 시 밖으로 사연이 있어야 하네
>
> 이 두 말씀은 지당한 법칙이니
> 배우는 이 반드시 기억해야지
>
> …… <중 략> ……
>
> 시로써 그 사람을 알 수 있고
> 시대와 환경을 알 수가 있다
>
> 그러므로 시에는 내가 있어야 하니
> 그렇지 않으면 모두가 거짓이 되네
>
> 지금 사람 스스로 자기를 잊고
> 당과 송이 다르다 고집하네

---

22) 같은 책, 「騷壇赤幟人」 권1, p.25. "苟得其理則, 家人常談, 猶列學官, 而童謳里諺, 亦屬爾雅矣."

옛것은 옳고 지금 것은 그르다하여
부질없이 깃발만 높이 세운다

스스로 작가가 되지 못하고
일평생 큰집에 의지만 하네

자고로 國風에서 시작되었으니
작자의 비결을 널리 연구하라

門戶를 세우려 하지 말고
마음을 모아서 시비를 살펴라

학문과 도덕으로 보익하여
말을 부림에 뜻을 주로 삼으라

제 뜻이 거세고 부림이 약하면
이루지 못하는 생각이 없다네

내 성정의 느낌에 따라
한 도가니에 녹여보아라

역량이 미치는 곳이면
고래 같은 힘과 비취 같은 고움도 좋아

단련하여 극치에 이르면
고금이 저절로 구별이 없다

學詩有本領　　非可貌襲致
詩中須有人　　詩外尙有事
二言是極則　　學者須猛記
…… <중 략> ……

因詩知其人　亦知時與地
所以須有我　不然皆屬僞
今人自忘我　區執唐宋異
是古而非今　妄欲高立幟
不能自作家　一生廊廡寄
故自風人始　博究作者秘
不必立門戶　會心之是視
輔以學與道　役言而主意
主强而役弱　有令無不遂
隨吾性情感　融化一鑪錘
力量之所及　鯨魚或翡翠
鍛鍊到極致　自泯古今二[23)]

당·송시만을 고집하여 스스로 一家를 이루지 못하고 일평생 큰집(중국)에 의지한다고 비판하였다. 自我가 있는 시가 아니면 모두가 거짓이기 때문에 성정에 따라 自我를 내재시킨 시를 써야한다고 하였다. 바로 자주문학론이다.

楚亭 朴齊家(1750~?)는 시문이란 본래 定體가 없는 것이라서 흐르는 물과 같다고 하여 의고주의를 비판하였다. 우리 나라 사람들은 정신을 내버리고 저 진흙으로 허수아비를 빚어내듯 중국의 시문을 모방하는 것을 비판하였다.[24)]

> 시란 마음에 달려 있는 것이라서 마음의 靈은 古今이 없다. 당·송·원·명은 과거의 문서이고 산천초목은 글자가 아닌 시구이다.[25)]

---

23) 『申緯全集』 第三集, 「論詩爲錦舲荷裳二字作」, 太學社影印, 1983, pp.1465~1466.
24) 『貞蕤閣全集』 下, 「祭李士敬文」, pp.174~175.
25) 같은 곳. "詩存乎心, 是心之靈, 無古無今. 唐宋元明, 過去之簿, 山川草木不字之句."

초정이 唐·宋·元·明은 이미 흘러간 옛날의 문서이기 때문에 답습할 가치가 없고 오직 우리의 산천초목을 노래하는 것이 생명력 있는 시구라고 하였다. 그는 사대적 의고주의에서 나온 우리 나라 科詩文을 종일토록 읽어도 무슨 뜻인지 알 수 없는 이유는, 한 句도 자신의 말 즉 自家語가 없기 때문이라 진단하고 自家語論을 전개하였다.

> 우리 나라 科詩는 卞春亭의 무리에 의하여 시작되었는데 그 체가 처음에는 唐人의 長篇과 같았다. 당인의 체와 같다는 것은 詠物托思함이 같다. 지금에는 鋪頭·入題·回題 등 諸法이 科賦와 같다. 모두 擬古하여 글을 썼기 때문에 한 구절도 自家語가 없어 종일토록 읽어도 무엇을 말한 것인지 알 수 없다. 속된 선비들이 떠들썩하게 眞이라고 스스로 믿는 것은 科擧의 눈으로 文章 六經을 나란히 하였기 때문에 섞여서 이에 전도되었기에 깨닫지 못하는 것이다.[26)]

초정이 약관(20세)에 쓴 것이다. 擬古文學를 배척하고 자신의 말을 쓴 自家語만이 진실한 시라는 것이다. 또한 우리의 巫歌 판소리 市井閭巷의 庶民歌謠 등을 새롭게 인식하였는데, 무가와 판소리 서민가요 등은 족히 사람을 感發케하고 懲創케 한다고 하여[27)] 『시경』의 효용에 연결시키고 있다.

연암의 손자인 瓛齋 朴珪壽(1807~1876)는 중국이 우리 나라를 동방예의지국이라고 한데 대하여 다음과 같이 논하였다.

> 번번이 예의의 나라라고 칭하는데 이 말은 우리 나라를 본래 더럽게 여긴 말이다. 천하만고에 어찌 예의가 없는 나라가 있겠는가? 이는 중국인이 오랑

---

26) 같은 책, 下, 「西課藁序」, p.11.
27) 같은 책, 下, 「柳惠風詩集序」, p.32. "夫今之所謂, 巫覡之歌詞, 倡優之笑罵, 與夫市井閭巷之邇言 亦足以感發焉懲創焉已矣."

> 캐 중에서 嘉賞할 만한 자가 있으면 이를 가상히 여겨 禮義之邦이라고 한 것에 불과하다. 이는 본래 수치스러운 말로 족히 스스로 천하에 호언할 만 것이 못된다.[28)]

박규수의 이러한 세계관은 華夷論을 극복한 것이다. 중국인들이 우리 나라를 예의지국이라 하는 것은 우리를 卑下한 말로 보았다. 천하의 어느 나라이던지 간에 모두 나름대로 예의가 있는데, 중국이 우리를 예의의 나라라고 한 것을 부끄럽고 수치스럽게 여겨야지 호언할 것이 못된다는 명쾌한 논리는 화이론을 극복한 자주론이다.

그는 經術과 政理에 기여하는 문학을 추구하고 남의 것을 빌려와 생색을 내는 것은 참문장(眞文章)이 아닐 뿐더러 文 그 자체도 아름다울 수 없다고 하여 허문가화의 문을 버리고 眞文章, 진실한 문학을 지향하였다.[29)] 환재는 「鳳韶餘響絶句一百首」와 「江陽竹枝詞十三首」에서 우리 나라의 역사와 풍속을 자랑스럽게 노래하였다. 華夷論을 극복한 세계관과 우리의 역사와 전통문화 및 민속을 소중히 여기고 이를 형상화한 시정신에서 문학의 자주성을 찾을 수 있다.

雲養 金允植(1835~1922)은 脫中國的 東國文學論을 전개하였다. 우리 나라 사람들이 우리의 사실과 前代의 문장을 알지 못하는 것을 비판하였다.[30)] 그는 화이론의 세계관에서 벗어나 우리 나라와 중국은 대등하다는 논리를 전개하였다.

> 세상에 말하는 자들이 우리 나라를 스스로 치우친 모서리의 누추함이 있

---

28) 『朴珪壽全集』 上, 卷8, 「書牘」, p.558. "輒稱禮義之邦, 此語吾本陋之. 天下萬古, 安有爲國而, 無禮者哉. 不過中國人嘉其夷狄中, 乃有此而嘉賞之曰, 禮義之邦也. 此本可羞可恥之語也, 不足自豪於天下也."

29) 같은 책, 上, 「與申幼安」, p.811.

30) 『金允植全集』 貳, 「東文鑑抄序」, p.146.

어 마침내 중국과 같지 못하다고 생각하나 나는 저으기 의심한다. 무릇 사람의 품성과 賦形은 진실로 중국 밖 사방이 다름이 없는 것이니, 세상 사람들이 둥근 머리와 모난 발, 옆으로 찢어진 눈과 서서 걷는 것이 아니겠는가? 그 모습이 이미 같다면 그 性情을 또한 알 수 있다. 무릇 저(彼)가 크고 우리가 작은 것 같은 것은 그 다른 까닭이며, 저가 많고 우리가 적음은 그 무리가 그런 것이며, 저가 강하고 우리가 약함은 그 세가 그런 것이며, 저가 풍부하고 우리가 부족한 것은 그 재물이 그러한 것이다. 이 네 가지는 모두 내게 있는 것은 아니다. 내게 있는 것은 성정의 얻은 바요 知行의 닦는 바이니 무슨 까닭에 저만 같지 못하겠는가?[31]

우리 나라가 중국만 같지 못하다고 스스로 비하하는 화이론을 비판하고, 우리와 중국은 대등하다는 논리를 전개하였다. 모든 나라 사람들의 품성과 賦形이 중국인과 같기 때문에, 성정에서 얻고 지행에서 닦은 우리 문학은 중국문학과 같지 못할 것이 없다고 하였다. 중국적 종속화를 거부하고 자주적인 문학을 추구한 것이다. 운양의 자주문학론은 丁小耘의 「斗陵紀俗截句二十首」를 모두 『시경』과 『이소』에 넣을 수 있다고 한 데서 찾을 수 있다.[32] 「두릉기속」 시는 우리의 民風을 묘사한 것이다. 이 시를 朝鮮國風이요 조선의 「이소」라고 인식한 것은 우리 것의 소중함, 더 나가서는 우리의 시가 중국시와 대등하다는 논리이다. 그의 자주문학론의 시적 실천은 「歸川紀俗詩二十首」 등에서 찾을 수 있다.

寧齋 李建昌(1852~1898)의 자주문학론은 그의 論詩詩에서 잘 나타나 있다.

시는 緣情을 근본으로 하는 것
그런 다음 律呂가 있네

---

31) 같은 책, 貳, 「李君山房臧書記」, p.580.
32) 같은 책, 壹, 「歸川紀俗詩」, p.48. "斗陵丁小耘作, 斗陵紀俗截句二十首, 首首可入風騷."

구구하게 음운에 매달리는 것은
비속하도다 말할 것이 없네

그대는 보았는가 시경 삼백편이
여항이나 병사들의 노래인 것을

처음부터 어찌 工巧하려 했으리
소리에 얹어 마음이 막힘이 없었네

굴원과 송옥의 초사가 참으로 기려하나
시경의 실마리를 서술한 것에 불과하네

내 또한 이 뜻에 어두워
오래도록 딴 곳으로 갔었네

뉘라서 알았으리 시냇가의 물풀이
王公의 제사상에 오를 줄을

요즈음 平淡을 배워
촌 막걸리를 마시며 홀로 노래하네

편지 뜯어 그대의 시를 보니
왕왕 또한 許與할만 하누나

霜鐘은 스스로 음향을 내기에
남이 쳐주기를 기다리지 않네

우리 집 닭의 문채로 족한데
어찌 남의 집 싸움닭을 쓰리오

詩者本緣情　然後有律呂
區區切音韻　卑哉無足語
君看三百篇　閭巷及旅師
初豈欲工者　聲入心無阻
屈宋信奇麗　不過述其緖
吾亦昧此意　久向別處去
孰知澗溪毛　可羞王公莒
邇來學平淡　獨唱撫村醑
開緘得君詩　往往亦可許
霜鍾自發響　不關莛與杵
家鷄足文采　焉用人嘴距[33]

이건창은 시는 緣情을 근본으로 삼고 다음에 律呂가 있다고 하였는데, 인간의 성정을 형상화하는 것이 시의 근본이고 그 다음에 律呂가 있음을 밝힌 것이다.『시경』은 여항인이나 병사들의 성정을 노래한 것인데 처음부터 그들이 工巧함을 하려했겠느냐고 반문하였다. 屈原과 宋玉의 楚辭도『시경』의 실마리를 계승한 것에 지나지 않는 것으로 보았다. 하찮은 시냇가의 풀(草)이 王公의 제사상에 올려지듯이 民草들의 노래도 훌륭한 시라는 것이다.

이건창은 平淡한 시를 추구하면서 자신의 시를 쓰겠다고 선언한 것이다. 霜鐘은 남이 쳐주기를 기다리지 않고 스스로 음향을 내듯이 자신의 성정대로 시를 쓰겠다는 것은 중국시의 擬似化를 거부한 자주적 문학론이다. 우리 집 닭(조선)의 문체(시)로도 흡족한데, 어찌 남의 집(중국)의 싸움 닭(중국시)을 쓸 수 없다는 것은 중국적 종속화를 거부하고 조선시를 쓰겠다는 자주문학의 선언이다.

다음은 韓末의 張志淵(1864~1921)의 민족문학론을 보자.

---

33)『李建昌全集』上,「次韻答保卿」卷3, p.40.

> 무릇 시는 성정에서 나오는 것이니 비록 저 새와 벌레라도 정이 있으면 이에 감동함이 있고 감동함이 있으면 반드시 울고, 울면 반드시 소리가 있는데, 하물며 우리 사람은 七情을 갖추고 있어 만물의 영장이니 능히 성정을 발하는 성음이 없겠는가? 저 어부와 초동의 노래, 촌구석의 가락은 어느 경우에도 歌詩 아님이 없다. 聲韻 體制 辭句의 工拙만으로 이를 논한다면 시를 모르는 자이다. 우리 나라에는 우리 나라의 시가 있고 중국에는 중국의 시가 있으며 서남북에는 서남북의 시가 있고 구미제국도 다 그러하다. 각각 소리로 그 소리를 울려내니 발하여 시가 된 것이 진실로 같을 수 없다.[34]

어부와 초동의 노래, 촌구석의 가락도 모두 歌詩라는 전제하에 장지연의 자주적 민족문학론은 출발한다. 聲韻 體制 辭句의 工拙만으로 시를 논하는 것은 시를 모르는 자라고 하였다. 우리 나라에는 우리 나라의 시가 있고 중국에는 중국의 시가 있으며 서남북에는 서남북의 시가 있고 구미제국에는 구미제국의 시가 있다는 것이다. 각각 스스로 그 소리를 울려내고 발하여 시가 된 것이니 진실로 같을 수 없다는 것이다. 나라마다 독자적인 문학이 존재함을 인정한 민족문학론이다.

이상에서 살펴 본 것은 중국적 에피고넨 문학을 거부하고 독자적인 문학, 자주적인 문학의 중요성을 천명한 우리 나라 전통 고전문학이론이다. 문학의 중국적 종속화를 거부하고 독창성을 천명한 이론을 우리는 계승 발전시켜야 한다. 模擬와 답습 그리고 종속화를 거부하고 우리 문학의 독자성을 인정한 자주 문학론은 오늘날 현대문학에 적용하여도 하등의 손색이 없다.

---

34) 『張志淵全書』 五, 檀國大 東洋學硏究所 影印, 「大東詩選序」, p.17. "盖詩出性情, 雖禽蟲之微, 有情斯有動, 動必鳴, 鳴必有聲, 況吾人具七情, 靈萬物, 能無性情之發諸聲音者乎. 彼漁謳樵唱村調巷音, 無往而非歌詩也. 但以聲韻體制辭句, 工拙而論, 是不知詩者也. 東自有東詩, 中自有中詩, 西南北自有西南北詩, 歐美諸國, 莫不皆然. 各自鳴其聲, 而發爲詩, 不可以苟同也."

4. 傳統的 批評論

우리 나라 전통적 고전문학이론에서 또 하나 우리가 주목할 점은 祖先들의 비평론이다. 고려조에 시화집이 등장한 이후 많은 시문집에 내재된 비평론은 자주적 문학론 못지 않게 중요하다.

우리 나라 역대 문인들의 문예비평도 처음에는 중국의 비평용어를 그대로 답습하였다. 예를 들면 당나라 司空圖의 二十四詩品의 평어를 인용하여 비평하였다.

1.雄渾 2.沖淡 3.纖穠 4.沈著 5.高古 6.典雅 7.洗練 8.勁健
9.綺麗 10.自然 11.含蓄 12.豪放 13.精神 14.縝密 15.疎野 16.淸奇
17.委曲 18.實境 19.悲慨 20.形容 21.超詣 22.飄逸 23.曠達 24.流動

이 2자 評語를 원용하여 우리 나라 시문을 評을 하였다. 그러나 세월이 지나자 자연적으로 評壇에도 중국의 비평용어를 버리고 독자적인 평어로 문예비평을 하기 시작하였다.

조선조에 이르러 역대 문인에 대한 비평이 활발하게 이루어졌다. 중국적 亞流批評에서 완전히 벗어나 독자적인 評語로 비평을 한 사람으로는 성현·남용익·김석주 등을 예로 들 수 있다.

成俔(1439~1504)의 諸家에 대한 시 評語는 2字 또는 8字 평어와는 다른 점이 특이하다.

雖能詩句 而意不精 雖工四六 而語不整(崔致遠), 能贍而不華(金富軾), 能曄而不揚(鄭知常), 能捭闔而不斂(李奎報), 能鍛鍊而不敷(李仁老), 能縝密而不闊(林椿), 能的實而不慧(李穀), 能老健而不藻(李齊賢), 能醞藉而不長(李崇仁), 能純粹而不要(鄭夢周), 能長大而不檢(鄭道傳)[35]

성현의 평어는 문인에 대한 詩文의 長短點을 함께 논한 점이 특색이라고 할 수 있다.

南龍翼(1628~1692)은 고려의 朴寅亮으로 부터 조선의 鄭斗卿까지 79家에 대하여 2字로 평어를 달리하여 비평하였다.

고려조 문인들에 대한 평어로는 丰亮(朴寅亮), 玄闃(郭輿之), 矯健(金富軾), 奔放(林椿), 醞藉(金克己), 要妙(李仁老), 巧密(兪升旦), 枯梗(吳世才), 流麗(陳澕), 騰踔(金之岱), 濃麗(洪侃), 醇厚(李穀), 纖美(鄭誧), 哀抗(偰遜), 詳穩(李仁復), 平鋪(鄭樞), 苦夐(金九容), 渾博(李穡), 豪暢(鄭夢周), 安寂(李集), 精練(李崇仁), 沖確(元松壽)이 있다. 이어서 색책와 운치의 精雅는 李齊賢이 宗이 되고, 聲律의 淸新함은 鄭知常이 主가 되고, 氣力이 雄壯함은 李奎報가 冠이라고 평하였다.

조선조 문인들에 대한 평어는 淩厲(鄭道傳), 開燁(姜淮伯), 榮茂(李詹), 練達(卞季良), 瞻大(徐居正), 妥適(李承召), 蒼老(姜希孟), 勁傑(金宗直), 神邈(金時習), 激烈(南孝溫), 高華(李胄), 炯邃(鄭希良), 圓渾(李荇), 感慨(朴祥), 核激(金安國), 簡峻(金淨), 悲惋(奇遵), 舒泰(蘇世讓), 鍊悍(鄭士龍), 葩秀(申光漢), 飛動(林億齡), 夷曠(鄭惟吉), 純靜(李滉), 淵宏(盧守愼), 艶潔(朴淳), 通明(李珥), 雅正(成渾), 眞活(宋翼弼), 典特(黃廷彧), 姸媚(李山海), 遒緊(鄭澈), 穠富(高敬命), 超敏(許篈), 爽快(林悌), 淸淑(崔慶昌), 瘦朗(白光勳), 孤絶(李達), 沈健(崔岦), 和遠(李廷龜), 粹潤(申欽), 穎脫(李好閔), 溫淡(李睟光), 轟溢(車天輅), 鶩宕(李春英), 混雄(李安訥), 警策(洪瑞鳳), 恬整(金尙憲), 暢達(張維), 閑曠(李敏求), 精緊(李植), 豪逸(李明漢)이다. 이어서 格調가 卓邁함은 朴誾이 主가 되고, 情景의 諧和는 權韠이 宗이 되며, 體制의 奇拔함은 鄭斗卿이 冠이 된다고 하였다. 끝으로 申光漢은 정지상의 敵手요 권필은 이제현의 적수가 되며 정두경은 이규보의 적수라고 하였다.[36]

金錫胄(1634~1684)는 최치원으로부터 정두경까지 40家에 대하여 四

---

35) 成俔, 『慵齋叢話』 卷一, 2則.

36) 南龍翼, 『壺谷詩話』(홍만종전집 下), pp.722~725.

四調 2句 8字의 詩句로 각각 달리 평하였다.

> 羅麗 문인에 대한 평어는 千仞絶壁 萬里洪濤(崔致遠), 虎嘯陰谷 龍藏暗壑(金富軾), 百寶流蘇 千絲鐵網(鄭知常), 雲屛洗雨 水鏡涵天(李仁老), 金鵄劈天 神龍舞海(李奎報), 花開瑞雪 彩絢祥雲(陳澕), 烟雨呑吐 虹霓變幻(李齊賢), 屈注天潢 倒連滄海(李穡), 躍鱗淸流 飛翼天衢(鄭夢周), 千乘雷動 萬騎雲屯(李崇仁)이다.
>
> 이어서 조선조 문인들에 대한 평어는 峨嵋積雪 閬風蒸霞(徐居正), 鶴飛靑田 鳳巢丹穴(成侃), 明月撥雲 芙蓉出水(金宗直), 銀樹霜披 珠臺月瀉(金時習), 瑞芝祥蘭 和風甘雨(李胄), 金湯古險 山海雄關(朴誾), 夜遊金谷 春宴玉樓(李荇), 爐峰轉霧 石瀨鳴湍(朴祥), 飛湍走壁 晴天噴閣(鄭士龍), 魚遊明鏡 花粧層崖(申光漢), 晝拱捿烟 文軒架壑(朴淳), 山城驟雨 風枝鳴蟬(林億齡), 幽壑淸湍 斷崖層臺(林亨秀), 懸巖峭壁 老木蒼藤(盧守愼), 吟風吹露 躋漢騰霞(高敬命), 快鶻搏風 健兒射鵰(黃廷彧), 快閣跨漢 老木向春(崔岦), 金闕曉鍾 玉階仙仗(崔慶昌), 寒蟬乍鳴 疎林早秋(白光勳), 秋水芙蓉 倚風自笑(李達), 雲捲蒼梧 月掛扶桑(李廷龜), 積李縞夜 崇桃絢晝(李睟光), 林梢霜月 峽口秋雲(李春英), 奇峰雲興 斷壑霞蔚(權韠), 露閣橫波 虹橋臥壑(李安訥), 快鵬橫海 衆馬騰空(車天輅), 靑驄白馬 玉勒珠珥(李春元), 絡雲籠月 疎星浥露(趙希逸), 百尺峭巖 十圍枯松(李植), 長風扇海 洪濤接天(鄭斗卿)이다.[37)]

이상에서 예시한 성현·남용익·김석주의 비평용어는 그 객관성의 적부를 떠나 다양하기 그지없다. 한 작가에 대한 評語가 논자에 따라 각기 다르다는 점은 비평의 시각이 다양함을 말해주는 것이다. 예를 들면 金富軾에 대하여 성현은 "能贍而不華", 남용익은 "矯健", 김석주는 "虎嘯陰谷 龍藏暗壑"이라고 하여 각각 달리 평하였다.

唐나라 司空圖의 二十四詩品 평어를 사용하지 않고 독자적인 평어로 다양하게 비평을 한 것도 중요하다. 그러나 이들의 批評眼의 자(尺)와

---

37) 任璟, 『玄湖瑣談』(홍만종전집 下, 시화총림), pp.800~802.

논거와 그리고 비평용어의 실체가 과연 무엇인가를 고구하여야 한다.

위에서 살펴본 우리 나라 전통적 문예비평 용어의 실체적 내용에 대한 연구가 진행되어야 한다. 이 평어를 계승발전시켜 현대 문예비평에 활용하는 것이 우리들의 과제가 아닐 수 없다.

5. 結 論

이상에서 우리 나라 전통문학 이론의 계승과 현대화의 과제 중 민족문학론인 자주문학론과 비평용어에 국한하여 살펴보았다.

우리 漢文文學은 國文文學에 비하여 역사적 위치와 시대적 역할이 말하여 주듯이 그 양을 비교할 수 없을 만큼 많고, 이에 대한 이론이 시대와 작가에 따라 다양하게 전개되었다. 그러나 이에 대한 연구가 국문문학에 비하여 활발하게 진행되지 못하였다. 그 원인은 日帝 36년 치욕의 역사에서 일차적으로 찾을 수 있다. 우리말과 글을 잃었던 처절한 암흑기를 벗어나 조국이 광복된 후 국문문학에 대한 연구는 국문학계의 당연한 사명이자 시대정신의 구현이었다. 그러다 보니 자연적으로 우리 문학의 원류와 근간인 한문문학 연구를 소홀히 한 채 국문문학만이 우리 문학의 전부인 듯 인식되어 연구에 치중하였던 것이 한 때의 실정이었다. 그럼에도 불구하고 민족문학의 뿌리와 변천을 찾자는 작업은 소수의 뜻 있는 학자들에 의하여 꾸준하게 진행되어 왔다.

그럼에도 불구하고 우리가 분명하게 깨닫고 반성해야 할 점은 祖先들이 남긴 한문학 유산에 비하면 연구의 양은 현재로서는 많지 않다는 사실이다. 즉 우리의 전통적 고전문학이론에 대한 완벽한 연구가 아직까지는 만족할만한 지경에 이르지 못하였다는 사실이다.

그러나 이제까지 연구성과에서 밝혀진 고전 문학이론 중 계승하고 현대화할만한 것들, 이른바 자주적 문학론과 비평론은 발전적으로 계승하고 현대화하여야 한다. 오늘날 민족문학론을 운위할 때 그 이론적 뿌리는 祖先들의 문학사상이 기원임을 알아야 한다. 예를 들면 이규보의 九不宜體論과 新意論, 이익의 自做論, 박지원의 朝鮮之風論, 정약용의 朝鮮詩論 등에서 계승 발전된 것이 바로 민족문학론인 것이다.

社會詩의 뿌리를 遡究해 나간다면 일제 암흑기의 저항시, 韓末의 憂國詩, 조선후기 정약용 등의 憂國愛民詩, 조선초의 김시습의 愛民詩, 고려 이규보의 憐民詩로 이어진다.

다음은 문예비평에 관한 문제이다. 서구의 이론을 가지고 우리문학을 분석할 수도 있다. 그러나 祖先들의 비평이론을 연구하여 계승할만한 것들을 계승하고 현대화할 것은 현대화하여 이를 우리 고전문학의 비평이나 현대문학의 비평에 적용하여야만 한다. 예를 들면 이규보의 詩有九不宜體論은 서양의 어떤 시론 못지 않다. 여기에는 用事의 독창성, 환골탈태, 押韻論, 聲律論, 難解性, 論理性, 참신성, 윤리성, 미학론이 포괄되어 있어 현대시론에 적용하여도 손색이 없다.

끝으로 전통문학이론의 계승과 현대화의 과제에 대하여 몇 가지 제안하고자 한다.

첫째, 한국한문학은 우리 조상들이 자유자재로 구사했던 문학이었다. 비록 死文化되어 지금은 널리 읽혀지지 않더라도 祖先들이 남긴 문학은 분명 우리의 문학이다. 그럼에도 불구하고 고전국역 작업은 미진하기만 하다. 한 예로 조선조 연구의 텍스트인 『조선왕조실록』 國譯本을 북한에서 수입하여야만 하는 부끄러운 현실은 정부의 문화정책의 빈곤을 입증하는 것이다. 정부에서는 민족문화의 뿌리를 찾고 문화창달을 위해서 祖先들의 중요한 문헌들을 국역할 수 있도록 아낌없는 지원이 필요하다. 아울러 한문 전공자 중 우수한 자를 선발하여 국비로 양성하여야 한다.

둘째, 한문학계의 自省이 필요하다. 역대 중요 몇몇 작가에 대한 깊이 있고 다각적인 연구는 필요하고 중요하다. 그러나 학위 논문이 특정작가에 치중되지 않도록 이제는 적절한 지도가 요구된다. 대학원에서는 연구의 범위를 이제까지 연구되지 않은 文人이나 通時的인 연구를 하도록 지도하여야할 것이다. 麗末鮮初의 문학을 이해하기 위해서는 牧隱 李穡의 연구가 필요하다. 그러나 지금까지(1992년 8월 현재) 목은 연구 박사논문은 나오지 않은 것이 학계의 현실이다. 목은 문학에 대한 단편 논문이 없는 것은 아니나 『東文選』(1968년에 민족문화추진회에서 完譯함)에 수록된 시문을 대상으로 한 것에서 크게 벗어나지 못하고 있는 것도 사실이다.

세째, 한문학계에서는 主要 문인의 문집이 완역 발간되면 얼마 후 그제야 학위논문이 나오는 일은 이제는 재고되어야 한다. 적절한 비유일지는 모르나 해마다 학위수여식이 끝나면 번역본을 대상으로 연구한 碩·博士가 배출되는데, 일찍이 이규보가 "매년 급제한 자의 방이 나온 후에 30명의 東坡가 나오게 되었다"는 식이 되어서는 안 된다. 명색이 우리 나라 한문학을 전공하는 자가 국역본이 있는 문집을 대상으로 碩·博士 논문을 쓰는 일은 자존심에 관한 문제이기도 한 만큼 앞으로는 없어야 한다. 다시 말하자면 한국한문학 전공자는 국역본이 없는 주요작가를 발굴, 연구하여 논문을 작성하여야만 한다. 이것이 한문학계의 발전은 물론 전통문학이론의 계승과 현대화에 기여하는 일일 것이다.

네째, 번역되지 않은 중요한 작가의 문집을 완벽하게 번역하였을 때는 이를 학위논문으로 인정하자는 것이다. 이는 한문학 연구의 활성화를 위해서 학계에서 신중하게 검토해 볼만한 일이다. 중요한 문집을 번역하는 작업 또한 한문학계가 하여야할 당면한 과제이기도 하다.

다섯째, 학계에서는 이제까지의 연구성과를 바탕으로 공동으로 연구작업을 진행할 필요가 있다. 공동연구를 통하여 다양한 논의가 진행되어 왔던 것을 整合하여야 한다. 전통문학이론을 계승하고 현대화하는 작업은 결코 쉬운 일이 아니다. 한편으로 이제까지의 연구성과를 정리하여 시대별 작가별로 공동연구하고, 한편에서는 아직 연구되지 않은 분야를 지속적으로 천착하는 일이 오늘의 과제이다.

우리의 고전문학이론들은 祖先들이 고심에 찬 연구에 의해서 이루어진 것이다. 이것이 오늘의 시각에서 볼 때 진부한 이론도 있다. 그러나 계승 발전시킬 만한 훌륭한 이론들이 많다. 이의 현실화를 위해서는 우리의 전통문학이론을 알기 쉽게 논리적이고 체계적으로 정리하고 현대화시키는 일이 중요하다. 이 일은 한국 한문학 연구자들의 책임이자 부여된 사명이다.

전통문학 이론을 계승하고 현대화하는 작업은 마치 宗孫과 宗婦가 사명감을 가지고 조상의 얼을 받들며 宗家와 祠堂을 지켜나가되 현대적 삶을 살아가는 이치와 같은 것이라고 할 수 있다.

(『韓國文學硏究』 제16집, 東國大學校, 韓國文學硏究所, 1993. 11)

찾아보기

ㄱ

ㄴ

ㄷ

ㅁ

ㅇ

ㅈ

ㅊ

ㅌ

ㅍ

ㅎ

◑ 金相洪

1944년 충남 금산 출생. 愚齋 柳寅澤 선생문하에서 4년간 한문수학
公州高와 檀國大 법학과 졸업. 高麗大 대학원 국어국문과 졸업(문학박사)
단국대학교 교무처장·연구처장·대학원교학처장·사범대학장·교육대학 원장 겸
특수교육대학원장·학생지원처장·한국한문교육학회장을 역임
현재 단국대학교 한문교육과 교수·동양학연구소장·한국한문학회장
일석학술상(1987)·모범스승상(1999)·연구업적상(1999)
서울교육공로상(2002)·교육공로상(2003)·다산학술상 大賞(2003) 수상

■ 저서

『다산 시선집 유형지의 애가』(단국대출판부, 1981),
『다산 정약용 문학연구』(단국대출판부, 1985. 문화공보부추천우수도서),
『한국 한시론과 실학파문학』(계명문화사, 1989), 『다산학 연구』(계명문화사, 1990),
『다시 읽는 목민심서』(한국문원, 1996), 『한시의 이론』(고려대출판부, 1997),
『중국 명시의 향연』(박이정, 1999), 『한국 한시의 향기』(박이정, 1999),
『다산 문학의 재조명』(단국대출판부 2003, 다산학술상 대상, 대한민국학술원 2004 우수학술도서),
『조선조 한문학의 조명』(이회문화사, 2003, 대한민국학술원 2004 우수학술도서),
『한국문학사상사』(공저, 계명문화사, 1991),
중·고교 『한문』(공저, 제6~7차 교육과정, 중앙교육) 外

朝鮮朝 漢文學의 照明

초판 1쇄 발행 : 2003년 6월 16일
초판 2쇄 발행 : 2004년 10월 10일

지 은 이 金 相 洪
펴 낸 이 송 미 옥
펴 낸 곳 이회문화사
출판등록 1992. 5. 2(제6-0532호)
주 소 131-030 서울 동대문구 답십리동 488-338 부영빌딩 503호
전 화 (02) 2244-7912~3
모사전송 (02) 2244-7914
전자우편 ih7912@chollian.net
정 가 30,000원

ISBN 89-8107-223-X 93810